КОПИ ЦАРЯ СОЛОМОНА. ПРЕКРАСНАЯ МАРГАРЕТ

Генри Райдер Хаггард

КОПИ ЦАРЯ СОЛОМОНА. ПРЕКРАСНАЯ МАРГАРЕТ

Генри Райдер Хаггард

Перевод: Н. Б. Маркович, Б. Т. Грибанова

Генри Райдер Хаггард (1856–1925) — английский писатель и публицист, автор увлекательных приключенческих романов. Романы "Копи царя Соломона" и "Прекрасная Маргарет" проникнуты симпатией к угнетенным народам колоний, отличаются острым, динамичным сюжетом, познавательны.

Сайт издательства: www.miller-books.com

ISBN: 978-1-7638476-9-9

КОПИ ЦАРЯ СОЛОМОНА

Эту необычайную, но правдивую историю,

рассказанную Алланом Квотермейном,

он с чувством глубокой симпатии посвящает

всем прочитавшим ее мальчикам — большим и

маленьким.

Предисловие

Теперь, когда эта книга напечатана и скоро разойдется по свету, я ясно вижу ее недостатки как по стилю, так и по содержанию. Касаясь последнего, я только могу сказать, что она не претендует быть исчерпывающим отчетом обо всем, что мы видели и сделали. Мне очень хотелось бы подробнее остановиться на многом, связанном с нашим путешествием в Страну Кукуанов, о чем я лишь мельком упоминаю, как, например: рассказать о собранных мною легендах, о кольчугах, которые спасли нас от смерти в великой битве при Луу, а также о Молчаливых, или Колоссах, у входа в сталактитовую пещеру. Если бы я дал волю своим желаниям, я бы рассказал подробнее о различиях, существующих между зулусским и кукуанским диалектами, над которыми можно серьезно призадуматься, и посвятил бы несколько страниц флоре и фауне этой удивительной страны[1]. Есть еще одна чрезвычайно интересная тема, которая была мало затронута в книге. Я имею в виду великолепную организацию военных сил этой страны, которая, по моему мнению,

---

[1] Я обнаружил восемь пород антилоп, которых мне никогда не приходилось встречать, и много разновидностей растений, главным образом из семейства луковичных. — А. К.

значительно превосходит систему, установленную королем Чакой[1] в Стране Зулусов. Она обеспечивает более быструю мобилизацию войск и не вызывает необходимости применять пагубную систему насильственного безбрачия[2]. И, наконец, я лишь вскользь упомянул о семейных обычаях кукуанов, многие из которых чрезвычайно любопытны, а также об их искусстве плавки и сварки металлов. Это искусство они довели до совершенства, прекрасным примером которого служат их толлы — тяжелые металлические ножи, к которым с удивительным искусством приварены лезвия из великолепной стали.

Посоветовавшись с сэром Генри Куртисом и капитаном Гудом, я решил рассказать простым, безыскусственным языком только наши приключения, а обо всем прочем поговорить как-нибудь в другой раз, если, конечно, это явится желательным. Я с величайшим удовольствием поделюсь сведениями, которыми располагаю, со всеми, кто этим заинтересуется.

Теперь осталось лишь попросить читателя извинить меня за мой неотесанный стиль. В свое оправдание могу лишь сказать, что я больше привык обращаться с ружьем, чем с пером, и потому не могу претендовать на великолепные литературные взлеты и пышность стиля, встречающиеся в романах, которые я иногда люблю почитывать.

Вероятно, эти взлеты и пышность стиля желательны, но, к сожалению, я совсем не умею ими пользоваться.

На мой взгляд, книги, написанные простым и доходчивым языком, производят самое сильное впечатление и их легче понять. Впрочем, мне не совсем удобно высказывать свое мнение по этому поводу. «Острое копье, — гласит кукуанская пословица, — не нужно точить». На этом основании я осмеливаюсь надеяться, что правдивый рассказ, каким бы странным он ни был, не нужно приукрашивать высокопарными словами.

Аллан Квотермейн

---

[1] Чака — король зулусов, живший в начале XIX века

[2] Король Чака запретил своим воинам вступать в брак, только ветераны могли брать себе жен, и притом столько, сколько каждый из них убил врагов в битвах

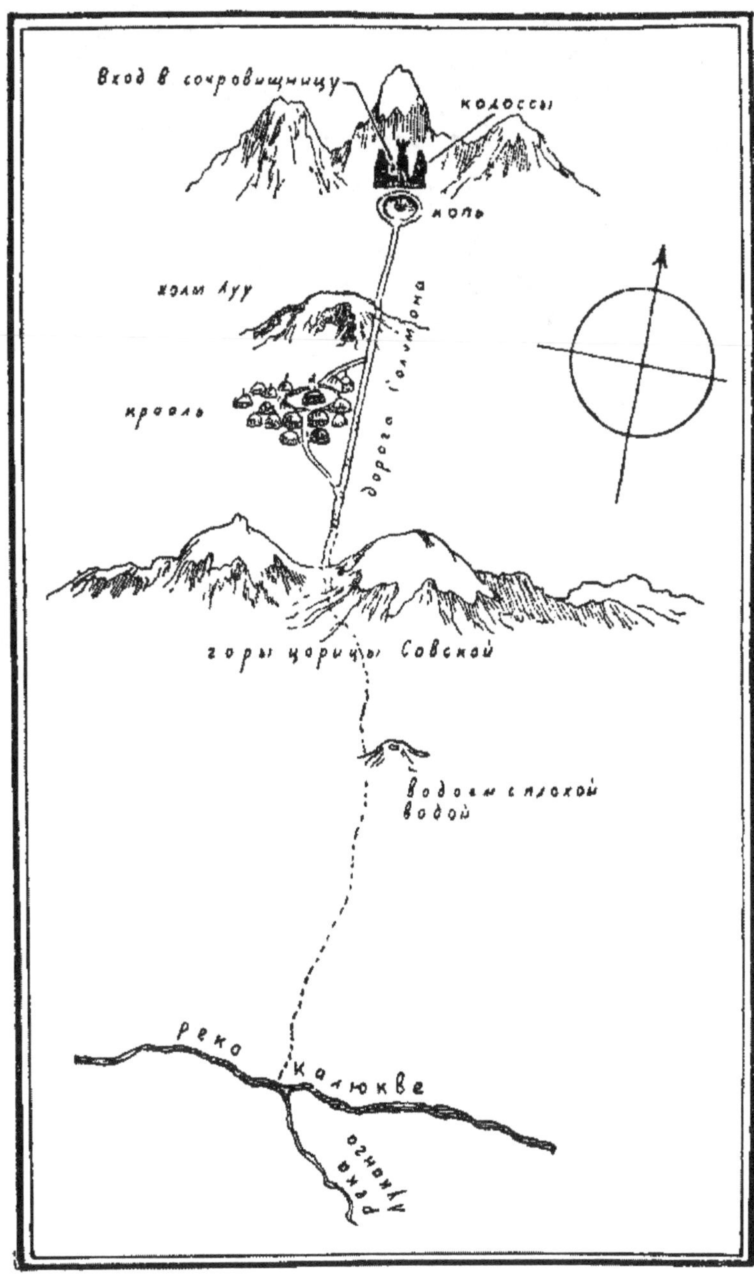
Вход в сокровищницу
колоссы
копь
холм Луу
дорога Соломона
крааль
горы царицы Совской
Водоем с плохой водой
река Калюкве
река Луканга

Глава I. Я встречаюсь с сэром Генри Куртисом

Может показаться странным, что, дожив до пятидесяти пяти лет, я впервые берусь за перо. Не знаю, что получится из моего рассказа и хватит ли вообще у меня терпения довести его до конца.

Оглядываясь на прожитую жизнь, я удивляюсь, как много я успел сделать и как много мне пришлось пережить. Наверно, и жизнь мне кажется такой длинной оттого, что слишком рано я был предоставлен самому себе. В том возрасте, когда мальчики еще учатся в школе, я уже вынужден был работать, торгуя всякой мелочью в старой колонии[1]. Чем только я не занимался с тех пор! Мне пришлось и торговать, и охотиться, и работать в копях, и даже воевать. И только восемь месяцев назад я стал богатым человеком. Теперь я обладаю огромным состоянием — я еще сам не знаю, насколько оно велико, — но не думаю, что ради этого я согласился бы вновь пережить последние пятнадцать или шестнадцать месяцев, даже если бы заранее знал, что все закончится благополучно и я так разбогатею. Я скромный человек, не люблю крови и насилия, и, откровенно говоря, мне изрядно надоели приключения. Не знаю, зачем я собираюсь писать эту книгу: это ведь совсем не по моей части. Да и образованным человеком я себя не считаю, хоть и очень люблю читать Ветхий завет[2] и легенды Инголдзби[3].

---

[1] Имеется в виду Капская колония

[2] Ветхий завет — большая часть библии, «священной книги» христиан и иудеев

[3] Легенды Инголдзби — сборник баллад, написанных английским писателем Баргэмом (1788–1845) под псевдонимом Томаса Инголдзби

Все же попробую изложить причины, побудившие меня написать эту книгу.

Во-первых, меня просили об этом сэр Генри Куртис и капитан Гуд.

Во-вторых, я сейчас нахожусь у себя в Дурбане, и делать мне все равно нечего, так как боль в левой ноге снова приковала меня к постели. Я страдаю от этих болей с тех самых пор, как в меня вцепился этот проклятый лев; сейчас боли усилились, и я хромаю больше, чем обычно. Вероятно, в львиных зубах есть какой-то яд, иначе почему же совсем зажившие раны снова открываются, причем — заметьте! — ежегодно и в то же самое время.

На своем веку я застрелил шестьдесят пять львов, оставшись живым и невредимым, и не обидно ли, что какой-то шестьдесят шестой изжевал мою ногу, как кусок табака! Это нарушает естественный ход вещей, а я, помимо всех прочих соображений, люблю порядок, и мне это очень не нравится.

Кроме того, я хочу, чтобы мой сын Гарри, который сейчас работает в лондонской больнице, готовясь стать врачом, читая этот рассказ, отвлекся хотя бы на некоторое время от своих сумасбродств. Работа в больнице, вероятно, иногда надоедает и начинает казаться довольно скучной — ведь можно пресытиться даже вскрытием трупов. Во всяком случае, рассказ мой Гарри скучным не покажется и хоть на денек, другой внесет немного разнообразия в его жизнь, тем более что я собираюсь рассказать самую удивительную историю, которая когда-либо случалась с человеком. Это может показаться странным, так как в ней нет ни одной женщины, за исключением Фулаты. Впрочем, нет! Есть еще Гагула, хотя я не знаю, была она женщина или дьявол. Но нужно сказать, что ей было по крайней мере сто лет, и поэтому как женщина особого интереса она не представляла, так что в счет идти не может. Во всяком случае, могу с уверенностью сказать, что во всей этой истории нет ни одной юбки.

Но не пора ли мне впрягаться в ярмо? Почва тут трудная, и мне кажется, будто я увяз в трясине по самую ось. Однако волы справятся с этим без особого труда. Сильная упряжка всегда в конце концов вытянет, со слабыми же волами, конечно, ничего не поделаешь. Итак, начинаю!

«Я, Аллан Квотермейн из Дурбана, в Натале[1], джентльмен, приношу присягу и заявляю...» — так начал я свои показания на суде относительно печальной кончины Хивы и Вентфогеля, но, пожалуй, для книги это не совсем подходящее начало. И вообще, могу ли я назвать себя джентльменом? Что такое джентльмен? Мне это не совсем ясно. В своей жизни я имел дело не с одним ниггером[2]... Нет, я зачеркну это слово, оно мне совсем не по душе! Я знал туземцев, которые были джентльменами, с чем ты согласишься, Гарри, мой мальчик, прежде чем прочтешь эту книгу до конца. Знавал я также очень скверных и подлых белых, которые, однако, джентльменами не были, хоть денег у них было очень много. Во всяком случае, я родился джентльменом, хоть и был в течение всей жизни всего-навсего бедным странствующим торговцем и охотником. Остался ли я джентльменом, не знаю — судите об этом сами. Богу известно, что я старался им остаться!

На своем веку мне пришлось убить много людей, однако я никогда не запятнал свои руки невинной кровью и убивал, только защищаясь. Всевышний даровал нам жизнь, и я полагаю, что он имел в виду, что мы будем ее защищать; по крайней мере, я всегда действовал на основании этого убеждения. И я надеюсь, что, когда пробьет мой смертный час, это мне простится. Увы! В мире много жестокости и безнравственности! И вот такому скромному человеку, как я, пришлось принимать участие во многих кровавых делах. Не знаю, правильно ли я сужу об этом, но я никогда не воровал, хотя однажды обманом выманил у одного кафра[3] стадо скота. И несмотря на то что он тоже подложил мне свинью, я до сих пор чувствую угрызения совести.

Итак, с тех пор как я впервые встретил сэра Генри Куртиса и капитана Гуда, прошло примерно восемнадцать месяцев. Произошло же это следующим образом. Во время охоты на слонов за Бамангвато[4] мне с самого начала не повезло, и в довершение всего я схватил сильную лихорадку. Немного окрепнув, я добрался до Алмазных россыпей, продал всю слоновую кость вместе с фургоном и волами, рассчитался с охотниками

---

[1] Наталь — провинция в Южно-Африканском Союзе

[2] Ниггер — презрительная кличка негра, используемая расистами

[3] Кафры — устаревшее наименование юго-восточных африканских народов

[4] Бамангвато — название поселка в Земле Бечуанов

и сел в почтовую карету, направляющуюся в Кап[1]. В Кейптауне я прожил неделю в гостинице, где, кстати сказать, меня здорово обсчитали, и осмотрел все его достопримечательности. Видел я и ботанические сады, которые, по моему мнению, приносят стране огромную пользу, и здание парламента, который, полагаю, никакой пользы не приносит. В Наталь я решил вернуться па пароходе «Данкелд». Он в это время стоял в доке в ожидании «Эдинбург Кастла», который должен был прибыть из Англии. Я оплатил проезд, сел на пароход, и в тот же день пассажиры, направляющиеся в Наталь, пересели с «Эдинбург Кастла» на «Данкелд». Мы снялись с якоря и вышли в море.

Среди новых пассажиров на борту нашего парохода два человека сразу же привлекли мое внимание. Один из них был джентльмен лет тридцати. Я никогда не встречал человека такого богатырского сложения. У него были соломенного цвета волосы, густая борода, правильные черты лица и большие, глубоко сидящие серые глаза. В своей жизни я не видел более красивого человека, и он чем-то напоминал мне древнего датчанина. Это, конечно, не значит, что я много знаю о древних датчанах; я знал только одного современного датчанина, который, кстати сказать, выставил меня на десять фунтов. Я вспомнил, что однажды где-то видел картину, изображающую несколько таких господ, которые, мне кажется, очень похожи на белых зулусов. У них в руках были кубки из рога, и длинные волосы ниспадали им на спину. Смотря на этого человека, стоявшего у трапа, я подумал, что если бы он немного отрастил себе волосы, надел стальную кольчугу на свою могучую грудь, взял бы боевой топор и кубок из рога, то вполне смог бы позировать для этой картины. И, между прочим, странная вещь (как сказывается происхождение!): позже я узнал, что в жилах сэра Генри Куртиса — так звали этого высокого джентльмена — текла датская кровь[2]. Он очень напоминал мне еще кого-то, но кого — я не мог вспомнить.

Другой человек, который стоял, разговаривая с сэром Генри, был совсем другого типа. Я сейчас же подумал, что он морской офицер. Не знаю почему, но морского офицера сразу видно. Мне приходилось с ними ездить

---

[1] Кап — сокращенное название Кейптауна

[2] Представление мистера Квотермейна о древних датчанах кажется несколько туманным. Насколько нам известно, у датчан были темные волосы. Может быть, он имел в виду саксов. — Примеч. англ. издателя

на охоту, и должен сказать, что они всегда оказывались необыкновенно храбрыми и симпатичными людьми, каких редко можно встретить. Одно в них плохо: уж очень они любят ругаться.

Несколько раньше я задал вопрос: что такое джентльмен? Теперь я на него отвечу: это офицер Британского Королевского флота, хотя, конечно, и среди них иногда встречаются исключения. Я думаю, что широкие морские просторы и свежие ветры, несущие дыхание господа бога, омывают их сердца и выдувают скверну из сознания, делая их настоящими людьми. Но вернемся к рассказу. Я опять оказался прав. Действительно, этот человек был морским офицером. Безупречно прослужив во флоте ее величества семнадцать лет, неожиданно вопреки его желанию он был зачислен в резерв с чином капитана. Вот что ожидает людей, которые служат королеве. В полном расцвете сил и способностей, когда они приобретают большой опыт и знания, их выбрасывают в холодный, неприветливый мир без средств к существованию. Возможно, что они примиряются с этим; что же касается меня, я все же предпочитаю зарабатывать на хлеб охотой. Денег у тебя будет так же мало, но пинков ты получишь меньше! Его фамилия — я нашел ее в списке пассажиров — была Гуд, капитан Джон Гуд. Это был коренастый человек лет тридцати, среднего роста, темноволосый, плотный, довольно оригинальный с виду. Он был чрезвычайно опрятно одет, тщательно выбрит и всегда носил в правом глазу монокль. Казалось, что этот монокль врос ему в глаз, так как носил он его без шнура и вынимал, только чтобы протереть. По простоте души я думал, что он и спит с ним, но потом узнал, что ошибался. Когда он ложился спать, то клал монокль в карман брюк вместе с вставными зубами, которых у него было два прекрасных комплекта, что часто заставляло меня нарушать десятую заповедь[1], так как своими я похвастаться не могу. Но я забегаю вперед.

Вскоре после того, как мы снялись с якоря, наступил вечер, и погода неожиданно испортилась. Пронизывающий ветер подул с суши, спустился густой туман с изморосью, и все пассажиры вынуждены были покинуть палубу. Наше плоскодонное судно было недостаточно нагружено, и потому его сильно качало — иногда казалось, что мы вот-вот перевернемся. Но, к счастью, этого не случилось. Находиться на палубе было невозможно, и я стоял около машинного отделения, где было очень тепло, и развлекался

---

[1] Десятая заповедь предостерегает людей от зависти

тем, что смотрел на кренометр. Стрелка его медленно раскачивалась взад и вперед, отмечая угол наклона парохода при каждом крене.

— Ну и кренометр! Он же не выверен! — послышался рядом со мной чей-то раздраженный голос.

Оглянувшись, я увидел того морского офицера, на которого уже раньше обратил внимание.

— Разве? Почему вы так думаете?

— Думаю? Тут и думать нечего! Как же, — продолжал он, когда наш пароход снова восстановил равновесие после очередного крена, — если бы судно действительно накренилось до того градуса, который показывает эта штука, — тут он указал на кренометр, — мы бы перевернулись. Но что еще можно ожидать от капитанов торгового флота! Они чертовски небрежны.

Как раз в этот момент прозвучал обеденный гонг, чему я очень обрадовался, потому что если офицер Британского флота начинает ругать капитанов торгового флота, то слушать его невыносимо. Хуже этого только одно — слушать, как капитан торгового флота выражает свое откровенное мнение об офицерах Британского флота.

Мы с капитаном Гудом спустились в кают-компанию и там застали сэра Генри Куртиса уже за столом. Капитан Гуд сел с ним рядом, я же занял место напротив. Мы с капитаном разговорились об охоте. Он задавал мне много вопросов, и я старался давать наиболее исчерпывающие ответы. Вскоре разговор перешел на слонов.

— Ну, сэр, — сказал кто-то из сидевших недалеко от меня, — вам повезло: если кто-нибудь может толком рассказать вам о слонах, то это только охотник Квотермейн.

Сэр Генри, который все время молча прислушивался к нашему разговору, при последних словах заметно вздрогнул.

— Простите меня, сэр, — тихо сказал он низким басом, именно таким, какой должен был исходить из таких могучих легких, — простите меня, сэр, вы не Аллан Квотермейн?

Я ответил утвердительно.

Сэр Генри больше ко мне не обращался, но я слышал, как он тихо произнес про себя: «Какая удача!»

После обеда, когда мы выходили из кают-компании, сэр Генри предложил мне зайти к нему выкурить трубку. Я принял приглашение, и мы с капитаном Гудом пошли в его каюту, которая выходила на палубу. Это была прекрасная просторная каюта, когда-то состоявшая из двух. Когда кто-то из наших важных франтов совершал поездку на «Данкелде» вдоль побережья, перегородку сняли, а на прежнее место так и не поставили. В каюте был диван, перед которым стоял маленький стол. Сэр Генри послал стюарда за бутылкой виски, мы втроем сели и закурили трубки.

— Мистер Квотермейн, — обратился ко мне сэр Генри, когда стюард принес виски и зажег лампу, — в позапрошлом году, примерно в это время, вы, кажется, были в поселке, который называется Бамангвато, к северу от Трансвааля?

— Да, был, — отвечал я, несколько удивленный, что этот незнакомый джентльмен так хорошо осведомлен о моих странствиях, которые, как я полагал, особого интереса представлять не могли.

— Вы там торговали? — с живостью спросил меня Гуд.

— Да, я взял туда фургон с товаром, остановился у поселка и пробыл там, пока все не распродал.

Сэр Генри сидел против меня в плетеном кресле, облокотившись на стол. Он смотрел мне прямо в лицо своими проницательными серыми глазами, и казалось, что его взгляд выражает какое-то странное волнение.

— Вы случайно не встречали там человека, по фамилии Невилль?

— Ну как же, конечно встречал! Он распряг свою упряжку рядом с моим фургоном и прожил там две недели, чтобы дать возможность отдохнуть волам, перед тем как отправиться в глубь страны. Несколько месяцев назад я получил письмо от какого-то стряпчего, который просил меня сообщить, не знаю ли я, что сталось с Невиллем. Я сразу же написал ему все, что знал.

— Да, — сказал сэр Генри, — он переслал мне ваше письмо. В нем вы сообщили, что джентльмен, по фамилии Невилль, уехал из Бамангвато в начале мая в фургоне с погонщиком, проводником и охотником-кафром, по имени Джим. Он говорил, что намеревается добраться, если будет возможно, до Айнайти, конечного торгового пункта Земли Матабеле. Там он предполагал продать свой фургон и отправиться дальше пешком. Вы также сообщили, что он действительно продал свой фургон, потому что шесть месяцев спустя вы видели его у какого-то португальского торговца. Этот человек рассказал вам, что он купил его в Айнайти у белого, имени которого он не помнит, и нужно полагать, что белый со слугой-туземцем отправился в глубь страны на охоту.

— Совершенно верно, — подтвердил я. Наступило молчание.

— Мистер Квотермейн, — неожиданно сказал сэр Генри. — я думаю, что вы ничего не знаете и не догадываетесь о том, каковы были причины, заставившие моего... мистера Невилля предпринять путешествие на север?

— Кое-что я об этом слышал, — ответил я и замолчал. Мне не хотелось говорить на эту тему.

Сэр Генри и Гуд переглянулись, и капитан многозначительно кивнул головой.

— Мистер Квотермейн, — сказал сэр Генри, — я хочу рассказать вам одну историю и попросить вашего совета, а возможно, и помощи. Мой поверенный передал мне ваше письмо и сказал, что я могу вполне на вас положиться. По его словам, вас хорошо знают в Натале, где вы пользуетесь всеобщим уважением. Кроме того, он сказал, что вы принадлежите к людям, которые умеют хранить тайны.

Я поклонился и отпил немного разбавленного виски, чтобы скрыть свое смущение, так как я скромный человек. Сэр Генри продолжал:

— Мистер Квотермейн, я должен сказать вам правду: мистер Невилль — мой брат.

— О! — промолвил я вздрогнув.

Теперь стало ясно, кого напоминал мне сэр Генри Куртис, когда я его впервые увидел. Мистер Невилль был гораздо меньше ростом, с темной бородой, но глаза у него были такие же проницательные и такого же самого серого оттенка, как и у сэра Генри. В чертах лица также было некоторое сходство.

— Мистер Невилль — мой младший и единственный брат, — продолжал сэр Генри, — и мы впервые расстались с ним пять лет назад. До этого времени я не помню, чтобы мы разлучались даже на месяц. Но около пяти лет назад нас постигло несчастье: мы с братом поссорились не на жизнь, а на смерть (это иногда случается даже между очень близкими людьми), и я поступил с ним несправедливо.

Тут капитан Гуд, как бы в подтверждение этих слов, энергично закивал головой. В это время наш пароход сильно накренился, и изображение капитана Гуда, отчаянно кивающего головой, отразилось в зеркале, которое в этот момент оказалось над моей головой.

— Как вам, я полагаю, известно, — продолжал сэр Генри, — если человек умирает, не оставив завещания, и не имеет иной собственности, кроме земельной, называемой в Англии недвижимым имуществом, все переходит к его старшему сыну. Случилось так, что как раз в это время, когда мы поссорились, умер наш отец, не оставив завещания. В результате брат остался без гроша, не имея при этом никакой профессии. Конечно, мой долг заключался в том, чтобы обеспечить его, но в то время наши отношения настолько обострились, что, к моему стыду (тут он глубоко вздохнул), я ничего для него не сделал. Не то чтобы я хотел несправедливо поступить с ним, нет, — я ждал, чтобы он сделал первый шаг к примирению, а он на это не пошел. Простите, что я утруждаю ваше внимание всеми этими подробностями, но для вас все должно быть ясно. Правда, Гуд?

— Само собой разумеется, — ответил капитан. — Я уверен, что мистер Квотермейн никого в это дело не посвятит.

— Конечно, — сказал я, — вы можете быть уверены.

Надо сказать, что я очень горжусь тем, что умею хранить тайны.

— Итак, — снова продолжал сэр Генри, — в это время у моего брата было на текущем счету несколько сот фунтов стерлингов. Ничего мне не говоря, он взял эту ничтожную сумму и под вымышленным именем Невилля отправился в Южную Африку с безумной мечтой нажить себе состояние. Это стало известно мне уже позже. Прошло около трех лет. Я не имел никаких сведений о брате, хотя писал ему несколько раз. Конечно, письма до него не доходили. С течением времени я все более и более о нем беспокоился. Я понял, мистер Квотермейн, что такое родная кровь.

— Это верно, — промолвил я и подумал о своем Гарри.

— Я отдал бы половину своего состояния, чтобы только узнать, что мой брат Джордж жив и здоров и я его снова увижу!

— Но на это надежды мало, Куртис, — отрывисто сказал капитан Гуд, взглянув на сэра Генри.

— И вот, мистер Квотермейн, чем дальше, тем больше я тревожился, жив ли мой брат, и если он жив, то как вернуть его домой. Я принял все меры, чтобы его разыскать, в результате чего получил ваше письмо. Полученные известия были утешительны, поскольку они указывали, что до недавнего времени Джордж был жив, но дальнейших сведений о нем до сих пор нет. Короче говоря, я решил приехать сюда и искать его сам, а капитан Гуд любезно согласился меня сопровождать.

— Видите ли, — сказал капитан, — мне все равно делать нечего. Лорды Адмиралтейства выгнали меня из флота умирать с голоду на половинном окладе. А теперь, сэр, вы, может быть, расскажете нам все, что знаете или слышали о джентльмене по фамилии Невилль.

Глава II. Легенда о копях царя Соломона

Я медлил с ответом, набивая табаком свою трубку.

— Так что же вы слышали относительно дальнейшего путешествия моего брата? — спросил в свою очередь сэр Генри.

— Вот что мне известно, — отвечал я, — и до сегодняшнего дня ни одна живая душа от меня об этом не слышала. Я узнал тогда, что он отправляется в копи царя Соломона[1].

— Копи царя Соломона! — воскликнули вместе оба мои слушателя. — Где же они находятся?

— Не знаю, — сказал я. — Мне только приходилось слышать, что говорят об этом люди. Правда, я как-то видел вершины гор, по другую сторону которых находятся Соломоновы копи, но между мною и этими горами простиралось сто тридцать миль пустыни, и, насколько мне известно, никому из белых людей, за исключением одного, не удалось когда-либо пересечь эту пустыню. Но, может быть, мне лучше рассказать вам легенду о копях Соломона, которую я слышал? А вы дадите мне слово не разглашать без моего разрешения ничего из того, что я вам расскажу. Вы согласны? У меня есть серьезные основания просить вас об этом.

Сэр Генри утвердительно кивнул головой, а капитан Гуд ответил:

— Конечно, конечно!

— Итак, — начал я, — вам, вероятно, известно, что охотники на слонов — грубые, неотесанные люди и их мало что интересует, кроме обычных житейских дел да кафрских обычаев. Правда, время от времени среди них можно встретить человека, который увлекается собиранием преданий среди туземцев, пытаясь восстановить хоть малую часть истории этой таинственной страны. Как раз от такого человека я впервые услышал легенду о Соломоновых копях. Было это почти тридцать лет назад, во время моей первой охоты на слонов в Земле Матабеле. Звали этого человека Иванс. На следующий год бедняга погиб — его убил раненый буйвол. Его похоронили около водопадов Замбези. Однажды ночью, помню, я рассказал Ивансу об удивительных разработках, на которые натолкнулся,

---

[1] Соломон (1020—980 до н. э.) — царь израильского народа.

охотясь на антилоп куду[1] и канну[2] в той местности, которая теперь называется Лиденбургским районом Трансвааля. Я слышал, что недавно золотопромышленники снова нашли этот прииск, но я-то знал о нем много лет назад. Там в сплошной скале проложена широкая проезжая дорога, ведущая к входу в прииск или галерею. Внутри, в этой галерее, лежат груды золотоносного кварца, приготовленного для дробления. Это указывает на то, что рабочим, кем бы они ни были, пришлось поспешно покинуть прииск. На расстоянии шагов двадцати вглубь там есть поперечная галерея, с большим искусством облицованная камнем.

«Ну! — сказал Иванс. — А я расскажу тебе нечто еще более удивительное!»

И он начал мне рассказывать о том, как далеко, во внутренних областях страны, он случайно набрел на развалины города. По его мнению, это был Офир, упоминаемый в библии. Между прочим, другие, более ученые люди подтвердили мнение Иванса спустя много лет после того, как бедняга уже погиб. Помню, я слушал как зачарованный рассказ обо всех этих чудесах, потому что в то время я был молод и этот рассказ о древней цивилизации и о сокровищах, которые выкачивали оттуда старые иудейские и финикийские авантюристы, когда страна давно уже вновь впала в состояние самого дикого варварства, подействовал на мое воображение. Внезапно Иванс спросил меня:

«Слышал ли ты когда-нибудь, дружище, о Сулеймановых горах, которые находятся к северо-западу от земли Машукулумбве?[3]»

Я ответил, что ничего не слышал.

«Так вот, — сказал он, — именно там находились копи, принадлежавшие царю Соломону, — я говорю о его алмазных копях!»

«Откуда ты это знаешь?» — спросил я.

«Откуда знаю? Как же! Ведь что такое «Сулейман», как не испорченное слово «Соломон»?[4] И, кроме того, одна старая изанузи[5] в Земле Маника мне много об этом рассказывала. Она говорила, что народ, живший за этими

---

[1] Куду — винторогая антилопа

[2] Канну — южноафриканская, или лосиная, антилопа

[3] Машукулумбве — область, находящаяся в Южной Африке

[4] Сулейман — по-арабски «Соломон»

[5] Изанузи — знахарка

горами, представлял собою ветвь племени зулусов[1] и говорил на зулусском наречии, но эти люди были красивее и выше ростом, чем зулусы. Среди них жили великие волшебники, которые научились своему искусству у белых людей тогда, когда «весь мир был еще темен», и им была известна тайна чудесной копи, где находились «сверкающие камни».

Ну, в то время эта история показалась мне смешной, хоть она и заинтересовала меня, так как алмазные россыпи тогда еще не были открыты. А бедный Иванс вскоре уехал и погиб, и целых двадцать лет я совершенно не вспоминал его рассказа. Но как раз двадцать лет спустя — а это долгий срок, господа, так как охота на слонов опасное ремесло и редко кому удается прожить столько времени, — так вот, двадцать лет спустя я услышал нечто более определенное о горах Сулеймана и о стране, которая лежит но ту сторону гор. Я находился в поселке, называемом крааль[2] Ситанди, за пределами Земли Маника. Скверное это место: есть там нечего, а дичи почти никакой. У меня был приступ лихорадки, и чувствовал я себя очень плохо. Однажды туда прибыл португалец, которого сопровождал только слуга-метис.

Надо сказать, что я хорошо знаю португальцев из Делагоа[3], - нет на земле худших дьяволов, жиреющих на крови и страданиях своих рабов.

Но этот человек резко отличался от тех, с которыми я привык встречаться. Он больше напоминал мне вежливых испанцев, о которых мне приходилось читать в книгах. Это был высокий, худой человек с темными глазами и вьющимися седыми усами. Мы немного побеседовали, так как он мог объяснить я на ломаном английском языке, а я немного понимал по-португальски. Он сказал мне, что его имя Хозе Сильвестр и что у него есть участок земли около залива Делагоа. Когда на следующий день он отправился в путь со своим слугой-метисом, он попрощался со мной, сняв шляпу изысканным старомодным жестом.

«До свиданья, сеньор, — сказал он. — Если нам суждено когда-либо встретиться вновь, я буду уже самым богатым человеком па свете и тогда не забуду о вас!»

---

[1] Зулусы — негритянское племя в юго-восточной Африке, достигшее большого могущества в начале XIX века

[2] Крааль — в Южной Африке название особого типа деревень: ульеобразных хижин, окруженных общей изгородью

[3] Делагоа — порт и залив, находящийся на юго-восточном побережье Африки

Это меня немного развеселило, хоть я и был слишком слаб, чтобы смеяться. Я видел, что он направился на запад, к великой пустыне, и подумал — не сумасшедший ли он и что он рассчитывает там найти.

Прошла неделя, и я выздоровел. Однажды вечером я сидел перед маленькой палаткой, которую возил с собой, и глодал последнюю ножку жалкой птицы, купленной мною у туземца за кусок ткани, стоивший двадцать таких птиц. Я смотрел на раскаленное красное солнце, которое тонуло в бескрайней пустыне, и вдруг на склоне холма, находившегося напротив меня на расстоянии около трехсот ярдов, заметил какого-то человека. Судя по одежде, это был европеец. Сначала он полз на четвереньках, затем поднялся и, шатаясь, прошел несколько ярдов. Потом он вновь упал и пополз дальше. Видя, что с незнакомцем произошло что-то неладное, я послал ему на помощь одного из моих охотников. Вскоре его привели, и оказалось, что это — как вы думаете, кто?

— Конечно, Хозе Сильвестр! — воскликнул капитан Гуд.

— Да, Хозе Сильвестр, вернее — его скелет, обтянутый кожей. Его лицо было ярко-желтого цвета от лихорадки, и большие темные глаза, казалось, торчали из черепа — так он был худ. Его кости резко выступали под желтой кожей, похожей на пергамент, волосы были седые.

«Воды, ради бога, воды!» — простонал он; губы его растрескались, и язык распух и почернел.

Я дал ему воды, в которую добавил немного молока, и он выпил не менее двух кварт[1] залпом, огромными глотками. Больше я побоялся ему дать. Затем у него начался приступ лихорадки, он упал и начал бредить о горах Сулеймана, об алмазах и пустыне. Я взял его к себе в палатку и старался облегчить его страдания, насколько это было в моих силах. Многого сделать я, конечно, не мог. Я видел, чем это неизбежно должно кончиться. Около одиннадцати часов он немного успокоился. Я прилег отдохнуть и заснул. На рассвете я проснулся и в полумраке увидел его странную, худую фигуру. Он сидел и пристально смотрел в сторону пустыни. Вдруг первый солнечный луч осветил широкую равнину, расстилавшуюся перед нами, и скользнул по отдаленной вершине одной из самых высоких гор Сулеймана, которая находилась от нас на расстоянии более сотни миль.

---

[1] Кварта — 1, 14 литра

«Вот она! — воскликнул умирающий по-португальски, протянув по направлению к вершине свою длинную, тощую руку. — Но мне уже никогда не дойти до нее, никогда! И никто никогда туда не доберется! — Вдруг он замолчал. Казалось, что он что-то обдумывает. — Друг, — сказал он, оборачиваясь ко мне, — вы здесь? У меня темнеет в глазах».

«Да, — ответил я, — я здесь. А теперь лягте и отдохните».

«Я скоро отдохну, — отозвался он. — У меня будет много времени для отдыха — целая вечность. Я умираю! Вы были добры ко мне. Я дам вам один документ. Быть может, вы доберетесь туда, если выдержите путешествие по пустыне, которое погубило и меня и моего бедного слугу».

Затем он пошарил за пазухой и вынул предмет, который я принял за бурский кисет для табака, сделанный из шкуры сабельной антилопы. Он был крепко завязан кожаным ремешком, который мы называем «римпи». Умирающий попытался развязать его, но не смог. Он передал его мне. «Развяжите это», — сказал он. Я повиновался и вынул клочок рваного пожелтевшего полотна, на котором что-то было написано буквами цвета ржавчины. Внутри находилась бумага.

Он продолжал говорить очень тихо, так как силы его слабели:

«На бумаге написано то же самое, что и на обрывке материи. Я потратил многие годы, чтобы все это разобрать. Слушайте! Мой предок, политический эмигрант из Лиссабона, был одним из первых португальцев, высадившихся на этих берегах. Он написал этот документ, умирая среди тех гор, на которые ни до этого, ни после не ступала нога белого человека. Его звали Хозе да Сильвестра, и жил он триста лет назад. Раб, который ожидал его по эту сторону гор, нашел его труп и принес записку домой, в Делагоа. С тех пор она хранилась в семье, но никто не пытался ее прочесть, пока наконец мне не удалось это сделать самому. Это стоило мне жизни, но другому может помочь достигнуть успеха и стать самым богатым человеком в мире — да, самым богатым в мире! Только не отдавайте эту бумагу никому, отправляйтесь туда сами!»

Затем он снова начал бредить, и час спустя все было кончено.

Мир его праху! Он умер спокойно, и я похоронил его глубоко и положил большие валуны на могилу, поэтому не думаю, чтобы шакалам удалось вырыть его труп. А потом я оттуда уехал.

— А что же сталось с документом? — спросил сэр Генри, слушавший меня с большим интересом.

— Да, да, что же было написано в этом документе? — добавил капитан Гуд.

— Хорошо, господа, если хотите, я расскажу вам и это. Я еще никому его не показывал, а пьяный старый португальский торговец, который перевел мне этот документ, забыл его содержание на следующее же утро. Подлинный кусок материи у меня дома, в Дурбане, вместе с переводом бедного дона Хозе, но у меня в записной книжке есть английский перевод и копия карты, если это вообще можно назвать картой. Вот она. А теперь слушайте: «Я, Хозе да Сильвестра, умирая от голода в маленькой пещере, где нет снега, на северном склоне вершины ближайшей к югу горы, одной из двух, которые я назвал Грудью Царицы Савской[1], пишу это собственной кровью в год 1590-й, обломком кости на клочке моей одежды, Если мой раб найдет эту записку, когда он придет сюда, и принесет ее в Делагоа, пусть мой друг (имя неразборчиво) даст знать королю о том, что здесь написано, чтобы он мог послать сюда армию. Если она преодолеет пустыню и горы и сможет победить отважных кукуанов и их дьявольское колдовство, для чего следует взять с собой много священнослужителей, то он станет богатейшим королем со времен Соломона. Я видел собственными глазами несметное число алмазов в сокровищнице Соломона, за Белой Смертью, но из-за вероломства Гагулы, охотницы за колдунами, я ничего не смог унести и едва спас свою жизнь. Пусть тот, кто пойдет туда, следует по пути, указанному на карте, и восходит по снегам, лежащим на левой Груди Царицы Савской, пока не дойдет до самой ее вершины. На северном ее склоне начинается Великая Дорога, проложенная Соломоном, откуда три дня пути до королевских владений. Пусть он убьет Гагулу. Молитесь о моей душе. Прощайте. Хозе да Сильвестра».

Когда я окончил чтение документа и показал копию карты, начерченной слабеющей рукой старого португальца — его собственной кровью вместо чернил, — наступило глубокое молчание. Мои слушатели были поражены.

— Да, — сказал наконец капитан Гуд, — я дважды объехал вокруг света и был во многих местах, но пусть меня повесят, если мне когда-либо приходилось слышать или читать этакую историю.

---

[1] Царица Савская — царица Савы — страны, по предположению, находившейся в Южной Аравии и всегда управлявшейся женщинами; одна из многочисленных возлюбленных царя Соломона

— Да, это странная история, мистер Квотермейн, — прибавил в свою очередь сэр Генри. — Надеюсь, вы не подшучиваете над нами? Я знаю, что это иногда считается позволительным по отношению к новичкам.

— Если вы так думаете, сэр Генри, тогда лучше покончим с этим, — сказал я очень раздраженно, кладя бумагу в карман и поднимаясь, чтобы уйти. — Я не люблю, чтобы меня принимали за одного из этих болванов, которые считают остроумным врать и постоянно хвастаются перед приезжими необычайными охотничьими приключениями, которых на самом деле никогда не было.

Сэр Генри успокаивающим жестом положил свою большую руку мне на плечо.

— Сядьте, мистер Квотермейн, — сказал он, — и извините меня. Я прекрасно понимаю, что вы не хотите нас обманывать, но согласитесь, что ваш рассказ был настолько необычен, что нет ничего удивительного, что я мог усомниться в его правдивости.

— Вы увидите подлинную карту и документ, когда мы приедем в Дурбан, — сказал я, несколько успокоившись. Действительно, когда я задумался над своим рассказом, я понял, что сэр Генри совершенно прав. — Но я еще ничего не сказал о вашем брате. Я знал его слугу Джима, который отправился в путешествие вместе с ним. Это был очень умный туземец, родом из Бечуаны, и хороший охотник. Я видел Джима в то утро, когда мистер Невилль готовился к отъезду. Он стоял у моего фургона и резал табак для трубки.

«Джим. — сказал я, — куда это вы отправляетесь? За слонами?»

«Нет, баас[1], — отвечал он, — мы идем на поиски чего-то более ценного, чем слоновая кость».

«А что же это может быть? — спросил я из любопытства. — Золото?»

«Нет, баас, нечто более ценное, чем золото». — И он усмехнулся.

Я более не задавал вопросов, потому что не желал показаться любопытным и тем самым уронить свое достоинство. Однако его слова сильно меня заинтересовали. Вдруг Джим перестал резать табак.

«Баас», — сказал он. Я сделал вид, что не слышу.

«Баас», — повторил он.

«Да, дружище, в чем дело?» — отозвался я.

---

[1] Баас — господин

«Баас, мы отправляемся за алмазами».

«За алмазами? Послушай, тогда вы совсем не туда едете — вам же нужно ехать в сторону россыпей».

«Баас, ты слышал когда-нибудь о Сулеймановых горах?»

«Да!»

«Ты слышал когда-нибудь, что там есть алмазы?»

«Я слышал какую-то дурацкую болтовню об этом, Джим».

«Это не болтовня, баас. Я когда-то знал женщину, которая пришла оттуда со своим ребенком и добралась до Наталя. Она сама рассказывала мне об этом. Теперь она уже умерла».

«Твой хозяин пойдет на корм хищным птицам, Джим, если он не откажется от намерения добраться до страны Сулеймана. Да и ты тоже, если только они найдут какую-нибудь поживу в твоем никчемном старом скелете», — сказал я.

Он усмехнулся:

«Может быть, баас. Но человек должен умереть. А мне самому хотелось бы попытать счастья в новом месте. К тому же здесь скоро перебьют всех слонов».

«Вот что, дружище! — сказал я. — Подожди-ка, пока «бледнолицый старик»[1] не схватит тебя за твою желтую глотку, тогда мы послушаем, какую ты запоешь песенку».

Полчаса спустя я увидел, что фургон Невилля двинулся в путь. Вдруг Джим повернул обратно и подбежал ко мне.

«Послушай, баас, — сказал он, — я не хочу уезжать, не попрощавшись с тобой, потому что, пожалуй, ты прав: мы никогда обратно не вернемся».

«Так твой хозяин действительно собрался в Сулеймановы горы, Джим, или ты лжешь?»

«Нет, — отвечал Джим, — это действительно так. Он сказал, что ему необходимо во что бы то ни стало попытаться составить себе состояние, — так почему бы ему не попытаться разбогатеть на алмазах?»

«Подожди-ка немножко, Джим, — сказал я, — ты возьмешь записку для своего хозяина, но обещай мне отдать ее только тогда, когда вы достигнете Айнайти» (это было на расстоянии около ста миль).

---

[1] Имеется в виду смерть

«Хорошо», — ответил он.

Я взял клочок бумаги и написал на нем: «Пусть тот, кто пойдет туда... восходит по снегам, лежащим на левой груди Царицы Савской, пока не дойдет до самой ее вершины. На северном се склоне начинается Великая Дорога, проложенная Соломоном».

«Так вот, Джим, — сказал я, — когда ты отдашь эту записку своему хозяину, скажи ему, что нужно точно придерживаться этого совета. Помни, что ты не должен сейчас отдавать ему эту бумажку, потому что я не хочу, чтобы он повернул обратно и стал задавать мне вопросы, на которые у меня нет желания отвечать. А теперь иди, лентяй, — фургона уже почти совсем не видно».

Джим взял записку и побежал догонять фургон. Вот и все, что мне известно о вашем брате, сэр Генри. Но я очень боюсь, что...

— Мистер Квотермейн, — прервал меня сэр Генри, — я отправляюсь на поиски моего брата. Я пройду по его пути до Сулеймановых гор, а если потребуется, то и дальше. Я буду идти, пока не найду его или не узнаю, что он погиб. Вы пойдете со мной?

Мне кажется, я уже говорил, что я осторожный человек и, кроме того, человек тихий и скромный, и меня ошеломило и испугало это предложение. Мне казалось, что отправиться в подобное путешествие — значит пойти на верную смерть. Кроме того, уж не говоря обо всем прочем, я должен помогать сыну и поэтому не могу позволить себе так скоро умереть.

— Нет, благодарю вас, сэр Генри, я предпочел бы отказаться от вашего предложения, — ответил я. — Я слишком стар для того, чтобы принимать участие в сумасбродных затеях подобного рода, которые несомненно окончатся для нас так же, как для моего бедного друга Сильвестра. У меня есть сын, который нуждается в моей поддержке, и я не имею права рисковать своей жизнью.

Сэр Генри и капитан Гуд казались очень разочарованными.

— Мистер Квотермейн, — сказал сэр Генри, — я состоятельный человек и от своего измерения не откажусь. За свои услуги вы можете потребовать любое вознаграждение. Эта сумма будет вам уплачена до нашего отъезда. Одновременно с этим, на случай нашей гибели, я приму меры, чтобы ваш сын был соответствующим образом обеспечен. Из сказанного мною вы поймете, насколько необходимым я считаю ваше участие. Если же нам посчастливится добраться до Сулеймановых копей и найти алмазы, вы поделите их поровну с Гудом. Мне они не нужны. Я сильно сомневаюсь в том, что нам удастся туда добраться, так как надежды на это нет почти никакой. Но я не сомневаюсь в том, что в пути мы сможем добыть слоновую кость, и вы поступите с нею таким же образом. Вы можете поставить мне свои условия, мистер Квотермейн. Кроме того, я, конечно, оплачу все расходы.

— Сэр Генри, — сказал я, — я никогда не получал более щедрого предложения, и бедному охотнику и торговцу следует о нем поразмыслить. Но мне еще не приходилось иметь дело с таким крупным предприятием. Мне нужно время, чтобы все это обдумать. Во всяком случае, я дам вам ответ до нашего прибытия в Дурбан.

— Прекрасно, — ответил сэр Генри.

Затем я пожелал им доброй ночи и ушел к себе. В эту ночь мне снились бедный, давно умерший Сильвестр и алмазы.

Глава III . Амбопа поступает к нам в услужение

Чтобы добраться морем от Кейптауна до Дурбана, нужно затратить четыре-пять дней: это зависит от состояния погоды и скорости хода судна. В Ист-Лондоне[1] постройка порта еще не закончена, несмотря на то что на него уже ухлопали целую кучу денег. Поэтому, вместо того чтобы причаливать к пристани в прекрасно оборудованном порту, о котором давно прожужжали все уши, пароходы до сих пор бросают якорь далеко от берега. Если море неспокойно, то бывает, что приходится ждать целые сутки, пока наконец от берега смогут отойти буксиры с шлюпками за пассажирами и грузом. Но нам, к счастью, ждать не пришлось. Когда мы подошли к Ист-Лондону, волнение на море было совсем незначительное, и с берега сразу же отчалили буксиры, ведя за собой вереницу безобразных плоскодонных шлюпок. С нашего парохода со всего размаха начали швырять в них тюки с товаром, не обращая внимания на то, что в них находится: шерсть, фарфор — все летело вниз в одну кучу. Стоя на палубе, я видел, как вдребезги разбился ящик с четырьмя дюжинами шампанского и искристое вино брызнуло и запенилось по дну грязной грузовой шлюпки. Ужасно досадно было смотреть, как бессмысленно пропадает столько вина! Это быстро сообразили и находившиеся в лодке грузчики-кафры. Они нашли две случайно уцелевшие бутылки, отбили у них горлышки и выпили все до дна. Шампанское ударило им в голову, и они сразу же опьянели. Этого кафры никак не ожидали: в страшном испуге они начали кататься по дну лодки, крича, что добрый напиток «тагати» — то есть заколдован. Я вступил с ними в разговор и подтвердил, что они выпили самую страшную отраву белого человека и должны умереть. В диком ужасе кафры налегли на весла, и лодка помчалась к берегу. Я уверен, что никогда в жизни они не дотронутся больше до шампанского.

Всю дорогу в Наталь я думал о предложении сэра Куртиса. Первые дня два мы не затрагивали этого вопроса, хотя и были все вместе. Я рассказывал сэру Генри и Гуду о своих охотничьих приключениях, причем ничего не выдумывал и не преувеличивал, как это имеют обыкновение делать охотники. Я считаю, что и не имеет смысла нам, африканским

[1] Ист-Лондон — порт в Южной Африке, на берегу Индийского океана

охотникам, привирать и плести небылицы. У нас бывают такие необыкновенные приключения, что и без того есть чем поделиться. Впрочем, это к моему рассказу не относится.

Наконец в один прекрасный январский день — у нас ведь январь самый жаркий месяц — наш пароход стал подходить к Наталю, и мы пошли вдоль его живописных берегов, рассчитывая к закату солнца обогнуть Дурбанский мыс. Этот берег с его красными песчаными холмами и бесконечными просторами ярко-изумрудной зелени, в которой прячутся краали кафров, удивительно красив. Набегающие волны, ударяясь о прибрежные скалы, поднимаются ввысь и, падая, образуют белоснежную полосу пены, которая тянется вдоль всего берега. Но особенно роскошна природа у самого Дурбана. В течение многих веков бурные потоки дождей промыли в холмах глубокие ущелья, по которым текут сверкающие на солнце реки; на фоне густых темно-зеленых зарослей кустарников, растущих так, как насадил их сам господь, время от времени виднеются рощи хлебных деревьев и плантации сахарного тростника. Изредка среди этой пышной зелени вдруг выглядывает белый домик и словно улыбается безмятежно-спокойному морю, придавая особую законченность и домашний уют всей этой великолепной панораме.

Я думаю, как бы прекрасен ни был пейзаж, он непременно требует присутствия человека. Возможно, мне это кажется потому, что уж слишком долго я прожил в диких и безлюдных местах и потому знаю цену цивилизации, хотя она вытесняет и зверя и дичь. Райский сад был, конечно, прекрасен и до появления человека, но я убежден, что он стал еще прекраснее, когда в нем стала гулять Ева.

Но вернусь к рассказу. Мы немного ошиблись в расчете, и солнце давно уже село, когда мы бросили якорь неподалеку от Дурбанского мыса и услышали выстрел, извещающий Добрых жителей Дурбана о прибытии почты из Англии. Ехать на берег было слишком поздно; мы посмотрели, как грузят в спасательную шлюпку почту, и пошли обедать.

Когда мы снова вышли на палубу, луна уже взошла и ярко освещала море и берег. Быстро мелькающие огни маяка казались совсем бледными в ее ослепительном сиянии. С берега доносился пряный, сладкий аромат, который мне всегда напоминает церковные песнопения и миссионеров. Домики на Верейской набережной были ярко освещены. С большого брига, стоявшего рядом с нами, доносились музыка и песни матросов, которые поднимали якорь, готовясь выйти в море. Была тихая, чудная ночь, одна из тех ночей, которые бывают в Южной Африке. Как луна окутывала своим серебристым покровом всю природу, так и эта дивная ночь окутывала покровом мира все живущее на земле. Даже огромный бульдог, принадлежавший одному из наших пассажиров, под влиянием этой торжественной тишины и покоя забыл о своем желании вступить в бой с обезьяной, сидевшей в клетке на полубаке. Он лежал у входа в каюту и сладко храпел: должно быть, ему снилось, что он прикончил обезьяну, и поэтому был наверху блаженства.

Мы трое — то есть сэр Генри Куртис, капитан Гуд и я — пошли и сели у штурвала.

— Ну, мистер Квотермейн, — обратился ко мне сэр Генри после минутного молчания, — обдумали вы мое предложение?

— Да, да! — повторил за ним капитан Гуд. — Что же вы решили? Надеюсь, вы примете участие в нашей экспедиции? Мы были бы счастливы, если бы вы согласились сопровождать нас не только до копей царя Соломона, но и вообще всюду, где мог бы оказаться джентльмен, которого вы знали под фамилией Невилль.

Я молча встал, подошел к борту и стал выколачивать трубку. Я не знал, что ответить, мне нужна была хотя бы еще минута, чтобы прийти к окончательному решению. И в то мгновение, когда горящий пепел блеснул в темноте, это решение было принято — я согласился. Так часто бывает в жизни: вы долго колеблетесь и не знаете, как быть, а в конце концов решаете вопрос в одно мгновение.

— Хорошо, господа, — сказал я, садясь на свое место, — я согласен. С вашего разрешения, я расскажу вам, почему и на каких условиях я принимаю ваше предложение. Начну с условий.

Первое. Помимо того, что вы оплачиваете все расходы, связанные с путешествием, вся слоновая кость и другие ценности, добытые нами в пути, должны быть поровну поделены между капитаном Гудом и мною.

Второе. Кроме того, прежде чем мы тронемся в путь, вы уплачиваете мне за услуги пятьсот фунтов стерлингов. Я же обязуюсь честно служить вам до тех пор, пока вы сами не откажетесь от вашего предприятия, или пока мы не достигнем нашей цели, или не погибнем.

Третье. Прежде чем мы отправимся в Сулеймановы горы, вы должны оформить обязательство, по которому в случае моей гибели или тяжелого увечья вы обязуетесь выплачивать моему сыну Гарри, который изучает медицину в Лондоне, ежегодно сумму в размере двухсот фунтов в течение пяти лет. К этому времени он уже станет на ноги и будет в состоянии зарабатывать на жизнь, если, конечно, вообще из него выйдет толк. Вот и все мои условия. Может быть, вы считаете, что я очень много прошу?

— Нет, нет! — с живостью возразил сэр Генри. — Я с удовольствием принимаю все ваши условия. Я решил во что бы то ни стало отправиться на поиски брата и от своего намерения не отступлюсь. Принимая во внимание ваш опыт и исключительную осведомленность в деле, которое меня интересует, я готов заплатить вам еще больше.

— Тогда жаль, что мне не пришло в голову попросить больше, — сказал я, — но своих слов я никогда обратно не беру. А теперь скажу вам, по каким причинам я решил с вами идти в такой далекий и опасный путь. Прежде всего, господа, должен вам сказать, что все эти дни я присматривался к вам, и не сочтите с моей стороны дерзостью, если скажу, что вы оба мне очень нравитесь. Я уверен, что мы великолепно пойдем в одной упряжке. А когда собираешься в такой длительный путь, это очень важно. Что касается самого путешествия — я имею в виду нашу попытку перейти Сулеймановы горы, скажу вам прямо, господа, что вряд ли мы вернемся оттуда живыми. Какова была судьба старого да Сильвестра триста лет назад? Какая судьба постигла его потомка двадцать лет назад? И какова судьба вашего брата? Скажу вам откровенно, господа, я уверен, что нас ждет та же участь.

Я остановился, чтобы посмотреть, какое впечатление произвели мои слова. Мне показалось, что капитан Гуд был немного встревожен; лицо сэра Генри даже не дрогнуло.

— Мы должны рискнуть, — сказал он своим обычным, спокойным тоном.

— Вам может показаться странным, — продолжал я, — что, предвидя такой конец нашего путешествия, я все же не отказываюсь идти с вами, тем более что человек я робкий. Но на это есть две причины. Во-первых, я фаталист и убежден, что мой смертный час предопределен независимо от моих поступков и желаний. И если мне суждено идти в Сулеймановы горы и там погибнуть, это значит, что так предназначено мне судьбой. Конечно, всемогущий господь знает, что он собирается со мной делать, поэтому мне самому не надо об этом беспокоиться. Во-вторых, я человек бедный.

Несмотря на то что я занимаюсь охотой почти сорок лет, я ничего не скопил, так как моих заработков хватает мне только на жизнь. Вы, конечно, знаете, господа, что охота на слонов дело опасное и люди, занимающиеся этим ремеслом, живут в среднем четыре — пять лет. Я же эти установленные сроки превысил почти в семь раз и потому думаю, что час моей смерти не так уж далек. Если я погибну на охоте, то после уплаты моих долгов мой сын Гарри, которому еще надо учиться, чтобы стать на ноги, останется без всяких средств к существованию. Если же я отправлюсь с вами, он будет обеспечен на пять лет. Вот вам вкратце мои соображения.

— Мистер Квотермейн, — сказал сэр Генри, слушавший меня с большим вниманием, — причины, заставляющие вас присоединиться к нашей экспедиции, которая, по вашему мнению, может закончиться столь печально, делает вам честь. Конечно, только время и события покажут, правы вы или нет. Но иду ли я на верную гибель, или нет, я решил довести это дело до конца, каков бы он ни был. Ну, а если уж нам суждено погибнуть, я надеюсь, что перед смертью мы все же сможем немного поохотиться. Как вы думаете. Гуд?

— Разумеется, — подтвердил капитан. — Мы все трое привыкли смотреть опасности в глаза и сумеем постоять за себя. Поэтому отступать не следует. А теперь я предлагаю спуститься в кают-компанию и выпить за счастливый исход нашего путешествия.

На следующий день мы съехали на берег, и я предложил сэру Генри и капитану Гуду поселиться в моем скромном домике на Верейской набережной. В нем только три комнаты и кухня; выстроен он из необожженного кирпича, а крыша покрыта оцинкованным железом. Но зато сад у меня прекрасный. В нем растут самые лучшие сорта японской мушмулы [1] и чудные манговые деревья [2], от которых — я ожидаю великолепных плодов. Их подарил мне директор Ботанического сада. У меня есть садовник, один из моих бывших охотников, по имени Джек. Когда мы с ним охотились в Стране Сикукунис, буйволица так сильно искалечила ему бедро, что бедный Джек был вынужден навсегда забыть об охоте. Но он может кое-как ковылять и ухаживать за садом. Сам Джек — из

---

1 Мушмула — название двух различных видов древесных (кустарниковых) растений

2 Манговые деревья — род тропических деревьев, дающих плод (манго) величиной с огурец или небольшую дыню

миролюбивого племени гриква: зулуса вы никогда не заставите заниматься садоводством — мирные занятия ему не по душе.

Так как в моем домишке было тесно, сэр Генри и Гуд спали в палатке, которую я разбил в апельсиновой аллее в конце сада. Деревья были в цвету, и от них шел приятный аромат, а на ветках ярко выделялись зеленые и золотые плоды (надо сказать, что у нас в Дурбане на деревьях можно видеть и цветы и плоды одновременно). Место наше красивое, и спать на воздухе очень приятно, тем более что у нас в Береа москитов почти нет, если же они иногда и появляются, то только после сильных дождей.

Однако надо продолжать рассказ, иначе он тебе, Гарри, надоест раньше, чем мы доберемся до Сулеймановых гор. Итак, решив отправиться с сэром Генри, я немедленно занялся необходимыми приготовлениями. Прежде всего, мой мальчик, я получил от сэра Генри документ, обеспечивающий твое будущее. Здесь мы столкнулись с некоторыми затруднениями: сэр Генри не был местным жителем, и деньги, которые тебе следовало бы получать в случае моей гибели, находились в Англии. Но в конце концов мы это дело уладили благодаря одному ловкому адвокату, который содрал с нас возмутительную цену — целых двадцать фунтов стерлингов.

Положив чек на пятьсот фунтов в карман и отдав таким образом дань предосторожности, я купил за счет сэра Генри фургон и упряжку превосходных волов. Фургон был длиной в двадцать два фута, на железных осях, очень прочный и легкий, правда не совсем новый. Один раз он уже побывал на Алмазных россыпях, но вернулся оттуда без повреждений. Это еще больше меня убедило в том, что повозка была сделана из сухого, хорошо выдержанного дерева. Если фургон плохо слажен или сделан из сырого материала, это обнаруживается при первой же поездке. Задняя часть нашей повозки на протяжении двенадцати футов была крыта брезентом в виде навеса, передняя же, предназначенная для агажа, была открыта. Такие фургоны у нас называются «полукрытыми». Задняя часть была приспособлена для жилья — в ней находилась постель из шкур, на которой могли спать два человека, полка для оружия и кое-какие необходимые вещи. Я дал за него сто двадцать пять фунтов и считаю, что это было недорого.

Затем я купил великолепную упряжку из двадцати зулусских быков, которыми любовался уже около двух лет. Обычная упряжка состоит из шестнадцати голов, но на всякий случай я купил еще четыре. Зулусский скот низкорослый и легкий, почти наполовину меньше африкандерского[1], который используется для перевозки тяжелых грузов. Эти мелкие животные менее подвержены болезням ног, чем крупные, чрезвычайно неразборчивы в корме и приспособлены к самым тяжелым условиям. Поэтому они выживают там, где африкандерские мрут с голоду. Зулусские быки легче и быстроходнее; с легкой ношей они могут пройти пять миль в день. Кроме того, наши животные были хорошо «просолены» — то есть закалены, так как исходили всю Южную Африку вдоль и поперек. Поэтому наша упряжка была до некоторой степени гарантирована от той страшной формы малярии, которая так часто уничтожает целые стада, когда они попадают в непривычные им вельды[2]. Что касается страшной легочной болезни — то есть чахотки, — которая у нас так часто губит скот, им была сделана прививка. Для этого на хвосте быка, примерно на один фут от основания, делается надрез, к которому привязывается кусочек легкого, взятого у животного, погибшего от этой болезни. Через некоторое время бык заболевает легкой формой чахотки, хвост у него отмирает и отпадает на месте надреза, но зато сам он становится невосприимчив к чахотке. Жестоко, конечно, лишать животное хвоста, особенно в стране, где так много мух, но уж лучше пожертвовать хвостом, чем потерять и хвост и быка. Хвост без быка ни на что не годен, разве только чтобы смахивать им пыль. Но все-таки довольно забавно идти за быками и видеть перед собой двадцать жалких огрызков вместо хвостов. Так и кажется, что природа что-то напутала и вместо хвостов приставила быкам задние украшения целой своры премированных бульдогов.

После того как вопрос с животными был улажен, надо было подумать о провианте и лекарствах. Это требовало самого тщательного обсуждения. Нам нельзя было перегружать фургон и вместе с тем нужно было взять много вещей, необходимых для такого длительного путешествия. К счастью, оказалось, что Гуд кое-что смыслит в медицине. Каким-то образом ему когда-то удалось прослушать курс медицины и хирургии, и время от времени он применял свои познания на практике. У капитана не было,

---

[1] Африкандеры — буры, потомки первых европейских колонистов в Южной Африке

[2] Вельды — южноафриканская степь

конечно, звания доктора, но впоследствии мы убедились, что он понимает в этом деле больше, чем многие из тех господ, которые получили право писать после своей фамилии звание доктора медицины. У него была отличная походная аптечка и набор хирургических инструментов. Когда мы еще были в Дурбане, он отрезал у какого-то кафра большой палец ноги так ловко, что было просто приятно смотреть. Но капитан был совершенно ошеломлен, когда этот кафр, флегматично следивший за операцией, попросил приставить ему новый палец, говоря, что на худой конец подойдет и белый.

Благополучно уладив дела с провиантом и лекарствами, мы перешли к вопросу об оружии и найме прислуги. Что касается оружия, я лучше приведу список отобранного нами из того богатого запаса, который сэр Генри привез с собой из Англии, и того, что было у меня. Этот список сохранился в моей записной книжке, сейчас мне остается только его переписать:

«Три тяжелых двуствольных ружья, заряжающихся с казны, центрального боя, весом около пятнадцати фунтов каждое, с зарядом в одиннадцать драхм[1] черного пороха».

Эти ружья предназначались для охоты на слонов. Два из них — для сэра Генри и капитана Гуда — были изготовлены искуснейшими мастерами одной из знаменитых лондонских фирм. Не знаю, какой фирмы было мое ружье: оно, правда, не было такое красивое, но зато было неоднократно проверено мною в охоте на слонов.

«Три двуствольных ружья системы «экспресс 500», стреляющие разрывными пулями, рассчитанные на заряд в шесть драхм»

Превосходное оружие, в особенности на среднего зверя (как, например, на круторогую, или сабельную, антилопу), и незаменимое для самозащиты от врагов в открытой местности.

---

[1] Драхма — старинная мера аптекарского веса, равная 3, 732 грамма

«Одно двуствольное киперовское дробовое ружье двенадцатого калибра, центрального боя, с обоими стволами — чок»[1].

Впоследствии это ружье оказало нам огромную помощь в обеспечении нас повседневной пищей.

«Три магазинные винтовки системы «винчестер» (не карабины)».

Это было наше запасное оружие.

«Три самовзводных револьвера «кольта» с патронами крупного калибра».

Таково было наше вооружение. Нужно отметить, что оружие каждого класса было одной системы и калибра, и поэтому мы могли обмениваться патронами, что было очень удобно и важно. Я не прошу извинения у читателя за то, что, возможно, утомил его перечислением таких подробностей, так как каждый опытный охотник знает, насколько существенным является выбор оружия для успеха экспедиции.

Теперь перехожу к прислуге, которая должна была нас сопровождать.

После долгих обсуждений мы решили, что вполне достаточно взять с собой пять человек: проводника, кучера и трех слуг. И кучера и проводника я нашел без особого труда. Это были два зулуса, по имени Гоза и Том. Найти же слуг оказалось делом более сложным. Нам нужны были люди храбрые, надежные, на которых мы могли бы полностью положиться, так как от их поведения могла зависеть наша жизнь. Наконец мне удалось найти двух — одного готтентота[2] по имени Вентфогель, что значит «птица ветров», и маленького зулуса Хиву, у которого было то достоинство, что он отлично говорил по-английски. Вентфогеля я знал давно. В своей жизни я редко встречал лучшего охотника-следопыта. Он был необычайно вынослив и, казалось, состоял из одних мускулов и сухожилий. Но, к сожалению, у него был один недостаток, присущий его племени: любил выпить. Поэтому полностью на него положиться было нельзя: стоило поставить перед ним бутылку грога — и он забывал все на свете. Но так

---

[1] Чок — сужение канала ствола в дульной части охотничьего ружья

[2] Готтентоты — одна из народностей Южной Африки

как мы отправлялись в места, где не было ни трактиров, ни винных лавок, эта маленькая слабость не имела особого значения.

Третьего слугу я никак не мог найти, и мы решили отправиться только с двумя, надеясь, что в пути встретим подходящего человека. Но накануне нашего отъезда, вечером, когда мы обедали, вошел Хива и доложил, что меня хочет видеть какой-то зулус. После того как мы встали из-за стола, я приказал Хиве его ввести. В комнату вошел рослый, красивый человек, лет тридцати, с очень светлой для зулуса кожей. Вместо приветствия он поднял свою узловатую палку и молча уселся на корточках в углу комнаты. В течение некоторого времени я делал вид, что не замечаю его присутствия; с моей стороны было бы большой оплошностью поступить иначе: если вы сразу вступаете в разговор с туземцем, он может подумать, что вы человек ничтожный и лишены чувства собственного достоинства. Однако я успел заметить, что он был «кэшла» — то есть «человек с обручем». В его волосы было вплетено широкое кольцо, сделанное из особого сорта каучука, которое для блеска было натерто жиром. Такие обручи носят зулусы, достигшие известного возраста и имеющие высокое звание. Лицо его показалось мне знакомым.

— Ну, — сказал я наконец, — как тебя зовут?

— Амбопа, — ответил туземец приятным низким голосом.

— Я где-то тебя уже видел.

— Да, инкооэн[1], отец мой, ты видел меня в местечке Литтл-Хэнд, в Изандхлуане[2], накануне битвы.

Тут я все вспомнил. Во время несчастной войны с зулусами я был одним из проводников лорда Челмсфорда[3]. К счастью, мне удалось покинуть лагерь с порученными мне фургонами как раз накануне битвы. Пока запрягали волов, я разговорился с этим человеком. Он командовал отрядом туземцев, сражавшихся на нашей стороне. В разговоре он высказал свои сомнения относительно безопасности нашего лагеря. Тогда я ему предложил попридержать язык, так как это было не его ума дело, но впоследствии я не раз вспоминал его слова.

— Я помню, — сказал я. — Что же тебе от меня надо?

---

[1] Инкооэн — вождь

[2] В Изандхлуане во время войны англичан с зулусами был уничтожен английский отряд в 1400 человек, с шестьюдесятью офицерами (22 января 1879 года).

[3] Лорд Челмсфорд — английский генерал, командовавший английскими военными силами в Южной Африке во время войны с зулусами (1879).

— Вот что, Макумазан (так зовут меня кафры; в переводе это значит «человек, который встает после полуночи». А по-нашему это простонапросто человек, который всегда находится начеку). Я слышал, что ты собираешься в длинный путь далеко на север с белыми вождями, прибывшими из-за великой воды. Правда ли это?

— Да, правда.

— Я слышал, что вы пойдете до самой реки Луганги, которая находится на расстоянии одной луны пути от земли Маника. Это тоже правда, Макумазан?

— Зачем тебе нужно знать, куда мы идем? Какое тебе дело? — ответил я, глядя на него с недоверием, так как цель нашего путешествия мы решили хранить в глубокой тайне.

— О белые люди! — воскликнул туземец. — Если вы действительно отправляетесь так далеко, то я хочу идти вместе с вами!

Меня поразили тон и манера разговаривать этого человека. Он держался с необычайным достоинством, и в нем чувствовалось какое-то внутреннее благородство. Особенно удивили меня его слова: «О белые люди», вместо обычного обращения к белым: «О инкоози» — то есть вожди.

— Ты забываешься! — сказал я резко. — Думай, прежде чем обращаться с разговором к белым людям. Кто ты такой и где твой крааль? Ответь нам, чтобы мы знали, с кем мы имеем дело.

— Мое имя Амбопа. Я принадлежу к зулусскому племени, но на самом деле я не зулус. Жилища моего племени находятся далеко на севере. Мой народ остался там, когда другие зулусы спустились сюда. Это было тысячу лет назад, задолго до царя Чака, который правил Страной Зулусов. У меня нет крааля. Я скитаюсь много лет. Я пришел в Страну Зулусов с севера, когда был ребенком. Затем служил королю Кечвайо[1] в Нкомабакозийском полку. Из Страны Зулусов я бежал в Наталь, потому что хотел узнать, как живут белые люди. Потом я воевал против Кечвайо. С тех пор я живу и работаю в Натале. Мне здесь все надоело, я хочу снова идти на север. Здесь мне не место. Денег от вас мне не надо. Я человек храбрый и буду вам полезен. Я отработаю пищу, которую съем, и заслужу место у костра, которое займу. Я сказал.

---

[1] Кечвайо — король зулусов, живший во второй половине XIX века

Я был совершенно озадачен просьбой этого человека. По его непосредственному поведению и разговору было видно, что в основном он говорит правду. Но этот туземец настолько отличался от обыкновенных зулусов и его предложение идти с нами без вознаграждения было настолько странно, что не могло не вызвать у меня подозрения. Не зная, что ему ответить, я перевел сэру Генри и Гуду наш разговор и спросил их совета. Вместо ответа сэр Генри попросил меня передать Амбопе, чтобы он встал. Сбросив с себя длинный военный плащ, зулус выпрямился во весь свой исполинский рост и предстал перед нами совершенно обнаженным, если не считать мучи и ожерелья из львиных костей. Он был великолепен. Я никогда в жизни не видел такого красивого туземца. Роста он был шести футов и трех дюймов, широкоплечий и удивительно пропорционально сложенный. При вечернем освещении кожа его была чуть темнее обычной смуглой, только многочисленные следы от нанесенных ассегаями ран выделялись на его теле темными пятнами. Сэр Генри подошел к нему и пристально посмотрел на его гордое, красивое лицо.

— Какая прекрасная пара! — сказал Гуд, наклоняясь ко мне. — Посмотрите, они совсем одинакового роста.

— Мне нравится ваша внешность, мистер Амбопа, — сказал по-английски сэр Генри, обращаясь к зулусу, — и я беру вас к себе в услужение.

Очевидно. Амбопа понял его, потому что он ответил по-зулусски: «хорошо», и, взглянув на могучую фигуру белого человека, добавил:

— Мы настоящие мужчины — ты и я.

Глава IV. Охота на слонов

Я не собираюсь подробно рассказывать обо всех событиях, происшедших в течение нашего продолжительного путешествия до крааля Ситанди, который находится на расстоянии более тысячи миль от Дурбана, у слияния рек Луканга и Калюкве. Последние триста миль или около того нам пришлось пройти пешком, так как часто стали появляться ужасные мухи цеце, укус которых смертелен для всех животных, за исключением ослов.

Мы оставили Дурбан в конце января, и шла уже вторая неделя мая, когда мы расположились лагерем около крааля Ситанди. По пути у нас было много разнообразных приключений но так как подобные приключения случаются с каждым африканским охотником, то, чтобы не сделать мое повествование слишком скучным, я не буду их излагать здесь, кроме одного, о котором сейчас расскажу подробно.

В Айнайти — конечном торговом пункте Земли Матабеле, которой правит король Лобензула (кстати сказать, ужасный негодяй), — нам пришлось с огромным сожалением распрощаться с нашим удобным фургоном. В нашей великолепной упряжке из двадцати волов, приобретенных нами в Дурбане, осталось только двенадцать. Один погиб от укуса кобры, три пали от истощения и недостатка воды, один заблудился и пропал, а еще три подохли, наевшись ядовитых растений из семейства тюльпановых. От этого же заболели еще пять, но нам удалось их вылечить вливаниями отвара тюльпановых листьев. Это очень сильное противоядие, если ввести его своевременно. Фургон и быков мы поручили непосредственным заботам Гозы и Тома, вполне надежных юношей, попросив почтенного шотландского миссионера, который жил в этих диких местах, присматривать за нашим имуществом. Затем в сопровождении Амбопы, Хивы, Вентфогеля и полудюжины носильщиков-кафров мы отправились пешком на осуществление нашего безумного замысла.

Я помню, что, отправляясь в путь, мы все были несколько молчаливы. Вероятно, каждый из нас думал о том, придется ли ему вновь увидеть этот фургон. Что касается меня — я совершенно на это не рассчитывал.

Некоторое время мы шли в молчании. Вдруг Амбопа, который шел впереди, запел зулусскую песню о том, как несколько храбрецов, которым наскучили однообразие повседневной жизни и привычные вещи, отправились в бескрайнюю пустыню, чтобы найти там что-то новое или умереть, и как вдруг — о чудо! — когда они зашли далеко в глубь пустыни, они увидели, что это совсем не пустыня, а красивая местность, где много юных жен и тучного скота, много дичи для охоты и много врагов, которых можно убивать.

Мы все развеселились и сочли это за доброе предзнаменование. Амбопа был веселым малым. Правда, иногда у него бывали периоды мрачного настроения, но в остальное время ему была свойственна удивительная способность поддерживать в людях бодрость, причем он сам никогда не терял чувства собственного достоинства. Все мы очень полюбили его.

Теперь я доставлю себе удовольствие рассказать об одном происшествии, так как я страстно люблю охотничьи рассказы.

На расстоянии двух недель пути от Айнайти нам встретился удивительно красивый уголок. Почва здесь была влажная. В ущельях между высокими холмами рос густой колючий кустарник айдоро (как называют его туземцы), а кое-где — колючий кустарник «wachteen-beche» («подожди-ка немного»). Там также росло очень много прекрасных деревьев мачабель, отягченных освежающими желтыми плодами, внутри которых находятся огромные косточки. Плоды этого дерева представляют собой любимое лакомство слонов, о присутствии которых в этой местности свидетельствовали многочисленные следы их ног, а также и то, что во многих местах деревья были поломаны и даже вырваны с корнем: когда слон ест, он все вокруг разрушает.

Однажды вечером, после длительного дневного перехода, мы вышли на место поразительной красоты. У подножия холма, поросшего кустарником, находилось высохшее русло реки, в котором, однако, встречались небольшие водоемы, наполненные прозрачной, как хрусталь, водой, вокруг которых было много следов копыт диких животных. Перед холмом расстилалась равнина, похожая на парк; на ней группами росли мимозы с плоскими вершинами, а среди них — деревья мачабель с блестящими листьями. Вокруг было огромное молчаливое море кустарника, через которое не пролегала ни единая тропа. Как только мы вышли на дорогу, образованную ложем реки, мы спугнули стадо высоких жираф, которые ускакали, или, вернее, уплыли своей странной поступью, подняв торчком хвосты и отбивая копытами дробь подобно кастаньетам. Когда они были на расстоянии около трехсот ярдов от нас, то есть фактически на дистанции, недосягаемой для огнестрельного оружия. Гуд, который шел впереди, не смог противостоять искушению. Он поднял свое ружье, заряженное разрывной пулей крупного калибра, и выстрелил в молодую самку, бежавшую последней. По невероятной случайности пуля попала ей прямо в шею, повредив спинной хребет, и жирафа полетела кувырком, через голову, как кролик. Мне никогда не приходилось видеть более удивительного зрелища.

— Черт бы ее побрал! — сказал Гуд. (К моему сожалению, когда он волновался, у него была привычка употреблять сильные выражения, приобретенные несомненно во время его морской карьеры.) — Черт бы ее побрал! Ведь я ее убил!

— Ou, Bugwan!!(Да, Бугван!) — воскликнули наши носильщики-кафры. — Ou, Ou! (Да, да!)

Они называли Гуда «Бугван» («стеклянный глаз») из-за его монокля.

— Да, Бугван! — отозвались, как эхо, мы с сэром Генри.

И с этого дня за Гудом укоренилась, по крайней мере среди кафров, репутация отличного стрелка. В действительности он был плохим стрелком, но всякий раз при его очередном промахе мы не придавали этому никакого значения, вспоминая его знаменитый выстрел.

Приказав нескольким из наших слуг вырезать лучшие куски мяса жирафы, мы принялись строить ограду, или шерму, на расстоянии около ста ярдов вправо от одного из водоемов. Делается это так. Срезают большое количество ветвей колючего кустарника и укладывают их в форме круглой изгороди. Пространство, находящееся внутри изгороди, выравнивают, и в центре сооружают постель из сухой травы тамбуки, если она, конечно, поблизости имеется, и зажигают один или несколько костров.

К тому времени, как шерма была окончена, уже всходила луна, и наш обед, состоявший из бифштексов мяса жирафы и жареных мозговых костей, был готов. С каким наслаждением мы угощались этими мозговыми костями, хоть их и трудновато было расколоть!

Я не знаю лучшего лакомства, чем мозг жирафы — конечно, кроме слонового сердца, которым мы полакомились на следующий день.

При свете полной луны мы сидели за своей скромной трапезой, по временам прерывая ее, чтобы вновь поблагодарить Гуда за его замечательный выстрел. Затем мы закурили трубки и начали рассказывать разные истории. Вероятно, мы, сидя на корточках вокруг костра, представляли собой очень любопытное зрелище.

Особенно резко бросался в глаза контраст между мною и сэром Генри. Я худ, небольшого роста, кожа у меня темная, седые волосы торчат, как щетка, и вешу я всего шестьдесят килограммов, а сэр Генри высокого роста, широкоплечий, белокурый и весит около девяноста пяти. Но, принимая во внимание все обстоятельства, вероятно, удивительнее всех троих выглядел капитан Джон Гуд, отставной офицер Королевского флота. Он сидел на кожаном мешке, и казалось, будто он только что вернулся после приятно проведенного дня на охоте в цивилизованной стране, — совершенно чистый, аккуратный и хорошо одетый. На нем был охотничий костюм из коричневого твида[1], шляпа такого же цвета и элегантные гетры. Вообще говоря, мне никогда не приходилось видеть в дикой африканской пустыне такого великолепно выбритого, безукоризненно изящного и опрятного джентльмена. Его фальшивые зубы были в полном порядке, а в правом глазу, как обычно, красовался монокль. Он даже не забыл надеть воротничок из белой гуттаперчи, которых у него был изрядный запас.

— Видите ли, они весят так мало, — сказал он мне простодушно, когда я выразил свое изумление по этому поводу. — А я люблю всегда выглядеть джентльменом.

Вот так мы и сидели, разговаривая при волшебном свете луны, наблюдая, как кафры на расстоянии нескольких ярдов посасывают свои трубки с мундштуком из рога южноафриканской антилопы, наполненные опьяняющей даккой. Наконец они один за другим заснули у костра, завернувшись в свои одеяла, то есть все, за исключением Амбопы, который сидел в стороне. (Я заметил, что он всегда мало общался с кафрами.) Он сидел, подперев голову руками, глубоко задумавшись.

Вдруг из чащи кустарника позади нас раздалось громкое рычанье.

— Это лев, — сказал я.

---

[1] Твид — шерстяная материя особой выделки

Все мы вскочили и прислушались.

Сейчас же с водоема, находившегося на расстоянии около ста ярдов, донесся оглушительный рев слона.

— Unkungunklovo Indlovu!(Слон! Слон!) — зашептали кафры.

И несколько минут спустя мы увидели процессию огромных туманных фигур, медленно движущуюся по направлению к зарослям кустарника. Гуд вскочил, полный жажды убийства, по-видимому считая, что убить слона так же легко, как жирафу, с которой ему так повезло, но я схватил его за руку и заставил сесть.

— Ни в коем случае, — сказал я, — пусть они пройдут.

— Оказывается, тут настоящий рай для охотника! Я предложил бы здесь остановиться на денек-другой и поохотиться, — вдруг сказал сэр Генри.

Я был несколько удивлен этим, так как до сих пор сэр Генри всегда был за то, чтобы двигаться вперед как можно скорее, в особенности когда мы удостоверились в Айнайти, что около двух лет назад англичанин, по фамилии Невилль, действительно продал там свой фургон и ушел в глубь страны. Полагаю, что инстинкт охотника взял в этом случае верх.

Гуд с радостью ухватился за эту мысль, потому что мечтал поохотиться на слонов. О том же, правду сказать, мечтал и я, так как не мог примириться с мыслью, что мы дадим спокойно уйти целому стаду слонов и не воспользуемся таким удобным случаем, чтобы поохотиться.

— Ну что ж, друзья мои, — сказал я, — думаю, что нам не мешало бы немного поразвлечься. А теперь ляжем спать, так как нам надо встать до восхода солнца. Тогда, может быть, нам удастся захватить стадо, когда оно будет пастись, перед тем как двинуться дальше.

Все согласились с моим предложением, и мы начали готовиться ко сну. Гуд снял свою одежду, почистил ее, спрятал монокль и искусственные зубы в карман брюк и, аккуратно свернув свои вещи, положил там, где их не могла намочить утренняя роса, прикрыв углом своей простыни из прорезиненной материи. Мы с сэром Генри довольствовались более скромными приготовлениями и вскоре улеглись, укрывшись одеялами, и погрузились в глубокий сон без сновидений, который вознаграждает путешественника.

И во сне нам казалось, что мы идем, идем, идем... Но что это такое?

Внезапно оттуда, где была вода, донесся шум отчаянной схватки, а в следующее мгновение послышался ужаснейший рев. Было совершенно ясно, что это мог быть только лев. Мы все вскочили, смотря туда, откуда доносился шум, и увидели беспорядочную массу желто-черного цвета, которая металась в смертельной борьбе, приближаясь к нам. Мы схватили свои ружья и, на ходу надев вельдскуны[1], выбежали из ограды шермы. К этому времени дерущиеся животные упали и некоторое время катались клубком по траве. Когда мы до них добежали, драка уже прекратилась, и они затихли.

Вот что мы увидели: на траве лежал мертвый самец сабельной антилопы — самой красивой из африканских антилоп. Великолепный лев с черной гривой, пронзенный огромными изогнутыми рогами антилопы, был также мертв. Очевидно, произошло следующее. Антилопа пришла напиться к водоему, где залег в ожидании добычи лев, несомненно тот, чей рев мы слышали накануне. Когда антилопа пила, лев прыгнул на нее, но попал прямо на острые, изогнутые рога, которые пробили его насквозь. Однажды в прошлом я уже видел подобную сцену. Лев, который никак не мог освободиться, рвал и кусал спину и шею антилопы, а та, доведенная до безумия страхом и болью, неслась вперед, пока не упала мертвой.

Закончив детальный осмотр животных, мы позвали наших слуг и носильщиков-кафров и общими усилиями перетащили их туши к ограде. Затем мы вошли в шерму, легли и более не просыпались до восхода солнца.

С первыми его лучами мы встали и начали готовиться к охоте. Мы взяли с собой три ружья крупного калибра, большое количество патронов и свои объемистые фляги, наполненные холодным слабым чаем, который я всегда считал лучшим напитком на охоте. Поспешно позавтракав, мы двинулись в путь — за нами следовали Амбопа, Хива и Вентфогель. Носильщиков-кафров мы оставили в лагере, приказав им снять шкуры со льва и сабельной антилопы и разрубить последнюю на куски.

Мы легко нашли широкую слоновью тропу. Осмотрев ее, Вентфогель сказал, что она проложена двадцатью-тридцатью слонами, причем большая их часть — взрослые самцы.

В течение ночи стадо успело уйти на некоторое расстояние, и только часов в девять утра, когда жара становилась уже нестерпимой, мы увидели

---

[1] Вельдскуны — башмаки из сыромятной кожи

по поломанным деревьям, сорванным листьям и коре, а также по дымящемуся помету, что слоны безусловно находятся где-то поблизости.

Внезапно мы заметили стадо, насчитывающее, как и говорил Вентфогель, двадцать-тридцать слонов. Закончив свой утренний завтрак, они стояли в лощине, хлопая огромными ушами. Это было великолепное зрелище.

Слоны находились на расстоянии примерно двухсот ярдов от нас. Взяв пригоршню сухой травы, я подбросил ее в воздух, чтобы установить направление ветра, потому что знал, что если они нас почуют, то скроются из виду до того, как мы успеем выстрелить.

Удостоверившись, что ветер дует в нашем направлении, мы стали осторожно ползти вперед, и благодаря тому, что нас скрывала высокая трава, нам удалось приблизиться к огромным животным на расстояние примерно в сорок ярдов. Как раз перед нами, повернувшись боком, стояли три великолепных самца; у одного из них были огромные бивни. Я шепнул своим спутникам, что буду целиться в среднего; сэр Генри прицелился в стоявшего слева, а Гуд — в самца с большими бивнями.

— Пора, — прошептал я.

Бум! Бум! Бум! — выстрелили три крупнокалиберные винтовки, и слон сэра Генри упал замертво. Выстрел попал ему прямо в сердце. Мой слон упал на колени, и мне показалось, что он смертельно ранен, но через мгновение он встал на ноги и бросился бежать, чуть не задев при этом меня. В этот момент я разрядил второй ствол прямо ему в ребра, и на этот раз он свалился уже всерьез. Быстро вложив два новых патрона, я подбежал к нему вплотную и третьим выстрелом, в мозг, прекратил страдания бедного животного. Затем я обернулся, чтобы посмотреть, как Гуд справляется с большим самцом, который ревел от ярости и боли, когда я приканчивал своего. Добежав до капитана, я нашел его в состоянии величайшего волнения. Оказалось, что, раненный первым выстрелом, слон повернулся и устремился прямо на своего обидчика, причем Гуд едва успел увернуться. Затем слон бросился бежать, не разбирая дороги, напрямик к нашему лагерю. Стадо в панике понеслось в противоположном направлении.

Мы посовещались, идти ли нам за раненым самцом, или преследовать стадо, и наконец решили идти за стадом. Мы отправились, думая, что более никогда не увидим этих огромных бивней. С тех пор я часто думал, что так было бы лучше. Следовать за слонами было нетрудно, так как они оставляли за собой тропу примерно в ширину проезжей дороги, причем в своем паническом бегстве ломали густой кустарник, словно это была трава тамбуки.

Однако приблизиться к слонам было не так просто, и мы тащились уже более двух часов под палящими лучами солнца, когда наконец увидели их опять. За исключением одного самца, все они стояли, сбившись в кучу, и по их беспокойным движениям и по тому, как они подымали хоботы, обнюхивая воздух, я понял, что они задумали что-то недоброе. Одинокий самец, очевидно, стоял на страже ярдах в пятидесяти от стада и шестидесяти от нас. Думая, что, если мы попытаемся подойти поближе, он может нас заметить или почуять и что тогда стадо вновь обратится в бегство, мы все прицелились в этого самца и разом выстрелили по моей команде, поданной шепотом. Все три выстрела попали в цель, и он упал мертвым. Стадо вновь бросилось бежать, но, к несчастью для него, на расстоянии около ста ярдов ему преградила дорогу нулла — высохшее русло с крутыми берегами. В него и попали с разбегу слоны, и когда мы достигли края впадины, то увидели, что они в диком смятении отчаянно пытаются выбраться на другой берег. Слоны оглашали воздух трубными звуками, и, движимые эгоистическим инстинктом самосохранения, в панике отталкивали друг друга совсем так же, как в подобном случае действовало бы большинство человеческих существ.

Теперь нам представился удобный момент, и, поспешно зарядив ружья, мы выстрелили и убили пять бедных животных. Мы безусловно перебили бы все стадо, если бы слоны внезапно не прекратили попытки выбраться на берег и не пустились во всю прыть по нулле. Мы слишком устали, чтобы их преследовать, а возможно, нам уже немного надоело убивать, так как восемь слонов и так неплохая добыча для одного дня.

Отдохнув немного и дав время нашим слугам вырезать сердца двух слонов, чтобы приготовить их на ужин, мы, довольные, направились к себе, решив послать на следующее утро носильщиков, чтобы они отпилили бивни у убитых слонов.

Вскоре после того, как мы прошли то место, где Гуд ранил самца-патриарха, мы наткнулись на стадо антилоп, но не стреляли, так как у нас и без того было много мяса. Они пробежали мимо нас и затем остановились позади небольшой группы кустов, на расстоянии около ста ярдов, и обернулись, чтобы на нас посмотреть. Гуду не терпелось разглядеть их поближе, так как он никогда не видел южноафриканскую антилопу. Он отдал свое ружье Амбопе и в сопровождении Хивы направился к кустарнику. Мы сели подождать его, не сожалея о том, что нашелся повод для того, чтобы немного отдохнуть.

Солнце садилось в своем багряном великолепии, и мы с сэром Генри любовались красивой картиной, как вдруг услышали рев слона и увидели его огромный силуэт. Он несся в атаку с поднятым хоботом и хвостом, четко вырисовываясь на фоне красного солнечного диска. В следующее мгновение мы увидели, что Гуд и Хива бегут что есть сил обратно к нам, а раненый слон (это был он) несется за ними. Мгновение мы не решались выстрелить, чтобы не попасть в одного из бегущих, хотя, вообще говоря, от стрельбы с такой дистанции было бы мало толку.

В следующее мгновение случилось нечто ужасное. Гуд пал жертвой своей страсти к европейской одежде. Если бы он, подобно нам, согласился расстаться со своими брюками и гетрами и охотился в фланелевой рубашке и вельдскунах, все обошлось бы. Но теперь брюки мешали ему в этой отчаянной гонке, и внезапно, когда он был ярдах в шестидесяти от нас, подошвы его европейских ботинок, отполированные бегом по траве, скользнули, и он упал ничком прямо под ноги слону.

У нас вырвался вздох ужаса, потому что мы знали, что его гибель неизбежна, и все бросились к нему.

Через три секунды все было кончено, но не так, как мы предполагали. Хива увидел, что его господин упал. Отважный юноша обернулся и бросил прямо в морду слону свой ассегай, который застрял у того в хоботе.

С воплем боли рассвирепевший слон схватил бедного зулуса, швырнул его на землю и, наступив на тело Хивы своей огромной ногой, обвил хоботом верхнюю его половину и разорвал его надвое.

Обезумев от ужаса, мы бросились вперед, стреляя наугад без перерыва, и наконец слон упал на останки зулуса.

Что касается Гуда, он поднялся и, ломая руки, предался отчаянию над останками храбреца, который пожертвовал своей жизнью, чтобы его спасти. Хоть я и много испытал в своей жизни, но тоже почувствовал комок, подступающий к горлу. Амбопа стоял, созерцая огромного мертвого слона и изуродованные останки бедного зулуса.

— Что же, — вдруг сказал он, — Хива, правда, умер, но умер, как мужчина.

Глава V. Мы идем по пустыне

Мы убили девять слонов, и у нас ушло два дня на то, чтобы отпилить бивни, перетащить их к себе и тщательно закопать в песок под громадным деревом, которое было видно с расстояния нескольких миль вокруг. Нам удалось добыть огромное количество превосходной слоновой кости — лучшей мне не приходилось видеть: каждый клык весил в среднем от сорока до пятидесяти фунтов. Бивни громадного слона, разорвавшего бедного Хиву, весили, по нашему примерному подсчету, сто семьдесят фунтов.

Самого же Хиву, вернее то, что осталось от него, мы зарыли в норе муравьеда и, по зулусскому обычаю, положили в могилу его ассегай на случай, если ему пришлось бы защищаться по пути в лучший мир.

На третий день мы снова тронулись в путь, надеясь, что если останемся живы, то на обратном пути откопаем нашу добычу. После долгого и утомительного пути и целого ряда приключений, о которых у меня нет времени подробно рассказывать, мы достигли крааля Ситанди, расположенного около реки Луканги. Собственно говоря, только отсюда должно было по-настоящему начаться наше путешествие.

Я очень хорошо помню, как мы туда пришли. Направо был маленький туземный поселок, состоящий из нескольких жалких лачуг и каменных пристроек для скота. Чуть пониже, у самой реки, виднелись клочки обработанной земли, где туземцы выращивали свой скудный запас зерна. За ними шли необозримые, уходящие вдаль просторы вельдов — лугов с высокой, густой волнующейся травой, в которой бродят стада мелких животных.

Крааль Ситанди находится на самой границе этой плодородной местности. Налево от него начинается огромная пустыня. Трудно сказать, чему приписать такое неожиданное резкое изменение характера почвы, но этот контраст был настолько разителен, что невольно бросался в глаза.

Мы разбили наш лагерь немного повыше маленькой речки. На ее противоположном берегу был каменный откос, по которому двадцать лет назад бедный Сильвестр возвращался ползком после безумной попытки добраться до копей Соломона. Как раз за этим откосом начинается безводная пустыня, поросшая низкорослым колючим кустарником.

Наступал вечер, и огромный солнечный шар медленно опускался в пустыню, освещая все ее необозримое пространство своими последними сверкающими, разноцветными лучами.

Предоставив Гуду заниматься устройством лагеря, я пригласил сэра Генри прогуляться, и мы отправились на вершину противоположного откоса и оттуда стали смотреть на пустыню. Воздух был чист и прозрачен, и далеко-далеко на горизонте я мог различить неясные голубоватые очертания снежных вершин гор Сулеймана.

— Взгляните, — промолвил я после некоторого молчания, — вот стены, которые окружают копи царя Соломона. Одному лишь богу известно, сможем ли мы когда-нибудь на них взобраться!

— Там должен быть мой брат. А если он там, я во что бы то ни стало доберусь до него, — сказал сэр Генри с той спокойной уверенностью, которая была для него столь характерна.

— Ну что ж, будем надеяться, что это нам удастся! — вздохнул я и повернулся, чтобы идти в лагерь, когда неожиданно заметил, что мы не одни.

Позади нас, устремив пристальный взгляд на далекие горы, стоял наш царственный зулус Амбопа. Видя, что я смотрю на него, он заговорил, обращаясь к сэру Генри, к которому, как я уже убедился, он успел сильно привязаться.

— Так это и есть та страна, куда ты хочешь идти, Инкубу? (Это слово означает «слон»: так прозвали туземцы сэра Генри.) — сказал Амбопа, указывая своим широким ассегаем на горы.

Я возмущенно спросил его, какое он имеет право так фамильярно разговаривать со своим господином. Пусть туземцы называют друг друга какими им вздумается кличками, но совершенно недопустимо и неприлично с их стороны называть в лицо белого человека своими нелепыми языческими именами. Зулус тихо засмеялся, и этот смех меня еще больше рассердил.

— Откуда ты знаешь, что я не ровня вождю, которому служу? Конечно, мой господин принадлежит к королевскому роду: это видно по его росту и осанке, но, может быть, я тоже из королевского рода, как знать? О

Макумазан! Будь моими устами и передай слова мои Инкубу, моему господину и вождю, ибо я хочу говорить с ним, да и с тобой тоже.

Я очень был сердит на Амбопу, потому что не привык, чтобы туземцы так со мной разговаривали, но он почему-то внушал мне невольное и совершенно непонятное для меня уважение. Кроме того, мне было интересно знать, о чем он собирается с нами разговаривать. Я тотчас же перевел его слова сэру Генри, прибавив, что, с моей точки зрения, он нахал и его наглое поведение возмутительно.

— Да, Амбопа. — ответил сэр Генри, — я хочу идти в эту страну.

— Пустыня широка, и в ней нет воды, а горы высоки и покрыты снегом. Ни один человек не может сказать, что находится за горами, за которыми прячется солнце. Как ты пойдешь туда, Инкубу, и зачем ты хочешь туда идти?

Я перевел и эти его слова.

— Скажите ему, — отвечал сэр Генри, — что я иду туда, потому что думаю, что человек одной со мной крови уже давно туда ушел, и теперь я иду его искать.

— Ты говоришь истину, Инкубу. По пути сюда я встретил одного готтентота, и он рассказал мне, что два года назад какой-то белый человек ушел в пустыню по направлению к тем горам. С ним был слуга-охотник. Они оттуда не возвратились.

— Откуда ты знаешь, что это был мой брат? — спросил его сэр Генри.

— Я этого не знаю. Но я спросил готтентота, каков этот человек был с виду, и он ответил мне, что у него были твои глаза и черная борода. Охотника, который был с ним, звали Джимом. Он был из племени бечуанов и носил на теле одежду.

— Нет никакого сомнения, что это был ваш брат! — воскликнул я. — Я хорошо знал Джима!

Сэр Генри задумчиво кивнул головой.

— Я был в этом уверен, — промолвил он. — Джордж человек настойчивый, если уж он вбил себе что-нибудь в голову, то от этого не отступится. Таким он был с детства. Если он решил перейти Сулеймановы горы, он их перешел; конечно, если с ним в пути не случилось несчастья. Поэтому мы должны его искать по ту сторону гор.

Амбопа немного понимал по-английски, но редко разговаривал на этом языке.

— Это далекий путь, Инкубу, — заметил он. Я снова перевел его слова.

— Да, — ответил сэр Генри, — путь далекий. Но на свете нет такого пути, которого человек не смог бы пройти, если для этого он отдаст все свои силы. Если человека ведет любовь, то нет ничего на свете, Амбопа, чего бы он не преодолел. Нет для него таких гор, которых бы он не перешел, нет таких пустынь, которых бы он не пересек, кроме гор и пустынь, которых никому не дано знать при жизни. Ради этой любви он не считается ни с чем, даже со своей собственной жизнью, которой готов пожертвовать, если на то будет воля провидения.

Я перевел и эти слова.

— Великие слова ты произнес, отец мой! — ответил зулус (я всегда называл так Амбопу, хотя он не был зулусом). — Великие, возвышенные слова, достойные уст настоящего мужчины! Ты прав, отец мой Инкубу. Слушай! Что такое жизнь? Это легкое перышко, это семя травинки, которое ветер носит во все стороны. Иногда оно размножается и тут же умирает, иногда улетает в небеса. Но если семя здоровое, оно случайно может немного задержаться на пути, который ему предначертан. Хорошо, борясь с ветром, пройти такой путь и задержаться на нем. Человек должен умереть. В худшем случае он может умереть немного раньше. Я пройду с тобой через пустыню и через горы, если только не паду на пути, отец мой!

Он замолк, но тотчас же продолжал в страстном порыве риторического красноречия, которое иногда овладевает зулусами и доказывает, что это племя не лишено поэтического дара и интеллекта, несмотря на склонность к постоянным и излишним повторениям.

— Что такое жизнь? — продолжал он. — Скажите мне, о белые люди! Вы такие мудрые, вы, которым известны тайны мироздания, тайны звезд и всего того, что находится над ними и вокруг них! О белые люди, вы, которые в мгновение ока передаете слова свои издалека без голоса, откройте мне тайну нашей жизни: куда она уходит и откуда она появляется?

Вы не можете мне ответить; вы сами этого не знаете. Слушайте же меня: я отвечу сам. Из мрака мы явились, и во мрак мы уйдем. Как птица, гонимая во мраке бурей, мы вылетаем из Ничего. На одно мгновенье видны наши крылья при свете костра, и вот мы снова улетаем в Ничто. Жизнь — ничто, и жизнь — все. Это та рука, которая отстраняет Смерть. Это светлячок, который мерцает в ночной темноте и потухает к утру. Это белый пар дыханья волов в зимнюю пору, это едва заметная тень, которая стелется по траве и исчезает на закате солнца.

— Странный вы человек, Амбопа, — сказал сэр Генри, когда зулус умолк.

Амбопа засмеялся:

— Мне кажется, что мы очень похожи друг на друга, Инкубу. Может быть, и я ищу брата по ту сторону гор.

Я взглянул на него с подозрением.

— Что ты хочешь этим сказать? — спросил я его. — Что ты знаешь об этих горах?

— Мало, очень мало. Говорят, что за ними находится красивая таинственная страна, страна чудес и волшебства, страна храбрых воинов, высоких деревьев, бурных потоков, белоснежных вершин, страна великой белой дороги. Я слыхал о ней. Но стоит ли об этом говорить? Уже наступает вечер. Кому суждено, тот увидит ее.

Я снова взглянул на него с недоверием. Этот человек определенно что-то знал.

— Не бойся меня, Макумазан, — сказал Амбопа в ответ на мой взгляд. — Я не рою яму, чтобы вы в нее упали. Я не замышляю ничего недоброго. Если нам когда-нибудь суждено перейти эти горы, которые находятся позади солнца, я скажу все, что знаю. Но Смерть бродит на их вершинах. Будьте мудрыми и вернитесь назад. Вернитесь, мои господа, и охотьтесь на слонов. Я сказал.

И, не говоря больше ни слова, он поднял в знак прощального приветствия свое копье, повернулся и пошел к лагерю. Когда мы пришли туда, то увидели, что он чистит ружье, как самый рядовой кафр-слуга.

— Какой странный человек! — сказал сэр Генри.

— Более чем странный, — подтвердил я. — Его поведение не внушает мне доверия. Он что-то знает, но говорить не хочет. Впрочем, не стоит с ним ссориться. Нас ожидает впереди много загадочного и таинственного, и наш таинственный зулус для этого как раз подходит.

На следующий день мы начали готовиться в путь. Тащить через пустыню наши ружья и другое снаряжение было, конечно, немыслимо. Мы рассчитали носильщиков и договорились с одним жившим поблизости кафром, чтобы он позаботился о наших вещах, рассчитывая захватить их на обратном пути. У меня разрывалось сердце при мысли, что мы должны оставить наши чудные ружья у этого вора. От одного вида оружия у старого прохвоста разгорелись глаза, и он не мог оторвать от него своего жадного взгляда. Поэтому мне пришлось принять некоторые меры предосторожности.

Прежде всего я зарядил все ружья, взвел курки и заявил ему, что если он до них дотронется, то они тут же выстрелят. Кафр немедленно произвел эксперимент с моей двустволкой. Раздался выстрел, и пуля пробила дыру в одном из его быков, которых в это время гнали в крааль, а сам он от отдачи ружья полетел вверх тормашками. С испугом старик вскочил на ноги и, очень расстроенный потерей быка, имел наглость потребовать с меня возмещения его стоимости. При этом он клялся, что ничто на свете не заставит его дотронуться до нашего оружия.

— Спрячь этих живых дьяволов в солому, — ворчал он, — иначе они всех нас убьют!

Зная, что старик очень суеверен, я пригрозил ему, что в случае пропажи хоть одной вещи я убью колдовством и его и всех его родичей, а если мы погибнем в пути и он осмелится украсть наши ружья, я явлюсь к нему с того света и мой призрак будет преследовать его и днем и ночью. Затем я заявил этому негодяю, что заговорю весь его скот и он взбесится, что все молоко его коров скиснет, а самого его доведу до такого состояния, что ему не захочется жить. Кроме того, я пообещал выпустить на него из ружей сидящих там чертей, чтобы они должным образом поговорили с ним. Словом, дал ему достаточно ясно понять, какое его ждет наказание в случае, если он не оправдает нашего доверия. После этого старый негодяй поклялся, что будет хранить наши вещи, как дух своего покойного отца.

Договорившись с кафром и освободившись таким образом от лишнего груза, мы отобрали снаряжение, необходимое для нашего дальнейшего путешествия. Но как мы ни старались взять как можно меньше вещей, все же на каждого приходилось около сорока фунтов. Вот что мы взяли:

Три винтовки системы «экспресс» и к ним двести патронов.

Две магазинные винтовки «винчестер» (для Амбопы и Вентфогеля) и к ним тоже двести патронов.

Три револьвера «кольт» и шестьдесят патронов.

Пять походных фляг, каждая емкостью в четыре пинты.

Пять одеял.

Двадцать пять фунтов билтонга — вяленого мяса.

Десять фунтов самых лучших бус для подарков.

Небольшую аптечку с самыми необходимыми лекарствами, в которую не забыли положить одну унцию хинина и пару маленьких хирургических инструментов.

Кроме этой поклажи, с нами была кое-какая мелочь: компас, спички, карманный фильтр, табак, небольшая лопата, бутылка бренди и, наконец, та одежда, которая была на нас. Для такого опасного и рискованного путешествия это было немного, но мы не решились взять больше, так как и без того ноша в сорок фунтов была более чем достаточной. Идти по раскаленным пескам пустыни и тащить с собой большой груз — дело трудное; в таких случаях имеет значение каждая лишняя унция. Несмотря на все наши старания, мы никак не могли уменьшить нашу поклажу, так как взяли только то, без чего никак не могли обойтись.

С большим трудом я уговорил трех жалких кафров из поселка пройти с нами двадцать миль, что составляло первый этап нашего путешествия. Каждый из них должен был нести большую тыквенную бутыль, в которую вмещался галлон жидкости, за что я обещал им подарить по охотничьему ножу. Мы рассчитывали пополнить наш запас воды после первого ночного перехода, так как решено было тронуться в путь ночью, когда было сравнительно прохладно. Кафрам я сказал, что мы отправляемся охотиться на страусов, которые действительно в изобилии водились в пустыне. В ответ они что-то тараторили, пожимали плечами, уверяя, что мы сошли с ума и неминуемо умрем от жажды, что, между прочим, было действительно весьма вероятно. Но так как кафры страстно желали получить ножи, о которых они не смели и мечтать, — в этих диких краях ножи были большой редкостью, — они все же в конце концов согласились идти с нами первые двадцать миль, по-видимому решив, что если мы все перемрем от жажды, то это, в сущности, не их дело.

Весь следующий день мы только и делали, что спали и отдыхали. На закате солнца, плотно поужинав свежей говядиной, мы напились чаю, причем Гуд с большой грустью заметил, что неизвестно, когда нам придется его пить в следующий раз. Затем, закончив последние приготовления к походу, мы снова легли и начали ждать восхода луны. Наконец, около девяти часов вечера, она появилась во всем своем великолепии. Свет ее хлынул на дикие просторы и озарил серебряным сияньем убегающую вдаль пустыню, такую же торжественную и безмолвную, как усыпанный звездами небесный свод над нами.

Мы встали, но не двигались с места, словно колебались и медлили трогаться в путь: я думаю, человеку свойственно колебаться на пороге в невозвратное. Мы — трое белых — отошли в сторону. В нескольких шагах впереди нас стоял Амбопа с ружьем за плечами и ассегаем в руке: он пристально смотрел вдаль, в пустыню. Вентфогель и нанятые нами кафры с бутылями в руках собрались вместе и стояли несколько позади нас.

— Господа! — сказал после небольшого молчания сэр Генри своим звучным, низким голосом. — Мы отправляемся в необыкновенное путешествие, которое вряд ли когда-либо приходилось предпринимать человеку. Едва ли оно окончится благополучно. Нас трое. И я убежден, что во всех предстоящих испытаниях, что бы с нами ни случилось, мы будем стоять друг за друга до последнего вздоха. А теперь, прежде чем тронуться в путь, вознесем краткую молитву всемогущему, который управляет судьбами человека и с сотворения мира предопределяет его пути. Положимся же на волю бога, и да будет ему угодно направить наши стопы по верному пути!

Он снял шляпу и, закрыв лицо руками, минуты две молился. Мы с Гудом последовали его примеру.

Я, как и большинство охотников, не умею горячо молиться. Что касается сэра Генри, то я думаю, что в глубине души он очень религиозный человек, хотя мне и не приходилось более слышать от него подобных речей, за исключением еще одного раза. Гуд тоже весьма набожен, хотя и любит чертыхаться. Во всяком случае, не помню, чтобы я, кроме еще одного случая, так искренно молился, как в этот раз. После молитвы у меня стало легче на душе. Наше будущее было совершенно неизвестно, но я думаю, что все неведомое и страшное всегда приближает человека к его творцу.

— Ну, — сказал сэр Генри, — а теперь в дорогу!

И мы тронулись в путь.

В сущности, идти нужно было почти наугад. Ведь, кроме отдаленных гор и карты Хозе да Сильвестра, начертанной триста лет назад на клочке материи полусумасшедшим, умирающим стариком, нам нечем было руководствоваться. На этот обрывок холста было очень трудно положиться, но тем не менее на него возлагались все наши надежды на успех. Меня беспокоило, удастся ли нам найти тот маленький водоем с «плохой водой», который, судя по карте старого португальца, находился посреди пустыни, то есть в шестидесяти милях от крааля Ситанди и на таком же расстоянии от гор Царицы Савской. В случае неудачи мы неминуемо должны были погибнуть мучительной смертью. У нас не было почти никаких шансов найти этот водоем в огромном море песка и зарослях кустарника. Если даже предположить, что да Сильвестра правильно указал его местонахождение, разве не мог он за эти три века высохнуть под палящим солнцем пустыни? Разве не могли затоптать его дикие звери? И, наконец, не занесло ли его песками?

Молча, как тени, мы продвигались в ночном мраке, увязая в глубоком песке. Идти быстро было невозможно, так к мы беспрестанно натыкались на колючие кусты. Песок забирался в наши вельдскуны и охотничьи ботинки Гуда, так что время от времени мы были вынуждены останавливаться и вытряхивать обувь. Ночная прохлада смягчала и приятно освежала тяжелый удушливый воздух пустыни, и мы, несмотря на частые остановки и трудности перехода, довольно значительно продвинулись вперед. Кругом царило гнетущее безмолвие. Желая нас подбодрить. Гуд начал насвистывать песенку «Девушка, которую я оставил дома», но веселый мотив звучал мрачно и зловеще в бескрайних просторах, и он замолк.

Вскоре с нами произошло забавное происшествие, которое сначала нас сильно напугало, но затем очень рассмешило. Гуд шел впереди, держа в руках компас, с которым он, как моряк, умел прекрасно обращаться, мы же брели друг за другом позади него. Вдруг он громко вскрикнул и исчез. В тот же момент вокруг нас раздались какие-то дикие звуки: фырканье, храпение, стоны и тяжелый топот поспешно убегающих ног. Несмотря на почти полный мрак, мы, хоть и с трудом, могли различить неясные очертания каких-то странных существ, которые стремительно неслись вперед, поднимая вихри песка.

Туземцы побросали свою поклажу, намереваясь удрать, но, вспомнив, что бежать некуда, бросились ничком на землю и начали вопить, что это дьявол. Мы с сэром Генри стояли ошеломленные, но были еще больше ошеломлены, когда внезапно увидели Гуда, несущегося во весь опор по направлению к горам. Нам показалось, что капитан мчится верхом на лошади, издавая при этом дикие вопли. Вдруг, взмахнув руками, он со всего размаха тяжело грохнулся на землю.

Тогда я понял, что случилось: в темноте мы наткнулись на стадо спящих квагг[1], и Гуд упал на спину одного из животных, которое в испуге сразу же вскочило и ускакало вместе с седоком. Крикнув своим спутникам, чтобы они не беспокоились, я бросился к Гуду и, к моей величайшей радости, нашел его сидящим на песке. Я вздохнул с облегчением, видя, что он нисколько не пострадал от падения. Конечно, капитан был сильно напуган и его основательно тряхнуло, хотя это никак не отразилось ни на нем, ни на его монокле, который, как обычно, красовался в его глазу.

После этого забавного инцидента мы продолжали путь без всяких неприятных происшествий. Около часу ночи сделав привал, выпив немного воды (пить вволю мы не могли, так как помнили, насколько драгоценна была для нас эта влага) и отдохнув с полчаса, мы двинулись дальше.

Мы шли, шли и шли, пока наконец восток не зардел румянцем, как вспыхнувшее от смущения лицо девушки. Показались нежные лучи желтовато-розового цвета; они быстро разгорались и вдруг превратились в огненно-золотые полосы, по которым в пустыню скользнул рассвет. Звезды становились все бледнее и наконец совсем исчезли. Золотая луна потускнела, и горные цепи обозначились на поблекшем ее лике, как тени на лице умирающего. Лучи света, похожие на копья, сверкнули где-то очень далеко и озарили бескрайнюю пустыню, пронизывая и зажигая покров тумана, окутывающий ее, пока она вся не затрепетала золотым блеском. Наступил день.

Мы решили не останавливаться, хотя нам и очень хотелось отдохнуть, так как знали, что, когда солнце поднимется выше, наступит такая жара, что вряд ли можно будет продолжать путь. Наконец, примерно через час, мы издали заметили несколько скал, возвышавшихся на ровной местности. Едва волоча ноги от усталости, мы поплелись к ним и с радостью увидели,

---

[1] Квагга — дикая африканская лошадь

что одна из них сильно выдается вперед, образуя навес, который мог служить хорошим убежищем от зноя. Земля под ним была покрыта мелким песком. Мы с наслаждением там укрылись, выпили немного воды, съели по кусочку билтонга и тотчас же заснули мертвым сном.

Когда мы проснулись, было уже три часа. Наши носильщики-кафры уже ждали нашего пробуждения, собираясь в обратный путь. Они были по горло сыты пустыней, и никакие ножи на свете не заставили бы их идти дальше. Мы с наслаждением выпили всю оставшуюся в флягах воду и, вновь наполнив их драгоценной влагой из тыквенных бутылей, принесенных туземцами, отпустили их домой.

В половине пятого мы двинулись дальше. В пустыне царила мертвая тишина. На всем видимом пространстве этой бесконечной песчаной равнины, кроме нескольких страусов, не было видно ни одного живого существа. Очевидно, для зверей здесь было слишком сухо и, за исключением одной или двух смертоносных кобр, мы не повстречали ни единого пресмыкающегося. Тем не менее одно насекомое встречалось изобилии: обычная комнатная муха. Они летали по пустыне и следили за нами, как шпионы, но не «поодиночке, а целыми отрядами», как это как будто где-то сказано в Ветхом завете. Комнатная муха — необыкновенное насекомое. Куда бы вы ни пошли, вы всюду встречаете это создание. Так было, наверно, всегда, с начала мироздания. Однажды я видел это насекомое в куске янтаря, которому, как мне рассказывали, было не менее пятисот тысяч лет, и оно выглядело точно так же, как наша современная муха. Я почти не сомневаюсь в том, что когда на земле будет умирать последний человек, то муха (если, конечно, это случится летом) будет жужжать и кружиться вокруг него и внимательно следить, ожидая удобного случая, чтобы сесть ему на нос.

На закате солнца мы сделали привал и стали ждать восхода луны. Наконец она появилась на небе, спокойная и безмятежная, как всегда, и мы потащились дальше. Отдохнув только один раз около двух часов ночи, мы плелись всю ночь напролет, пока не взошло долгожданное солнце и мы не смогли наконец отдохнуть от мучительного ночного перехода. Выпив несколько глотков воды, совершенно измученные, мы повалились на песок и тотчас же заснули. Оставлять кого-нибудь на страже не было никакой необходимости, так как в этой бесконечной песчаной равнине не было ни одного живого существа. Нашими единственными врагами были жара, жажда и мухи. Но я скорей согласился бы подвергнуться опасности со стороны человека или дикого зверя, чем иметь дело с этой ужасной троицей. К сожалению, на этот раз нам не посчастливилось укрыться от зноя под какой-нибудь гостеприимной скалой. В семь часов мы проснулись от нестерпимой жары, испытывая такое ощущение, что нас, словно кусок филея, насадили на вертел и держат над раскаленными углями. Солнце пропекало буквально насквозь; казалось, что его палящие лучи вытягивают нашу кровь. Мы сели, едва переводя дыхание.

— Убирайтесь вон! — воскликнул я в изнеможении, разгоняя тучу мух, неутомимо и звонко жужжавших над моей головой.

Счастливые! Они не чувствовали жары.

— Честное слово... — промолвил сэр Генри.

— Да, жарковато! — перебил его Гуд.

Жара действительно была невыносимая, и негде было укрыться от этого адского пекла. Вокруг, куда ни кинь взгляд, раскинулась голая, раскаленная пустыня. Не было ни бугорка, ни камня, ни единого деревца, ничего, что могло бы дать хоть чуточку тени. Нас ослеплял нестерпимо яркий блеск солнца, а жгучие, дрожащие струи воздуха, поднимающиеся над пустыней, как над раскаленной докрасна плитой, обжигали глаза.

— Что же делать? — спросил сэр Генри. — Долго выдержать этот ад невозможно.

В полном недоумении мы смотрели друг на друга.

— Вот что! — сказал Гуд. — Нам нужно вырыть яму, забраться в нее, а сверху накрыться кустами.

Это предложение не вызвало в нас особого энтузиазма, но все же это было лучше, чем ничего. Мы тотчас же принялись за работу, и с помощью рук и лопаты, которую с собой захватили, нам через час удалось вырыть яму около десяти футов длиной, двадцати шириной и двух футов глубиной. Затем охотничьими ножами мы нарезали стелющиеся по земле ветки кустарника, забрались в яму и накрылись ими. Один Вентфогель не последовал нашему примеру: он, как готтентот, привык к пеклу и нисколько от него не страдал.

Это убежище до некоторой степени предохраняло нас от жгучих солнечных лучей. Я предоставляю читателю вообразить, каков был воздух в этой самодельной могиле, так как у меня нет слов его описать. Наверно,

Черная Яма в Калькутте была раем по сравнению с нашей дырой. Я до сих пор не понимаю, как мы пережили этот ужасный день, когда, задыхаясь от недостатка воздуха, мы лишь время от времени смачивали губы водой, которой оставалось совсем мало. Если бы мы дали себе волю, она была бы выпита в первые же два часа. Но мы вынуждены были соблюдать самую строгую экономию, так как слишком хорошо понимали, что без воды нам грозит гибель от жажды.

Время тянулось невыносимо медленно. Но всему на свете бывает конец, — если, конечно, доживешь до него, — и этот страшный день начал склоняться к вечеру. Около трех часов дня мы решили, что терпеть эту пытку больше невозможно. Лучше умереть в пути, чем медленно погибать от жажды и невыносимой жары в этой страшной яме. Отпив несколько глотков из нашего более чем скудного запаса воды, которая нагрелась до температуры человеческой крови, мы, шатаясь, вновь поплелись дальше.

Нам удалось уже пройти около пятидесяти миль в глубь пустыни. Если читатель вспомнит наставления старого да Сильвестра и посмотрит еще раз на его карту, он увидит, что пустыня простирается на сорок лье[1] и водоем с «плохой водой» указан почти посреди нее. Сорок лье составляет сто двадцать миль, следовательно, мы должны были находиться самое большее в двенадцати или пятнадцати милях от воды, если, конечно, она еще существовала.

Весь день до захода солнца, испытывая нечеловеческие мучения и едва волоча ноги, мы медленно продвигались вперед, делая не более полуторы мили в час. Когда солнце село, мы сделали привал и в ожидании восхода луны немного подремали, предварительно выпив несколько глотков воды. Перед тем как лечь, Амбопа указал нам на небольшой холм, очертания которого неясно вырисовывались на гладкой поверхности песчаной равнины на расстоянии около восьми миль от нашей стоянки. Издали он был похож на муравейник, и, засыпая, я недоумевал, что это могло быть.

Взошла луна. Мы встали совершенно обессиленные и, изнывая от мучительной жары и невыносимой жажды, потащились дальше. Кто не испытал этих мук сам, тот не может себе представить ни наших страданий, ни того, что мы в тот день пережили. Мы уже не шли, а шатались из стороны в сторону, время от времени падая от полного изнеможения. Почти каждый час нам приходилось садиться и отдыхать. У нас не было

---

[1] Лье — старинная французская мера длины, равная 4, 5 километра

сил даже разговаривать. До сих пор Гуд все время болтал и шутил, так как он очень веселый малый, но и его веселость куда-то пропала.

Наконец, около двух часов ночи, совершенно выдохшиеся и физически и душевно, мы подошли к подножию странного маленького песчаного холма, который с первого взгляда показался нам похожим на огромный муравейник. Высотой он был примерно в сто футов и занимал площадь около двух акров.

Тут мы остановились и, доведенные до отчаяния нестерпимой жаждой, выпили до последней капли всю оставшуюся воду. Всего-то пришлось по пол-пинты[1] на человека, тогда как каждый из нас с наслаждением выпил бы по галлону[2].

Затем мы легли вновь. Я уже засыпал, когда услышал, как Амбопа, обращаясь к самому себе, произнес по-зулусски:

— Если мы завтра не найдем воду, то все умрем, прежде чем взойдет луна.

Несмотря на жару, я содрогнулся. Нельзя сказать, что мысль о возможности такой страшной смерти была приятной, но даже и она не помешала мне заснуть.

---

[1] Пинта — 0. 56 литра

[2] Галлон — 4, 54 литра

Глава VI. Вода! Вода!

Через два часа я проснулся. Было около четырех утра. Как только первая настоятельная потребность в сне, вызванная физической усталостью, была удовлетворена, я вновь ощутил мучительную жажду. Больше мне не удалось заснуть. Во сне я видел, будто купаюсь в реке, окаймленной зелеными берегами, поросшими деревьями, но, проснувшись, мне пришлось вернуться к печальной действительности. Нас окружала все та же бесплодная пустыня, и мне вспомнились слова Амбопы, что, если в этот день мы не найдем воды, нам грозит ужасная смерть. Ни одно человеческое существо не смогло бы долго прожить без воды в такую жару. Я сел и начал тереть свое грязное лицо сухими, заскорузлыми руками. Мои губы и веки слиплись, и, только протерев, мне удалось с усилием их открыть. Скоро должно было взойти солнце, но в воздухе совершенно не чувствовалось утренней свежести. Нас окружал не поддающийся никакому описанию душный, раскаленный мрак. Мои спутники еще спали. Наконец настолько рассвело, что уже можно было читать. Тогда я открыл маленькое карманное издание легенд Инголдзби, которое я захватил с собой, и прочел «Реймскую галку». Когда я дошел до места, где говорится:

Нес маленький мальчик кувшин золотой,
Чеканный и полный прозрачной водой,
Что лишь меж Намуром и Реймсом течет
бирюзовой струей… —

я невольно начал причмокивать своими растрескавшимися губами или, вернее, попытался это сделать. Одна лишь мысль об этой чистой воде сводила меня с ума. Если бы здесь появился кардинал со своим колокольчиком, священной книгой и свечой, я бросился бы к нему и выпил бы всю воду, предназначенную для омовения рук, даже если бы она была же полна пены от мыла, достойного омывать руки папы, и если бы я знал, что за это на мою голову падет тягчайшее проклятие всей католической церкви. Я думаю, что тогда меня от жажды, усталости и голода немного помутилось в голове. Мне вдруг живо представилось, какими изумленными глазами смотрели бы кардинал, сопровождающий его хорошенький маленький служка и сама реймская галка на невысокого, загорелого, седого охотника на слонов, когда он внезапно, одним прыжком, очутился бы около них и, сунув свою грязную физиономию в сосуд с водой, проглотил бы залпом драгоценную влагу до последней капли. Эта мысль показалась мне такой забавной, что я рассмеялся хриплым смехом и этим разбудил моих спутников, которые теперь тоже начали протирать свои грязные лица, слипшиеся веки и запекшиеся губы.

Как только все полностью очнулись ото сна, мы принялись обсуждать положение, которое было достаточно серьезным. Не оставалось более ни капли воды. Мы опрокинули фляги вверх дном и пытались лизать их горлышки, но из этого ничего не вышло — они были совершенно сухие. Гуд, который нес бутылку бренди, начал посматривать на нее жадными глазами, но сэр Генри быстро взял у него бутылку и убрал ее, потому что в нашем положении напиться спирта означало бы приблизить свой конец.

— Если мы не найдем воду, мы погибнем, — сказал он.

— Если можно считать достоверной карту старого португальца, — сказал я, — то где-то неподалеку должна быть вода.

Никто, по-видимому, не получил большого удовлетворения от этого замечания. Было совершенно очевидно, что не следует возлагать большие надежды на карту. Постепенно становилось все светлее и светлее. Мы сидели, безучастно глядя друг на друга. Внезапно я заметил, что готтентот Вентфогель поднялся и начал бродить вокруг, не отрывая глаз от земли. Вдруг он остановился и, издав гортанное восклицание, указал на землю.

— Что там такое? — воскликнули мы и, вскочив на ноги, разом кинулись туда, где он стоял, указывая на землю.

— Допустим, — сказал я, — что это довольно свежий след газели, что же из этого?

— Газели не уходят далеко от воды, — ответил он по-голландски.

— Да, — отозвался я, — ты прав. Я забыл об этом и благодарю за это господа.

Это маленькое открытие вдохнуло в нас новые силы. Удивительно, как человек даже в отчаянном положении цепляется за самую слабую надежду и чувствует себя почти счастливым! Когда ночь темна, то даже единственная звезда все же лучше, чем ничего.

Тем временем Вентфогель, подняв кверху свой курносый нос, вдыхал горячий воздух, точь-в-точь как старый горный баран, чующий опасность. Вдруг он снова заговорил.

— Я чувствую запах воды, — сказал он.

Нас охватило ликование, так как мы знали, каким исключительным природным чутьем обладают люди, выросшие в пустыне.

Как раз в этот момент взошло солнце во всем своем величии, и нашим изумленным глазам представилось столь потрясающее зрелище, что на мгновение мы даже забыли свою жажду.

На расстоянии не более сорока или пятидесяти миль от нас, сверкая, как серебро, в утренних лучах солнца, высилась Грудь Царицы Савской; по обе ее стороны на сотни миль тянулись великие горы Сулеймана. Теперь, когда я сижу здесь, за своим столом, и пишу эти строки, пытаясь описать исключительное величие и красоту этого зрелища, я не нахожу нужных слов. Такое великолепие словами выразить нельзя. Прямо перед нами высились две огромные горы, по крайней мере в пятнадцать тысяч футов высотой, подобных которым, я думаю, нет больше в Африке, да, вероятно, и во всем мире. Соединенные обрывистым скалистым отрогом, они отстояли не более чем на дюжину миль одна от другой, торжественно вздымая прямо в небо свою величественную белизну. Эти горы стояли подобно колоннам, подпирающим гигантские ворота, и их очертания были совершенно схожи с грудью женщины. От подножия они мягко закруглялись кверху и с этого расстояния казались совсем гладкими. На вершине каждой из них возвышался огромный круглый, покрытый снегом бугор, по своей форме точно воспроизводящий сосок женской груди. Обрывистый отрог, соединявший обе горы, казалось, был в несколько тысяч футов высотой. По обе стороны от них, насколько мог охватить глаз, простирались такие же отроги, линия которых только изредка прерывалась горами с плоскими вершинами, несколько напоминающими знаменитую вершину у Кейптауна. Это, между прочим, является весьма обычным геологическим образованием в Африке.

Я не в силах описать ослепительную красоту этого вида. В величественных очертаниях этих колоссальных вулканов — так как горы несомненно были потухшими вулканами — было нечто столь торжественное и подавляющее, что у нас захватило дыхание. Некоторое время утренний свет играл, переливаясь, на снегу и на конусообразных коричневых массах гор ниже линии снега. Затем, словно для того, чтобы скрыть величественное зрелище от наших взоров, странные клубы тумана и облаков, постепенно сгущаясь, заволокли горы, пока наконец мы едва могли различить их чистый гигантский контур, вырисовывающийся, подобно видению, сквозь облачную пелену. Как мы позднее установили, горы обычно были скрыты этим странным прозрачным туманом, что, вероятно, и являлось причиной того, что никому из нас не удалось ранее ясно различить их очертания.

Как только горы исчезли в своем облачном тайнике, нас снова начала мучить неистовая жажда.

Хорошо было Вентфогелю говорить, что он чувствует запах воды, но куда бы мы ни смотрели, мы нигде не видели ни малейших ее признаков. Насколько можно было окинуть взглядом, повсюду был только бесплодный, изнемогающий от зноя песок и низкорослый кустарник — обычная растительность безводных плато Южной Африки. Мы обошли вокруг холма, с тревогой всматриваясь в окружающую местность, в надежде найти воду по ту сторону холма, но и там было то же самое: нигде не было видно ни капли воды — ни ямки, наполненной водой, ни лужи, ни ручейка.

— Ты болван! — сердито сказал я Вентфогелю. — Здесь нет воды!

Но он все же продолжал втягивать в себя воздух, задрав кверху свой безобразный курносый нос.

— Я чувствую ее запах, баас, — отвечал он, — я чувствую ее где-то здесь, в воздухе.

— Да, — усмехнулся я, — без сомнения, в облаках есть вода, и примерно месяца через два она прольется дождем и обмоет наши кости.

Сэр Генри задумчиво поглаживал свою белокурую бороду.

— Может быть, мы найдем ее на вершине холма, — сказал он.

— Чушь! — воскликнул Гуд. — Кто слышал когда-нибудь о том, что можно найти воду на вершине холма!

— Пойдем и посмотрим, — предложил я.

И без всякой надежды мы начали карабкаться вверх по песчаному склону. Внезапно Амбопа, шедший впереди, остановился как вкопанный.

— Manzia, manzia! (Вот вода!) — громко крикнул он.

Мы бросились к нему, и действительно, там, на самой вершине холма, в углублении, похожем на чашу, увидели самую настоящую воду.

Мы не стали терять время на выяснение того, каким образом в таком неподходящем месте могла оказаться вода, и ее черный цвет и непривлекательный вид не заставили нас колебаться. С нас достаточно было того, что это вода или нечто чрезвычайно на нее похожее. Мы стремглав бросились к ней, и через мгновение, лежа на животе, пили эту неаппетитную жидкость с таким наслаждением, словно это был напиток богов.

Боже мой, как мы ее пили! Утолив наконец свою жажду, мы сбросили одежду и сели в воду, чтобы наша иссушенная солнцем кожа могла впитать в себя живительную влагу.

Тебе, мой читатель, стоит отвернуть пару кранов, чтобы из невидимого объемистого котла пошла горячая и холодная вода, поэтому тебе не понять всей глубины блаженства, которое доставило нам это барахтанье в грязной и солоноватой луже.

Через некоторое время мы вышли из воды, совершенно освежившиеся, и с аппетитом принялись за наш билтонг, до которого никто из нас не дотрагивался за последние сутки, и наелись досыта. Затем мы выкурили по трубочке, улеглись рядом с этой благословенной лужей в тени ее обрывистого берега и проспали до полудня.

Весь этот день мы провели, отдыхая около воды и благодаря свою судьбу за то, что нам посчастливилось ее найти, какова бы она ни была. Не забывали мы и воздать должное тени давно ушедшего от нас да Сильвестра, к которому мы испытывали глубокую признательность за то, что он сохранил для нас этот водоем, столь точно изобразив его на подоле своей рубашки. Нам казалось совершенно непонятным, каким образом вода могла так долго сохраняться. Единственным возможным объяснением этого я считал предположение, что какой-нибудь подземный источник, протекающий под толстым слоем песка, питает этот водоем.

Когда взошла луна, мы вновь тронулись в путь, предварительно наполнив водой до отказа свои желудки и фляги, и, конечно, в гораздо лучшем настроении, чем прежде. За эту ночь мы прошли почти двадцать пять миль, но, само собой разумеется, воды уж больше не встретили. Все же на следующий день нам повезло, так как мы нашли клочок тени за муравьиной кучей. Когда взошло солнце и на некоторое время разогнало таинственную завесу туманов, окутывающую горы, мы увидели, что гора Сулеймана и две величественные вершины гор Царицы Савской находятся от нас не более чем в двадцати милях.

Казалось, что они нависли прямо над нами и выглядят еще величественнее, чем прежде. С наступлением темноты мы пошли дальше и к рассвету следующего дня оказались у подножия левой груди Царицы Савской, куда мы твердо держали курс в течение всего нашего пути. К этому времени у нас окончился запас воды, и мы снова сильно страдали от жажды, причем, конечно, теперь не было никакой надежды утолить ее прежде, чем мы доберемся до линии снега, лежавшей высоко над нами. Отдохнув часок, другой, мы вновь двинулись вперед, гонимые мучительной жаждой. Под палящими лучами солнца мы с великим трудом ползли вверх по склону горы, покрытому застывшей лавой. Оказалось, что все гигантское основание горы состояло из пластов лавы, выброшенной вулканом много веков назад.

К одиннадцати часам наши силы совершенно истощились, и мы едва держались на ногах. Застывшая лава, по которой нам приходилось пробираться, была, правда, довольно гладкой по сравнению с теми ее видами, о которых мне приходилось слышать, — например, о той, что встречается на острове Вознесения, — однако и она была настолько неровной, что у нас разболелись ноги. Когда ко всем нашим несчастьям добавилось еще и это, мы почувствовали, что больше не выдержим. На несколько сот ярдов выше того места, где мы находились, выступало несколько больших глыб лавы, в тени которых можно было отдохнуть.

Кое-как добравшись до них, мы увидели с большим Удивлением (странно, что у нас вообще еще сохранилась способность удивляться!), что лава на маленьком плато, Расположенном неподалеку от нас, покрыта густой зеленой порослью. Очевидно, там из продуктов распада лавы образовался слой почвы, на который с течением времени попали семена, занесенные птицами. Однако эта зеленая поросль заинтересовала нас ненадолго, так как нельзя прожить, питаясь травой, подобно Навуходоносору[1]. Для этого требуется особое предначертание со стороны провидения, а также особое устройство органов пищеварения. Мы сидели под прикрытием скал и тяжело вздыхали. Что касается меня, я искренне

[1] Навуходоносор — вавилонский царь

сожалел, что мы отважились на это безнадежное предприятие. Вдруг я увидел, что Амбопа встает и бредет к участку земли, покрытому травой, а несколько минут спустя я, к моему величайшему изумлению, заметил, что этот всегда исполненный сознания собственного достоинства индивидуум пляшет и кричит, как сумасшедший, размахивая чем-то зеленым.

В надежде, что ему удалось найти воду, мы заковыляли к нему со всей скоростью, на которую были способны наши усталые конечности.

— В чем дело, Амбопа, сын дурака? — крикнул я по-зулусски.

— Это пища и вода, Макумазан! — И он вновь помахал какой-то зеленой штукой.

Тут я рассмотрел, что у него в руке. Это была дыня. Мы набрели на участок, заросший тысячами диких дынь, и все они были совершенно спелые.

— Дыни! — закричал я Гуду, который шел следом за мной.

И секунду спустя он уже вонзил в одну из них свои искусственные зубы.

Мне кажется, что мы насытились не ранее, чем съели по крайней мере по шесть дынь каждый. Хоть они и не отличались особо приятным вкусом, но мне казалось, что никогда в жизни мне не приходилось есть ничего более упоительного.

Но дыни не особенно сытная пища. Когда мы утолили жажду их сочной мякотью и поставили новый запас дынь охлаждаться путем очень простого процесса — то есть разрезали пополам и поставили стоймя на солнце, чтобы они охлаждались посредством испарения, — мы снова почувствовали страшный голод. У нас еще оставалось немного билтонга, но всех тошнило при одном воспоминании о нем, и к тому же приходилось его экономить, потому что никто не мог сказать, когда нам удастся раздобыть пищу. И тут нам чрезвычайно повезло. Смотря по направлению к пустыне, увидел стаю, состоявшую из десятка крупных птиц. Они летели прямо на нас.

— Skit, Baas, skit! (Стреляй, господин, стреляй!) — шепнул мне готтентот, бросаясь плашмя на землю. Все мы последовали его примеру.

Теперь я увидел, что это была стая дроф и что они сейчас пролетят не более чем в пятидесяти ярдах над моей головой. Взяв один из винчестеров, я подождал, пока они не оказались почти над нами, и внезапно вскочил на ноги. Заметив меня, дрофы, как я и ожидал, сбились в кучу. Я дважды выстрелил, и мне посчастливилось сбить одну из них. Это был прекрасный экземпляр, весивший около двадцати фунтов. Через полчаса птица уже жарилась над огнем костра, который мы развели из сухих дынных стеблей. Впервые за всю неделю у нас было такое пиршество. Мы съели эту дрофу целиком. От нее не осталось ничего, кроме костей и клюва. После этого мы почувствовали себя значительно лучше.

Ночью, когда взошла луна, мы вновь двинулись в путь, захватив с собой столько дынь, сколько можно было унести. По мере подъема мы чувствовали, что воздух становится все прохладнее и прохладнее, и это было для нас большим облегчением. На рассвете мы оказались не более чем в дюжине миль от линии снега. Здесь мы вновь нашли дыни, и мысль о воде перестала нас волновать, так как мы знали, что скоро к нашим услугам будет масса снега. Но подъем теперь стал очень опасным, и мы продвигались вперед чрезвычайно медленно, делая не более одной мили в час. Кроме того, в эту ночь мы доели последний кусочек билтонга. За все это время мы не видели в горах ни одного живого существа, за исключением дроф, и нам не встретилось ни единого ручья или родника. Это казалось нам очень странным — ведь над нами высились огромные массы снега, который, как мы полагали, должен был время от времени таять. Но, как мы обнаружили в дальнейшем, по какой-то причине, объяснить которую не в моих силах, все ручьи стекали по северному склону гор.

Теперь нас сильно начало беспокоить отсутствие пищи. Казалось вполне вероятным, что если нам и удалось избежать смерти от жажды, то лишь для того, чтобы умереть от голода. Краткие заметки, которые я тогда систематически заносил в свою записную книжку, лучше всего расскажут о печальных событиях последующих трех дней.

21 мая. Вышли в 11 часов утра, так как воздух был достаточно прохладен для дневного перехода. Взяли с собой несколько дынь. С трудом тащились вперед весь день, но дынь больше не встречали — очевидно, вышли из той полосы, где они растут. Не видели никакой дичи. На заходе солнца остановились на ночлег. Ничего не ели в течение многих часов. Ночью сильно страдали от холода.

22-го. Снова вышли на рассвете, чувствуя большую слабость. За весь день прошли всего пять миль. Встретилось несколько небольших участков земли, покрытых снегом, которого мы и поели, так как больше есть нам было нечего. Расположились на ночлег под выступом огромного плато. Жестокий холод. Выпили понемногу бренди и легли, завернувшись в свои одеяла и прижавшись друг к другу, чтобы не замерзнуть. Голод и усталость причиняют нам ужасные страдания. Боялись, что Вентфогель не доживет до утра.

23-го. Снова попытались идти дальше, как только солнце поднялось достаточно высоко и немного отогрело наши застывшие члены. Мы в ужасном состоянии, и я боюсь, что если не раздобудем пищи, то этот день будет последним днем нашего путешествия. Осталось только немножко бренди. Гуд, сэр Генри и Амбопа держатся замечательно, но Вентфогель очень плох. Подобно большинству готтентотов, он не выносит холода. Я уже не ощущаю прежней острой боли в желудке, но как-то онемел. Остальные говорят, что чувствуют то же самое. Мы находимся теперь на уровне обрывистого хребта или стены из лавы, соединяющей две горы. Вид отсюда великолепен. Позади нас до самого горизонта лежит огромная сверкающая пустыня, а перед нами расстилается много миль гладкого, твердого снега, образующего почти ровную поверхность, плавно закругляющуюся кверху. В центре ее находится горная вершина, вероятно несколько миль в окружности, вздымающаяся в небо тысячи на четыре футов. Не видно ни одного живого существа. Помоги нам, господи! Боюсь, что настал наш последний час.

А теперь я отложу свой дневник в сторону, отчасти потому, что это не очень интересный материал для чтения, отчасти потому, что то, что случилось дальше, заслуживает, пожалуй, более детального изложения.

В течение всего этого дня (23 мая) мы медленно взбирались по покрытому снегом склону, время от времени ложась, чтобы собраться с силами. Должно быть, странно выглядела наша компания — пятеро изможденных, подавленных людей, с трудом передвигающих свои усталые ноги по сверкающей равнине и озирающихся вокруг голодными глазами. Толку от этого было, конечно, мало, так как сколько ни озирайся, ничего съедобного вокруг не было. В этот день мы прошли не более семи миль. Перед самым заходом солнца мы оказались прямо у вершины левой груди

Царицы Савской, у огромного гладкого бугра, покрытого смерзшимся снегом, который возвышался над нами на тысячи футов. Как ни плохо мы себя чувствовали, мы не могли не залюбоваться чудесным зрелищем, раскинувшимся перед нашими глазами. Волны света, струящиеся от заходящего солнца, увеличивали красоту пейзажа, местами окрашивая снег в кроваво-красный цвет и увенчивая снежные массы, вздымающиеся над нами, сверкающей диадемой.

— Знаете что? — вдруг сказал Гуд. — Ведь мы должны быть сейчас близко от пещеры, о которой упоминал старый джентльмен.

— Да, — отозвался я, — если только она вообще существует.

— Послушайте, Квотермейн, — со вздохом сказал сэр Генри, — не надо так говорить. Я полностью доверяю старому португальцу — вспомните-ка воду. Мы скоро найдем и пещеру.

— Если мы не найдем ее до наступления темноты, мы можем считать себя покойниками, вот и все, — утешительно прозвучал мой ответ.

Еще десять минут мы брели в молчании. Амбопа шел рядом со мной, завернувшись в одеяло, туго затянув свой кожаный пояс, чтобы, как он говорил, «заставить голод съежиться», так что талия его стала совсем девичьей. Вдруг он схватил меня за руку.

— Смотри! — сказал он, указывая на склон вершины горы.

Я посмотрел в этом направлении и заметил на расстоянии примерно двухсот ярдов от нас нечто похожее на дыру в гладкой снежной поверхности.

Это пещера, — сказал Амбопа. Напрягая последние силы, мы устремились к этому месту и убедились, что дыра эта действительно представляет собой вход в пещеру, и несомненно именно в ту, о которой писал да Сильвестра. Мы успели подойти туда как раз вовремя, потому что, едва мы добрались до места, солнце село с поразительной быстротой и все окружающее погрузилось во тьму. В этих широтах почти не бывает сумерек. Мы вползли в пещеру, которая казалась не очень большой, и, прижавшись друг к другу, чтобы согреться, проглотили остатки нашего бренди — на каждого пришлось едва по глотку. Затем мы попытались забыть свои злоключения во сне, но жестокий холод не давал нам заснуть.

Я уверен, что на этой огромной высоте термометр показал бы не менее четырнадцати или пятнадцати градусов ниже ноля. Что это означало для нас, обессиленных перенесенными лишениями, недостатком пищи и нестерпимой жарой пустыни, моему читателю легче попытаться себе представить, чем мне описать. Достаточно сказать, что мне еще никогда не приходилось чувствовать, что смерть так близка. Час за часом тянулась эта страшная ночь. Мы сидели в пещере и чувствовали, как мороз бродит вокруг, жаля нас то в палец, то в ногу, то в лицо. Все теснее и теснее мы прижимались друг к другу, тщетно пытаясь согреться, так как в наших жалких, изголодавшихся скелетах не оставалось больше тепла. Иногда кто-нибудь из нас на несколько минут впадал в тревожный сон, но долго мы спать не могли может быть, к счастью, потому что я не думаю, что заснув, мы проснулись бы когда-либо вновь. Я уверен, что только сила воли сохранила нам жизнь.

Незадолго до рассвета я услышал, что готтентот Вентфогель, зубы которого стучали всю ночь, как кастаньеты, глубоко вздохнул и вдруг перестал стучать зубами. Тогда я не обратил на это особого внимания, решив, что он заснул. Он сидел, прижавшись ко мне спиной, и мне казалось, что она становится все холоднее и холоднее, пока не стала холодной, как лед.

Наконец тьму сменила предрассветная мгла, затем быстрые золотые стрелы света начали вспыхивать на снегу, и ослепительное солнце поднялось над стеной из лавы и осветило наши полузамерзшие тела и Вентфогеля, который сидел среди нас мертвый. Неудивительно, что его спина казалась мне холодной. Бедняга умер, когда я услышал его вздох, и теперь уже почти совершенно окоченел. Глубоко потрясенные, мы отползли подальше от трупа (странно, какой ужас мы всегда испытываем при виде мертвеца!) и оставили его сидеть там, по-прежнему охватив колени руками.

К этому времени холодные лучи солнца (они действительно были холодными) проникли прямо в пещеру. Внезапно я услышал чье-то восклицание, полное ужаса, и обернулся, чтобы посмотреть в глубь пещеры.

И вот что я увидел. В конце пещеры, которая была не более двадцати футов длиной, сидела другая фигура. Голова ее была опущена на грудь, а длинные руки висели по бокам. Я вгляделся в нее и увидел, что это тоже мертвец и, кроме того, белый человек.

Мои спутники также увидели его, и наши расстроенные нервы не смогли вынести подобное зрелище. Охваченные одним общим желанием уйти из этого страшного места, мы бросились из пещеры со всей скоростью, на которую были способны наши полузамерзшие ноги.

Глава VII. Дорога царя Соломона

Выбежав из пещеры на залитое солнцем снежное плато, мы почти тотчас же остановились. Думаю, что у каждого из нас было чувство неловкости друг перед другом за то малодушие, которое мы проявили при виде мертвеца.

— Я иду обратно, — сказал сэр Генри.

— Зачем? — спросил Гуд.

— У меня явилась мысль, что... что это мой брат, — взволнованно ответил сэр Генри.

Это предположение показалось нам вполне возможным, и мы вернулись в пещеру, чтобы его проверить. Некоторое время наши глаза, ослепленные ярким солнцем и сверкающей белизной снега, ничего не могли различить в полумраке пещеры. Но это продолжалось недолго. Вскоре мы освоились с темнотой и осторожно подошли к мертвецу.

Сэр Генри опустился на колени и стал пристально всматриваться в его лицо.

— Слава богу! — воскликнул он с облегчением. — Это не Джордж!

Тогда я подошел к трупу и тоже начал его разглядывать. Это был человек высокого роста, средних лет, с тонкими чертами лица и орлиным носом; у него были длинные черные усы и темные с проседью волосы. Кожа была совершенно желтая и плотно обтягивала его высохшее лицо. На нем не было никакой одежды, кроме полуистлевших штанов, давно превратившихся в лохмотья. На шее этого насквозь промерзшего трупа висело распятие из слоновой кости.

— Кто бы это мог быть? — воскликнул я с удивлением.

— Неужели вы не догадываетесь? — спросил Гуд.

Я отрицательно покачал головой.

— Кто же это, как не старый дон Хозе да Сильвестра!

— Не может быть! — прошептал я прерывающимся от волнения голосом. — Ведь он умер триста лет назад!

— А что же тут удивительного? — спокойно ответил Гуд. — В таком холоде он может с таким же успехом просидеть и три тысячи лет. При столь низкой температуре кровь и мясо сохраняются свежими на веки вечные, как у замороженной новозеландской баранины. А в этой пещере, черт побери, довольно холодно. Солнце сюда никогда не проникает, и ни один зверь не может забрести в поисках пищи, потому что здесь вообще нет ничего живого. Вне всякого сомнения, раб, о котором дон Хозе упоминает в своей предсмертной записке, снял с него одежду и оставил здесь его труп: ему одному было не под силу его похоронить. Посмотрите! — продолжал Гуд, нагибаясь и поднимая остро отточенный обломок кости довольно странной формы. — Вот этой костью Сильвестра и начертил свою карту.

Мы были настолько потрясены этим открытием, что даже забыли свои собственные бедствия. Все это казалось нам почти сверхъестественным. В полном безмолвии мы глядели на обломок кости и на труп старого португальца.

— Смотрите, — сказал наконец сэр Генри, указывая на едва заметную ранку на левой руке старого дона Сильвестра, — вот откуда он брал кровь, которой написана его записка. Приходилось ли кому-либо в жизни видеть что-нибудь подобное?

Теперь не оставалось никакого сомнения, что перед нами был да Сильвестра. Должен признаться, мне стало жутко.

Перед нами сидел мертвец, указания которого, начертанные почти десять поколений назад, привели нас в эту пещеру. В своей руке я держал тот самый грубый обломок кости, которым он писал свои предсмертные строки, и видел на его шее распятие, которое он, прощаясь с жизнью, прижимал к своим холодеющим устам.

Глядя на труп, я ясно представил себе последний акт этой драмы: путника, гибнущего в одиночестве от голода и холода и тем не менее стремящегося передать людям великую тайну. Мне даже показалось, что в его резких чертах лица я вижу некоторое сходство с его потомком, моим бедным другом Сильвестром, умершим на моих руках двадцать лет назад. Возможно, это был плод моего воображения. Но так или иначе, он сидел перед нами, как страшное предупреждение для тех, кто, презрев судьбу, пытается приоткрыть завесу неизвестного. Пройдут века, и он все будет сидеть тут же с великой печатью смерти на челе и наводить ужас на случайного путника, который может, как и мы, забрести в эту пещеру и нарушить его покой. Несмотря на то что мы умирали от голода и холода, это зрелище потрясло нас до глубины души.

— Уйдем отсюда, — тихо сказал сэр Генри. — Впрочем, нет! Мы оставим ему товарища по несчастью, который разделит его одиночество.

И, подняв мертвое тело готтентота Вентфогеля, он усадил его рядом со старым доном да Сильвестра. Затем сэр Генри наклонился и резким движением разорвал гнилой шнурок на шее старого португальца, на котором висело распятие. Он даже не пытался его развязать, потому что его пальцы не сгибались от холода. Я думаю, что это распятие находится у него и по сей день. Я же взял перо, сделанное из обломка кости. Оно сейчас лежит передо мной на столе. Иногда я им пользуюсь, когда подписываю свое имя.

Оставив гордого белого человека прошлых веков и бедного готтентота нести вечную стражу среди вечного безмолвия девственных снегов, мы в полном изнеможении вышли из пещеры на залитую благодатным солнцем снежную равнину и побрели дальше. В глубине души каждый из нас думал о том, что недалек тот час, когда и нас постигнет та же участь.

Пройдя около полумили, мы подошли к краю плато и обнаружили, что самая вершина, то есть бугор, венчающий гору, находится не посреди него, как это казалось нам со стороны пустыни. Из-за густого утреннего тумана мы не могли видеть того, что было ниже нас. Но вскоре его верхние слои начали рассеиваться, и мы заметили у самого края снежного откоса лужайку, покрытую зеленой травой. Она находилась ниже нас не более чем на пятьсот ярдов, и по ней протекал ручей. Но это было не все: на берегу, греясь на солнце, лежали десять — пятнадцать крупных антилоп. Находясь так далеко от них, мы, конечно, не могли установить, к какой породе они принадлежали.

Невозможно передать то ликование, которое охватило нас при виде этих животных. Ведь это была пища, причем пища в изобилии, которую, правда, нужно было еще добыть. Сразу же возник вопрос, как это сделать. Антилопы находились на расстоянии не менее шестисот ярдов от нас, то есть слишком далеко даже для хорошего стрелка, а от этого выстрела зависела наша жизнь.

Мы поспешно стали совещаться, как нам поступить. Мысль о том, чтобы неслышно подкрасться к животным, пришлось оставить, так как нам не благоприятствовал ветер. Он дул в их сторону, и они могли нас почуять; кроме того, как бы осторожны мы ни были, нас нельзя было не заметить на ослепительно белом снегу.

— Ну что ж, придется стрелять отсюда, — сказал сэр Генри. — Надо только решить, из какой винтовки: взять ли «винчестер» или «экспресс»? Как вы думаете, Квотермейн?

Вопрос был серьезный. Магазинная винтовка «винчестер» (у нас их было две; Амбопа нес свою и бедняги Вентфогеля) била на тысячу ярдов, двустволка же «экспресс» — всего на триста пятьдесят. Свыше этого расстояния стрелять из нее было рискованно, так как можно было не попасть в цель. С другой стороны, если бы попадание удалось, у нас было бы больше шансов убить животное, так как «экспресс» стрелял разрывными пулями. Вопрос был трудный, но все же я решил, что мы должны пойти на риск и стрелять из «экспресса».

— Каждый будет целиться в ту антилопу, которая находится против него, — приказал я. — Цельтесь прямо в лопатку или чуть выше. А ты, Амбопа, дай сигнал, чтобы все стреляли одновременно.

Наступило молчание. Мы все трое старательно прицелились, как должен целиться человек, который знает, что от этого выстрела зависит его жизнь.

— Стреляй! — скомандовал Амбопа по-зулусски, и почти в тот же миг раздалось три оглушительных выстрела.

На мгновенье перед нашими глазами повисли в воздухе три облачка дыма, и громкое эхо долго не смолкало, нарушая безмолвие снежных просторов. Но вскоре дым рассеялся, и о радость! — мы увидели, что крупный самец лежит на спине и судорожно бьется в предсмертных конвульсиях. Нам больше не грозила смерть от голода, мы были спасены! Несмотря на слабость и полное истощение, с громким криком торжества и восторга мы бросились вниз по снежному склону, и через десять минут перед нами лежали сердце и печень Убитого животного. Но тут возникло новое затруднение: не было топлива, чтобы развести костер и поджарить нашу добычу. С горестью и унынием мы глядели друг на друга.

— Когда человек умирает от голода, он не может быть разборчив, — сказал Гуд. — Будем есть мясо сырым.

Действительно, в нашем положении другого выхода не было. Голод терзал нас до такой степени, что это предложение не вызвало в нас чувства отвращения, неизбежного при других обстоятельствах.

Чтобы охладить сердце и печень антилопы, мы зарыли их на несколько минут в снег, затем промыли в ледяной воде ручья и с жадностью съели.

Сейчас, когда я пишу эти строки, все это кажется ужасным, но я должен честно признаться, что в жизни мне не приходилось есть ничего вкуснее. Через какие-нибудь пятнадцать минут нас нельзя было узнать — мы буквально ожили, силы наши восстановились, слабый пульс опять забился, и кровь заиграла в жилах. Однако, помня, какие пагубные последствия может вызвать переедание на голодный желудок, мы были очень осторожны и съели сравнительно немного, остановившись вовремя, пока были еще голодны.

— Слава богу! — воскликнул сэр Генри. — Это животное спасло нас от смерти. Между прочим, Квотермейн, что это за зверь?

Я встал и подошел к убитому животному, чтобы как следует рассмотреть, так как не был уверен, что это была антилопа.

По величине оно не уступало ослу, шерсть его была густая, коричневого цвета, с красноватыми, едва заметными полосами, рога большие и загнутые назад. Я никогда не видел таких животных — эта порода была мне совершенно незнакома, но впоследствии узнал, что жители этой удивительной страны называют их «инко». Это редкая разновидность антилопы, которая встречается только на очень больших высотах, где не живут никакие другие звери. Наше животное было убито наповал прямо в лопатку. Трудно было сказать, чья пуля его сразила, но я думаю, что Гуд, помня свой чудесный выстрел, убивший жирафу, в глубине души приписал это своей доблести; конечно, мы с ним по этому поводу не спорили.

Поглощенные едой, мы не обратили внимания на то, где находимся. Но, утолив свой зверский голод, мы стали обозревать окружающую нас местность, предварительно приказав Амбопе вырезать самые лучшие части инко, чтобы лечить себя на дорогу достаточным количеством мяса. Было уже восемь часов; воздух был чист и прозрачен — казалось, что солнце впитало в себя густой утренний туман. Не знаю, как описать ту величественную панораму, которая раскинулась перед нашими глазами. За нами и над нами возвышались горы, белоснежные вершины гор Царицы Савской, а внизу, примерно в пяти тысячах футов ниже того места, где мы стояли, на много миль раскинулся очаровательнейший сельский пейзаж. Прямо перед нами, меж холмов, равнин и темных величественных лесов, текла широкая река; налево от нее простирались необозримые пространства пастбищ. В их волнистой траве мы издали видели многочисленные стада животных, диких или домашних — на таком расстоянии мы рассмотреть не могли. Вдали, на горизонте, вырисовывались горы. Направо страна была менее гориста. Одинокие холмы перемежались с полосами возделанных полей, и среди них были видны группы куполообразных хижин. Вся панорама лежала перед нами, как карта, на которой сверкали реки, подобные серебряным змеям. Вершины гор, похожие на вершины Альп, застыли в торжественном величии, прихотливо украшенные снежными венцами, а над всем этим сияло радостное солнце и чувствовалось счастливое дыхание жизни.

Нас чрезвычайно удивило, что страна, раскинувшаяся перед нами, лежит по крайней мере на три тысячи футов выше, чем пустыня, которую мы пересекли, и что все реки текут с юга на север. Во время наших тяжких испытаний мы уже имели случай убедиться, что на всем протяжении южного склона хребта, на котором мы сейчас стояли, не было никакой воды, в то время как по северному склону текли водные потоки, большая часть которых впадала в ту могучую реку, которая, причудливо извиваясь, несла свои воды далеко в глубь страны.

Мы сидели и молча созерцали этот чудесный вид.

Первым нарушил молчание сэр Генри.

— Скажите, Квотермейн, — сказал он, обращаясь ко мне, — нанесена ли на карту да Сильвестра Великая Дорога Царя Соломона?

Я утвердительно кивнул головой, продолжая любоваться восхитительным пейзажем.

— Тогда посмотрите сюда, — и сэр Генри указал немного вправо: — вот она!

Мы с Гудом взглянули в указанном направлении и увидели, что в некотором отдалении от нас вилась широкая проезжая дорога, которую мы сначала не заметили, так как, дойдя до равнины, она заворачивала и терялась среди холмистой местности. Как ни странно, но это открытие не произвело на нас особого впечатления, так как после всего виденного мы уже перестали чему-либо удивляться. Нам даже не показалось необъяснимым, что в этой затерянной стране мы увидели шоссе, напоминавшее древнеримские дороги: мы приняли это как нечто совершенно естественное.

— Я думаю, — сказал Гуд, — дорога должна проходить совсем близко — где-нибудь направо от нас. Пойдем и поищем ее.

Совет был весьма благоразумный, и, умывшись в ручье, мы тотчас же двинулись дальше. В течение некоторого времени мы пробирались по валунам и снежным прогалинам, пока наконец, пройдя около мили, не очутились на вершине небольшого холма и не увидели дорогу прямо у своих ног. Это было великолепное шоссе, высеченное в сплошной скале, шириной по крайней мере в пятьдесят футов, за которым, по-видимому, постоянно присматривали, так как оно было в превосходном состоянии. Сначала мы подумали, что оно тут же и начинается, но, спустившись на дорогу и взглянув назад по направлению к горам Царицы Савской, увидели, что оно поднимается в горы, но на расстоянии около ста шагов от нас неожиданно исчезает. Дальше вся поверхность горного склона была покрыта теми же валунами и снежными прогалинами.

— Как вы думаете, в чем тут дело? Куда делась дорога? — спросил меня сэр Генри.

Я покачал головой в полном недоумении.

— Все ясно! — сказал Гуд. — Я уверен, что когда-то эта дорога пролегала через горный хребет и шла дальше через пустыню. Но с течением времени после извержений вулканов в горах она была залита лавой, а в пустыне ее засыпали пески.

Это предположение было весьма правдоподобно; во всяком случае, мы согласились с ним и начали спускаться с горы. Но какая была разница между этим спуском и нашим восхождением на Сулеймановы горы! Сейчас мы были сыты, и путь под гору по великолепной дороге был необычайно легок, в то время как при подъеме мы едва передвигались, утопая в снегу, совершенно обессиленные, замерзшие и полумертвые от голода. Если бы не тяжелые воспоминания о грустной судьбе бедняги Вентфогеля и мрачной пещере, которой мы его оставили со старым да Сильвестра, мы чувствовали бы себя просто превосходно, несмотря на то что шли в страну, где нас ждала полная неизвестность и, возможно, опасности.

По мере того как мы спускались вниз, воздух с каждой пройденной милей становился мягче и ароматнее, а страна, раскинувшаяся перед нами, все сильнее поражала нас своей красотой. Что касается самой дороги, то должен сказать, что никогда в жизни я не видел подобного сооружения, хотя сэр Генри утверждал, что дорога через Сен-Готард в Швейцарии очень на нее похожа. Строителей древнего мира, которые ее проектировали, не останавливали никакие препятствия и трудности, встречавшиеся им на пути. В одном месте мы подошли к ущелью шириной в триста футов и глубиной не менее ста и увидели, что все оно завалено огромными глыбами шлифованного камня, в которых снизу были сделаны арки для протока воды; над рекой же величественно и горделиво пролегала дорога. В другом месте она вилась зигзагами у края пропасти в пятьсот футов глубиной, а в третьем шла через туннель в тридцать футов длиной, который был вырыт в горном кряже, преграждающем ей путь. Мы заметили, что стены туннеля были сплошь покрыты барельефами, изображавшими главным образом одетых в кольчуги воинов, управляющих колесницами. Один барельеф был особенно хорош: на переднем плане была изображена битва, а вдали шли побежденные, которых уводили в плен.

Сэр Генри с большим интересом рассматривал это произведение искусства глубокой древности.

— Конечно, — заметил он, — можно назвать этот путь Великой Дорогой царя Соломона, но все же я осмеливаюсь выразить свое скромное мнение и скажу, что безусловно египтяне успели побывать здесь раньше, чем народы царя Соломона. Уж очень эта работа похожа на древнеегипетскую.

К полудню мы значительно продвинулись вниз и очутились в той части горного склона, где начинался лес. Сначала нам изредка попадался мелкий кустарник, но чем дальше мы шли, тем он становился чаще и гуще. Наконец мы дошли до обширной рощи, через которую извивалась наша дорога, и увидели, что там растут деревья с серебряной листвой, очень похожие на те, которые встречаются на склоне Столовой горы у Кейптауна. Это меня очень удивило, так как за все время своих странствий я, кроме как в Капе, нигде их не видел.

— О! — воскликнул Гуд, с явным восхищением глядя на их блестящие листья. — Здесь же масса дров! Давайте сделаем привал и состряпаем обед. Мой желудок уже почти переварил сырое мясо.

Никто не возразил против этого предложения. Мы отошли немного в сторону от дороги и направились к ручью, журчавшему поблизости, наломали сухих веток, и через несколько минут запылал прекрасный костер. Отрезав из принесенного с собой мяса несколько больших, толстых кусков, мы поджарили их на конце заостренных палочек, как это делают кафры, и съели с огромным наслаждением. Наевшись досыта, мы зажгли трубки и впали в блаженное состояние, которое после наших мытарств и злоключений казалось нам почти божественным. Берега ручья, у которого мы отдыхали, были покрыты густой зарослью гигантских папоротников, среди которых виднелись прозрачные, как кружево, пучки дикой спаржи. Ручеек весело журчал; нежный ветерок шелестел в серебряной листве деревьев; вокруг ворковали голуби, и птицы с ярким оперением, порхая с ветки на ветку, сверкали, как живые драгоценные камни. Это был рай.

Сознание того, что бесконечные опасности и бедствия, пережитые нами в пути, миновали, что мы достигли земли обетованной, и, наконец, волшебная красота природы — все это так очаровало нас, что мы невольно приумолкли. Сэр Генри и Амбопа, сидя рядом, тихо разговаривали на ломаном английском и не менее ломаном зулусском языке. Я лежал на ароматном ложе из папоротника и, полузакрыв глаза, наблюдал за ними. Вдруг, заметив, что Гуд куда-то исчез, я начал искать его глазами и увидел, что он сидит в одной фланелевой рубашке у ручья, в котором уже успел выкупаться. Привычка к исключительной чистоплотности была настолько сильна, что, вместо того чтобы отдыхать, капитан с увлечением занимался своим туалетом.

Он уже успел выстирать свой гуттаперчевый воротничок, тщательно вытряхнуть и почистить пиджак, жилет, брюки, порванные во время нашего путешествия, и грустно качал головой, рассматривая многочисленные прорехи и дыры. — Затем, аккуратно сложив свою одежду, он положил ее на берегу, взял ботинки и пучком папоротника счистил с них грязь. Смазав их куском жира, который благоразумно припрятал, срезав с мяса инко. Гуд начал их натирать, пока они Не приобрели более или менее пристойный вид. Затем, внимательно осмотрев ботинки через монокль, он их надел и стал продолжать свой туалет. Вынув из маленького дорожного мешка, с которым он никогда не расставался, гребешок со вставленным в него крошечным зеркальцем, капитан стал тщательно рассматривать свое лицо. По-видимому, он остался недоволен своим видом, потому что начал аккуратно расчесывать и приглаживать свои волосы. Посмотревшись снова в зеркало, он, очевидно, опять себе не понравился и начал щупать подбородок, на котором красовалась изрядная щетина, так как он не брился уже десять дней.

«Нет, — подумал я, — не может быть! Неужели он собирается бриться?»

Но я не ошибся. Взяв кусок жира, которым он только что смазывал ботинки, Гуд тщательно прополоскал его в ручье. Затем, снова порывшись в своем мешке, он вынул маленькую безопасную бритву, которыми обычно пользуются люди при путешествии по морю. Старательно натерев жиром подбородок и щеки. Гуд начал бриться. Очевидно, этот процесс был весьма болезненный, так как время от времени он охал и стонал, а я, наблюдая за ним, буквально корчился от смеха, видя, как он старается привести в порядок торчащую во все стороны густую щетину.

Наконец, когда ему удалось кое-как побрить правую часть лица и подбородка, я вдруг увидел, что какой-то луч, как молния, мелькнул над его головой.

Со страшным проклятьем Гуд вскочил на ноги (я уверен, что будь у него обычная бритва, он, наверно, перерезал бы себе горло). Я тоже вскочил, но без проклятий, и вот что я увидел. Шагах в двадцати от меня и десяти от Гуда стояла группа людей. Они были очень высокого роста, с медно-красным цветом кожи. У некоторых на голове развевались пышные султаны из черных перьев, а на плечи были наброшены плащи из шкур леопарда — это все, что я заметил в ту минуту.

Впереди стоял юноша лет семнадцати с поднятой еще вверх рукой, в позе античной статуи дискобола. Очевидно, это он бросил нож, который, подобно молнии, сверкнул над головой капитана.

Пока я их разглядывал, из группы туземцев вышел старик с гордой осанкой воина и, схватив юношу за руку, что-то ему сказал. После этого все они направились к нам. Сэр Генри, Гуд и Амбопа схватили ружья и угрожающе подняли их вверх, но туземцы не обратили на это решительно никакого внимания и продолжали приближаться к нам.

Я сразу сообразил, что они не понимают, что такое огнестрельное оружие, иначе они не отнеслись бы к нему с таким пренебрежением.

— Бросьте ваши ружья! — крикнул я своим спутникам.

Я сразу понял, что нам нужно убедить туземцев в том, что мы пришли с мирными намерениями, и таким образом расположить их к себе. Это была единственная возможность сохранить жизнь. Они тотчас же повиновались; я же выступил вперед и обратился к пожилому воину, только что удержавшему юношу от дальнейшего нападения.

— Привет вам! — сказал я по-зулусски, хотя не знал, на каком языке мне следует к нему обращаться.

Я был удивлен, что он меня понял.

— Привет! — ответил он, правда не на чисто зулусском языке, но на наречии, столь схожем с ним, что мы с Амбопой сразу его поняли.

Впоследствии мы узнали, что эти люди говорили на старом зулусском языке. Между старым и современным зулусским была примерно та же разница, что существует у нас между языком Чосера[1] и английским языком XIX века.

— Откуда вы пришли? — обратился к нам старый воин. — Кто вы? И почему у троих из вас лица белые, а лицо четвертого такое же, как у сыновей наших матерей? — добавил он, указывая на Амбопу.

Я взглянул на нашего зулуса, и у меня мелькнула мысль, что старик прав. Лицо Амбопы, как и его огромный рост и сложение, было такое же, как у этих туземцев. Но в то время мне некогда было об этом задумываться.

— Мы чужеземцы и пришли сюда с миром, — отвечал я, стараясь говорить как можно медленнее, чтобы он меня понял. — А этот человек, — добавил я, указывая на Амбопу, — наш слуга.

— Ты лжешь, — возразил старый воин: — ни один человек не может перейти горы, где все живое погибает. Впрочем, ложь твоя ни к чему. Чужеземцы не имеют права вступать на Землю Кукуанов. Вы все должны умереть. Таков закон короля. Готовьтесь к смерти, о чужеземцы!

Признаюсь, эти слова меня несколько ошеломили, особенно когда я увидел, что каждый туземец поднес руку к поясу, на котором у него висело что-то весьма похожее на тяжелый, большой нож.

— Что говорит эта старая обезьяна? — спросил меня Гуд.

— Он говорит, что они собираются нас убить, — мрачно отвечал я.

— О господи! — простонал Гуд и, как всегда, когда он был сильно взволнован, поднес руку ко рту и вынул свою искусственную верхнюю челюсть.

Затем он быстро вставил ее обратно и, присасывая челюсть к нёбу, звонко прищелкнул языком.

Со стороны Гуда это было необычайно удачным движением, так как при виде его у гордых кукуанов вырвался крик ужаса, и все они отпрянули на несколько ярдов назад.

---

[1] Чосер(1340–1400) — знаменитый английский поэт, создатель литературного английского языка

— Что случилось? В чем дело? — с недоумением спросил я сэра Генри.

— Это зубы Гуда привели их в такое смятение. — взволнованно прошептал сэр Генри. — Он их вынул, и они испугались. Выньте их, Гуд, выньте их совсем!

Капитан тотчас же повиновался и преловко ухитрился всунуть обе челюсти в рукав своей фланелевой рубашки.

В следующую минуту любопытство преодолело страх, и туземцы медленно, с опаской вновь приблизились к нам. Очевидно, они уже забыли о своем милом намерении перерезать нам глотки.

— Скажите нам, о чужеземцы! — торжественно воскликнул старик, указывая на Гуда, стоявшего в одной фланелевой рубашке, с наполовину бритым лицом. — Как это может быть, что этот толстый человек, тело которого покрыто одеждой, а ноги голые, у которого волосы растут лишь на одной половине бледного лица и совсем не растут на другой, у которого в одном глазу есть еще один глаз — прозрачный и блестящий, — как это может быть, что его зубы сами выходят изо рта и сами возвращаются на прежнее место?

— Откройте рот! — шепнул я Гуду.

Капитан тотчас же скривил рот и, глядя на старого джентльмена, оскалился на него, как рассерженный пес, обнажив две красные десны без малейшего признака зубов, как у только что родившегося слоненка.

У зрителей вырвался вздох изумления.

— Где его зубы? — в страхе закричали они. — Мы их только что видели своими собственными глазами!

Отвернувшись от дикарей с видом невыразимого презрения. Гуд провел рукой по своему рту и, вновь повернувшись, оскалился на них, и — о чудо! — туземцы увидели два ряда прекраснейших зубов.

Тогда юноша, пустивший в него нож, бросился на землю и издал громкий, протяжный вопль ужаса. Что касается старого джентльмена, у него от страха заметно задрожали колени.

— Я вижу, что вы духи, — пробормотал он, запинаясь, — ибо ни один человек, рожденный женщиной, не имеет волос только на одной стороне лица и такого круглого, прозрачного глаза, и зубов, которые двигаются сами! Простите нас, о мои повелители!

Нечего говорить, как я обрадовался, услышав эти слова, и, конечно, тут же воспользовался этим неожиданно счастливым поворотом дела. Снисходительно улыбнувшись, я надменно провозгласил:

— Мы согласны даровать вам прощение. Теперь вы должны узнать правду: мы прибыли из другого мира, спустившись с самой большой звезды, которая светит ночью над нашей землей, хоть мы такие же люди, как и вы.

— О! О! — простонал в ответ хор изумленных туземцев.

— Да, мы прибыли со звезд, — продолжал я с милостивой улыбкой, сам удивляясь своей лжи. — Мы сошли на землю, чтобы погостить у вас и осчастливить ваш народ своим пребыванием в вашей стране. Вы видите, о друзья мои, что, готовясь посетить вас, я даже выучил ваш язык.

— Да, это так! Это так! — ответили хором все туземцы.

— О повелитель мой! — прервал меня старый джентльмен. — Только выучил ты его очень плохо!

Я взглянул на него с таким негодованием, что он испугался и тотчас же замолк.

— Теперь, друзья мои, — продолжал я, — вы можете подумать, что, после столь долгого странствия мы, встретив столь недружелюбный прием, пожелаем отомстить вам и поразить смертью того, чья святотатственная рука осмелилась бросить нож в голову человека с движущимися зубами...

— Пощадите его, мои повелители! — умоляющим голосом прервал меня старик. — Он сын нашего короля, а я его дядя. Если что нибудь с ним случится, кровь его падет на мою голову, ибо отвечаю за него я.

— Можешь в этом не сомневаться, — отчетливо и злобно промолвил юноша.

— Вы, может быть, думаете, что мы не в состоянии отомстить? — продолжал я, не обращая никакого внимания на его слова. — Погодите, вы сейчас убедитесь. Эй ты, раб и собака, — обратился я к Амбопе самым свирепым тоном, на какой был способен, — подай мне заколдованную трубку, которая умеет говорить! — И я незаметно подмигнул ему, указывая на свой «экспресс».

Амбопа тотчас же понял мою мысль и подал мне винтовку. Впервые в жизни я увидел на его гордом лице нечто похожее на улыбку.

— Вот она, о повелитель повелителей! — сказал он с глубочайшим поклоном.

Перед этим я заметил маленькую антилопу, стоявшую на скале на расстоянии ярдов семидесяти от нас, и решил ее застрелить.

— Вы видите это животное? — обратился я к туземцам, указывая на антилопу. — Может ли человек, рожденный женщиной, убить ее одним шумом?

— Это невозможно, мой повелитель, — ответил старик.

— Однако я это сделаю, — возразил я спокойным тоном. Старый воин улыбнулся.

— Даже ты, повелитель, не сможешь этого сделать, — сказал он.

Я поднял винтовку и прицелился. Антилопа была очень маленькая и промахнуться на таком расстоянии было легко, но я знал, что должен в нее попасть во что бы то ни стало. Животное стояло совершенно неподвижно. Глубоко вздохнув, я спустил курок.

Бум! Бум! — раздался громкий выстрел, и антилопа, подскочив в воздух, замертво упала на месте. У туземцев вырвался крик ужаса.

— Если вы желаете иметь мясо, — сказал я равнодушно, — пойдите и принесите ее сюда.

По знаку старика один из туземцев побежал к скале и вскоре вернулся, неся убитое животное. С большим удовлетворением я увидел, что пуля попала как раз в то место, куда я целился, то есть выше лопатки. Туземцы обступили тушу бедного животного и рассматривали дыру, пробитую пулей, с выражением суеверного страха и смятения.

— Вы видите, — сказал я, обращаясь к ним, — я не говорю пустых слов.

Ответа на это не последовало.

— Однако, если вы все еще сомневаетесь в нашем могуществе, — продолжал я, — пусть кто-нибудь из вас станет на ту же скалу, и я с ним сделаю то же самое, что с антилопой.

Но желающих не нашлось. Наступило небольшое молчание, которое прервал сын короля.

— Послушай, дядя, — сказал он, — прошу тебя, пойди и стань на скалу. Колдовство может убить лишь животное, но не человека.

Однако старому джентльмену предложение племянника совсем не понравилось, и он даже обиделся.

— Нет, нет! — воскликнул он с живостью. — Мои старые глаза видели достаточно. — И, обращаясь к своей свите, он сказал: — Эти люди — колдуны, и их надо отвести к королю. А если; кто из вас захочет испытать чары чужеземцев на себе, тот может пойти и стать на скалу, чтобы с ним могла поговорить волшебная трубка.

Но среди кукуанов не нашлось желающих слушать заколдованную трубку.

— Не трать напрасно свою волшебную силу на наши презренные тела, — сказал один из туземцев, — нам достаточно того, что мы видели. Все наши колдуны не могут показать ничего подобного.

— Ты говоришь истину, — заметил старый джентльмен с чувством огромного облегчения, — это действительно так! Слушайте вы, дети звезд, дети блестящего глаза и движущихся зубов, вы, которые управляете громом и убиваете издали! Я — Инфадус, сын Кафы, бывшего короля кукуанов. А этот юноша — Скрагга[1].

— Этот Скрагга чуть не отправил меня на тот свет, — прошептал Гуд.

— Скрагга, — продолжал торжественно Инфадус, — сын Твалы. Великий король Твала — супруг тысячи жен, глава и владыка кукуанского народа, хранитель Великой Дороги, страх своих врагов, мудрец, которому известны все тайны волшебства, вождь ста тысяч воинов, Твала Одноглазый, Твала Черный, Твала Грозный!

— В таком случае, — отвечал я надменно, — веди нас к Твале. Мы не желаем разговаривать с подчиненными и слугами.

— Желание ваше будет исполнено, мои повелители! Мы проводим вас к королю, но путь наш долог. Мы пришли сюда охотиться и находимся в трех днях пути от жилища короля. Будьте терпеливы, повелители, через три дня вы увидите великого Твалу.

— Хорошо, — сказал я небрежно. — Мы с временем не считаемся и никогда не торопимся, ибо мы бессмертны. Мы готовы. Веди нас. Но слушай, Инфадус, и ты, Скрагга! Берегитесь нас обманывать! Не расставляйте нам ловушек! Прежде чем ваши жалкие мозги подумают

---

[1] Непереводимая игра слов: Scrag — в переводе значит «свернуть шею», то есть иными словами — убить. Сына короля зовут Scragga

сделать что-нибудь недоброе, мы это узнаем и отомстим вам, ибо обладаем чудодейственной силой читать мысли людей. Свет, исходящий из прозрачного глаза того, чьи ноги голые, а лицо обросло волосами лишь с одной стороны, убьет вас на месте и принесет бедствия вашей стране. Его движущиеся зубы выскочат и вопьются в ваше тело и пожрут не только вас, но и ваших жен и ваших детей, а волшебные трубки продырявят насквозь ваши тела так, что они станут похожи на сито.

Это блестящая речь произвела огромное впечатление, хотя вряд ли была нужна, так как наши новые друзья и без того были уже потрясены нашими магическими талантами.

Старый воин раболепно склонился перед нами и пролепетал: «Куум, куум». Впоследствии я узнал, что это слово является приветствием, соответствующим зулусскому «бай-эте», с которым кукуаны обращаются только к королю и членам королевского рода. Затем он что-то сказал своим людям. Они тотчас же схватили наше имущество, кроме оружия, к которому боялись прикоснуться, и даже одежду Гуда, которая, если помнит читатель, была так аккуратно сложена на берегу ручья. Увидев это, капитан хотел ее отнять, в результате чего поднялся ожесточенный спор между туземцами и Гудом.

— Пусть мой повелитель и властелин прозрачного глаза не трогает свои вещи. Нести их — дело его рабов.

— Но я хочу надеть свои брюки! — ревел Гуд по-английски.

Амбопа перевел его слова.

— О повелитель мой! — воскликнул Инфадус. — Неужели ты хочешь скрыть свои прекрасные белые ноги от взора своих покорных слуг? (Гуд брюнет, но кожа у него необычайно белая.) Чем мы прогневили тебя, о повелитель, что ты хочешь это сделать?

Глядя на Гуда, я буквально разрывался от смеха. За это время один из туземцев уже успел схватить одежду капитана и убежать с нею.

— Проклятье! — рычал Гуд. — Этот черный негодяй удрал с моими брюками!

— Послушайте, Гуд, — сказал сэр Генри, — вы появились в этой стране в известной роли и должны играть ее до конца. Пока вы здесь, брюк вы надевать уже не сможете. Отныне вам предстоит щеголять только в фланелевой рубашке, ботинках и монокле.

— Да, — подтвердил я, и с одной бакенбардой. Если вы появитесь перед кукуанами в другом виде, они примут нас за обманщиков. Мне очень жаль, что вам придется ходить в таком виде, но я говорю совершенно серьезно, Гуд. У вас нет другого выхода. Если у них возникнет малейшее подозрение, наша жизнь не будет стоить и фартинга[1].

— Вы действительно так думаете? — угрюмо спросил Гуд.

— Ну конечно! Ваши «прекрасные белые ноги» и монокль — наше спасенье. Сэр Генри совершенно прав, говоря, что вы должны играть свою роль до конца. Благодарите бога, что вы успели хоть обуться и что здесь тепло.

Гуд тяжело вздохнул и ничего не ответил. Только недели через две он свыкся со своим странным туалетом.

---

[1] Фартинг — самая мелкая английская монета

Глава VIII. Мы приходим в страну Кукуанов

В течение всего этого дня мы шли по великолепной дороге, которая, никуда не отклоняясь, пролегала в северо-западном направлении. Инфадус и Скрагга шли вместе с нами, а их свита маршировала шагов на сто впереди.

— Скажи мне, Инфадус, — обратился я к нему после некоторого молчания, — не знаешь ли ты, кто проложил эту дорогу?

— Ее проложили в старые времена, мой повелитель. И никому не известно, как и когда это было сделано. Этого не знает даже мудрая женщина Гагула, которая пережила много поколений. Мы же не так стары, чтобы помнить, когда ее строили. Теперь никто не умеет сооружать такие дороги, и король хранит ее и не допускает, чтобы она зарастала травой.

— А кто высек человеческие фигуры на стенах пещер, через которые лежал наш путь? — спросил я, имея в виду скульптурные изображения, напоминающие египетские, которые мы видели по дороге.

— Те же руки, что построили дорогу, высекли на камне эти удивительные изображения, мой повелитель. Мы не знаем, кто сделал.

— А когда кукуанский народ пришел в эту страну?

— Мой повелитель, наш народ пришел сюда, подобно дыханию бури, десять тысяч лун назад, из великих земель, лежащих там, — и он указал на север. — Как говорят древние голоса наших отцов, которые дошли до нас, и как говорит Гагула, мудрая женщина, охотница за колдунами, кукуаны не могли пройти дальше — великие горы, окружающие кольцом эту страну, преградили им путь, — и он указал на покрытые снегом вершины. — Страна же эта была прекрасна, и они здесь поселились, стали сильными и могущественными, и теперь число наше равно числу песчинок в море. Когда Твала, наш король, созывает свои войска, то перья, украшающие его воинов, покрывают всю равнину, насколько может охватить глаз человека.

— Но если страна окружена горами, то с кем же сражается это войско?

— Нет, господин, там страна открыта, — и он вновь указал на север, — и время от времени воины из неведомой нам земли тучами устремляются на нас, и мы их убиваем. С тех пор как мы воевали в последний раз, прошла третья часть жизни человека. Много тысяч погибло в этой войне, но мы уничтожили тех, кто пришел, чтобы пожрать нас. И с тех пор войны не было.

— Вашим воинам, должно быть, наскучило дремать, опершись на свои копья?

— Нет, мой повелитель, как раз после того, как мы уничтожили людей, которые напали на нас, здесь была еще война. Но то была междоусобная война. Люди пожирали друг друга, как псы.

— Как же это случилось?

— Я расскажу тебе это, мой повелитель. Наш король — мой сводный брат. У него же был родной брат, родившийся в тот же день, от той же женщины. По нашему обычаю, нельзя оставлять в живых обоих близнецов — более слабый из них должен умереть. Но мать короля спрятала более слабого ребенка, который родился последним, потому что сердце ее тянулось к нему. Этот ребенок и есть Твала, наш король. Я же — его младший брат, родившийся от другой жены.

— Что же было дальше?

— Кафа, наш отец, умер, когда мы достигли зрелости, и мой брат Имоту был возведен в сан короля вместо него. Некоторое время он правил страной, и у него родился сын от любимой жены. Когда ребенку исполнилось три года — это было как раз после великой войны, во время которой никто не мог ни сеять, ни собирать урожай, — в страну пришел голод. Голод заставил народ роптать и озираться подобно льву, когда он, умирая от истощения, ищет добычу, которую можно растерзать. И тогда Гагула, мудрая и вселяющая ужас женщина, которая не умирает, обратилась к народу, говоря: «Король Имоту — не законный король!» А в это время Имоту страдал от раны, полученной в сражении, и лежал недвижимо в своей хижине. Потом Гагула вошла в одну из хижин и вывела оттуда Твалу, моего сводного брата и родного брата-близнеца короля Имоту. Со дня его рождения она прятала его среди скал и пещер и теперь, сорвав с его бедер мучу, показала народу кукуанов знак священной змеи, обвившейся вокруг его тела, — знак, которым отмечают старшего сына короля при рождении, и громко вскричала: «Смотрите, — вот ваш король, жизнь которого я сохранила для вас по сей день!» И люди, обезумевшие от голода, лишившиеся рассудка и забывшие, что такое справедливость, начали кричать: «Король! Король!». Но я знал, что это не так, потому что мой брат Имоту был старшим из двух близнецов и, значит, законным королем. Когда шум и крики достигли крайнего предела, король Имоту, хотя он и был очень болен, вышел, ведя за руку свою жену. За ними шел его малолетний сын Игнози (что означает «молния»). «Что это за шум? — спросил Имоту. — Почему вы кричите «король, король»?»

Тогда Твала, его родной брат, рожденный от той же женщины и в тот же час, подбежал к нему и, схватив его за волосы, нанес ему своим ножом смертельный удар прямо в сердце. Людям свойственно непостоянство, и они всегда готовы поклоняться восходящему солнцу, и все начали бить в ладоши и кричать: «Твала — наш король! Теперь мы знаем, что Твала — король!»

— А что же сталось с женой Имоту и его сыном Игнози? Неужели Твала их тоже убил?

— Нет, мой повелитель, когда жена увидела, что господин ее мертв, она с воплем схватила ребенка и убежала. Два дня спустя голод загнал ее в какой-то крааль, но теперь никто не хотел давать ей молока или какой-нибудь иной пищи, потому что люди ненавидят несчастных. Однако, когда наступила ночь, какая-то девочка подкралась к ней и принесла еды, и она благословила ребенка и ушла со своим сыном до восхода солнца в горы, где она, вероятно, и погибла. С тех пор никто не видел ни ее, ни ее сына Игнози.

— Так, значит, если бы этот ребенок Игнози остался жив, он был бы настоящим королем кукуанского народа?

— Это так, мой повелитель. Знак священной змеи опоясывает его тело. Если он жив — он король. Но — увы! — он давно уже умер. Посмотри, мой повелитель, — и он указал вниз, на равнину, где стояла большая группа хижин, окруженных изгородью, которая, в свою очередь, была опоясана глубоким рвом. — Это тот крааль, где в последний раз видели жену Имоту с ее ребенком Игнози. Мы будем там спать сегодня ночью, если только, — добавил он с некоторым сомнением, — мои повелители вообще спят на этой земле.

— Когда мы находимся среди кукуанов, мой добрый друг Инфадус, мы поступаем так же, как кукуаны, — величественно произнес я и обернулся, чтобы что-то сказать Гуду, который мрачно плелся позади, полностью поглощенный тщетными попытками удержать на месте свою фланелевую рубашку, раздуваемую вечерним ветерком.

Обернувшись, я, к своему удивлению, чуть не столкнулся с Амбопой, который шел следом за мною и совершенно очевидно прислушивался с огромным интересом к моему разговору с Инфадусом. Лицо Амбопы выражало крайнее любопытство. Он был похож на человека, который делает отчаянные и только отчасти успешные попытки припомнить что-то давно им позабытое.

В течение всего этого времени мы шли быстрым шагом, спускаясь к холмистой равнине, расстилавшейся внизу. Громады гор, которые мы пересекли, теперь неясно вырисовывались высоко под нами; клубы тумана целомудренно окутывали грудь Царицы Савской прозрачной дымкой. По мере того как мы продвигались вперед, местность становилась еще красивее. Растительность была поразительно пышной, хотя и отнюдь не тропической, лучи яркого солнца — теплыми, но не обжигающими. Легкий ветерок обвевал благоухающие склоны гор. Эта страна была поистине настоящим земным раем, и никому из нас не приходилось раньше видеть равных по красоте, естественным богатствам и климату. Трансвааль — чудесная страна, но и она не может сравниться со Страной Кукуанов.

Как только мы отправились в свой поход, Инфадус послал гонца, чтобы тот предупредил о нашем прибытии обитателей крааля, которые, между прочим, находились под его военным командованием. Посланец побежал с невероятной быстротой. По словам Инфадуса, он мог сохранять такую скорость в течение всего пути, так как все кукуаны усиленно тренируются в беге.

Вскоре мы смогли воочию убедиться в том, что посланец успешно выполнил свое задание. Очутившись примерно в двух милях от крааля, мы увидели, что воины, отряд за отрядом, выходят из ворот и направляются к нам навстречу.

Сэр Генри положил руку мне на плечо и заметил, что все это сулит нам, кажется, «теплый» прием. Что-то в тоне, которым это было сказано, привлекло внимание Инфадуса.

— Пусть это не тревожит моих повелителей, — поспешно сказал он. — ибо в моем сердце не живет измена. Эти воины подчинены мне и выходят нам навстречу по моему приказу, чтобы вас приветствовать.

Я спокойно кивнул головой, хотя на душе у меня было не совсем спокойно.

Примерно в полумиле от ворот крааля начинался длинный выступ холма, отлого подымающийся от дороги; на этом выступе и построились отряды воинов. Это было поистине грандиозное зрелище. Отряды, каждый численностью около трехсот человек, быстро взбегали по склону холма и неподвижно застывали на предназначенном для них месте; их копья сверкали на солнце, развевающиеся перья украшали их головы. К тому времени, как мы подошли к холму, двенадцать таких отрядов, то есть три тысячи шестьсот воинов, взошли на него и заняли свои места вдоль дороги.

Мы подошли к ближайшему отряду и с изумлением увидели, что он сплошь состоит из рослых, статных воинов, подобных которым мне никогда не приходилось видеть, тем более в таком огромном количестве. Все они были людьми зрелого возраста, в большинстве своем — ветераны лет сорока. Среди них не было ни одного человека ниже шести футов ростом, а многие были еще дюйма на три — четыре выше. Головы их украшали тяжелые черные плюмажи из перьев птицы сакобула, такие же, как и у наших проводников. Все воины были опоясаны белыми буйволовыми хвостами; браслеты из таких же хвостов охватывали их ноги пониже правого колена. В левой руке каждый держал круглый щит около двадцати дюймов в поперечнике.

Эти щиты были очень любопытны. Они были сделаны из тонкого листового железа, обтянутого буйволовой кожей молочно-белого цвета. Вооружение воинов было простым, но весьма внушительным. Оно состояло из короткого и очень тяжелого обоюдоострого копья с деревянной рукояткой, лезвие которого в самой широкой его части было около шести дюймов в поперечнике. Эти копья не предназначались для метания, а, подобно зулусским бангванам или кинжальным дротикам, использовались только в рукопашном бою, причем раны, нанесенные ими, бывали ужасны. Кроме этих бангванов, каждый воин был также вооружен тремя большими тяжелыми ножами, каждый весом около двух фунтов. Один нож был заткнут за пояс из хвоста буйвола, а остальные два укреплены на тыльной стороне круглого щита. Эти ножи, которые кукуаны называют толлами, заменяют им метательные ассегаи зулусов. Кукуанский воин может метать их с большой точностью с расстояния до пятидесяти ярдов, и обычно перед тем, как вступить в рукопашный бой с противником, кукуаны посылают навстречу противнику тучу этих ножей.

Отряды стояли неподвижно, как ряды бронзовых статуй, но, когда мы подходили к очередному отряду, по сигналу, данному командиром, которого можно было отличить по плащу из шкуры леопарда, отряд выступал на несколько шагов вперед, копья поднимались в воздух, и из трех сотен глоток неожиданно вырывался оглушительный королевским салют: «Куум!» Когда же мы проходили, отряд строился позади нас и следовал за нами по направлению к краалю, пока, наконец, весь полк «Серых» (получивший это название из-за серых щитов), лучшая военная часть кукуанской армии, не шел позади нас четкой поступью, сотрясавшей землю.

Наконец, несколько уклонившись в сторону от Великой Дороги царя Соломона, мы подошли к широкому рву, окружавшему крааль, который занимал площадь не менее мили в окружности и был огорожен прочным частоколом из толстых бревен. У ворот через ров был перекинут примитивным подъемный мост, который был спущен стражей, чтобы мы могли войти. Крааль был прекрасно распланирован. Через центр проходила широкая дорога, которую пересекали под прямым углом другие, более узкие дороги, разделяя таким образом группы хижин на кварталы, причем в каждом Из них был расквартирован один отряд.

Хижины с куполообразными крышами имели, подобно зулусским, каркас из прутьев, очень красиво переплетенных травой, однако, в отличие от зулусских хижин, в них были двери, через которые можно было войти, не сгибаясь. Кроме того, они были гораздо обширнее, и их окружала веранда шириной около шести футов, с красивым полом из крепко утрамбованного толченого известняка.

По обеим сторонам дороги, которая пересекала крааль, стояли сотни женщин, привлеченных сюда желанием посмотреть на нас. Для туземок эти женщины исключительно красивы. Они высокого роста, грациозны и великолепно сложены. Хотя волосы их и коротки, но они вьются и не похожи на шерсть, черты лица у многих из них тонкие и губы не такие толстые, как у большинства африканских народностей. Но что поразило нас более всего — это их удивительно спокойный, полный сознания собственного достоинства вид. Они были по-своему благовоспитанны, не уступая в этом отношении постоянным гостьям светских салонов, и это выгодно отличало их от зулусских женщин и их родственниц — женщин народности мазаи, которые живут в области, лежащей южнее Занзибара. Хотя они и пришли сюда из любопытства, чтобы посмотреть на нас, но ни единое грубое восклицание, выражающее удивление, ни единое критическое замечание не сорвалось с их уст, когда мы устало брели мимо них. Даже когда старый Инфадус незаметным движением руки обращал их внимание на самое выдающееся из всех чудес — на «прекрасные белые ноги» бедного Гуда, — они не позволяли себе выразить вслух то чувство бесконечного восхищения, которое, очевидно, вызывало у них это ни с чем не сравнимое зрелище. Они не сводили внимательного взгляда своих темных глаз с их неотразимо прекрасной снежной белизны, и только. Но для Гуда, человека скромного по натуре, и этого было более чем достаточно.

Когда мы подошли к центру крааля, Инфадус остановился у входа в большую хижину, которую на некотором расстоянии окружал ряд хижин меньшего размера.

— Войдите, сыны звезд, — произнес он торжественным голосом, — и соблаговолите отдохнуть в нашем скромном обиталище. Сюда принесут немного пищи, чтобы вам не пришлось затягивать свои пояса от голода, немного меда и молока, одного или двух быков и несколько овец. Это, конечно, очень мало, о мои повелители, но все же это пища.

— Хорошо, — ответил я. — Инфадус, мы утомлены путешествием через воздушные пространства. Теперь дайте нам отдохнуть.

Мы вошли в хижину, которая оказалась великолепно подготовленной для отдыха. Для нас были разостланы ложа из дубленых шкур, на которых можно было отдохнуть, и была принесена вода, чтобы мы могли умыться.

Вдруг снаружи послышались крики, и, подойдя к двери, мы увидели процессию девиц, которые несли молоко, печеные маисовые лепешки и горшок меда. Позади них несколько юношей гнали жирного молодого быка. Мы приняли дары, вслед за тем один из молодых людей вытащил из-за пояса нож и ловко перерезал быку глотку. Через каких-нибудь десять минут они уже сняли с быка шкуру и разрубили его на куски. Лучшие куски мяса были отрезаны для нас, а остальное я от имени нас всех преподнес воинам, стоявшим вокруг. Они унесли мясо и поделили между собой «дар белых людей».

Амбопа с помощью весьма приятной на вид молодой женщины принялся за работу. Они сварили нашу порцию в большом глиняном горшке на костре, разложенном перед нашей хижиной. Когда мясо было почти готово, мы послали человека к Инфадусу, чтобы передать ему и королевскому сыну Скрагге приглашение присоединиться к нашей трапезе.

Они сейчас же пришли, сели на низенькие табуретки, которых в хижине было несколько штук (кукуаны обычно не сидят на корточках, как зулусы), и помогли нам справиться с нашим обедом. Старый джентльмен был чрезвычайно вежлив и любезен, но нас удивило, что молодой смотрел на нас с явным подозрением. Подобно всем остальным, он испытывал благоговейный ужас перед нашей белой кожей и магическими талантами. Но мне казалось, что, когда он обнаружил, что мы едим, пьем и спим, как обыкновенные смертные, его ужас начал уступать место угрюмому подозрению, которое заставило нас держаться настороже.

Во время еды сэр Генри высказал предположение, что неплохо было бы попытаться узнать, не известно ли нашим хозяевам что-нибудь относительно судьбы его брата, — может быть, они его видели когда-нибудь или слышали о нем. Однако я считал, что пока лучше не касаться этого вопроса.

После обеда мы набили табаком свои трубки и закурили. Это повергло Инфадуса и Скраггу в изумление. Очевидно, куаны были незнакомы с божественными свойствами табачного дыма. Это трава произрастала у них в изобилии, но подобно зулусам, они только нюхали табак и совершенно не знали его в этом новом для них виде.

Я спросил Инфадуса, когда нам предстоит продолжить наше путешествие, и с радостью услышал о том, что ведутся приготовления, чтобы отправиться дальше на следующее утро, и что уже посланы гонцы, чтобы уведомить короля Твалу о нашем прибытии. Оказалось, что Твала находится в своей главной резиденции, называемой Луу, и готовится к большому ежегодному празднеству, которое должно состояться на первой неделе июня. На этом празднестве обычно присутствуют и проходят торжественным маршем перед королем все военные части, за исключением некоторых полков, остающихся для несения гарнизонной службы. Там же обычно происходит великая охота на колдунов, о которой речь будет дальше.

Мы должны были выступить на рассвете. Инфадус, который должен был нас сопровождать, полагал, что если нас случайно не задержит в пути разлив реки, то мы должны достигнуть Луу к ночи второго дня.

Сообщив нам все это, наши гости пожелали нам доброй ночи. Мы договорились дежурить по очереди; трое из нас бросились на свои ложа и заснули блаженным сном, а четвертый бодрствовал, чтобы возможное предательство не застало нас врасплох.

Глава IX. Король Твала

Думаю, что не стоит особенно подробно рассказывать о нашем путешествии в Луу. Скажу только, что мы шли туда целых два дня по ровной, широкой дороге царя Соломона, которая вела в самую глубь Страны Кукуанов. По мере того как мы продвигались вперед, земля становилась все плодороднее, а краали, окруженные возделанными полями, все многочисленнее. Все они были выстроены по образцу того крааля, в котором мы останавливались накануне, и охранялись большими гарнизонами войск. В Стране Кукуанов, так же как у зулусов и племени мазаи, каждый годный к военной службе человек — воин. Поэтому в войнах, как наступательных, так и оборонительных, фактически участвует весь народ. На нашем пути нас обгоняли тысячи воинов — они спешили в Луу, чтобы присутствовать на торжественном ежегодном параде, после которого должно было состояться большое празднество. Никогда в жизни мне не приходилось видеть столь внушительные войска.

На второй день пути, к вечеру, мы сделали привал на вершине небольшого холма, по которому пролегала наша дорога. С этого холма мы увидели красивую, плодородную равнину, на которой был расположен город Луу. Он занимал огромную для туземного города площадь: думаю, что с прилегающими к нему пригородными краалями он был не менее пяти миль в окружности. В этих краалях расквартировывались во время больших торжеств войска, прибывающие из отдаленных частей страны. В двух милях к северу от Луу возвышался холм, имеющий вид подковы, с которым нам впоследствии пришлось хорошо познакомиться. Город был расположен в прекрасном месте. Широкая река, через которую было перекинуто несколько мостов, та самая, которую мы видели со склона гор Царицы Савской, протекала через главную королевскую резиденцию и делила ее на две части. Вдали, на расстоянии шестидесяти или семидесяти миль, на совершенно ровной местности возвышались три горы, расположенные в форме треугольника. На вершинах этих диких, крутых и неприступных скал лежал снег, и по очертаниям своим они сильно отличались от гор Царицы Савской, склоны которых были округлые и пологие.

Видя, что мы их рассматриваем с большим интересом. Инфадус сказал:

— Там, у подножия этих гор, которые народ наш называет «Три колдуна», кончается Великая Дорога.

— Почему же именно там? — спросил я.

— Кто это может знать? — ответил старый воин, пожимая плечами. — В этих горах, — продолжал он, — много пещер, и между ними есть глубокий колодец. Туда-то мудрые люди старого времени и отправлялись, чтобы найти то, за чем они приходили в эту страну. И там же, в Чертоге Смерти, мы хороним своих королей.

— А зачем приходили туда эти мудрые люди? — перебил я его нетерпеливо.

— Этого я не знаю. Вы, мои повелители, спустившиеся сюда с далеких звезд, должны это знать сами, — ответил Инфадус, бросив на нас быстрый взгляд.

Очевидно, он не хотел нам сказать все, что знал.

— Ты прав, — сказал я. — Мы, жители звезд, знаем многое, чего вы не знаете. Вот, например, я слышал, что мудрые люди жалкого прошлого отправлялись в эти горы за красивыми яркими камнями и желтым железом.

— Повелитель мой мудр, — ответил он холодно. — По сравнению с ним я лишь неразумный ребенок, и потому мне не подобает говорить с ним о таких вещах. Мой повелитель должен побеседовать об этом с престарелой Гагулой, когда он будет в жилище короля, ибо она столь же мудра, как и мой повелитель.

Сказав это, Инфадус ушел. Как только мы остались одни, я обратился к своим друзьям и, указывая на отдаленные горы, воскликнул:

— Вот где находятся алмазные копи царя Соломона!

Амбопа, стоявший около сэра Генри и Гуда, услышал эти слова. Я заметил, что за последнее время он стал как-то особенно задумчив и рассеян и редко вступал с нами в разговор.

— Да, Макумазан. — сказал он, обращаясь ко мне по-зулусски, — алмазы находятся там, и они, конечно, будут ваши, ибо вы, белые люди, очень любите деньги и блестящие камни.

— Откуда ты знаешь, что алмазы находятся в этих горах, Амбопа? — резко спросил я его.

Мне не нравилась таинственность его поведения и постоянные недомолвки. Амбопа засмеялся.

— Я видел это сегодня ночью во сне, белые люди, — ответил он и, круто повернувшись, отошел в сторону.

— Что наш черный друг хотел этим сказать и что у него на уме? — спросил сэр Генри. — Совершенно очевидно, он что-то знает, но предпочитает молчать. Между прочим, Квотермейн, не слышал ли он от наших проводников чего-нибудь о моем... о моем брате?

— К сожалению, ничего. Он расспрашивал об этом всех, с кем за это время успел подружиться, но ему отвечали, что в этой стране никто и никогда не видел ни одного белого человека.

— Неужели вы думаете, что ваш брат мог сюда добраться? — спросил Гуд. — Ведь сами-то мы попали сюда чудом. Кроме того, как он нашел бы дорогу, не имея карты?

— Не знаю, — сказал сэр Генри, и лицо его омрачилось. — Но мне думается, что я все-таки его найду.

Пока мы разговаривали, солнце медленно садилось за горизонт, и вдруг землю окутал мрак. В этих широтах нет сумерек, поэтому и нет постепенного, мягкого перехода от дня к ночи — день обрывается так же внезапно, как внезапно обрывается жизнь при наступлении смерти. Солнце село, и весь мир погрузился во тьму. Но вскоре на западе появилось слабое мерцание, затем серебряный свет, и наконец полный, великолепный диск луны осветил равнину стрелами своих сверкающих лучей, озаряя всю землю нежным, лучезарным сиянием. Мы стояли и наблюдали это восхитительное зрелище. Я не могу описать все величие этой несказанной красоты, перед которой померкли звезды, и сердца наши, устремившиеся ввысь, наполнились благоговейным восторгом.

Жизнь моя была полна трудностей и забот, но есть воспоминания, вызывающие у меня чувство благодарности за то, что я жил. Одно из них — это воспоминание о том, что я видел, как светит луна на Земле Кукуанов.

Эти размышления были прерваны нашим учтивым другом Инфадусом.

— Если мои повелители отдохнули, — сказал он, — мы можем идти дальше. В Луу для повелителей уже приготовлено жилище. Луна светит ярко и будет освещать нам дорогу.

Мы тотчас же выразили свое согласие и немедленно тронулись в путь. Через час мы уже подошли к Луу, размеры которого нам показались бесконечными. Окруженный тысячами сторожевых костров, он казался опоясанным огромным огненным кольцом. Вскоре мы подошли ко рву, через который был перекинут подъемный мост, и услышали бряцание оружия и глухой окрик часового. Инфадус произнес пароль, который я как следует не разобрал; стража, узнав своего начальника, приветствовала его, и мы вошли в город.

С полчаса мы шли по главной улице мимо бесчисленных рядов плетенных из травы хижин, пока Инфадус не остановился около небольшой группы домиков, окружавших маленький двор, вымощенный толченым известняком.

Войдя в этот двор, Инфадус объявил нам, что эти «жалкие обиталища» предназначены для нашего жилья. Каждому из нас была приготовлена отдельная хижина. Они были значительно лучше, чем те, что мы уже видели, и в каждой из них была очень удобная постель из душистых трав, накрытая дубленой шкурой; тут же стояли большие глиняные сосуды с водой. Ужин для нас был уже приготовлен, так как не успели мы умыться, как несколько красивых молодых женщин с глубоким поклоном подали нам жареное мясо и печеные маисовые лепешки, красиво сервированные на деревянных тарелках.

Мы поели с большим аппетитом и затем попросили перенести все постели в одну хижину, причем эта мера предосторожности вызвала улыбку на лицах милых молодых леди. Смертельно уставшие от долгого путешествия, мы бросились на постели и заснули крепким сном.

Когда мы проснулись, солнце было уже высоко. Наши прислужницы, лишенные чувства ложной стыдливости, находились уже в хижине, так как им было приказано помочь нам одеться, чтобы идти на прием к королю.

— Одеться! — ворчал Гуд. — Для того чтобы надеть фланелевую рубашку и пару ботинок, не требуется много времени. Послушайте, Квотермейн, попросите их принести мои брюки.

Я исполнил его просьбу, но мне сказали, что эти священные реликвии уже отнесены к королю и что он ожидает нас к себе до полудня.

Попросив наших молодых леди удалиться, что, по-видимому, их чрезвычайно удивило и огорчило, мы начали одеваться, стараясь это сделать как можно тщательнее.

Гуд, конечно, не выдержал и снова побрил правую часть лица, намереваясь сделать то же самое с левой, на которой красовалась густая поросль щетины, но мы уговорили его ни в коем случае ее не трогать. Что касается меня и сэра Генри, мы только как следует умылись и расчесали волосы. Золотые локоны сэра Генри сильно отросли и падали до плеч, что придавало ему, как никогда, сходство с древним датчанином. Моя же седая щетина была по крайней мере на целый дюйм длиннее того полудюйма, который я считаю максимально Допустимой длиной.

После того как мы позавтракали и выкурили по трубке, к нам явился сам Инфадус и сообщил, что, если нам будет Угодно, король Твала готов нас принять.

Мы отвечали, что предпочли бы пойти к нему, когда солнце поднимется выше, что мы еще крайне утомлены после долгого пути, и выдумали еще ряд других причин. Так Всегда следует поступать, когда имеешь дело с дикарями: нельзя немедленно откликаться на их зов, так как они склонны принимать вежливость за страх и раболепство. Поэтому, хоть нам и хотелось увидеть Твалу не менее, чем ему нас, мы все же не спешили и просидели у себя еще час, заняв это время тем, что отобрали из нашего скудного запаса вещей подарки для короля и его приближенных. Дары эти состояли из винчестера бедняги Вентфогеля и небольшого количества бус. Винтовку с патронами было решено подарить его величеству, а бусы — его женам и придворным. Инфадус и Скрагга уже получили от нас в подарок такие бусы и были от них в восторге, так как никогда в жизни не видели ничего подобного. Наконец мы заявили, что готовы идти на прием, и вышли из хижины в сопровождении Инфадуса и Амбопы, который нес наши дары.

Пройдя несколько сот ярдов, мы очутились у ограды, похожей на ту, которая окружала наши хижины, но раз в пятьдесят длиннее, так как она охватывала не менее шести или семи акров земли. Вокруг внешней стороны изгороди тянулся ряд хижин, в которых жили жены короля. Как раз напротив главных ворот, в глубине огромной площади, стояла особняком очень большая хижина. — это была резиденция его величества. Вся остальная площадь была пуста, вернее была бы пуста, если бы ее не заполняли многочисленные отряды воинов. Их было не менее семи — восьми тысяч. Когда мы проходили мимо них, они стояли неподвижно, словно изваяния. Трудно передать словами, какое величественное зрелище представляли собой эти войска с развевающимися плюмажами, сверкающими на солнце копьями и железными щитами, обтянутыми буйволовыми шкурами. На пустой части площади перед королевской хижиной стояло несколько табуретов. Три из них мы заняли по указанию Инфадуса, Амбопа стал позади нас, а сам Инфадус остался у дверей жилища короля.

На площади царила мертвая тишина. Более десяти минут мы ждали выхода его величества и все это время чувствовали, что нас с любопытством рассматривает около восьми тысяч пар глаз. Должен признаться, что ощущение было не из приятных, но мы делали вид, что это нас не касается. Наконец дверь большой хижины распахнулась, и из нее вышел гигантского роста человек, на плечи которого была наброшена великолепная короткая мантия из тигровых шкур; следом за ним шел Скрагга и как нам сперва показалось, высохшая, совершенно сморщенная, закутанная в меховой плащ обезьяна. Гигант сел на один из табуретов, за ним стал Скрагга, а сморщенная обезьяна поползла на четвереньках и уселась на корточках в тени под навесом хижины.

Полное безмолвие продолжалось.

Вдруг гигант скинул с себя мантию и выпрямился во весь рост. Это было поистине жуткое зрелище. У него были безобразно толстые губы, широкий плоский нос и только один черный глаз, в котором сверкала злоба, на месте же второго глаза зияла дыра. Мне в жизни не приходилось видеть более отвратительное, свирепое, плотоядное лицо. На огромной голове развевался султан из роскошных белых страусовых перьев; грудь его охватывала блестящая кольчуга; вокруг пояса и правого колена висели обычные украшения из белых буйволовых хвостов. На шее этого страшного человека было надето золотое ожерелье в виде толстого жгута, а на лбу тускло мерцал громадный не шлифованный бриллиант. В руке он держал длинное, тяжелое копье. Мы сразу догадались, что это Твала.

Молчание продолжалось, но недолго. Вдруг король поднял свое копье. В ответ на это восемь тысяч рук тоже подняли свои копья и из восьми тысяч глоток вырвался троекратный королевский салют: «Куум!». Казалось, что от этого рева, который можно было сравнить лишь с оглушительным раскатом грома, трижды содрогнулась земля.

— Будьте покорны, о люди! — пропищал пронзительный тоненький голосок из-под навеса крыши, где сидела обезьяна. — Это король!

— Это король! — как эхо, прогремели в ответ восемь тысяч глоток. — Будьте покорны, о люди, — это король!

Снова на площади наступила мертвая тишина.

Вдруг один из воинов, стоявший на левом фланге, случайно уронил щит, который со звоном упал на вымощенную известняком площадь.

Твала холодно взглянул своим единственным глазом в ту сторону, где стоял воин, уронивший щит.

— Эй, ты, подойди сюда! — закричал он громовым голосом, обращаясь к нарушителю тишины.

Из рядов вышел красивый юноша и стал перед королем.

— Это ты уронил щит, неуклюжий пес? Это ты опозорил меня перед чужеземцами, прибывшими со звезд? Как ты смел это сделать?

Как ни темна была кожа бедного юноши, мы увидели, что он побледнел.

— О Телец Черной Коровы, — прошептал юный воин, — это произошло случайно.

— Ну, так за эту случайность ты должен заплатить жизнью. Ты поставил меня в дурацкое положение. Готовься к смерти.

— Я лишь бык короля! — тихо произнес юноша.

— Скрагга! — загремел король. — Покажи мне, как ты умеешь владеть оружием. Убей этого неуклюжего пса.

Со зловещей усмешкой Скрагга вышел вперед и поднял свое копье. Бедная жертва стояла неподвижно, закрыв лицо руками. Что касается нас, мы окаменели от ужаса.

Скрагга два раза взмахнул копьем и вонзил его в грудь юноши; удар был настолько силен, что копье, пройдя насквозь, вышло на целый фут наружу между лопатками воина. Взмахнув руками, несчастный упал замертво. Ропот неодобрения, подобно отдаленному грому, пронесся по сомкнутым рядам войск и замер. Не успели мы осознать весь ужас этой кровавой трагедии, как у наших ног лежал распростертый труп несчастного юного воина. Со страшным проклятьем сэр Генри вскочил на ноги, но, подавленный всеобщим безмолвием, опустился обратно на свое место.

— Удар был хорош, — произнес король. — Уберите его отсюда!

Четыре человека вышли из рядов войск, подняли тело убитого юноши и унесли его.

— Засыпьте кровавые пятна, засыпьте их! — пропищал тоненький голосок обезьяноподобного существа. — Король сказал свое слово, и приговор его совершен!

Из-за хижины вышла девушка с сосудом, наполненным толченым известняком, и густо посыпала им лужи крови. Сэр Генри был в бешенстве и едва сдерживал клокотавшее в нем негодование. С большим трудом мы уговорили его успокоиться.

— Ради бога, сидите спокойно! — шепнул я ему. — Помните, что от нашего разумного поведения зависит наша жизнь.

Сэр Генри это понял и овладел собой.

Пока уничтожали следы только что разыгравшейся трагедии, Твала сидел молча, но, как только девушка удалилась, он обратился к нам:

— Белые люди, пришедшие сюда не знаю откуда и зачем, привет вам!

— Привет и тебе, Твала, король кукуанов! — ответил я.

— Белые люди, откуда вы пришли и что вы ищете в нашей стране?

— Мы спустились со звезд, чтобы посмотреть на Землю Кукуанов. Не спрашивай нас, как мы это сделали.

— Большое же путешествие вы совершили, чтобы взглянуть на столь маленькую страну. А вот этот человек, — сказал он, указывая на Амбопу, — тоже спустился со звезд?

— Да, и он, — ответил я. — На небесах есть тоже люди твоего цвета. Но не спрашивай нас о вещах, которые выше твоего понимания, король Твала!

— Вы, люди звезд, очень смело со мной разговариваете, — ответил Твала тоном, который не очень мне понравился. — Не забывайте, что звезды далеко, а вы здесь. А что, если я сделаю с вами то же, что сделал с тем, которого только что унесли?

Я громко рассмеялся, хотя мне было вовсе не до смеха.

— О король! — промолвил я. — Будь осторожен, когда ступаешь по горячим камням, чтобы не обжечь себе ноги, держи копье за рукоять, чтоб не поранить себе руки. Если хоть один волос упадет с головы моей или моих друзей, тебя поразит смерть. Разве твои люди, — продолжал я, указывая на Инфадуса и мерзавца Скраггу, который в это время вытирал кровь несчастного юноши со своего копья. — не сказали тебе о том, что мы за люди? И видел ли ты человека, подобного этому? — И я указал на Гуда, совершенно уверенный в том, что никогда ничего похожего он не мог видеть.

— Правда, таких людей я никогда не видел, — ответил король.

— Разве они не говорили тебе, как мы поражаем смертью издали?

— Говорили, но я им не верю. Дай мне посмотреть, как вы это делаете. Убей одного из тех воинов, что стоят вон там, — и он указал на противоположную сторону крааля, — и тогда я поверю.

— Нет, — ответил я, — мы не проливаем невинной крови. Мы убиваем лишь тогда, когда человек в чем-нибудь провинился и заслуживает такой кары. Если же ты хочешь убедиться в нашем могуществе, вели своим слугам пригнать в твой крааль быка, и он упадет мертвым, прежде чем пробежит двадцать шагов.

— Нет, — рассмеялся король, — убей человека, и тогда я поверю.

— Хорошо, о король! Пусть будет по-твоему, — сказал спокойно. — Пройди через площадь к воротам крааля, и, прежде чем ты дойдешь до них, ты будешь мертв. Если не хочешь идти сам, пошли твоего сына Скраггу (надо сказать, что в тот момент мне бы доставило большое удовольствие подстрелить этого негодяя).

Услышав эти слова, Скрагга с воплем ужаса бросился в хижину.

Твала высокомерно взглянул на меня и нахмурился: мое предложение ему было явно не по душе.

— Пусть пригонят молодого быка, — приказал он двум слугам.

Те со всех ног бросились исполнять его приказание.

— Теперь, — сказал я, обращаясь к сэру Генри, — стреляйте вы. Я хочу показать этому бандиту, что я не единственный колдун в нашей компании.

Сэр Генри тотчас же взял винтовку и взвел курок.

— Надеюсь, что я не промахнусь, — сказал он с тяжелым вздохом.

— Если не попадете с первого раза, стреляйте второй раз. Цельтесь на сто пятьдесят ярдов и ждите, пока животное не повернется к вам боком.

Снова наступило молчание.

Вдруг в воротах крааля показался бык. Увидев такое скопление народа, он остановился, обводя толпу испуганными, бессмысленными глазами, затем круто повернулся и замычал.

— Стреляйте! — прошептал я.

Бум! Бум! — раздался оглушительный выстрел, и все увидели, что бык лежит на спине, конвульсивно дергая ногами: разрывная пуля угодила ему прямо в ребра. Многотысячная толпа замерла от удивления и ужаса.

С невозмутимым видом я повернулся к королю:

— Ну что, солгал я тебе, о король?

— Нет, белый человек, ты сказал правду, — ответил Твала с почти благоговейным ужасом.

— Слушай, Твала, — продолжал я, — ты все видел. Знай же, мы пришли сюда с миром, а не с войной. Посмотри! — я высоко поднял винчестер. — Вот этой палкой с дырой посередине ты сможешь убивать, как мы. Только помни, что я ее заколдовал. Если ты поднимешь эту волшебную палку против человека, она убьет не его, а тебя. Погоди! Я хочу показать тебе еще кое-что. Пусть один из твоих воинов отойдет от нас на сорок шагов и вонзит в землю рукоять копья так, чтобы его лезвие было обращено к нам плоской стороной.

Это приказание было мгновенно исполнено.

— Теперь, о король, смотри! Отсюда я вдребезги разнесу это копье.

Тщательно прицелившись, я выстрелил, и нуля, ударив в середину лезвия, раздробила его на куски.

На площади снова пронесся вздох ужаса и изумления.

— Так вот, Твала, мы дарим тебе эту заколдованную трубку, и со временем я научу тебя, как с ней обращаться. Но берегись направить волшебство жителей звезд против человека на земле! — И с этими словами я подал ему винтовку.

Король взял наш подарок очень осторожно и положил его у своих ног. В эту минуту я заметил, что сморщенная обезьяноподобная фигурка выползла из-под навеса хижины. Она ползла на четвереньках, но, когда приблизилась к месту, где сидел король, поднялась на ноги, сбросила с себя скрывавший ее меховой плащ, и перед нами предстало самое необыкновенное и жуткое человеческое существо. Это была древняя старушонка, лицо которой так высохло и съежилось от возраста, что по величине было не больше, чем у годовалого ребенка. Все оно было изрыто глубокими желтыми морщинами, среди которых проваленная щель обозначала рот, а ниже выдавался далеко вперед острый, загнутый подбородок. Носа у этого существа не было, и вообще его можно было принять за высушенный на солнце труп, если бы на лице его не горели ярким пламенем большие черные, умные глаза, смотревшие осмысленно и живо из-под совершенно белых бровей, над которыми выступал желтый, как пергамент, лоб. Что касается самой головы, она была совершенно лысая, желтого цвета, и сморщенная кожа на черепе двигалась и сокращалась, как кожа на капюшоне кобры.

Мы невольно вздрогнули от ужаса и отвращения при виде этой страшной старухи. С минуту она стояла неподвижно, потом вдруг вытянула свою костлявую руку, похожую на лапу хищной птицы с когтями длиной почти в дюйм и, положив ее на плечо Твалы, вдруг заговорила тонким, пронзительным голосом:

— О король, слушай меня! Слушайте меня, о воины! Слушайте, о горы, равнины и реки, и вся родная Страна Кукуанов! Слушайте, о небеса и солнце, о дождь, и бури, туманы! Слушайте, о мужчины и женщины, юноши и девушки, и вы, младенцы, лежащие в утробе матерей! Слушай меня все, что живет и должно умереть! Слушай меня все, что умерло и должно снова ожить и снова умереть! Слушайте! Дух жизни находится во мне, и я пророчествую. Я пророчествую! Я пророчествую!

Последние ее слова замерли в слабом вопле, и ужас охватил всех присутствующих, включая и нас. Старуха была поистине страшна.

— Кровь! Кровь! Кровь! Реки крови, кровь всюду! — снова завопила она. — Я вижу ее, слышу ее запах, чувствую ее вкус — она соленая! Она бежит по земле красным потоком и падает с неба дождем.

Шаги! Шаги! Шаги! Это поступь белого человека. Он идет издалека. Земля содрогается от его шагов: она дрожит и трепещет перед своим господином.

Как хороша эта кровь, эта красная, яркая кровь! Нет ничего лучше запаха свежей крови. Львы, рыча, будут жадно лакать ее, хищные птицы будут омывать в ней свои крылья и пронзительно кричать от радости!

Я стара! Стара! Я видела в своей жизни много крови. Ха! Ха! Ха! Но я увижу ее еще больше, прежде чем умру, и душу мою охватит радость и веселье. Сколько мне лет, как вы думаете? Ваши отцы знали меня и их отцы знали меня, и отцы их отцов. Я видела белого человека и знаю его желания. Я стара, но горы старее меня. Скажите мне, кто проложил Великую Дорогу? Кто начертал изображения на скалах? Кто там воздвиг трех Молчаливых, что сидят в горах у колодца и созерцают нашу страну? — И она указала на три крутые скалистые горы, на которые мы обратили внимание еще накануне. — Вы не знаете, а я знаю. Задолго до вас здесь были белые люди. И они снова придут сюда, и вас не станет, ибо они пожрут и уничтожат вас. Да! Да! Да!

И зачем они приходили сюда, эти Белые, Грозные, Мудрые, Могучие, настойчивые и столь искусные в колдовстве люди?

О король! Откуда у тебя блестящий камень, что украшает твое чело? О король! Чьи руки сделали железное одеяние, которое ты носишь на своей груди? Ты не знаешь, а я знаю. Я — Старая, Мудрая, я — Изанузи, великая колдунья!

Потом она повернула свою лысую голову хищной птицы в нашу сторону и воскликнула:

— Чего вы ищете у нас, белые люди, спустившиеся со звезд... да, да, со звезд! Вы ищете потерявшегося человека? Вы его здесь не найдете. Его нет в нашей стране. Уже давным-давно ни один белый человек не вступал на нашу землю, кроме одного, но и тот покинул ее, чтобы умереть. Вы пришли за блестящими камнями! Я знаю это, знаю. Вы найдете их, когда высохнет кровь. Но вернетесь ли вы туда, откуда пришли, или останетесь со мной? Ха! Ха! Ха!

А ты, ты, с темной кожей и горделивой осанкой, — и она указала своим костлявым пальцем на Амбопу, — кто ты, и чего ты ищешь? Конечно, не сверкающих камней, не желтого мерцающего железа — это ты оставляешь для «белых жителей звезд»» Мне кажется, я знаю тебя. Мне кажется, я чую запах крови в твоем сердце. Сбрось свою мучу...

Вдруг лицо этого отвратительного существа стало дергаться, изо рта ее выступила пена, и в припадке эпилепсии она забилась на земле. Ее подняли и унесли в хижину.

Король встал, дрожа с головы до ног, взмахнул рукой, и полки в безукоризненном строе направились к выходу.

Через десять минут огромная площадь опустела, и мы остались наедине с королем и его немногочисленными приближенными.

— Белые люди, — сказал он, — я думаю, всех вас надо предать смерти. Гагула произнесла странные слова. Что вы скажете?

Я рассмеялся:

— О король, будь осторожен! Нас не так легко убить. Ты видел, что мы сделали с быком? Неужели ты хочешь, чтобы мы сделали с тобой то же самое?

Твала нахмурился.

— Не подобает угрожать королю, — сказал он угрюмо.

— Мы не угрожаем, а говорим истину. О король! Попробуй нас убить, и тебе несдобровать.

Огромный дикарь приложил руку ко лбу и на минуту задумался.

— Идите с миром, — промолвил он наконец. — Сегодня вечером будет великая пляска. Вы увидите ее. Не бойтесь, я не готовлю вам западню. А завтра я подумаю, что мне с вами делать.

— Хорошо, король, — ответил я равнодушно. Мы встали и в сопровождении Инфадуса отправились в наш крааль.

Глава X. Охота на колдунов

Когда мы подошли к своей хижине, я знаком пригласил Инфадуса войти вместе с нами.

— Послушай, Инфадус, — обратился я к нему, — мы желаем говорить с тобой.

— Пусть мои повелители говорят.

— Нам кажется, Инфадус, что король Твала — жестокий человек.

— Это так, мои повелители. Увы! Страна стонет от его жестокости. Сегодня ночью вы многое увидите сами. Ночью будет великая охота на колдунов. Многих выследят и убьют. Никто не может быть спокоен за свою жизнь. Если король пожелает отнять у человека его скот, или его жизнь, или же если он подозревает, что человек может поднять против него мятеж, тогда Гагула, которую вы видели, или другая женщина из охотниц за колдунами, обученных ею, почуют, будто этот человек — колдун, и его убьют. Многие умрут этой ночью, прежде чем побледнеет луна. Так бывает всегда. Может быть, и мне угрожает смерть. До сих пор меня щадили, потому что я опытен в военном деле и меня любят мои воины, но я не знаю, долго ли еще мне удастся сохранить жизнь. Страна стонет от жестокости короля Твалы. Она изнемогает под его кровавым гнетом.

— Так почему же, Инфадус, народ не свергнет его?

— О нет, повелитель, все же он король, да и если бы его убили, Скрагга стал бы править вместо него, а сердце Скрагги еще чернее, чем сердце его отца, Твалы. Если бы Скрагга стал королем, то ярмо, которое он надел бы на наши шеи, было бы тяжелее ярма Твалы. Если бы Имоту был жив или если бы не погиб его сын Игнози, все было бы иначе. Но их нет уже среди живых.

— Почему ты знаешь, что Игнози умер? — спросил чей-то голос позади нас.

Мы оглянулись в изумлении, чтобы посмотреть, кто это говорит. Это был Амбопа.

Что хочешь ты сказать, юноша? — спросил Инфадус. — И почему ты осмеливаешься говорить?

— Послушай, Инфадус, — сказал Амбопа. — Выслушай мой рассказ. Много лет назад в этой стране был убит король Имоту, а его жена вместе с сыном, которого звали Игнози, спаслась бегством. Не так ли?

— Это так.

— Говорили, что женщина и мальчик умерли в горах. Правда ли это?

— И это так.

— Хорошо. Но случилось иначе — и мать и сын, Игнози, не умерли. Они перебрались через горы и вместе с каким-то кочевым племенем прошли через пески, лежащие за горами, и добрались наконец до земли, где тоже есть вода и растут трава и деревья.

— Как ты узнал это?

— Слушай. Они шли все дальше и дальше в течение многих месяцев, пока не достигли наконец земли, где живет воинственный народ амазулу, родственный кукуанам. Среди этого народа они и влачили существование в течение многих лет, пока наконец мать не умерла. Тогда сын ее, Игнози, вновь стал скитальцем и ушел в страну чудес, где живут белые люди, и там он еще много лет учился мудрости белых.

— Странную историю ты рассказываешь, — недоверчиво сказал Инфадус.

— Долгие годы он провел там — был и слугой и воином, но в сердце своем хранил все, что его мать рассказывала ему о его родине. Он измышлял способы вернуться, чтобы увидеть свой народ и дом своего отца прежде, чем ему самому суждено будет умереть. Много лет он ждал, и вот пришло время, когда судьба свела его с белыми людьми, которые хотели разыскать эту неизвестную страну, и он присоединился к ним. Белые люди отправились в путь и шли всё вперед и вперед в поисках того, кто исчез. Они прошли через пылающую пустыню, они переправились через горы, увенчанные снегом, и достигли Страны Кукуанов и встретились с тобой, о Инфадус!

— Ты, конечно, безумен, иначе ты так не говорил бы, — отвечал старый воин, пораженный тем, что он услышал.

— Напрасно ты так думаешь. Смотри же, что я покажу тебе, о брат моего отца! Я Игнози, законный король кукуанов!

С этими словами он одним движением сорвал набедренную повязку и предстал перед нами совершенно обнаженным.

— Смотри, — сказал он. — Знаешь ли ты, что это такое? — И он указал на знак Великой Змеи, вытатуированный синей краской на его теле.

Хвост змеи исчезал в ее открытой пасти чуть-чуть повыше бедра.

Инфадус смотрел, и глаза его чуть не вылезли из орбит от изумления. Затем он упал на колени.

— Куум! Куум! — воскликнул он. — Это сын моего брата, это король!

— Разве я не сказал тебе то же самое, брат моего отца? Встань — я еще не король, но с твоей помощью и с помощью моих друзей, отважных белых людей, я буду королем. Престарелая Гагула сказала правду — сначала земля обагрится кровью, но я добавлю, что прольется и ее кровь, если она течет в жилах этой ведьмы, потому что она убила своими словами моего отца и изгнала мою мать. А теперь, Инфадус, выбирай. Пожелаешь ли ты вложить свои руки в мои и помогать мне? Пожелаешь ли ты делить со мною опасности, которые угрожают мне, и помочь мне свергнуть тирана и убийцу или не пожелаешь? Теперь выбирай.

Старик задумался, приложив ко лбу руку. Затем он поднялся, приблизился к месту, где стоял Амбопа, или, вернее, Игнози, преклонил перед ним колени и коснулся его руки:

— Игнози, законный король кукуанов, я согласен вложить мои руки в твои, и я буду служить тебе до самой смерти. Когда ты был ребенком, я качал тебя на своем колене, теперь же моя старая рука возьмется за оружие, чтобы сражаться за тебя и за свободу.

— Ты хорошо сказал, Инфадус! Если я одержу победу, ты будешь первым человеком в стране после короля. Если меня ждет поражение, ты можешь всего только умереть, а твоя смерть и так недалека. Встань, брат моего отца. А вы, белые люди, поможете ли вы мне? Что я могу вам предложить? Если я одержу победу и смогу найти эти сверкающие камни, вы получите их столько, сколько будете в состоянии унести отсюда. Но достаточно ли будет этого?

Я перевел его слова.

— Скажите ему, — отвечал сэр Генри, — что он неправильно судит об англичанах. Богатство — хорошая вещь, и, если оно повстречается на нашем пути, мы не откажемся от его, но джентльмен не продается за богатство. Однако от своего имени я хочу сказать следующее. Мне всегда нравился Амбопа, и что касается меня, я буду стоять с ним рядом в борьбе за его дело. Я с большим удовольствием попытаюсь свести счеты с этим злобным дьяволом Твалой. А что скажете вы, Гуд, и вы, Квотермейн?

— Что ж, — отозвался капитан, — вы можете ему передать, выражаясь цветистым языком гипербол, от которого, кажется, в восторге все эти люди, что драка безусловно неплохая штука и радует сердце настоящего человека. Поэтому, поскольку дело идет обо мне, на меня он может рассчитывать. Я ставлю ему единственное условие — пусть он разрешит мне ходить в брюках.

Я перевел оба ответа.

— Благодарю, друзья мои, — сказал Игнози, в прошлом Амбопа. — А что скажешь ты, Макумазан? Останешься ли ты также со мной, старый охотник, более мудрый, чем раненый буйвол?

Я почесал в затылке, слегка призадумавшись.

— Амбопа, или Игнози, — отвечал я наконец, — я не люблю революций. Я человек мирный и даже немного трусоват (тут Игнози улыбнулся), но, с другой стороны, я остаюсь верным своим друзьям, Игнози. Ты был верен нам и вел себя как настоящий мужчина, и я не оставлю тебя. Но имей в виду, что я торговец и вынужден зарабатывать на жизнь, поэтому я принимаю твое предложение относительно этих алмазов, в случае, если нам когда-нибудь удастся завладеть ими. И еще одно: мы пришли сюда, как тебе известно, на поиски пропавшего брата Инкубу. Ты должен помочь нам найти его.

— Я это сделаю, — отвечал Игнози. — Послушай, Инфадус, — продолжал он, обратившись к старому воину, — заклинаю тебя священным знаком змеи, обвившейся вокруг моего тела, скажи мне правду: известно ли тебе, чтобы нога какого-нибудь белого человека ступала на эту землю?

— Нет, о Игнози.

— Если бы белого человека видели здесь или слышали о нем, ты знал бы об этом?

— Конечно, знал бы.

— Ты слышишь, Инкубу? — обратился Игнози к сэру Генри. — Его здесь не было.

— Да, да, — со вздохом проговорил сэр Генри, — это так. Я думаю, что ему не удалось добраться сюда. Несчастный Джордж! Итак, все наши усилия напрасны. Да будет воля господня!

— Ну, а теперь к делу, — прервал его я, желая избежать дальнейшего разговора на эту печальную тему. — Конечно, очень хорошо быть королем по божественному праву, Игнози, но каким образом ты намереваешься стать королем в действительности?

— Не знаю. Есть ли у тебя какой-нибудь план, Инфадус?

— Игнози, сын молнии, — отвечал его дядя, — сегодня ночью будет великая пляска и охота на колдунов. Многих выследят, и они погибнут, и в сердцах многих других останется горе и боль и гнев на короля Твалу. Когда пляска окончится, я обращусь к некоторым из главных военачальников, которые, в свою очередь, если мне удастся привлечь их на свою сторону, будут говорить со своими полками. Сначала я поговорю с военачальниками тайно и приведу их сюда, чтобы они могли воочию убедиться в том, что ты действительно король. Я думаю, что к рассвету завтрашнего дня ты будешь иметь под своим командованием двадцать тысяч копий. А теперь я должен удалиться, чтобы думать, слушать и готовиться. Когда окончится пляска, если все мы останемся в живых, я встречусь с тобой здесь, и мы поговорим. Знай, что в лучшем случае нам предстоит война.

В этот момент наше совещание было прервано громкими возгласами, возвещавшими прибытие посланцев короля. Подойдя к двери хижины, мы приказали их пропустить, и сейчас же вошли трое гонцов. Каждый из них нес сверкающую кольчугу и великолепный боевой топор.

— Дары моего повелителя короля белым людям, спустившимся со звезд! — провозгласил сопровождавший их герольд.

— Мы благодарим короля. — отвечал я. — Ступайте.

Посланцы ушли, а мы с огромным интересом принялись рассматривать доспехи. Такой великолепной кольчуги нам никогда не приходилось видеть. Звенья ее были настолько тонки, что, когда ее складывали, всю ее целиком можно было накрыть двумя ладонями.

— Неужели эти вещи делают в вашей стране, Инфадус? — спросил я. — Они очень красивы.

— Нет, мой господин, они дошли до нас от наших предков. Мы не знаем, кем они сделаны. Теперь их осталось совсем мало, и только люди, в жилах которых течет королевская кровь, имеют право их носить. Это заколдованные одеяния, сквозь которые не может проникнуть копье. Тем, кто их носит, почти совершенно не угрожает опасность в бою. Король или чем-то очень доволен, или же очень страшится чего-то, иначе он не прислал бы их. Наденьте их сегодня вечером, повелители.

Остаток дня мы провели спокойно. Мы отдыхали и обсуждали свое положение, которое, надо сказать, вселяло некоторое беспокойство. Наконец солнце село, вспыхнули сотни сторожевых костров, и в темноте мы услышали тяжелую поступь многих ног и лязг сотен копий — это шли полки, чтобы занять предназначенное для каждого из них место и подготовиться к великой пляске. Взошла ослепительная полная луна. Мы стояли, любуясь лунной ночью, когда прибыл Инфадус. На нем было полное военное одеяние, и его сопровождал эскорт из двадцати человек, который должен был доставить нас на место пляски. По совету Инфадуса, мы уже облачились в кольчуги, которые прислал нам король, причем поверх них мы надели обычную одежду. К своему удивлению, мы обнаружили, что в них нам было легко и удобно. Эти стальные рубашки, которые, очевидно, были когда-то сделаны для людей огромного роста, свободно болтались на Гуде и на мне, но могучую фигуру сэра Генри кольчуга облегала, как перчатка. Затем мы пристегнули к поясу револьверы, взяли боевые топоры, присланные нам королем вместе с кольчугой, и отправились.

Когда мы прибыли в большой крааль, где утром нас принимал король, мы увидели, что весь он заполнен людьми. Около двадцати тысяч воинов было построено по кругу, каждый полк в отдельности. Полки, в свою очередь, делились на отряды, между которыми были оставлены узкие проходы, чтобы дать возможность охотницам за колдунами двигаться по ним взад и вперед.

Невозможно себе представить зрелище более грандиозное, чем это огромное скопление вооруженных людей, стоящих в безупречном строю. Они стояли в абсолютном молчании, и луна заливала своим светом лес их поднятых копий, их величественные фигуры, развевающиеся перья и гармоничные очертания их разноцветных щитов. Куда бы мы ни бросили взгляд, всюду ряд за рядом виднелись неподвижные, застывшие лица, над которыми вздымались бесчисленные ряды копий.

— Конечно, вся армия здесь? — спросил я Инфадуса.

— Нет, Макумазан. — отвечал он, — лишь третья ее часть. Одна треть ежегодно присутствует на этом празднестве, другая треть собрана снаружи, вокруг крааля, для охраны в случае, если произойдут беспорядки, когда начнется избиение, а еще десять тысяч несут гарнизонную службу на передовых постах вокруг Луу, остальные же охраняют по всей стране краали. Ты видишь, это великий народ.

— Они очень молчаливы, — заметил Гуд.

Действительно, напряженная тишина при таком огромном скоплении живых людей вызывала какое-то тяжелое чувство.

— Что говорит Бугван? — спросил Инфадус.

Я перевел.

— Те, над кем витает тень Смерти, всегда молчаливы, — мрачно ответил он.

— Многие из них будут убиты?

— Очень многие!

— Кажется, — обратился я к своим спутникам, — нам предстоит присутствовать на гладиаторских играх, на организацию которых не жалеют затрат.

По телу сэра Генри пробежала дрожь, а Гуд заявил, что ему очень хотелось бы, чтобы мы могли уклониться от участия в этом развлечении.

— Скажи мне, — вновь обратился я к Инфадусу, — не угрожает ли нам опасность?

— Не знаю, мой повелитель. Думаю, что нет. Во всяком случае, не проявляйте боязни. Если вы переживете эту ночь, все еще может обойтись благополучно. Воины ропщут на короля.

Все это время мы шли к центру свободного пространства посередине крааля, где стояло несколько табуретов. Направляясь туда, мы увидели другую маленькую группу людей, приближающуюся со стороны королевской хижины.

— Это король Твала, его сын Скрагга и престарелая Гагула, и с ними те, кто убивает. — Инфадус указал на людей, сопровождающих короля.

Их было человек двенадцать, все гигантского роста и устрашающей внешности. В одной руке каждый держал копье, а в другой — тяжелую «кэрри» (то есть дубину). Король опустился на табурет, стоявший в самом центре, Гагула скорчилась у его ног, а Скрагга и палачи стали позади него.

— Привет вам, белые повелители! — воскликнул Твала, когда мы подошли. — Сядьте, не тратьте напрасно драгоценного времени — ночь слишком коротка для тех дел, которые должны свершиться. Вы приходите в добрый час, вам предстоит увидеть великое зрелище. Оглянитесь вокруг, белые повелители, оглянитесь! — Своим единственным злобным глазом он обвел полки один за другим. — Могут ли звезды показать вам подобное зрелище? Смотрите, как они трепещут в своей низости, все те, кто хранит в сердце злобу и страшится небесного правосудия!

— Начинайте! Начинайте! — крикнула Гагула своим тонким, пронзительным голосом. — Гиены голодны, они воют и просят пищи. Пора! Пора!

Затем на мгновение наступила напряженная тишина, ужасная из-за предчувствия того, что должно было произойти.

Король поднял свое копье, и внезапно двадцать тысяч ног поднялись, как будто они принадлежали одному человеку, и гулко опустились на землю, сотрясая ее. Это повторилось трижды.

Затем в какой-то отдаленной точке круга одинокий голос затянул песню, похожую на причитание. Припев ее звучал примерно так:

— Каков удел человека, рожденного от женщины?

И из груди каждого участника этого огромного сборища вырвался ответный вопль:

— Смерть!

Постепенно один отряд за другим подхватывал песню, пока наконец ее не запела вся масса вооруженных людей. Мне было трудно разобрать все ее слова, но я понял, что в ней говорилось о человеческих страстях, печалях и радостях. Казалось, это была то любовная песня, то величественно нарастающий боевой гимн и, наконец, погребальная песня, которая внезапно завершилась надрывающим сердце воплем. Эхо его, от звуков которого кровь застывала в жилах, прокатилось по окрестностям. Затем вновь воцарилось молчание, но король поднял руку, и тишина была нарушена снова. Послышался быстрый топот ног, и из рядов воинов выбежали, приближаясь к нам, странные и зловещие существа.

Когда они приблизились, мы увидели, что это женщины, почти все старые. Их седые космы, украшенные рыбьими пузырями, развевались на бегу. Лица их были раскрашены полосами желтого и белого цвета, змеиные шкуры болтались у них за плечами, вокруг талии постукивали пояса из человеческих костей. Каждая из них держала в сморщенной руке маленький раздвоенный жезл. Всего их было десять. Приблизившись к нам, они остановились, и одна из них, протянув свой жезл по направлению к скорченной фигуре Гагулы, воскликнула:

— Мать, старая мать! Мы пришли!

— Так! Так! Так! — отозвалось престарелое олицетворение порока. — Зорки ли ваши глаза, изанузи, те, которые видят во тьме?

— Наши глаза зорки, Мать.

— Так! Так! Так! Открыты ли ваши уши, изанузи, те, которые слышат слова, не сошедшие с языка?

— Наши уши открыты, Мать.

— Так! Так! Так! Бодрствуют ли ваши чувства, изанузи, можете ли вы почуять запах крови, можете ли вы очистить страну от преступников, которые злоумышляют против короля и против своих соседей? Готовы ли вы вершить правосудие небес, вы, которых я обучила, кто вкусил от хлеба моей мудрости и утолил жажду из источника моего волшебства?

— Мы готовы. Мать.

— Тогда идите! Не мешкайте вы, хищницы. Посмотрите на убийц, — и она показала на зловещую группу палачей, стоявших позади нас. — Пусть они наточат свои копья. Белые люди, пришедшие издалека, хотят видеть. Идите.

С диким воплем страшные исполнительницы ее воли рассыпались, подобно осколкам разбившейся раковины, по всем направлениям и, сопровождаемые стуком костей, висящих у них на поясе, направили свой бег в различные точки плотного круга, образованного массами людей. Мы не могли следить за ними всеми и поэтому сосредоточили свое внимание на той изанузи, которая оказалась ближе других. В нескольких шагах от воинов она остановилась и начала дикий танец, кружась с почти невероятной быстротой и выкрикивая нечто вроде: «Я чую его, злодея!», «Он близко, тот, кто отравил свою мать!», «Я слышу мысли того, кто злоумышлял на короля!»

Все быстрее и быстрее становилась ее пляска, пока она не довела себя до такого безумного возбуждения, что пена хлопьями полетела с ее скрежещущих челюстей, глаза ее, казалось, выкатились из орбит, и видно было, что все ее тело сотрясает дрожь. Внезапно она замерла на месте и вся напряглась, как охотничья собака, почуявшая дичь. Затем, вытянув вперед свои жезл, она начала крадучись подползать к стоявшим перед ней воинам.

Нам казалось, что, по мере того как она приближалась, их стоическая выдержка поколебалась, и они подались назад. Что касается нас, мы следили за ее движениями окаменев от ужаса. Наконец, передвигаясь ползком, на четвереньках, она оказалась перед ними вновь, остановилась, как собака, делающая стойку, и затем проползла еще шага два.

Конец наступил внезапно. С криком она вскочила и коснулась высокого воина своим раздвоенным жезлом. Сейчас же два его товарища, стоявшие рядом с ним, схватили за руки обреченного на смерть человека и вместе с ним приблизились к королю.

Человек не сопротивлялся, но мы заметили, что он переставляет ноги с трудом, как будто они парализованы, а его пальцы, из которых выпало копье, безжизненны, как у только что умершего человека.

Пока его вели, двое из группы отвратительных палачей вышли ему навстречу. Поравнявшись со своей жертвой, они повернулись к королю, словно ожидая приказа.

— Убить! — сказал король.

— Убить! — проскрипела Гагула.

— Убить! — эхом отозвался Скрагга с довольным смешком.

Не успели еще отзвучать эти слова, как страшное дело уже свершилось. Один из палачей вонзил свое копье в сердце жертвы, а другой для полной уверенности разбил ему череп своей огромной дубиной.

— Один, — открыл счет король Твала.

Тело оттащили на несколько шагов в сторону и бросили.

Едва успели это сделать, как привели другого несчастного, словно быка на бойню. На этот раз по плащу из шкуры леопарда мы увидели, что это важный человек. Вновь прозвучали ужасные слова, и жертва упала мертвой.

— Два, — считал король.

Так продолжалась эта кровавая игра, пока около сотни мертвых тел не было уложено рядами позади нас. Я слышал о состязаниях гладиаторов при цезарях и о боях быков в Испании, но я беру на себя смелость усомниться в том, было ли все это хоть вполовину настолько ужасно, как эта кукуанская охота за колдунами. Во всяком случае, состязание гладиаторов и испанские бои быков доставляли хоть какое-то развлечение зрителям, что здесь, конечно, совершенно отсутствовало. Самый отъявленный любитель острых ощущений постарался бы избежать подобного зрелища, если бы он знал, что именно он, собственной персоной, может быть участником следующего «номера».

Один раз мы не выдержали, поднялись и пытались протестовать, но Твала резко остановил нас.

— Пусть свершается правосудие, белые люди. Эти собаки — преступные колдуны, и то, что они должны умереть, справедливо. — Таков был единственный ответ, которым он нас удостоил.

Около половины одиннадцатого наступил перерыв. Охотницы за колдунами собрались вместе, очевидно утомленные своей кровавой работой, и мы думали, что все представление закончено. Но это было не так. Неожиданно, к нашему удивлению, старуха Гагула поднялась со своего места, где она сидела до этого скрючившись. Опираясь на палку, она заковыляла по открытой площадке, где сидели мы.

Эта ужасная старая ведьма с головой стервятника, согнувшаяся почти вдвое под грузом неисчислимых лет, представляла собой омерзительное зрелище, в особенности когда, постепенно набираясь сил, она наконец начала метаться из стороны в сторону с не меньшей энергией, чем ее зловещие ученицы. Взад и вперед бегала она, монотонно напевая что-то себе под нос, и наконец внезапно бросилась на высокого человека, стоящего во главе одного из полков, и коснулась его. Когда она это сделала, оттуда, где стоял полк, которым он, очевидно, командовал, послышалось нечто вроде стона. Но тем не менее два воина этого полка схватили жертву и повели на казнь. Впоследствии мы узнали, что этот человек обладал огромным богатством и влиянием, так как он был двоюродным братом короля.

Его прикончили, и король подвел итог: было убито сто три человека. Затем Гагула вновь начала скакать взад и вперед, постепенно все ближе подходя к нам.

— Пусть меня повесят, если мне не кажется, что она собирается испытать свои фокусы на нас! — в ужасе воскликнул Гуд.

— Глупости! — сказал сэр Генри.

Что касается меня, должен сказать, что, когда я увидел, как эта старая ведьма, продолжая свою дьявольскую пляску, подходит все ближе и ближе, у меня буквально душа ушла в пятки. Я оглянулся на длинные ряды трупов, и меня охватила дрожь.

Все ближе и ближе вальсировала Гагула, точь-в-точь как ожившая кривая палка. Глаза ее сверкали дьявольским огнем.

Все ближе подходила она, все ближе и ближе. Глаза огромного количества людей следили за ее движениями с напряженным вниманием. Наконец она замерла и сделала стойку.

— Который из нас? — сказал, как бы про себя, сэр Генри.

Через мгновение все сомнения рассеялись — старуха стремительным движением коснулась плеча Амбопы, или Игнози.

— Я чую его! — вскричала она. — Убейте его, убейте его — он исполнен зла! Убейте его, незнакомца, прежде чем из-за него прольются потоки крови. Убей его, о король!

Наступила пауза, которой я немедленно воспользовался.

— О король, — воскликнул я, поднимаясь со своего сиденья, — этот человек — слуга твоих гостей, он их собака. Тот, кто прольет кровь нашей собаки, тем самым прольет нашу кровь. Во имя священного закона гостеприимства я прошу у тебя защиты для него.

— Гагула, мать всех знахарок, почуяла его. Он должен умереть, белые люди, — угрюмо ответил Твала.

— Нет, он не умрет, — отвечал я, — умрет тот, кто осмелится его коснуться.

— Схватить этого человека! — громовым голосом крикнул Твала палачам, которые стояли вокруг, с ног до головы покрытые кровью своих жертв.

Они шагнули было к нам, но вдруг заколебались. Что же касается Игнози — он поднял свое копье, очевидно намереваясь дорого продать свою жизнь.

— Назад, собаки, — крикнул я, — если вы хотите увидеть свет завтрашнего дня! Коснитесь хоть одного волоса на его голове, и ваш король умрет, — и я навел на Твалу револьвер.

Сэр Генри и Гуд также схватили револьверы. Сэр Генри навел свой на главного палача, который сделал шаг вперед, чтобы привести приговор в исполнение, а Гуд тщательно прицелился в Гагулу.

Твала заметно вздрогнул, когда ствол моего револьвера остановился на уровне его широкой груди.

— Ну, — сказал я, — что же будет, Твала?

Тогда он заговорил:

— Уберите ваши заколдованные трубки, — сказал он. — Вы просили меня во имя гостеприимства, ради этого, а не из страха перед тем, что вы можете сделать, я щажу его. Идите с миром.

— Хорошо, — ответил я спокойно. — Мы устали от кровопролития и хотели бы отдохнуть. Пляска окончена?

— Окончена, — угрюмо ответил Твала. — Пусть этих собак, — тут он указал на длинные ряды трупов, — выбросят на корм гиенам и хищным птицам, — и он поднял свое копье.

Сейчас же в глубоком молчании полки начали один за другим выходить из ворот крааля. Осталась только команда, получившая, очевидно, задание убрать трупы несчастны» жертв.

Затем мы также поднялись, распрощались с его величеством, причем он едва соблаговолил выслушать наши прощальные приветствия, и отбыли в свой крааль.

Войдя в хижину, мы прежде всего зажгли лампу, которой пользуются кукуаны. Фитиль ее сделан из волокон какой-то разновидности пальмового листа, а горит в ней очищенный жир гиппопотама.

— Знаете ли, — сказал сэр Генри, когда мы сели, — я ощущаю сильнейшую тошноту.

— Если у меня и были какие-либо сомнения насчет того, помогать ли Амбопе поднять мятеж против этого дьявольского негодяя, — заметил Гуд, — то теперь они рассеялись. Я едва мог усидеть на месте, пока шло это избиение. Я пытался закрывать глаза, но они, как нарочно, открывались в самый неподходящий момент. Интересно, где сейчас Инфадус. Амбопа, мой друг, ты должен быть нам благодарен — твою шкуру чуть не продырявили насквозь.

— Я благодарен вам, Бугван, — отвечал Амбопа, когда я перевел ему слова Гуда, — и никогда не забуду этого. А Инфадус скоро будет здесь. Мы должны ждать.

Мы зажгли свои трубки и стали ожидать его.

Глава XI. Мы совершаем чудо

В течение долгого времени — думаю, что не менее двух часов — мы сидели в полном молчании, ожидая прихода Инфадуса. Никто из нас не разговаривал: слишком мы были подавлены воспоминаниями о тех ужасах, которые только видели во время охоты на колдунов.

Наконец, перед самым рассветом, когда мы уже собирать ложиться спать, послышались шаги и оклик часового, стоящего у ворот нашего крааля. Шаги продолжали приближаться, так как, очевидно, на оклик ответили, но так тихо, что слов нельзя было разобрать. Затем дверь распахнулась, и вошел Инфадус. За ним следовали шесть полных величия и достоинства вождей.

— Мои повелители и ты, Игнози, законный король кукуанов, — обратился он к нам, — я пришел, как обещал, и привел этих людей. — И Инфадус указал на выстроившихся в ряд военачальников. — Это великие люди нашей страны. Каждый из них командует тремя тысячами воинов, которые беспрекословно выполняют их приказания по указу короля. Я рассказал им, что видели мои глаза и что слышали мои уши. Пусть эти люди тоже взглянут на священную змею, опоясывающую тебя, Игнози, и выслушают твой рассказ, чтобы решить, перейти ли им на твою сторону и выступить ли им против Твалы, нашего короля.

Вместо ответа Игнози сорвал с себя набедренную повязку, и все увидели на его теле знак королевского достоинства — змею, вытатуированную вокруг его бедер. Каждый вождь по очереди подходил к Игнози, рассматривал ее при тусклом свете лампы и, не говоря ни слова, отходил в сторону.

Затем Игнози снова надел свою набедренную повязку и, обратившись к военачальникам, рассказал им историю своей жизни, которую мы слышали от него утром.

— Что вы скажете, вожди, после того, как сами выслушали этого человека? — спросил их Инфадус, как только игнози закончил свой рассказ. — Будете ли вы стоять за него и поможете ли ему занять трон его отца? Страна стонет под игом Твалы, и кровь нашего народа заливает ее, как выступившие из берегов вешние воды. Вы видели это сегодня вечером. Были еще два вождя, с которыми я хотел говорить об этом же, и где они? Гиены воют над их трупами. Если вы не выступите против Твалы, то и вас скоро постигла же участь. Выбирайте же, братья мои.

Самый старый из шести вождей, плотный, небольшого роста человек с седыми волосами, выступил вперед и промолвил:

— Ты верно сказал, Инфадус: страна стонет и люди ропщут под игом Твалы. Мой родной брат был среди тех кто погиб сегодня вечером. Ты задумал великое дело, но нам трудно поверить тому, что мы сейчас слышали. Откуда мы знаем, не поднимем ли мы копья за обманщика?. Дело это великое, говорю я, и никто не может сказать, чем оно кончится. Прольются реки крови, прежде чем оно совершится. Многие останутся верными Твале, ибо люди преклоняются перед солнцем, которое светит на небесах, а не перед тем, которое еще не взошло. Колдовство белых жителей звезд велико, и Игнози находится под защитой их крыльев. Если он действительно законный король нашей страны, пусть белые люди совершат какое-нибудь чудо, чтобы все наши люди могли его увидеть. Тогда народ пойдет за нами, убедившись, что колдовство белых людей — на нашей стороне.

— Но вы же видели знак змеи! — сказал я.

— Повелитель мой, этого недостаточно. Может быть, изображение священной змеи было начертано на его теле много позже его рождения. Соверши чудо, говорю я, иначе мы не тронемся с места.

То же самое повторили остальные вожди. В полном недоумении, обратившись к сэру Генри и Гуду, я объяснил им положение вещей.

— Я знаю, что нам делать! — воскликнул Гуд, и его лицо просияло от радости. — Только попросите их дать нам несколько минут на размышление.

Я сказал об этом вождям, и они вышли. Гуд тотчас же бросился к маленькому ящику, где он держал лекарства, открыл его и вынул записную книжку, на первых страницах которой был календарь.

— Послушайте, друзья, — спросил он нас, — ведь завтра четвертое июня?

Мы тщательно вели счет дням и, взглянув на наши записи, подтвердили, что он не ошибся.

— Прекрасно! Так вот, слушайте: «Четвертого июня, в восемь часов пятнадцать минут вечера по Гринвичскому времени начнется полное затмение Луны. Его можно будет наблюдать на Тенерифе, в Южной Африке... " ну, и прочих местах... Вот вам и чудо! Квотермейн, скажите вождям, что завтра вечером мы потушим Луну.

Идея была превосходная, но нас несколько смущало, что календарь Гуда мог оказаться не совсем точным. Если бы мы ошиблись в предсказании, наш престиж был бы навсегда подорван, и тогда все шансы возвести Игнози на престол разлетелись бы прахом.

— А что, если ваш календарь неверен? — спросил сэр Генри Гуда, который в это время сосредоточенно делал какие-то вычисления на отрывном листе своей записной книжки.

— Нет никаких оснований так думать, — возразил Гуд. — Затмения всегда происходят в точно вычисленное время: в этом убедил меня личный опыт. А в сообщении, которое я только что вам прочел, подчеркивается, что это затмение можно будет наблюдать в Южной Африке. Сейчас я сделал только приблизительные вычисления, так как не знаю нашего точного местонахождения. Я высчитал, что оно должно начаться завтра около десяти часов вечера и продолжаться до половины первого, так что в течение примерно полутора часов здесь будет полная темнота.

— Ну что ж, — сказал сэр Генри, — думаю, что ми должны рискнуть.

Я согласился с ним, хотя в глубине души очень сомневался, удастся ли наша затея, так как с моей точки зрения затмения — штука хитрая и на них полагаться довольно рискованно. «А вдруг, — думал я, — небо будет затянуто тучами и Луны вообще не будет видно?»

Озабоченный этими размышлениями, я послал Амбопу за вождями, которые тотчас же явились, и я обратился к ним со следующей речью:

— Великие люди Страны Кукуанов и ты, Инфадус, слушайте! Мы не любим хвастаться нашим могуществом, ибо это значит вмешиваться в естественный ход природы и погружать мир в страх и смятение. Но так как наше дело великое и мы разгневаны на короля за кровавую резню, которую мы видели, и на изанузи Гагулу, желавшую умертвить нашего друга Игнози, мы решили совершить чудо и подать вам знамение, которое увидят все ваши люди. Подойдите сюда, — сказал я, отворяя дверь хижины и указывая вождям на красный шар заходящей Луны. — Что вы видите?

— Мы видим умирающую Луну, — ответил один из них, который был, по-видимому, избран для того, чтобы вести с нами переговоры.

— Ты прав. Теперь скажи мне, может ли смертный человек погасить Луну до назначенного часа ее захода и набросить покров черной ночи на всю Землю?

Вождь тихо засмеялся:

— Нет, повелитель, ни один человек не может этого сделать. Луна сильнее человека. Человек может только смотреть на нее, и никто не может нарушить ее небесный путь.

— Ты так думаешь? А я говорю тебе, что завтра вечером, за два часа до полуночи, мы сделаем так, что Луна исчезнет с неба и Землю окутает глубокий мрак, который будет продолжаться час и еще полчаса в знак того, что Игнози действительно является законным королем кукуанов. Если мы это сделаем, поверите вы в это?

— Да, мои повелители, — ответил с улыбкой старый вождь, и все остальные вожди тоже улыбнулись. — Если вы это совершите, мы поверим.

— В таком случае, это будет совершено. Мы трое — Инкубу, Бугван и Макумазан — заявляем вам, что завтра вечером мы потушим Луну. Ты слышишь, Инфадус?

— Слышу, мой повелитель. Ты обещаешь потушить Луну, мать нашего мира, да еще в полнолуние, когда она ярче всего светит. Но то, что ты говоришь, слишком удивительно.

— Однако мы это сделаем, Инфадус. — хорошо, повелитель. Сегодня, через два часа после захода солнца, Твала пошлет за повелителями, чтобы они присутствовали на пляске дев. Через час после начала пляски та девушка, которую Твала сочтет самой прекрасной, будет умерщвлена королевским сыном Скраггой. Она будет принесена в жертву Молчаливым, которые сторожат те горы, — и он указал на три скалистые вершины, где, как мы уже слышали, кончалась Великая Дорога царя Соломона. — Пусть мои повелители потушат Луну и спасут жизнь девушки. Тогда наш народ уверует в них.

— Да, — подтвердил старый вождь, все еще слегка улыбаясь, — тогда наши люди вам поверят.

— В двух милях от Луу. — продолжал Инфадус, — находится холм, изогнутый, как молодой месяц. В этом укрепленном месте находится мой полк и еще три полка, которыми командуют эти вожди. Утром мы подумаем о том, как перебросить туда еще два или три полка. Если мои повелители в самом деле потушат Луну, я в темноте возьму их за руку, выведу из Луу и провожу их туда. Там они будут в безопасности. И оттуда мы будем сражаться против короля Твалы.

— Прекрасно! — ответил я. — А теперь оставьте нас, ибо мы хотим немного отдохнуть и подготовить все нужное для колдовства.

Инфадус встал и, отдав нам салют, вышел из хижины в сопровождении вождей.

— Друзья мои! — обратился к нам Игнози после их Ухода. — Неужели вы действительно можете потушить Луну или говорили этим людям пустые слова?

— Мы полагаем, что сможем это сделать, Амбопа... то есть я хотел сказать — Игнози. — ответил я.

— Это очень странно, — сказал он. — Если бы вы не были англичанами, я ни за что бы этому не поверил. Но английские джентльмены не говорят лживых слов. Если нам суждено остаться в живых, вы можете быть уверены, что я вас вознагражу за все.

— Игнози, — обратился к нему сэр Генри, — обещай мне только одно.

— Я обещаю тебе все, друг мой Инкубу, прежде чем даже выслушаю тебя, — ответил наш гигант с улыбкой — О чем ты хочешь меня просить?

— Вот о чем. Если ты будешь королем кукуанов, ты запретишь выслеживание колдунов, то, которое мы видели вчера вечером, и не будешь карать смертью людей без справедливого суда.

После того как я перевел эти слова, Игнози на момент задумался и затем ответил:

— Обычаи черных людей не похожи на обычаи белых, Инкубу, и они не ценят свою жизнь так высоко, как вы, белые. Но все же я тебе обещаю, что, если будет в моих силах справиться с охотницами за колдунами, они не будут больше выслеживать людей и ни один человек не будет умерщвлен без суда.

— Я верю тебе, Игнози. Ну, а теперь, когда мы решили этот вопрос, — сказал сэр Генри, — давайте немного отдохнем.

Мы смертельно устали и тут же крепко уснули, проспав до одиннадцати часов утра. Нас разбудил Игнози. Мы встали, умылись и, плотно позавтракав, вышли погулять. Во время прогулки мы с любопытством рассматривали кукуанские постройки и с большим интересом наблюдали быт женщин.

— Я надеюсь, что затмение все же состоится, — сказал сэр Генри, когда мы возвращались домой.

— Если же его не будет, то всем нам крышка, — ответил я угрюмо. — Ручаюсь головой, что кто-нибудь из вождей непременно расскажет королю все, о чем мы с ними говорили, и он устроит такое «затмение», что нам не поздоровится.

Вернувшись к себе, мы пообедали, остальная же часть дня ушла у нас на прием гостей. Некоторые приходили с официальным визитом, другие просто из любопытства.

Наконец солнце зашло, и мы, оставшись одни, насладились двумя часами покоя, насколько позволяло наше невеселое настроение и мрачные мысли. Около половины девятого явился от Твалы гонец и пригласил нас на ежегодное празднество — великую пляску дев, которая должна была скоро начаться.

Мы быстро надели кольчуги, присланные королем, и, взяв оружие и патроны, чтобы они были у нас под рукой в случае, если бы нам пришлось бежать, как говорил Инфадус, довольно храбро направились к королевскому краалю, хотя в душе трепетали от страха и неизвестности. Большая площадь перед жилищем короля имела совсем другой вид, чем накануне. Вместо мрачных, стоявших сомкнутыми рядами воинов она вся была заполнена девушками. Одежды на них-скажу прямо — не было почти никакой, но зато на голове у каждой был венок, сплетенный из цветов, и каждая из них держала в одной руке пальмовую ветвь, а в другой — большую белую лилию.

В центре площади, на открытом месте, залитом лунным светом, восседал сам король, у ног которого сидела Гагула. Позади него стояли Инфадус, Скрагга и двенадцать телохранителей. Тут же присутствовали десятка два вождей, среди которых я узнал большую часть наших новых друзей, приходивших ночью с Инфадусом.

Твала сделал вид, что он очень рад нашему приходу, и сердечно нас приветствовал, хотя я заметил, что он злобно устремил свой единственный глаз на Амбопу.

— Привет вам, белые люди звезд! — сказал он. — Сегодня вас ожидает совсем иное зрелище, чем то, которое видели ваши глаза при свете вчерашней луны. Но это зрелище будет хуже, чем вчерашнее. Вид девушек ласкает взор, и если бы не они, — тут он указал вокруг себя, — то и нас бы не было здесь сегодня. Лицезреть мужчин приятнее. Сладки поцелуи и ласки женщин, но звон копий и запах человеческой крови гораздо слаще. Хотите иметь жен из нашего народа, белые люди? Если так, выбирайте самых красивых и столько, сколько пожелаете. Все они будут ваши. — И он замолк, ожидая ответа.

Такое предложение было бы, конечно, заманчиво для Гуда, так как он, как, впрочем, и большинство моряков, имеет большое пристрастие к женскому полу. Я же, как человек пожилой и умудренный опытом, заранее предвидел, что это повлечет за собой одни лишь бесконечные осложнения и неприятности, которые женщины, к сожалению, всегда приносят, что так же неизбежно, как то, что за днем следует ночь.

— Благодарю тебя, о король! — поспешно ответил я. — Но белые люди женятся только на белых, то есть на подобных себе. Ваши девушки прекрасны, но они не для нас!

Король рассмеялся.

— Хорошо, — сказал он. — пусть будет по-вашему, хотя и нашей стране есть пословица: «Женские глаза всегда хороши, какого бы они ни были цвета», и другая: «Люби ту, которая с тобой, ибо знай, что та, которая далеко, наверно тебе неверна». Но, может быть, у вас на звездах это не так. В стране, где люди белые, все возможно. Пусть же будет по-вашему, белые люди, — наши девушки не будут умолять вас взять их в жены! Еще раз приветствую вас и также тебя, черный человек. Если бы вчера Гагула добилась своего, ты был бы мертв, и труп твой уже окоченел бы! Твое счастье, что ты тоже спустился со звезд! Ха! Ха!

— О король! Я убью тебя раньше, чем ты меня, — спокойно ответил Игнози, — и ты окоченеешь раньше, чем мои члены утратят свою гибкость.

Твала вздрогнул.

— Ты говоришь смело, юноша! — ответил он гневно. — Смотри не заходи так далеко!

— Тот, чьи уста говорят истину, может быть смелым. Истина — это острое копье, которое попадает в цель и не дает промаха. Звезды шлют тебе это предупреждение, о король!

Твала грозно нахмурился и его единственный глаз свирепо сверкнул, но он ничего не ответил.

— Пусть девушки начнут пляску! — закричал он.

И тотчас же выбежала толпа увенчанных цветами танцовщиц. Они мелодично пели и при грустно-нежном свете луны казались бесплотными, воздушными существами из иного мира. Грациозно изгибаясь, они то плавно и медленно кружились, то носились в головокружительном вихре, изображая сражение, то приближались к нам, то отступали, то рассыпались в разные стороны в кажущемся беспорядке. Каждое их движение вызывало восторг у зрителей. Вдруг танец прекратился, и из толпы танцовщиц выбежала очаровательная молодая девушка, которая, став перед нами, начала делать пируэты с такой ловкостью и грацией, что могла бы посрамить большую часть наших балерин.

Когда в изнеможении она отступила, ее сменили другие девушки. Они поочередно танцевали перед нами, но никто из них не мог сравниться с первой по красоте, мастерству и изяществу.

Когда все эти красавицы кончили танцевать, Твала поднял руку и, обращаясь к нам, спросил:

— Какая же из всех этих девушек самая красивая, белые люди?

— Конечно, первая, — невольно вырвалось у меня, и я тут же спохватился, гак как вспомнил, что Инфадус сказал нам, что самая красивая должна быть принесена в жертву Молчаливым.

— Ты прав. Мое мнение — твое мнение, и мои глаза — твои глаза. Я согласен с тобой, что она самая прекрасная из всех, но ее ждет печальная участь, ибо она должна умереть!

— Да, должна умереть! — как эхо, пропищала Гагула, бросив быстрый взгляд на несчастную жертву, которая, не подозревая своей страшной участи, стояла ярдах в десяти от своих подруг, нервно обрывая лепестки цветов из своего венка.

— Почему, о король, она должна умереть? — воскликнул я, с трудом сдерживая свое негодование. — Девушка так хорошо танцевала и доставила нам большое удовольствие. И она так хороша! Было бы безжалостно вознаградить ее смертью.

Твала засмеялся и ответил:

— Таков наш обычай. И те каменные изваяния, что сидят там, — он указал на три отдаленные вершины, — должны получить то, чего они ждут. Если сегодня я не умерщвлю прекраснейшую из дев, на меня и на мой дом падет несчастье. Вот что гласит пророчество моего народа: «Если в день пляски дев король не принесет красивейшую Девушку в жертву Молчаливым, которые несут стражу в горах, то и он и его королевский дом падут». Слушайте, что я вам скажу, белые люди! Мой брат, правивший до меня, не приносил этих жертв из-за слез женщины, и он пал, так же как и его дом, и я правлю вместо него. Но довольно об этом, — закричал он. —

Она должна умереть. — И, повернувшись к страже, он воскликнул — Приведите ее сюда, а ты, Скрагга, точи свое копье.

Два человека вышли вперед и направились к девушке. Только тогда, поняв грозящую ей опасность, она громко вскрикнула и бросилась бежать. Но сильные руки королевских телохранителей схватили ее и привели к нам, несмотря Се слезы и сопротивление.

— Как тебя зовут, девушка? — запищала Гагула. — Что? Ты не желаешь отвечать? Или ты хочешь, чтобы сын короля убил тебя сразу?

Услышав эти слова, Скрагга, зловеще усмехаясь, сделал шаг вперед и поднял свое копье. В этот момент я увидел, что Гуд инстинктивно положил руку на свой револьвер. Хотя глаза девушки были полны слез, но, увидав тусклый блеск стали, она вдруг перестала отбиваться и теперь стояла перед нами, дрожа всем телом, судорожно ломая руки.

— Смотрите! — закричал Скрагга в полном восторге. — Она содрогается от одного вида моей маленькой игрушки, которая еще до нее не дотронулась! — И он погладил рукой широкое лезвие своего копья.

В это время я вдруг услышал, как Гуд пробормотал про себя:

— При первом же удобном случае ты мне заплатишь за это, негодяй!

— Ну, а теперь, когда ты успокоилась, скажи нам, как тебя зовут, дорогая. — ехидно улыбаясь, спросила Гагула. — Ну, говори, не бойся.

— О мать! — ответила дрожащим голосом несчастная девушка. — Я из дома Суко, и зовут меня Фулатой. О мать, скажи мне, почему я должна умереть? Я никому не сделала зла.

— Успокойся, — продолжала старуха со злорадной усмешкой. — Ты должна быть принесена в жертву сидящим там Молчаливым, — и она указала своим костлявым пальцем на вершины гор, — и поэтому тебя ждет смерть. Лучше покоиться вечным сном, чем трудиться изо дня в день в поте лица своего. Вот почему лучше умереть, чем жить. А ты умрешь от царственной руки самого королевского сына!

Фулата в отчаянии заломила руки и громко воскликнула:

— О жестокие! Ведь я так молода! Что я сделала? Неужели мне никогда больше не суждено видеть, как восходит солнце из мрака ночи и как звезды одна за другой вспыхивают вечером на небесном своде? Неужели никогда в жизни я не буду больше собирать цветы, покрытые свежей утренней росой, и не услышу, как журчат ручьи в яркий солнечный день?

Горе мне! Не увижу я больше хижины отца своего, не почувствую поцелуя матери своей, не буду смотреть за больным ягненком! Горе мне! Ни один возлюбленный не обовьет стана моего и не взглянет мне в глаза, и не быть мне матерью воина! О жестокие! Жестокие!

И вновь она начала ломать руки, подняв свое залитое слезами лицо к небу. Эта увенчанная цветами красавица была прелестна в своем отчаянии, и я уверен, что менее жестокие люди, чем те три дьявола, перед которыми она стояла, прониклись бы к ней состраданием. Я думаю, что мольбы принца Артура, обращенные к негодяям, которые пришли его ослепить, были не менее трогательны, чем мольбы этой дикарки[1].

Но это никак не тронуло ни Гагулу, ни ее господина, хотя я заметил выражение сочувствия и жалости на лицах вождей и стражи, стоявшей позади короля. Что касается Гуда, он скрежетал зубами и едва сдерживал охватившее его негодование; наконец, не выдержав, он сделал шаг вперед, словно желая броситься к ней на помощь. С проницательностью, столь свойственной женщинам, девушка поняла, что происходит у него в душе. Она подбежала к нему и, бросившись перед ним на колени, обняла его «прекрасные белые ноги».

— О белый отец с далеких звезд! — воскликнула она. — Набрось на меня плащ твоей защиты, возьми меня под сень твоего могущества и спаси от этих жестоких людей!

— Хорошо, моя милочка, я позабочусь о тебе! — взволнованно отвечал Гуд на английском языке. — Ну, встань, встань, детка, успокойся! — И, наклонившись к ней, он взял ее за руку.

Твала обернулся, и по его знаку Скрагга выступил вперед с поднятым копьем.

— Пора начинать! — шепнул мне сэр Генри. — Чего вы ждете?

— Жду затмения, — отвечал я. — Вот уже полчаса я не свожу глаз с Луны, но в жизни не видал, чтобы она так ярко светила!

— Все равно, нужно идти на риск и немедленно, иначе девушку убьют. Твала теряет терпение.

---

[1] Принц Артур — претендент на английский престол, племянник английского короля Иоанна Безземельного(1199–1216). Иоанн приказал заточить его в крепость и ослепить. Мольбы и слезы молодого принца так тронули коменданта крепости де Бурга, что он велел наемникам короля удалиться

Я не мог не согласиться с этим доводом и, прежде чем действовать, еще раз взглянул на яркий диск Луны. Думаю, что никогда ни один самый ревностный астроном, желающий доказать новую теорию, не ждал с таким волнением начала небесного явления. Сделав шаг вперед и приняв самый торжественный вид, на какой был только способен, я стад между распростертой девушкой и поднятым копьем Скрагги.

— Король! — промолвил я. — Этому не бывать! Мы не позволим тебе убивать эту девушку. Отпусти ее с миром.

Твала вскочил в бешеном гневе, и шепот изумления пронесся среди вождей и сомкнутых рядов девушек, робко окруживших нас в ожидании развязки этой трагедии.

— Этому не бывать? Белая собака, как смеешь ты тявкать на льва, находящегося в своей пещере? Этому не бывать? В уме ли ты? Берегись, как бы судьба этой девчонки не постигла и тебя и тех, с кем ты пришел! Ты думаешь, что можешь спасти и ее и себя? Кто ты такой, что осмеливаешься становиться между мной и моими желаниями? Прочь с дороги, говорю тебе! Скрагга, убей ее! Эй, стража! Схватить этих людей!

Услышав это приказание, несколько вооруженных воинов быстро выбежали из-за хижины, куда их, очевидно, предусмотрительно спрятали до нашего прихода.

Сэр Генри, Гуд и Амбопа стали около меня и подняли свои винтовки.

— Остановитесь! — грозно закричал я, хотя, признаться, душа моя в этот момент ушла в пятки. — Остановитесь! Мы, белые люди, спустившиеся со звезд, говорим, что этого не будет, ибо берем девушку под свою защиту. Если вы сделаете хоть один шаг, мы погасим Луну. Мы, живущие в ее чертогах, сделаем это и погрузим всю Землю во мрак. Осмельтесь лишь ослушаться, и вы увидите воочию всю силу нашего колдовства.

Моя угроза подействовала. Стража отступила, а Скрагга остановился как вкопанный с поднятым наготове копьем.

— Слушайте, слушайте этого лжеца, который хвастается, что может потушить луну, словно светильник! — пищала Гагула. — Пусть же он это сделает, и тогда девушку можно будет пощадить. Да, да, пусть он это сделает или сам умрет с ней, сам и все, кто с ним пришел!

С отчаянием я взглянул на луну и, к моей невероятной радости, увидел, что календарь Гуда нас не подвел: на краю огромного яркого диска появилась легкая тень и поверхность луны начала заметно тускнеть.

Я торжественно поднял руку к небу, причем моему примеру тотчас же последовали сэр Генри и Гуд, и с пафосом продекламировал несколько строф из легенд Инголдзби. Сэр Генри внушительно и громко произнес несколько строк Ветхого завета, а Гул обратился к царице ночи с длиннейшим потоком самых отборных классических ругательств, на которые только он был способен.

Тень медленно наползала на сияющую поверхность луны и, но мере того как она двигалась, в толпе начались раздаваться сдержанные возгласы изумления и страха.

— Смотри, о король! — вскричал я. — Смотри, Гагула! Смотрите и вы, вожди, воины и женщины! Скажите, держат ли свое слово белые жители звезд или они пустые лжецы? Луна темнеет на ваших глазах; скоро наступит полный мрак, да, мрак, в час полнолуния! Вы просили чуда — вот оно! Гасни, о Луна! Потуши же свой свет, ты, чистая и непорочная, сломи гордые сердца кукуанов, окутай глубоким мраком весь мир!

Вопль ужаса вырвался у всех присутствующих. Толпа окаменела от страха; некоторые с криками бросились на колени и начали громко причитать. Что касается Твалы, он сидел неподвижно, оцепенев от страха, и я увидел, что, несмотря на свою темную кожу, он побледнел. Только одна Гагула не испугалась.

— Тень пройдет! — кричала она. — Не бойтесь, в своей жизни я видела это не раз! Ни один человек не может погасить Луну. Не падайте духом! Все равно это пройдет!

— Подождите, и вы еще не то увидите, — кричал я в ответ, подпрыгивая на месте от волнения. — «О Луна! Луна! Луна! Почему ты так холодна и непостоянна?»

Эта подходящая цитата была позаимствована мною из одного весьма популярного любовного романа, который я случайно где-то читал. Теперь, вспоминая это, я думаю, что с моей стороны было весьма неблагодарным оскорблять владычицу небес, так как в тот вечер она доказала, что была нашим самым верным другом, и, в сущности, меня не должно было трогать то, как она себя вела в романе по отношению пылкому влюбленному. И, обращаясь к капитану, я добавил:

— Ну, а теперь валяйте вы, Гуд: я не помню больше никаких стихов. Прошу вас, начинайте снова ругаться, дружище!

Гуд с величайшей готовностью отозвался на мой призыв его таланту. Я никогда не предполагал, как виртуозно может ругаться морской офицер и сколь необъятны его способности в этой области. В течение десяти минут он ругался без передышки, причем почти ни разу не повторился.

Тем временем темное кольцо все больше закрывало лунный диск, и огромная толпа в полном молчании, как зачарованная, пристально глядела на небо, не в силах отвести глаз от этого поразительного зрелища. Странные, жуткие тени поглощали свет луны. Царила зловещая тишина. Все замерло, словно скованное дыханием смерти. Медленно текло время среди этого торжественного безмолвия. С каждой минутой полный диск луны все более и более входил в тень земли, и тьма неумолимо и величественно наплывала на лунные кратеры. Казалось, что огромный бледный шар приблизился к земле и стал еще больше. Луна приобрела медный оттенок, а затем та часть ее поверхности, которая не была еще охвачена мраком, стала пепельно-серой, и, наконец, перед наступлением полного затмения сквозь багровый туман вырисовались зловещие, мерцающие очертания лунных гор и равнин.

Кольцо тени все больше и больше закрывало луну — оно теперь уже заволокло более половины ее кроваво-красного диска. Стало душно. А тень наползала все дальше и дальше, багровая мгла сгущалась все больше и больше, и мы уже едва могли различить свирепые лица находившихся около нас людей. Толпа безмолвствовала, и Гуд прекратил ругаться.

— Луна умирает — белые волшебники убили Луну! — вдруг громко закричал Скрагга. — Мы все теперь погибнем во мраке!

И, объятый не то яростью, не то ужасом, а может быть, и тем и другим, он поднял свое копье и изо всей силы ударил им сэра Генри в грудь. Но он забыл про кольчуги, подаренные нам королем, которые мы носили под одеждой. Копье его отскочило, не причинив никакого вреда, и, прежде чем он успел нанести второй удар, Куртис вырвал у него оружие и пронзил его насквозь. Скрагга упал мертвый.

Увидев это, девушки, уже обезумевшие от ужаса при виде сгущающейся тьмы и зловещей тени, которая, как они думали, поглощает луну, пронзительно закричали и в дикой панике бросились бежать к воротам крааля. Но паника охватила не только девушек. Сам король в сопровождении своих телохранителей и нескольких вождей, а также Гагула, которая умела ковылять с необычайным проворством, кинулись в хижины.

Минуту спустя площадь опустела, остались только мы Фулата, Инфадус, большая часть посетивших нас ночью военачальников и бездыханное тело Скрагги, сына Твалы.

— Вожди! — воскликнул я. — Мы совершили чудо которое вы от нас требовали. Если вы удовлетворены, нам немедленно нужно оставить Луу и бежать в то место, котором вы говорили. Наши чары будут продолжаться час и еще полчаса. Приостановить их действие мы сейчас не можем. Воспользуемся же темнотой!

— Идемте! — сказал Инфадус и направился к ворот крааля.

За ним последовали в благоговейном трепете полководцы, мы сами и красавица Фулата, которую Гуд вел за руку.

Не успели мы дойти до ворот, как луна окончательно скрылась, и на черном, как чернила, небе стали загораться звезды.

Мы взяли друг друга за руки и, спотыкаясь на каждом шагу, исчезли во мраке.

Глава XII. Перед боем

К счастью для нас, Инфадус и другие вожди прекрасно знали каждую тропинку в городе, так что, несмотря на непроглядную тьму, мы быстро двигались вперед.

Мы шли уже более часа, когда наконец затмение начало идти на убыль и тот край луны, который исчез первым, выглянул вновь. Внезапно мы увидели, как серебряный луч прорвался сквозь мрак, и с его появлением возник какой-то удивительный, красный, как пламя, отблеск, вспыхнувший, словно яркий светильник на темном фоне неба. Это было необычайное и поистине прекрасное зрелище. Минут пять спустя звезды начали бледнеть и стало настолько светло, что мы могли осмотреться вокруг. Оказалось, что мы уже вышли за пределы города Луу и приближались к большому холму с плоской вершиной, имевшему примерно две мили в окружности.

Этот холм, представляющий собой вполне обычную для Южной Африки формацию, был не очень высок — не более двухсот футов в самой высшей своей точке, — однако склоны его, покрытые валунами, были довольно обрывисты. Холм имел форму подковы. Вершина его образовывала плато, покрытое травой, которое, по словам Инфадуса, использовалось как военный лагерь для большого количества войск. Обычно ею гарнизон состоял из одного полка, то есть трех тысяч человек, однако, с трудом поднявшись по крутому склону, мы увидели при свете вновь показавшейся луны, с каждой минутой сиявшей все ярче, что там собралось несколько полков.

Когда мы вышли наконец на плато, оно оказалось заполненным толпами дрожащих от страха людей. Необычайное явление природы прервало их сон, и теперь, сбившись в плотную и оцепеневшую от ужаса массу, они наблюдали его.

Мы молча прошли через эту толпу и подошли к хижине, стоявшей в центре плато. К нашему большому удивлению, там нас ожидали два человека, нагруженные нашими немногочисленными пожитками, которые нам, конечно, пришлось оставить при поспешном бегстве.

— Я послал за ними, — объяснил мне Инфадус, — а также и за этой вещью, — и он поднял давно утерянные брюки Гуда.

С восторженным воплем Гуд бросился к ним и немедленно начал их натягивать.

— Неужели мой повелитель желает скрыть от нас свои прекрасные белые ноги? — с сожалением воскликнул Инфадус.

Но Гуд упорствовал в своем намерении, и его прекрасные белые ноги в последний раз мелькнули перед восхищенными взорами кукуанов.

Гуд очень скромный человек. С этих пор кукуанам пришлось удовлетворять свои эстетические запросы лишь лицезрением его единственной бакенбарды, прозрачного глаза и движущихся зубов.

Все еще созерцая брюки Гуда взглядом, исполненным блаженных воспоминаний. Инфадус сообщил нам, что он приказал с наступлением рассвета собрать полки, чтобы разъяснить им цель восстания, которое решили поднять военачальники, а также для того, чтобы представить им законного наследника престола — Игнози. Как только взошло солнце, войско, общей численностью почти в двадцать тысяч воинов, представлявших собой цвет кукуанской армии, было собрано на обширном плато, куда проследовали и мы. Воины были построены в плотное каре, зрелище было грандиозное. Мы остановились на открытой стороне квадрата, где нас быстро окружили главные вожди и военачальники.

К ним-то, после того как воцарилось молчание, и обратил свою речь Инфадус. Подобно большинству представителей кукуанской знати, он был прирожденным оратором. Красочным и изящным языком он поведал историю отца Игнози — как он был предательски убит королем Твалой, как его жена и сын были изгнаны и обречены на голодную смерть. Затем он напомнил о том, как страна стонет и страдает под жестоким игом Твалы, приведя в пример события предыдущей ночи, когда много лучших людей страны было предано страшной смерти под тем предлогом, что они якобы являются преступниками. Затем он перешел к рассказу о том, как белые вожди, созерцая со звезд землю, увидели эти страдания и решили ценою собственных лишений облегчить участь кукуанов; как они взяли поэтому за руку законного короля этой страны, Игнози, который томился в изгнании, и провели его через горы; как они воочию увидели темные деяния Твалы и как, чтобы убедить колеблющихся и спасти жизнь девушки Фулаты, они силой своего могущественного волшебства погасили луну и убили молодого дьявола Скраггу. Они и впредь готовы быть верными друзьями кукуанов и помочь им свергнуть Твалу и возвести законного короля, Игнози, на захваченный Твалой трон.

Он закончил свою речь среди одобрительного шепота. Затем вперед выступил Игнози и, в свою очередь, обратился к собравшимся. Повторив все, что сказал его дядя Инфадус, он закончил свою сильную речь следующими словами:

— О вожди, военачальники, воины и народ! Вы слышали мои слова. Теперь вы должны сделать выбор между мною и тем, кто восседает на моем троне, тем, кто убил своего брата и изгнал сына своего брата, чтобы тот умер во мраке и холоде. Они, — указал он на вождей, — могут сказать вам, действительно ли я король, так как они видели змею, обвивающуюся вокруг моего тела. Если бы я не был королем, то разве эти белые люди, владеющие тайнами волшебства, были бы на моей стороне? Трепещите, вожди, военачальники, воины и народ! Разве тьма, которой они покрыли землю, чтобы вселить страх в душу Твалы, не находится еще перед вашими глазами?

— Это так, — отвечали воины.

— Я — ваш король. Я говорю вам, что я — король, — продолжал Игнози, выпрямляясь во весь свой исполинский рост и поднимая над головой боевой топор с широким лезвием. — Если есть среди вас человек, который скажет, что это не так, пусть он выйдет вперед, и я сражу его, и кровь его будет багряным знаком того, что я говорю вам правду. Пусть он выйдет вперед, говорю я, — и он потряс в воздухе своим огромным топором, который засверкал на солнце.

Так как никто, по-видимому, не был склонен к тому, чтобы отозваться на этот героический вариант песенки «Выходи-ка, Дилли, чтоб тебя убили», то наш бывший слуга продолжил свою тронную речь:

— Я действительно ваш король, и если вы будете стоять в битве рядом со мною, то я поведу вас к победе и к славе. Я дам вам быков и жен, и вы займете первое место в моем войске. Если же вам суждено пасть в бою, я паду вместе с вами. Выслушайте обет, который я даю вам. Когда я взойду на престол моих предков, я положу конец кровопролитию в нашей стране. Вам больше не придется возмущаться несправедливыми убийствами, и охотницы за колдунами не будут выслеживать людей и предавать их смерти без всякой причины. Ни один человек не умрет насильственной смертью, если он не совершил преступления. Окончится захват ваших краалей. Каждый из вас будет спать спокойно в своей хижине, не страшась ничего, и правосудие будет царить на всей нашей земле. Сделали ли вы выбор, вожди, военачальники, воины и народ?

— Наш выбор сделан, о король! — последовал ответ.

— Хорошо. А теперь обернитесь и посмотрите, как посланцы Твалы спешат из великого города на восток и на запад, на север и на юг, чтобы собрать могучую армию и предать меня, и вас, и моих белых друзей и защитников. Завтра или, быть может, послезавтра Твала придет сюда со всеми, кто еще верен ему. Тогда я смогу увидеть, кто из вас действительно предан мне, кто не страшится умереть в борьбе за правое дело. И я говорю вам, что об этих людях я не забуду, когда придет время делить добычу. Я сказал, о вожди, военачальники, воины и народ. А теперь идите в свои хижины и готовьтесь к бою.

Наступило молчание. Затем один из вождей поднял руку, и прогремел королевский салют: «Куум!» Это был знак того, что полки признали Игнози своим королем. Затем они разошлись, построившись в отряды.

Полчаса спустя мы держали военный совет, на котором присутствовали все командующие полками. Нам было ясно что вскоре нас атакуют численно превосходящие силы противника. Действительно, с нашего удобного наблюдательного пункта нам было видно, как стягиваются войска и как из Луу выходят во всех направлениях посланцы, безусловно для того, чтобы собрать войска на помощь королю. У нас было около двадцати тысяч воинов, составляющих семь лучших полков страны. По подсчетам Инфадуса и вождей, в настоящее время у Твалы было собрано в Луу по крайней мере тридцать — тридцать пять тысяч воинов, которые оставались верными ему. Кроме того, они полагали, что к середине следующего дня он сможет собрать еще не менее пяти тысяч. Не исключалась возможность, что часть его войск дезертирует и перейдет на нашу сторону, но на этом, конечно, нельзя было строить никаких расчетов. Пока что было ясно одно: что ведутся деятельные приготовления для того, чтобы нанести нам поражение. Большие отряды вооруженных воинов уже появились у подножия холма. Все указывало на то, что готовится атака.

Однако Инфадус и другие вожди держались того мнения, что в эту ночь противник не перейдет в наступление, так как это время будет посвящено подготовке. Кроме того, необходимо было всеми возможными средствами рассеять тяжелое впечатление, произведенное на воинов затмением Луны, которое кукуаны считали колдовством. Военачальники утверждали, что атака произойдет утром, и оказалось, что они были правы.

Тем временем мы принялись за работу, стараясь как можно лучше укрепить свои позиции. Почти все без исключения принимали в этом участие. Казалось, что не хватит времени, чтобы закончить все, что нужно, но в течение дня были сделаны настоящие чудеса. Холм, на котором мы находились, представлял собою скорее санаторий, чем крепость, так как обычно он служил лагерем для тех военных частей, которым ранее приходилось нести службу в районах страны, отличавшихся нездоровым климатом. Поэтому теперь пришлось тщательно завалить грудой камней все пути, ведущие на вершину холма, и сделать все другие возможные подступы настолько неприступными, насколько можно было это осуществить за столь короткое время. В разных точках были сложены груды валунов, которые предполагалось сбрасывать на наступающего противника. Для всех полков были намечены определенные позиции. Одним словом, мы осуществили все подготовительные мероприятия, какие нам удалось сообща придумать.

Перед самым заходом солнца мы заметили небольшую группу воинов, направляющуюся к нам из Луу. У одного из них в руке был пальмовый лист в знак того, что он идет в качестве парламентера.

Когда он приблизился, Игнози, Инфадус, представители военачальников и мы сами спустились к подножию холма, к нему навстречу. Это был человек мужественной внешности, в форменном плаще из леопардовой шкуры.

— Приветствую вас! — крикнул он, когда подошел ближе. — Король приветствует тех, кто начал святотатственную войну против него. Лев шлет приветствия шакалам, злобно рычащим у его ног.

— Говори! — сказал я.

— Вот слова короля. Сдайтесь на его милость, или вас постигнет худшая участь. У черного быка уже вырвано плечо, и король гоняет его, истекающего кровью, по лагерю[1].

— Каковы же условия Твалы? — осведомился я из любопытства.

---

[1] Этот жестокий обычай свойствен не только кукуанам — он распространен среди большинства африканских племен и обычно связан с объявлением войны или каким-либо иным важным событием общественной жизни — А. К.

— Его условия милосердны, как подобает великому королю. Вот слова Твалы, Одноглазого, Великого, Мужа тысячи жен, Повелителя кукуанов. Хранителя Великого Пути, Возлюбленного тех, что сидят в безмолвии там, в горах, Тельца Черной Коровы, Слона, чья поступь сотрясает землю, Ужаса Злодеев, Страуса, чьи ноги пожирают пустыню, Исполинского, Черного, Мудрого, короля по древнему праву наследования! Вот слова Твалы: «Я буду милосерден, и для меня достаточно немного крови. Один человек из каждого десятка должен будет умереть, остальным будет предоставлена свобода. Но белый человек, по имени Инкубу, который убил моего сына Скраггу, и черный человек, его слуга, заявляющий притязания на мой трон, и Инфадус, мой брат, который затевает мятеж против меня, — эти люди должны умереть в мучениях — их принесут в жертву Молчаливым. Таковы милосердные слова Твалы.

После краткого совещания с остальными я ответил ему очень громким голосом, чтобы меня могли услышать все воины:

— Возвращайся, пес, к Твале, который послал тебя и скажи ему, что мы — Игнози, законный король кукуанов Инкубу, Бугван и Макумазан — белые мудрецы, спустившиеся со звезд, колдуны, которые могут гасить Луну, Инфадус, родом из королевского дома, вожди, военачальники и народ, собравшиеся здесь, — отвечаем Твале и заявляем, что мы не покоримся и что, прежде чем дважды зайдет солнце, труп Твалы застынет у ворот его крааля и Игнози, отца которого убил Твала, будет царствовать вместо него. А теперь иди, пока мы не выгнали тебя плетью, и берегись поднять руку на людей, подобных нам.

Парламентер громко рассмеялся.

— Мужчину не испугаешь напыщенными речами! — крикнул он. — Посмотрим, будете ли вы завтра такими же храбрецами, вы, которые можете погасить Луну! Сражайтесь же, будьте отважны и веселы, пока вороны не обклюют ваши кости так, что они станут белее, чем ваши лица. Прощайте! Быть может, мы встретимся в бою. Прошу вас, не улетайте пока обратно на звезды, дождитесь меня, белые люди!

И, пустив в нас эту последнюю стрелу сарказма, он удалился. Почти сейчас же вслед за его уходом солнце село, и на землю спустилась тьма.

В ту ночь у нас было много работы, несмотря на то, что все были чрезвычайно утомлены. Продолжалась подготовка к завтрашнему бою, поскольку это было возможно при свете луны. Посланцы уходили, чтобы передать наши распоряжения, и вновь возвращались туда, где сидели мы, совещаясь. Наконец, примерно в час полуночи, мы сделали все, что было в наших силах, и весь лагерь погрузился в сон. Только оклики часовых изредка нарушали тишину. Мы с сэром Генри в сопровождении Игнози и одного из вождей спустились с холма и обошли передовые посты. По мере того как мы шли, в самых неожиданных местах перед нами внезапно вырастали копья, сверкавшие в лунном свете, и мгновенно исчезали, как только мы произносили пароль. Ясно было, что никто не спит на своем посту. Затем мы вернулись, осторожно пробираясь среди тысяч спящих воинов, многие из которых в последний раз вкушали сон на этой земле.

Лунный свет играл на их копьях и скользил по лицам спящих, делая их похожими на мертвецов. Холодный ночной ветер развевал их плюмажи, похожие на те, что украшают катафалки. Он лежали в беспорядке, разметавшись во сне, и их рослые, мужественные фигуры казались призрачными и странными при лунном свете.

— Как вы думаете, многим ли из них суждено дожить до завтрашней ночи? — спросил сэр Генри.

Я лишь покачал головой в ответ, продолжая смотреть на спящих. Мое воображение было возбуждено, несмотря на усталость, и мне казалось, что ледяная рука смерти уже коснулась этих людей. Я мысленно отмечал тех, на которых лежала роковая печать, и мною овладело ощущение великой тайны человеческой жизни и глубокая печаль от сознания ее трагической обреченности. Сегодня ночью эти тысячи людей спят здоровым сном, а завтра они, а может быть, и мы вместе с ними, и многие другие погибнут, и холодное дыхание смерти скует их тела. Их жены станут вдовами, их дети — сиротами, а их хижины никогда более не увидят своих хозяев. Только древняя луна будет продолжать безмятежно сиять, и ночной ветер по-прежнему будет шевелить траву, и широкие земные просторы будут вкушать счастливый отдых, так же как и за целую вечность до того, как эти люди появились на них, так же как и целую вечность спустя после того, как они будут забыты.

Однако, пока существует мир, человек не умирает. Правда, имя его забывается, но ветер, которым он дышал, продолжает шевелить верхушки сосен в горах, эхо слов, которые он произносил, еще звучит в пространстве, мысли, рожденные его мозгом, делаются сегодня нашим достоянием. Его страсти вызвали нас к жизни, его радости и печали близки и нам, а конец, от которого он пытался в ужасе бежать, ждет также каждого из нас.

Вселенная действительно полна призраков — не кладбищенских привидений в погребальных саванах, а неугасимых, бессмертных частиц жизни, которые, однажды возникнув, никогда не умирают, хотя они незаметно сливаются одна с другой и изменяются, изменяются вечно.

Подобные мысли проходили в моем сознании, пока я стоял и смотрел на мрачные, фантастические очертания тел воинов, спящих, как сказано в их поговорке, «на своих копьях». По мере приближения старости мною, к великому моему сожалению, все более овладевает отвратительная привычка размышлять.

— Куртис, — обратился я к сэру Генри, — я нахожусь в состоянии самой постыдной паники.

Сэр Генри погладил свою белокурую бороду и засмеялся.

— Мне уже не раз приходилось от вас слышать подобные замечания, Квотермейн, — сказал он.

— Да, но сейчас я говорю это всерьез. Я, знаете ли, сильно сомневаюсь, чтобы кому-нибудь из нас удалось дожить до следующей ночи. Нас атакуют превосходящие силы противника, и очень мало надежды, что нам удастся удержать свои позиции.

— Во всяком случае, мы дешево их не отдадим. Послушайте, Квотермейн, дело это скверное и, по правде говоря, не надо было нам в него вмешиваться, но раз уж так вышло, мы должны сделать все, что в наших силах. Относительно же себя я могу вам сказать, что если мне суждено умереть, то я предпочитаю быть убитым в бою. К тому же теперь, когда осталось так мало шансов на то, что я найду моего несчастного брата, мне легче примириться с мыслью о смерти. Но смелым сопутствует удача, — может быть, нас еще ждет успех. Резня, конечно, будет ужасная, и, так как мы должны поддержать свою репутацию, нам придется быть в самых опасных местах.

Последнее замечание сэр Генри произнес мрачным голосом, но в глазах его вспыхивали искорки, говорившие совсем иное. Мне даже кажется, что сэру Генри на самом деле нравилось воевать.

Затем мы ушли к себе и проспали часа два.

Как раз перед восходом солнца нас разбудил Инфадус, который пришел нам сказать, что в Луу наблюдается большое оживление и что мелкие отряды королевских войск движутся к нашим передовым постам.

Мы встали и оделись для боя. Все мы надели кольчуги, за которые при настоящем положении дел мы были весьма благодарны Твале. Сэр Генри занялся этим с увлечением и оделся, как кукуанский воин.

— Когда вы в Стране Кукуанов, поступайте, как кукуаны, — заметил он, натягивая кольчугу на свои широкие плечи, которые она облегала, как перчатка.

Но на этом он не остановился. По его просьбе, Инфадус снабдил его полной боевой формой. Он надел плащ из леопардовой шкуры, какой носили вожди, увенчал свое чело плюмажем из черных страусовых перьев, который являлся привилегией высших военачальников, и опоясался великолепной муча из белых буйволовых хвостов. Сандалии, тяжелый боевой топор, круглый железный щит, обтянутый белой буйволовом кожей, и положенное по уставу количество толл, или метательных ножей, дополняли его снаряжение, к котором) он все же добавил еще и свой револьвер. Туалет был, конечно, дикарский, но я должен сказать, что никогда не видел более внушительного зрелища, чем сэр Генри 9 атом одеянии, которое еще более подчеркивало его могучее сложение. Когда же вскоре прибыл Игнози, облаченный в такой же костюм, я подумал про себя, что впервые вижу двух столь великолепных богатырей. Не могу похвастаться, чтобы кольчуга была так же к лицу Гуду и мне. Дело в том, что капитан не захотел расстаться со своими брюками. Нужно признаться, что приземистый джентльмен плотного телосложения, с моноклем в глазу и лицом, чисто выбритым с одной стороны, облаченный в кольчугу, тщательно заправленную в довольно-таки обтрепанные вельветовые брюки, производит несомненно потрясающее, но отнюдь не внушительное впечатление. О себе могу сказать, что, так как моя кольчуга была мне велика, я надел ее поверх всей своей одежды, и она довольно неуклюже торчала во все стороны. Кроме того, я решил идти в бой с голыми ногами, чтобы в случае, если придется стремительно отступать, легче было бежать; поэтому я пожертвовал брюками, оставшись в одних лишь вельдскунах. Копье и щит, которыми я не умел пользоваться, пара толл, револьвер и, наконец, огромный плюмаж, прикрепленный мною к охотничьей шляпе, чтобы сделать свою внешность еще более кровожадной, завершали мою скромную экипировку. В добавление ко всему этому с нами, конечно, были наши винтовки. Но так как у нас было очень мало патронов, они были бесполезны во время атаки, поэтому мы распорядились, чтобы их несли воины, следовавшие за нами.

Снарядившись в поход, мы поспешно поели и отправились посмотреть, как идут дела. В одном пункте горного плато был небольшой холмик из коричневого камня, который одновременно служил штабом и наблюдательным пунктом. Здесь мы нашли Инфадуса, окруженного его полком Серых, который был безусловно лучшим в кукуанской армии. Это был тот полк, который мы впервые видели в пограничном краале. Полк, в настоящее время численностью три тысячи пятьсот человек, оставался в резерве, и воины группами лежали на траве, наблюдая, как длинные колонны королевских войск, подобно веренице муравьев, выползают из Луу. Казалось, этим колоннам нет конца. Всего их было три, и каждая насчитывала не менее одиннадцати — двенадцати тысяч человек.

Выйдя за пределы города, они построились в боевом порядке. Затем один отряд повернул направо, другой — налево, а третий стал медленно приближаться к нам.

— А-а! — сказал Инфадус. — Они собираются атаковать нас сразу с трех сторон!

Эта новость была весьма серьезной, так как наша позиция на вершине горы, по крайней мере полторы мили в окружности, была очень растянутой и важно было сконцентрировать для обороны наши сравнительно малые силы. Но поскольку мы не могли указывать противнику, каким образом следует нас атаковав, нам нужно было в этих сложных условиях сделать все, что возможно. Поэтому мы отправили во все концы приказы подготовиться к отражению отдельных атак.

Глава XIII. Нападение

Без малейшего признака поспешности и суеты все три колонны медленно продвигались вперед. На расстоянии около пятисот ярдов от нас средняя — она же главная — колонна остановилась в том месте, где начиналась та узкая полоса земли, которая врезывалась в наш холм, имевший приблизительно форму подковы и боковые отроги которого были обращены к Луу. Этот маневр был рассчитан на то, чтобы дать возможность другим двум колоннам обойти холм и напасть на нас одновременно с трех сторон.

— Эх, если бы у нас был гетлинг![1] — со вздохом сожаления сказал Гуд, смотря на сомкнутые фаланги воинов, стоявших внизу. — Через двадцать минут я очистил бы всю равнину!

— Но так как его нет, — ответил сэр Генри, — не стоит и вздыхать о нем. А что, если вы, Квотермейн, попробуете в них выстрелить? Сможет ли ваша пуля долететь до того рослого малого, который, как мне кажется, командует всем отрядом? Однако полагаю, что у вас столько же шансов попасть в него, сколько и промахнуться. Держу пари на целый соверен, который честно плачу, — если, конечно, мы выпутаемся из этой истории, — что ваша пуля не долетит до него по крайней мере на пять ярдов.

Это задело меня за живое, и, зарядив «экспресс» разрывной пулей, я стал ждать, пока моя мишень в сопровождении ординарца не отошла ярдов на десять от отряда, чтобы получше рассмотреть наши позиции. Я лег и, положив «экспресс» на скалу, прицелился. Принимая в соображение траекторию и то обстоятельство, что моя винтовка била лишь на триста пятьдесят ярдов, я прицелился в горло, рассчитав, что пуля должна попасть воину прямо в грудь. Он стоял совершенно спокойно и попасть в него, казалось, было легко, но оттого ли, что подул вдруг ветер, или от волнения, или оттого, что мишень была от меня далеко, расчеты мои не оправдались.

---

[1] Гетлинг — картечница (старинное огнестрельное оружие, названное по имени изобретателя Р. Гетлинга)

Прицелившись, как мне казалось, совершенно точно, я спустил курок, и, когда облако дыма рассеялось, то, к своей величайшей досаде, я увидел, что мой воин стоит цел и невредим, а ординарец, стоявший не менее чем в трех шагах левее, лежит на земле, по-видимому убитый. Командир, в которого я целился, быстро повернулся и в явном смятении бросился бежать к своему отряду.

— Браво, Квотермейн! — закричал Гуд. — Вы его здорово напугали!

Это меня ужасно разозлило, так как нет для меня ничего неприятнее, чем промахнуться в присутствии свидетелей, и я по мере возможности стараюсь этого избегать. Когда человек является знатоком лишь одного дела, он стремится поддерживать свой авторитет своим мастерством. Эта неудача так меня взбесила, что я тут же совершил весьма опрометчивый поступок. Поспешно прицелившись в бегущего генерала, я послал ему вдогонку вторую пулю. На этот раз я не промахнулся — бедняга высоко взмахнул руками и упал ничком, как подкошенный. Я же от этого пришел в необузданный восторг, как самый настоящий зверь. Все это я привожу в подтверждение того, как мало мы думаем о других, когда дело касается нашей безопасности, тщеславия или Репутации.

Наши воины, видевшие мой подвиг, приветствовали его громкими восторженными криками, как новое доказательство чародейства белых людей и счастливое предзнаменование нашего успеха. Отряд же, которым командовал только что убитый военачальник (впоследствии мы узнали, что о действительно был командиром колонны), начал в беспорядке отступать. Сэр Генри и Гуд тотчас же схватила винтовки и принялись стрелять; особенно усерден в этом отношении был Гуд, посылавший из своего винчестера пулю за пулей в сплошную массу отступающих воинов; я тоже пальнул в них раза два. В результате, насколько мы могли судить, нам удалось вывести из строя человек шесть-восемь, прежде чем они оказались на расстоянии, где наши выстрелы не могли причинить им вреда.

Как только мы прекратили стрельбу, откуда-то справа раздался угрожающий рев, тотчас же подхваченный неприятелем с левой стороны, и обе неприятельские колонны одновременно бросились на нас с обоих фронтов.

Услышав этот зловещий рев, вся сплошная масса воинов, стоявшая перед нами, немного раздалась и, распевая какую-то дикую песню, неторопливо побежала к нашей возвышенности, а затем — по узкой зеленой полосе, зажатой между отрогами холма. Мы трое (Игнози лишь время от времени помогал нам) встретили их частым ружейным огнем, но нам удалось убить лишь нескольких человек. На нас шла могучая лавина вооруженных людей, и стрелять в нее было все равно, что бросать мелкие камушки навстречу огромной, надвигающейся волне.

А они, размахивая и звеня копьями, с криком продвигались вперед и уже теснили наши сторожевые охранения, расставленные у подножия холма. После этого наступление несколько замедлилось, так как хотя мы еще не оказали им серьезного сопротивления, но нападающим приходилось взбираться в гору, и они пошли медленнее. Наша первая линия обороны была расположена примерно на полпути между подножием холма и его вершиной, вторая линия находилась на пятьдесят ярдов выше, а третья шла по самому краю плато.

А враги подходили все ближе и ближе с громким воинственным кличем:

— Twala! Twala! Chiélé! Chiélé! (Твала! Твала! Бей! Бей!)

А наши воины отвечали:

— Ignosi! Ignosi! Chiélé! Chiélé!

Теперь неприятель был совсем близко. В воздухе взад и вперед засверкали толлы и противники с пронзительным, диким воплем бросились друг на друга.

Завязался бой, и дерущиеся насмерть люди стали падать, как листья от осеннего ветра. Но вскоре превосходящие силы противника взяли верх, и наша первая линия обороны стала медленно отступать, пока не слилась со второй. Тут битва разгорелась с новой силой, и вновь наши воины вынуждены были отступить выше, пока наконец через двадцать минут после начала сражения не вступила в бой наша третья линия обороны.

Но так как к этому времени нападающие были уже крайне утомлены и, кроме того, потеряли много людей убитыми и ранеными, то прорваться сквозь сплошную стену копий им оказалось не под силу. В течение некоторого времени битва то разгоралась, то затихала, обезумевшие от ярости полчища дикарей то продвигались вперед, то подавались назад, и поэтому исход сражения был еще сомнителен. Сэр Генри следил за этой отчаянной схваткой загоревшимися глазами и вдруг, не говоря ни слова, бросился в самый разгар боя. Гуд последовал за ним. Что касается меня, я предпочел остаться на своем месте.

Наши воины увидели исполинскую фигуру сэра Генри среди сражающихся и с удвоенной яростью бросились на врага с криком:

— Narzia! Inkubu! Narzia Unkungunklovo! (С нами Слон!) Chiélé! Chiélé!

С этого момента можно было не сомневаться в исходе боя. Шаг за шагом, отчаянно сопротивляясь, воины Твалы начали отступать вниз по склону холма, пока наконец в некотором замешательстве не соединились со своими резервами. В этот момент явился гонец и сообщил, что атака отбита и с левого фланга. Я уже начал поздравлять себя с тем, что хоть на некоторое время сражение прервалось, как вдруг, к нашему ужасу, мы увидели, что наши воины, сражавшиеся на правом фланге, бегут к нам через плато и за ними гонится огромная толпа врагов, которым, очевидно, удалось прорваться в этом месте.

Игнози, стоявший возле меня, сразу понял создавшееся положение и немедленно отдал приказ, по которому резервный полк Серых, находившийся вокруг нас, тотчас же построился и приготовился к бою.

Игнози вновь отдал приказ, который был подхвачен и передан военачальникам, и буквально в следующее мгновение я, к своей величайшей досаде, сам не знаю как, оказался Вовлеченным в гущу бешеной атаки наших войск, бросившихся навстречу врагу. Оказавшись в таком положении, мне ничего не оставалось делать, как бежать с ними, и я, стараясь держаться как можно ближе к огромной фигуре Игнози, несся за ним так, как будто очень хотел, чтобы меня убили! Минуты через две — мне казалось, что время летит невероятно быстро — мы врезались в толпу наших убегающих от врага воинов, которые тут же построились позади нас. А затем — затем я не знаю, что произошло. Я лишь помню ужасный, оглушительный шум сталкивающихся щитов, внезапное появление огромного бандита, глаза которого, казалось, были готовы выскочить из орбит, и устремленное на меня окровавленное копье. Я уверен, что от одного вида этого зрелища большинство людей тут же упали бы без сознания, но должен с гордостью признаться, что я не растерялся, сразу сообразив, что если останусь на месте, то мне несдобровать. Поэтому, как только я увидел, что это страшное видение готово на меня ринуться, я бросился к нему прямо под ноги, и так ловко, что мой бандит не смог остановиться и со всего разбега перепрыгнул через мое распростертое тело и грохнулся на землю. Прежде чем он смог подняться, я вскочил на ноги и тут же свел с ним счеты, выстрелив в него из револьвера.

Вскоре после этого кто-то сбил меня с ног, и я упал без сознания.

Очнувшись, я увидел склоненное над собой лицо Гуда, державшего в руке тыквенную бутыль с водой, и заметил, что нахожусь у каменного холма, то есть на плато, у нашего наблюдательного пункта.

— Как вы себя чувствуете, старина? — спросил он меня с беспокойством.

Я встал и, прежде чем ответить, отряхнулся.

— Ничего, благодарю вас.

— Слава богу! Когда я увидел, что вас сюда несут, у меня подкосились ноги: я подумал, что с вами все кончено.

— На этот раз обошлось благополучно, дружище. Думаю, что от удара у меня просто помутилось в голове. Но скажите, чем же все кончилось?

— Пока что неприятель отбит со всех сторон. Потери огромные: мы потеряли целых две тысячи убитыми и ранеными, они же, наверно, — не менее трех. Посмотрите-ка на это зрелище! — И он указал на длинные ряды приближавшихся к нам людей.

Они шли группами по четыре человека и держали нечто вроде носилок, сделанных из шкур, к которым в каждом углу были прикреплены петли, чтобы их удобнее было нести. Между прочим, таких носилок всегда очень много в каждом отряде кукуанской армии. На этих шкурах, число которых казалось бесконечным, лежали раненые. По мере того как их приносили, они наспех осматривались лекарями, которых полагалось десять на каждый полк. Если рана была не тяжелая, пострадавшего воина уносили и тщательно лечили, поскольку, конечно, позволяли существующие условия. Но если состояние раненого было безнадежно, то под предлогом врачебного осмотра один из лекарей вскрывал ему острым ножом артерию, и несчастный быстро и безболезненно умирал. Конечно, это ужасно, но, с другой стороны, не истинное ли это проявление милосердия?

В тот день таких случаев было много. Обычно к этому прибегают, когда рана нанесена в туловище, так как огромные лезвия кукуанских копий доносят такие глубокие и страшные ранения, что лечить их невозможно. В большинстве случаев несчастные страдальцы находились в бессознательном состоянии; тем же, которые были в памяти, роковой надрез артерии делался так быстро и безболезненно, что они, казалось, этого не замечали. Но эта картина была настолько жутка, что мы с Гудом поспешили уйти. На своем веку я не помню случая, который бы произвел на меня более удручающее впечатление, чем эта операция, когда окровавленные руки лекаря, вскрывая жилы, избавляли храбрецов от мук таким страшным образом. Лишь однажды в жизни мне пришлось испытать то же самое: когда после сражения я видел, как войска племени свази закапывали в землю своих смертельно раненных воинов живыми.

Чтобы не видеть этого страшного зрелища, мы поспешно направились к противоположной стороне холма, где увидели сэра Генри, все еще державшего в руках боевой топор, Игнози, Инфадуса и одного или двух вождей. Они очень серьезно о чем-то совещались.

— Слава богу, что вы пришли, Квотермейн! Я не совсем понимаю, что хочет делать Игнози. Хотя мы отбили нападение, но, кажется, к Твале прибывают большие подкрепления и он намеревается окружить нас с тем, чтобы взять измором. В таком случае, дело наше плохо. Несомненно. Тем более что Инфадус говорит, что У нас кончается вода.

— Да, это так, мои повелители, — подтвердил старый воин. — Ручей не может обеспечить такое огромное количество людей, и вода в нем быстро убывает. Еще до наступления ночи мы будем страдать от жажды. Послушай, Макумазан! Ты мудр и, разумеется, видел много войн в стране, откуда пришел, — конечно, если вы, белые люди, вообще сражаетесь у себя на звездах. Скажи, что нам делать? Твала собрал новых воинов, которые займут места тех, кто пал. Но мы дали Твале урок: ястреб не думал, что цапля окажет ему сопротивление. Наш клюв пронзил его грудь, и он боится напасть на нас вновь. Мы тоже измучены. Теперь он будет ждать, когда мы умрем; он обовьется вокруг нас, как змея вокруг своей добычи, и будет ждать, пока мы сами не сдадимся.

— Понимаю, — сказал я.

— Итак, Макумазан, ты видишь, что у нас нет воды и очень мало пищи, поэтому мы должны выбрать одно из трех: либо томиться и слабеть подобно льву, умирающему от голода в своем логове, либо пытаться проложить себе путь на север, либо, — тут он встал и указал на тесно сомкнутые ряды наших врагов, — броситься прямо на них и схватить Твалу за горло. Инкубу — великий воин. Сегодня он дрался, как буйвол в сетях, и люди Твалы падали под ударами его топора, как молодые колосья пшеницы, побитые градом. Инкубу говорит: «Нападай!», но Слон всегда нападает. Что скажет Макумазан, хитрая старая лиса, который столь много видел в жизни и любит жалить своего врага сзади, исподтишка? Решающее слово будет, конечно, за Игнози, ибо он король и это его право, но перед этим мы хотим выслушать твой голос, о Макумазан, и голос человека с прозрачным глазом.

— А что скажешь ты, Игнози? — спросил я.

— Нет, отец мой, — ответил наш бывший слуга, облаченный в пышные дикарские военные доспехи и имевший вид настоящего короля-воина, — говори ты и позволь мне выслушать твои слова. Ты мудр; по сравнению с тобой я лишь неразумный ребенок.

Выслушав столь настоятельную просьбу Игнози и наспех посоветовавшись с Гудом и сэром Генри, я в нескольких словах высказал ему свое мнение, сказав, что, поскольку мы были окружены и у нас уже ощущается недостаток воды, нам нужно самим напасть на Твалу. Я посоветовал Игнози сделать это немедленно, прежде чем «затянутся наши раны» и пока вид превосходящих сил противника не заставит сердца наших воинов «растопиться подобно жиру на огне». Иначе, заметил я, некоторые военачальники могут передумать и, помирившись с Твалой, перейти на его сторону и даже предать нас.

Мое мнение было, по-видимому, выслушано с одобрением. Должен сказать, что ни до этого, ни после мои советы не встречали нигде такого уважения, как у кукуанов. Но последнее слово было предоставлено Игнози, который, с тех пор как был признан законным королем, пользовался почти неограниченными правами своей верховной власти, включая, конечно, окончательное решение в вопросах военного руководства. Поэтому все глаза присутствующих устремились на него.

Некоторое время Игнози молчал, очевидно обдумывая создавшееся положение, и затем сказал:

— Инкубу, Макумазан и Бугван, храбрые белые люди и друзья мои! И ты, Инфадус, брат отца моего, и вы, вожди! Я решил: я нападу на Твалу сегодня, и от этого удара будет зависеть моя судьба и моя жизнь — да, моя жизнь и жизнь всех вас. Слушайте, что я решил. Вы видите, что этот холм изгибается подобно полумесяцу и равнина врезывается в его изгиб зеленым языком?

— Мы это знаем, — подтвердил я.

— Так вот, — продолжал Игнози. — Теперь полдень. Пусть наши воины утолят свой голод и отдохнут после утомительной битвы. Когда солнце повернется и немного пройдет по небу, приближаясь к закату, пусть твой полк, Инфадус, спустится еще с одним на зеленый язык. Когда Твала это увидит, он бросит туда свои полки, чтобы истребить твоих воинов. Но место это узкое, и полки врага будут бросаться против тебя лишь по одному, и твои воины будут уничтожать их один за другим. Глаза всей армии Твалы будут устремлены на битву, равной которой не видел ни один живущий на земле. С тобой, Инфадус, пойдет мой друг Инкубу. Когда Твала увидит его боевой топор, сверкающий в первом ряду Серых, сердце его охватит волнение, и он падет духом. Я же поведу другой полк, который будет стоять позади тебя, ибо, если Серые будут уничтожены, — что может случиться, — останется король, за которого будут сражаться. Со мной пойдет мудрый Макумазан.

— Хорошо, о король! — отвечал Инфадус, по-видимому относившийся с величайшим хладнокровием к предстоящему истреблению своего полка.

Действительно, эти кукуаны удивительный народ! Их не пугает смерть, если этого требует исполнение долга.

— И пока глаза всей армии Твалы будут устремлены на эту битву, — продолжал Игнози, — одна треть наших оставшихся в живых воинов, то есть около шести тысяч человек, спустится ползком с правого отрога нашего холма и нападет на левый фланг армии Твалы, а другая треть так же незаметно спустится с левого отрога и нападет на его правый фланг. И когда я увижу, что спустившиеся с отрогов воины готовы броситься на Твалу, тогда я с моими воинами нападу на него спереди. Если счастье нам будет сопутствовать, то победа будет за нами, и, прежде чем Ночь промчится по горам на своих черных волах, мы уже будем спокойно сидеть в Луу. А теперь давайте подкрепимся пищей и приготовимся к бою. А ты, Инфадус, распорядись, чтобы мои приказания были точно выполнены. Да! Пусть мой белый отец Бугван пойдет с правым крылом, чтобы его сверкающий глаз вселял отвагу в сердца воинов.

Эти краткие распоряжения были приведены в исполнение с удивительной быстротой, что еще лишний раз убедило меня, насколько совершенна военная организация в Стране Кукуанов. Потребовалось всего лишь немного более часа, чтобы раздать воинам пищу (которую они тут же уничтожили), сформировать три отряда и разъяснить вождям план нападения. Наши войска, насчитывавшие теперь около восемнадцати тысяч человек, были приведены в боевую готовность, за исключением стражи, оставленной присматривать за ранеными.

Тут подошел Гуд и пожал руку мне и сэру Генри.

— Прощайте, друзья, — сказал он. — Согласно приказу, я ухожу с правым крылом и поэтому пришел с вами проститься. Может быть, нам уж не придется больше встретиться, — добавил он многозначительно.

Мы молча пожали друг другу руки, проявив при этом традиционно установленную для англичан норму волнения.

— Дело наше рискованное, — сказал сэр Генри, и его звучный голос слегка дрогнул. — Признаться, я не уверен, что увижу завтрашнее солнце. Насколько я понимаю, Серые, с которыми мне предстоит идти, должны сражаться до тех пор, пока не будут полностью уничтожены, чтобы дать возможность боковым отрядам незаметно спуститься с отрогов холма, обойти полки Твалы и напасть на них врасплох. Ну что ж, пусть будет так. Во всяком случае, это будет смерть, достойная мужчины! Прощайте и вы, старина, — обратился он ко мне. — Да хранит вас бог! Я надеюсь, что вы выпутаетесь из всей этой истории и завладеете алмазами, но, если вам суждено остаться в живых, Квотермейн, послушайтесь моего совета: никогда больше не имейте дела с претендентами на престол!

Гуд еще раз крепко пожал нам руки и ушел. Затем к нам подошел Инфадус и проводил сэра Генри в предназначенное для него место в первом ряду Серых. А я с самыми мрачными мыслями отправился с Игнози и занял свое место в полку, который должен был идти в атаку во вторую очередь.

Глава XIV. Последний бой Серых

Через несколько минут полки, которые получили задание атаковать противника с флангов, выступили в полном молчании. Они двигались осторожно, под прикрытием холмистой гряды, чтобы скрыть свой маневр от зорких глаз разведчиков Твалы.

Через полчаса полки заняли свои позиции, образовав «рога», или фланги, армии. Тем временем Серые вместе с подкреплением в составе полка, известного под названием Буйволов, стояли неподвижно. Это было основное ядро армии, которое должно было принять на себя главный удар противника.

Оба эти полка были почти совершенно свежими и в полном составе. Утром Серые были в резерве, а в стычке с атакующими частями, прорвавшими нашу линию обороны, когда я, сражаясь в их рядах, получил в вознаграждение ошеломляющий удар по голове, они потеряли очень мало людей. Что же касается Буйволов, то они утром образовывали третью линию обороны на левом фланге, и, поскольку атакующим не удалось прорвать в этом пункте вторую линию, им совсем не пришлось участвовать в бою.

Инфадус был предусмотрительный старый военачальник. Он прекрасно знал, как важно поднять боевой дух воинов перед такой горячей схваткой. Поэтому он воспользовался этим получасовым затишьем, чтобы обратиться к своему полку Серых с речью. Поэтическим языком он разъяснил нам, какая огромная честь им оказана, что их посылают сражаться на передовой линии, да к тому же с белым воином в их рядах, спустившимся со звезд. В случае же, если войско Игнози одержит победу, он обещал всем, кто уцелеет в бою, много скота, а также повышение в звании.

Я оглядел длинные ряды развевающихся черных плюмажей и суровые лица воинов и со вздохом подумал, что всего лишь через один короткий час если не все, то большинство этих замечательных воинов-ветеранов, каждому из которых было не менее сорока лет, будут лежать мертвыми или умирающими. Иначе не могло быть — они присутствовали при чтении своего приговора, вынесенного с тем мудрым пренебрежением к человеческой жизни, которое отмечает великого военачальника. Это часто помогает ему сберечь свои силы и осуществить задачу — он идет на уничтожение известного количества людей, чтобы обеспечить остатку своей армии успех в борьбе за достижение поставленной цели. Серые были заранее приговорены к смерти и знали это. Задача их заключалась в том, чтобы вступать в бой с полками армии Твалы по мере того, как они один за другим будут входить на узкую зеленую полосу равнины, зажатую между отрогами холма. Они должны были сражаться до полного уничтожения противника или же до тех пор, пока фланговым частям не представится благоприятный момент для атаки. Все это было им известно, и тем не менее они ни минуты не колебались, и я не заметил ни тени страха на их лицах. Они стояли перед нами — люди, идущие на верную смерть, готовые вот-вот навек расстаться с благословенным светом дня, но без трепета ожидающие свершения своего приговора. Несмотря на напряженность момента, я не мог не сравнивать состояние их духа с моим собственным, которое было далеко не спокойным, и у меня вырвался невольный вздох зависти и восхищения. Никогда раньше мне не приходилось встречать такой полной преданности идее долга и такого полного безразличия к ее горьким плодам.

— Вот ваш король! — закончил свою речь старый Инфадус, указывая на Игнози. — Идите, чтобы сражаться и пасть за него, — таков долг отважных. Да будет навеки проклято и покрыто позором имя того, кто боится умереть за своего короля, того, кто бежит от врага. Вот ваш король, вожди, военачальники и воины! Теперь принесете присягу священному знаку змеи, а потом идите за нами — Инкубу и я покажем вам путь в самое сердце войск Твалы.

Наступило минутное молчание. Затем внезапно среди сомкнутых фаланг, стоящих перед нами, возник легкий шум, подобный отдаленному рокоту моря: это рукоятки шести тысяч копий начали тихо стучать по щитам. Постепенно этот шум усиливался, как бы расширяясь, углубляясь и нарастая, пока наконец не превратился в оглушительный грохот, эхо которого, отражаемое горами, казалось раскатами грома и заполняло воздух тяжелыми волнами звуков. Затем он стал затихать и наконец замер совсем. В тишине внезапно прогремел оглушительный королевский салют.

Я подумал про себя, что Игнози был вправе испытывать огромную гордость в этот день, — наверно, ни одного из римских императоров так не приветствовали идущие на смерть гладиаторы.

Игнози выразил свою признательность за это грандиозное выражение почтения тем, что поднял свой боевой топор. Затем Серые построились, образовав три колонны, каждая численностью около тысячи воинов, не считая командиров, и направились к своей позиции. Когда последняя колонна прошла около пятисот ярдов, Игнози стал во главе Буйволов, которые также построились в три колонны. По его команде мы двинулись вперед. Нечего и говорить о том, что я в этот момент возносил самые горячие молитвы, чтобы мне удалось спасти свою шкуру и выйти невредимым из этой неприятной истории. Мне приходилось бывать в необычайных положениях, но в таком скверном я оказался впервые. Никогда мои шансы на спасение не были так ничтожны.

К тому времени, как мы достигли края плато, Серые прошли уже половину пути, спускаясь по склону холма. У его подножия начинался покрытый травой клин, врезывавшийся в центр подковы, которую образовывали отроги холма. Этот клин был похож на стрелку в лошадином копыте, смыкающуюся с подковой.

В лагере Твалы, на равнине, было заметно большое движение. Полки один за другим выходили быстрым шагом, переходящим в бег, торопясь достигнуть основания зеленого треугольника прежде, чем атакующие части выйдут на Равнину Луу.

Этот клин, примерно сотни три ярдов глубиной, даже у основания был не более трехсот пятидесяти шагов в поперечнике, а в узкой своей части, или вершине, — едва ли Девяносто шагов. Спустившись с холма. Серые вышли на вершину зеленого треугольника одной колонной, но, дойдя до места, где треугольник становился достаточно широким, вновь построились в три ряда и замерли на месте.

Тогда мы — то есть Буйволы — также спустились на вершину треугольника и заняли позицию в резерве, примерно на сто ярдов позади последней линии Серых и несколько выше их. Воспользовавшись временным бездействием, мы наблюдали, как вся армия Твалы быстро движется по направлению к нам. Очевидно, со времени утренней атаки успели подойти подкрепления, и в настоящий момент, несмотря на понесенные потери, армия насчитывала не менее сорока тысяч человек. По мере того как наступающие войска приближались к основанию треугольника, они явно начали колебаться — что предпринять дальше, так как увидели, что одновременно только один полк может пройти в ущелье, образованное отрогами холма. Кроме того, на расстоянии примерно семидесяти ярдов от входа в ущелье стоял знаменитый полк Серых, краса и гордость кукуанской армии, готовый преградить им дорогу, подобно тому как некогда трое римлян удерживали мост против тысяч атакующих. Напасть на Серых можно было только с фронта, так как с обоих флангов их защищали высокие склоны холма, покрытые валунами. Наступающие заколебались и наконец остановились. Очевидно, они не очень стремились скрестить свои копья с этими мрачными, мужественными воинами, построенными в три линии и готовыми принять бой. Из рядов наступающих внезапно выбежал какой-то высокий военачальник в обычном головном уборе из страусовых перьев, в сопровождении группы вождей и ординарцев, — вероятно, это был сам Твала. Он отдал приказ, и первый полк с криком бросился в атаку на Серых, которые продолжали в полном молчании стоять не двигаясь, пока атакующие не оказались на расстоянии ярдов сорока от них и град толл не обрушился со звоном на их ряды.

Тогда внезапным броском Серые с громким криком устремились вперед, подняв свои копья, и оба полка смешались в стремительной рукопашной схватке. В следующее мгновение звон сталкивающихся щитов, подобный раскатам грома, донесся до нашего слуха, и вся равнина, казалось, запылала вспышками солнечного света, отражаемого разящими копьями. Колеблющаяся, подобно морским волнам, масса поражающих друг друга людей раскачивалась из стороны в сторону, но это продолжалось недолго. Внезапно линии атакующих начали заметно редеть, и затем медленной, длинной волной Серые прокатились по ним, совершенно так же, как морская волна нарастает и перекатывается через подводную скалу. Цель была достигнута — полк нападающих был полностью уничтожен, но и от Серых осталось теперь только два ряда. Они потеряли убитыми треть полка.

Вновь сомкнув свои ряды, они стояли плечом к плечу в молчании, ожидая новой атаки. Я с радостью заметил среди них белокурую бороду сэра Генри. Он ходил взад и вперед, устанавливая порядок. Итак, он был еще жив!

Тем временем мы подошли к полю боя, покрытому телами убитых, раненых и умирающих. Их было не менее четырех тысяч человек, и земля была буквально залита кровью. Игнози отдал приказ, который был быстро передан по рядам стоявших в строю. Этот приказ запрещал убивать раненых врагов, и, насколько мы могли видеть, выполнялся неукоснительно. В противном случае зрелище было бы ужасным. Правда, думать об этом у нас не было времени.

Второй полк, у воинов которого, в отличие от других, плюмажи, короткие юбочки и щиты были белого цвета, приближался, чтобы атаковать оставшиеся в живых две тысячи Серых, которые стояли, как и в первый раз, в зловещем молчании. И вновь, когда противник подошел на расстояние сорока ярдов или около того, Серые обрушились на него с сокрушительной силой. Вновь послышался оглушительный звон сталкивающихся щитов, и мрачная трагедия повторилась полностью. Некоторое время казалось почти невозможным, что Серым вновь удастся одержать верх. Атакующий полк, состоявший из молодых воинов, сражался необычайно яростно, и сначала казалось, что Серые подаются под напором этой массы людей. Резня была ужасающая, сотни воинов ежеминутно падали ранеными и убитыми. Среди криков сражающихся и стонов умирающих, сопровождаемых лязгом скрещивающихся копий, слышался непрерывный возглас торжества «S'gee, s'gee!», который издавал победитель в тот момент, когда он вонзал свое копье в тело павшего врага.

Однако превосходная дисциплина, стойкость и мужество могут совершить чудо. Кроме того, один опытный солдат стоит двух новичков — это вскоре стало ясно. Только мы подумали, что Серым пришел конец, и приготовились занять их место, как я услышал низкий голос сэра Генри, покрывающий шум сражения. На мгновение я увидел его боевой топор, которым он вращал в воздухе, высоко над своим плюмажем. Затем произошла какая-то перемена. Серые прекратили отступление. Они стояли неподвижно, как скала, о которую вновь и вновь разбивались яростные волны копьеносцев лишь для того, чтобы откатиться обратно. Внезапно они двинулись вновь, и на этот раз — вперед. Так как не было дыма от огнестрельного оружия, мы могли все ясно видеть. Еще минута — и атака ослабела.

— Да, это настоящие воины! Они вновь одержат победу! — воскликнул Игнози, который скрежетал зубами от волнения, стоя рядом со мной. — Смотри, вот она, победа!

Вдруг, подобно клубам дыма, вырвавшимся из жерла пушки, атакующий полк раскололся на отдельные группы бегущих людей, вслед за которыми летели, развеваясь по ветру их белые плюмажи. Их противники остались победителями, но — увы! — полка больше не было. От тройной линии доблестных воинов численностью в три тысячи человек, сорок минут назад вступивших в бой, осталось самое большее шесть сотен людей, с ног до головы забрызганных кровью. Остальные лежали убитыми. Размахивая копьями в воздухе, оставшиеся в живых воины издали победный клич. Мы ожидали, что теперь они отойдут туда, где стояли мы, но вместо этого они бросились вперед, преследуя бегущего противника. Пробежав около ста ярдов, они захватили небольшой холм с пологими склонами и, вновь построившись в три ряда, образовали вокруг него тройное кольцо. Затем — о счастье! — я на мгновение увидел сэра Генри, по всей видимости невредимого, стоящим на вершине холма. С ним был наш старый друг Инфадус. Но вот полки Твалы вновь атаковали обреченных на смерть смельчаков, и завязался новый бой.

Вероятно, всякий, кто читает эту историю, давно уже понял, что я, честно говоря, немного трусоват и, несомненно, совершенно не стремлюсь ввязываться в сражения. Правда, мне приходилось часто попадать в неприятное положение и проливать человеческую кровь, но я всегда питал к этому величайшее отвращение и старался, насколько возможно, не терять ни капли собственной крови, иногда даже не стесняясь удирать, если здравый смысл подсказывал мне, что это необходимо. Однако в этот момент я впервые в жизни почувствовал боевой пыл в своей груди. Отрывки воинственных стихов из легенд Инголдзби вместе с кровожадными строками из Ветхого завета вырастали в моей памяти, как грибы в темноте. Кровь моя, которая до этого момента наполовину застыла от ужаса, начала бурно пульсировать в венах, и меня охватило дикое стремление убивать, никого не щадя. Я оглянулся на сомкнутые ряды воинов, стоявших позади нас, и на мгновение меня заинтересовало, такое ли у меня выражение лица, как у них. Они стояли, напряженно вытянув шеи, их руки судорожно вздрагивали, губы были полуоткрыты, свирепые лица выражали безумную жажду боя, глаза смотрели пристальным взглядом ищейки, заметившей свою жертву.

Только сердце Игнози, если судить по его относительной способности владеть собой, билось, очевидно, спокойно, как всегда, под плащом из леопардовой шкуры, хотя и он непрерывно скрежетал зубами. Дальше я не мог выдержать.

— Неужели мы должны стоять здесь, пока мы не пустим корни, Амбопа, то есть Игнози, и ждать, чтобы Твала уничтожил наших братьев там, у холма? — спросил я.

— О нет, Макумазан, — ответил он, — смотри. Настает удобный момент — воспользуемся им!

В это время свежий полк стремительным маневром обошел кольцо Серых у небольшого холма и, повернувшись, атаковал их с тыла.

Тогда, подняв свой боевой топор, Игнози дал сигнал к атаке. Прогремел боевой клич кукуанов, и Буйволы, подобно морскому приливу, стремительно бросились в атаку.

Я не в силах рассказать, что за этим последовало. Я помню только яростный, но планомерный натиск, от которого, казалось, содрогнулась земля, внезапное изменение линии фронта, переформирование полка, против которого была направлена атака, затем страшный удар, приглушенный гул голосов и непрерывное сверкание копий, которое я видел сквозь кроваво-красный туман.

Когда мое сознание прояснилось, я увидел, что стою среди остатка полка Серых, недалеко от вершины холма. Прямо передо мной стоял не кто иной, как сам сэр Генри. Тогда я не имел ни малейшего представления о том, каким образом я туда попал. Сэр Генри впоследствии рассказал мне, что неистовая атака Буйволов вынесла меня почти прямо к его ногам, где я и остался, когда они подались назад. Он вырвался из кольца, образованного Серыми, и втащил меня внутрь его.

Что же касается сражения, которое последовало за этим, — кто возьмется описать его? Вновь и вновь массы воинов волнами устремлялись на наше ежеминутно уменьшающееся кольцо, вновь и вновь мы отражали их натиск. Мне кажется, что где-то очень красиво рассказано о подобном сражении:

Отвагу копьеносцев я пою!
В непроницаемом, как лес, строю
Они стояли. Тех, кто пал в бою,
Живые заменяли в миг один.

Это было великолепное зрелище. Время от времени отряды противника мужественно переходили в наступление, преодолевая барьеры из трупов своих воинов. Иногда они шли, держа перед собой тела убитых для защиты от ударов наших копий, но шли лишь для того, чтобы добавить к горам мертвецов свои собственные трупы.

Я с восхищением наблюдал, как стойкий старый воин Инфандус совершенно спокойно, как будто на параде, выкрикивал приказания, насмешливые замечания и даже шутил, чтобы поднять дух своих немногочисленных уцелевших воинов. Когда же налетала очередная волна атакующих, он направлялся туда, где завязывался самый горячий бой, чтобы принять личное участие в отражении атаки. И все же еще более великолепное зрелище представлял собой сэр Генри. Страусовые перья, украшавшие его голову, были срезаны ударом копья, и его длинные белокурые волосы развевались по ветру. Он стоял непоколебимо, этот гигант, похожий на древнего датчанина, его руки, топор, кольчуга — все было покрыто кровью, и никто не мог выдержать нанесенного им удара. Время от времени я видел, как он обрушивал свой удар на какого-нибудь отважного воина, осмелившегося вступить с ним в бой. Поражая врага, он кричал «О-хой! О-хой!» — совсем как его беркширские предки. Его удар пробивал щит, ломал в щепки копье, обрушивался на череп врага, пока наконец уже никто по собственной воле не решался приблизиться к великому белому «umtagati» — то есть колдуну, который убивал, оставаясь сам невредимым.

Но внезапно в рядах врагов возник крик: «Твала, Твала!», и из самой гущи атакующих выбежал не кто иной, как сам одноглазый гигант-король, также вооруженный боевым топором, щитом и одетый в кольчугу.

— Где же ты, Инкубу, ты, белый человек, убийца Скрагги, моего сына? Посмотрим, удастся ли тебе убить меня! — крикнул он, и в тот же самый момент метнул толлу прямо в сэра Генри, который, к счастью, это заметил и подставил навстречу ножу свой щит.

Нож пронзил щит и остался торчать в нем, зажатый железным каркасом.

Затем с воплем Твала прыгнул вперед, прямо на сэра Генри, и нанес своим боевым топором такой удар по его щиту, что одно только сотрясение от удара заставило сэра Генри, хоть он и был очень сильным человеком, упасть на колени.

Однако на этом поединок и окончился, так как в тот же момент со стороны теснящих нас полков донесся крик ужаса, и, взглянув туда, куда они смотрели, я понял, что произошло.

Справа и слева равнина была запружена развевающимися плюмажами воинов, устремившихся в атаку. Наши отряды, зашедшие с флангов, пришли к нам на помощь. Лучшего момента для этого нельзя было выбрать. Как и предвидел Игнози, вся армия Твалы сосредоточила свое внимание на кровавой схватке с остатками полка Серых и на сражении с Буйволами, которые вели бой на некотором расстоянии от Серых. Эти два полка, которые вместе образовали основное ядро нашей армии, отвлекли, таким образом, внимание противника, который не помышлял о возможности нападения с флангов, хотя «рога», образуемые фланговыми отрядами, уже почти сомкнулись. И теперь, прежде чем полки Твалы смогли переформироваться для обороны, зашедшие с флангов воины бросились на них, как борзые псы.

Пять минут спустя исход боя был решен. Полки Твалы, охваченные с обоих флангов и измотанные страшной резней с Серыми и Буйволами, обратились в бегство. Вскоре бегущие в панике воины рассыпались по всей равнине, простиравшейся между нами и Луу. Что же касается тех отрядов, которые еще совсем недавно окружили нас и Буйволов, то они внезапно растаяли, как по волшебству, и оказалось, что мы стоим одни, как скала, от которой отхлынуло море. А что за зрелище открылось перед нашими глазами! Вокруг нас грудами лежали мертвые и умирающие, а из числа отважных Серых осталось в живых лишь девяносто пять человек. Один этот полк потерял более двух тысяч девятисот человек.

Инфадус стоял, перевязывая рану на руке и время от времени оглядывая то, что осталось от его полка.

— Воины, — спокойно обратился он к ним, — вы отстояли честь своего полка. О сегодняшнем сражении будут говорить дети ваших детей. — Затем он обернулся к сэру Генри и пожал ему руку. — Ты великий человек, Инкубу, — просто сказал он. — Я провел свою долгую жизнь среди воинов и знал много отважных людей, но такого, как ты, встречаю впервые.

В это мгновение Буйволы начали проходить мимо нас, направляясь к Луу, и нам передали просьбу Игнози, чтобы Инфадус, сэр Генри и я присоединились к нему. Поэтому, отдав приказ девяти десяткам воинов, оставшимся от полка Серых, подобрать раненых, мы подошли к Игнози. Он сообщил нам, что идет на Луу, чтобы завершить победу и взять в плен Твалу, если это окажется возможным. Пройдя небольшую часть пути, мы вдруг заметили Гуда. Он сидел на муравьиной куче, шагах в ста от нас. Почти вплотную к нему лежал труп кукуанского воина.

— Вероятно, он ранен, — взволнованно сказал сэр Генри.

В тот же момент произошло нечто весьма странное. Мертвое тело кукуанского воина, вернее то, что казалось мертвым телом, внезапно вскочило, сшибло Гуда с муравьиной кучи, так что он полетел вверх тормашками, и начало наносить ему удары копьем. В ужасе мы бросились туда, и, подбежав, увидели, что мускулистый воин тычет копьем в распростертого Гуда, который при каждом таком тычке задирает вверх все свои конечности. Увидев, что мы приближаемся, кукуан в последний раз с особой яростью пырнул копьем Гуда и с криком «Вот тебе, колдун!» — удрал. Гуд не шевелился, и мы решили, что с нашим бедным товарищем все кончено. В большой печали, мы подошли к нему и были весьма удивлены, когда увидели, что, несмотря на бледность и очевидную слабость, он безмятежно улыбается и даже не потерял своего монокля.

— Кольчуга просто замечательная, — прошептал он, когда мы наклонились к нему. — Здорово я его надул! — и с этими словами он потерял сознание.

Осмотрев его, мы обнаружили, что он был серьезно ранен в ногу толлой во время преследования, но копье его последнего противника не причинило ему никакого вреда. Кольчуга спасла его, и он отделался синяками, покрывавшими все его тело. Он удивительно счастливо избежал опасности.

Так как в данный момент мы ничем не могли ему помочь, его положили на щиты, сплетенные из прутьев, которые применялись для переноски раненых, и понесли вслед за нами.

Подойдя к ближайшим воротам города Луу, мы увидели, что один из наших полков по приказу Игнози охраняет их. Остальные полки стояли на страже у других выходов из города. Командир полка подошел и приветствовал Игнози как короля. Затем он доложил ему, что армия Твалы укрылась в городе, туда же бежал и сам Твала, причем командир полагал, что армия полностью деморализована и готова капитулировать. Выслушав это и посоветовавшись с нами, Игнози отправил гонцов ко всем воротам города, чтобы передать осажденным приказ открыть ворота, а также королевское слово, обещающее жизнь и прощение всем воинам, которые сложат оружие. Это произвело ожидаемый эффект. Сейчас же под торжествующие крики Буйволов через ров был спущен мост и ворота по ту его сторону распахнулись.

Приняв соответствующие меры предосторожности против возможного предательства, мы вступили в город. Вдоль всех дорог стояли с мрачным и подавленным видом воины. Головы их были опущены, щиты и копья лежали у их ног. Они приветствовали проходящего мимо них Игнози как своего короля. Мы шли все дальше, прямо к краалю Твалы. Когда мы достигли огромной площади, где за день или два до этого происходил смотр войск и затем — охота ведьм, мы увидели, что она совершенно пуста.

Нет, совершенно пустой она не была — на дальнем ее конце, перед своей хижиной, сидел сам Твала, и с ним не было никого, кроме Гагулы.

Это было печальное зрелище — низложенный король, сидящий, опустив голову на кольчугу, облекающую его грудь. Его боевой топор и щит лежали рядом, и с ним оставалась одна только старая карга. Несмотря на все жестокости и злодейства, совершенные им, я почувствовал, что мной на мгновение овладела жалость к этому поверженному кумиру, упавшему со своего высокого пьедестала. Ни один воин из всей его армии, ни один придворный из числа тех, что ранее пресмыкались перед ним, ни одна из его жен не остались с ним, чтобы разделить горечь падения. Несчастный дикарь! Он был одним из многих, которым судьба дает жестокий урок. Человечество слепо и глухо к тем, на чью голову пал позор; тот, кто унижен и беззащитен, остается одиноким и не может рассчитывать на милосердие, правду сказать, в данном случае он и не заслуживал милосердия.

Войдя в ворота крааля, мы прошли прямо через площадь туда, где сидел бывший король. Когда мы приблизились на расстояние около пятидесяти ярдов, наш полк остановился, мы в сопровождении лишь небольшой охраны направились нему, причем, когда мы шли, Гагула выкрикивала нам навстречу всевозможные оскорбления. Когда мы приблизились, Твала впервые поднял свою украшенную плюмажем голову, пристально глядя на своего счастливого соперника Игнози единственным глазом, в котором сдерживаемая ярость, казалось, сверкала так же ярко, как огромный алмаз у него на лбу.

— Приветствую тебя, о король! — сказал он с горькой насмешкой в голосе. — Ты, кто ел мой хлеб, а теперь с помощью колдовства белых людей внес смуту в мои полки и разбил мою армию, — приветствую тебя! Какую участь ты мне готовишь, о король?

— Такую же, какая постигла моего отца, на троне которого ты сидел все эти долгие годы! — последовал суровый ответ.

— Хорошо. Я покажу тебе, как надо умирать, чтобы ты мог припомнить это, когда пробьет твой час. Смотри — там, где садится солнце, небо покрыто кровью, — и он указал своим окровавленным боевым топором на огненный диск заходящего солнца. — Хорошо, что и мое солнце скроется вместе с ним. А теперь, о король, я готов умереть, но я прошу тебя не лишать меня права умереть в бою, которое даровано всем членам королевского дома кукуанов[1]. Ты не можешь отказать мне в этом, или даже те трусы, которые сегодня бежали с поля боя, будут смеяться над тобой.

— Я разрешаю тебе это. Выбирай же, с кем ты желаешь сражаться. Сам я не могу драться с тобой, так как король сражается только на войне.

Мрачный глаз Твалы оглядел наши ряды. На мгновение мне показалось, что он задержал свой взгляд на мне, и я задрожал от ужаса. А что, если он решил начать поединок с меня? Разве я мог рассчитывать на победу над этим неистовым дикарем ростом в шесть с половиной футов и такого могучего телосложения? В таком случае я мог бы с равным успехом немедленно покончить с собой. Я поспешно принял решение отказаться от поединка, даже если бы в результате этого меня с позором выгнали из Страны Кукуанов. По-моему, все-таки лучше, если вас с насмешками выгонят вон, чем изрубят на части боевым топором. Внезапно он заговорил:

— Что скажешь ты, Инкубу? Не завершить ли нам то, что мы начали сегодня, или мне придется назвать тебя жалким трусом?

— Нет, — прервал его Игнози, — ты не должен сражаться с Инкубу.

— Конечно, нет, если он страшится этого, — сказал Твала.

К несчастью, сэр Генри понял это замечание, и кровь бросилась ему в лицо.

— Я буду с ним сражаться, — сказал он. — Он увидит, боюсь ли я его!

— Ради бога, — умоляюще обратился к нему я, — не рискуйте своей жизнью, сражаясь с этим отчаянным человеком! Ведь всякий, кто видел вас сегодня во время боя, знает, что вы не трус.

— Я буду с ним биться, — угрюмо ответил сэр Генри. — Никто не смеет называть меня трусом. Я готов! — И, сделав шаг вперед, он поднял свой топор.

Я был в отчаянии от этого нелепого донкихотского поступка, но, конечно, если уж он решил сражаться, я ничего не мог с ним поделать.

---

[1] У кукуанов существует закон, по которому ни один человек, в жилах которого течет королевская кровь, не может быть убит, если он сам не дал на это согласия, которое, правда, он всегда дает. Ему разрешают тогда выбрать, с одобрения короля, нескольких противников, с которыми он сражается, пока наконец один из них его не убьет. — А. К

— Не сражайся с ним, мой белый брат, — обратился к сэру Генри Игнози, дружески положив руку на его плечо, — ты достаточно уже сделал сегодня. Если ты пострадаешь от его руки, это рассечет надвое мое сердце.

— Я буду с ним биться, Игнози, — повторил сэр Генри.

— Что ж, тогда иди, Инкубу. Ты отважный человек. Это будет хороший бой. Смотри. Твала, Слон готов встретить тебя в бою.

Бывший король дико расхохотался, шагнул вперед и стал лицом к лицу с Куртисом. Мгновение стояли они таким образом. Лучи заходящего солнца озарили их мужественные фигуры и одели их обоих в огненную броню. Это была подходящая пара.

Затем они начали описывать круги, обходя друг друга поднятыми боевыми топорами. Внезапно сэр Генри сделал прыжок вперед и нанес своему противнику ужасающий удар, но Твала успел отступить в сторону. Удар был так силен, что сэр Генри чуть не упал сам. Его противник мгновенно воспользовался этим обстоятельством. Вращая над головой свой тяжелый боевой топор, он вдруг обрушил его с такой невероятной силой, что у меня душа ушла в пятки. Я думал, что все уже кончено. Но нет — быстрым движением левой руки сэр Генри поднял щит и заслонился от удара топора. В результате топор отсек край щита, и удар пришелся сэру Генри по левому плечу. Однако щит настолько ослабил удар, что он не причинил особого вреда. Сэр Генри сейчас же нанес новый удар противнику, но Твала также принял его на свой щит. Затем удары последовали один за другим. Противникам пока удавалось или уклоняться от них, или закрываться щитом. Кругом нарастало общее волнение. Полк, который наблюдал поединок, забыл о дисциплине; воины подошли совсем близко, и при каждом ударе у них вырывались крики радости или вздохи отчаяния. Как раз в это время Гуд, которого, когда мы пришли, положили на землю рядом со мной, очнулся от обморока и, сев, начал наблюдать за происходящим. Через мгновение он вскочил на ноги и, схватив меня за руку, начал прыгать с места на место на одной ноге, таская меня за собой и выкрикивая ободряющие замечания сэру Генри.

— Валяй, старина! — орал он. — Вот это удар! Целься в центр корабля! — и так далее.

Сэр Генри, загородившись щитом от очередного удара, вдруг сам ударил со всей своей силой. Удар пробил щит противника и прочную броню, прикрытую им, и нанес Твале глубокую рану в плечо. С воплем ярости и боли Твала вернул удар с процентами, с такой силой, что он рассек рукоятку боевого топора сэра Генри, сделанную из кости носорога и охваченную для прочности стальными кольцами, и ранил Куртиса в лицо.

Вопль отчаяния вырвался из толпы Буйволов, когда они увидели, что широкое лезвие топора нашего героя упало на землю. А Твала вновь поднял свое страшное оружие и с криком бросился на своего противника. Я закрыл глаза. Когда я открыл их вновь, я увидел, что щит сэра Генри валяется на земле, а сам он, охватив своими мощными руками Твалу, борется с ним. Они раскачивались взад и вперед, сжимая друг друга в медвежьих объятиях, напрягая свои могучие мускулы в отчаянной борьбе, отстаивая жизнь, драгоценную для каждого, и еще более драгоценную честь. Сверхчеловеческим усилием Твала заставил англичанина потерять равновесие, и оба они упади и, продолжая бороться, покатились по известняковой мостовой. Твала все время пытался нанести Куртису удар по голове своим боевым топором, а сэр Генри силился пробить кольчугу Твалы своей толлой, которую вытащил из-за пояса.

Этот поединок гигантов представлял собой ужасающее зрелище.

— Отнимите у него топор! — вопил Гуд, и, возможно, что наш боец услышал его.

Во всяком случае, бросив свою толлу, он ухватился за топор, который был прикреплен к руке Твалы ремешком из кожи буйвола. Катаясь по земле и тяжело дыша, они дрались за топор, как дикие кошки. Внезапно кожаный ремешок лопнул, и затем с огромным усилием сэр Генри вырвался из объятий Твалы. Оружие осталось у него в руке. В следующую секунду он вскочил на ноги. Из раны на его лице струилась алая кровь. Вскочил также и Твала. Вытащив из-за пояса тяжелую толлу, он обрушился на Куртиса и нанес ему удар в грудь. Сильный удар попал в цель, но тот, кто сделал эту кольчугу, в совершенстве владел своим искусством, потому что она выдержала удар стального ножа. С диким криком Твала нанес новый удар. Его тяжелый нож вновь отскочил от стальной кольчуги, заставив сэра Генри пошатнуться. Твала опять пошел на своего противника. В это время наш отважный англичанин собрал все свои силы и со всего размаха обрушил на Твалу удар своего топора. Взволнованный крик вырвался из тысячи глоток, и свершилось невероятное! Казалось, что голова Твалы спрыгнула с плеч и, упав, покатилась, подпрыгивая, по земле прямо к Игнози и остановилась как раз у его ног. Еще секунду труп продолжал стоять. Кровь била фонтаном из перерезанных артерий. Затем он рухнул на землю, и золотой обруч, соскочивший с шеи, покатился по земле. В это время сэр Генри, ослабевший от потери крови, тяжело упал прямо на обруч.

Через секунду его подняли; чьи-то заботливые руки обмыли холодной водой его лицо. Вскоре его большие серые глаза открылись.

Он был жив.

Как раз в тот момент, когда зашло солнце, я подошел туда, где в пыли лежала голова Твалы, снял алмаз с мертвого чела и подал его Игнози.

— Возьми его, законный король кукуанов! — сказал я. Игнози увенчал диадемой свое чело и затем, подойдя к мертвому телу, поставил ногу на широкую грудь своего обезглавленного врага и начал победную песнь, такую прекрасную и одновременно такую дикую, что я не в силах передать ее великолепие. Как-то я слышал, как один знаток греческого языка читал вслух очень красивым голосом произведение греческого поэта Гомера, и помню, что я замер от восхищения при звуке этих плавных, ритмических строк. Песнь Игнози на языке столь же прекрасном и звучном, как древнегреческий, произвела на меня совершенно такое же впечатление, несмотря на то что я был очень утомлен событиями и переживаниями последних дней.

— Наконец, — начал он, — наконец наше восстание увенчано победой и зло, причиненное нами, оправдано нашей силой!

В это утро наши враги поднялись и стряхнули сон. Они украсили себя перьями и приготовились к бою.

Они поднялись и схватили свои копья. Воины призвали вождей: «Придите и ведите нас», а вожди призвали короля и сказали ему: «Руководи нами в бою».

Они поднялись в своей гордости, эти двадцать тысяч воинов, и еще двадцать тысяч.

Перья, украшавшие их головы, покрыли землю, как перья птицы покрывают ее гнездо. Они потрясали своими копьями и кричали, да, они высоко подбрасывали свои копья, сверкавшие в солнечном свете. Они жаждали боя и были полны радости.

Они двинулись против меня. Сильнейшие из них бежали, чтобы сокрушить меня. Они кричали: «Ха! Ха! Его можно считать уже мертвецом!»

Тогда я дохнул на них — и мое дыхание было подобно дыханию бури, и они перестали существовать.

Мои молнии пронзили их. Я уничтожил их силу, поразив их молнией своих копий. Я поверг их во прах громом моего голоса.

Их ряды раскололись, они рассыпались, они исчезли, как утренний туман.

Они пошли на корм воронам и лисицам, и поле боя пресытилось их кровью.

Где же те сильные, которые поднялись утром? Где же те гордые, которые кричали: «Его можно считать уже мертвецом!», чьи головы были украшены перьями, реявшими по воздуху?

Они склоняют свои головы — но не сон клонит их. Они лежат, как спящие, — но это не сон.

Они забыты. Они ушли во тьму и не вернутся вновь. Другие уведут их жен, и дети позабудут о них.

А я — король! Подобно орлу, я нашел свое гнездо. Внемлите! Далеко я забрел во время своих скитаний, когда ночь была темна, но я вернулся в свой родной дом, когда занялась заря.

Придите же под сень моих крыльев, о люди, и я утешу вас, и страх и уныние уйдут.

Настало счастливое время, время вознаграждения. Мне принадлежит скот, который пасется в долинах, и девы в краалях также принадлежат мне. Зима прошла, наступает пора лета.

Теперь Зло закроет свое лицо от стыда, и Благоденствие расцветет в стране подобно лилии.

Ликуй, ликуй, мой народ! Пусть ликует вся страна, потому что во прах повергнута тирания, потому что я король!

Он умолк, и из сгущающихся сумерек звучным эхом донеся ответ:

— Ты — наш король!

Таким образом, слова, сказанные мною посланцу Твалы, оказались пророческими. Не прошло с тех пор и сорока восьми часов, а обезглавленный труп Твалы уже застывал у ворот его крааля.

Глава XV. Болезнь Гуда

Когда поединок окончился, сэра Генри и Гуда отнесли в хижину Твалы, куда последовал и я.

Оба они были едва живы от потери крови и крайнего утомления, да и мое состояние было немногим лучше. Хоть я человек крепкий и выносливый и могу выдержать большее напряжение, чем многие другие, благодаря тому что худощав, хорошо закален и тренирован, но в тот вечер я тоже едва стоял на ногах. Когда же я бываю переутомлен, рана, нанесенная мне львом, особенно сильно меня мучает. К тому же моя голова буквально раскалывалась на части от полученного утром удара, после которого я лишился чувств. В общем, трудно было себе вообразить более жалкое трио, чем то, которое представляли мы собой в тот памятный вечер. Мы утешали себя тем, что нам еще необыкновенно повезло, так как хотя наше состояние было весьма печальным, но мы были живы, тогда как многие тысячи храбрых воинов, еще утром полные жизни и сил, теперь лежали мертвыми на поле битвы.

Кое-как с помощью прекрасной Фулаты, которая, с тех пор как мы ее спасли от неминуемой гибели, добровольно стала нашей служанкой, и в особенности заботилась о Гуде, нам удалось стащить с себя кольчуги, несомненно спасшие жизнь двоим из нас, и тут увидели, что мы все покрыты ссадинами и синяками. Хотя стальные кольца кольчуги и помешали копьям вонзиться в наше тело, но предохранить нас от этих синяков и ссадин они, конечно, не могли. У сэра Генри и Гуда все тело было сплошь покрыто кровоподтеками, да и у меня их было немало. Фулата принесла нам какое-то лекарство из растертых листьев с очень приятным запахом, которое значительно облегчило наши страдания, когда мы его приложили, как пластырь, к больным местам. Но хотя кровоподтеки и были болезненны, они не так нас тревожили, как раны сэра Генри и Гуда. У капитана была сквозная рана в мягкой части его «прекрасной белой ноги», и он потерял много крови, а у сэра Генри, помимо прочих повреждений, была глубокая рана на верхней челюсти, которую ему нанес боевой топор Твалы.

К счастью, Гуд — очень недурной хирург, и, как только нам принесли его маленький ящик с лекарствами, он тщательно промыл обе раны и затем, несмотря на тусклый свет примитивной кукуанской лампы, находящейся в хижине, ухитрился довольно тщательно их зашить. После этого он густо смазал раны какой-то антисептической мазью, маленький горшочек которой находился в его аптечке, и мы перевязали их остатками носового платка.

Тем временем Фулата сварила нам крепкий бульон, так как мы были слишком слабы, чтобы есть иную пищу. Кое-как проглотив его, мы бросились на груду великолепных каросс — ковров из звериных шкур, разбросанных по полу большой хижины убитого короля. И вот странная ирония судьбы: на собственном ложе Твалы, под его собственным плащом спал той ночью сэр Генри — человек, который его убил! Я говорю «спал», но после дневного побоища спать было, конечно, трудно. Начать с того, что воздух в буквальном смысле слова был полон «по дорогим погибшим горького рыданья и с умирающими скорбного прощанья». Со всех сторон доносились вопли и жалобные причитания женщин, потерявших в битве мужей, сыновей и братьев. И неудивительно, что они так горько плакали, потому что в этом страшном сражении было уничтожено свыше двадцати тысяч воинов, то есть третья часть кукуанской армии. У меня сердце разрывалось на части, когда я лежал и слушал эти стоны и рыдания по тем, кто никогда уже более не вернется. И только тогда я особенно ясно осознал весь ужас того, что произошло в угоду человеческому честолюбию.

К полуночи непрерывные крики и причитания стали понемногу стихать, и наступила тишина, время от времени нарушаемая протяжными, пронзительными воплями, доносившимися из хижины, стоявшей позади нашей: это Гагула выла над бездыханным телом Твалы.

Наконец я заснул беспокойным сном, вздрагивая и беспрестанно просыпаясь. Мне все казалось, что я снова являюсь действующим лицом трагедии, разыгравшейся в течение последних суток: то я видел, что воин, которого я собственной рукой послал на смерть, вновь на меня нападает на вершине холма, то я опять находился в славном кольце Серых, стяжавших себе бессмертие в бою против полков Твалы, то украшенная плюмажем окровавленная голова самого Твалы катилась мимо моих ног, скрежеща зубами и свирепо сверкая своим единственным глазом.

Но так или иначе, эта ночь наконец прошла. Когда же наступил рассвет, я увидел, что мои товарищи спали не лучше меня. У Гуда была сильная лихорадка, и вскоре он начал бредить, а также, к моей величайшей тревоге, харкать кровью. Вероятно, это был результат какого-нибудь внутреннего кровоизлияния, вызванного отчаянными усилиями кукуанского воина проткнуть кольчугу Гуда своим огромным копьем. Зато сэр Генри чувствовал себя значительно лучше и был довольно свеж и бодр, хотя все его тело и онемело до такой степени, что он едва мог двигаться, а из-за раны на лице он не мог ни есть, ни смеяться.

Около восьми часов утра нас пришел навестить Инфадус. Он сказал, что не спал всю ночь и даже еще не ложился: потрясения минувшего дня, по-видимому, мало на нем отразились — это был старый, закаленный в боях воин. Инфадус был очень рад нас видеть и сердечно пожал нам руки, хотя его сильно огорчило тяжелое состояние Гуда. Я заметил, что он относится к сэру Генри с благоговением, словно он не был обыкновенным человеком, и действительно, впоследствии мы узнали, что вся Страна Кукуанов считала могучего англичанина сверхъестественным существом. Воины говорили, что ни один человек не может сравниться с ним в бою, и удивлялись, как после такого утомительного кровавого дня он смог вступить в единоборство с самим Твалой — королем и сильнейшим в стране воином — и одним взмахом перерубить его бычью шею. Этот удар вошел у Кукуанов в пословицу, и с тех пор проявление исключительной силы или необыкновенный военный подвиг были известны в стране как «удар Инкубу».

Инфадус сообщил нам, что все полки Твалы подчинились Игнози и что такие же изъявления покорности прибывают от военачальников всей Страны Кукуанов.

Смерть Твалы от руки сэра Генри положила конец всем волнениям, так как Скрагга был единственным сыном низвергнутого короля и, таким образом, у Игнози не осталось в живых ни одного соперника, который мог бы претендовать на королевский престол.

Когда я сказал Инфадусу, что Игнози пришел к власти через потоки крови, старый воин пожал плечами.

— Да, — ответил он, — только время от времени проливая кровь, можно держать в спокойствии кукуанский народ. Да, много убито, но остались женщины, и скоро подрастут новые воины, которые займут места тех, кто пал. Теперь страна на некоторое время успокоится.

После посещения Инфадуса, в то же утро, к нам ненадолго пришел Игнози. Голова его была увенчана королевской диадемой. Глядя на него, когда он приближался к нам с царственным величием, окруженный подобострастной свитой, я невольно вспомнил высокого зулуса, который всего несколько месяцев назад пришел к нам в Дурбане просить принять его в услужение. И я невольно подумал о превратностях судьбы и о том, как неожиданно изменяет свой ход колесо фортуны.

— Привет, о король! — сказал я, вставая.

— Да, Макумазан, наконец я король. И все по милости ваших трех правых рук!

Игнози сообщил нам, что у него все идет хорошо и что он надеется через две недели устроить большое празднество, чтобы показаться на нем своему народу.

Я спросил его, что он решил сделать с Гагулой.

— Она злой дух нашей страны, — ответил он. — Я ее убью и вместе с нею всех охотниц за колдунами. Она столько жила, что никто не может вспомнить то время, когда она не была стара, и это она обучала чародейству охотниц за колдунами. Небеса, находящиеся над нами, видят, что именно Гагула сделала нашу страну такой жестокой.

— Однако она многое знает, — возразил я. — Уничтожить знания легче, чем их собрать, Игнози.

— Это верно, — ответил он задумчиво. — Она и только она знает тайну Трех Колдунов, которые находятся там, где проходит Великая Дорога, где погребены наши короли и сидят Молчаливые.

— И где находятся алмазы! Не забудь своего обещания, Игнози! Ты должен повести нас в копи, даже если для этого тебе придется пощадить жизнь Гагулы, так как она одна знает туда дорогу.

— Я этого не забуду, Макумазан, и подумаю над твоими словами.

После посещения Игнози я пошел взглянуть на Гуда и нашел его в сильнейшем бреду. Лихорадка, вызванная раной, крепко в нем засела, и ему с каждым часом становилось все хуже и хуже. В течение четырех или пяти дней он был почти безнадежен. Я совершенно уверен, что он умер бы, если бы Фулата так самоотверженно за ним не ухаживала. Женщины остаются женщинами во всем мире, независимо от цвета их кожи.

Я с удивлением наблюдал, как эта темнокожая красавица день и ночь, склонившись над ложем человека, сжигаемого лихорадкой, исполняла все обязанности, связанные с уходом за больным, как опытная сестра милосердия. Первые две ночи я пытался ей помочь, так же как и сэр Генри, насколько ему позволяло его состояние, так как он сам едва двигался, но Фулате не нравилось наше вмешательство, и она с трудом его переносила. В конце концов она настояла на том, чтобы мы предоставили уход за Гудом ей одной, ссылаясь на то, что наше присутствие его беспокоит.

Думаю, что в этом отношении она была права. День и ночь она бодрствовала и ухаживала за ним, отгоняя от него мух и давая ему только одно лекарство — прохладительное питье из молока, настоенного на соке луковицы из породы тюльпановых. Как сейчас, вижу я эту картину, которую мог наблюдать ночь за ночью при свете нашей тусклой лампы: Гуд, мечущийся из стороны в сторону, с исхудалым лицом с блестящими, широко открытыми глазами, беспрерывно бормочущий всякий вздор, и сидящая близ него на полу» прислонившись к стене хижины, стройная кукуанская красавица. Ее усталое лицо с бархатными глазами было одухотворено бесконечным состраданием. А может быть, это было что-то большее, чем сострадание?

В течение двух дней мы были уверены, что Гуд умрет, и бродили по нашему краалю в состоянии глубочайшего уныния.

Только одна Фулата не думала так и все время говорила, что он будет жить.

На расстоянии трехсот ярдов и даже больше вокруг главной хижины Твалы царила полная тишина. По приказу короля все, кто жил в домах позади этой хижины, были выселены, кроме сэра Генри и меня, чтобы никакой шум не долетал до ушей больного. Однажды ночью, на пятый день болезни Гуда, перед тем как лечь спать, я, как обычно, пошел его проведать.

Я тихо вошел в хижину. Лампа, поставленная на пол, освещала фигуру Гуда. Он больше не метался, а лежал совершенно неподвижно.

Итак, это свершилось! Сердце мое сжалось, и из груди вырвался звук, похожий на рыдание.

— Тсс!. — донеслось до меня, и я увидел какую-то неясную черную тень у изголовья Гуда.

Тогда, осторожно подойдя ближе, я увидел, что он не был мертв, а спал глубоким сном, крепко сжимая своей исхудалой белой рукой точеные пальцы Фулаты. Кризис миновал, и он должен был жить! Так он спал восемнадцать часов подряд, и боюсь сказать, так как вряд ли кто мне поверит, но в течение всего этого времени эта преданная девушка сидела около него, не осмеливаясь пошевельнуться и освободить свою руку, чтобы он не проснулся.

Никто никогда не узнает, как она должна была страдать и как, вероятно, затекло все ее тело, не говоря уж о том, что в течение этих восемнадцати часов она ничего не пила и не ела. Когда же Гуд проснулся и выпустил ее руку, бедную девушку пришлось унести — так затекли ее ноги и руки.

Как только в здоровье Гуда произошел этот перелом к лучшему, он стал быстро поправляться. И только тогда сэр Генри рассказал ему, чем он обязан Фулате, как она в течение восемнадцати часов сидела у его изголовья, боясь сделать малейшее движение, чтобы его не разбудить. На глазах честного моряка показались слезы, он повернулся и тотчас же пошел в хижину, где Фулата готовила нам полуденную трапезу, так как к этому времени мы снова вернулись в свои хижины.

Он взял меня в качестве переводчика на тот случай, если она его не поймет, хотя должен сказать, что Фулата обычно понимала его удивительно хорошо, несмотря на то, что его познания в иностранных языках, в том числе и зулусском, были чрезвычайно ограниченны.

— Скажите ей, — сказал Гуд, — что я обязан ей жизнью и никогда не забуду ее доброту.

Я перевел эти слова и увидел, как ярко она вспыхнула, несмотря на свою темную кожу.

Повернувшись к нему одним из тех быстрых и грациозных движений, которые мне всегда напоминали полет дикой птицы, она тихо ответила, взглянув на Гуда своими большими темными глазами:

— Мой господин забывает: разве не он спас мою жизнь и разве я не служанка моего господина?

Надо заметить, что эта молодая леди, очевидно, совсем забыла о том, что и мы с сэром Генри принимали участие в ее спасении из когтей Твалы. Но так уж созданы женщины! Я помню, моя дорогая жена поступала точно так же. Надо сказать, что после этой беседы я вернулся домой с тяжелым сердцем: мне не понравились нежные взгляды мисс Фулаты, ибо мне была знакома роковая влюбчивость моряков вообще и Гуда в частности.

Мною обнаружены две вещи на свете, которых нельзя предотвратить: это удержать зулуса от драки, а моряка — от того, чтобы он не влюбился.

Через несколько дней после разговора Гуда с Фулатой игнози созвал Великий Совет, называемый в Стране Кукуанов «индаба», на котором «индуны» — то есть старейшины — официально признали его королем.

Вся эта церемония произвела сильное впечатление, так же как и последовавший за нею величественный смотр войск, остатки Серых принимали в этот день участие в грандиозном параде, и перед лицом всей армии им была объявлена благодарность за их исключительную отвагу в великой битве против Твалы. Каждого из этих воинов король одарил большим количеством скота и всех их произвел в военачальники в новом полку Серых, находившемся в процессе формирования. По всей Стране Кукуанов было обнародовано, что нас троих, пока мы оказывали им честь своим присутствием, должны приветствовать королевским салютом и воздавать нам те же почести, что и королю. Было также провозглашено, что нам предоставлена власть над жизнью и смертью людей. В присутствии всех собравшихся Игнози еще раз подтвердил свои обещания, что человеческая кровь не будет проливаться без суда и что охота за колдунами будет прекращена.

После окончания торжества, оставшись наедине с Игнози в его хижине, куда мы пришли навестить его, мы сказали ему, что хотим знать тайну копей, к которым вела Великая Дорога, и спросили его, не узнал ли он что-нибудь об этом.

— Друзья мои, — ответил он, — вот что я узнал. Это там сидят три огромных изваяния, называемые у нас Молчаливыми, которым Твала хотел принести в жертву Фулату. Это там, в огромной пещере глубоко в горах, хоронят наших королей. Там теперь можно видеть мертвое тело Твалы, сидящее с теми, кто ушел из жизни раньше его. Там же находится глубочайший колодец, который вырыли давно умершие люди, чтобы добыть себе камни, о которых вы говорите. Когда я жил в Натале, я слышал от людей, что такие колодцы есть в Кимберли[1]. Там же, в Чертоге Смерти, находится тайник, который был известен только Твале и Гагуле. Но Твала, знавший о нем, мертв, я же не знаю ни тайника, ни того, что в нем находится. У нас в стране существует предание о том, что много поколений назад один белый человек перешел наши горы. Какая-то женщина повела его в этот тайник и показала ему спрятанные там сокровища. Но прежде чем он успел их взять, она предала его, и в тот же день король выгнал его из страны в горы, и с той поры ни один человек туда не входил.

— Это, наверно, так и было, Игнози. Ведь мы нашли в горах белого человека, — сказал я.

— Да, мы видели его. А теперь, поскольку я обещал вам, что, если вы найдете этот тайник и если там действительно есть камни...

— Алмаз на твоем челе доказывает, что они существуют, — прервал я его, указывая на громадный камень, который я сорвал со лба мертвого Твалы.

— Может быть, — сказал он. — Если камни там, вы возьмете их столько, сколько сможете унести с собой отсюда, если вы в самом деле захотите покинуть меня, братья мои.

— Прежде всего мы должны найти тайник, — сказал я.

— Только один человек может показать его вам — это Гагула.

— А если она не захочет?

— Тогда она умрет, — сурово ответил Игнози. — Только для этого я сохранил ей жизнь. Погодите! Она сама должна сделать выбор — жить ей или умереть.

И, позвав слугу, он приказал привести Гагулу.

Через несколько минут старая карга вошла, подгоняемая двумя стражниками, которых она всю дорогу проклинала.

— Оставьте ее, — приказал им король.

Как только они вышли, эта мерзкая старая груда тряпок, ибо она была похожа именно на узел старого тряпья, из которого горели два ярких, злых, как у змеи, глаза, упала на пол, как бесформенная масса.

---

[1] Кимберли — город в Южной Африке. Основан в 1872 году; своим развитием обязан алмазным копям

— Что ты хочешь со мной сделать, Игнози? — запищала она — Ты не смеешь меня трогать. Если ты до меня дотронешься, я уничтожу тебя на месте. Берегись моих чар!

— Твое колдовство не могло спасти Твалу, старая волчица, и не может причинить мне вреда, — ответил он. — Слушай, вот что я хочу от тебя: ты покажешь тайник, где находятся сверкающие камни.

— Ха-ха-ха! — захохотала старая ведьма. — Никто этого не знает, я же ничего тебе не скажу. Белые дьяволы уйдут отсюда с пустыми руками.

— Ты мне все скажешь. Я заставлю тебя сказать.

— Каким образом, о король? Ты велик, но может ли все твое могущество вырвать правду из уст женщины?

— Это трудно, но все же я это сделаю.

— Как же ты это сделаешь, о король?

— Если ты не скажешь, ты умрешь медленной смертью.

— Умру? — завизжала она в ужасе и ярости. — Ты не смеешь меня трогать! Человек! Ты не знаешь, кто я. Сколько, ты думаешь, мне лет? Я знала ваших отцов и отцов ваших отцов. Когда страна была молода, я уже была здесь, когда страна состарится, я все еще буду здесь. Я не могу умереть. Меня лишь могут случайно убить, но никто не посмеет этого сделать.

— Все же я убью тебя. Слушай, Гагула, мать зла, ты так стара, что не можешь больше любить жизнь. Что может дать жизнь такой ведьме, как ты, не имеющей ни человеческого образа, ни волос, ни зубов — ничего, кроме ненависти и злых глаз? Я окажу тебе милость, если убью тебя, Гагула.

— Ты глупец! — снова завизжала женщина. — Проклятый глупец! Ты думаешь, что жизнь сладка только для молодых? В таком случае, ты ничего не знаешь о человеческом сердце. Молодые иногда приветствуют смерть, ибо они умеют чувствовать. Они любят и страдают, они сокрушаются, когда их возлюбленные уходят в мир теней. Но старые лишены этих чувств, они не любят, и — ха! ха! — они смеются, когда видят, как другие уходят во мрак. Ха-ха! Они радуются, когда видят зло, существующее под солнцем. Все, что они любят, — это жизнь, теплое-теплое солнце и сладкий-сладкий воздух. Они боятся холода — холода и мрака. Ха-ха-ха! — И старая ведьма корчилась и дико хохотала, катаясь по полу.

— Прекрати свое злобное шипение и отвечай мне! — гневно сказал Игнози. — Покажешь ты место, где хранятся камни, или нет? Если нет, то ты умрешь, и умрешь сейчас же! — И, схватив копье, он поднял его над нею.

— Я не покажу вам это место, ты не смеешь меня убивать, не смеешь! Тот, кто меня убьет, будет навеки проклят!

Игнози медленно опустил копье, и его острие укололо груду тряпок.

С диким воплем Гагула вскочила на ноги, потом упала и снова начала кататься по полу.

— Я согласна показать это место! Согласна! Только дай мне жить! Позволь мне греться на солнце и иметь кусок мяса, чтобы его сосать, и я все тебе покажу.

— Хорошо. Я знал, что найду способ образумить тебя. Завтра ты отправишься туда с Инфадусом и моими белыми братьями. Берегись обмануть меня, потому что тогда ты умрешь медленной смертью. Я сказал.

— Я не обману, Игнози. Я всегда держу свое слово. Ха! Ха! Ха! Однажды, давным-давно, одна женщина показала этот тайник белому человеку — и что же? Горе пало на его голову! — И при этих словах ее злые глаза загорелись. — Ее тоже звали Гагулой. Может быть, это была я?

— Ты лжешь! — сказал я. — После того прошло десять поколений.

— Может быть, может быть. Когда живешь так долго, забываешь. Может быть, мать моей матери мне это рассказывала, но женщину ту звали Гагулой, это я точно знаю. Запомните! — сказала она, обращаясь к нам. — В том месте, где хранятся сверкающие игрушки, вы найдете мешок из козьей шкуры, наполненный камнями. Его наполнил белый человек, но он не мог его взять с собой: беда пала на его голову, говорю я, беда пала на его голову! Может быть, мать моей матери рассказывала мне об этом... Наш путь будет веселым — по дороге мы увидим тела тех, кто погиб в битве. Их глаза уже выклеваны воронами, а ребра обглоданы хищниками. Ха! Ха! Ха!

Глава XVI. Чертог смерти

Шел третий день после сцены, описанной в предыдущей главе. Было уже темно, когда все мы расположились на отдых в нескольких хижинах у подножия Трех Колдунов — так назывались три горы, образовывавшие треугольник, у вершины которого оканчивалась Великая Дорога царя Соломона. Нас сопровождали Фулата, которая последовала за нами главным образом из-за Гуда, Инфадус, Гагула и отряд слуг и охраны. Гагулу несли на носилках, и оттуда весь день слышались ее бормотанье и ругань.

Горы, или, точнее, три горные вершины, возникшие, очевидно, в результате одного и того же геологического сдвига, как я уже сказал, были расположены в форме треугольника, основание которого было обращено к нам. Одна вершина была справа от нас, другая — слева, а третья — прямо перед нами. Никогда я не забуду зрелища, которое представилось нашим глазам утром следующего дня, когда мы увидели эти три величественные вершины, освещенные лучами солнца. Высоко-высоко над нами вздымались в синее небо их снеговые венцы. Там, где кончался снежный покров, горы были пурпурного цвета от сплошь покрывавшего их вереска. Такого же цвета были и поросшие вереском торфянистые болота, которые поднимались из долины на склоны гор.

Прямо перед нами, как белая лента, пролегала Великая Дорога царя Соломона, взбегая вверх, к подножию средней вершины, находившейся от нас примерное пяти милях. Там Дорога оканчивалась.

Трудно описать чувство огромного волнения, с которым мы отправились в то утро в дальнейший путь. Пусть лучше читатель сам постарается представить себе наше состояние. Ведь наконец мы приблизились к этим удивительным копям, которые были причиной трагической гибели не только старого португальца три столетия назад, но и его злополучного потомка, а также, как мы предполагали, и брата сэра Генри, Джорджа Куртиса.

Был ли нам после всего, что нам пришлось перенести, уготован лучший удел? Их постигло несчастье, как сказала эта старая ведьма Гагула. Не такова ли будет и наша судьба? Так или иначе, когда мы проходили последний участок этой замечательной дороги, я не мог отделаться от чувства суеверного страха и думаю, что то же самое испытывали Гуд и сэр Генри.

Не менее полутора часов мы шагали вперед по окаймленной вереском дороге. От волнения мы шли настолько быстро, что люди, которые несли Гагулу, едва поспевали за нами, а из носилок слышался ее пронзительный голос, требовавший, чтобы мы остановились.

— Идите помедленнее, белые люди! — кричала она, выставляя свою жуткую сморщенную физиономию из-за занавесок и устремив на нас пристальный взгляд своих горящих глаз. — Зачем так спешить навстречу гибели, которая вас ожидает, искатели сокровищ! — И она рассмеялась своим жутким смехом, от которого по моему телу всегда пробегала холодная дрожь. На короткое время этот смех охладил наш пыл.

Однако мы упорно продолжали идти вперед. Наконец мы увидели прямо перед собой большую круглую яму с пологими склонами, не менее трехсот футов глубиной и более полумили в окружности.

— Вы, конечно, догадываетесь, что это такое? — обратился я к сэру Генри и Гуду, которые в изумлении заглядывали в это огромное воронкообразное углубление.

Они отрицательно покачали головой.

— В таком случае мне ясно, что вам никогда не приходилось видеть алмазные копи в Кимберли. Можете быть уверены, что это и есть алмазные копи царя Соломона. Смотрите сюда, — сказал я, указывая на твердый голубой ил, который виднелся кое-где среди травы и кустарника, покрывавших склоны копи. — Это типичная геологическая формация. Я уверен, что, если бы мы спустились в эту копь, мы обнаружили бы алмазоносные трубки, заполненные кимберлитовой магмой или алмазосодержащей брекчией[1]. А теперь посмотрите сюда, — и я указал на многочисленные плоские плиты из выветрившейся скальной породы на пологом склоне копи, ниже уровня водостока, прорытого в глубокой древности. — Я не я, если эти плиты не служили некогда для промывки породы.

У края этой огромной ямы, которая, конечно, представляла собой именно ту копь, которая была нанесена на карту старого португальца,

[1] Брекчия — горная порода, состоящая из сцементированных обломков осадочных или вулканических пород

Великая Дорога разветвлялась и огибала ее кругом. Во многих местах эта идущая по краю копи дорога была сплошь вымощена большими каменными глыбами, очевидно для того, чтобы укрепить края копи и предотвратить возможный обвал пустых сланцев, окружающих алмазосодержащую брекчию. Мы быстро пошли по дороге, подгоняемые желанием поскорее увидеть, что представляют собой три гигантские фигуры, видневшиеся на противоположной стороне огромной ямы, у которой мы стояли. Подойдя ближе, мы поняли, что это какие-то колоссы, и правильно угадали: это и были трое Молчаливых, перед которыми кукуанский народ испытывал такой благоговейный страх. Но только подойдя к ним совсем близко, мы полностью осознали царственное величие Молчаливых.

Там, на колоссальных пьедесталах из темной скалы, на которых на расстоянии двадцати шагов один от другого были высечены непонятные иероглифы, созерцая дорогу, простирающуюся на шестьдесят миль до Луу, восседали три колоссальные фигуры — две мужские и одна женская. Каждая из них была около восемнадцати футов высотой от темени до пьедестала.

Одна из них, изображавшая обнаженную женщину, отличалась исключительной, хотя и строгой красотой. К сожалению, черты ее лица сильно пострадали от времени, так как в течение многих веков они подвергались влиянию погоды. По обе стороны ее головы подымались рога полумесяца. Две мужские фигуры были, в противоположность ей, изображены задрапированными в мантии. Лица их были ужасны, в особенности у сидевшего справа. У него было лицо дьявола. Лицо сидевшего слева было безмятежно-спокойно, но спокойствие это вселяло ужас. Оно выражало бесчеловечную жестокость, ту жестокость, которой, по словам сэра Генри, в древности фантазия человека наделяла могущественные существа, может быть способные совершать и добрые дела, но тем не менее созерцающие страдания человечества если не с наслаждением, то и без всяких терзаний. Три фигуры, одиноко сидящие в вышине и веками созерцающие расстилающуюся внизу долину, действительно вселяли благоговейный ужас. Мы смотрели на Молчаливых, как их называли кукуаны, и нами овладело огромное желание узнать, чьи руки высекли из камня этих колоссов, проложили дорогу и вырыли огромную копь. Когда я в изумлении смотрел на них, мне внезапно припомнилось (так как я хорошо знал Ветхий завет), что Соломон отрекся от своей веры и стал поклоняться иноземным богам. Имена трех из этих богов я также вспомнил: Ашторет — богиня Сидонян, Чемош — бог Моабитов и Мильком — бог детей Аммона. Я высказал своим спутникам предположение, что три фигуры, сидящие перед нами в вышине, возможно, изображают именно эти три ложных божества.

— Может быть, в этом и есть доля истины, — задумчиво сказал сэр Генри. Он был очень образованный человек и, когда еще учился в колледже, достиг больших успехов в изучении классиков. — Ведь древнееврейская Ашторет, — продолжал он, — называлась Астартой у финикийцев, которые вели крупнейшую торговлю во времена Соломона. Астарту же, которую греки впоследствии называли Афродитой, изображали с рогами, напоминающими полумесяц, а на голове женской фигуры отчетливо видны рога полумесяца. Возможно, что эти колоссы были созданы по воле какого-нибудь финикийского должностного лица, управлявшего копями. Кто знает!

Мы все еще рассматривали эти необычайные памятники глубокой древности, когда к нам подошел Инфадус. Сначала, подняв свое копье, он отдал салют Молчаливым, а затем, обратившись к нам, спросил, намереваемся ли мы немедленно войти в Чертог Смерти, или же пойдем туда позднее, после полуденной трапезы. Он сказал, что если мы готовы отправиться сейчас же, то Гагула выражает желание быть нашим проводником. Так как не было еще одиннадцати часов, мы, обуреваемые безудержным любопытством, заявили, что намерены идти немедленно. Я предложил на всякий случай, если нам придется задержаться в пещере, захватить с собой немного пищи. Принесли носилки с Гагулой, и почтенная леди наблюдала из них за нашими сборами.

Тем временем Фулата, по моей просьбе, положила в тростниковую корзину немного билтонга и пару тыквенных бутылей, наполненных водой.

Прямо перед нами, на расстоянии шагов пятидесяти от спин колоссов, поднималась отвесная стена из камня, не менее восьмидесяти футов высотой. Кверху она постепенно сужалась и образовывала подножие величественной вершины, увенчанной снегом, которая возвышалась над нами на три тысячи футов. Как только Гагула сошла со своих носилок, она злобно усмехнулась в нашу сторону и, опираясь на палку, заковыляла по направлению к отвесной каменной стене. Мы последовали за ней и вскоре подошли к узкому порталу, окаймленному массивной аркой, похожему на вход галерею шахты. Здесь ожидала нас Гагула. На ее ужасном лице все еще играла злобная усмешка.

— Что же, белые люди, спустившиеся со звезд, — пропищала она, — великие воины Инкубу, Бугван и мудрый Макумазан, готовы ли вы? Смотрите, я здесь, чтобы выполнить волю короля, моего господина, — показать мам сокровищницу блестящих камней.

— Мы готовы, — сказал я.

— Так! Так! Укрепите же ваши сердца, чтобы вынести то, что вам предстоит увидеть. Идешь ли ты с нами, Инфадус, предавший своего господина?

Инфадус, нахмурившись, ответил:

— Нет, я не иду — мне входить туда нельзя, но ты, Гагула, обуздай свой язык и берегись причинить зло моим повелителям. Ты мне ответишь за них, и если хоть единый волос упадет с их головы, то пусть ты, Гагула, будешь тысячу раз ведьмой, но ты должна будешь умереть. Слышишь ли ты мои слова?

— Я слышу, Инфадус. И я знаю тебя хорошо — ты всегда любил хвастливые речи. Помню, что, когда ты был еще ребенком, ты угрожал своей собственной матери. А это было совсем недавно. Но не бойся, не бойся, я живу лишь для того, чтобы повиноваться воле короля. Я выполняла веления многих королей, Инфадус, пока в конце концов они не выполняли мои. Ха! Ха! Я иду туда, чтобы еще раз взглянуть на их лица, а также и на лицо Твалы! Идемте же, идемте! Вот лампа. — И она извлекла из-под своего мехового плаща огромную выдолбленную тыкву, наполненную маслом, с фитилем из тростникового волокна.

— Пойдешь ли ты с нами, Фулата? — спросил Гуд на своем отвратительном ломаном кукуанском языке, в котором он упорно совершенствовался под руководством этой молодой леди.

— Я боюсь, мой господин, — робко ответила девушка.

— Тогда дай мне корзину.

— Нет, мой господин. Куда идешь ты, туда пойду и я.

«И правда ведь пойдешь, черт тебя побери! — подумал я про себя. — И это создаст изрядные осложнения, если мы когда-нибудь отсюда выберемся».

Без дальнейших церемоний Гагула нырнула в совершенно темный проход, который был достаточно широк, чтобы вместить двух идущих рядом людей. Она пропищала нам приказание следовать за ней, и мы в некотором смятении пошли на звук ее голоса. Внезапный шум крыльев каких-то вспугнутых нами существ несомненно не мог успокоить наше волнение.

— Хэлло! Что это такое? — воскликнул Гуд. — Кто-то ударил меня по лицу.

— Летучие мыши, — отозвался я. — Идите дальше! Пройдя шагов пятьдесят, мы заметили, что проход стал немного светлее. Еще минута, и мы оказались в совершенно необычайном месте, какого, вероятно, не приходилось видеть ни одному человеку.

Пусть же читатель попытается представить себе внутренность величайшего собора, в котором ему когда-либо случалось бывать, и тогда он получит отдаленное представление о размерах гигантской пещеры, в которой мы очутились. Но этот храм, созданный великим архитектором — природой, был выше и шире любого построенного людьми. Окон не было, но откуда-то сверху лился слабый свет. Вероятно, в своде, вздымавшемся на сотню футов над нами, были проложены шахты, по которым проникал воздух извне. Однако огромные размеры пещеры были наименее значительным из всех чудес, представившихся нашим глазам. По всей длине пещеры рядами стояли гигантские колонны, которые казались сделанными из льда. В действительности же это были огромные сталактиты[1]. Невозможно передать потрясающую красоту и величие этих белых колонн. Некоторые из них были не менее двадцати футов в

[1] Сталактиты — известковые образования, свешивающиеся в виде сосулек с потолка пещеры

диаметре у основания, и их грандиозные и вместе с тем изящные контуры уходили вверх, прямо к далекому своду. Другие колонны были еще в процессе формирования и, по словам сэра Генри, напоминали обломки колонн в древнегреческом храме, а высоко вверху смутно вырисовывались острия огромных сосулек, свисавших со свода.

Созерцая в молчаливом изумлении все это великолепие, мы в то же время слышали, как идет процесс формирования колонн, потому что время от времени с далекой сосульки, свисавшей со свода, с еле слышным всплеском вдруг падала капля воды, попадая прямо на колонну, стоявшую на каменном полу. На некоторые колонны капли падали по одной через каждые две-три минуты. Интересно было бы подсчитать, сколько времени при такой скорости просачивания понадобится, чтобы образовалась колонна примерно в восемьдесят футов высотой и десять футов в диаметре. Достаточно будет следующего примера, чтобы показать, каким неизмеримо медленным был этот процесс. Мы обнаружили, что на одной из колонн высечено грубое подобие мумии, у изголовья которой виднелось изображение сидящего божества. Это было явно одно из египетских божеств, созданное рукой человека, в глубокой древности работавшего в копях. Неизвестный художник высек это «произведение искусства» на уровне нормального человеческого роста, то есть на высоте около пяти футов. Очевидно, во все времена находилось достаточно бездельников — от жившего в древности финикийского рабочего до современного английского мальчишки, — желающих во что бы то ни стало обессмертить себя за счет шедевра, созданного природой. Однако, когда мы рассматривали это изображение, то есть почти три тысячи лет спустя после того, как оно было сделано, колонна была еще только восемь футов вышиной и процесс формирования ее еще далеко не закончился, из чего следует, что скорость его равнялась одному футу за тысячу лет, или дюйму с небольшим за столетие. Мы высчитали это, стоя у колонны и прислушиваясь к мерному падению водяных капель.

В некоторых случаях сталагмиты[1] принимали причудливые формы, в особенности там, где капли воды, падая, не всегда попадали в одну и ту же точку. Так, одна огромная глыба, по всей вероятности весом не менее ста тонн, имела форму церковной кафедры и была снаружи украшена

[1] Сталагмиты — известковые образования, поднимающиеся вверх в виде больших сосулек со дна пещеры

красивым резным узором, похожим на кружево. Другие напоминали фантастических чудовищ, а на стенах пещеры виднелся красивый веерообразный орнамент, как будто сделанный из слоновой кости, похожий на морозный узор на оконном стекле.

Из огромного главного зала открывались многочисленные выходы в пещеры меньшего размера, по словам сэра Генри, совсем как выходы, ведущие в маленькие часовни в больших соборах. Некоторые из них были обширны, но одна или две оказались совсем крошечными, и все они представляли собой изумительный пример того, как природа совершает свою работу, руководствуясь теми же самыми неизменными законами, совершенно независимо от ее масштаба. Одна крошечная пещерка была, например, размером с большой кукольный дом, и тем не менее она могла бы сойти за архитектурную модель огромного зала: в ней так же падали капли воды, так же свисали крошечные сосульки и точно так же формировались белые колонны из шпата.

К сожалению, у нас было недостаточно времени для того, чтобы осмотреть это красивое место так внимательно, как хотелось бы, потому что, к несчастью, Гагула проявляла полное отсутствие интереса к сталактитам и, очевидно, стремилась покончить с делом как можно скорее. Это ужасно меня раздражало, в особенности потому, что мне страшно хотелось узнать, если возможно, каким образом в пещеру проникал свет, была ли создана эта система руками человека или самой природой и использовалась ли она каким-нибудь образом в древности — что казалось вполне вероятным. Однако мы утешали себя мыслью, что на обратном пути осмотрим все как следует, и последовали за нашей зловещей проводницей.

Все вперед и вперед вела она нас, прямо к дальнему концу огромной молчаливой пещеры. Там мы увидели другую дверь. Она не образовывала наверху арку, как первая, а была квадратная и напоминала вход в египетский храм.

— Готовы ли вы вступить в Чертог Смерти? — спросила Гагула, очевидно с специальной целью, чтобы нам стало не по себе.

— Веди же нас, Макдуф[1], — торжественно произнес Гуд, пытаясь сделать вид, что ему совсем не страшно. Мы все притворялись спокойными,

[1] Макдуф — шотландский феодал, один из вождей восстания против короля Макбета (XI век)

за исключением Фулаты, которая схватила Гуда за руку, как бы в поисках защиты.

— Становится немного страшновато, — заметил сэр Генри, заглядывая в темный пролет двери. — Ступайте вперед, Квотермейн: seniores priores [1]. Не заставляйте ждать почтенную леди! — И он вежливо пропустил меня вперед, за что я в душе совершенно не был ему благодарен.

Тук-тук! — стучала по полу палка старой Гагулы. Она ковыляла вперед по темному проходу, зловеще посмеиваясь. Охваченный безотчетным предчувствием несчастья, я начал отставать.

— Ну, идите же вперед, дружище, — сказал Гуд, — а не то мы отстанем от нашей прекрасной проводницы.

После этого замечания я пошел быстрее и шагов через двадцать оказался в мрачной пещере около сорока футов длиной, футов тридцать в ширину и высоту. Очевидно, в глубокой древности она была высечена человеческими руками. Это помещение было освещено гораздо хуже, чем огромная сталактитовая пещера, через которую мы только что прошли. Единственное, что я различил в полутьме с первого взгляда, был массивный каменный стол, простиравшийся по всей длине пещеры, во главе которого сидела колоссальная белая фигура. Вокруг стола также сидели белые фигуры нормальной величины. Затем мне удалось рассмотреть в центре стола какой-то коричневый предмет, а еще через мгновение мои глаза привыкли к полутьме, и я увидел, что представляли собой все эти фигуры, и опрометью бросился бежать со всей скоростью, на которую были способны мои ноги. Вообще говоря, я не из нервных людей и к тому же человек почти совсем не суеверный, так как имел много случаев убедиться в нелепости суеверий, но я должен сознаться, что то, что я увидел, потрясло меня до такой степени, что если бы сэр Генри не удержал меня, ухватив за шиворот, то, честно говоря, через пять минут меня не было бы уже в сталактитовой пещере. Даже если бы мне посулили все алмазы Кимберли, то и это не заставило бы меня туда вернуться. Но сэр Генри держал меня так крепко, что мне не оставалось ничего иного, как покориться своей участи. А через секунду, когда и его глаза привыкли к темноте, он тотчас же отпустил меня и начал вытирать со лба

[1] Старшие входят первыми (лат.)

покрывший его холодный пот. Что касается Гуда — он тихо ругался, а Фулата с криком бросилась ему на шею.

Только Гагула хихикала громко и непрерывно.

Действительно, зрелище было страшное. На дальнем конце длинного каменного стола, держа в костлявых пальцах огромное белое копье, сидела сама Смерть в виде колоссального человеческого скелета, более пятнадцати футов высотой. Высоко над головой она держала копье, как бы собираясь нанести удар. Другой костлявой рукой она опиралась на каменный стол, как человек, поднимающийся с своего сиденья, а весь скелет наклонился вперед, так что его шейные позвонки и ухмыляющийся блестящий череп были напряженно вытянуты в нашу сторону. Пустые глазницы скелета были устремлены на нас, а челюсти немного разомкнуты, как будто он вот-вот заговорит.

— Силы небесные! — прошептал я наконец. — Что же это такое?

— А это что за фигуры? — спросил Гуд, указывая на белое общество, сидящее за столом.

— А что же там за предмет, черт возьми? — взволнованно сказал сэр Генри, указывая на коричневое существо, сидящее на столе.

— Хи-хи-хи! — смеялась Гагула. — Горе тем, кто входит в Чертог Смерти. Хи-хи-хи! Ха-ха! Приблизься же. Инкубу, столь отважный в бою, приблизься и взгляни на того, кого ты убил! — И с этими словами старуха схватила его за рукав своими костлявыми пальцами и потянула к столу.

Мы последовали за ними.

Вдруг она остановилась и указала на коричневую фигуру, сидящую на столе. Сэр Генри посмотрел туда и с восклицанием отпрянул назад. Неудивительно, что он был так взволнован, — там, на столе, сидел огромный труп Твалы, последнего короля кукуанов. Он был совершенно обнажен, а голова его, отсеченная боевым топором сэра Генри, покоилась у него на коленях. Вся поверхность мертвого тела была покрыта тонкой стекловидной пленкой, отчего оно казалось еще более ужасным. Сначала мы совершенно не могли догадаться о происхождении этой пленки, но вдруг заметили, что с потолка комнаты регулярно падают капли воды — кап! кап! кап! — прямо на шею трупа, откуда вода сбегала, растекаясь по всей его поверхности, и наконец уходила в скалу через крошечное отверстие, пробуравленное в столе. Тогда мне все стало ясно: тело Твалы превращалось в сталактит.

Взгляд, брошенный на белые фигуры, сидящие на каменной скале, окаймлявшей этот жуткий стол, подтвердил правильность моей догадки. Это несомненно были человеческие тела, вернее то, что некогда было человеческим телом, превратившимся в сталактиты. Таким образом кукуаны с незапамятных времен сохраняли тела своих умерших королей: они превращали их в камень.

Мне так и не удалось узнать, в чем заключался весь метод петрификации, если он вообще существовал, кроме того, что умерших сажали на много лет туда, где каплями просачивалась вода. Так или иначе, они сидели за столом, покрытые похожей на лед оболочкой, образовавшейся из кремневой жидкости, которая сохраняла их на вечные времена.

Невозможно представить себе что-либо вселяющее больший ужас, чем зрелище этого длинного ряда царственных мертвецов, облаченных в саваны из прозрачного, как лед, шпата, сквозь которые можно было смутно различить их черты. Всего их было двадцать семь, и последним был отец Игнози. Они сидели вокруг этого негостеприимного стола, за которым председательствовала сама Смерть. По общему количеству мертвецов можно было заключить, что этот способ сохранения трупов начал применяться не менее четырех с четвертью веков назад. Если предположить, что сюда помещали всех царствовавших королей, что, пожалуй, невероятно, так как безусловно некоторые из них погибали в бою, и считать, что каждый из них царствовал в среднем пятнадцать лет, то получится примерно эта цифра. Но колоссальная фигура Смерти, сидящая во главе стола, несомненно была гораздо старше этого обычая и, если я не ошибаюсь, обязана была своим происхождением рукам того же художника, который создал трех колоссов. Она была высечена из цельного сталактита и, если рассматривать ее как произведение искусства, была задумана и выполнена с исключительным мастерством. Гуд, который разбирался в анатомии, заявил, что, по его мнению, в анатомическом отношении этот скелет был совершенным и точно воспроизводил подлинный человеческий скелет до мельчайших косточек.

Я считаю, что эта ужасная фигура была плодом извращенной фантазии какого-то древнего скульптора и что кукуанам уже впоследствии пришла мысль сажать своих царственных мертвецов за этот стол, за которым председательствовал страшный призрак Смерти. Возможно также, что скелет был некогда помещен здесь, чтобы отпугивать грабителей, которые могли делать попытки пробраться в сокровищницу, находящуюся рядом. Не знаю, действительно ли это так. Единственно, что я могу сделать, — это описать все, как оно есть, а читатель пусть делает собственные выводы.

Такова была, во всяком случае, Белая Смерть, и таковы были Белые Мертвецы.

Глава XVII. Сокровищница царя Соломона

Пока мы осматривали наводящие ужас чудеса Чертога Смерти, пытаясь преодолеть охватившее нас чувство страха, Гагула была занята совсем иными делами. Каким-то образом, мгновенно вскарабкавшись на громадный стол (когда ей было нужно, она была чрезвычайно проворна), старая ведьма направилась к месту, где под регулярно падающими каплями воды сидел наш покойный друг Твала, чтобы посмотреть, как он там, по выражению Гуда, «маринуется», или для других, ей одной известных тайных целей. Затем она заковыляла обратно, время от времени останавливаясь, чтобы обратиться то к одной, то к другой облаченной в саван фигуре со словами, смысл которых я не мог уловить. При этом вид у нее был точно такой же, как у меня или у тебя, читатель, когда мы приветствуем доброго старого знакомого. Закончив этот таинственный и жуткий ритуал, она уселась на корточках прямо против фигуры Белой Смерти и начала, насколько я мог разобрать, возносить ей молитвы. Вид этого злого старого существа, возносящего мольбы несомненно самого зловещего характера заклятому врагу человечества, был настолько непереносим, что мы поторопились закончить осмотр Чертога Смерти.

— Ну, а теперь, Гагула, — сказал я очень тихим голосом, так как в таком месте не осмеливаешься говорить иначе чем шепотом, — веди нас в сокровищницу.

Старуха проворно сползла со стола.

— Повелители не боятся? — спросила она, покосившись на меня.

— Веди дальше.

— Хорошо, повелители. — И она, прихрамывая, обошла вокруг стола и остановилась у задней стены пещеры, позади фигуры Смерти. — Здесь вход в тайник. Пусть мои повелители зажгут лампу и войдут. — И, поставив выдолбленную тыкву, наполненную маслом, на пол, она прислонилась к стене пещеры.

Я взял спичку (в коробке еще было несколько штук), зажег тростниковый фитиль и начал искать глазами вход, но передо мной не было ничего, кроме сплошной стены. Гагула усмехнулась:

— Вход здесь, повелители. Ха! Ха! Ха!

— Не шути с нами! — сказал я сурово.

— Я не шучу, повелители. Взгляните сюда! — И она указала на стену.

Я поднял лампу, и мы увидели, что какая-то огромная каменная глыба медленно поднимается вверх и уходит выше, в скалу, где для нее несомненно было высечено специальное углубление. Поднимавшийся кусок скалы был шириной с дверь большого размера, около десяти футов высоты, не менее пяти футов толщины и весил по крайней мере двадцать или тридцать тонн. Двигался он, конечно, по принципу простого баланса с противовесами. Как приводилось в действие это устройство, никто из нас не заметил, ибо Гагула постаралась сделать так, чтобы мы этого не видели. Но я не сомневаюсь, что где-то был самый простой рычаг, на который надо было слегка нажать в секретной точке, чтобы привести в действие скрытый противовес, благодаря чему вся каменная глыба двигалась вверх.

Медленно и легко поднимался кусок скалы, пока не исчез совсем, и на его месте перед нашими глазами появилось мрачное отверстие.

Трудно передать охватившее нас волнение при виде широко распахнувшегося входа в сокровищницу царя Соломона. Что касается меня, я весь затрепетал, и по моему телу пробежала холодная дрожь.

А вдруг все это обман, мистификация, думал я, или, наоборот, все, что писал старый да Сильвестра, окажется правдой? Действительно ли спрятан в этом тесном месте огромный клад? Клад, который сделал бы нас самыми богатыми людьми на свете! Через одну-две минуты мы должны были это узнать.

— Входите, белые люди со звезд! — сказала наша зловещая проводница, переступая порог. — Но сначала послушайте служанку вашу, престарелую Гагулу. Яркие камни, которые вы сейчас увидите, были некогда выкопаны из колодца, над которыми сидят Молчаливые, и сложены здесь, но кем, я не знаю. Те люди, которые это сделали поспешно покинули это место, не взяв их с собой. С тех пор сюда входили лишь один раз. Молва о сверкающих камнях передавалась из века в век людьми, жившими в нашей стране, но никто не знал ни где находятся сокровища, ни тайны двери. Но однажды в нашу страну пришел из-за гор один белый человек, — может быть, он тоже спустился со звезд, как вы, и правивший в то время король принял его радушно. Это вот тот, что сидит там, — и она указала на пятую с края фигуру, сидевшую за столом Мертвых. — И случилось так, что этот белый человек и какая-то женщина из нашего народа пришли в это место. Эта женщина случайно узнала тайну двери, хотя вы можете искать ее тысячу лет и все равно не найдете. Белый человек вошел сюда вместе с нею и наполнил этими камнями мешок из козьей шкуры, в котором женщина принесла еду. А когда он уходил из сокровищницы, он взял еще один камень, очень большой, и держал его в руке. — Тут старуха замолчала.

— Ну и что же? — спросил я, задыхаясь от волнения, так же как и мои спутники. — Что же случилось с да Сильвестра?

Услышав эти слова, старая ведьма вздрогнула.

— Откуда ты знаешь имя человека, который давно умер? — резко спросила она и, не дожидаясь ответа, продолжала: — Никто не знает, что случилось, но, видно, белый человек чего-то испугался, ибо бросил наземь козью шкуру с камнями и убежал с одним лишь камнем, тем, что был в его руке. Этот камень у него отобрал король, и это тот самый, который ты, Макумазан, сорвал со лба Твалы.

— И с тех пор никто здесь не был? — спросил я, вглядываясь в темный проход.

— Никто, мои повелители. Но тайна двери хранилась, и все короли открывали ее, но не входили, ибо предание гласит, что тот, кто войдет сюда, умрет не позже чем через месяц, как умер тот белый человек в горах, в пещере, где ты его нашел, Макумазан. Вот почему наши владыки сюда не входят. Ха! Ха! Я всегда говорю правду!

В эту минуту наши глаза встретились, и я весь похолодел. Откуда старая ведьма все это знала?

— Входите, мои повелители. Если я говорю правду, козья шкура с камнями должна лежать на полу. А действительно ли правда, что тому, кто входит сюда, грозит смерть, — это уж вы узнаете потом. Ха! Ха! Ха! — И, переступив порог, она заковыляла вперед, неся с собой свет. Признаюсь, я еще раз заколебался, идти ли мне за нею.

— Будь она проклята! — закричал Гуд. — Идем! Эта старая чертовка меня не запугает! — И он тотчас же бросился в проход вслед за Гагулой.

За ним шла Фулата, которой все это, очевидно, было не по душе. Бедняжка боялась и от страха дрожала всем телом. Мы с сэром Генри немедленно последовали за ними.

Через несколько ярдов в узком проходе, высеченном в сплошной скале, Гагула остановилась. Она нас ждала.

— Видите, повелители, — сказала она, держа перед собой лампу, — те, кто спрятали здесь сокровища, должны были поспешно покинуть это место. Они боялись, что кто-нибудь узнает тайну двери, и, чтобы оградить вход в тайник, решили воздвигнуть здесь стену, но у них на это не хватило времени.

И она указала на преграждавшие проход уложенные друг на друга два ряда больших квадратных каменных блоков высотой в два фута и три дюйма. Вдоль прохода лежали такие же глыбы шлифованного камня, предназначенные для дальнейшей работы, и, что самое любопытное, известковый раствор и пара лопат, которые, насколько мы имели время их рассмотреть, по внешнему виду были точно такие же, какими пользуются рабочие и по сей день.

Тут Фулата, которая вся тряслась от страха и волнения, вдруг почувствовала себя дурно и сказала, что будет ждать нас в этом месте, так как дальше идти не может. Мы усадили ее около незаконченной стены, положили около нее корзинку с провизией и оставили одну, чтобы она успокоилась.

Пройдя по проходу еще шагов пятнадцать, мы вдруг оказались перед тщательно раскрашенной деревянной дверью. Она была широко открыта. Тот, кто был здесь последним, или забыл, или не имел времени ее закрыть.

На пороге этой двери лежал мешок из козьей шкуры, который, казалось, был наполнен камнями…

— Хи! Хи! Белые люди, — захихикала Гагула, когда на него упал свет от лампы. — Я говорила вам, что белый человек бежал в испуге из этого места и бросил наземь козью шкуру, принадлежавшую женщине. Посмотрите, вот она!

Гуд наклонился и поднял мешок. Он был тяжел, и внутри него что-то с легким стуком перекатывалось.

— Клянусь небом, мне кажется — он полон алмазами! — сказал он благоговейным шепотом.

Действительно, одна лишь мысль, что маленький мешок из козьего меха полон алмазами, была достаточна, чтобы заставить кого угодно ощутить священный трепет.

— Идем дальше, — сказал сэр Генри с нетерпением. Ну, почтенная леди, дайте-ка мне лампу. — И, взяв ее из рук Гагулы, он высоко поднял лампу над головой и переступил порог комнаты.

Мы поспешили за ним, забыв на время о мешке с алмазами, и очутились в сокровищнице Соломона. При тусклом свете лампы мы прежде всего увидели высеченную в массиве скалы комнату размером не более десяти квадратных футов, а затем — превосходную коллекцию слоновых бивней, сложенных друг на друга до самого свода. Сколько их тут, сказать было трудно, так как мы не могли видеть, какое пространство они занимают до задней стены, но то, что мы могли охватить глазами, составляло несомненно не менее четырехсот-пятисот самых отборных клыков. Одной этой слоновой кости было бы достаточно, чтобы обогатить человека на всю жизнь.

«Возможно, — подумал я, — что из этого огромного запаса Соломон взял материал для своего «великого трона из слоновой кости», равного которому не было ни в одном царстве».

По другую сторону комнаты находилось десятка два ящиков, похожих на ящики для патронов фирмы Мартини-Генри, только несколько побольше и выкрашенных в красный цвет.

— Тут алмазы! — вскричал я. — Дайте сюда свет!

Сэр Генри подошел с лампой и осветил верхний ящик, крышка которого, сгнившая от времени, несмотря на то что здесь было сухо, в одном месте была взломана, по-видимому самим да Сильвестра. Поспешно запустив руку в отверстие, я вынул полную горсть, но не алмазов, а золотых монет очень странной формы. Мы никогда не видели таких денег, и нам показалось, что на них были начертаны древнееврейские письмена.

— Во всяком случае, — сказал я, кладя золото обратно, — мы отсюда с пустыми руками не уйдем. В каждом ящике, должно быть, не менее двух тысяч монет, а всего их здесь восемнадцать. Я полагаю, эти деньги предназначались для уплаты рабочим и купцам.

— А я думаю, — перебил меня Гуд, — это и есть сокровище. Я что-то не вижу алмазов, разве что старый португалец сложил их все в мешок.

— Пусть мои повелители посмотрят в тот темный угол, может быть, они там найдут камни, — сказала Гагула, поняв по выражению наших лиц, о чем мы говорим. — Там мои повелители найдут углубление, и в нем три каменных ящика — два запечатанных и один открытый.

Прежде чем перевести ее слова сэру Генри, у которого в руках была лампа, я не мог утерпеть и спросил ее, откуда она это знает, если никто сюда не входил с тех пор, как здесь был белый человек столь много поколений назад.

— О Макумазан, ты, который бодрствуешь по ночам! — насмешливо ответила Гагула, — И вы, живущие на звездах! Разве вы не знаете, что у некоторых людей есть глаза, которые видят сквозь скалы? Ха! Ха! Ха!

— Посмотрите в этом углу, Куртис. — сказал я, указывая на место, о котором говорила Гагула.

— Хэлло, друзья! — закричал он. — Здесь есть ниша. Силы небесные! Посмотрите-ка сюда!

Мы бросились туда, где он стоял. В углублении, похожем на небольшое полукруглое окно, было три каменных ящика, каждый площадью в два фута. Два из них были покрыты каменными крышками, третья же крышка была прислонена к ящику, который был открыт.

— Взгляните! — сказал сэр Генри сдавленным от волнения голосом, держа над ящиком лампу.

Мы посмотрели вниз, но сначала ничего не могли различить из-за ослепившего нас серебристого сияния. Когда же наши глаза с ним освоились, мы увидели, что этот ящик был на три четверти наполнен нешлифованными бриллиантами, большая часть которых была значительной величины. Я наклонился и взял несколько штук в руку. Сомнений не оставалось: это были алмазы. В них была та легко узнаваемая на ощупь, присущая им одним, особая скользкость.

Я буквально задыхался, когда бросил их обратно в ящик.

— Мы самые богатые люди в мире! — вскричал я. — Монте-Кристо перед нами бедняк.

— Мы наводним рынок алмазами! — воскликнул Гуд.

— Сначала их надо туда доставить, — спокойно возразил сэр Генри.

С побледневшими от волнения лицами, смотря друг на друга широко открытыми глазами, мы стояли вокруг лампы, бросавшей свет на сверкающие драгоценные камни, словно заговорщики, собирающиеся совершить преступление, а не самые счастливые люди в мире, какими мы себя считали.

— Хи! Хи! Хи! — злорадно смеялась у нас за спиной Гагула, бесшумно носясь по сокровищнице, как огромная летучая мышь. — Вот они, эти яркие камни, которые вы так любите, белые люди! Их тут много, берите сколько пожелаете, любуйтесь ими, запускайте в них свои руки! Ешьте их! Хи! Хи! Пейте их! Ха! Ха!

В тот момент эти последние слова показались мне столь нелепыми, что я вдруг дико расхохотался. Сэр Генри и Гуд тоже начали неистово хохотать, не отдавая себе отчета, над чем они смеются. Мы стояли и надрывались от смеха возле ящиков с алмазами. Это были наши алмазы. Они были найдены для нас тысячи лет назад терпеливыми тружениками в том огромном колодце и сложены были тоже для нас каким-нибудь давно умершим доверенным лицом царя Соломона, чье имя, возможно, было начертано иероглифами на еще видневшихся остатках воска, прилипшего к крышке ящика. Они не принадлежали ни Соломону, ни Давиду, ни да

Сильвестра, никому на свете. Они принадлежали нам. Перед нами сверкали камни, стоившие миллионы фунтов стерлингов, и лежали груды золота и слоновой кости на тысячи и тысячи фунтов. Они только ждали, чтобы мы их унесли.

Внезапно наш истерический припадок прекратился, и мы перестали хохотать.

— Откройте другие ящики, белые люди, — закаркала Гагула. — В них камней еще больше. Берите их, белые повелители. Ха! Ха! Берите их больше, больше!

Под ее выкриками мы принялись срывать каменные крышки с двух других ящиков, в глубине души чувствуя, что кощунствуем, ломая скрепляющие их печати.

Ура! Они были полны тоже, полны до краев, по крайней мере второй ящик, — несчастный да Сильвестра не взял отсюда ни одного камня в свой мешок из козьей шкуры. Что касается третьего, он был наполнен лишь на одну четверть, но камни в нем были отборные, не менее чем двадцать карат каждый, а некоторые величиной в голубиное яйцо. Однако, поднеся их к лампе, мы увидели, что многие из самых крупных имели желтоватый оттенок, то есть были «с цветом», как говорят в Кимберли.

Но мы не видели страшного, злорадного взгляда, брошенного на нас Гагулой, когда она тихо-тихо, как змея, выползала из сокровищницы, чтобы направиться дальше по проходу, к высеченной в скале потайной двери.

Чу! Что это такое? До нас доносятся крики, они раздаются под сводами прохода. Это голос Фулаты!

— О Бугван! На помощь! На помощь! Камень падает!

— Отпусти меня, девушка! Или…

— Помогите, помогите! Она ударила меня ножом!

Мы бежим по проходу, и вот что мы видим при свете лампы: каменная дверь медленно опускается и уже находится футах в трех от пола. Около нее в отчаянной схватке сцепились Фулата и Гагула. Отважная девушка обливается кровью, но, несмотря на это, она держит старую колдунью, которая защищается, как дикая кошка. Ах! Она вырвалась! Фулата падает, а

Гагула бросается ничком на пол, и, извиваясь, как змея, протискивается сквозь щель под опускающимся камнем. Она под ним. О боже! Слишком поздно! Огромная каменная глыба уже придавила ее, и она пронзительно кричит от нечеловеческой боли. Все ниже и ниже опускается скала, и все ее тридцать тонн медленно придавливают к полу уродливое тело колдуньи. Последние отчаянные крики, такие, каких нам никогда не приходилось слышать, затем хруст раздавливаемых костей, от которого стынет в жилах кровь, и каменная дверь закрывается как раз в тот момент, когда мы со всего разбега ударяемся о нее.

Все это произошло в течение нескольких секунд.

Мы кинулись к Фулате. Нож Гагулы пронзил ее грудь, и я сразу увидел, что смерть ее близка.

— О Бугван! Я умираю! — задыхаясь, прошептала красавица. — Она, Гагула, выползла... я не видела ее, мне было плохо... камень начал опускаться; потом она вернулась и стала глядеть в проход... я видела, как она вошла через медленно опускающуюся дверь... я схватила и стала держать ее, и тогда она ударила меня ножом. Я умираю, Бугван!

— Бедная, бедная Фулата! — в отчаянии кричал Гуд и вдруг, словно он ничего другого не мог для нее сделать, бросился к ней и стал ее целовать.

— Бугван, — сказала она после небольшого молчания, — здесь ли Макумазан? У меня темнеет в глазах, я ничего не вижу.

— Я здесь, Фулата.

— Макумазан, будь моим языком, прошу тебя. Бугван не понимает моих речей, а я, прежде чем отойду во мрак, хочу сказать ему несколько слов.

— Говори, Фулата, я все повторю ему.

— Скажи Бугвану, моему господину, что я... люблю его и рада умереть, потому что знаю, что он не может связать свою жизнь с моею, ибо как солнце не может сочетаться с тьмой, так белый человек не может сочетаться с черной девушкой. Скажи ему, что временами я чувствовала, словно в моей груди бьется птица, которая рвется вылететь оттуда и петь. Даже сейчас, когда я не могу поднять руку и мой мозг холодеет, я не чувствую, что сердце мое умирает. Оно так полно любовью, что, если бы я жила тысячу лет, оно все еще было бы молодо. Скажи ему, что, если я буду жить вновь, может быть, я увижу его на звездах... Я буду искать его там повсюду, хотя, возможно, и тогда я буду черной, а он белым. Скажи ему...

нет. Макумазан, не говори ничего, кроме того, что я люблю… О, прижми меня ближе к себе, Бугван, я больше не чувствую твоих объятий… О Бугван. Буг…

— Она умерла! Умерла! — воскликнул Гуд, поднимаясь на ноги. По его лицу текли слезы.

— Не стоит так отчаиваться, старина, — сказал сэр Генри.

Гуд вздрогнул:

— Что вы хотите этим сказать?

— Я хочу сказать, что вы очень скоро разделите ее судьбу и последуете за нею. Разве вы не видите, что мы здесь заживо погребены?

Мы были до такой степени потрясены трагической смертью Фулаты, что, пока сэр Генри не произнес этих слов, до нашего сознания не дошел еще весь ужас нашего положения. Теперь мы поняли все. Огромная скала опустилась, вероятно, навсегда, так как единственный мозг, знавший тайну двери, лежал раздавленным под ее тяжестью. Нельзя было и думать о том, чтобы взломать эту дверь, разве лишь при помощи большого количества динамита.

Мы оказались в западне.

В течение нескольких минут мы стояли, оцепенев от ужаса, над распростертым телом Фулаты, совершенно подавленные сознанием того, что нам предстоит медленная и мучительная смерть от голода и жажды. Казалось, что мужество нас покинуло. Нам стало все ясно: эта женщина-дьявол, Гагула, заранее подготовила эту ловушку. Это была как раз одна из тех «шуток», которую могло породить только ее адское воображение, только в ее злорадном мозгу мог созреть такой зловещий план — сразу погубить трех белых людей, которых она почему-то всегда ненавидела, заставить их медленно умирать среди сокровищ, к которым они так жадно тянулись. Теперь я понял смысл ее насмешек, когда она, носясь, как летучая мышь, по пещере, предлагала нам «есть и пить алмазы». Быть может, кто-нибудь хотел посмеяться таким же образом над бедным старым да Сильвестра, иначе отчего же он так внезапно бросил наземь козью шкуру с драгоценными камнями?

— Надо взять себя в руки, — сказал сэр Генри хриплым от волнения голосом. — Лампа скоро погаснет. Пока она горит, поищем, не найдем ли мы пружину, приводящую в действие скалу.

С энергией отчаяния мы бросились к входу и, стоя липкой крови, стали исследовать двери и стены проходы по всем направлениям. Но мы не могли нащупать ничего, что напоминало бы рычаг или пружину.

— Будьте уверены, — сказал я, — что с этой стороны дверь открыть нельзя. Если бы она открывалась изнутри, Гагула не рискнула бы броситься в щель под опускающуюся скалу. Она это знала и поэтому пыталась бежать во что бы то ни стало, будь она проклята!

— Во всяком случае, — сказал сэр Генри с нервным смехом, — возмездие пришло очень скоро. Ее смерть была ужасна, но нам предстоит не менее ужасная. С дверью сделать ничего нельзя. Пойдем обратно в сокровищницу.

Мы повернулись и пошли. Пройдя несколько шагов, я увидел у незаконченной стены корзину с провизией, которую принесла несчастная Фулата. Я поднял эту корзину и взял с собой в проклятую комнату, полную сокровищ, которая должна была стать нашей могилой. Затем мы вновь вернулись и с благоговением перенесли тело Фулаты, положив его около ящиков с золотом. Сами же мы уселись на полу, прислонившись к трем каменным ящикам, полным несметных сокровищ.

— Давайте разделим нашу провизию так, чтобы ее хватило на возможно более долгое время, — предложил сэр Генри.

Мы тотчас же поделили все, что находилось в корзине, и оказалось, что на каждого приходилось по четыре бесконечно малые порции, иначе говоря — нам хватило бы этой пищи не более чем дня на два. Кроме билтонга, у нас были две тыквенные бутылки с водой, каждая емкостью в кварту.

— Ну, а теперь, — угрюмо сказал сэр Генри, — давайте есть и пить, хотя нам все равно предстоит смерть.

Мы съели по маленькому кусочку вяленого мяса и выпили по глотку воды. Нечего говорить о том, что у нас не было почти никакого аппетита, но наш организм требовал пищи, и после еды мы почувствовали себя немного лучше. Затем мы встали и начали тщательнейшим образом осматривать и выстукивать стены нашей темницы в смутной надежде найти какой-нибудь выход, но, увы, его не было!

Да и было бы невероятно, чтобы он оказался там, где хранились такие сокровища.

Свет лампы стал тускнеть; масло почти все выгорело.

— Квотермейн, — обратился ко мне сэр Генри, — идут ли ваши часы? Сколько сейчас времени?

Я вынул часы и посмотрел. Было шесть пополудни, а в пещеру мы вошли в одиннадцать.

— Я думаю, Инфадус нас хватится, — заметил я. — Если мы не вернемся сегодня вечером, он начнет нас искать завтра с утра, Куртис.

— Он напрасно будет искать, так как не знает ни тайны двери, ни где она находится. До вчерашнего дня этого не знал ни один человек, кроме Гагулы, а теперь не знает никто. Если бы Инфадус даже нашел дверь, он не смог бы ее взломать. Вся кукуанская армия не в состоянии пробить скалу в пять футов толщиной. Друзья мои, нам ничего более не остается, как склониться пред волею всевышнего. Погоня за сокровищами привела многих к печальному концу. Мы лишь увеличим их число.

Свет лампы стал еще более тусклым. Вдруг она вспыхнула и ярко осветила всю картину: огромную массу белых клыков, ящики с золотом, распростертое возле них тело Фулаты, козью шкуру, полную драгоценностями, мерцающее сияние алмазов и безумные, измученные лица трех белых людей, сидящих на полу и ожидающих смерти от голода и жажды.

Пламя в последний раз вспыхнуло и погасло.

Глава XVIII. Нас покидает надежда

Невозможно описать весь ужас последовавшей ночи. Лишь милосердный сон, который время от времени овладевал нами, помог нам ее пережить. Даже в таком безвыходном положении, как наше, физическая усталость предъявляет свои права. Однако я не мог спать подолгу. Страшная мысль о неизбежности нашей гибели не покидала меня ни на минуту. Эта мысль могла бы заставить содрогнуться даже самого отважного человека в мире, я же никогда не претендовал на то, чтобы меня считали храбрым. Кроме того, сама тишина была такой беспредельной и подавляющей, что заснуть было почти невозможно.

Читатель! Может быть, тебе приходилось лежать без сна ночью, когда тишина кажется гнетущей, но я уверен, что ты не имеешь никакого представления о том, какой страшной и почти осязаемой может быть полная тишина. На поверхности земли всегда есть какие-нибудь звуки и движение, и хотя сами они могут быть неощутимыми, но они безусловно притупляют острое лезвие полной тишины. Но сюда не проникал ни единый звук. Мы были погребены в недрах горной вершины, увенчанной снегом. Там, высоко, за тысячи футов от нас, свежий ветер взметал вихри белого снега, но шум его не долетал до нас. Длинный туннель и каменная стена в пять футов толщиной отделяли нас даже от ужасного Чертога Смерти, а ведь мертвые не шумят. Даже грохот всей земной и небесной артиллерии не достиг бы наших ушей. Мы были заживо погребены, и наша гробница была отрезана от всего мира.

Вдруг я остро почувствовал всю иронию нашего положения. Нас окружали несметные сокровища, которых хватило бы, чтобы оплатить национальный долг или построить флотилию броненосцев, и, однако, мы с радостью отдали бы все эти сокровища за самую слабую надежду вырваться отсюда. Вскоре же мы, без сомнения, будем рады отдать их за крохотный кусочек пищи или чашку воды, а потом даже за то, чтобы нашим страданиям пришел поскорее конец. Действительно, богатство, накоплению которого люди часто посвящают жизнь, теряет всю свою цену, когда приходит последний час.

Медленно тянулись часы ночи.

— Гуд, — вдруг произнес сэр Генри, и его голос жутко прозвучал в напряженной тишине, — сколько у вас осталось спичек?

— Восемь, Куртис.

— Зажгите одну. Посмотрим, который час.

Гуд зажег спичку, и после непроглядной тьмы ее пламя ослепило нас.

По моим часам было пять утра. В это время высоко над нами, на снеговых вершинах, розовела прекрасная утренняя заря и свежий ветерок начинал рассеивать ночные туманы в горных ущельях.

— Нам надо бы поесть, чтобы поддержать свои силы. — заметил я.

— Чего ради? — отозвался Гуд. — Чем скорее мы умрем, тем лучше.

— Пока человек жив, нельзя терять надежду, — сказал сэр Генри.

Мы поели и выпили по глотку воды. Прошло еще некоторое время. Сэр Генри предложил подойти как можно ближе к двери и кричать, так как у нас теплилась слабая надежда, что кто-нибудь снаружи услышит звук голоса. Поэтому Гуд, у которого за время его многолетней службы во флоте выработался чрезвычайно пронзительный тембр голоса, ощупью добрался до двери и поднял там самый дьявольский шум. Мне никогда раньше не приходилось дышать подобных воплей, но они произвели не больший эффект, чем жужжание москитов.

Через некоторое время он перестал кричать и вернулся, испытывая такую сильную жажду, что ему пришлось напиться. После этого мы решили не возобновлять криков, так как это наносило ущерб нашему скудному запасу воды.

Мы вновь сели, прислонившись к нашим ящикам, наполненным никому не нужными алмазами, и сидели так в мучительном бездействии, которое в нашем положении было совершенно невыносимым. Признаюсь, что я дал волю отчаянию — положив голову на широкое плечо сэра Генри, я зарыдал. Мне кажется, что и Гуд, сидевший по другую сторону, с трудом сдерживал слезы и при этом хриплым голосом ругал себя за свою слабость.

Но как добр и отважен был сэр Генри, этот замечательный человек! Если бы мы были двумя перепуганными детьми, а он нашей нянькой, то и в таком случае он не мог бы проявить больше нежности. Совершенно забывая о своих собственных переживаниях, он делал все возможное, чтобы хоть немного успокоить наши взвинченные нервы. Он рассказывал нам истории о людях, которые попадали в подобные положения и чудесным образом избегали гибели. Когда же он понял, что эти рассказы не могут нас ободрить, он начал говорить о том, что наше состояние — это лишь предчувствие неизбежного конца, который ожидает всех нас, что все это скоро кончится и что смерть от истощения — один из самых милосердных ее видов (что является чистейшей ложью).

Затем он с легким смущением предложил нам положиться на волю провидения. Что касается меня, я последовал его совету с большой охотой.

Замечательный у сэра Генри характер — очень спокойный и сильный.

Так вслед за ночью тянулся день, если вообще возможно употреблять эти слова, когда речь идет о сплошной, непроглядной ночи. Когда я зажег спичку, чтобы посмотреть, который час, оказалось, что уже семь.

Мы вновь принялись за еду и питье, и в это время мне пришла в голову неожиданная мысль.

— Почему, — сказал я, — воздух здесь все время остался свежим? Тут душно, но воздух такой же, как и прежде.

— Боже мой! — воскликнул Гуд, вскакивая на ноги. — Мне это не приходило в голову! Воздух не может проходить через каменную дверь, потому что она совершенно герметична. Если бы здесь не было притока воздуха, то мы бы давно задохнулись. Давайте поищем!

Эта слабая искра надежды вызвала совершенно изумительную перемену в нашем состоянии. Через мгновение все мы, передвигаясь ползком, на четвереньках, тщательно ощупывали скалу в поисках хоть самой слабой тяги. Внезапно мой пыл на мгновение угас. Моя рука нащупала что-то холодное. Это было мертвое лицо бедной Фулаты.

Не менее часа продолжались наши поиски, пока наконец мы с сэром Генри не прекратили их в полном отчаянии и изрядно пострадав от того, что в темноте мы беспрестанно натыкались то на слоновые бивни, то на ящики, то на стены сокровищницы. Но Гуд все еще продолжал поиски, говоря довольно бодро, что это все же лучше, чем бездействовать.

— Послушайте-ка, друзья, — сказал он вдруг каким-то странным, сдавленным голосом, — подойдите сюда!

Нечего и говорить, что мы, спотыкаясь и сталкиваясь в темноте, бросились к нему без промедления.

— Квотермейн, положите вашу руку туда, где я держу свою. Ну, чувствуете ли вы что-нибудь?

— Мне кажется, здесь проходит воздух.

— А теперь слушайте. — Он поднялся и топнул ногой, и пламя надежды вспыхнуло в наших сердцах: звук был глухой.

Дрожащими руками я зажег спичку. Мы увидели, что находимся в дальнем углу комнаты: очевидно, до сих пор мы еще ни разу не добирались до этого места, под которым несомненно была пустота. Пока горела спичка, мы внимательно осмотрели пол. В сплошной каменной поверхности мы увидели какую-то трещину, и — силы небесные! — там, на одном уровне с поверхностью пола, было врезано каменное кольцо. Мы не произнесли ни слова, так как были слишком взволнованы, и сердца наши так неистово забились надеждой, что мы не в состоянии были говорить.

У Гуда был нож, на котором имелся крючок, с помощью которого извлекают камешки, застрявшие в лошадином копыте. Он открыл его и попытался подцепить им кольцо. Наконец ему удалось подсунуть крючок под кольцо, и он начал поднимать его очень осторожно, так как боялся сломать крючок. Кольцо начало двигаться. Так как оно было сделано из камня, то, несмотря на то что оно пролежало много столетий, его все же можно было сдвинуть с места, чего не удалось бы сделать, будь кольцо сделано из железа. Вскоре оно пришло в вертикальное положение. Тогда Гуд продел в кольцо руки и начал дергать его изо всех сил, но камень не подавался.

— Дайте мне попробовать, — сказал я, горя нетерпением.

Положение камня как раз в углу комнаты было таково, что двое не могли одновременно взяться за кольцо. Я ухватился за него и напряг все свои силы, но безуспешно.

Затем сэр Генри сделал такую же тщетную попытку. Гуд снова взял крючок и прочистил им всю трещину, через которую проходил воздух.

— А теперь, Куртис, — сказал он, — принимайтесь за работу. Вам придется потрудиться всерьез, а силы у вас хватит на двоих. Подождите-ка. — И, сняв шейный платок из прочного черного шелка, который упорно продолжал носить, он пропустил его сквозь кольцо. — Квотермейн, ухватитесь руками за Куртиса и дергайте изо всей силы, когда я подам команду. Тяните!

Сэр Генри напряг всю свою колоссальную силу, то же самое сделали и мы с Гудом в меру отпущенных нам природой сил.

— Тяните! Тяните! Он подается! — крикнул, задыхаясь, сэр Генри, и я буквально услышал, как трещат мышцы его могучей спины.

Внезапно послышался звук открывающейся плиты, струя воздуха ворвалась в отверстие, и оказалось, что все мы лежим, опрокинувшись навзничь, на полу, придавленные огромной каменной плитой. Только колоссальная физическая сила сэра Генри могла это сделать, и, вероятно, никогда сила не приносила большую пользу человеку.

— Зажгите спичку, Квотермейн, — сказал он, как только мы поднялись и немного отдышались. — Осторожно! Зажигайте!

При свете спички мы — благодарение богу! — увидели первую ступеньку каменной лестницы.

— Что же мы теперь будем делать? — спросил Гуд.

— Конечно, спустимся по этой лестнице и доверимся провидению.

— Подождите! — сказал сэр Генри. — Квотермейн, захватите остатки билтонга и воды — они могут нам понадобиться.

Я начал ощупью пробираться обратно к тому месту, где мы сидели, прислонившись к сундукам, и по дороге мне пришла в голову неожиданная мысль. В течение последних двадцати четырех часов мы мало думали об алмазах, самая мысль о них казалась нам невыносимой, так как именно они привели нас к гибели. Однако, подумал я, пожалуй, не помешает захватить с собой несколько штук на случай, если нам удастся выбраться из этой кошмарной дыры. Поэтому я запустил руку в первый ящик и наполнил алмазами все карманы моей старой охотничьей куртки, захватив в завершение — и это была счастливая идея — пару пригоршней крупных камней из третьего ящика.

— Послушайте-ка, друзья, — крикнул я, — не возьмете ли и вы с собой немного алмазов? Я набил ими все свои карманы.

— О, черт бы побрал эти алмазы! — отозвался сэр Генри. — Надеюсь, что я никогда больше не увижу ни единого.

Что касается Гуда, то он вовсе не ответил. Я думаю, что он был занят прощанием с останками несчастной девушки, которая так сильно его любила. Тебе, мой читатель, когда ты сидишь спокойно дома и размышляешь об огромном, неисчислимом богатстве, которое мы таким образом оставляли, может показаться странным подобное к нему безразличие. Однако если бы тебе самому пришлось провести часов двадцать восемь в таком месте, почти без еды и питья, то и тебе не захотелось бы обременять себя алмазами, перед тем как спуститься в неизведанные недра земли, в безумной надежде избежать мучительной смерти. Если бы в течение всей моей жизни у меня не вошло в привычку никогда не бросать того, что может пригодиться, то, конечно, и я не позаботился бы о том, чтобы набить алмазами свои карманы.

— Идите же, Квотермейн, — сказал сэр Генри, который уже стоял на первой ступеньке каменной лестницы. — Спокойно! Я пойду вперед.

— Ступайте осторожно — там, внизу, может оказаться ужаснейшая яма, — заметил я.

— Скорее там окажется еще одна пещера, — сказал сэр Генри, медленно спускаясь по лестнице и считая на ходу ступени.

Отсчитав пятнадцать ступеней, он остановился.

— Здесь лестница кончается, — сказал он. — Слава богу! Мне кажется, что здесь есть проход. Спускайтесь!

Следующим спустился по лестнице Гуд, а за ним и я Достигнув конца лестницы, я зажег одну из двух оставшихся спичек. При ее свете мы увидели, что стоим в узком туннеле, идущим вправо и влево под прямым углом к лестнице, с которой мы только что спустились. Больше нам не удалось увидеть ничего, так как спичка обожгла мои пальцы и погасла. Тут возникла сложная проблема — в какую сторону нам повернуть. Конечно, совершенно невозможно было предугадать, что это были за туннели и куда они ведут, и тем не менее возможно было, что один из них приведет нас к спасению. А другой — к гибели. Мы совершенно не знали, как нам поступить, пока Гуд внезапно не припомнил, что, когда я зажег спичку, тяга воздуха в проходе отклонила пламя влево.

— Пойдемте навстречу воздушной струе, — сказал он. — Воздух проникает сюда извне, а не наоборот.

Мы с этим согласились и, держась за стену и осторожно нащупывая почву, прежде чем сделать хоть шаг, отправились в наш страшный путь, удаляясь от проклятой сокровищницы. Если туда суждено когда-нибудь прийти человеку, чего, я полагаю, не случится, то в доказательство того, что мы там побывали, он найдет открытый ящик с драгоценностями, пустую лампаду и белые кости несчастной Фулаты.

Мы шли, пробираясь ощупью по туннелю, около четверти часа, как вдруг он сделал резкий поворот. Очевидно, мы дошли до места его пересечения с другим туннелем. Мы пошли дальше, и через некоторое время нам пришлось повернуть в третий туннель. Так продолжалось в течение нескольких часов. Казалось, мы попали в каменный лабиринт, из которого не было выхода. Конечно, я не знаю, что представляли собой все эти проходы, но мы решили, что, по всей вероятности, это древние галереи копей, причем туннели были проложены в разных направлениях, в зависимости от того, как проходила жила. Только этим можно объяснить такое большое количество туннелей.

Наконец мы остановились в совершенном изнеможении. Наши сердца сжимались от сознания того, что надежды на спасение нет. Мы съели жалкий остаток билтонга и выпили последний глоток воды, потому что у нас совершенно пересохло в горле. Казалось, что нам удалось избежать смерти во тьме сокровищницы лишь для того, чтобы погибнуть во тьме бесчисленных туннелей.

Когда мы стояли таким образом, совершенно подавленные, мне показалось, что я уловил какой-то звук, и попросил моих спутников прислушаться. Это был, правда очень слабый и очень далекий, но все же действительно журчащий звук, потому что мои спутники услышали его тоже. Нет слов, которыми можно было бы описать охватившее нас блаженство, когда после бесконечных часов, проведенных среди полной, мертвой тишины, до нашего слуха донесся этот звук.

— Клянусь небом, это течет вода! — проговорил Гуд. — Пойдемте вперед.

И мы вновь двинулись в том направлении, откуда слышалось тихое журчание, как и прежде пробираясь вдоль каменной стены. По мере того как мы шли вперед, этот звук становился все более и более слышным, пока наконец в тишине он не показался нам очень громким. Вперед, все вперед. Теперь ошибки быть не могло — мы отчетливо слышали шум стремительно текущей воды. И все же, каким образом могла оказаться проточная вода в недрах земли? Теперь мы были уже совсем близко от нее, и Гуд, который шел впереди, клялся, что он чувствует запах воды.

— Идите осторожно, Гуд, — сказал сэр Генри, — мы, наверное, уже недалеко от нее.

Внезапно послышался всплеск и крик Гуда. Он упал в воду.

— Гуд! Гуд! Где вы? — кричали мы в смертельном испуге.

К нашему огромному облегчению, до нас донесся задыхающийся голос Гуда:

— Все в порядке, я ухватился за скалу. Зажгите спичку, чтобы показать мне, где вы находитесь.

Я поспешно зажег последнюю спичку. Ее слабое мерцание осветило темную массу воды, текущую у самых наших ног. Мы не могли рассмотреть, широка ли эта река, но на некотором расстоянии заметили темный силуэт нашего товарища, висящего на выступе скалы.

— Приготовьтесь вытащить меня! Мне придется к вам плыть! — крикнул Гуд.

Затем мы услышали всплеск — это плыл Гуд, отчаянно борясь с течением. Еще минута — и он очутился около нас. Сэр Генри протянул ему руку. Гуд ухватился за нее, и мы его вытащили.

— Честное слово. — проговорил он, жадно ловя ртом воздух, — я был на волосок от гибели. Если бы я не ухватился за эту скалу и не умел бы плавать, мне пришел бы конец. Течение невероятно быстрое, и я не чувствовал под ногами дна.

Ясно было, что дальше нам не пройти. Гуд немного отдохнул, все мы досыта напились воды из подземной реки, оказавшейся пресной и приятной на вкус, и смыли насколько возможно грязь со своих лиц, а затем покинули берега этого африканского Стикса[1] и пошли обратно по туннелю. Гуд, с промокшей одежды которого беспрестанно капала вода, шел впереди. Наконец мы добрались до того места, откуда вправо отходил другой туннель.

— Ну что ж, можно повернуть сюда, — устало сказал сэр Генри. — Здесь все дороги одинаковы. Нам остается только идти, пока мы не упадем.

Медленно, в течение долгого-долгого времени, мы ковыляли, еле волоча ноги, по этому новому туннелю. Теперь впереди шел сэр Генри.

Внезапно он остановился, и мы столкнулись с ним в темноте.

— Смотрите! — прошептал он. — Я схожу с ума или это в самом деле свет?

[1] Стикс — в древнегреческой мифологии одна из рек «подземного царства», в котором якобы обитали души умерших

Мы пристально вгляделись в темноту. Там, далеко впереди, действительно виднелось неясное, тусклое пятно, не больше, чем окно коттеджа. Свет был настолько слаб, что только наши глаза, не видевшие в течение долгого времени ничего, кроме темноты, могли его рассмотреть.

Задыхаясь от волнения, со вновь вспыхнувшей надеждой мы устремились вперед. Пять минут спустя все наши сомнения окончательно рассеялись — действительно это было пятно слабого света. Еще минута, и мы ощутили дуновение настоящего свежего воздуха. Борясь с усталостью, мы шли все вперед и вперед. Вдруг туннель сузился, и сэру Генри пришлось двигаться дальше уже на четвереньках. Туннель все продолжал суживаться, пока не достиг размера большой лисьей норы, но теперь он был прорыт в земле. Каменный туннель окончился.

Еще одно отчаянное усилие — и сэр Генри выполз из туннеля, а за ним и мы с Гудом. Благословенные звезды сияли над нами в вышине, и мы вдыхали благоуханный воздух. Затем почва вдруг подалась под нашими ногами, и все мы покатились кубарем, приминая траву и ломай кустарник, по мягкой, влажной земле.

Я ухватился за что-то и остановился. Сев, я закричал во всю силу своих легких. Где-то поблизости, немного ниже послышался ответный крик сэра Генри. Небольшой плоский участок земли задержал его стремительный спуск. Я подполз к нему и обнаружил, что он, хоть и едва мог перевести дыхание, был цел и невредим. Затем мы принялись искать Гуда. Неподалеку мы нашли и его — он застрял в развилке какого-то корня. Его сильно потрепало, но вскоре он пришел в себя.

Мы сели на траву, и реакция, наступившая после всего пережитого нами была настолько сильна, что, как мне кажется, мы даже зарыдали от счастья. Нам удалось бежать из этой страшной темницы, которая чуть не стала нашей могилой. Вероятно, какая-то милосердная высшая сила направила наши шаги в нору шакала там, где кончался туннель, так как, по всей вероятности, это была именно нора. И вот перед нами на вершинах гор сиял розовато-красный отсвет зари, которую мы уже не рассчитывали когда-либо увидеть вновь.

Вскоре серый рассвет скользнул по склонам гор, и мы увидели, что находимся на дне огромной копи, перед входом в пещеру, и могли уже различить смутные очертания трех колоссов, сидящих на краю шахты. Несомненно, эти ужасные туннели, по которым мы бродили в течение ночи, длившейся, как нам казалось, целую жизнь, некогда сообщались с огромной алмазной копью. Что же касается подземной реки, протекающей в недрах горы, то только небесам известно, что это за река и куда или откуда она течет. Что касается меня, я отнюдь не стремлюсь исследовать ее течение.

Становилось все светлее и светлее. Теперь мы могли рассмотреть друг друга, и нужно сказать, что ни до, ни после этого мне не приходилось видеть такого зрелища, какое представляли мы в то памятное утро. Наши щеки ввалились и глаза глубоко запали, с ног до головы мы были покрыты пылью, грязью, синяками и ссадинами. На наших лицах все еще отражался длительный ужас перед неминуемой смертью. Словом, это было такое зрелище, которого мог испугаться сам дневной свет. Но, несмотря на все это, монокль Гуда торжественно красовался в его глазу. Не думаю, чтобы он вообще вынул его хоть раз за все это время. Ни темнота, ни купанье в подземной реке, ни стремительный спуск по склону копи не смогли заставить Гуда расстаться со своим моноклем.

Вскоре мы поднялись, так как боялись, что если мы долго будем сидеть таким образом, то у нас затекут ноги, и начали медленно карабкаться вверх по крутым склонам огромной воронки. Каждый шаг причинял нам боль. Более часа мы упорно ползли вверх по голубой глине, цепляясь за покрывавшие ее корни и траву.

Наконец путешествие было закончено, и мы стояли на Великой Дороге, на краю шахты, против колоссов.

На расстоянии сотни ярдов от дороги, перед группой хижин, горел костер, вокруг которого сидели какие-то фигуры. Мы направились к ним, поддерживая друг друга и останавливаясь через каждые несколько шагов, чтобы передохнуть. Вдруг один из людей, сидевших возле костра, поднялся и, заметив нас, упал на землю, крича от страха.

— Инфадус, Инфадус! Это мы, твои друзья!

Он поднялся и побежал нам навстречу, глядя на нас обезумевшими от ужаса глазами и все еще дрожа от страха.

— О мои повелители, мои повелители! Вы на самом деле вернулись из Царства Мертвых! Вернулись из Царства Мертвых!

И старый воин бросился перед нами ниц, охватил руками колени сэра Генри и громко зарыдал от радости.

Глава XIX. Мы прощаемся с Игнози

Прошло десять дней с того памятного утра, когда мы спаслись из нашей подземной темницы. Мы были вновь в нашем прежнем жилище в Луу. Странно сказать, но мы уже почти совсем оправились после нашего ужасного приключения, только мои похожие на щетину волосы, когда я вышел из пещеры, оказались совсем седыми, а Гуд сильно изменился после смерти Фулаты. Должен сказать, что, рассматривая эту трагедию с точки зрения стареющего светского человека, я прихожу к убеждению, что всё совершается к лучшему. Если бы она не погибла, создалось бы безусловно весьма затруднительное положение. Бедняжка не была заурядной туземной девушкой, она обладала выдающейся, почти величественной красотой и довольно тонким умом. Но никакая красота или утонченность ума не смогли бы сделать желательным ее союз с Гудом, потому что, как сама она говорила: «Может ли солнце сочетаться с тьмой или белый человек — с черной девушкой?»

Нечего и говорить, что мы больше не пытались проникнуть в сокровищницу царя Соломона. Придя в себя после ужасов, которые нам пришлось пережить, на что понадобилось сорок восемь часов, мы спустились в огромную копь в надежде найти нору, через которую мы выбрались из недр горы, но поиски наши не увенчались успехом. Во-первых, прошел дождь и смыл наши следы, а кроме того, склоны колоссальной копи были испещрены норами муравьедов и других животных. Немыслимо было угадать, которой из этих нор мы были обязаны своим спасением. Перед возвращением в Луу мы еще раз осмотрели чудеса сталактитовой пещеры и даже, движимые каким-то странным беспокойством, еще раз проникли в Чертог Смерти. Пройдя под копьем Белой Смерти, мы с чувством, которое мне трудно было бы описать, долго смотрели на каменную стену, которая когда-то отрезала нам путь к спасению. В эти минуты мы думали о неисчислимых сокровищах, лежащих за этой стеной, о таинственной старой ведьме и о прекрасной девушке, вход в чью гробницу был навсегда закрыт. Я говорю, что мы смотрели на каменную стену, потому что, сколько мы ни искали, мы не могли обнаружить никаких следов подъемной двери и, конечно, не смогли открыть секрет механизма, приводившего ее в движение, так что теперь он утерян навеки. Несомненно, это был какой-то замечательный механизм, массивность и загадочность которого была типичной для создавшей его эпохи. Думаю, что другого такого не найти во всем мире.

Наконец мы с чувством раздражения оставили дальнейшие попытки. Если бы даже масса камня внезапно поднялась перед нашими глазами, у нас, вероятно, едва ли хватило бы мужества перешагнуть через изуродованные останки Гагулы и вновь вступить в сокровищницу. Нет, даже полная и безусловная уверенность в том, что мы станем обладателями неисчислимой массы алмазов, не могла бы заставить нас решиться на такой шаг. И тем не менее я чуть не плакал от досады, думая о том, какое там остается сокровище, — вероятно, величайшее сокровище, которое было когда-либо собрано в одном месте в течение всей истории человечества. Но делать было нечего. Только динамит мог проложить дорогу через сплошную скалу толщиной в пять футов. Итак, мы покинули это мрачное место. Возможно, что в отдаленном будущем, когда настанет век, который еще не родился, более счастливый исследователь наткнется случайно на секрет потайной двери, произнесет магическое «Сезам, отворись!»[1] и наводнит мир драгоценностями. Но все же мне кажется, что сокровищам стоимостью во много миллионов фунтов стерлингов, лежащим в трех каменных ящиках, никогда не суждено украшать белоснежные шеи земных красавиц. Пока существует мир, они будут лежать там, связанные холодными узами смерти с костями Фулаты.

Со вздохом разочарования мы ушли и на следующий день отправились обратно в Луу. Надо сказать, что с нашей стороны было весьма неблагодарно чувствовать себя разочарованными, потому что, как, вероятно, помнит читатель, перед тем как мы покинули свою темницу, мне пришла в голову счастливая мысль наполнить на всякий случай алмазами карманы своей старой охотничьей куртки. Много драгоценных камней потерялось, когда мы катились по склону ямы, в том числе большая часть крупных алмазов, которые я положил сверху. Но и так их осталось довольно много, включая восемнадцать крупных камней весом от тридцати до сотни каратов каждый. Да, в моей старой охотничьей куртке уцелело

---

[1] «Сезам, отворись!» — магические слова на арабской сказки «Али-Баба и сорок разбойников», открывающие вход в пещеру с несметными сокровищами

еще достаточно драгоценностей, чтобы сделать нас всех если не миллионерами, то, во всяком случае, чрезвычайно богатыми людьми, да еще чтобы при этом у каждого из нас троих осталось по лучшей коллекции алмазов в Европе. Так что нельзя сказать, что нам совсем не повезло.

По возвращении в Луу нас очень тепло и сердечно принял Игнози, которого мы нашли в добром здоровье. Он был очень занят укреплением своей власти и реорганизацией полков, которые понесли наибольшие потери в жестокой битве с Твалой.

Затаив дыхание, он с огромным интересом выслушал наш Удивительный рассказ, но, услышав о страшной смерти Гагулы, задумался.

— Подойди сюда, — позвал он престарелого индуну (старейшину) из числа своих приближенных, которые сидели на таком расстоянии, что им не был слышен наш разговор.

Старик поднялся, приблизился к нам, приветствовал короля и сел.

— Ты стар, — сказал Игнози.

— Да, король, мой повелитель! Отец твоего отца и я родились в один и тот же день.

— Скажи мне, знал ли ты знахарку Гагулу, когда ты был ребенком?

— Да, король, мой повелитель!

— Была ли она в то время молода, подобно тебе?

— Нет, король, мой повелитель! Она была такова же, как ныне и как в те дни, когда жил мой дед, — стара, сморщена, очень безобразна и полна злобы.

— Ее более нет. Она умерла.

— Так, о король! Тогда древнее проклятие снято с нашей земли.

— Ступай!

— Куум! Я ухожу, о Черный Щенок, перегрызший глотку старой собаке. Куум!

— Вы видите, братья мои, — сказал Игнози, — это была таинственная женщина, и я радуюсь тому, что она умерла. Она обрекла вас на смерть в этой темной пещере, а потом, быть может, нашла бы какой-нибудь способ убить меня, как некогда нашла способ убить моего отца, чтобы возвести на трон Твалу, которого любило ее сердце. Теперь продолжайте ваш рассказ, равного которому не приходилось слышать никому!

Рассказав ему историю нашего спасения, я, как мы заранее договорились между собой, воспользовался удобным случаем, чтобы сказать Игнози о нашем намерении покинуть Страну Кукуанов.

— А теперь, Игнози, пришло время нам попрощаться с тобой и вновь отправиться в долгий путь, на поиски своей страны. Слушай же, Игнози, ты пришел с нами сюда как слуга, а теперь мы оставляем тебя могущественным королем. Если ты чувствуешь к нам благодарность, то не забывай никогда поступать так, как ты обещал нам. Правь справедливо, уважай закон и не убивай никого без причины. Тогда ты будешь благоденствовать. Завтра на рассвете ты, Игнози, дашь нам отряд воинов, который поможет нам перебраться через горы. Не так ли, о король?

Игнози закрыл лицо руками и некоторое время молчал.

— Сердце мое болит, — сказал он наконец. — Ваши слова раскололи его надвое. Что сделал я вам, Инкубу. Макумазан и Бугван, чтобы вы покинули меня и причинили мне этим такое горе? Вы, которые стояли рядом со мной во время мятежа и сражения, неужели вы оставите меня в день мира победы? Чего желаете вы? Жен? Выбирайте любых девушек в моей стране. Места, где поселиться? Смотрите — вся страна принадлежит вам. Домов, в каких живут белые люди? Вы научите мой народ, как их строить. Скота, чтобы иметь мясо и молоко? Каждый женатый человек приведет вам быка или корову. Дичи для охоты? Разве не бродят по моим лесам слоны, и разве не спит в тростниках гиппопотам? Может, вы хотите сражаться? Мои полки ожидают ваших приказаний. Если же я могу дать вам еще что-нибудь, я дам вам и это.

— Нет, Игнози, нам все это не нужно, — отвечал я. — Мы хотим разыскать свой родной дом.

— Так, значит, — с горечью сказал Игнози, и глаза его сверкнули, — вы больше любите эти блестящие камни, чем меня, своего друга. Теперь у вас есть камни. Теперь вы вернетесь в Наталь и пересечете волнующуюся черную воду, чтобы продать их и стать богатыми, так как этого жаждет сердце каждого белого человека. Да будут прокляты из-за вас эти камни, и да будет проклят тот, кто их ищет! Пусть Смерть будет уделом того, чья нога ступит в Пещеру Мертвецов в поисках богатства! Я сказал, белые люди. Вы можете идти.

Я коснулся его руки.

— Игнози, — сказал я, — скажи нам, когда ты странствовал в Стране Зулусов, а потом среди белых людей в Натале, разве твое сердце не томилось по стране, о которой рассказывала тебе мать? Твоей родной стране, где ты впервые увидел свет, где ты играл мальчиком? По стране, которая была твоей родиной?

— Да, это было так, Макумазан.

— Вот так же и наши сердца томятся по нашей стране, по нашим родным местам.

Наступило молчание. Когда Игнози вновь заговорил, голос его изменился:

— Я понимаю, что значат твои слова. Как всегда, они мудры и исполнены благоразумия, Макумазан. Тот, кто привык летать, не любит ползать по земле. Белый человек не может жить жизнью чернокожих. Да, вы должны уйти, но сердце мое полно печали, потому что оттуда, где будете вы, ДО меня не дойдут вести о вас. Но выслушайте меня, и пусть мои слова станут известны всем белым людям. С этого дня путь через горы закрыт для всех белых людей, если даже кому-нибудь из них удастся дойти до них. Я не потерплю здесь торговцев с их ружьями и ромом. Мои соплеменники будут и впредь сражаться копьями и пить лишь воду, как их праотцы. И я не допущу, чтобы проповедники вселяли страх смерти в их сердца, чтобы они восстанавливали их против короля и прокладывали дорогу для белых людей, которые всегда следуют за ними. Если какой-нибудь белый человек подойдет к воротам моей страны, я отошлю его обратно. Если придет сотня белых, я отброшу их назад. Если придут армии, я двину против них все мое войско, и им не удастся торжествовать победу. Ни один человек не придет более сюда за сверкающими камнями, нет, — даже если это будет целая армия, потому что, если они придут, я пошлю своих воинов, чтобы они засыпали копь, разбили белые колонны в пещерах и заполнили их камнями, так чтобы никто не смог даже приблизиться к той двери, о которой вы говорили и секрет которой утерян. Но для вас троих, Инкубу, Макумазан и Бугван, дорога сюда всегда будет открыта, потому что нет среди живых никого, кто был бы дороже моему сердцу, чем вы. И я позволю вам уйти отсюда. Инфадус, брат моего отца, возьмет вас за руку и выведет отсюда под охраной своего полка. Я узнал, что есть другой путь через горы, который он вам укажет. Прощайте, братья мои, отважные белые люди. Не ищите более встречи со мной, потому что я не смогу этого вынести. Слушайте меня! Я издам указ, и его огласят, передавая с одного горного хребта на другой, чтобы все узнали о нем.

Отныне народ будет чтить ваши имена подобно именам наших усопших королей, и смерть будет уделом того, чьи уста произнесут их[1]. Таким образом, память о вас вечно будет жить в нашей стране.

Идите же теперь, пока мои глаза, подобно глазам женщины, не стали источать слезы. Когда-нибудь, когда вы состаритесь и соберетесь вместе погреться у огня, — ибо солнечного тепла уже будет недостаточно, чтобы согреть вас, — вы будете вспоминать, как мы стояли плечом к плечу в великой битве, исход которой предрешили твои мудрые слова, Макумазан. Вы будете вспоминать, как ты, Бугван, был острием рога, ударившего по флангам Твалы, как ты, Инкубу, стоял, окруженный кольцом Серых, и люди падали под ударами твоего топора, как колосья под ударами серпа. Вы будете вспоминать о том, как Инкубу сокрушил силу дикого буйвола Твалы и поверг в прах его гордыню. Прощайте же навек, Инкубу, Макумазан и Бугван, мои повелители и друзья!

С этими словами Игнози поднялся. В течение нескольких минут он смотрел на нас в глубоком раздумье, а затем накинул на голову край плаща, как будто для того, чтобы скрыть от нас свое лицо. Мы молча ушли.

На рассвете следующего дня мы покинули Луу. Нас сопровождали полк Буйволов и наш старый друг Инфадус, который тяжело переживал неизбежную разлуку с нами. Хотя было еще очень рано, вдоль главной улицы города, на всем ее протяжении, стояли массы людей. Они приветствовали нас королевским салютом, когда мы проходили мимо во главе полка, а женщины бросали нам под ноги цветы и благословляли нас за то, что мы освободили страну от Твалы. Все это производило чрезвычайно волнующее впечатление и было совершенно не похоже на то, с чем обычно приходится встречаться, живя среди туземцев.

Однако дело не обошлось без очень забавного эпизода, чему я был даже рад, так как он дал нам повод немного развеселиться.

---

[1] Этот необычайный способ выражения глубочайшего почтения распространен среди народов Африки. Называется он «хлонипа». Согласно этому обычаю, особо почитаемому человеку (обычно после его смерти) дается другое имя, которое сохраняется в народе на долгие времена. — А. К.

Как раз перед тем, как мы вышли за пределы города, из толпы выбежала хорошенькая молодая девушка. У нее в руке было несколько прекрасных лилий, которые она преподнесла Гуду (почему-то он нравился, кажется, всем им, — я думаю, что монокль и единственная бакенбарда капитана придавали ему особую романтическую прелесть в их глазах), затем она сказала, что у нее есть к нему просьба.

— Говори.

— Пусть мой повелитель покажет своей рабе его прекрасные белые ноги, чтобы она могла еще раз взглянуть на них и сохранить на всю жизнь это воспоминание и рассказывать об этом своим детям. Его раба шла четыре дня, чтобы увидеть его ноги, потому что слава о них разнеслась по всей стране.

— Черт меня возьми, если я это сделаю! — взволнованно воскликнул Гуд.

— Полно, полно, мой дорогой друг, — сказал сэр Генри. — Не сможете же вы отказать леди в просьбе.

— Не покажу! — упрямо проговорил Гуд. — Это совершенно неприлично.

Однако в конце концов он согласился засучить брюки до колен среди восторженных возгласов присутствующих женщин, в особенности же благодарной молодой леди. В таком виде ему пришлось следовать дальше, пока мы не вышли за черту города.

Боюсь, что никогда уже ноги Гуда не будут предметом такого восхищения. Его исчезающие зубы и даже прозрачный глаз успели за это время уже несколько надоесть кукуанам, чего нельзя сказать о его ногах.

По дороге Инфадус рассказал нам, что существует другой перевал через горы, к северу от того, продолжением которого является Великая Дорога царя Соломона, или, вернее говоря, есть место, где можно спуститься со склона скалистого хребта, отделяющего Страну Кукуанов от пустыни, того самого, на котором возвышаются огромные вершины двух гор Царицы Савской. Оказалось также, что немного более двух лет до этого группа кукуанских охотников спустилась по этому пути с гор в пустыню в поисках страусов, перья которых очень ценятся в стране и идут на военные головные уборы. Во время охоты они забрели далеко в пустыню и испытывали сильную жажду. Увидев на горизонте очертания деревьев, они направились туда и обнаружили большой плодородный и прекрасно орошенный оазис протяженностью в несколько миль. По плану Инфадуса, наш обратный путь должен был проходить по этому оазису. Мы одобрили его план, так как он избавлял нас от трудностей перехода через горы. Кроме того, нас должны были сопровождать до оазиса несколько охотников, которые когда-то его открыли. Они утверждали, что оттуда они заметили вдали в пустыне другие плодородные оазисы[1].

Мы шли вперед не спеша и в ночь на четвертый день нашего путешествия вновь очутились на горном хребте, отделяющем Страну Кукуанов от пустыни, которая вздымала свои песчаные волны у наших ног, простираясь примерно на двадцать пять миль к северу от гор Царицы Савской.

На рассвете следующего дня наши проводники доставили нас к месту, откуда начинался крутой спуск к пустыне, с высоты не менее двух тысяч футов.

Здесь мы распрощались с нашим верным другом, стойким старым воином Инфадусом. Он торжественно пожелал нам счастья и удачи, чуть не плача от горя.

— Никогда более, мои повелители, — сказал он, — не суждено моим старым глазам увидеть людей, подобных вам. Как Инкубу поражал в битве врагов! Что было за зрелище, когда он снес одним ударом голову Твалы! Это было прекрасно, прекрасно! Больше я никогда не увижу такого удара, разве только в блаженных сновидениях.

Нам было очень жаль с ним расставаться. Гуд так расчувствовался, что даже подарил ему на память свой монокль! (Впоследствии мы обнаружили, что у него был еще один, запасной.) Инфадус был в восторге, предвидя, что обладание подобным предметом колоссально повысит его престиж. После нескольких тщетных попыток ему все же удалось вставить монокль себе в

---

[1] Нам часто казалось невероятным, как могла мать Игнози с маленьким ребенком перенести трудности путешествия через горы и пустыню, которые чуть не оказались роковыми для нас самих-Теперь же мне приходит в голову, и я хочу поделиться этой мыслью с читателем, что она, вероятно, пошла по этому второму пути, странствуя, как Лгарь, по пустыне. Если это действительно было так, то в истории ее спасения нет ничего невероятного. Ее вполне могли повстречать и отвести в оазис какие-нибудь охотники за страусами, как рассказывал сам Игнози. Оттуда она могла постепенно, выбирая плодородные участки земли, идти к югу и добраться до Зулуленддя. — А. К.

глаз. Никогда я не видывал ничего более несуразного, чем этот старый воин с моноклем в глазу. Это, признаться, совсем не гармонировало с плащом из леопардовой шкуры и плюмажем из черных страусовых перьев.

Затем, удостоверившись в том, что наши проводники захватили с собой достаточно воды и провизии, и выслушав громовой прощальный салют Буйволов, мы крепко пожали руку старого воина и начали спускаться с горного хребта, что оказалось весьма нелегким делом, но, так или иначе, к вечеру того же дня мы благополучно добрались до подножия горы.

— Знаете ли, — сказал сэр Генри, когда мы сидели в эту ночь у костра и смотрели на нависшие над нами утесы, — мне кажется, что на свете есть немало мест похуже, чем Страна Кукуанов, и что бывали времена, когда я чувствовал себя гораздо более несчастным, чем за последний месяц или два, хоть со мной никогда не происходили такие странные вещи. А вы как думаете, друзья?

— Мне кажется, что я почти сожалею о том, что покинул эту страну, — со вздохом отозвался Гуд.

Что же касается меня, я подумал, что все хорошо, что хорошо кончается, но за всю мою долгую жизнь, полную опасностей, мне никогда не приходилось столько раз быть на краю гибели, как за последнее время. При одном воспоминании о сражении, в котором мне пришлось принимать участие у меня проходит по коже мороз, не говоря уж о наших переживаниях в сокровищнице!

На следующее утро мы отправились в трудный путь через пустыню. Наши пятеро проводников несли большой запас воды. Мы провели ночь под открытым небом, а на рассвете двинулись дальше.

На третий день нашего путешествия, около полудня, мы увидели деревья того оазиса, о котором говорили наши проводники, и за час до захода солнца мы уже вновь шли по траве и слышали журчание воды.

Глава XX. Найден

А теперь я перехожу к самому удивительному приключению во всей этой необыкновенной истории, приключению, которое показывает, какие удивительные вещи случаются в жизни.

Опередив немного своих спутников, я спокойно шел вдоль берега ручья, который, вытекая из оазиса, терялся в раскаленных песках пустыни, и вдруг остановился, не веря своим глазам. И было от чего: ярдах в двадцати передо мной, в очаровательном месте, под сенью большого фигового дерева стояла маленькая уютная хижина. Она была обращена фасадом к ручью и построена по образцу кафрских из ивовых прутьев и травы, но имела обычную дверь, а не маленькую лазейку, похожую на лётку в ульях.

«Что за чертовщина! — сказал я про себя. — Откуда взялась здесь хижина?»

Не успел я это подумать, как дверь отворилась, и из нее, прихрамывая, вышел белый человек с огромной черной бородой, одетый в звериные шкуры. Я решил, что со мной, должно быть, случился солнечный удар. Это было совершенно невероятно! Ни один охотник никогда сюда не забирался, и ни один безусловно не мог здесь жить. Я смотрел на него широко открытыми от изумления глазами. С не меньшим изумлением глядел на меня и человек в звериных шкурах. В это время подошли сэр Генри и Гуд.

— Послушайте, друзья, — сказал я, обращаясь к ним, — я схожу с ума, или это в самом деле белый человек?

Сэр Генри и Гуд взглянули на незнакомца, и в тот же момент белый человек с черной бородой громко закричал и, хромая, заковылял в нашу сторону, но, не дойдя до нас нескольких шагов, упал без сознания.

Одним прыжком сэр Генри был возле него.

— Силы небесные! — вскричал он. — Это мой брат Джордж!

Услышав этот крик, другой человек, тоже одетый в шкуры, вышел из хижины с ружьем в руках и подбежал к нам. Увидев меня, он тоже громко вскрикнул.

— Макумазан! — заговорил он. — Ты меня не узнаешь? Я Джим, охотник. Я потерял записку, которую ты мне дал для бааса, и вот мы здесь живем уже почти два года.

Упав к моим ногам, он начал кататься по земле, плача от радости.

— Ах ты, негодная разиня! — сказал я. — Тебя следовало бы хорошенько выпороть!

Тем временем человек с черной бородой пришел в себя, поднялся на ноги, и они с сэром Генри начали молча трясти друг другу руки, так как, очевидно, от полноты чувств были не в состоянии выговорить ни единого слова. Подозреваю, что в прошлом они поссорились из-за какой-нибудь леди (хотя я никогда сэра Генри об этом не спрашивал), но из-за чего бы это ни случилось, сейчас их ссора была, по-видимому, совершенно забыта.

— Дорогой мой! — вырвалось наконец у сэра Генри. — Я думал, что тебя уже нет в живых! Ведь я искал тебя по ту сторону Сулеймановых гор и вдруг нахожу в оазисе среди пустыни, где ты себе свил гнездо, словно старый aasvogel[1].

— Около двух лет назад и я пытался перейти горы Соломона, — послышался ответ, сказанный неуверенным голосом человека, отвыкшего говорить на родном языке, — но когда я попал сюда, мне на ногу упал огромный камень и раздробил мне кость. Поэтому я не мог ни продолжать свой путь, ни вернуться в крааль Ситанди.

Тут подошел я.

— Здравствуйте, мистер Невилль. Вы меня помните?

— Боже мой! — воскликнул он. — Неужели это Квотермейн? Как! И Гуд тоже здесь? Поддержите меня, друзья, — у меня снова закружилась голова… Как все это неожиданно и странно… И когда человек уж перестал надеяться, какое это счастье!

* * *

Вечером, у походного костра, Джордж Куртис рассказал нам свою историю, которая, так же как и наша, была полна событиями и вкратце сводилась к следующему.

Около двух лет назад он вышел из крааля Ситанди, пытаясь достичь Сулеймановых гор. Записку, посланную ему через Джима, он не получил и ничего до этого дня о ней не слышал, так как этот олух Джим ее потерял. Но, пользуясь указаниями туземцев, он направился не к горам Царицы Савской, а к тому крутому перевалу, через который мы сами только что пришли. Это был безусловно более легкий путь, чем тот, который был отмечен на карте старого да Сильвестра. В пустыне они с Джимом перенесли большие лишения, но наконец добрались до этого оазиса, где в тот же день Джорджа Куртиса постигло большое несчастье. Он сидел на берегу ручья, а Джим, стоя на высоком скалистом берегу как раз над ним, извлекал из расщелин мед диких пчел, у которых нет жала (такие пчелы водятся в пустыне). Карабкаясь по скалам, он расшатал большой камень, который обрушился и раздробил правую ногу Джорджа Куртиса. С тех пор он стал сильно хромать и, так как не мог много ходить, предпочел остаться и умирать в оазисе, чем наверняка погибнуть в пустыне.

[1] Aasvogel (гол. и нем.) — стервятник

Что касается пищи, то в этом отношении они не терпели никакой нужды, так как у них был большой запас патронов, а в оазис, особенно по ночам, приходило на водопой много животных. Они стреляли в них или ставили капканы, используя мясо для еды, а шкуры, после того как их одежда износилась, — для одежды.

— Таким образом, — сказал в заключение Джордж Куртис, — мы жили здесь почти два года, как Робинзон Крузо с Пятницей, уповая на счастливую случайность, что вдруг в оазис забредут какие-нибудь туземцы и помогут нам отсюда выбраться. Но никто не появлялся. Наконец вчера вечером мы с Джимом решили, что он меня покинет и отправится за помощью в краал Ситанди, хотя, признаться, у меня было очень мало надежды, что он вернется. А теперь ты, именно ты, — сказал он, обращаясь к сэру Генри, — которого я никак не рассчитывал увидеть, вдруг неожиданно появляешься и находишь меня там, где сам этого не ожидал. Ведь я был уверен, что ты преспокойно живешь в Англии и давным-давно меня забыл. Это самая удивительная история, которую мне когда-либо приходилось слышать, и какое счастье, что она окончилась столь благополучно!

Затем сэр Генри в свою очередь рассказал своему брату главные эпизоды наших приключений, и, так разговаривая, мы просидели до глубокой ночи.

— Слава богу, — сказал Джордж Куртис, когда я показал ему несколько алмазов, — что, помимо моей никчемной особы, вы нашли еще кое-что в награду за все ваши злоключения.

Сэр Генри засмеялся:

— Камни принадлежат Квотермейну и Гуду. У нас был договор, что они будут делить между собой всю добычу, которая может встретиться нам в пути.

Это замечание заставило меня призадуматься. Переговорив с Гудом, я сказал сэру Генри, что мы оба просим его взять третью часть алмазов, а если он откажется, то его часть должна быть передана Джорджу Куртису, который, в сущности, пострадал из-за этих драгоценностей больше всех нас. Наконец, с большим трудом, мы уговорили его согласиться на это предложение, но Джордж Куртис узнал о нашем решении значительно позже.

* * *

На этом я думаю закончить свой рассказ. Наш обратный путь через пустыню в крааль Ситанди был чрезвычайно труден, особенно потому, что нам приходилось поддерживать Джорджа Куртиса, так как его правая нога была в очень плохом состоянии и из нее время от времени выделялись осколки раздробленной кости. Но так или иначе, мы преодолели пустыню, и рассказывать подробности этого путешествия значило бы повторить многое из того, что нам пришлось пережить ранее.

Через шесть месяцев после нашего возвращения в Ситанди, где мы нашли наши ружья и прочие вещи в сохранности, хотя старый негодяй, которому мы их доверили, был чрезвычайно огорчен тем, что мы остались живы и пришли за ними, все мы, живые и невредимые, собрались в моем маленьком домике в Береа, возле Дурбана, где я теперь и пишу эти строки. Отсюда я прощаюсь со всеми, кто сопровождал меня в самое необыкновенное путешествие, которое мне когда-либо приходилось совершать за свою долгую и богатую приключениями жизнь.

P. S. Не успел я написать последнее слово, как увидел кафра, идущего с почты по моей апельсиновой аллее с письмом, зажатым в расщепленную палку. Письмо это было от сэра Генри, и так как оно имеет непосредственное отношение к моему рассказу, я привожу его полностью:

Брейли-Холл. Йоркшир.

Дорогой Квотермейн!

С одной из последних почт я послал вам несколько строк, чтобы сообщить, что мы трое — Джордж, Гуд и я — благополучно прибыли в Англию. Мы сошли на берег в Саутгемптоне и немедленно отправились в Лондон. Вы бы только видели, каким щеголем стал Гуд на следующий же день! Великолепно выбрит, потрясающий фрак, облегающий его, как перчатка, новый замечательный монокль, и т. д., и т. д. Мы гуляли с ним в парке, где встретили кое-кого из знакомых, и я тут же рассказал им историю о его «прекрасных белых ногах».

Он взбешен, особенно после того, как один весьма язвительный журналист напечатал все это в фешенебельной газете.

А теперь о деле. Чтобы узнать стоимость алмазов, мы с Гудом обратились в ювелирную фирму Стритер, и я просто боюсь сказать вам, во что они их оценили. Сумма баснословная. Оценка их только приблизительная, так как они сказали, что не помнят, чтобы когда-нибудь на рынке были в таком количестве столь замечательные камни. Оказывается, что, за исключением одного или двух из наиболее крупных, они самой чистой воды и во всех отношениях не уступают лучшим бразильским бриллиантам. Я спросил, купит ли их фирма, но они ответили, что это им не под силу, и рекомендовали продавать по частям, чтобы не наводнять ими рынок. Тем не менее они все же предлагают сто восемьдесят тысяч фунтов стерлингов за весьма небольшую их часть.

Вы должны приехать в Англию, Квотермейн, и сами позаботиться об этом, тем более что вы настаиваете на великолепном подарке моему брату — целой трети алмазов, не принадлежащих мне.

Что касается Гуда, он совсем обезумел: почти все его время занято бритьем и делами, связанными с суетными украшениями своей особы. Но все же я думаю, что он еще не забыл Фулату. Он мне сказал, что с тех пор как приехал в Англию, он не видел ни одной женщины, которая была бы так очаровательна и так сложена, как она.

Я хочу, чтобы вы приехали на родину, мой дорогой старый друг, и поселились около меня. Вы достаточно потрудились на своем веку, и у вас уйма денег, а у меня по соседству продается имение, которое вам чудесно подойдет. Приезжайте же, и чем скорее, тем лучше! А книгу о наших приключениях вы можете закончить на пароходе! Мы отказались рассказывать нашу историю, пока вы се не напишете, так как боимся, что нам не поверят. Если вы послушаетесь моего совета, вы приедете сюда на рождество, и я очень прошу вас остановиться у меня. К этому времени приедут Гуд и Джордж и, между прочим, ваш сын (это чтобы вас соблазнить!). Он уже приезжал ко мне на недельку поохотиться и произвел очень приятное впечатление. Ваш Гарри чрезвычайно хладнокровный молодой человек: во время охоты он выпустил мне в ногу целый заряд дроби, сам вырезал все дробинки и затем сделал замечание о том, как удобно иметь среди охотников студента-медика.

До свидания, старина! Не буду вас больше уговаривать, но я знаю, что вы приедете, хотя бы для того, чтобы сделать одолжение вашему искреннему другу Генри Куртису.

P. S. Бивни огромного слона, разорвавшего беднягу Хиву, прибиты у меня в холле над той парой буйволовых рогов, которые вы мне подарили, и выглядят замечательно. А топор, которым я отрубил голову Твале, висит над моим письменным столом. Как жаль, что нам не удалось привезти кольчуги!

Г. К.

Сегодня вторник. В пятницу отходит пароход, и мне кажется, что я должен воспользоваться приглашением Куртиса и отправиться на нем в Англию, хотя бы для того, чтобы повидать моего мальчика Гарри и позаботиться о напечатании этой истории, так как мне не хотелось бы доверить это дело кому-либо другому.

Аллан Квотермейн

ПРЕКРАСНАЯ МАРГАРЕТ

Глава I. Питер встречает испанца

Это случилось весенним днем в шестой год правления короля Англии Генриха VIII[1].

В Лондоне было большое торжество — его величество открыл только что созванный парламент и объявил своим верноподданным что он намерен вторгнуться во Францию и собственной персоной возглавить английскую армию. Народ встретил это известие радостными криками. Правда, тогда в парламенте был сделан намек на то, что война потребует денег, это сообщение вызвало гораздо меньший восторг. Но толпу около парламента, состоявшую в большинстве своем из людей, которым не нужно было раскошеливаться, эта сторона дела не волновала. Когда появился король, окруженный блестящей свитой, в толпе принялись кидать в воздух шапки и кричать до хрипоты.

Король, уже усталый человек, несмотря на свою молодость, с тонким и нервным лицом, улыбался чуть иронически. Вспомнив, однако, что ему, занимающему несколько сомнительное положение на троне, нужно радоваться этим приветствиям, он произнес несколько милостивых слов и допустил трех граждан к своей королевской руке. Король даже разрешил каким-то больным детям дотронуться до своей одежды — это должно было излечить их от злого духа. Его величество задержался, чтобы принять прошения от бедняков, передал их одному из своих офицеров и, провожаемый возобновившимися с новой силой приветственными возгласами, проследовал в Вестминстерский дворец на пир.

---

[1] Генрих VII — английский король (1485–1509), первый из династии Тюдоров. Его приход к власти знаменовал конец войны Алой и Белой розы — кровавой феодальной борьбы за английский престол между двумя линиями королевской династии: Ланкастерской и Йоркской. После смерти короля Эдуарда IV, в 1843 году, его брат Ричард III захватил престол и убил малолетних сыновей Эдуарда. Казнями и преследованиями Ричард III восстановил против себя и ланкастерцев и йоркистов, которые объединились вокруг Генриха Тюдора, представителя младшей линии Ланкастеров, имевшего незначительные права на престол. В битве при Босворте 22 августа 1485 года Ричард III потерпел поражение и был убит. Генрих Тюдор стал королем Англии под именем Генриха VII

В свите короля находился и посол де Айала, представлявший при английском дворе государей Испании — Фердинанда и Изабеллу[1]. Его сопровождала группа роскошно одетых дворян. Судя по тому месту которое занимал испанец в процессии, его страна пользовалась здесь почетом. Да и как могло быть иначе — ведь уже четыре года назад принц Артур, старший сын короля, которому исполнился тогда только год, был официально обручен с дочерью Фердинанда и Изабеллы, инфантой Екатериной, которая была старше его на девять месяцев. Ведь в те времена считалось, что привязанности принцев и принцесс должны направляться заранее по пути, выгодному их коронованным родителям и воспитателям.

Слева от посла на превосходном черном коне ехал высокий испанец, одетый богато, но просто, в черный бархат; его черную бархатную шляпу украшала единственная жемчужина. Это был красивый мужчина лет тридцати пяти, с суровым и резко очерченным лицом и острыми черными глазами. Говорят, что в каждом человеке можно найти сходство — иногда, конечно, довольно далекое и приблизительное — с каким-нибудь зверем или птицей. В данном случае это сразу бросалось в глаза. Спутник посла напоминал орла, и случайно или умышленно изображение орла украшало ливреи его слуг и сбрую коня. Пристальный взгляд, крючковатый нос, гордый и властный вид, тонкие, длинные пальцы, быстрота и изящество движений — все в нем напоминало царя птиц. Намекал на это сходство и девиз, сообщавший, что владелец его все, что ищет, находит и все, что находит, берет. С презрительным и скучающим видом он наблюдал за разговором английского короля с предводителями толпы, которых его величеству угодно было вызвать.

— Вы находите эту сцену странной, маркиз? — обратился к нему посол.

— Здесь, в Англии, если ваше преосвященство не возражает, называйте меня сеньор, — с достоинством ответил он, — сеньор д'Агвилар. Маркиз, которого вы изволили упомянуть, живет в Испании и является

---

[1] Фердинанд и Изабелла — король и королева Испании, при которых произошло объединение разрозненных до того времени испанских государств. В 1469 году династическим браком наследника арагонского престола Фердинанда и будущей королевы Кастилии Изабеллы было положено начало формальному объединению обоих государств. В 1474 году Изабелла утвердилась на кастильском престоле, а в 1479 году Фердинанд стал королем Арагона. Последняя дата отмечает образование единого испанского государства

полномочным послом у мавров в Гранаде[1]. Сеньор д'Агвилар, смиренный слуга святой церкви, — он перекрестился, — путешествует за границей по делам церкви и их величеств.

— И по своим собственным, я полагаю, — сухо заметил посол. — Откровенно говоря, сеньор д'Агвилар, одного я не могу понять: почему вы — а я знаю, что вы отказались от политической карьеры, — почему вы тогда не облачитесь в черное одеяние? Впрочем, почему я сказал — черное? С вашими возможностями и связями оно уже сейчас могло бы быть пурпурным, с головным убором того же цвета[2].

Сеньор д'Агвилар улыбнулся:

— Вы хотите сказать, что я иногда путешествую по своим собственным делам? Ну что ж, вы правы. Я отказался от мирского тщеславия — оно причиняет беспокойство, а для некоторых людей, высокорожденных, но не обладающих соответствующими правами, весьма опасно. Из желудей этого тщеславия часто вырастают дубы, на которых вешают.

— Или плахи, на которых отрубают головы. Сеньор, я поздравляют вас: вы обладаете мудростью, которая умеет извлекать главное, отбрасывая в сторону призрачное. Это так редко встречается.

— Вы спрашиваете, почему я не меняю покроя своей одежды, — продолжал д'Агвилар, не обращая внимания на то, что его прервали. — Если быть откровенным, ваше преосвященство — по личным соображениям. У меня те же слабости, что и у других людей. Меня могут увлечь прекрасные глаза или ослепить чувство ненависти, а это все несовместимо с черным или красным одеянием.

— Однако те, кто носят его, грешат всем этим, — многозначительно заметил посол.

— Да, ваше преосвященство, и это позорит святую церковь. Вы, как служитель ее, знаете это лучше, чем кто-либо другой. Оставим земле все зло, но церковь, подобно небу, должна быть над всем этим, непорочная, ничем не запятнанная. Пусть она будет обителью молитв, милосердия и

---

[1] В описываемое в романе время, после длительной борьбы за освобождение Испании от мавританско-арабского владычества (реконкиста), на территории Испании оставалось последнее мавританское государство — Гранадский эмират, образовавшийся в 1238 году

[2] Высшие сановники католической церкви носили пурпурные одежды

праведного суда, куда не вступит нога такого грешника, как я, — и д'Агвилар вновь перекрестился.

В его голосе было столько искренности, что де Айала, знавший кое-что о репутации своего собеседника, с любопытством посмотрел на него.

«Истый фанатик, — подумал де Айала, — и человек полезный нам, хотя он отлично знает, как получать радости и от церкви и от жизни».

Вслух же он сказал:

— Неудивительно, что святая церковь радуется, имея такого сына, а ее враги трепещут, когда он поднимает свой меч. Однако, сеньор, вы так и не сказали мне, что вы думаете обо всей этой церемонии и здешнем народе.

— Народ этот, ваше преосвященство, я знаю хорошо — ведь мне случалось уже жить здесь и я говорю на их языке. Именно поэтому я покинул Гранаду и нахожусь сегодня здесь, чтобы наблюдать и докладывать... — Он приостановился и добавил: — Что же касается церемонии, то, будь я королем, я бы вел себя иначе. Ведь только что в этом здании чернь — представители общин, так ведь, кажется, они себя называют? — чуть ли не угрожала своему коронованному владыке, когда он униженно просил ничтожную частицу богатств страны для того, чтобы вести войну. Я видел, как он побледнел и задрожал от этих грубых голосов, будто один звук их может поколебать его трон. Уверяю вас, ваше преосвященство, настанет время, когда Англией будут править эти самые общины. Посмотрите на человека, которого его величество держит за руку и называет сэром. Ведь король, так же как и я, знает, что это еретик, и имей король права, этого человека за его грехи следовало бы отправить на костер. По полученным мною вчера сведениям, он высказывался против церкви...

— Церковь и ее слуги не забудут об этом, когда придет время, — обронил де Айала. — Однако аудиенция окончена, и его величество приглашает нас на пир, где не будет еретиков, которые раздражают нас, а так как сейчас пост, то и еды почти не будет. Поедем, сеньор, а то мы загораживаем путь.

Прошло три часа, солнце уже садилось. Оно было красноватое, несмотря на начало весны; на болотистых полях Вестминстера было холодно. На пустыре напротив дворца, где шел пир, толпились лондонские горожане. Они окончили свои дневные дела и пришли посмотреть на королевское торжество. В этой толпе обращали на себя внимание мужчина и дама, которую сопровождала молодая хорошенькая женщина.

Мужчине на вид было лет тридцать. Одет он был скромно, как одевались обычно лондонские купцы; у пояса его висел нож. Роста в нем было добрых шесть футов [1]. Впрочем, и его спутница, закутанная в отделанный мехом плащ, тоже была высокого роста. Строго говоря, мужчину вряд ли можно было назвать красивым — у него был слишком высокий лоб и резкие черты лица. К тому же правую сторону его чисто выбритого лица от виска и до энергичного подбородка пересекал красноватый шрам от удара мечом. Тем не менее лицо это было открытое, мужественное, хотя и несколько суровое, а серые глаза смотрели прямо. Это было лицо не купца, а скорее человека благородного происхождения, привыкшего к походам и войнам. У него была великолепная подвижная фигура, а голос его, когда он говорил, что бывало весьма редко, звучал ясно и приятно.

О фигуре его спутницы сказать что-либо было трудно, так как ее скрывал длинный плащ, но лицо, выглядывавшее из-под капюшона, когда она поворачивала голову и лучи заходящего солнца падали на него, поражало своей красотой. Маргарет Кастелл, или, как ее называли, прекрасная Маргарет, до конца жизни затмевала других женщин своей редкостной красотой. Нежными тонами и округлыми линиями ее лицо напоминало цветок. Его украшал белоснежный ясный лоб и великолепно очерченные яркие губы. Но для того чтобы понять секрет обаяния, выделявшего ее среди других красивых женщин того времени, нужно было заглянуть в ее глаза. Они были не голубыми или серыми, как можно было ожидать, судя по цвету лица, но огромными черными, блестящими и в то же время влажными, как у лани; их обрамляли черные, изогнутые ресницы. От этих глаз нельзя было оторваться, как, скажем, от розы, лежащей на снегу, или от утренней звезды, сверкающей в предрассветном тумане. И несмотря на застенчивость этих глаз, мужчине требовалось немало времени, чтобы забыть их, особенно если ему удавалось видеть глаза Маргарет в сочетании с темно-каштановыми волосами, волнами спадавшими на ее точеные плечи.

---

[1] Фут — мера длины, около 30,5 сантиметра

Питер Брум — так звали мужчину — несколько беспокойно посматривал вокруг и наконец обратился к Маргарет:

— Стоит ли нам оставаться здесь, кузина? Тут много простолюдинов. Ваш отец может рассердиться.

Тут следует объяснить, что в действительности родственные отношения Питера и Маргарет были гораздо менее близкими — только дальнее родство по линии матери, — однако они называли так друг друга, поскольку это было удобно и могло значить и очень много и ничего.

— Почему? — возразила она. В ее глубоком и мягком голосе слышался чуть заметный иностранный акцент, нежный, как дуновение южного ветра ночью. — С вами, кузен, — и она с удовольствием посмотрела на его рослую, мужественную фигуру, — мне некого бояться. А я очень хочу поближе увидеть короля. И Бетти тоже об этом мечтает. Правда ведь? — обратилась она к своей спутнице.

Бетти Дин была кузиной Маргарет, хотя ее родство с Питером Брумом было уже совсем далеким. Бетти была благородного происхождения, но ее отец, необузданный и беспутный человек, разбил сердце ее матери и умер вслед за ней, оставив Бетти на попечении матери Маргарет, в доме которой она и выросла.

Бетти была по-своему примечательна как внешностью, так и характером.

Красивая, превосходно сложенная, сильная, с большими дерзкими голубыми глазами и яркими полными губами, она отличалась смелостью и прямотой.

Будучи женщиной романтичной и тщеславной, Бетти любила общество мужчин и еще больше любила нравиться им. Однако в свои двадцать пять лет она была честной девушкой и умела постоять за себя, в чем имели возможность убедиться многие ее поклонники. И хотя Бетти занимала довольно низкое положение, в глубине души она очень гордилась своим происхождением и была весьма честолюбива. Самым сокровенным ее желанием было выйти замуж так, чтобы подняться до положения, которого ее лишили безумства отца, — довольно трудная задача для девушки, являвшейся чем-то вроде прислуги и к тому же без всякого приданого.

И наконец для завершения ее образа надо добавить, что она любила свою кузину Маргарет больше, чем кого-либо другого на всем свете, хотя

Питера она уважала не меньше, вероятно потому, что, как она ни старалась, ее красота оставляла его совершенно хладнокровным.

В ответ на вопрос Маргарет Бетти рассмеялась:

— Конечно! Ведь мы так редко выбираемся из Холборна[1] и мне не хотелось бы пропустить случай посмотреть на короля и его двор. Однако мастер[2] Питер так благоразумен, что я всегда слушаюсь его. К тому же начинает темнеть.

— Ну хорошо, — ответила Маргарет со вздохом, слегка пожав плечами, — если вы оба против меня, придется идти. Но в следующий раз, когда я пойду гулять, кузен Питер, я пойду с кем-нибудь более добрым.

Она повернулась и начала быстро пробираться сквозь толпу. Прежде чем Питер успел остановить ее, Маргарет свернула направо, где было посвободнее, и очутилась на площадке перед самым залом. Здесь собрались солдаты и слуги с лошадьми, ожидающие своих господ. Толпа замкнулась за Маргарет, и Питер с Бетти на несколько минут остались отрезанными от нее.

Маргарет вдруг оказалась одна среди солдат, составлявших стражу испанского посла де Айала. Солдаты эти отличались своей заносчивостью и грубостью — они были уверены в полной безнаказанности, так как знали, что положение их господина всегда будет им защитой. К тому же почти все они были пьяны.

Один из этих людей, здоровенный рыжий шотландец, которого дипломат-священник вывез из его родной страны, где был раньше послом, неожиданно увидев перед собой молодую и красивую женщину, решил поближе рассмотреть ее и прибегнул для этого к грубой уловке. Сделав вид, что он споткнулся, шотландец схватился за плащ Маргарет якобы для того, чтобы удержаться, и с силой сдернул его, открыл прелестное лицо и стройную фигуру.

— Друзья, — заорал он хриплым, пьяным голосом, — эта голубка прилетела сюда, чтобы подарить мне поцелуй! — И, обхватив Маргарет своими длинными руками, он старался привлечь ее к себе.

— Питер! На помощь, Питер! — закричала Маргарет, отчаянно сопротивляясь.

---

[1] Холборн — один из районов Лондона
[2] Мастер — молодой барин, дворянин

— Нет уж, красотка, если ты зовешь святого, — отвечал пьяный шотландец, — то Эндрью ничуть не хуже Питера.

Его приятели встретили это «остроумное» замечание громким смехом, ибо знали, что шотландца зовут Эндрью.

Однако в следующее мгновение они опять хохотали, но уже по другой причине. Эндрью показалось, что он очутился во власти урагана. Маргарет была вырвана из его рук, а сам он крутящимся волчком отлетел в сторону и со страшной силой упал вниз лицом.

— Вот это Питер! — воскликнул по-испански один из солдат.

— Да, у него стоящий святой патрон, — откликнулся второй.

А третий принялся поднимать лежащего Эндрью. Вид шотландца был страшен. Шляпа слетела, и огненно-рыжие волосы были измазаны грязью. Кроме того, падая, он разбил себе нос о камни, и по лицу его текла кровь. Маленькие красные глаза его свирепо сверкали, как у хорька, а физиономия посерела от боли и ярости. Рыча что-то по-шотландски, он выхватил меч и бросился на своего противника с явным намерением убить его.

Питер был без меча, а свой коротенький нож он даже не успел вытащить.

Однако в руке у него была толстая палка с железным наконечником. И не успела Маргарет всплеснуть руками, а Бетти взвизгнуть, как Питер отбил меч и, прежде чем шотландец мог напасть вновь, ударил его палкой. Страшный удар пришелся шотландцу по плечу и заставил его пошатнуться.

— Хороший удар, Питер! Отлично сработано, Питер! — закричали зрители.

Но Питер не видел и не слышал их — он был ослеплен яростью из-за оскорбления, нанесенного Маргарет. Палка вновь взлетела, но на этот раз всей силой обрушилась на голову шотландцу, расколола ее, как яичную скорлупу, и оскорбитель рухнул мертвым.

Наступило минутное молчание — шутка окончилась трагедией. Наконец один из испанцев, глядя на поверженное тело, воскликнул:

— Во имя бога, нашего товарища убили! Этот торгаш бьет крепко!

Среди приятелей убитого поднялся ропот, и один из них закричал:

— Рубите его!

Питер рванулся вперед и схватил с земли меч шотландца. Одновременно он отбросил палку и левой рукой выхватил из ножен свой кинжал. Теперь Питер приготовился встретить врагов. Вид у него был такой свирепый и воинственный, что, хотя четыре или пять мечей сверкнули в воздухе, противники приостановились. Питер, однако, понимал, что против такого количества врагов ему не выстоять, и в первый раз за время всей этой сцены раздался его голос:

— Англичане! — громко крикнул он, не поворачивая головы и не отводя глаз от врагов. — Неужели вы будете стоять и смотреть, как эти испанские собаки убивают меня?

Наступила короткая пауза, и затем раздался чей-то голос:

— Клянусь, только не я! — И высокий вооруженный кентец очутился рядом с Питером. Вокруг левой руки у него был обернут плащ, а в правой он держал обнаженный меч.

— И не я! — крикнул другой. — С Питером Брумом мы вместе воевали.

— И не я! — откликнулся третий. — Мы ведь с ним земляки из Эссекса!

Не прошло и минуты, как рядом с Питером собралась довольно внушительная группа крепких и рослых англичан. Силы противников оказались приблизительно равны.

— Теперь хватит, — сказал Питер. — Мы хотим только, чтобы игра была честная. Друзья, посмотрите за женщинами. А вы, убийцы, если хотите испробовать, как англичане умеют работать мечом, выходите. А если трусите, так дайте нам спокойно уйти.

— Выходите, чужеземные трусы! — зашумела толпа, которая не любила эту буйную и привилегированную стражу.

Теперь уже закипела кровь у испанцев — проснулась старая национальная вражда. На ломаном английском языке сержант выкрикнул несколько грязных ругательств по адресу Маргарет и призвал своих товарищей «перерезать глотки лондонским свиньям». В красноватых лучах заходящего солнца алым пламенем сверкнула сталь мечей, еще секунда — и завязалась бы кровавая драка.

Однако этого не случилось. Высокий сеньор, укрывавшийся в тени и наблюдавший всю эту сцену, стал между противниками и отвел готовые скреститься мечи.

— Довольно, — спокойно сказал по-испански д'Агвилар (ибо это был он). — Дураки! Вы что, хотите, чтобы всех испанцев в Лондоне разорвали на куски? Что касается этого пьяного животного, — и он тронул ногой труп Эндрью, — то он сам виноват. К тому же он не был испанцем, и вам незачем мстить. Слушайте меня. Или я должен сказать вам, кто я?

— Мы знаем вас, маркиз, — послушно ответил сержант. — Спрячьте свои мечи, приятели. В конце концов, это не наше дело.

Солдаты повиновались с явной неохотой, но в этот момент появился де Айала. Ему уже сообщили о смерти его слуги, и взбешенный посол громко потребовал, чтобы человек, убивший шотландца, был выдан.

— Мы не выдадим Питера испанскому попу! — зашумела толпа. — Идите сюда и попробуйте взять его, если хотите!

Опять все заволновались, а Питер со своими приятелями приготовился к бою.

Сражение было неминуемо, несмотря на попытки д'Агвилара предотвратить его, но шум неожиданно начал затихать, и воцарилась тишина. Среди поднятых мечей шел невысокий, богато одетый человек. Это был король Генрих.

— Кто осмелился обнажить мечи на моих улицах, перед самыми дверьми моего дворца? — ледяным голосом спросил он.

Дюжина рук указала на Питера.

— Говори, — приказал ему король.

— Маргарет, иди сюда! — крикнул Питер.

И девушку вытолкнули к нему.

— Ваше величество, — сказал Питер, показывая на труп Эндрью, — этот человек хотел обидеть девушку, дочь Джона Кастелла. Я, ее кузен, отшвырнул его. Тогда он обнажил свой меч и напал на меня, и я убил его палкой. Вон она лежит. А испанцы — его товарищи — хотели убить меня. Я позвал на помощь англичан. Вот и все.

Король оглядел его с ног до головы.

— Купец по одежде, — сказал он, — и воин по виду. Как твое имя?

— Питер Брум, ваше величество.

— А! Был такой сэр Питер Брум, который пал на Босвортском поле, сражаясь против меня. — Король улыбнулся: — Ты, случаем, не знаешь его?

— Это был мой отец, ваше величество. Я видел, как его убили, и убил убийцу.

— В это я могу поверить, — произнес король, разглядывая его. — Но почему сын Питера Брума, носящий на лице боевой шрам, одет в купеческое платье?

— Ваше величество, — спокойно ответил Питер, — мой отец продал свои земли, дав взаймы короне все, что у него было. А я никогда не предъявлял счета. Поэтому я должен жить так, как могу.

Король рассмеялся:

— Ты нравишься мне, Питер Брум, хотя ты, конечно, ненавидишь меня.

— Нет, ваше величество. Пока был жив Ричард, я сражался за Ричарда.

Ричарда нет, и я, если понадобится, буду сражаться за англичанина Генриха и служить королю Англии.

— Хорошо сказано! Может быть, ты мне понадобишься. Я не помню зла.

Однако я чуть не забыл: это ты так собираешься сражаться за меня — устраивая бунт на улицах и ссоря меня с моими друзьями испанцами?

— Ваше величество, я все рассказал вам.

— Твою историю я слышал. Но кто подтвердит, что это правда? Может быть, ты, дочь купца Кастелла!

— Да, ваше величество. Человек, которого убил мой кузен, оскорбил меня. А моя единственная вина в том, что я хотела посмотреть на ваше величество. Вот, видите мой разорванный плащ?

— Неудивительно, что он убил его из-за таких глаз, как твои. Но ты можешь быть пристрастна. — Король опять улыбнулся и добавил: — Нет ли других свидетелей?

Бетти уже открыла рот, но вперед вышел д'Агвилар, снял шляпу, поклонился и сказал по-английски:

— Есть, ваше величество. Я все видел. Этот смелый джентльмен ни в чем не виноват. Виноваты слуги моего соотечественника де Айала. Во всяком случае, вначале. А потом уже началась ссора.

Тут вмешался де Айала. Он был все еще зол и заявил, что если он не получит удовлетворения за убийство его слуги, то напишет их величествам, королю и королеве Испании, и сообщит им, как обращаются с их людьми в Лондоне.

При этих словах Генрих помрачнел. Более всего он не хотел портить отношения с Фердинандом и Изабеллой.

— Ты сделал сегодня дурное дело, Питер Брум, — сказал он. — Разобраться в этом должен будет судья. А пока тебя следует задержать. — И король обернулся, как бы для того, чтобы отдать приказ об аресте.

— Ваше величество! — воскликнул Питер. — Я живу в доме купца Кастелла в Холборне и никуда не скроюсь.

— А кто поручится за это, спросил король, — или за то, что ты не затеешь новой ссоры по дороге домой?

— Я поручусь, — спокойно сказал д'Агвилар, — если эта леди разрешит мне проводить ее вместе с ее кузеном домой. Кроме того, — добавил он тихо, — мне кажется, что если бросить его в тюрьму, то это гораздо скорее может вызвать мятеж, нежели если отпустить его домой.

Генрих посмотрел на толпу, которая следила за этой сценой, и прочел на лицах нечто такое, что заставило его согласиться с д'Агвиларом.

— Хорошо, маркиз, — сказал он, — я полагаюсь на ваше слово и слово Питера Брума, что он явится, когда будет вызван. Пусть этот труп оставят до завтра в аббатстве, пока не начнется расследование. Дайте мне руку, ваше преосвященство, у меня есть гораздо более важные вопросы, о которых я хочу поговорить с вами, прежде чем мы отойдем ко сну.

Глава II. Джон Кастелл

Когда король удалился, Питер обратился к тем, кто окружал его, и сердечно поблагодарил их. Затем он сказал Маргарет:

— Пойдемте, кузина. Представление окончено, и ваше желание исполнилось — вы видели короля. А теперь, чем скорее мы попадем домой, тем спокойнее я буду.

— Конечно! — ответила Маргарет. — Я видела больше, чем мне бы хотелось увидеть. Но прежде чем мы уйдем, надо поблагодарить этого испанского сеньора…

— … д'Агвилара, леди. Пока достаточно этого имени, — любезно ответил испанец, низко кланяясь и не сводя глаз с прекрасного лица Маргарет.

— Сеньор д'Агвилар, я благодарю вас от себя и от имени моего кузена, чью жизнь, возможно, вы спасли. Не так ли, Питер? И мой отец будет вам благодарен.

— Да, — несколько мрачновато произнес Питер, — я очень благодарен ему. Что же касается моей жизни, то я больше полагаюсь на мои собственные руки и руки моих приятелей. Покойной ночи, сэр.

— Я боюсь, сеньор, — с улыбкой отозвался д'Агвилар, — что мы еще не можем расстаться. Вы забыли, что я поручился за вас и поэтому должен сопровождать вас до вашего дома, чтобы увидеть, где вы живете. К тому же это будет безопаснее, ибо мои соотечественники мстительны, и, если я не пойду с вами, они могут напасть на вас.

Заметив по лицу Питера, что он решительно против такого сопровождения, Маргарет поспешно вмешалась:

— Конечно, это самое разумное. И мой отец решил бы так же. Сеньор, я буду показывать вам дорогу. — И, приняв галантно предложенную ей д'Агвиларом руку, Маргарет быстро пошла вперед, предоставив Питеру идти с Бетти.

Шествуя в таком порядке, они пересекли окутанные наступающими сумерками поля, лежащие между Вестминстером и Холборном, и углубились в лабиринт узеньких улочек. Маргарет довольно скоро разговорилась со своим спутником по-испански — язык этот она, по причинам, которые в дальнейшем будут разъяснены, знала хорошо. Позади шел Питер Брум в самом дурном настроении, держа в одной руке меч шотландца, а другой поддерживая Бетти.

Джон Кастелл жил в большом, выстроенном без четкого плана доме на главной улице Холборна. Позади дома находился сад, обнесенный высокой стеной. Фасад дома был занят лавкой, складом для товаров и конторой. Джон Кастелл был очень богатый купец, занимавшийся по королевскому разрешению вывозом товаров из Испании. Его суда привозили оттуда прекрасную испанскую шерсть, которая обрабатывалась в Англии, бархат, шелка и вина из Гранады, а также превосходное инкрустированное оружие из толедской стали. Иногда он имел дело с серебром и медью, добываемыми в горных рудниках, так как он был не только купцом, но и банкиром или тем, что подразумевалось под этим словом в те времена.

Никто точно не знал размеров его богатства. Говорили, что под лавкой находятся наполненные драгоценными товарами подвалы. Своими толстыми каменными стенами и железными дверьми, через которые не мог проникнуть ни один вор, его дом напоминал тюрьму. В этом большом здании, которое во времена Плантагенетов [1] представляло собой укрепленную дворянскую усадьбу, существовали тайные помещения, известные одному лишь хозяину. Даже его дочь и Питер никогда не переступали их порога. В доме было немалое количество слуг, крепких парней, носивших под плащами ножи и даже мечи и охранявших покой хозяев. Внутренние комнаты, в которых жили сам Кастелл, Маргарет и Питер, отличались простором и удобствами, были заново отделаны дубом в соответствии с модой Тюдоров и имели глубокие окна, выходившие в сад.

Когда Питер и Бетти подошли к двери, они обнаружили, что Маргарет и д'Агвилар, шедшие гораздо быстрее их, уже вошли в дом. Дверь была закрыта. На довольно сильный стук Питера отворил слуга. Питер пересек прихожую и вошел в зал, откуда доносились голоса. Это была красивая комната, освещенная висящими лампами, заправленными оливковым маслом, с большим камином, в котором горел огонь. Дубовый стол, стоявший перед очагом, был накрыт для ужина. Маргарет, сбросившая с

---

[1] Плантагенеты — английская королевская династия (11541399). В 1399 году король Ричард был низложен, и власть перешла к династии Ланкастеров

себя плащ, грелась, стоя у огня, а сеньор д'Агвилар удобно устроился в большом кресле. У него был такой вид, словно он здесь привычный гость. Шляпу он держал в руках и, откинувшись назад, наблюдал за Маргарет.

Перед ним стоял Джон Кастелл, крупный мужчина лет пятидесяти — шестидесяти, с умным лицом, на котором выделялись острые черные глаза и черная борода. Здесь, у себя дома, он был одет в богатый камзол, отделанный дорогим мехом и украшенный золотой цепью с драгоценным камнем на застежке. Когда Кастелл сидел у себя в лавке или в конторе, он одевался проще, чем любой купец в Лондоне. Однако в глубине души он любил роскошь и по вечерам, даже если никто не мог его увидеть, доставлял себе такое удовольствие.

Едва взглянув на лицо Кастелла, Питер понял, что тот очень взволнован. Кастелл обернулся на звук шагов Питера и сразу обратился к нему со свойственной ему решительностью и твердостью в голосе:

— Что я услышал, Питер? Ты убил человека перед воротами дворца? Ссора! Бунт, который едва не дошел до кровопролития между англичанами с тобой во главе и стражей его преосвященства де Айала. Король арестовал тебя, а этот сеньор взял на поруки. Это правда?

— Совершенная, — спокойно ответил Питер.

— Тогда я погиб, мы все погибли! О, будь проклят тот час, когда я пустил человека вашей кровожадной профессии в свой дом! Что ты можешь сказать?

— Что я хочу ужинать, — ответил Питер. — Те, кто начал рассказывать эту историю, пусть и кончают ее. У них язык привешен лучше, чем у меня! — И он сердито посмотрел на Маргарет, которая открыто смеялась, в то время как важный д'Агвилар улыбался.

— Отец, — вмешалась Маргарет, — не сердись на кузена Питера. Его единственная вина в том, что у него слишком тяжелая рука. Виновата я, потому что захотела остаться, чтобы посмотреть на короля, хотя и Питер и Бетти были против. А потом этот грубиян, — и ее глаза наполнились слезами стыда и гнева, — схватил меня, и Питер сбил его с ног. Когда же тот набросился на Питера с мечом, Питер убил его своей палкой, ну и... потом случилось все остальное.

— Это было великолепно проделано! — сказал д'Агвилар своим мягким голосом с иностранным акцентом. — Я видел все и был уверен, что шотландец вас убьет. Я еще понимаю, как вы сумели отпарировать удар, но как вы успели ударить его прежде, чем он напал вновь, — о, это...

— Ну ладно, — вмешался Кастелл. — Давайте сначала ужинать, а потом поговорим. Сеньор д'Агвилар, я надеюсь, вы окажете мне честь, разделив с нами наш скромный ужин? Хотя, конечно, трудно после королевского пира сесть за стол купца.

— Это вы мне оказываете честь, — ответил д'Агвилар, — что же касается пира, то в связи с постом его величество очень воздержан. Я почти ничего не ел и, так же как и сеньор Питер, весьма голоден.

Кастелл позвонил в серебряный колокольчик, и слуги принесли обильный и вкусный ужин. Пока они расставляли блюда, купец подошел к буфету, вделанному в стену, и вынул оттуда две оплетенные бутыли. Он осторожно откупорил их и объявил, что хочет угостить сеньора вином его родной страны. При этом он прочитал по-латыни молитв и перекрестился. Д'Агвилар последовал его примеру, присовокупив, что он рад обнаружить, что оказался в доме такого доброго христианина.

— А кем, вы думаете, я еще могу быть? — спросил Кастелл, бросив на него проницательный взгляд.

— Я ничего не думаю, сеньор, — ответил д'Агвилар, — но, увы, не все же христиане. В Испании, например, есть много мавров и… евреев.

— Я знаю, — сказал Кастелл, — я ведь торгую и с теми и с другими.

— Тогда вы, наверное, бывали в Испании?

— Нет, я английский купец. Но попробуйте это вино, сеньор, оно из Гранады, и одно это уже говорит за то, что оно хорошее.

Д'Агвилар пригубил, а потом выпил весь бокал.

— Вино действительно превосходное, — сказал он. — У меня нет подобных даже дома в моих подвалах.

— Значит, вы живете в Гранаде, сеньор д'Агвилар? — спросил Кастелл.

— Иногда, когда я не путешествую. У меня там есть дом, который оставила мне моя мать. Она любила этот город и купила у мавров старый дворец. А вам, сеньора, не хотелось бы повидать Гранаду? — спросил он, обращаясь к Маргарет. Похоже было, что он хочет переменить тему разговора. — Там есть великолепное здание, его называют Альгамбра[1]. Оно видно из окон моего дома.

— Вряд ли моя дочь когда-либо увидит его, — обронил Кастелл. — Я не думаю, что она посетит Испанию.

— Вы не думаете, но кто может знать? Один лишь бог и его святые. — Д'Агвилар опять перекрестился и принялся расписывать красоты Гранады.

Он был прекрасный рассказчик, с приятным голосом, и Маргарет с интересом слушала его, забывая о еде, а ее отец и Питер наблюдали за ними обоими. Наконец ужин был окончен, слуги убрали со стола и удалились. Тут Кастелл обратился к Питеру:

— Ну, а теперь рассказывай свою историю.

Питер рассказал ему все в нескольких словах, не упустив, однако, ничего.

— Я не виню тебя, — сказал купец, когда Питер закончил, — и понимаю, что ты не мог действовать иначе. Я виню Маргарет, потому что я разрешил ей прогуляться с тобой и Бетти только до реки и приказал остерегаться толпы.

— Да, отец, это моя вина, и я прошу у тебя прощения, — сказала Маргарет так покорно, что Кастелл не нашел в себе сил бранить дочь.

---

[1] Альгамбра — дворец гранадских султанов. (эмиров)

— Прощения ты должна просить у Питера, — пробормотал он, — похоже, он попадет в тюрьму за это дело, да еще его будут судить за убийство. Не забывай, это был слуга де Айала, с которым наш король не захочет портить отношения, а де Айала, по-видимому, весьма рассержен.

Эти слова напугали Маргарет. Ее сердце сжалось при мысли, что Питер может пострадать. Она побледнела, и глаза ее опять наполнились слезами.

— О, не говори так! — воскликнула она. — Питер, тебе нужно немедленно скрыться.

— Ни в коем случае, — твердо ответил тот. — Ведь я дал слово королю, а этот иностранный господин поручился за меня.

— Что же делать? — продолжала Маргарет; затем повернулась к д'Агвилару и, сжимая свои тонкие пальцы, обратилась к нему, с надеждой глядя в лицо. — Сеньор, вы так могущественны, и вы в дружбе с сильными людьми, помогите нам!

— Разве я здесь не для того, чтобы сделать это? Хотя, я думаю, человек, который может созвать половину Лондона себе на помощь, как это сделал на моих глазах ваш кузен, вряд ли нуждается в моей поддержке. Однако послушайте меня. Испания имеет здесь при дворе двух послов — де Айала, который оскорблен, и доктора де Пуэбла, друга короля. Как это ни странно, де Пуэбла не любит де Айала. Но он любит деньги, которые, вероятно, можно добыть. Итак, если обвинение будет предъявлено не священником де Айала, а де Пуэбла, который знает ваши законы и ваш суд, то... вы понимаете меня, сеньор Кастелл?

— Понимаю, — ответил купец. — Но как я могу подкупить де Пуэбла? Если я предложу ему деньги, он только потребует еще.

— Я вижу, что вы знаете его светлость, — сухо заметил д'Агвилар. — Вы совершенно правы, никаких денег предлагать не нужно. Подарок должен быть сделан после того, как будет получено помилование, не раньше. О, де Пуэбла знает, что слово Джона Кастелла так же ценится в Лондоне, как и среди евреев Гранады и купцов Севильи. В обоих этих городах я слышал о богатстве купца Кастелла.

При этих словах глаза Кастелла вспыхнули, но он только сказал:

— Может быть. Но как я могу добраться до посла, сеньор?

— Если вы разрешите, это будет моя задача. А теперь скажите, какую сумму вы считаете возможной, чтобы выручить вашего друга из неприятностей. Пятьдесят золотых?

— Это слишком много, — возразил Кастелл. — Убитый мерзавец не стоит и десяти. Кроме того, шотландец был нападающей стороной и платить вообще ничего не следует.

— Сеньор, в вас говорит купец. Вы опасный человек, если вы думаете, что миром должна управлять справедливость, а не короли. Мерзавец не стоит ничего, но слово де Пуэбла, замолвленное королю Генриху, стоит дорого.

— Ладно, пусть будет пятьдесят золотых, — сказал Кастелл, — и я заранее благодарю вас за посредничество. Вы возьмете деньги сейчас?

— Ни в коем случае. Только тогда, когда я принесу решение о помиловании. Сеньор, я буду у вас и сообщу, как обстоят дела. Прощайте, прекрасная сеньора. Пусть святые заступятся за того покойного мошенника, благодаря которому я познакомился с вами, и благословят ум вашего отца и крепкую руку вашего кузена. До следующей встречи.

Д'Агвилар с поклоном удалился, провожаемый слугой.

— Томас, — сказал Кастелл слуге, когда тот вернулся, — ты умеешь хранить тайны. Надень-ка шапку и плащ и проследи, куда пошел этот испанец. Узнай, где он живет, и выспроси о нем все, что сумеешь. Поторапливайся!

Слуга поклонился и исчез. Кастелл прислушался, пока не донесся стук запираемой двери, потом повернулся к Питеру и Маргарет, сказал:

— Не нравится мне это дело. Я чувствую, оно принесет нам несчастье. И испанец этот мне тоже не нравится.

— Он выглядит очень благородным джентльменом и высокого происхождения, — сказала Маргарет.

— Да, очень благородным, слишком благородным, и высокого происхождения, слишком высокого, если я не ошибаюсь. Таким благородным и такого высокого происхождения... — Кастелл остановился и затем добавил: — Дочь моя, ты своим своеволием привела в движение страшные силы. Иди в постель и моли бога, чтобы они не обрушились на наш дом и не сокрушили его и нас.

Маргарет удалилась, перепуганная и слегка возмущенная — что плохого она сделала? И почему ее отец не доверяет этому красивому испанцу?

Когда она ушла, Питер, который за все время почти ничего не произнес, поднял голову и прямо спросил:

— Чего вы боитесь, сэр?

— Многого, Питер. Во-первых, что из меня благодаря этому делу вытянут много денег. Известно ведь, что я богат. А вытянуть деньги не считается тяжелым грехом. А во-вторых, если я буду противиться, это может вызвать вопросы.

— Какие вопросы?

— Ты слышал когда-нибудь, Питер, о новых христианах, которых испанцы называют маранами?

Питер кивнул головой.

— Тогда ты должен знать, что мараны — это крещеные евреи. Так вот, — я рассказываю тебе об этом потому, что ты умеешь хранить тайны, — мой отец был мараном. Как звали его, не важно, пусть лучше имя его будет забыто. Но он бежал из Испании в Англию по причинам, которые касались его одного, и взял имя той страны, откуда приехал, — Кастилии, или Кастелл. А так как закон не разрешает евреям жить в Англии, он принял христианскую веру. Не доискивайся причин, почему он это сделал, они похоронены вместе с ним. Он крестил и меня, своего единственного сына. Мне тогда было десять лет. Его очень мало интересовало, как я клялся: отцом Авраамом или святой Марией. Документ о моем крещении до сих пор лежит у меня в стальном ящике. Так вот, отец был умный человек, и он создал свое дело. Когда же двадцать пять лет назад он умер, то оставил мне немалое состояние. В этот же год я женился на англичанке, двоюродной сестре твоей матери. Я любил ее, был счастлив с ней и дал ей все, о чем она могла мечтать. Но после рождения Маргарет — это было двадцать три года назад, — она заболела и уж не могла оправиться. Спустя восемь лет она умерла. Ты помнишь ее, ведь ты был уже юношей, когда она привезла тебя сюда и взяла с меня обещание, что я всегда буду помогать тебе, так как, кроме твоего отца, сэра Питера, не оставалось никого из вашего старинного рода. Сэр Питер вопреки моему совету поставил все на этого узурпатора и мошенника Ричарда, который обещал облагодетельствовать его, а сам тем временем забрал у него все деньги.

Твой отец был убит при Босворте, оставив тебя без земель, без денег и в немилости, и тогда я предложил тебе кров, и ты, как умный человек, снял свои доспехи и надел суконную одежду купца, став моим партнером по торговле, хотя твоя доля в прибылях была ничтожна. Теперь ты опять сменил трость на сталь, — и Кастелл глянул на меч шотландца, лежавший на маленьком столике, — а Маргарет вызвала к жизни те страшные силы, о которых я говорил.

— Что вы имеете в виду, сэр?

— Этого испанца, которого она привела в дом и нашла таким приятным.

— Вы что-нибудь знаете о нем?

— Подожди минутку, и я расскажу тебе.

Джон Кастелл взял лампу и вышел из комнаты. Вскоре он вернулся, держа в руках письмо и расшифрованный текст, написанный его собственной рукой.

— Это, — сказал он, — письмо от моего компаньона и родственника Хуана Бернальдеса, марана, живущего в Севилье, где находится двор Фердинанда и Изабеллы. Помимо других дел, он пишет мне: «Я предупреждаю всех братьев в Англии, чтобы они были осторожны. Я узнал, что некто, чье имя я не могу упомянуть даже в шифрованном письме, могущественный и высокопоставленный человек, который, хотя и известен как любитель наслаждений и распутник, является одним из самых ярых фанатиков Испании, послан или в ближайшее время будет послан из Гранады, где он жил, чтобы наблюдать за маврами, в Англию в качестве посла, для того чтобы заключить секретное соглашение с королем. Должен быть составлен список богатых маранов, имена которых хорошо известны здесь, с тем чтобы, когда настанет момент для истребления всех евреев и маранов, их можно было схватить и доставить в Испанию на суд инквизиции. Он должен также договориться о том, чтобы ни одному еврею или марану не разрешалось искать убежища в Англии. Используй эту информацию и предупреди всех, кого это касается».

— Вы думаете, д'Агвилар и есть этот человек? — спросил Питер, пока Кастелл складывал письмо и прятал его в карман своего камзола.

— Думаю, да. Я уже слышал, что лиса вышла на охоту и надо следить за своими курятниками. А ты разве не заметил, что он крестился как священник и как он говорил о том, что находится среди добрых христиан? Потом, сейчас великий пост, а у нас, к несчастью, на столе было мясо, хотя никто из нас не ел его, Ты ведь знаешь, — добавил поспешно Кастелл, — я не очень строго соблюдаю всякие церковные правила. Испанец заметил это и притронулся только к рыбе, хотя выпил немало сладкого вина. Я уверен, сообщение об этом мясе будет отправлено в Испанию с первым же курьером.

— А если и так, что за беда? Мы живем в Англии, и англичане не подчиняются испанским законам и обычаям. По-моему, сеньор д'Агвилар убедился в этом сегодня около дворца. Последствий этой ссоры следует бояться здесь, дома. И пока мы в безопасности в Лондоне, нам ничего не угрожает из Испании.

— Я не трус, но я думаю, Питер, опасность гораздо серьезнее. У римского папы длинные руки, а у хитрого Фердинанда еще длиннее. И оба они тянутся к горлу и к кошелькам еретиков.

— Но мы не еретики.

— Да, вероятно, не еретики, но мы богаты, а отец одного из нас был еврей. К тому же в этом доме есть еще кое-что, чего может пожелать даже самый верный сын святой церкви. — И Джон Кастелл посмотрел на дверь, через которую ушла Маргарет.

Питер понял — его сильные руки сжались в кулаки, а серые глаза вспыхнули.

— Я пойду спать, — сказал он. — Я хочу подумать.

— Нет, — ответил Кастелл, — наполни свой бокал и посиди. Мне нужно еще кое-что сказать тебе, а такого подходящего момента у нас не будет. Кто знает, что может случиться завтра.

Глава III. Питер собирает фиалки

Питер послушно сел в глубокое дубовое кресло у потухшего камина и, по своему обыкновению, молча ждал, что скажет Кастелл.

— Слушай, — начал тот. — Пятнадцать месяцев назад ты говорил со мной кое о чем.

Питер кивнул головой.

— О чем ты тогда говорил?

— Что я люблю мою кузину Маргарет и прошу у вас разрешения сказать ей об этом.

— И что я ответил?

— Что вы запрещаете, потому что недостаточно испытали меня и она сама не испытала себя. И потому еще, что она будет очень богата и при ее красоте может рассчитывать на мужа с более высоким положением, хотя она и дочь купца.

— Ну, а дальше?

— А дальше ничего. — Питер медленно выпил свое вино и поставил стакан на стол.

— Ты очень молчаливый человек, даже когда дело идет о любви, — сказал Кастелл, пристально глядя на него своими острыми глазами.

— Я молчу, потому что говорить больше нечего. Вы приказали мне молчать, я и молчу.

— Даже тогда, когда ты видишь, как эти блестящие лорды делают ей предложения и она сердится, потому что ты никак не проявляешь своей любви, и уж готова уступить кому-либо из них?

— Да, даже тогда. Это тяжело, но я молчу. Разве я не ем ваш хлеб? Что же я должен обманывать вас и нарушать ваш запрет?

Джон Кастелл опять посмотрел на него, и на этот раз в его взгляде было уважение и любовь.

— Молчалив и суров, но честен, — сказал он как будто про себя и тут же добавил: — Тяжелое испытание, но я понимал это и помогал тебе самым лучшим образом, отправляя этих поклонников — а все они нестоящие люди — к чертям. Теперь скажи, ты по-прежнему хочешь жениться на Маргарет?

— Я редко меняю мои решения, а в таком деле никогда.

— Отлично! Тогда я разрешаю тебе узнать, что она думает по этому поводу.

Лицо Питера вспыхнуло от радости, которую он не мог скрыть. Но затем, как будто устыдившись такого проявления чувств, он взял стакан и выпил несколько глотков вина, прежде чем ответить.

— Благодарю вас. Я даже не смел думать об этом. Но, по чести говоря, я действительно не пара кузине Маргарет. Земель, которые должны были принадлежать мне, у меня нет, и я ничего не скопил из того, что вы платите мне за мою скромную помощь в торговле. А Маргарет богата или будет богата.

Глаза Кастелла блеснули, ответ ему понравился.

— Зато у тебя честное сердце, — сказал он. — Какой мужчина в подобном случае стал бы говорить против себя? Кроме того, ты благородного происхождения и недурен собой; во всяком случае, так думают некоторые девушки. Что же касается богатства, то, как говорил мудрый царь нашего народа, богатые часто приделывают себе крылья и улетают. Больше того: я тебя полюбил и стал уважать, и я охотнее отдам свое единственное дитя тебе, чем любому лорду Англии.

— Я даже не знаю, что сказать, — прервал его Питер.

— Ничего не говори. Это твоя привычка, и неплохая. Слушай. Ты только что вспомнил о своих землях в Эссексе, в чудесной долине Дедхэма, как о пропавших. Так вот, они возвращены. Месяц назад я купил их и даже по цене более высокой, чем мне хотелось бы, так как на них были другие претенденты. И как раз сегодня я выплатил все в золоте и получил купчую. Она — на твое имя, Питер Брум, и, женишься ты на моей дочери или нет, земли будут твоими, когда я умру, потому что я обещал моей покойной жене помогать тебе, а она ребенком жила в вашем замке.

Взволнованный молодой человек вскочил на ноги и обратился, как было принято в то время, к святому, чье имя он носил:

— Святой Петр, благодарю тебя…

— Я просил тебя помолчать, — перебил его Кастелл, — к тому же, кроме бога, благодарить нужно только Джона, а не святого Петра, который имел к этим землям не больше отношения, чем отец Авраам или терпеливый Иов. Ну, с благодарностью или без, но эти земли твои, хотя я и не собирался пока говорить тебе об этом. А сейчас я хочу кое-что предложить. Во-первых, скажи мне, что думает Маргарет по поводу твоего каменного лица и сжатых губ.

— Откуда я знаю? Я никогда не спрашивал ее об этом. Вы запретили мне.

— Ха! Живя в одном доме, в вашем возрасте, я бы узнал все, и не нарушая слова. Однако темпераменты бывают разные, а ты слишком честен для влюбленного. Скажи, испугалась она сегодня, когда этот негодяй бросился на тебя с мечом?

Питер подумал:

— Не знаю, я не смотрел на нее. Я смотрел на шотландца и его меч, иначе был бы мертв я, а не он. Но, конечно, Маргарет сильно испугалась, когда тот негодяй схватил ее, ведь она громко позвала меня.

— Ну, и что же? Какая женщина в Лондоне не позвала бы на помощь такого парня, как Питер Брум, в подобном случае? Ладно, ты должен спросить Маргарет, и поскорее, если ты сможешь найти слова. Поучись у этого испанского лорда — шаркай ногой, кланяйся и льсти, рассказывай ей всякие басни про войну и посвящай стихи ее глазам и волосам. Питер, ты же не дурак. Неужели я в мои годы должен учить тебя, как ухаживать за женщинами!

— Может быть, сэр. Я не умею делать ничего подобного, а стихи мне трудно читать, не то что писать. Но я могу задать вопрос и получить ответ...

Джон Кастелл нетерпеливо покачал головой:

— Спрашивай, если ты хочешь, но никогда не принимай ответа, если он отрицательный. Лучше подожди и спроси еще раз...

— И если понадобится, — продолжал Питер, не замечая, что его прервали, — я могу переломать этому испанцу все его кости, как веточки.

— Ну что ж, возможно, тебе и придется это сделать прежде, чем все это кончится. Что касается меня, то я думаю, что кости ему ломать нужно. А ты поступай как знаешь, спрашивай как умеешь. Но спрашивай! Я хочу услышать ответ до завтрашнего вечера. Однако становится поздно, а мне нужно еще кое-что сказать тебе. Мне угрожает опасность. О моем богатстве прослышали за границей, и есть немало людей, которые мечтают поживиться. Среди них, я полагаю, и некоторые высокие персоны. Так вот, Питер, я хочу закрыть свою торговлю и удалиться туда, где никто не найдет меня, — в твой замок в Дедхэме, если ты приютишь меня там. Уже больше года прошло с того дня, как ты заговорил со мной о Маргарет. Я собираю свои деньги в Испании и Англии, вкладываю их небольшими суммами в надежные дела, покупаю драгоценности или одалживаю деньги купцам, которым я доверяю и которые не ограбят ни меня, ни моих близких. Ты хорошо работал у меня, Питер, но ты не купец, у тебя нет этого в крови. Денег у нас более чем достаточно, я передам свое дело другим. Они продолжат его под своим именем, но на паях, и, если бог позволит, святки мы будем проводить в Дедхэме.

В эту минуту открылась дверь, и в комнату вошел слуга, которого Кастелл посылал проследить за испанцем.

— Ну, что скажешь? — обратился к нему Кастелл.

Слуга поклонился и начал рассказывать:

— Я шел за сеньором, как вы приказали мне, до его дома, но он не заметил меня. Он живет неподалеку от Вестминстерского дворца, в том же большом доме, где и посол де Айала. Люди, стоявшие у его дома, снимали перед ним шляпы. Потом я приметил, что некоторые из них вошли в таверну. Я последовал за ними, заказал себе вина и стал прислушиваться к их разговорам. Испанские язык я знаю хорошо, ведь я служил пять лет в вашей конторе в Севилье. Они обсуждали сегодняшнюю драку и говорили, что если бы они поймали того длинноногого парня, имея в виду мастера Питера, то расправились бы с ним, так как он опозорил их, убив своей палкой шотландца, который был их начальником. Я разговорился с ними, выдав себя за английского матроса, бывавшего не раз в Испании. Они были слишком пьяны, чтобы задавать мне вопросы. А я спросил их о высоком сеньоре, который вмешался в драку, перед тем как прибыл король. Они объяснили, что это богатый сеньор, по имени д'Агвилар, но служить ему во время поста плохо, потому что он очень строг в религии, хотя во всем другом совсем не строг. Я сказал, что принял его за очень знатного дворянина, и тогда один из них ответил, что я прав и в Испании нет более высокого рода, чем род этого господина, но, к несчастью, его родословная не так уж чиста — в его крови есть немного чернил.

— Что это значит? — спросил Питер.

— Это испанское выражение, — объяснил ему Кастелл, — оно означает, что он незаконнорожденный и что в его венах есть кровь мавров.

— Потом я поинтересовался, что здесь делает этот господин, а солдат ответил мне, что с этим вопросом лучше обращаться к самому господу богу или к королеве Испании. В конце концов после еще одной кружки вина солдат рассказал мне, что этот сеньор большей частью живет в Гранаде и что если я навещу его там, то увижу немало прелестных женщин. А имя его маркиз Нигель. Я заметил, что это значит маркиз Никто, на что солдат заявил мне, что я слишком любопытен и что он именно так и хотел сказать — никто. Он тут же крикнул своим товарищам, что я шпион, и я решил, что пора уходить, а то они были так пьяны, что могли изувечить меня.

— Хорошо, Томас, — сказал Кастелл. — Сегодня ты на страже? Посмотри хорошенько, чтобы двери были на запоре и мы могли спать спокойно, не боясь испанских воров. Иди отдыхай, Питер. А я еще задержусь. Мне нужно написать письма в Испанию, чтобы отправить с кораблем, который уходит завтра вечером.

Когда Питер ушел, Джон Кастелл потушил все свечи, за исключением одной. Со свечой в руке он прошел в небольшой зал, в котором в старые времена, когда этот дом принадлежал знатному дворянину, находилась домашняя церковь. Здесь стоял алтарь и над ним распятие. Джон Кастелл преклонил колено перед алтарем — даже в этот ночной час он не был уверен, что за ним не следят чьи-нибудь глаза, — затем поднялся, проскользнул за алтарь, приподнял занавес и нажал пружину, скрытую в деревянной панели. Дверь открылась в крохотную потайную комнатку без окон, скрывавшуюся в толщине стены. Возможно, здесь когда-то священник хранил свое облачение или священные дары.

Сейчас в этой комнатке стоял простой дубовый стол, на нем свечи, небольшой деревянный ящик и несколько свитков пергамента. Джон Кастелл пал ниц перед этим столиком и начал горячо молиться отцу Аврааму. Хотя отец и крестил его, когда он был мальчиком, Джон Кастелл остался верен своей религии. Именно поэтому он так тревожился за свою тайну. Если это будет обнаружено, он погибнет — его уделом и уделом его семьи будет смерть, ибо в те времена не было более страшного преступления, чем молиться другому богу, кроме того, которому разрешала молиться святая церковь. Однако в течение многих лет он шел на этот риск, молясь так же, как молились его предки.

Окончив молитву, Кастелл покинул свою тайную молельню, закрыл потайную дверь и прошел в контору. Там он просидел до рассвета сначала за письмом к своему другу в Севилью, а потом зашифровывая его. Он запечатал письмо, сжег черновик, потушил свечу и подошел к окну посмотреть на восход солнца. В саду под его окном цвели бледные примулы, пели дрозды.

— Интересно, — сказал он вслух, — увижу ли я эти цветы, когда они вновь распустятся? У меня ощущение, что петля уже затягивается на моей шее. Я почувствовал это, когда проклятый испанец перекрестился за моим столом. Ну что ж, пусть будет что будет, я постараюсь скрывать правду, пока смогу, но если они откроют мою тайну, я не стану отрицать ее. Большая часть моих денег в сохранности, моего богатства им никогда не получить, теперь я устрою свою дочь — с Питером она будет в безопасности. Мне не нужно было откладывать это так долго, но я мечтал о хорошей партии для нее — ведь она, как христианка, могла на это рассчитывать. Я исправлю свою ошибку — не позже завтрашнего утра она будет помолвлена с Питером и не позже мая станет его женой. Бог моих отцов, дай нам спокойно и в безопасности прожить еще один месяц, а потом возьми мою жизнь, ибо я публично отрекся от тебя.

Раньше чем Джон Кастелл отправился к себе в спальню, Питер уже был на ногах — по правде говоря, он почти не спал эту ночь. Разве мог он заснуть, когда между заходом и восходом солнца судьба его изменилась столь удивительным образом. Еще вчера он был только помощником купца — подходящее ли занятие для человека, приученного владеть оружием и с честью носившего его? Сегодня Питер стал джентльменом, владельцем обширных земель, принадлежавших многим поколениями его предков. Вчера он был безнадежным влюбленным, так как в глубине души он никогда не верил, что богатый Джон Кастелл позволит ему, бедняку без кола, без двора, ухаживать на его дочерью — самой прекрасной и самой богатой невестой в Лондоне. Он уже просил однажды его разрешения, но, как и ожидал, получил отказ. Будучи человеком слова, Питер ни разу не сказал Маргарет ни единого нежного слова, не пожал ей руки, даже не смотрел ей в глаза. Иногда, правда, ему казалось, что она не была бы против, если бы он сделал что-нибудь подобное. Пожалуй, Маргарет бывала даже удивлена, что он этого не делает. Больше того: теперь он понял, что даже ее отец удивлен его сдержанностью. Такова была странная награда за добродетель.

Питер любил Маргарет. С тех пор как мальчиком он играл с ней, он не любил никого, кроме нее. Она одна заполняла его мысли днем и сны по ночам. Она была его надеждой, его путеводной звездой. Небо представлялось ему местом, где он всегда будет вместе с Маргарет, земля без нее могла быть только адом. Только ради нее он оставался в лавке Кастелла, подставляя свою гордую шею под ярмо торговца, занимаясь торговыми операциями, выслушивая грубости от купцов и знатных покупателей, принимая чеки, торгуясь, и все это без малейшего неудовольствия, хотя частенько ему казалось, что он не выдержит и отвращение к такой жизни задушит его. Ведь только из-за нее он оказался здесь, вместо того чтобы вдали отсюда мечом пробивать себе дорогу к славе и успеху или этим же мечом вырыть себе могилу. Здесь он мог быть рядом с Маргарет, мог касаться ее руки утром и вечером, видеть сияние ее необыкновенных глаз, а иногда, когда она наклонялась над ним, чувствовать ее дыхание на своих волосах. И вот теперь испытание приходит к концу — ему вдруг приоткрылись врата рая.

Но что, если Маргарет окажется ангелом с огненным мечом, запрещающим ему войти в рай? Питер трепетал при этой мысли. Ну что ж, пусть будет что будет, он не станет силой навязываться ей или звать на помощь ее отца. Он сделает все, чтобы завоевать ее благосклонность, а если потерпит поражение, благословит ее и не будет досаждать ей.

Рассвет еще только наступал, но Питер не мог дольше лежать в постели. Он встал и быстро оделся. У открытого окна он произнес молитву, поблагодарив бога за все прошлые милости, и попросил его благословения. Взошло солнце, и вдруг Питера охватило страстное желание оказаться на лоне природы, наедине с небом, птицами и деревьями. Ведь он родился в деревне и не любил город, а здесь, в Лондоне, куда ни пойдешь, обязательно всюду люди. Тут же он вспомнил, что теперь ему нельзя ходить по улицам одному, без охраны, — испанцы могут подкараулить его и захватить врасплох. Остается сад — туда он может пойти погулять.

Питер спустился по широкой дубовой лестнице, отпер дверь и очутился в саду. Хотя сад содержался не очень хорошо, но зато для Лондона он был достаточно велик. Сад окружала высокая стена. Одна из дорожек вела к старым вязам. Под ними была скамейка, невидимая из окон дома. Летом она была излюбленным местом Маргарет, которая также всей душой любила природу. Сад доставлял ей большую радость — почти все цветы были посажены ее руками.

Некоторое время Питер прогуливался по аллее. Случилось так, что Маргарет, тоже плохо спавшая этой ночью, проснулась рано и увидела Питера сквозь шторы окна. Ей стало любопытно, что он делает в саду в такой ранний час и почему он одет в свой лучший костюм. Может быть, подумала она, его обычная одежда оказалась порванной или испачканной во вчерашней стычке? Тут Маргарет вспомнила, как храбро вел себя Питер во время этого столкновения. Она как будто вновь увидела все это — как сильные руки Питера схватили огромного рыжего негодяя и швырнули его на землю, как Питер отражал удары сверкающей стали одной только тростью, потом последовал его удар, и оскорбитель упал мертвым.

Да, ее кузен Питер был настоящим мужчиной, хотя и несколько странным.

Вспомнив некоторые непонятные для нее вещи, Маргарет пожала плечами и надула губки. Этот испанец за один час сказал ей больше учтивых слов, чем Питер за два года. К тому же испанец красив, и у него очень благородный вид. Но, в конце концов, испанец — это испанец, и все другие мужчины — только другие мужчины, а Питер — это Питер, человек особенный, интересующийся женщинами так же мало, как и торговлей.

Но почему же он, человек, который не интересуется ни женщинами, ни торговлей, живет здесь, думала она. Чтобы нажить богатство? Это было трудно предположить. Очевидно, деньги тоже мало его интересовали. Во всем этом была какая-то тайна. Маргарет очень хотелось бы заглянуть в сердце Питера и увидеть, что скрыто там. Ни один мужчина не имел права оставаться загадкой для нее. Да, в один прекрасный день она это сделает, чего бы это ей ни стоило.

Маргарет вспомнила, что она так и не поблагодарила Питера, больше того — предоставила ему идти домой с Бетти, а это путешествие, как она поняла из оживленного рассказа своей кузины, когда та раздевала ее, не доставило удовольствия ни ему, ни ей. Здесь надо разъяснить, что Бетти была сердита на Питера за то, что он однажды сказал ей, что она красивая дура, которая слишком много думает о мужчинах и слишком мало о своих делах. Маргарет подумала, что, когда начнется день со всеми его заботами, она уже не сможет поговорить с Питером, и решила сойти вниз, поблагодарить его и попробовать заставить его хоть на этот раз заговорить.

Итак, Маргарет завернулась в свой отороченный мехом плащ, накинула на голову капюшон, ибо апрельское утро было довольно холодным, и спустилась в сад. Однако, когда она оказалась в саду, Питера там уже не было. Маргарет пожалела, что она так рано пришла в сад, где было еще сыро, и стала подумывать, не пора ли ей вернуться. Тут она решила, что будет глупо, если кто-нибудь увидит ее, и направилась по дорожке, делая вид, что ищет фиалки. Но фиалок не было. Так она дошла до старых вязов в глубине сада и меж их древних стволов увидела Питера. Теперь она поняла, почему не нашла фиалок — их собрал Питер. В эту минуту он был занят том, что пытался, довольно неуклюже, связать их травою вместе с листьями в небольшой букет, в левой руке он держал фиалки, правой тянул за один конец травинки, а так как ему не хватало пальцев ухватить другой конец, то Питер пытался сделать это с помощью зубов. Наконец ему удалось затянуть узелок, но стебелек травы разорвался, и фиалки рассыпались. Тут у Питера вырвалось такое словечко, которое не следует произносить даже наедине с самим собой.

— Я знала, что это случится, — воскликнула Маргарет, — но никогда не думала, что ты способен рассердиться из-за такого пустяка.

Питер поднял глаза и увидел Маргарет, освещенную солнцем, свежую и прекрасную, как сама весна. Она с упреком покачала головой, и от этого движения капюшон упал, ее губы и глаза смеялись. Маргарет была так прекрасна, что при виде ее у Питера дрогнуло сердце. Но, вспомнив вырвавшиеся у него только что слова и кое-что сказанное накануне Кастеллом, он покраснел так отчаянно, что щеки Маргарет от сочувствия к нему тоже зарделись. Это было глупо, но Маргарет ничего не могла с собой поделать. Питер сегодня был какой-то странный, и это невольно взволновало ее.

— Для кого ты так рано собираешь фиалки? — спросила она. — Тебе сейчас нужно было бы молиться за душу шотландца.

— Меня совершенно не интересует его душа! — раздраженно буркнул Питер. — Если у этого негодяя была душа, то он должен был сам позаботиться о ней. А фиалки я собираю для тебя.

Маргарет изумленно раскрыла глаза. У Питера никогда не было привычки преподносить ей цветы. Неудивительно, что он выглядел так странно.

— Ну, тогда я помогу тебе связать их. Ты знаешь, почему я встала так рано? Это все из-за тебя. Я дурно вела себя вчера вечером. Я рассердилась, потому что ты перечил мне, когда я хотела остаться посмотреть на короля. Я так и не поблагодарила тебя за все, что ты сделал, хотя в глубине души я так признательна тебе. Ты выглядел очень благородно, стоя с мечом в руке, окруженный англичанами. Иди сюда, и я как следует поблагодарю тебя.

Питер от растерянности выронил и остальные фиалки. В этот момент его осенила идея, и он сказал:

— Ты видишь, я не могу подойти к тебе. И если ты действительно хочешь отблагодарить меня за такой пустяк, иди сюда и помоги мне собрать эти фиалки, черт бы их побрал, у них такие короткие стебли!

Маргарет чуть помедлила, затем подошла поближе, наклонилась и начала подбирать фиалки одну за другой. Питер рассыпал их на довольно большом пространстве, и сначала он и Маргарет находились далеко друг от друга, но по мере того как фиалок становилось все меньше, они сближались. Наконец на земле остался только один цветок, и оба потянулись за ним. Маргарет схватила фиалку, а Питер — ее руку. Они выпрямились, и лица их оказались совсем рядом — глаза Маргарет сияли, а в глазах Питера вспыхнуло пламя. Секунду смотрели они друг на друга, и неожиданно Питер поцеловал ее в губы.

Глава IV. Влюбленные

— Питер! — задохнулась от волнения Маргарет. — Питер!

Но Питер не отвечал, только его лицо стало таким бледным, что шрам от удара меча, пересекавший щеку, казался красной ниткой узора, вышитого на белой скатерти.

— Питер, — повторила Маргарет, освобождая свою руку, — ты понимаешь, что ты сделал?

— По-моему, ты сама понимаешь, — пробормотал Питер, — зачем же мне объяснять?

— Значит, это не случайно! Значит, ты действительно хотел этого! И тебе не стыдно!

— Если бы это было случайно, то я не прочь чаще сталкиваться с такими случайностями.

— Питер, пусти меня! Я сейчас же скажу обо всем отцу.

Питер радостно улыбнулся:

— Можешь все рассказать ему. Он не будет сердиться. Он сам сказал мне…

— Питер, как ты смеешь еще и лгать! Не хочешь ли ты убедить меня, что мой отец велел тебе поцеловать меня и сделать это непременно в шесть часов утра?

— Он ничего не говорил о поцелуях, но я думаю, что он имел это в виду. Он сказал мне, что я могу просить тебя выйти за меня замуж.

— О, это совсем другое дело! — ответила Маргарет. — Если бы ты попросил меня выйти замуж и я после долгого раздумья сказала бы «да», чего мне, конечно, не следовало бы делать, тогда, может быть, перед нашей свадьбой ты мог бы поцеловать меня… А ты начал с этого, и это бессовестно и безнравственно с твоей стороны, и я никогда не буду больше разговаривать с тобой.

— Тем более я должен поговорить с тобой, — покорно заметил Питер, — раз у меня есть такая возможность. Ты не должна уходить, прежде чем не выслушаешь меня. Послушай, Маргарет, я люблю тебя с той поры, когда тебе было еще двенадцать лет…

— Это новая ложь, Питер, или ты сошел с ума. Если ты любишь меня целых одиннадцать лет, ты бы сказал мне об этом.

— Я давно хотел сказать, но твой отец запретил мне. Я просил у него разрешения пятнадцать месяцев назад, по он взял с меня слово, что я ничего не скажу тебе.

— Ничего не скажешь?. Но он же не мог заставить тебя обещать никак не показывать этого.

— По-моему, это одно и то же. Теперь я понимаю, что вел себя, как дурак, и, кажется, упустил время.

Питер выглядел таким удрученным, что Маргарет несколько смягчилась.

— Ну что ж, — сказала она, — по крайней мере, это было честно, и я рада, что ты честен.

— Ты только что сказала, что я лгал… дважды. Если я честен, как я мог лгать?

— Я не знаю. Для чего ты загадываешь мне загадки? Дай мне уйти и постарайся забыть все это.

— Только после того, как ты прямо ответишь мне. Ты выйдешь за меня замуж? Если нет, то тебе незачем уходить, потому что тогда уйду я и не буду больше тебя беспокоить. Ты знаешь меня и знаешь все обо мне. Мне нечего тебе больше сказать, кроме того, что, хотя ты можешь найти более красивого мужа, ты никогда не найдешь такого, который любил бы тебя и заботился о тебе больше, чем я. Я знаю, что ты очень красива и очень богата, а я некрасив и небогат. Я не раз молил небо, чтобы ты была не такой богатой и не такой красивой, потому что иногда это приносит несчастье женщине, когда она честна и имеет только одно сердце, чтобы отдать его мужчине. Но это так, и я не могу ничего изменить. И хотя у меня мало шансов на успех, но я решил довести дело до конца. Есть ли у меня какая-нибудь надежда, Маргарет? Скажи мне и положи конец моим страданиям. Я ведь не умею много говорить.

Теперь заволновалась Маргарет, обычная кокетливая уверенность покинула ее.

— Так делать не полагается, — прошептала она, — и я не хочу… Я поговорю с отцом. Он даст тебе ответ.

— Не нужно беспокоить его, Маргарет. Он уже сказал свое слово. Его самое большое желание — чтобы мы поженились. Твой отец хочет оставить торговлю и поселиться с нами в Дедхэме, в Эссексе. Он купил там имение моего отца.

— Ты полон странными новостями сегодня утром, Питер.

— Да, Маргарет, колесо нашей жизни, которое тащилось так медленно, сегодня закрутилось. Наверно, бог там, над нами, подхлестнул лошадей нашей судьбы, и они понеслись галопом, куда — я не знаю. Будут ли они бежать вместе или врозь? Это ты должна сказать.

— Питер, — попросила она, — дай мне немного подумать.

— Хорошо, целых десять минут по часам, а если нет, то всю твою жизнь, потому что я соберу свои вещи и уеду. Пусть говорят, что я боялся быть схваченным за убийство солдата.

— Это нехорошо с твоей стороны — так настаивать.

— Нет, так лучше для нас обоих. Может быть, ты любишь другого?

— Должна тебе признаться, да, — прошептала Маргарет, незаметно взглянув на него.

Тут Питер, как ни крепок он был, побледнел и в волнении отпустил ее руку, все еще державшую фиалки. Маргарет с удивлением посмотрела на него.

— Я не имею права спрашивать тебя, кто он, — пробормотал Питер, пытаясь прийти в себя.

— Конечно, нет, но я скажу тебе: это мой отец. Какого еще мужчину я могу любить?

— Маргарет, — с гневом вскричал Питер. — Ты дразнишь меня!

— Почему? Какого еще мужчину могу я любить… разве только тебя…

— Я не могу больше переносить эту игру! — вырвалось у Питера. — Прощайте, госпожа Маргарет. Да будет с вами бог! — И он бросился бежать.

— Питер! — позвала она, когда он пробежал уже несколько ярдов. — Хочешь взять эти фиалки на прощанье?

Питер остановился.

— Тогда иди сюда и возьми их.

Питер подошел. Чуть дрожащими пальцами Маргарет стала прикалывать цветы к его камзолу, придвигаясь все ближе к нему, пока ее дыхание не коснулось его лица, а волосы не задели его шляпу. И не важно, как это случилось, но фиалки опять оказались на земле, она вздохнула, а Питер обнял ее своими сильными руками и начал целовать в волосы, в глаза, в губы. Она не сопротивлялась.

Наконец она оттолкнула его и, взяв за руку, заставила сесть на скамейку и сама села на некотором расстоянии.

— Питер, — прошептала она, переводя дыхание, — я должна сказать тебе кое-что. Питер, ты плохо думаешь обо мне? Нет, нет, молчи, теперь моя очередь говорить. Ты думаешь, что я бессердечная и играю тобой. Я делала это только для того, чтобы убедиться, что ты действительно любишь меня.

Теперь я уверена и хочу сказать тебе. Я люблю тебя так же давно и так же сильно, как и ты. Иначе разве я не могла бы выйти замуж за кого-нибудь из моих многочисленных поклонников? И признаюсь тебе, к стыду своему, однажды я так рассердилась на тебя за твое молчание, что чуть не вышла замуж за другого. И все-таки я не смогла сделать этого. Питер, когда я увидела вчера, как ты с одной только тростью в руках защищал меня, и подумала, что тебя могут убить, тогда я поняла всю правду, и сердце мое чуть не разорвалось. И если бы ты умер, оно разорвалось бы. Но теперь все это позади, и мы знаем тайну друг друга. Ничто теперь не разлучит нас. Только смерть.

Так говорила Маргарет, и Питер жадно впитывал ее слова, подобно тому как пустыня, иссушенная годами засухи, впитывает капли дождя. Он смотрел в ее лицо, с которого исчезла насмешливость, — это было лицо самой прекрасной и самой серьезной женщины, к которой неожиданно пришло сознание, что такое жизнь со всеми ее радостями и тяготами. Когда Маргарет кончила говорить, этот молчаливый мужчина, который даже в минуту величайшего счастья оставался немногословным, сказал:

— Бог был добр к нам! Поблагодарим его.

Так они и сделали. Их молитва была детски простодушной, они верили, что сила, которая соединила их, научила любить друг друга, благословит и защитит их от всех бед, врагов и зла на всю жизнь.

Они еще долго сидели, то разговаривая, то опять замолкая. И вдруг после одного из таких моментов блаженного молчания они оба чего-то испугались — так бывает, когда темная туча среди ясного дня вдруг закрывает солнце и грозит ураганом и ливнем.

— Пойдем, уже пора, — сказала Маргарет. — Отец будет искать нас.

Они молча вышли из укрытия старых вязов на поляну. И вдруг Маргарет заметила, что ее нога наступила на чью-то тень. Она подняла глаза: перед ней стоял не кто иной, как сеньор д'Агвилар, серьезно и немного иронически смотревший на них. Возглас испуга вырвался у Маргарет, а Питер, повинуясь инстинкту храброго человека, всегда идущего навстречу опасности, шагнул к испанцу.

— Матерь божья! Уж не приняли ли вы меня за вора? — В голосе д'Агвилара была насмешка.

Чтобы не столкнуться с Питером, испанец посторонился.

— Извините, сеньор, — ответил, придя в себя Питер, — но вы появились столь неожиданно. Мы меньше всего ожидали видеть вас здесь.

— Не более, чем я мог думать, что, встречу вас. Мне кажется, в саду несколько неуютно в такое холодное утро. — И д'Агвилар оглядел их обоих своими внимательными, насмешливыми глазами. Под его испытующим взглядом молодые люди покраснели. — Позвольте мне объяснить, — продолжал д'Агвилар. — Я явился сюда так рано по вашему делу — предупредить вас, мистер Питер, чтобы вы не выходили сегодня из дому, так как есть приказ о вашем аресте, а я еще не имел возможности уладить это дело и добиться его отмены. Совершенно случайно я встретил ту красивую леди, которая была с вами вчера. Она возвращалась с рынка и сказала мне, что она ваша кузина. У нее добрая душа. Она привела меня в дом и, узнав, что ваш отец, которого я хотел повидать, молится в старой часовне, проводила меня до ее дверей. Я вошел, но никого не увидел и, подождав немного, спустился через открытую дверь в этот сад, решив погулять, пока кто-нибудь не выйдет. Ну, и, как видите, мне посчастливилось гораздо больше, чем я мог надеяться.

— Так, — заметил Питер. Маневры этого человека и его пространные объяснения были ему неприятны. — Надо найти господина Кастелла.

— Мы очень благодарны вам, что вы пришли предупредить нас, — пробормотала Маргарет. — Я пойду поищу отца. — И она проскользнула мимо испанца.

Д'Агвилар посмотрел ей вслед и обернулся к Питеру:

— Вы, англичане, крепкие люди: вы не боитесь холодного весеннего воздуха. Хотя в таком обществе и я бы не побоялся. Она поистине красавица. У меня есть кое-какой опыт по этой части, но такой женщины я никогда еще не видел.

— Моя кузина достаточно хороша, — холодно ответил Питер, которому весьма не понравились слова испанца.

— Да, — продолжал Д'Агвилар, не обращая внимания на тон Питера, — она так хороша, что достойна иного положения — не дочери купца, а благородной леди, графини, правящей городами и землями, а может быть, даже королевы. Королевская одежда и украшения очень пошли бы ей.

— Моя кузина не ищет этого. Она счастлива своим скромным жребием, — возразил Питер и тут же добавил: — А вот и господин Кастелл.

Д'Агвилар направился навстречу купцу и вежливо приветствовал его. От его внимания не ускользнуло, что, несмотря на все усилия, прилагаемые Кастеллом, чтобы выглядеть спокойным, ему это явно не удавалось.

— Я очень ранний гость — обратился к нему д'Агвилар, — но я знаю, что вы, деловые люди, поднимаетесь вместе с жаворонками, а мне хотелось застать нашего друга раньше, чем он выйдет отсюда. — И д'Агвилар объяснил причину своего прихода.

— Благодарю вас, сеньор, — ответил Кастелл, — вы очень добры ко мне и к моей семье. Я весьма сожалею, что вам пришлось ожидать меня. Мне сказали, что вы искали меня в часовне, но я уже успел уйти оттуда в контору.

— Да, я смог убедиться в этом. Какое необычное это место — ваша старая часовня! В ожидании вас я прошел в алтарь и прочитал молитву, которую не успел совершить дома.

Кастелл чуть заметно вздрогнул, быстро глянул на д'Агвилара и переменил тему разговора. Он предложил испанцу позавтракать вместе с ним. Однако тот отказался, объяснив, что спешит по их делам и своим собственным, и попросил разрешения прийти к ним ужинать завтра, в воскресенье, а заодно и рассказать, как идут дела, — предложение, не принять которое Кастелл не мог.

Итак, испанец вежливо откланялся и вышел из дома. Он пришел сюда пешком и без сопровождающих. Свернув за угол, Д'Агвилар столкнулся не с кем иным, как с Бетти. Она возвращалась откуда-то с поручением, которое ей показалось удобным выполнить именно сейчас.

— Как! — воскликнул Д'Агвилар. — Опять вы! Святые очень добры ко мне сегодня. Прошу вас, сеньора, пройдемте немного со мной. Мне хочется спросить вас кое о чем.

Помедлив секунду, Бетти согласилась. Не часто случалось ей пройти по Холборну с таким благородным кавалером.

— Пусть вас не смущает ваше скромное платье, — говорил Д'Агвилар: — с такой фигурой, как ваша, можно одеваться во что угодно.

Этот комплимент заставил Бетти покраснеть от удовольствия — она очень гордилась своей фигурой.

— Не хотелось бы вам, — продолжал Д'Агвилар, — иметь мантилью из настоящего испанского кружева? Ну, так вы получите ее. Я привез одну такую мантилью из Испании и преподнесу ее вам. Я не знаю ни одной женщины, которой она пойдет больше, чем вам. Однако, госпожа Бетти, вы сказали мне неправду о вашем хозяине. Я пошел в часовню и не нашел его там.

— Он был там, сеньор, — возразила Бетти, стараясь оправдаться перед этим приятным и изысканным иностранцем. — Я видела, как он вошел туда за минуту до вашего появления и не выходил оттуда.

— Но куда же он девался, в таком случае, сеньора? Может быть, там есть склеп?

— Не знаю, но там, за алтарем, есть маленькая комнатка.

— Вот как! А откуда вы знаете?

— Однажды я услышала голос за занавесом, приподняла его и увидела приоткрытую потайную дверь. За ней был господин Кастелл, он стоял на коленях перед столиком и произносил молитву.

— Как странно! А что было на столике?

— Только деревянный ящик странной формы, похожий на маленький домик, два подсвечника и несколько свертков пергамента. Но, сеньор, я совсем забыла — я обещала господину Кастеллу никому не рассказывать об этом. Он тогда обернулся и бросился на меня, как сторожевой пес. Вы ведь никому не скажете о том, что я вам рассказала?

— Никогда. Меня не интересуют частные дела вашего хозяина. Я хочу спросить вас о другом. Скажите, почему ваша прелестная кузина не замужем? Разве у нее нет поклонников?

— Поклонников? О, сколько угодно, но она отказывает им и делает вид, что они ее не интересуют.

— Может быть, она влюблена в своего кузена, этого длинноногого, здоровенного и крепколобого мастера Брума?

— О нет, сеньор, не думаю. В него не может влюбиться ни одна женщина — он слишком суров и молчалив.

— Я согласен с вами, сеньора. Но тогда, вероятно, он влюблен в нее?

Бетти покачала головой.

— Питер Брум не думает о женщинах, сеньор. Во всяком случае, он никогда не говорит ни о них, ни с ними.

— Ну, это как раз доказывает обратное. Но, в конце концов, ведь это не наше с вами дело. Я просто рад услышать, что между ними ничего нет, потому что ваша хозяйка должна выйти замуж за человека высокого рода и стать благородной леди, а не женой купца.

— Конечно, сеньор. Хотя Питер Брум не купец, по крайней мере по рождению. Он дворянин и был бы сэром Питером Брумом, если бы его отец не сражался против нынешнего короля и не лишился своих земель. Питер Брум солдат, и, говорят, очень храбрый. В этом все могли убедиться вчера вечером.

— Без сомнения. Пожалуй, он со своим суровым лицом и молчаливостью мог бы стать великим полководцем, если бы подвернулся случай. Однако, сеньора Бетти, скажите мне, как это могло случиться, что вы, такая красавица, — и д'Агвилар поклонился, — до сих пор не замужем? Я не думаю, чтобы это было от недостатка в претендентах на вашу руку.

И опять Бетти, эта глупая девушка, покраснела от удовольствия.

— Вы правы, сеньор, — ответила она, — у меня их много, но я в этом отношении похожа на свою кузину — они мне не нравятся. Хотя мой отец потерял свое состояние, я благородного происхождения, и, полагаю, именно поэтому меня не привлекают все эти простолюдины. Я скорее останусь здесь навсегда, чем выйду замуж за кого-нибудь из них.

— Вы совершенно правы, сеньора, — проникновенно сказал д'Агвилар. — Не позорьте вашу кровь. Выходите замуж только за человека, равного вам по происхождению. Для такой прекрасной и обворожительной девушки это не будет трудно. — И он посмотрел в ее большие глаза с выражением нежного обожания.

Теперь, когда они уже шли по полю, где встречалось мало людей, проявления этой нежности со стороны испанца становились все откровеннее, и тщеславная Бетти, которая тем не менее была гордой и честной девушкой, сочла за лучшее заявить, что ей нужно возвращаться. Несмотря на протесты д'Агвилара, она оставила его и побежала обратно, не чуя под собой ног от счастья.

«Как красив и благороден этот джентльмен! — думала Бетти. — Настоящий кавалер. И, конечно, он влюбился в меня. Почему бы и нет? Это случается довольно часто. Многие богатые леди, которых она знает, не были и вполовину так красивы и благородны по происхождению, как она, а оказались бы менее подходящими женами для его… если только, — эта мысль несколько охладила ее, — если только он уже не женат».

Судя по всему, д'Агвилар довольно быстро добился успехов в выполнении замысла, который родился у него всего несколько часов назад. Бетти была уже наполовину влюблена в него. Правда, он совершенно не стремился покорить сердце этой красивой, но глупой женщины, — он видел в ней только полезное для него орудие, ступеньку, благодаря которой он мог приблизиться к Маргарет.

В Маргарет он влюбился с первого взгляда. Когда он впервые увидел ее в толпе перед королевским дворцом, без плаща, испуганную, разгневанную, ее нежная и в то же время величественная красота зажгла огонь в его южной крови. Д'Агвилар был человеком чувственным и пресыщенным, но чувство, которое он испытывал в этот момент, было для него совершенно неизведанным. Его потянуло к этой женщине так, как не тянуло ни к одной женщине до тех пор, и более того — он захотел сделать ее своей женой. Почему бы и нет? Правда, в его родословной есть пятно, но положение он занимает высокое. Маргарет, конечно, ниже его, но это возмещается ее красотой; кроме того, она остроумна и образованна настолько, чтобы занять то положение, которое он может предложить ей. К тому же как ни велико его состояние, но беспутный образ жизни заставил его наделать много долгов, а она единственная дочь одного из самых богатых купцов Англии, и ее приданому позавидуют многие принцессы. Что еще может помешать ему? Он оставит Инессу и всех остальных — по крайней мере, на время — и сделает Маргарет хозяйкой своего дворца в Гранаде. Короче говоря, как это часто бывает с теми, у кого в венах течет восточная кровь, он решил все еще до того, как встал из-за стола Кастелла накануне вечером. Он должен жениться на Маргарет и ни на ком другом.

Правда, он тут же представил себе все трудности, стоявшие на его пути. Прежде всего он не доверял Питеру, этому спокойному, сильному человеку, который мог одной тростью расправиться с хорошо вооруженным воином и одним словом призвать половину Лондона себе на помощь. Д'Агвилар был уверен, что Питер не может не быть влюбленным в Маргарет, а это был опасный соперник. Ну что ж, если Маргарет не думает о Питере, то это не страшно, но если это так — кстати, что они делали сегодня утром одни в саду? Пожалуй, от Питера необходимо избавиться, вот и все. Это не так уж трудно, если прибегнуть к некоторым известным способам: здесь найдется немало испанцев, которым ничего не стоит нанести ему в темноте удар кинжалом в спину.

И все же при всех его грехах мысль о таком шаге смущала д'Агвилара. Он был фанатиком, у которого злодеяния сменялись периодами раскаяния и молитв. Тогда он отдавал свои средства и свой талант на службу церкви, как было в настоящий момент. Нет, д'Агвилар никогда не запятнает себя убийством, об этом не может быть и речи, иначе чем он сможет смыть этот грех со своей души? Но есть другие пути. Разве, к примеру, этот Питер — правда, при самообороне — не убил одного из слуг испанского посла? А может быть, этим не придется воспользоваться. Ему казалось, что он нравится Маргарет, и, кроме этого, он многое может предложить ей. Он будет честно ухаживать за ней и, если она или ее отец отвергнут его, тогда начнет действовать. Тем временем над головой Питера будет занесен меч, и д'Агвилар сделает вид, что он единственный человек, который может удержать этот меч. А пока он должен узнать все о Кастелле.

На этот раз судьба в лице глупой Бетти улыбнулась ему. У него не было сомнений, об этом он уже слышал в Испании, и пребывание в доме купца окончательно убедило его, что Кастелл — еврей. Рассказ Бетти о комнате за алтарем, где был молитвенный ящик, свечи и свитки, подтверждал это. В конце концов, этого было вполне достаточно, чтобы отправить его на костер испанской инквизиции или изгнать из пределов Англии. Если теперь Джон Кастелл, испанский еврей, не захочет отдать ему свою дочь, не заставит ли его переменить свое решение легкий намек на полномочия их величеств королей Испании и святого отца?

Обдумывая все это, д'Агвилар вернулся к себе и прежде всего записал рассказ Бетти и все, что он сам видел в доме Джона Кастелла.

Глава V. Тайна Джона Кастелла

В доме Джона Кастелла, как и во многих других домах в те времена, было принято, что все продавцы и клерки завтракали и обедали вместе с хозяевами в одном зале, но за двумя отдельными столами. Исключение составляла Бетти, как кузина и компаньонка дочери хозяина, — она ела за одним столом с Кастеллами. В это утро место Бетти оказалось пустым. Кастелл, хотя и сидел в глубокой задумчивости, заметил это. Ни Маргарет, ни Питер не могли ответить на его вопрос. Однако один из слуг, как раз тот, которого накануне вечером Кастелл посылал проследить за д'Агвиларом, сказал, что он видел Бетти, когда проходил через Холборн, — она шла вместе с тем самым испанским господином. Услышав это, хозяин дома помрачнел.

Завтрак прошел в полном молчании, и, едва слуги покинули зал, появилась раскрасневшаяся Бетти.

— Где ты была? — обратился к ней Кастелл. — И почему опоздала к завтраку?

— Я ходила за полотном для простынь, но оно не было приготовлено, — бойко протараторила Бетти.

— Как видно, тебя заставили долго ждать, — спокойно заметил Кастелл. — Ты никого не встретила?

— Только людей на улице.

— Я не буду тебя больше ни о чем спрашивать, иначе ты будешь продолжать лгать и принимать грех на свою душу, — сурово сказал Кастелл. — Отвечай мне: куда ты ходила с сеньором д'Агвиларом и о чем ты с ним говорила?

Бетти поняла, что ее видели с испанцем и что продолжать скрывать это бесполезно.

— Я прошла с ним совсем немного и то только потому, что сеньор попросил показать ему дорогу.

— Послушай, Бетти, — перебил ее Кастелл, не обращая внимания на ее слова, — ты уже достаточно взрослая девушка, чтобы отвечать за себя. Я не буду ничего говорить тебе относительно прогулок с кавалерами. Эти прогулки не приведут к добру. Но имей в виду: ни один человек, знающий дела моего дома, — и он пристально посмотрел на нее, — не должен иметь ничего общего ни с одним испанцем. Если тебя еще раз увидят с этим господином, ты никогда больше не перешагнешь порог моего дома. Молчи, мне не нужно твоих оправданий. Забирай свой завтрак и иди с ним куда-нибудь в другое место.

Бетти, чуть не плача, покинула зал. Она была очень рассержена, ибо на характеру своему была девушкой упрямой. Маргарет, любившая свою кузину, попыталась сказать что-то в ее оправдание, но отец перебил ее:

— Глупости! Я знаю Бетти — она тщеславна, как павлин. Она не может забыть о своем благородном происхождении, о том, что она хороша собой, и ищет мужа выше себя по положению. А этот испанец играет на ее слабостях в своих целях, и я ручаюсь, что эти цели не из хороших. Если мы не помешаем этому, она может навлечь беду на всех нас. Ну, хватит говорить о Бетти Дин. Я должен идти работать.

Однако Питер, не промолвивший ни слова за все это время, остановил его:

— Сэр, нам нужно сказать вам кое-что о себе.

— О себе? — с удивлением переспросил Кастелл. — Ну что ж, говорите. Впрочем, здесь не место для таких разговоров. Я думаю, что у стен тут тоже есть уши. Идите за мной.

Он провел их в старую часовню и запер дверь.

— Вот теперь говорите, в чем дело.

— Сэр, — начал Питер, — получив ваше разрешение, я просил сегодня утром вашу дочь стать моей женой.

— Я вижу, ты не терял время даром, друг мой. Если б ты поднял ее с постели или просил ее руки через дверь, то и тогда не мог проделать это быстрее. Впрочем, понятно; ты всегда был человеком действия. Так что ответила тебе моя Маргарет?

— Час назад она сказала, что согласна стать моей женой.

— Ты осторожный человек, — улыбнулся Кастелл, — ведь известно, что женщина за час может изменить свое решение. А что ты скажешь теперь, Маргарет, после столь долгого раздумья?

— Что я сердита на Питера! — воскликнула Маргарет, топнув своей маленькой ножкой. — Если он не доверяет мне на час, то как он может навеки связать свою жизнь с моей?

— Нет, нет, Маргарет, — вмешался Питер, — ты не поняла меня. Я просто не хотел связывать тебя в случае, если…

— Вот ты опять говоришь то же самое! — перебила его Маргарет, раздраженная и в то же время довольная.

— Похоже, что мне лучше помолчать, — смиренно заметил Питер. — Говори сама.

— Да уж, конечно, молчать ты мастер. Я это знаю лучше, чем кто-нибудь другой, — ответила Маргарет, вознаграждая себя за томительные месяцы и годы ожидания. — Хорошо, я скажу за тебя. Отец, Питер сказал правду, я согласилась выйти за него замуж, хоть это и означает вступить в орден Молчаливых братьев. Да, я согласна, не ради Питера, конечно, — у него слишком много недостатков, — а ради себя, потому что я люблю его. — И Маргарет мило улыбнулась.

— Не шути, Маргарет.

— А почему, отец? У Питера такой торжественный вид, что этого хватит на двоих. Посмотри на него. Давай смеяться, пока это возможно. Кто знает, не придется ли нам плакать.

— Хорошо сказано, — вздохнул Кастелл. — Итак, вы решили обручиться. Я рад этому, дети мои, ибо кто знает, когда могут нагрянуть те слезы, о которых сейчас говорила Маргарет. Возьми ее руку, Питер, и клянись распятием, которому ты поклоняешься, — Питер с удивлением посмотрел на него, но Кастелл продолжал, — поклянитесь оба, что в любом случае, вместе и порознь, при добрых или худых вестях, в бедности или богатство, в мирные дни или в дни гонений, в тяжких испытаниях, в радости или горе, вы останетесь верными своему слову, пока не будете обвенчаны, а после этого — верными друг другу всю жизнь, пока смерть не разлучит вас.

Кастелл произнес эти слова серьезно и взволнованно, он всматривался в лица Питера и Маргарет так, словно хотел прочитать их самые сокровенные мысли. Его волнение передалось молодым людям — они опять ощутили страх, подобный тому, который охватил их в саду, когда они увидели перед собой тень испанца. Торжественно, почти не испытывая радости, естественной в такой момент, они взялись за руки и поклялись на распятии, что через все испытания, даже те, которые они сейчас не могут предвидеть, они пронесут эту клятву и сохранят верность друг другу до самой смерти.

— И после нее, — добавил Питер.

Гордая голова Маргарет склонилась в знак согласия.

— Дети, — сказал Кастелл, — вы будете богаты. Не так много людей в этой стране богаче вас. Но, пожалуй, разумнее будет с вашей стороны не выставлять напоказ ваше богатство и не пытаться подражать знатным людям. Иначе вы возбудите зависть, и она погубит вас. Умейте ждать, и положение само придет к вам, а если не к вам, то к вашим детям. Питер, я хочу сказать тебе сейчас, чтобы не забыть, что опись всех моих капиталов и вложений в движимую собственность, в земли, суда и торговые предприятия зарыта под полом в моей конторе, как раз под тем местом, где стоит мой стул. Поднимете доски, выкопаете землю и найдете каменную плиту, под ней железный ящик с документами, инвентарными книгами, там лежат и драгоценности. Если по какой-либо причине этот ящик будет потерян, копии почти всех документов находятся у моего друга и партнера по торговле в Англии — Симона Леветта, которого вы знаете. Запомните мои слова.

— Отец, — озабоченно прервала его Маргарет, — почему ты так говоришь? Как будто ты не будешь с нами. Ты боишься чего-нибудь?

— Да, дочь моя, я боюсь или, вернее сказать, не боюсь, а жду. Я готов встретить все, что ждет меня. По и вы ведь поклялись, и вы сдержите клятву?

— Да, — в один голос ответили Питер и Маргарет.

— Тогда приготовьтесь принять на себя тяжесть первого испытания, потому что я не хочу больше скрывать от вас правду. Дети, вы были убеждены, что я одной с вами веры, на самом деле это не так. Я еврей, как были ими мой отец и дед еще во времена Авраама.

Эти слова произвели на Питера и Маргарет ошеломляющее впечатление. Питер от удивления раскрыл рот и второй раз за этот день побледнел; Маргарет без сил опустилась в кресло и беспомощно смотрела на него. В те времена быть евреем означало подвергаться страшной опасности. Кастелл смотрел на них обоих — их молчание показалось ему оскорбительным.

— Ах, вот как! — воскликнул он с горечью. — И вы, оказывается, как все? Вы презираете меня за то, что я принадлежу к расе более древней и благородной, чем все эти ваши выскочки лорды и короли? Вы знаете мою жизнь — сделал я что-нибудь плохое? Обманывал своих соседей или грабил бедняков? Или я насмехался над вашим причастием? Замышлял ли я крамолу против властей? Может быть, я был плохим другом или жестоким отцом? Вы качаете головой, но почему же тогда вы смотрите на меня, как на отверженного? Разве я не имею права следовать вере моих отцов? Разве я не могу молиться богу так, как мне нравится? — И он с вызовом посмотрел на Питера.

— Нет, сэр, — ответил тот, — конечно, вы можете. По крайней мере, я так считаю. Но почему же тогда вы все эти годы притворялись, что молитесь так же, как мы?

При этом прямом вопросе, столь характерном для Питера, Кастелл отпрянул, как воин, получивший неожиданный удар в самое уязвимое место. Мужество покинуло его, гнев в его глазах сменился смирением, и сам он стал как будто меньше ростом. Теперь это был обвиняемый, ждущий милосердного приговора из рук своей дочери и ее возлюбленного.

— Не судите меня жестоко, — сказал он. — Подумайте о том, что значит быть евреем — отверженным, которого каждый бродяга может оттолкнуть и оплевать, человеком вне закона, за которым охотятся в каждой стране, охотятся, как за диким волком, и, поймав, убивают для развлечения добрых христиан, предварительно обобрав его до нитки. И теперь представьте себе, что была возможность избежать всех этих ужасов, приобрести безопасность, спокойствие и защиту церкви, а затем богатство и положение.

Он остановился на мгновение, словно ожидая возражений, но Питер и Маргарет молчали, и Кастелл продолжал:

— К тому же в детстве меня крестили, но сердце мое, как и сердце моего отца, осталось с евреями, а там, где сердце, там и человек.

— Это ухудшает дело, — заметил как бы про себя Питер.

— Так учил меня мой отец, — защищался Кастелл.

— Мы должны отвечать за свои грехи, — еще раз прервал его Питер.

Тут уже Кастелл не выдержал:

— Вы молокососы, вы еще ничего не знаете об ужасах жизни, а готовы упрекать меня! Если бы вам пришлось пережить то, что пережил я, кто знает, оказались бы вы хоть наполовину так смелы, как я. Почему, вы думаете, я открыл вам эту тайну, которую я мог бы скрыть от вас так же, как скрывал ее от твоей матери, Маргарет? Я открыл ее вам потому, что это часть той кары, которую я должен нести за свой грех. Да, я знаю, мой бог ревнив, и грех падет на мою голову, я заплачу все, до последнего гроша, хотя и не знаю еще, когда и где эта кара обрушится на меня. Иди, Питер, иди, Маргарет, донесите на меня, если хотите. Ваши попы похвалят вас за это и откроют вам кратчайший путь в рай. Я не буду винить вас и не уменьшу ваше богатство ни на один золотой.

— Не давайте волю своему гневу, сэр, — сказал Питер. — Это дело касается только вас и бога. Что мы можем сказать вам, и кто поставил нас судьями над вами? Мы только молим бога, чтобы ваши опасения оказались напрасными и чтобы вы окончили свои дни в мире и почете.

— Я благодарю тебя за эти добрые слова, они делают честь тебе, — сказал Кастелл. — Но что скажет Маргарет?

— Что я скажу? — растерянно спросила Маргарет. — Мне нечего сказать. Питер прав: это дело твое и бога. Но мне тяжело потерять любимого.

Питер удивленно посмотрел на нее, а Кастелл воскликнул:

— Потерять? Почему? Разве он только что не клялся?

— Дело не в этом. Как я могу просить его, дворянина, христианина по рождению, жениться на дочери еврея, который всю жизнь молился Христу, а на самом деле отрицал его!

Тут Питер поднял руку.

— Прекрати этот разговор, — сказал он. — Даже если бы твой отец был самим Иудой, какое это имеет отношение к тебе и ко мне? Ты принадлежишь мне, а я тебе до тех пор, пока смерть не разлучит нас. И никакая вера другого человека не может стать между нами ни на минуту. Сэр, мы благодарим вас за доверие, и будьте уверены, что, хотя все, что вы сказали, огорчило нас, мы будем любить и уважать вас ничуть не меньше оттого, что знаем правду.

Маргарет с рыданием припала к груди отца:

— Прости меня, если я была резка. Ведь я ничего не знала об этом, а меня всю мою жизнь учили ненавидеть евреев. Какое мне дело до того, какой ты веры, — ведь для меня ты только любимый отец!

— Зачем же тогда плакать? — спросил Кастелл, нежно гладя ее по голове.

— Потому что тебе грозит опасность. По крайней мере, ты так говоришь, а если с тобой что-нибудь случится… что я тогда буду делать?

— Прими это как волю божью и, если удар падет на меня, встреть его храбро, как, надеюсь, встречу его я. — Кастелл поцеловал Маргарет и вышел из часовни.

— Оказывается, радость и беда идут рука об руку, — прошептала Маргарет.

— Да, дорогая, они близнецы. Но если мы уже обрели радость, то не будем страшиться беды. Чума побери всех попов и весь их фанатизм! Христос старался обратить всех евреев в свою веру, но он не призывал убивать их. А что касается меня, то я уважаю человека, который держится своей веры, и могу простить его, потому что это попы заставили его притворяться и лгать. Моли бога, чтобы мы скорее обвенчались и спокойно уехали из Лондона туда, где сумеем укрыть твоего отца.

— Я молю, молю… — прошептала Маргарет, придвигаясь к Питеру.

И скоро они забыли обо всех страхах в объятиях друг друга.

На следующее утро — это было воскресенье — Питер, Маргарет и Бетти отправились к мессе в храм святого Павла. Кастелл сослался на плохое самочувствие и остался дома. Теперь, когда его тайна уже не была тайной, он решил, насколько это возможно, избегать посещения христианского храма. Поэтому он сказался больным. Но Маргарет это не могло не тревожить. Что же будет? Ведь нельзя же все время притворяться больным? А не посещать церковь — значило объявить себя еретиком.

Оставшись дома, Кастелл послал двух крепких парней из числа своих слуг незаметно сопровождать Питера и Маргарет, приказав им следовать всюду за ними.

Когда Питер, Маргарет и Бетти выходили из церкви, Питер заметил двух испанцев, лица которых были ему знакомы. Ему показалось, что они следят за ним. В толпе он потерял их из виду, поэтому ничего не сказал своим спутницам. Самая близкая дорога к дому шла через поля и сады, где было совсем мало домов. Питер и Маргарет шли, разговаривая; вдруг Бетти, которая шла сзади, вскрикнула. Питер поднял голову и увидел двух испанцев, пролезающих через дыру в изгороди не более чем в шести шагах от него. Он заметил также, что испанцы держатся за рукоятки мечей.

— Вперед, смелей, — прошептал Питер Маргарет, — я не покажу им спину.

При этом он взялся за рукоятку меча, который был у него под плащом, и попросил Маргарет держаться позади.

Они оказались лицом к лицу с испанцами. Те довольно вежливо поклонились и спросили, не он ли мастер Питер Брум. Говорили они по-испански, но Питер, как и Маргарет, знал этот язык довольно прилично — он учил его в детстве, и ему приходилось говорить по-испански, работая у Джона Кастелла, который широко пользовался этим языком в своих торговых операциях.

— Да, это я, — ответил он. — У вас дело ко мне?

— У нас есть поручение к вам от одного нашего товарища, шотландца, по имени Эндрю, которого вы встретили на днях, — обратился к Питеру один из испанцев. Он умер, но просил передать поручение, суть которого сводится к тому, чтобы вы встретились с ним. Мы все поклялись передать вам это и проследить за тем, чтобы вы явились на свидание.

— Вы хотите сказать, что собираетесь убить меня, — ответил Питер, стискивая зубы и вытаскивая меч из-под плаща. — Ну что ж, подходите, трусы, и мы увидим, кто из нас составит компанию в аду вашему Эндрью. Маргарет, Бетти, бегите!

Питер сбросил плащ и обмотал им левую руку. Испанцы на мгновение остановились — решительный вид Питера ясно говорил о том, что сладить с ним будет нелегко. Когда же они двинулись на него, послышался звук шагов, и рядом с Питером оказались двое слуг с мечами в руках.

— Очень рад вас видеть, — заметил Питер, взглянув на них. — А теперь, сеньоры, вы все еще хотите передать послание?

Вместо ответа испанцы пустились бежать. Один из слуг схватил с дороги большой камень и изо всех сил бросил им вслед. Камень попал в спину отставшего испанца и свалил его лицом в грязь. Испанец вскочил и, прихрамывая, побежал дальше, выкрикивая по-испански проклятья.

— Я думаю, — сказал Питер, — теперь мы можем спокойно идти домой. Сегодня мы, пожалуй, больше никаких посланцев от Эндрью не встретим.

— Сегодня, может быть, и нет, — вздохнула Маргарет, — но завтра или послезавтра они опять придут. Чем все это кончится?

— Ну, это знает один бог, — мрачно ответил Питер, опуская свой меч в ножны.

Когда они рассказали про нападение Кастеллу, тот очень взволновался.

— Они хотят отомстить тебе за смерть того шотландца, — озабоченно сказал он. — Испанцы мстительны. Кроме того, они никогда не простят, что ты тогда позвал англичан на помощь. Я боюсь за тебя, Питер: если ты будешь выходить из дому, они убьют тебя.

— Но ведь я не могу вечно сидеть взаперти, как крыса в щели! — сердито возразил Питер. — Что же делать? Обратиться к закону?

— Нет, ты ведь сам нарушил закон, убив человека. Я думаю, что тебе лучше всего уехать на время, пока эта буря не минует нас.

— Уехать? Питеру уехать? — испуганно вскрикнула Маргарет.

— Да! Послушай меня, дочь. Вы не можете сейчас же обвенчаться. Это не так просто. Нужно дать извещение, договориться о церемонии. На это уйдет около месяца. Уже не так уж долго, и конце концов, вы ведь только вчера обручились. Теперь вот что: никто не должен знать о вашей помолвке. Иначе испанцы начнут преследовать и тебя, Маргарет. Я заклинаю вас, это должно храниться в полной тайне. Вы должны держаться подальше друг от друга, как будто между вами ничего нет.

— Как хотите, сэр, — заметил Питер. — Что касается меня, то мне не нравится, когда скрывают правду. Это всегда приводит к осложнениям. По-моему, мне нужно рискнуть и остаться здесь, а свадьбу устроить как можно скорее.

— Чтобы твоя жена через неделю стала вдовой или чтобы эти мерзавцы сожгли наш дом? Нет, нет, Питер, не надо дразнить судьбу. Мы узнаем, как обстоят дела у д'Агвилара, и тогда решим.

Глава VI. Прощание

Д'Агвилар, как и обещал, явился в тот же вечер, но уже не пешком и не один, как в прошлый раз, а со свитой, приличествующей знатному вельможе.

Двое слуг бежали впереди, расчищая дорогу. За ними на великолепном белом коне следовал сам д'Агвилар в бархатном плаще и шляпе с длинными страусовыми перьями. Четверо вооруженных всадников в ливреях с гербом д'Агвилара сопровождали его.

— Мы приглашали одного гостя, или, скорее, он сам напросился, а кормить придется семь человек, не говоря уже о лошадях! — проворчал Кастелл, наблюдая за этой процессией из окна верхнего этажа. — Ну что ж, делать нечего. Питер, пойди проследи, чтобы хорошо накормили слуг — они не должны обижаться на наше гостеприимство. Слуг можно накормить в маленьком зале вместе с нашими людьми. А ты, Маргарет, надень свое лучшее платье и драгоценности, которые ты надевала, когда я прошлым летом брал тебя на городской бал. Покажем этим изысканным иностранным птицам, что у лондонских купцов тоже есть красивое оперение.

Питер медлил, сомневаясь, разумно ли устраивать такой роскошный прием. Будь на то его воля, он бы послал сопровождающих испанца людей в таверну, а его самого принимал бы в скромном платье и за обычным столом. Но Кастелл, который в этот вечер нервничал и, кроме того, любил иногда похвастать своим богатством, рассердился и стал кричать, что, очевидно, ему самому придется идти встречать д'Агвилара. Кончилось тем, что Питер, сокрушенно качая головой, ушел, а Маргарет отправилась выполнять приказание отца.

Через несколько минут Кастелл в своем самом дорогом парадном костюме приветствовал д'Агвилара в гостиной. Воспользовавшись тем, что они одни, Кастелл спросил гостя, как обстоят дела с де Айала.

— И хорошо и плохо, — ответил д'Агвилар. — Доктор де Пуэбла, на которого я рассчитывал, покинул Лондон, заявив, что он оскорблен и что при дворе нет места двум послам. В результате мне пришлось обратиться к самому де Айала. Короче говоря, я дважды беседовал с этим высокопоставленным священником по поводу совершенно заслуженной смерти его мерзкого слуги. Де Айала считает себя оскорбленным, ибо он потерял уже несколько слуг в подобных стычках, поэтому мне с большим трудом удалось убедить его взять пятьдесят золотых — конечно, для передачи семье покойного, как он сказал, — и дать расписку. Вот она, — И д'Агвилар протянул Кастеллу бумагу, которую тот внимательно прочитал.

Там было сказано, что Питер Брум уплатил сумму в пятьдесят золотых родственникам Эндрью Ферсона, ввиду чего слуги испанского посла и упомянутый посол обязуются не преследовать никаким образом упомянутого Питера за убийство, совершенное им.

— Но ведь деньги не были заплачены, — заметил Кастелл.

— Я заплатил их. Де Айала не дает расписок в обмен на обещания.

— Я благодарен вам за вашу любезность, сеньор. Вы получите это золото прежде, чем покинете мой дом. Немногие на вашем месте настолько доверяли бы незнакомому человеку.

Д'Агвилар протестующе поднял руку.

— Не будем говорить о таких пустяках. Я прошу вас рассматривать это как знак уважения к вашей семье. Иначе это было бы оскорблением такого богатого человека, как вы. Но я должен еще кое-что рассказать вам. Вы или, скорее, ваш родственник Питер все еще находитесь в опасности. Де Айала простил его. Но есть еще король Англии, чей закон он нарушил. Я сегодня видел короля, и он, между прочим, говорил о вас как об очень достойном человеке. К тому же он добавил, что всегда думал, что таким богатством может обладать только еврей. Но король знает, что вы не еврей; ему говорили о вас как о верном сыне церкви. — Тут д'Агвилар остановился, пытливо глядя на Кастелла.

— Боюсь, что его величество преувеличивает мое богатство, — холодно ответил Кастелл, делая вид, что не обратил внимания на последние слова испанца. — Что же сказал король?

— Я показал его величеству расписку де Айала, и он сказал, что если его преосвященство удовлетворен, то его это больше не касается и с его стороны не последует никаких распоряжений о судебном следствии. Но король приказал мне передать вам и Питеру Бруму, что, если тот еще раз устроит драку на улицах, хотя бы вынужденную и в особенности между англичанами и испанцами, он повесит его — по суду или без суда. Король говорил об этом весьма раздраженно, потому что меньше всего его величество желает каких-либо недоразумений между Испанией и Англией.

— Это очень плохо, — вздохнул Кастелл: — только сегодня утром такая драка была весьма возможна. — И он рассказал, как двое испанцев следили за Питером и как одного из них слуга свалил ударом камня.

При этом сообщении д'Агвилар сокрушенно покачал головой.

— Вот с этого и начинаются неприятности, — воскликнул он. — Я знаю от своих слуг, которые всегда обо всем рассказывают мне, что слуги де Айала, а их более двадцати, поклялись севильской мадонной, что, прежде чем покинут эту страну, они заставят вашего родственника кровью заплатить за убийство шотландца Эндрью Ферсона, который был их офицером и храбрым парнем. Они его очень любили. Если они нападут на Питера, будет схватка, потому что Питер умеет драться, а если будет схватка, то Питера наверняка повесят, как обещал король.

— Прежде чем они покинут эту страну? А когда они это сделают?

— Де Айала уедет не позже чем через месяц со всей своей свитой. Дело в том, что другой посол, де Пуэбла, не хочет больше терпеть его и написал из своего загородного дома, что один из них должен уехать.

— Тогда я думаю, сеньор, что будет лучше всего, если Питер уедет на месяц.

— Дорогой мой Кастелл, вы мудры. Я думаю о том же и советую вам сделать это немедленно. О, сюда идет ваша дочь!

На широкой дубовой лестнице, ведущей в гостиную, появилась Маргарет. В руке она держала лампу, которая ярко освещала ее, в то время как д'Агвилар и Кастелл стояли в полутьме. На ней было открытое платье из темно-красного бархата, вышитое по лифу золотом. Цвет платья оттенял поразительную белизну ее стройной шеи и груди. Ее горло охватывала нитка крупного жемчуга, а на голове была золотая сетка, усеянная менее крупными жемчужинами, из-под которой густыми волнами спадали великолепные темно-каштановые волосы, достигавшие колен. Повинуясь приказанию отца, она оделась, чтобы выглядеть как можно лучше, но не для гостя, а для любимого, с которым она только что обручилась. Она была так прекрасна, что у д'Агвилара, художника и поклонника красоты, перехватило дыхание.

— Во имя одиннадцати тысяч девственниц! — воскликнул он. — Ваша дочь прекраснее, чем все они вместе взятые. Она должна быть королевой и покорить весь мир.

— Нет, нет, сеньор, — поспешно заметил Кастелл, — пусть она остается честной и скромной и покоряет своего мужа.

— Так бы и я сказал, если бы был ее мужем, — прошептал д'Агвилар, шагнув вперед и низко кланяясь Маргарет.

Теперь свет серебряной лампы, которую она высоко держала в руке, падал на них двоих, и они выглядели очень подходящей парой. Оба были высокие и статные, оба отличались величавостью движений, глубоким голосом и речью, исполненной достоинства. Кастелл заметил это и испугался, сам не зная чего.

В этот момент через другую дверь вошел Питер. Он был в своей обычной одежде серого цвета, так как ему и в голову не пришло надевать праздничный наряд ради испанца. Он тоже обратил внимание на Маргарет и д'Агвилара, и инстинкт влюбленного подсказал ему, что этот великолепный иностранец — его соперник и враг. Но Питер не испугался, он почувствовал только ревность и злобу. Больше всего ему вдруг захотелось, чтобы испанец ударил его и в следующие же пять минут можно было бы доказать, кто из них настоящий мужчина. Он понял, что когда-нибудь это должно произойти, и подумал, что было бы лучше, если бы это случилось сейчас, а не позднее, тогда один из них был бы избавлен от многих волнений. Но Питер вспомнил, что он обещал не выдавать своих отношений с Маргарет, и поэтому вежливо, но холодно приветствовал д'Агвилара, сообщив ему, что лошади находятся в конюшне, а люди устроены.

Испанец поблагодарил его, и они прошли к столу. Это был странный ужин для всех четырех, хотя внешне весьма приятный. Кастелл позабыл о своих опасениях и, подливая то и дело вино, рассказывал всевозможные истории, свидетелем которых ему приходилось быть. Д'Агвилар, в свою очередь, охотно рассказывал об испанских войнах и политике — в войнах он сам участвовал, а политику знал до тонкостей. Нетрудно было понять из его слов, что он один из тех людей, которые бывают при дворах и пользуются благосклонностью министров и королей. Маргарет с интересом и любопытством слушала о том, что делается в большом мире, за пределами Холборна и Лондона. Она засыпала гостя вопросами. Ее интересовало, что представляет собой Фердинанд, король Арагонский, и его жена Изабелла, знаменитая королева.

— Я расскажу вам об этом в нескольких словах, сеньора, — с готовностью начал Д'Агвилар. — Фердинанд — самый честолюбивый человек в Европе. К тому же он лжив, когда это нужно для его целей. Деньги и власть для него превыше всего. Это боги, которым он поклоняется, потому что подлинной религии у него нет. Он не очень умен, но зато хитер, а это помогает ему добиваться успеха и оставлять других позади.

— Довольно неприглядная картина, — заметила Маргарет. — Ну, а какова королева?

— Это великая женщина! — воскликнул Д'Агвилар. — Она знает, как использовать дух времени для достижения своих целей. Она умеет показать свое мягкосердечие, но под этим скрывается железная решимость.

— А к чему она стремится? — поинтересовалась Маргарет.

— Подчинить своей власти всю Европу; сокрушить мавров и захватить их земли; добиться того, чтобы Христова церковь восторжествовала во всем мире; искоренить ересь: обратить всех евреев в христианскую веру или уничтожить их, — медленно продолжал Д'Агвилар, и Питер, наблюдавший за ним, заметил, что глаза его при этих словах блеснули, — предать тела их очистительному огню, а богатство — своей казне. Таким путем она думает заслужить благодарность всех верующих на земле и престол в раю.

После этих слов воцарилось молчание, затем Маргарет храбро сказала:

— Если троны в раю зиждятся на человеческой крови и слезах, то какие же камни и известь применяют в аду, хотела бы я знать.

Не дождавшись ответа, она встала, сославшись на усталость, присела в реверансе перед д'Агвиларом, отцом и Питером и удалилась.

После ее ухода беседа не ладилась, и Д'Агвилар вскоре стал прощаться.

Перед уходом он сказал:

— Дорогой мой друг Кастелл, вы расскажете о новостях, которые я вам принес, вашему родственнику. Во имя нашего блага, я надеюсь, что он склонит свою голову перед необходимостью и тем самым сохранит ее на плечах.

— Что имел в виду этот человек? — спросил Питер, когда стук копыт замер вдали.

Кастелл рассказал ему о своей беседе с д'Агвиларом перед ужином, показал расписку де Айала и добавил раздраженно:

— Я забыл отдать ему деньги! Надо будет отправить их ему завтра.

— Не волнуйтесь, он сам придет за ними, — холодно заметил Питер. — Что касается меня, то, будь моя воля, я бы предпочел встретиться с мечами этих испанцев и с веревкой короля, но остаться здесь.

— Этого ты не должен делать, — возразил Кастелл, — если не ради себя самого, то во имя моей и Маргарет безопасности. Не хочешь же ты сделать ее вдовой раньше, чем она станет твоей женой? Но слушай меня, я требую, чтобы ты отправился в Эссекс и занялся оформлением передачи тебе земель твоего отца в Дедхэме и приведением в порядок дома, который, как я слышал, сильно в этом нуждается. А когда эти испанцы покинут Лондон, ты вернешься, и мы тут же устроим свадьбу. Это будет всего-навсего через месяц.

— А вы с Маргарет не поедете со мной в Дедхэм?

Кастелл покачал головой:

— Это невозможно. Я должен закончить все свои дела, а Маргарет одна не может ехать с тобой. Кроме того, там ей негде остановиться. Я буду оберегать Маргарет до твоего возвращения.

— Да, сэр, но сумеете ли вы уберечь ее? Коварные речи испанцев иногда опаснее их мечей.

— Я думаю, что у Маргарет есть лекарство против этого, — с улыбкой ответил Кастелл и вышел, оставив Питера одного.

На следующий день, когда Кастелл объявил Маргарет, что ее возлюбленный должен вечером уехать, — сам Питер был не в состоянии сказать ей это, — она со слезами на глазах умоляла отца не отсылать Питера так далеко или уехать всем вместе. Но Кастелл мягко объяснил ей, что это невозможно и, если Питер немедленно не уедет, ему грозит смерть. А через месяц, когда испанцы уедут, они поженятся и будут жить в мире и спокойствии.

В конце концов Маргарет признала, что это лучший и, пожалуй, самый мудрый выход из положения. Но чего ей это стоило и каким скорбным было их расставание! Поездка в Эссекс была не таким уж далеким путешествием, а вступление во владение землями, которые для Питера еще два дня назад казались навсегда потерянными, было не таким уж неприятным делом. И все-таки у них было очень грустно на сердце, и звезда надежды казалась им весьма далекой.

Маргарет беспокоилась, как бы Питера не подстерегли по дороге, но он посмеялся над ее опасениями, объяснив, что Кастелл посылает с ним шесть крепких молодцов и что с таким эскортом он не боится никаких испанцев. Питер же боялся, что д'Агвилар станет ухаживать за Маргарет в его отсутствие. Но тут уж Маргарет посмеялась над ним, заявив, что ее сердце принадлежит Питеру и ей нечего предложить ни д'Агвилару, ни какому-либо другому мужчине. Кроме того, она напомнила ему, что Англия свободная страна и ни одну женщину, если она не находится под опекой короля, нельзя заставить делать то, чего она не хочет. Таким образом, казалось, им нечего было бояться. И все-таки они испытывали тревогу.

— Любимый мой, — сказала, немного подумав, Маргарет, — наша дорога кажется прямой и легкой, и тем не менее на пей могут оказаться западни, о которых мы и не подозреваем. Ты должен поклясться мне в одном: что бы ты ни услышал и что бы ни случилось, ты никогда но будешь сомневаться во мне, так же как и я в тебе. Если, к примеру, тебе скажут, что я отказала тебе и выхожу замуж за другого, или даже если ты будешь уверен, что это написано моей рукой, или услышишь это, сказанное моим голосом, все равно не верь.

— Как это может случиться? — с тревогой спросил Питер.

— Я и не предполагаю, что это может случиться. Я говорю о самом худшем, чтобы мы были готовы ко всему. До сир пор моя жизнь была безоблачна, как летний день, по ведь неизвестно, когда могут налететь зимние бури. Мне часто кажется, что я рождена для того, чтобы испытать дождь, ветер и бури так же, как тишину и солнце. Не забывай, что мои отец еврей, а с евреями и их детьми случаются иногда страшные вещи. Все наше богатство может исчезнуть в какой-нибудь час, и ты можешь найти меня в тюрьме или в нищенских лохмотьях. Так ты клянешься? — Маргарет поднесла к губам Питера золотой крест.

— Да, — сказал он, — я клянусь этим святым крестом и твоими губами. — Питер поцеловал сначала крест, потом ее губы и добавил: — Должен ли я потребовать такой же клятвы и от тебя?

Маргарет засмеялась:

— Если ты хочешь. Но, по-моему, это не нужно. Я знаю, что сердце твое никогда больше никого не полюбит, даже если я умру и ты женишься на другой. И все-таки мужчины — это мужчины, поэтому я поклянусь вот в чем: если ты случайно поскользнешься и я доживу до того, что услышу об этом, я постараюсь не судить тебя сурово. — И она засмеялась, так как была абсолютно уверена в своей власти над Питером.

— Благодарю тебя, — ответил Питер. — Но я постараюсь крепко стоять на ногах, и, если тебе будут рассказывать какие-либо сказки обо мне, прошу тебя, хорошенько разберись в них.

Они забыли о своих страхах и сомнениях и принялись говорить о будущей свадьбе, назначенной ровно через месяц, и о своей счастливой жизни в Дедхэме. Маргарет хорошо знала тамошний дом, так как жила в нем ребенком, и надавала Питеру массу наставлений, как устроить комнаты, какую и где поставить мебель. Денег на обстановку решили не жалеть, и Маргарет обещала отправить туда все, что нужно, как только потребуется.

Так текли часы за часами, и вот уже настал вечер. В последний раз они втроем сели за стол. Было решено, что Питер тронется в путь, когда взойдет луна, чтобы никто его не увидел. Ужин нельзя было назвать веселым, хотя все трое делали вид, что едят с аппетитом. Наконец лошади были поданы, и Маргарет пристегнула Питеру его меч и набросила плащ на плечи. Питер пожал руку Кастеллу, напомнил ему об обещании беречь их общее сокровище, поцеловал на прощанье Маргарет и пошел к выходу.

Маргарет с серебряной лампой в руке провожала его до прихожей. В дверях Питер обернулся и увидел, что она смотрит ему вслед широко раскрытыми глазами. Лицо у нее было напряженное и бледное. Питер заколебался, решимость почти покинула его. Ему так захотелось остаться! Но он превозмог себя и вышел.

Маргарет стояла неподвижно, пока не услышала стук копыт. Тогда она обернулась к отцу и сказала:

— Отец, я не знаю почему, но мне кажется, что теперь мы с Питером встретимся далеко отсюда, в бушующем море. Я только не знаю, где это будет.

Не ожидая ответа, она пошла к себе в комнату. Кастелл молча смотрел ей вслед, потом пробормотал:

— Хвала богу, она не прорицательница. Но почему у меня так тяжело на сердце? Ведь я сделал для нее и для Питера все, что мог. А что будет со мной, мне теперь все равно.

Глава VII. Новости из Испании

Питер Брум был очень спокойный человек — его голос редко слышался в доме Кастелла. И тем не менее без Питера большой старый дом в Холборне казался пустым. Даже красивая Бетти, с которой Питер никогда не был особенно дружен, так как он многого не одобрял в ее поведении, и та чувствовала, что его не хватает, и сказала об этом своей кузине. Маргарет в ответ только вздохнула.

В глубине души Бетти боялась и уважала Питера. Она боялась его внимательных глаз и насмешливых замечаний, ибо знала, что они всегда справедливы. А уважала она его за прямоту и честность характера, особенно в тех случаях, когда дело касалось женщин.

Ходили слухи, что, когда Питер впервые появился в доме Кастелла, Бетти решила, что это человек благородного происхождения — как раз тот, кого бы ей хотелось иметь своим мужем, и она пошла в наступление. Но так как ее чары оставались незамеченными, атаки постепенно становились все более и более откровенными. Чем это кончилось, знали только они двое. С тех пор Бетти отзывалась о Питере как о бессердечном грубияне, который думает только о делах и выгоде. Постепенно другие заботы заставили ее позабыть об этом эпизоде, но уважение к Питеру осталось. Более того: Питер доказал, что он хороший друг, и — что еще важнее — друг, который умеет молчать. Бетти хотелось, чтобы он вернулся именно теперь, когда нечто более серьезное, чем простое тщеславие и жажда острых ощущений, охватило ее, ибо Бетти чувствовала, что она вступила на очень опасный и довольно скользкий путь.

Приказчики и слуги тоже ощущали отсутствие Питера. Ведь это к нему они приходили для разрешения всех споров. Кроме того, он всегда был готов помочь или выручить из беды, если только человек, обратившийся к нему, не совершил бесчестного поступка. Больше всех не хватало Питера Кастеллу; только теперь, после его отъезда, он понял, что значил для него Питер и как помощник и как друг. Что касается Маргарет, то без Питера жизнь казалась ей долгой и одинокой ночью.

В такой момент в доме бывают рады всякому разнообразию, и, хотя д'Агвилар мало интересовал Маргарет, она все же была довольна, когда однажды утром Бетти сообщила ей, что испанец собирается сегодня навестить ее и преподнести подарок.

— Меня не интересуют его подарки, — безразлично ответила Маргарет и тут же спросила. — А откуда ты знаешь об этом, Бетти?

Девушка покраснела:

— Я знаю об этом потому, что вчера, когда я шла навестить мою старую тетку, которая живет на набережной у Вестминстера, я встретила его. Он окликнул меня и сказал, что у него есть подарок для тебя и для меня тоже.

— Будет лучше, Бетти, если ты не станешь встречать его так часто. Испанцы не всегда отличаются большой честностью. Как бы тебе самой не пришлось убедиться в этом.

— Я благодарна тебе за добрый совет, — обиженно промолвила Бетти, — но я старше тебя и достаточно хорошо знаю мужчин, чтобы оберегать себя и держать их на расстоянии.

— Я очень рада этому, Бетти, только иногда мне кажется, что это расстояние бывает слишком близким, — заметила Маргарет и прекратила разговор на эту тему, ибо ее в настоящую минуту занимали совсем другие мысли.

Днем, когда Маргарет гуляла в саду, к ней прибежала раскрасневшаяся Бетти и сообщила, что лорд д'Агвилар ожидает ее в зале.

— Хорошо, — ответила Маргарет, — я сейчас приду. Сходи к отцу и скажи ему, что у нас гость. Но что с тобой, почему ты такая взволнованная и запыхавшаяся? — добавила она с удивлением.

— О! — вырвалось у Бетти. — Он принес мне подарок, такой прелестный подарок! Он подарил мне мантилью из самых удивительных кружев, какие я когда-либо видала, и оправленный в золото черепаховый гребень, для того чтобы придерживать ее на голове. Он не отпускал меня, пока не показал, как она надевается. Потому я так спешила.

Маргарет с трудом могла уловить связь между этими двумя сообщениями и только сказала:

— Я думаю, что разумнее было бы сначала прийти сюда. И вообще, я не понимаю, почему этот красивый лорд носит тебе подарки.

— Но он принес и тебе подарок, он только не хотел сказать, что это за подарок.

— Тут я понимаю еще меньше. Пойди скажи отцу, что сеньор д'Агвилар ожидает его.

Маргарет вошла в зал. Д'Агвилар рассматривал украшенный цветными рисунками молитвенник, который она обычно читала. На одной странице молитвы были написаны по-испански, на противоположной — по-латыни. Д'Агвилар приветствовал Маргарет со свойственным ему изяществом, которое выглядело естественным и отнюдь не вызывающим, когда он обращался к ней, и сразу же спросил:

— Так вы читаете по-испански, сеньора?

— Немного.

— И по-латыни?

— Тоже немного. Читая молитвенник, я стараюсь лучше постичь оба языка.

— Я не сомневаюсь, что вы столь же образованны, как и прекрасны. — И он изысканно поклонился ей.

— Благодарю вас, сеньор, но я не претендую ни на то, ни на другое.

— Зачем претендовать на то, чем уже обладаешь, — заметил д'Агвилар и добавил: — Но я совсем забыл: я принес вам подарок, если вы соблаговолите принять его. Вернее сказать, я принес вам то, что принадлежит вам или, во всяком случае, вашему отцу. Я торговался с его преосвященством доном де Айала, доказывая ему, что пятьдесят золотых слишком высокая цена за жизнь того негодяя. Но он мне не вернул деньги, поскольку он не в силах расстаться с золотом. Все-таки я получил кое-что взамен, и это находится сейчас у ваших дверей. Это испанская лошадь настоящих арабских кровей, из тех, которых мавры сотни лет назад привели с собой с востока. Его преосвященству она больше не нужна, так как он возвращается в Испанию. Она приучена к дамскому седлу.

Маргарет не знала, что ответить, но, к счастью, в этот момент вошел отец. Д'Агвилар повторил всю историю, добавив, что он слышал, как Маргарет говорила, что ее лошадь упала во время прогулки и она не может больше на ней кататься.

Кастеллу не хотелось принимать этот подарок — он понимал, что это именно подарок, — но д'Агвилар заверил его, что если Кастелл откажется, то он вынужден будет продать коня и вернуть Кастеллу деньги, так как они не принадлежат д'Агвилару. Другого выхода не было, и Кастелл поблагодарил испанца от имени своей дочери и от своего собственного, и они прошли в дворик посмотреть лошадь.

В тот момент, когда Кастелл увидел лошадь, он понял, что она представляет собой огромную ценность. Лошадь была совершенно белого цвета, с длинным и низким крупом, маленькой головой, ласковыми глазами, круглыми копытами и развевающимися гривой и хвостом. На такой лошади могла ездить королева.

Это смутило Кастелла — он был уверен, что такое животное никто не отдаст в качестве сдачи, хотя бы потому, что оно стоит больше пятидесяти золотых. Кроме того, на лошади было женское седло и уздечка из великолепно выделанной красной кордовской кожи, серебряные стремена и мундштук. Но д'Агвилар улыбался и клялся, что все произошло именно так, как он рассказал. Делать было нечего. К тому же Маргарет была так довольна лошадью, на которой ей сразу же захотелось прокатиться, что забыла о своих подозрениях. Заметив радость, которую Маргарет не могла скрыть, д'Агвилар сказал:

— Теперь я попрошу вас сделать мне одно одолжение. Вы говорили, что совершаете по утрам прогулки с отцом. Могу я просить вашего разрешения, — обратился он к Кастеллу, — сопровождать вас завтра утром, часов, скажем, в семь? Мне хотелось бы показать вашей дочери, как обращаться с лошадью этой породы.

— Если вы желаете, — ответил Кастелл, — и если погода будет хорошая.

Предложение было столь любезным, что отказать было невозможно.

Д'Агвилар поклонился, и они вернулись в дом. Когда они вошли в зал, испанец спросил, благополучно ли добрался их родственник Питер до места, и добавил:

— Прошу вас не говорить мне, где он, чтобы я мог положа руку на сердце поклясться кому угодно, а особенно тем, кто продолжает искать его, что я не знаю, где он скрывается.

Кастелл ответил, что всего несколько минут назад он получил письмо, в котором сообщается о благополучном прибытии Питера. При этой новости Маргарет встрепенулась, но, вспомнив данное обещание, с безразличным видом заметила, что рада слышать это, так как дороги не совсем безопасны. Д'Агвилар тоже сказал, что весьма рад этому обстоятельству, и, поднявшись, попросил разрешения откланяться.

Когда он ушел, Кастелл передал Маргарет адресованное ей письмо Питера, написанное его прямым и твердым почерком. Она быстро пробежала его. Письмо начиналось и кончалось нежными словами, но было кратким и деловым. Питер сообщал, что его путешествие закончилось благополучно и он счастлив оказаться в старом доме. На следующий день он собирался встретиться с мастерами, ведь ремонт необходим — даже ров полон грязи и сорной травы. Письмо заканчивалось так: «Я не верю этому красивому испанцу и ревную, когда думаю, что он будет рядом с вами в мое отсутствие. Остерегайтесь его, прошу вас, остерегайтесь его. Да хранит вас пресвятая матерь божья и все святые. Преданный вам всей душой ваш возлюбленный».

Ответ Маргарет написала в тот же день, так как посланный должен был на рассвете ехать обратно. Помимо всех прочих дел, она сообщила Питеру о подарке д'Агвилара и о том, как она и отец были вынуждены принять его. Она умоляла Питера не ревновать: хотя подарок ей и нравится, но того, кто преподнес его, она не любит, а только считает часы, когда ее возлюбленный вернется и возьмет ее с собой.

Утро и погода были превосходны, Маргарет встала рано и оделась в костюм для верховой езды. Ровно в семь часов явился д'Агвилар. Из конюшни вывели испанскую лошадку, и он ловко помог Маргарет сесть в седло. Затем показал, как следует осторожно натягивать уздечку, и предупредил, что ускорять или замедлять бег лошади нужно только голосом, ни в коем случае не прибегать к хлысту или шпорам.

Лошадь была действительно великолепна: кроткая, как ягненок, послушная и в то же время горячая и быстрая.

Д'Агвилар оказался прелестным кавалером. Он рассказывал о самых разнообразных вещах — серьезных и веселых, так что в конце концов даже Кастелл забыл о своих тревогах и повеселел. Было свежее весеннее утро. Они легким галопом пересекали долины, взбирались на холмы, слушали пение птиц в лесу и наблюдали работающих в поле людей.

Эта прогулка оказалась только началом. Д'Агвилар узнавал часы прогулок даже тогда, когда они меняли их, и, приглашали они его или нет, присоединялся к ним или встречал во время прогулок с такой естественностью, что невозможно было отказаться от его общества. Отец и дочь никак не могли догадаться, каким образом д'Агвилар узнавал об их прогулках и даже о том, куда они собирались ехать. Они предполагали, что все это он узнает от грумов, хотя тем было дано строгое приказание ничего не говорить. Им и в голову не приходило, что это могла делать Бетти. Они не могли предположить, что если они встречаются с д'Агвиларом по утрам, то Бетти делает то же самое по вечерам, когда все думают, что она в церкви, или занимается шитьем, или навещает свою тетку в окрестностях Вестминстера. Но об этих своих прогулках девушка никому но рассказывала по причинам, одной ей ведомым.

Теперь, когда они катались вместе, д'Агвилар по-прежнему оставался вежлив и предупредителен, но манеры его становились все более непринужденными. Он рассказывал всевозможные истории из своей жизни, наполненной необычайными событиями, намекал на свое высокое положение, которое он пока вынужден скрывать. Говорил о своем одиночестве, о том как оно тяготит его и как он хотел найти родственную душу, которая разделила бы с ним его богатство, положение и надежды. В эти минуты его черные глаза останавливались на Маргарет, словно говоря: «Вы та женщина, которую я ищу».

В конце концов эти намеки испугали Маргарет, и она решила, не имея возможности избежать встреч с д'Агвиларом, отказаться от верховых прогулок до возвращения Питера, хотя очень любила верховую езду. Она заявила, что повредила себе колено и седло причиняет ей боль. Великолепная испанская кобыла вынуждена была теперь оставаться в конюшне.

Таким образом Маргарет на несколько дней освободилась от общества д'Агвилара и занялась чтением, работой и сочинением длинных писем Питеру, который был чрезвычайно занят в Дедхэме и давал ей в своих посланиях многочисленные поручения.

Однажды утром, сидя у себя в конторе, Кастелл занимался расшифровкой только что полученных писем. Накануне ночью его лучшее судно водоизмещением в двести тонн, названное по имени его дочери «Маргарет», благополучно прибыло из Испании в устье Темзы. В этот вечер во время прилива оно должно было бросить якорь в Грейвсенде, и Кастелл собирался поехать туда, чтобы посмотреть за разгрузкой. Это был последний из его кораблей, который еще не был продан, и Кастелл намеревался тут же вновь нагрузить корабль товарами и продовольствием и отправить в Севильский порт, где испанский компаньон Кастелла, Хуан Бернальдсс, на чье имя был зарегистрирован корабль, обязался приобрести его за условленную цену. После этого Кастеллу оставалось только передать свою торговлю лондонским купцам, и он мог, сохранив свое состояние, удалиться от дел и провести остаток жизни на покое, в Эссексе, со своей дочерью и ее мужем. Больше он ни о чем не мечтал.

Как только «Маргарет» оказалась у берегов Темзы, капитан Смит высадил на берег приказчика, приказав ему взять лошадь и немедленно доставить Кастеллу в Холборн письма и список грузов. Эти письма и читал сейчас Кастелл. Одно из них было от сеньора Бернальдеса из Севильи; оно не было ответом на письмо, посланное Кастеллом в ту ночь, когда началась вся эта история, — то письмо еще не дошло, — однако оно было посвящено тому же самому делу. В письме говорилось следующее:

«Вы помните, я писал вам о человеке, посланном в Лондон ко двору. Пользуясь тем, что наш шифр никому неизвестен, а это очень важно и вы должны быть предупреждены, я беру на себя риск назвать его имя. Его зовут д'Агвилар. После отправки моего прошлого письма я узнал кое-что об этом гранде. Хотя он называет себя просто д'Агвиларом, в действительности это маркиз Морелла. Говорят, в нем течет королевская кровь, так как он является незаконнорожденным сыном принца Карлоса[1] и, следовательно, сводным братом короля. По слухам, Карлос был влюблен в богатую и знатную мавританку из Агвилара. У нее были огромные поместья в Гранаде и в других местах. И так как Карлос не мог жениться на ней из-за разницы в их положении и вероисповедании, то союз их не был узаконен. У них родился сын. Перед тем как принц Карлос умер или был отравлен, будучи пленником в Морелле, он добился для этого мальчика титула маркиза, дав ему, по странной фантазии, имя Морелла. Ему же он завещал некоторые свои земли. После смерти принца его возлюбленная, которая тайно стала христианкой, перевезла сына в свой замок в Гранаде. Там она умерла десять лет назад, оставив сыну все свое богатство, так как не была замужем. Говорят, жизнь его была в опасности, потому что, хоть

---

[1] Карлос, принц Вианский — законный наследник арагонского престола. Вел борьбу со своим отчимом королем Хуаном II, отцом Фердинанда. Согласно легенде, был отравлен второй женой короля Хуана

он наполовину мавр, но в его венах слишком много королевской крови. Однако маркиз оказался человеком умным и сумел убедить короля и королеву в том, что он думает только о собственных удовольствиях. К тому же за него вступилась церковь, ибо он доказал, что является ее верным сыном, занимаясь истреблением еретиков, особенно евреев, и даже мавров, хотя они с ним одной крови. Его оставили в покое и утвердили за ним его владения. Но стать священником он отказался.

С тех пор маркиз был представителем испанского престола в Гранаде, его посылали в Лондон, Рим и в другие места по делам, связанным с вопросами веры и создания святой инквизиции. Вот почему он находится сейчас в Англии — он должен добыть имена и сведения о маранах, живущих там, особенно если они торгуют с Испанией. Я видел список имен тех, кем он должен заняться в первую очередь. Поэтому я и пишу вам так подробно, — ваше имя стоит в этом списке первым. Я думаю, что вы поступили правильно, ликвидируя свою торговлю с Испанией и особенно, что вы срочно решили продать нам свои корабли. Иначе они могут быть захвачены, так же как и вы, если появитесь здесь. Мой совет вам: спрячьте свое богатство, — оно будет достаточно велико, после того как мы выплатим вам свои долги, — и уезжайте в безопасное место, пока эта ищейка д'Агвилар не напал на ваш след в Лондоне. Хвала всевышнему, никого из нас ни в чем не подозревают, вероятно потому, что мы многим хорошо платим.»

Закончив расшифровку письма, Кастелл внимательно перечитал его. Затем он прошелся в зал, где горел камин, так как день был холодный, бросил письмо в огонь и подождал, пока оно превратилось в пепел. После этого он вернулся в контору и спрятал оригинал письма в потайной ящик в стене. Только тогда он уселся в кресло и задумался:

«Мой добрый друг Хуан Бернальдес прав. Д'Агвилар, или маркиз Морелла, выслеживает меня и других. Ну что ж, я не собираюсь и дальше связывать свою судьбу с Испанией. Почти все деньги, за исключением тех, которые еще должны прибыть из Испании, укрыты так, что ему никогда не добраться до них. И все-таки я молю бога, чтобы Питер и Маргарет скорее поженились и мы все трое уединились в Дедхэме, вдали от чужих глаз. Я слишком долго был в этой игре. Мне нужно было закрыть свои книги год назад. Но торговля шла так хорошо, что я не мог решиться на это. К тому же мне везло, и за этот год я удвоил свое состояние. И все-таки нужно было свернуть торговлю раньше, чем они пронюхали о моем богатстве. Жадность, чистая жадность! Ведь я не нуждался в этих деньгах, которые могут погубить нас».

Его раздумья были прерваны стуком в дверь. Джон Кастелл схватил перо, обмакнул в чернильницу, и, крикнув: «Входите!», принялся вписывать колонки цифр в лежавшую перед ним бумагу.

Дверь отворилась, но Кастелл сделал вид, что он настолько поглощен счетами, что не слышит. Какое-то чутье подсказало ему, что за его спиной стоит д'Агвилар. Возможно, он подсознательно узнал его шаги. На мгновение он похолодел — только что он читал о миссии этого человека, — страх перед наступающим охватил его. Однако Кастелл сыграл великолепно.

— Зачем ты беспокоишь меня, дочка? — спросил он раздраженно, не поворачивая головы. — У меня и так масса огорчений. Половина груза оказалась испорченной, а ты отрываешь меня, когда я подсчитываю свои убытки.

С этими словами Кастелл бросил перо и резко повернулся вместе со стулом.

Перед ним действительно стоял с улыбкой склонившийся в своем обычном поклоне роскошно одетый д'Агвилар.

Глава VIII. д'Агвилар говорит

— Убытки? — переспросил д'Агвилар. — Неужели я ослышался: богач Джон Кастелл, который держит в своих руках половину торговли с Испанией, говорит об убытках?

— Да, сеньор, это так. Дела очень плохи. С этим судном мне не повезло. Оно едва уцелело от весенних бурь. Однако садитесь, прошу вас.

— Неужели дела действительно плохи? — усмехнулся д'Агвилар, усаживаясь. — Как, однако, нагло врут слухи! Я слышал, что ваши дела идут хорошо. Впрочем, конечно, то, что для вас является убытком, для такого человека, как я, было бы колоссальной прибылью.

Кастелл не ответил. Он выжидал, чувствуя, что его гость пришел не для того, чтобы разговаривать с ним о торговых делах.

— Сеньор Кастелл, — вновь обратился к нему д'Агвилар; в голосе его чувствовалось волнение. — Я пришел просить вас кое о чем.

— Если вы хотите одолжить у меня денег, сеньор, то боюсь, что момент как раз неподходящий. — И он кивнул на бумагу, испещренную цифрами.

— Я не собираюсь просить у вас денег в долг, я прошу вас сделать мне подарок.

— Все, что есть в моем бедном доме, принадлежит вам, — с восточной вежливостью ответил Кастелл.

— Рад слышать это, сеньор, потому что я действительно хочу получить кое-что из вашего дома.

Кастелл вопросительно посмотрел на него.

— Я прошу руки вашей дочери, сеньоры Маргарет.

Кастелл удивленно посмотрел на д'Агвилара, и с его губ сорвалось:

— Это невозможно.

— Почему невозможно? — медленно спросил Д'Агвилар, словно ожидавший такого ответа. — По возрасту мы подходим друг к другу, хотя я занимаю гораздо более высокое положение, чем вы предполагаете. Не хочу хвастаться, но женщины не считают меня уродливым. Я буду добрым другом дому, из которого возьму жену, а ведь может прийти день, когда понадобятся друзья. И, наконец, я хочу жениться на ней не ради того, что она принесет с собой, хотя богатство никогда не бывает лишним, а потому — прошу вас поверить мне, — что люблю ее.

— Я слышал, что сеньор Д'Агвилар любит многих женщин там, в Гранаде.

— Так же как я слышал, что «Маргарет» проделала очень выгодный рейс, сеньор Кастелл. Слухам, как я только что говорил, верить нельзя. Я буду говорить прямо. Я не был святым. Но теперь я им стану ради Маргарет. Я буду верен вашей дочери, сеньор. Что вы теперь скажете?

Кастелл только покачал головой.

— Послушайте, — продолжал Д'Агвилар, — я не тот, за кого выдаю себя.

Ваша дочь, выйдя за меня замуж, получит высокое положение и титул.

— Да, вы маркиз Морелла, сын принца Карлоса и мавританки, племянник его величества короля Испании.

Д'Агвилар в упор посмотрел на своего собеседника и слегка поклонился.

— Ваши сведения не менее точны, чем мои. Вам, конечно, не нравится примесь в моей крови. Ну что ж, если бы ее не было, я бы теперь сидел на месте Фердинанда. Мне она тоже не по душе, хотя это древняя кровь благородных мавров. Однако разве племянник короля и сын гранадской принцессы не может быть подходящим мужем для дочери... еврея... да, марана, и английской леди, христианки, из хорошей семьи, но не больше?

Кастелл поднял руку, собираясь сказать что-то, но Д'Агвилар продолжал:

— Не отрицайте этого, друг мой. Здесь, когда мы с вами одни, не стоит это делать. Разве некий Исаак из Толедо лет пятьдесят назад не покинул вместе со своим маленьким сыном Испанию и не стал известен в Лондоне как Джозеф Кастелл? Как видите, не только вы изучаете родословную.

— Ну, и что из этого, сеньор?

— Что из этого? Ничего, мой друг Кастелл. Кого может заинтересовать эта старая история, если старый Исаак давно умер, а его сын уже около пятидесяти лет добрый христианин, был женат на христианке и имеет христианку дочь. Вот если бы он только притворялся христианином, а в действительности тайно исполнял еврейские обряды, вот тогда...

— Что тогда?

— Тогда он безусловно был бы изгнан из этой страны, где евреям запрещено жить, его имущество было бы конфисковано в пользу королевской казны, его дочь попала бы под опеку короля и была бы выдана замуж по желанию его величества, а сам он был бы, по всей вероятности, передан в руки испанских властей, с тем чтобы ответить за все. Но мы отвлеклись. Все ли еще невозможен наш брак?

Кастелл посмотрел прямо в глаза д'Агвилару:

— Да!

Он произнес это слово так смело, что Д'Агвилар на мгновение растерялся. Он не ожидал такого ответа.

— Может быть, вы будете так любезны объяснить мне причину?

— Причина проста, маркиз: моя дочь обручена.

Д'Агвилар не выразил удивления.

— С этим скандалистом, вашим родственником, Питером Брумом? — спросил он. — Я догадывался об этом, и, клянусь всеми святыми, мне жаль ее. Это слишком скучный возлюбленный для такой красивой и яркой женщины, а как муж... — Д'Агвилар передернул плечами. — Дорогой Кастелл, ради нее вы не допустите этого брака.

— А если допущу?

— Тогда я разрушу его ради нас всех, включая, конечно, и меня, потому что я люблю Маргарет и хочу возвысить ее, и ради вас, ибо я хочу, чтобы вы прожили оставшиеся годы в мире и довольстве, а не как затравленная собака.

— Как вы разрушите его, маркиз? Путем...

— О нет, сеньор, — перебил его Д'Агвилар, — не чужими мечами, если вы это имеете в виду. Достойный Питер в безопасности от них, поскольку это зависит от меня, хотя, если мы столкнемся лицом к лицу, победит тот, кто сильнее. Не бойтесь, друг мой, я не унижусь до убийства, я слишком дорожу своей душой, чтобы осквернять ее кровью. И я никогда не женюсь на женщине вопреки ее воле. Однако Питер может умереть, и прекрасная Маргарет сможет протянуть мне руку и сказать: «Я выбираю вас своим мужем».

— Все это, конечно, может случиться, маркиз, но я не думаю, чтобы это произошло. Что касается меня, я благодарю вас, но вынужден отклонить ваше лестное предложение. Я полагаю, что моя дочь будет более счастлива в ее нынешнем скромном положении с тем человеком, которого она избрала. Вы разрешите мне вернуться к моим счетам? — Кастелл встал.

— Да, сеньор, — ответил Д'Агвилар, тоже вставая, — но прибавьте к тем убыткам, о которых вы говорили, еще один — дружбу Карлоса, маркиза Морелла, а на той странице, где у вас прибыли, добавьте его ненависть. — Смуглое, красивое лицо д'Агвилара исказилось от злобы. — Вы что, сошли с ума? Вспомните о маленькой молельне за алтарем в вашей часовне и о том, что там находится!

Кастелл пристально посмотрел на него и затем сказал:

— Пойдемте, посмотрим. Нет, не бойтесь: так же как и вы, я помню о своей душе и не обагрю своих рук кровью. Идите вслед за мной, вы будете в безопасности.

Любопытство или какая-то другая причина заставила д'Агвилара подчиниться. Через несколько минут они оказались позади алтаря.

— Смотрите, — сказал Кастелл, нажав пружину и открыв потайную дверь.

Д'Агвилар заглянул в комнатку. Но куда делись стол, ящик, подсвечники, свитки, о которых говорила ему Бетти? Там были только старые пыльные ящики с пергаментами и поломанная мебель.

— Что вы видите? — спросил Кастелл.

— Только то, что вы гораздо умнее, чем я предполагал. Но отвечать на эти вопросы вам придется не сейчас и не мне. Поверьте, я не инквизитор.

С этими словами Д'Агвилар повернулся и вышел. Когда Кастелл, прикрыв потайную дверь, поспешно вышел из часовни, маркиза уже не было.

Чрезвычайно взволнованный, Кастелл вернулся в свой кабинет и сел поразмыслить. Судьба, которая так долго оставалась благосклонной к нему, теперь отвернулась. Хуже быть не могло. Д'Агвилар через своих шпионов раскрыл тайну его веры, и так как, к несчастью, маркиз влюблен в его дочь, а Кастелл вынужден отказать ему, то Д'Агвилар стал его злейшим врагом. Почему же он отказал д'Агвилару? Ведь это человек знатный и занимающий высокое положение. Маргарет стала бы женой одного из первых грандов Испании, стоящего ближе всех к трону. Может быть —

такие случаи бывают, — она стала бы королевой или матерью королей? Более того: этот брак принес бы самому Кастеллу безопасность, спокойную старость, тихую смерть в собственной постели — ведь будь он хоть пятьдесят раз мараном, кто посмеет тронуть тестя маркиза Морелла? Так почему же он отказал? Да просто потому, что он обещал выдать ее замуж за Питера, а за всю жизнь купца он никогда не отказывался от своего слова. И в душе Кастелл пожалел, что согласился выдать Маргарет за Питера. Почему он не заставил Питера, который так долго ждал, подождать еще месяц? Но теперь уже было поздно. Он дал слово и будет держать его, чего бы это ему ни стоило.

Кастелл встал и приказал служанке позвать к нему Маргарет. Однако та вернулась с сообщением, что ее хозяйка отправилась на прогулку вместе с Бетти и что лошадь ожидает хозяина, чтобы ехать к реке. Кастелл собирался провести ночь на борту своего судна.

Положив перед собой лист бумаги, Кастелл подумал было, не написать ли Маргарет и не предупредить ли ее. Но затем он решил, что ей нечего бояться д'Агвилара, по крайней мере в настоящее время, и что опасно доверять бумаге такие вещи; он написал только, чтобы она берегла себя и что он вернется на следующий день утром.

В тот же день вечером, когда Маргарет сидела в своей маленькой гостиной, примыкавшей к общему залу, дверь отворилась, и, подняв глаза от вышивания, Маргарет увидела стоявшего перед ней д'Агвилара.

— Сеньор, — с удивлением воскликнула она, — как вы попали сюда?

— Сеньора, — с поклоном ответил Д'Агвилар, закрывая за собой дверь, — меня принесли сюда мои ноги. Если бы я мог, я думаю, что никогда не уходил бы от вас.

— Не говорите мне комплиментов, сеньор, прошу вас, — нахмурившись, сказала Маргарет. — Я не могу принимать вас одна, поздно вечером, когда отца дома нет.

Маргарет встала и попыталась пройти мимо него к двери. Однако д'Агвилар не сдвинулся с места, и ей пришлось остановиться.

— Я знал, что его нет, — учтиво заметил д'Агвилар, — и именно поэтому я рискнул обратиться к вам по вопросу чрезвычайно важному. Я умоляю вас уделить мне несколько минут.

У Маргарет мелькнула мысль, что он принес ей новости о Питере, — вероятно, плохие.

— Садитесь и говорите, сеньор, — ответила она, опускаясь в кресло.

— Сеньора, — начал д'Агвилар, — мои дела в этой стране закончены, и через несколько дней я возвращаюсь в Испанию... — Он приостановился, словно выжидая.

— Я уверена, что ваше путешествие будет приятным, — заметила Маргарет, не зная, что еще сказать.

— Я тоже надеюсь на это, сеньора, потому что я пришел просить вас разделить его со мной. Выслушайте меня, прежде чем отказывать мне. Сегодня я видел вашего отца и просил у него вашей руки. Он не дал мне никакого ответа, не сказав ни «да», ни «нет». Он заявил мне, что вы сами решаете свою судьбу и что я должен услышать решение из ваших уст.

— Мой отец сказал так? — перебила его удивленная Маргарет, но потом ей пришло в голову, что у Кастелла, очевидно, была какая-то причина для такого ответа, и она быстро добавила: — Ну что ж, мой ответ будет прост и краток. Я благодарю вас, сеньор, но я остаюсь в Англии.

— Ради вас и я готов остаться здесь, хотя, по правде говоря, я нахожу эту страну холодной и варварской.

— Если вы останетесь здесь, сеньор д'Агвилар, уеду в Испанию я. Прошу вас, пропустите меня!

— Только после того, как вы выслушаете все. Я уверен, что тогда вы будете более снисходительны. Поймите, я занимаю очень высокое положение у себя на родине. Это здесь я предпочитаю жить инкогнито, под скромным именем сеньора д'Агвилара. Я маркиз Морелла, племянник короля Фердинанда. Я богат и знатен. Если вы не верите мне, я могу представить вам доказательства.

— У меня нет оснований не верить вам, — холодно ответила Маргарет. — Все это, может быть, и правда, но какое это имеет отношение ко мне?

— А то, что я, у которого в венах струится королевская кровь, прошу дочь купца стать моей женой.

— Благодарю вас, но меня вполне устраивает мой скромный жребий.

— Вам безразлично, что я люблю вас всем сердцем? Выходите за меня замуж, и я возвышу вас, может быть, даже до трона.

Маргарет подумала мгновение и затем сказала:

— Вы предлагаете крупную взятку, но как вы сделаете это? Разве девушек не обманывают поддельными драгоценностями?

— А как это делалось раньше? Далеко не все любят Фердинанда. У меня есть много друзей, которые помнят, что мой отец был старшим сыном, но его отравили. А моя мать была мавританской принцессой. И если я, живущий среди мавров в качестве посла испанского престола, соединю свой меч с их мечами… Есть и другие пути. Однако я говорю вещи, которые никогда раньше не произносили мои уста. Если они когда-либо станут известны, это будет стоить мне жизни — пусть это послужит доказательством того, насколько я доверяю вам.

— Благодарю вас, сеньор, за ваше доверие, но мне кажется, что эта корона находится так высоко, что путь к ней весьма опасен. Я предпочитаю оставаться внизу, в безопасности.

— Вы отказываетесь от славы, — взволнованно прервал ее д'Агвилар, — может быть, вас тронет любовь. Вам будут поклоняться. Вы будете окружены таким обожанием, как ни одна женщина в мире. Клянусь вам, в ваших глазах есть искра, которая зажгла в моем сердце огонь, он пылает день и ночь и никогда не погаснет. Ваш голос для меня сладчайшая музыка, ваши волосы пленили меня сильнее, чем кандалы — узника; когда вы идете, мне кажется, что богиня красоты Венера спустилась на землю. Ваш ум так же ясен и благороден, как и ваша красота, и с его помощью я достигну всего на земле и завоюю место на небе. Я люблю вас, моя госпожа, моя прекрасная Маргарет. Из-за вас все женщины на свете потеряли для меня всякую прелесть. Смотрите, как сильно я люблю вас, если я, один из первых грандов Испании, преклоняюсь перед вашей красотой. — С этими словами д'Агвилар неожиданно упал перед ней на колени и, схватив подол ее платья, прижал к своим губам.

Маргарет смотрела на него, и гнев, вспыхнувший было у нее в душе, таял; вместе с ним исчезло чувство страха. Этот человек был искренен, в этом она не могла сомневаться. Рука, державшая подол ее платья, трепетала, лицо было бледно, а в черных глазах блестели слезы. Почему же бояться этого человека, который был ее рабом?

— Сеньор, — мягко сказала она, — поднимитесь, прошу вас. Не тратьте на меня свою любовь, я не заслуживаю ее и не достойна вас. Я не могу ответить на нее. Сеньор, я уже обручена. Забудьте меня и найдите другую женщину, достойную вашей любви.

— Обручена! — воскликнул д'Агвилар. — Я знаю об этом. Нет, я не хочу сказать о нем ничего дурного. Порочить того, кому более повезло, непристойно. Но какое имеет значение то, что вы обручены? Что значило бы для меня, если бы вы даже были замужем? Я все равно добивался бы вас, для меня нет другого пути. Вы говорите, что вы ниже меня. Вы выше меня, как звезда, и вас так же трудно достичь. Искать другую любовь? Уверяю вас, что я завоевал немало женщин — ведь не все так неприступны, как вы, — и теперь я ненавижу их. Я жажду вашей любви и буду добиваться вас до последнего дня моей жизни. Я завоюю вас или погибну. Впрочем, нет, я не умру, пока вы не будете моей. Не пугайтесь, я не буду убивать вашего возлюбленного, иначе как в честном бою. Я не буду принуждать вас стать моей женой, даже если бы я имел такую возможность, но я еще услышу из ваших собственных уст, как вы попросите меня быть вашим мужем. Я клянусь в этом Иисусом! Я клянусь, что только этому посвящу всю свою жизнь! И если случится так, что вы умрете раньше меня, я последую за вами до самых ворот рая и найду вас там.

Страх вновь сжал сердце Маргарет. Любовь этого человека была страшна, хотя и величественна. Питер никогда не говорил ей таких слов.

— Сеньор, — сказала она почти виноватым голосом, — мертвые оказываются плохими невестами. Оставьте эти больные фантазии, их порождает ваша восточная кровь.

— Но это и ваша кровь — ведь вы наполовину еврейка, и вы должны понимать мои чувства.

— Возможно, я и понимаю. Может быть, я восхищаюсь ими и даже считаю их по-своему возвышенными и благородными, если можно считать благородным стремление завоевать чужую невесту. Но я, сеньор, невеста другого и принадлежу ему вся, телом и душой. И я не откажусь от своего слова и не разобью его сердце за все царства на земле. Еще раз прошу вас, сеньор, предоставьте бедной девушке ту скромную участь, которую она избрала, и забудьте ее.

— Леди, — ответил д'Агвилар, — ваши слова мудры и деликатны, я благодарен вам за них. Но я не могу забыть вас. И клятву, которую я только что произнес, я повторяю. — И прежде чем Маргарет успела остановить его и даже догадаться о том, что он собирается делать, д'Агвилар взял золотое распятие, висевшее у нее на груди, поцеловал его и опустил со словами: — Вы видите, я мог поцеловать вас в губы и вы не успели бы остановить меня, но я никогда этого не сделаю, пока вы сами не позволите мне. Поэтому вместо ваших губ я поцеловал распятие, которое мы оба носим. Леди Маргарет, моя леди Маргарет, через день или два я уплываю в Испанию, и я увожу с собой ваш образ. Я верю, что пройдет немного времени — и наши пути скрестятся. Разве может быть иначе — ведь наши жизни переплелись в тот вечер около Вестминстерского дворца, переплелись для того, чтобы никогда не разойтись, пока один из нас не покинет этот мир. А сейчас прощайте.

Д'Агвилар исчез так же бесшумно, как и появился. Выпустила его из дома та же Бетти, которая перед тем открыла ему дверь. Быстро оглядевшись по сторонам, чтобы убедиться, что ее никто не видит — на это можно было надеяться, так как Питера дома не было, а с ним уехали лучшие слуги, хозяин тоже отсутствовал, — Бетти оставила дверь приоткрытой, чтобы иметь возможность вернуться незамеченной, и выскользнула вслед за д'Агвиларом.

Они дошли до старой арки, которая в давние времена служила входом в ныне разрушенный дом. Сюда, в этот темный уголок, и завернула Бетти, потянув за руку д'Агвилара. Он остановился на мгновение, пробормотал сквозь зубы какое-то испанское проклятие и пошел за ней.

— Что вы хотите мне сказать, прелестная Бетти? — спросил он.

— Меня интересует, — с едва сдерживаемым негодованием воскликнула Бетти, — что вы хотите мне сказать, мне, которая так много сделала для вас сегодня! Для моей кузины у вас находится немало слов, я знаю. Я ведь была в саду и сквозь ставни слышала, как вы говорили, говорили, говорили, как будто защищали свою жизнь.

«Надеюсь, что в этих ставнях нет отверстий, — подумал про себя д'Агвилар, — и она ничего не могла увидеть». Вслух же он сказал:

— Мисс Бетти, вы не должны были стоять на этом жестоком ветре. Вы могли простудиться, что бы я тогда делал?

— Не знаю. Скорее всего, ничего. Но я хочу знать, почему вы уверяли меня, что хотите прийти, чтобы повидать меня, и вместо этого провели целый час с Маргарет?

— Чтобы избежать подозрений, дорогая Бетти. Кроме того, я должен был поговорить с ней о Питере, который ее, по-видимому, так интересует. Вы ведь очень проницательны, Бетти, скажите мне: там готовится свадьба?

— Думаю, что да. Мне ничего не говорили, но я многое замечаю. Кроме того, она почти каждый день пишет ему письма. Я только не понимаю, что она нашла в этом человеке.

— Без сомнения, она высоко ценит его честность, так же как я вашу. Кто может объяснить движения сердца? Ведь, как говорят знающие люди, одни из них внушает небо, а другие ад. В конце концов, это не наше с вами дело. Пусть они будут счастливы, поженятся, и пусть у них будет многочисленное и здоровое потомство. Однако, дорогая Бетти, вы готовы к поездке в Испанию?

— Не знаю, — мрачно ответила Бетти. — Я не уверена, что можно довериться вам и вашим красивым словам. Если вы хотите жениться на мне, как вы клянетесь, почему мы не можем сделать все это до отъезда? Откуда я знаю, что вы выполните свое обещание, когда мы будем в Испании?

— Вы задаете много вопросов, Бетти. Я вам уже ответил на них раньше. Я уже говорил вам, что не могу жениться на вас здесь потому, что должен получить на это разрешение. Оно необходимо из-за различия в нашем положении. Здесь, где все знают, кто вы, я такого разрешения не получу. В Испании вы будете представлены как знатная английская леди — а вы действительно имеете на это право по своему рождению — и я получу такое разрешение в течение часа. Но если вы сомневаетесь во мне, то, хотя сердце у меня разрывается в груди, когда я говорю это, нам лучше расстаться сейчас же. Мне не нужна жена, которая не доверяет мне. Скажите, жестокая Бетти, вы хотите покинуть меня?

— Вы знаете, что я не хочу этого, вы знаете, что это убьет меня! — воскликнула Бетти голосом, полным страсти. — Вы знаете, что я люблю землю, по которой вы ходите, и ненавижу каждую женщину, которая оказывается около вас, даже свою кузину, хотя она всегда была так добра ко мне. Я рискну и поеду с вами, потому что я верю, что вы честный джентльмен и не обманете девушку, доверившуюся вам. Но если вы обманете меня, пусть бог накажет вас. Я ведь не игрушка, которую можно сломать и выбросить, и вы убедитесь в этом. Да, я рискну, потому что вы заставили меня полюбить вас так, что я не могу жить без вас.

— Бетти, ваши слова восхищают меня! Я вижу, что не ошибся в вашем благородном сердце. Но говорите чуть потише. Вернемся к нашему плану. В день отплытия я приглашу госпожу Маргарет и вас на мой корабль.

— А почему не пригласить меня без Маргарет?

— Потому что это возбудит подозрения, которых нам нужно избегать. Не перебивайте меня, Я приглашу вас обеих или заставлю приехать под каким-нибудь другим предлогом и тогда распоряжусь, чтобы ее отправили на берег. Предоставьте все это мне, поклянитесь только, что вы выполните все, что я напишу вам. Если вы этого не сделаете, имейте в виду, у нас есть могущественные враги, которые могут навсегда разлучить нас. Я буду откровенен с вами, Бетти: есть одна знатная дама, которая ревнует и следит за вами. Вы клянетесь?

— Да, да, я клянусь! Но кто эта знатная дама?

— Ни слова о ней, во имя вашей и моей жизни! Я скоро извещу вас. А теперь, дорогая, до свидания.

— До свидания, — отозвалась Бетти, но не тронулась с места.

Поняв, что она ожидает еще чего-то, д'Агвилар собрался с силами и коснулся губами ее волос. В тот же момент он пожалел об этом — даже эта умеренная ласка вызвала в ней бурю страсти. Бетти обвила его шею руками и принялась целовать, пока он, наполовину задушенный, не вырвался из ее объятий и не спасся бегством.

«Матерь божья, — подумал он, — эта женщина похожа на вулкан во время извержения! Я буду теперь целую неделю ощущать ее поцелуи. — И он вытер лицо рукой. — Лучше было бы придумать другой план, но теперь уже поздно менять что-либо — она выдаст меня. Как-нибудь я от нее избавлюсь, хотя бы мне пришлось ее утопить. Тяжкая участь — любить госпожу и быть любимым служанкой».

Глава IX. Ловушка

На следующее утро, когда вернулся Кастелл, Маргарет рассказала ему о визите д'Агвилара и обо всем, что произошло между ними. Испанец сказал ей, что она наполовину еврейка, значит, он раскрыл тайну Кастелла.

— Я знаю об этом, знаю! — ответил ей взволнованный и рассерженный отец. — Вчера он угрожал мне. Будь что будет, я встречу мой жребий. А сейчас я хочу знать, кто впустил этого человека в мой дом в мое отсутствие и без моего разрешения.

— Бетти, — ответила Маргарет. — Она клянется, что не думала, что поступает дурно.

— Пошли за ней, — сказал Кастелл.

Бетти тут же явилась и в ответ на расспросы хозяина сочинила длинную историю. Вечером она вышла подышать воздухом, как вдруг подошел сеньор д'Агвилар, поздоровался с ней и прошел в дом, сказав, что у него назначено свидание с хозяином.

— Со мной? — прервал ее Кастелл. — Но меня ведь не было дома.

— Я не знала, что вы уехали. Меня не было дома, когда вы уезжали, и никто мне об этом не сказал. А я знаю, что сеньор д'Агвилар ваш друг. Я его впустила и потом выпустила. Вот и все, что я могу сказать.

— Тогда я должен сказать, что ты потаскушка и лгунья и что этот испанец каким-то путем подкупил тебя! — вспылил Кастелл. — Вот что, девчонка, хоть ты и родственница моей жены, но я решил выгнать тебя на улицу. Можешь умирать там с голоду.

Бетти сначала вспылила, потом принялась плакать. Маргарет начала упрашивать отца не делать этого, потому что он погубит Бетти и возьмет грех на душу. Кончилось все тем, что Кастелл, будучи человеком добрым, вспомнил, что покойная жена любила Бетти Дин, как родную дочь, и ограничился тем, что запретил Бетти выходить из дома без Маргарет и распорядился, чтобы дверь отпирал только слуга.

В тот же день Маргарет написала Питеру обо всем, что у них произошло, и о том, как испанец просил ее выйти за него замуж. Умолчала она только о словах, которые он ей говорил. В конце письма она запрещала

Питеру ревновать ее к сеньору д'Агвилару или к какому-либо другому мужчине, так как Питер знает, кому принадлежит ее сердце.

Получив это письмо, Питер чрезвычайно взволновался. Что Кастелл и Маргарет навлекли на себя злобу д'Агвилара, в этом он не сомневался. Его возмутило, что д'Агвилар осмелился беспокоить Маргарет своими ухаживаниями. Все остальное его мало волновало, ибо он верил в нее, как в бога. Тем не менее Питеру захотелось как можно скорее вернуться в Лондон, пренебрегая опасностью. Однако не прошло и трех дней, как он получил письма сразу от Кастелла и Маргарет, которые успокоили его.

В письмах сообщалось, что д'Агвилар отплыл в Испанию. Во всяком случае, Кастелл видел его стоящим на корме корабля, плывшего вниз по Темзе, по направлению к морю. То был корабль испанского посла де Айалы. Кроме того, Маргарет получила от него прощальный привет. В записке было написано:

Прощайте, прекрасная леди. До предопределенного часа, когда мы встретимся вновь. Я уезжаю, потому что должен ехать, но увожу с собой ваш образ.

Любящий вас до самой смерти Морелла

«Он может возить с собой ее образ, пока сама она со мной, но если он вернется со своей любовью, клянусь, что смерть и он недолго будут ходить порознь!» — таковы были мрачные мысли Питера. Затем он вернулся к письмам. Теперь, после отъезда испанцев, ему нечего бояться, а в Лондоне его уже ждут. Кастелл в своем письме назначил день приезда — 31 мая, ровно через неделю, с тем что на следующий день — 1 июня — состоится их свадьба. Устраивать свадьбу в мае нельзя — считалось, что это может принести несчастье. Эти же новости сообщала и Маргарет в таких нежных словах, что Питер поцеловал ее письмо и тут же написал ей ответ — краткий, по обыкновению. Он писал, что, если на то будет воля святых, он приедет к вечеру 31 мая и что во всей Англии нет человека счастливее, чем он.

Всю эту неделю Маргарет была совершенно поглощена приготовлением своего подвенечного платья. Кроме того, она занималась и другими туалетами, так как было решено, что на следующий день после свадьбы они уедут в Дедхэм, а отец вскоре последует туда за ними. Старый замок был еще не готов, для окончания работ требовалось еще немало времени, но Питер привел в порядок несколько комнат, в них они могли жить летом, а к зиме должен был быть готов весь дом.

Кастелл тоже был очень занят. «Маргарет» готовилась к новому плаванию, и трюмы ее принимали последние грузы. Кастелл надеялся отправить судно в тот же день — 31 мая — и таким образом покончить с этим последним своим делом. Ему оставалось только передать свои склады и лавки купцам, которые купили их. Дела держали его в Грейвсенде, где стояло судно, но он был спокоен, так как д'Агвилар и все остальные испанцы, в том числе и слуги де Айала, которые поклялись убить Питера, уехали.

О, как счастлива была Маргарет в эти прекрасные весенние дни! Сердце ее было спокойно, как безоблачное небо. Она была так счастлива, так поглощена приятными хлопотами, что не обращала внимания на свою кузину Бетти, которая помогала ей готовить свадебный наряд и все что нужно для отъезда. Если бы она присмотрелась, то заметила бы, что Бетти встревожена и словно чего-то ждет. Она боролась с овладевшим ею отчаянием. Но Маргарет ничего не замечала, ее сердце было слишком полно своим счастьем, она считала часы до возвращения Питера.

Время шло. Наконец наступил день, когда должен был вернуться Питер. На следующий день была назначена свадьба. К ней все было готово, включая прекрасный костюм для Питера. Таких нарядных костюмов он никогда раньше не носил. Соседнюю церковь, где должно было происходить венчание, уже убрали цветами.

Рано утром Кастелл уехал в Гройвсенд, захватив с собой большую часть слуг. «Маргарет» на рассвете следующего дня уходила в море. Кастелл обещал вернуться к ночи, чтобы встретить Питера, который собирался выехать из Дедхэма утром и не мог приехать раньше ночи.

К четырем часам дня в доме все было готово, и Маргарет пошла в свою комнату переодеться к приезду Питера. Бетти она не взяла с собой — та была чем-то занята. Кроме того, сердце Маргарет было так переполнено радостью, что ей хотелось побыть немного одной.

Сердце Бетти тоже было переполнено, но отнюдь не радостью. Ее обманули. Красивый испанец, которого она так страстно полюбила, уехал и не прислал ей ни слова. Сомневаться в этом не приходилось — его видели на борту отплывавшего судна, — и ни единого слова! Это было жестоко, и теперь она, у которой украли надежду и любовь, должна была помогать другой женщине, которая собиралась стать счастливой женой. С сердцем, преисполненным горечью, Бетти, кусая губы и вытирая глаза рукавом платья, принялась за дела. Неожиданно открылась дверь, и слуга — не их, а со стороны, приглашенный для помощи на завтрашний день, сообщил, что ее хочет видеть какой-то матрос.

— Впусти его. У меня нет времени ходить и выслушивать всех! — вспылила Бетти.

Слуга ввел матроса и тут же оставил их одних. Посланец оказался смуглым малым с лукавыми черными глазами. Если бы он не говорил так хорошо по-английски, его можно было бы принять за испанца.

— Кто ты, и что у тебя за дело? — нетерпеливо спросила Бетти.

— Я плотник с «Маргарет», — объяснил он, — меня послали сказать, что с господином Кастеллом случилось несчастье и он просит, чтобы его дочь Маргарет немедленно приехала к нему.

— Какое несчастье? — вскрикнула Бетти.

— Он смотрел, как укладывают груз, поскользнулся и упал в трюм, повредил себе спину и сломал правую руку. Поэтому он не мог написать. Но доктор, которого мы вызвали, приказал мне передать мисс Маргарет, что в настоящий момент он не боится за его жизнь. Вы мисс Маргарет?

— Нет, — ответила Бетти, но я сейчас же пойду за ней. Подожди здесь.

— Тогда, значит, вы ее кузина, мисс Бетти Дин? Если это так, то у меня есть кое-что и для вас.

— Да, это я.

— Вот, — сказал матрос, вытаскивая письмо и протягивая его Бетти.

— Кто дал тебе это? — подозрительно спросила Бетти.

— Я не знаю его имени, но по виду это очень благородный испанец. И очень щедрый. Он услышал про несчастье на «Маргарет» и о том, что я еду сюда, и попросил меня передать вам письмо. В награду он подарил мне золотой дукат и взял слово, что я передам это письмо только вам и никому не скажу о нем ни слова.

— Какой-нибудь неотесанный поклонник, — заявила Бетти, кивнув головой, — они вечно пишут мне. Жди здесь, я пойду за мисс Маргарет.

Как только Бетти очутилась за дверями, она быстро вскрыла письмо и впилась в него глазами.

«Любимая!

Вы думаете, что я обманул вас и уехал, но это неправда. Я хранил молчание только потому, что вам все равно не удалось бы выйти одной из дома, ведь вас так стерегут. Но теперь бог любви дарует нам эту возможность. Конечно, ваша кузина возьмет вас с собой к отцу, который лежит у себя на судне, тяжело раненный. Пока она будет с ним, я уведу вас, и тогда мы обвенчаемся и тут же уеду — сегодня же или завтра. Зная, что вы хотите этого, я с огромными трудностями добился разрешения, и священник будет ждать нас, чтобы обвенчать. Не говорите никому ни слова и не высказывайте ни опасений, ни страха, что бы ни случилось, иначе мы будем разлучены навсегда. Уговорите вашу кузину поехать, чтобы вы могли сопровождать ее. Помните, что ваш возлюбленный ждет вас.

К. д'А.»

Когда Бетти разобрала содержание этого любовного послания, ее сердце забилось от волнения, голова закружилась, и она чуть не упала. Потом она подумала, что это могла быть шутка. Нет, Бетти узнала почерк д'Агвилара, — он верен ей, он женится на ней, как обещал, и увезет ее в Испанию, чтобы сделать там знатной дамой. Если она будет медлить, она может потерять его навсегда; его, за кем она готова идти на край света. В ту же минуту решение было принято — Бетти была храброй девушкой. Она поедет, даже если ей придется бросить кузину, которую она так любит.

Спрятав письмо на груди, Бетти бросилась в комнату Маргарет и рассказала ей о посланце и ужасном известии. О письме она не сказала ни слова. Маргарет побледнела от волнения, однако, овладев собой, выговорила:

— Я пойду поговорю с ним.

Они вместе спустились по лестнице. Матрос повторил Маргарет всю историю. Он рассказал ей, как произошло несчастье — но его словам, это случилось у него на глазах, — и описал, какие раны получил ее отец. При этом он добавил, что, хотя врач и утверждает, что опасности для жизни нет, однако господин Кастелл думает иначе и все время просит, чтобы к нему немедленно привели дочь.

Несмотря на все, Маргарет сомневалась и медлила — она боялась, сама не понимая чего.

— Питер будет здесь самое большое через два часа, — обратилась она к Бетти. — Может быть, лучше дождаться его?

— О Маргарет, а что, если тем временем твой отец умрет? Уж наверно, он лучше знает, что с ним, чем тот коновал, которого к нему позвали. Ведь ты тогда потеряешь покой на всю жизнь! Конечно, тебе нужно ехать. Или, в крайнем случае, поеду я одна.

Маргарет все еще колебалась, пока матрос не вмешался:

— Миледи, если вы поедете, я могу проводить вас к тому месту, где вас ожидает шлюпка, чтобы переправить через реку. Если же нет, я должен вас оставить — судно уйдет с восходом луны, они ждут только вашего приезда, чтобы перенести хозяина, вашего отца, на берег. Они думают, что лучше это сделать при вас. Если же вы не приедете, они сделают это сами, как можно бережнее. Там вы завтра и найдете господина Кастелла, живого или мертвого. — С этими словами матрос взял свою шапку, собираясь уходить.

— Я еду с вами! — воскликнула Маргарет. — Ты права, Бетти. Прикажи оседлать двух лошадей, мою и грума. Пусть на его лошадь найдут второе седло, удобное для тебя. Поедем вместе. У матроса, очевидно, лошадь есть.

Матрос утвердительно кивнул и отправился вслед за Бетти в конюшню.

Маргарет же схватила перо и принялась наспех писать записку Питеру. Она сообщала ему о несчастье, постигшем их, и умоляла немедленно ехать вслед за ной. «Я вынуждена ехать — приписала она, — одна, с Бетти и незнакомым мужчиной. Однако я должна это сделать, ибо сердце мое разрывается от страха за отца. Любимый, скорее следуй за мной».

Маргарет передала записку слуге, который впустил матроса, и приказала вручить это письмо мистеру Питеру Бруму немедленно, как только он приедет. Слуга поклялся, что сделает это.

Затем Маргарет достала для себя и для Бетти простые черные плащи с капюшонами, которые должны были скрывать их лица, и вскоре они уже были на конях.

— Стой! — воскликнула Маргарет, обращаясь к матросу, когда они уже собирались выехать. — Почему отец не послал вместо тебя кого-нибудь из своих слуг и почему он не написал мне?

Матрос искренне удивился:

— Его слуги ухаживали за ним, и он приказал ехать мне, потому что я знаю дорогу и у меня на берегу хорошая лошадь, на которой я обычно езжу с поручениями в Лондон. А что касается письма, то врач начал писать, но он делал это так медленно, что господин Кастелл приказал мне тотчас ехать. Похоже, — добавил он с некоторым раздражением, обращаясь к Бетти, — что госпожа Маргарет не доверяет мне. Если так, пусть она ищет себе другого проводника или остается дома. Мне все равно. Я выполнил то, что мне приказано.

Этими словами хитрый малый рассеял страхи Маргарет, но Бетти, помня о письме д'Агвилара, была все-таки встревожена. Вся эта история выглядела несколько странной, но глупая и тщеславная девушка уверяла себя, что если здесь что-то и подстроено, то только для того, чтобы помочь ей. Ведь одну ее не отпустили бы. Бетти поистине обезумела и не очень задумывалась над тем, что делает. В ее оправдание нужно только сказать, что ей и в голову не приходило, что ее кузине Маргарет может грозить какая-нибудь неприятность или что вся эта история с Кастеллом и его ранением — ложь.

Вскоре они уже оказались за пределами Лондона и быстро ехали вдоль северного берега реки. Их проводник объяснил, что судно стоит не у самого берега и что лодка ждет их в Тильбюри. Туда было более двадцати миль, и как они ни спешили, ночь наступила раньше, чем они прибыли к месту. В конце концов, когда они были совершенно измучены тяжелой дорогой, матрос остановился у берега и объявил, что они приехали. Невдалеке виднелась маленькая пристань, но вокруг не было ни одного дома. Спешившись, матрос передал поводья своей лошади груму, спустился к пристани и громко спросил, здесь ли шлюпка с «Маргарет». Чей-то голос ответил: «Да». Затем он с минуту поговорил с людьми в шлюпке — о чем, Маргарет и Бетти не слышали — и прибежал обратно. Матрос предложил им спешиться и сообщил, что они очень хорошо сделали, приехав, потому что господину Кастеллу стало хуже и он все время зовет дочь.

Груму матрос приказал отвести лошадей на постоялый двор и дождаться там их возвращения или новых распоряжений. Бетти матрос предложил поехать вместе с грумом, так как в шлюпке не было места. Бетти готова была согласиться, думая, что это часть плана ее похищения, но Маргарет заявила, что, если Бетти не будет вместе с ней, она не сделает ни шагу. Немного поворчав, матрос повел их по каким-то деревянным ступенькам к шлюпке, очертания которой едва были различимы в темноте.

Как только Маргарет и Бетти уселись рядышком на корме, шлюпка оттолкнулась от берега и понеслась вперед, в темноту. Один из матросов зажег фонарь и укрепил его на носу. Где-то далеко, как бы в ответ на этот сигнал, тоже вспыхнул огонек, и шлюпка направилась к нему. Теперь Маргарет решилась спросить у гребцов о состоянии ее отца, но матрос, их проводник, попросил ее не отвлекать их разговорами, так как течение здесь очень быстрое и шлюпка может перевернуться. Маргарет замолчала, терзаемая сомнениями и страхом, следя за огоньком, который все приближался, пока наконец не оказался над их головами.

— Это «Маргарет»? — крикнул проводник, и опять чей-то голос ответил утвердительно.

— Тогда доложите господину Кастеллу, что его дочь здесь! — прокричал проводник, и тут же с борта был сброшен канат и шлюпку накрепко привязали к трапу.

Бетти, оказавшаяся ближе всех к трапу, вступила на него. Впрочем, проводник опередил ее, быстро взбежав по деревянным ступеням.

Сильная и ловкая Бетти последовала за ним. Следующей стала подниматься Маргарет. Когда Бетти очутилась на палубе, ей показалось, что она слышит испанскую речь, и она разобрала одну фразу: «Дурак! Зачем ты привез обеих?», но ответа она не расслышала. Она повернулась, подала руку Маргарет, и они вместе пошли к мачте.

— Проводите меня к моему отцу, — сказала Маргарет.

Проводник тут же отозвался:

— Да, да, госпожа, вот сюда. Только идите одна: появление вас обеих может разволновать его.

— Нет, — ответила Маргарет, — моя кузина пойдет со мной. — И она крепко схватила Бетти за руку.

Пожав плечами, матрос повел их вперед. Маргарет успела заметить, что одни матросы ставили парус, другие, распевая какую-то странную, дикую песню, начали вращать нечто похожее на ворот. Но в этот момент они добрались до каюты. Дверь за ними захлопнулась. За столом сидел мужчина, над его головой висела лампа. При их появлении мужчина встал, повернулся к ним и поклонился — это был д'Агвилар.

Бетти остановилась как вкопанная, она ожидала встречи с ним, но не здесь и не при таких обстоятельствах. Ее глупенькое сердце так заколотилось при виде д'Агвилара, что, казалось, она сейчас задохнется от волнения. Она только смутно догадывалась, что произошла какая-то ошибка, и думала, как он теперь объяснит все Маргарет, чтобы она уехала и оставила их — Бетти и д'Агвилара — вдвоем. Бетти даже быстро оглядела каюту, чтобы выяснить, где ожидает священник. Увидев сзади дверь, она решила, что, конечно, он спрятан там.

У Маргарет при виде д'Агвилара вырвался короткий, сдавленный крик, но уже в следующую секунду, как храбрая женщина — одна из тех натур, которые становятся крепче перед лицом испытаний, — она выпрямилась и спросила низким, гневным голосом:

— Что вы здесь делаете? Где мой отец?

— Сеньора, — покорно ответил он, — вы находитесь на борту моей каравеллы «Сан Антонио», а что касается вашего отца, то он либо на своем корабле «Маргарет», либо, что более вероятно, дома в Холборне.

При этих словах Маргарет отпрянула назад.

— Не упрекайте меня, — торопливо продолжал д'Агвилар, — я скажу вам всю правду. Во-первых, не волнуйтесь за своего отца: с ним не случилось никакого несчастья, он цел и невредим. Простите меня за причиненное вам волнение, у меня не было другого пути. Эта история — всего лишь ловушка, одна из хитростей, к которым прибегает любовь... — Он приостановился, потрясенный выражением лица Маргарет.

— Ловушка! Хитрость! — чуть слышно пробормотала она; глаза ее метали молнии. — Ну, я отплачу вам за вашу хитрость!

Д'Агвилар увидел, что Маргарет выхватила кинжал, спрятанный у нее на груди, и сейчас бросится на него. Он не мог сдвинуться с места: эти страшные глаза приковали его. Еще секунда — и стальное лезвие пронзило бы его сердце, но Бетти с криком бросилась к Маргарет и обхватила ее своими сильными руками.

— Послушай, ты не поняла его. Это меня он добивается, а не тебя. Он любит меня, а я люблю его и готова выйти за него замуж. Ты уедешь обратно домой.

— Отпусти меня, — сказала Маргарет таким тоном, что у Бетти руки сами опустились. Маргарет осталась стоять, сжимая в руке кинжал. — А теперь, — обратилась она к д'Агвилару, — говорите правду, и поскорее, что означают ее слова?

— Ей лучше знать, — смущенно ответил д'Агвилар. — Ей нравится рядиться в эту паутину тщеславия.

— Которую вы, может быть, сами сплели. Говори, Бетти!

— Он ухаживал за мной, — всхлипнула Бетти, — и я влюбилась в него. Он обещал жениться на мне. Только сегодня он прислал мне письмо. Вот оно.

— Читай! — сказала Маргарет. И Бетти повиновалась.

— Значит, это ты предала меня, — произнесла Маргарет, — ты, моя кузина, которую я приютила и так любила!

— Нет! — закричала Бетти. — Я не думала предавать тебя, скорее я бы умерла! Я на самом деле поверила, что с твоим отцом несчастье и что, пока ты будешь с ним, этот человек сумеет похитить меня.

— Что вы на это скажете? — обратилась Маргарет к д'Агвилару все тем же ледяным голосом. — Вы предлагали и мне и ей вашу любовь и заманили сюда нас обеих. Что вы можете сказать?

— Только то, — ответил д'Агвилар, стараясь выглядеть мужественно, — что эта женщина глупа, я играл на ее тщеславии ради того, чтобы быть рядом с вами.

— Ты слышишь, Бетти, ты слышишь? — вскричала Маргарет с коротким и страшным смехом.

Но Бетти только стонала...

— Я люблю вас и только вас одну, — продолжал д'Агвилар. — Вашу кузину я отправлю на берег. Я совершил этот грех, потому что не мог совладать с собой. Мысль, что завтра вы станете женой другого, сводила меня с ума, и я пошел на все, чтобы вырвать вас из его объятий. Разве я не поклялся вам, — добавил он, пытаясь перейти на свою обычную галантную манеру, — что ваш образ будет сопровождать меня в Испанию, куда мы и плывем сейчас?

Как раз когда он произнес эти слова, корабль слегка накренился под ветром. Маргарет ничего не ответила. Она играла маленьким кинжалом и наблюдала за д'Агвиларом. Глаза ее блестели холоднее стали.

— Убейте меня, если хотите, — вновь заговорил д'Агвилар, и в голосе его прозвучали любовь и стыд. — Тогда я освобожусь от страданий.

При этих словах Маргарет как будто проснулась. Теперь она заговорила с ним совершенно иным голосом — размеренным и ледяным.

— Нет, — сказала она, — я не оскверню своих рук вашей кровью. К чему мне лишать бога его мести? Но если вы попытаетесь дотронуться до меня или разлучить меня с этой бедной женщиной, которую вы обманули, тогда я убью, но не вас, а себя. И я клянусь вам, что мой призрак будет сопровождать вас в Испанию и из Испании дальше, в ад, который ожидает вас. Слушайте меня, Карлос д'Агвилар, маркиз Морелла, ведь я знаю, что вы верите в бога и боитесь его гнева. Так я призову на вас мщение всемогущего. Оно обрушится на вас, будете ли вы бодрствовать или спать, любить или ненавидеть, будете ли вы живы или умрете. Творите зло, но все равно это напрасно. Буду ли я жива или мертва, каждое унижение, какое вы заставите меня испытать, каждое несчастье, которое причинили или причините моему возлюбленному, моему отцу и этой женщине, возместится вам в миллион раз на этом свете и на том. Вы все еще хотите, чтобы я сопровождала вас в Испанию, или вы отпускаете меня?

— Я не могу, — хрипло ответил д'Агвилар, — слишком поздно.

— Ну что ж, я буду сопровождать вас в Испанию, я и Бетти Дин, и с нами вместе месть всемогущего бога, которая нависла над вами. В одном вы должны быть уверены: я ненавижу вас, я презираю вас, но я не боюсь вас. Уходите.

Д'Агвилар, спотыкаясь, вышел из каюты, и обе женщины услышали, как захлопнулась за ним дверь.

Глава X. Погоня

Приблизительно в то самое время, когда Маргарет и Бетти поднялись на борт «Сан Антонио», Питер Брум со своими слугами подъехал к дому в Холборне. Питера на час с лишним задержала грязь на дороге. Целый месяц мечтал он об этой минуте, как может мечтать человек, уверенный, что его хорошо встретят. Ведь на следующий день состоится его свадьба с прекрасной и любимой женщиной. Он представлял себе, как Маргарет будет поджидать его у окна, как она бросится к двери, как он спрыгнет с коня и обнимет ее — на глазах у всех. Кого им теперь стыдиться, если завтра они станут мужем и женой!

Но Маргарет у окна не было; во всяком случае, он не увидел ее — было темно. В окнах даже не горел свет. Старый дом был мрачен. Тем не менее Питер действовал так, как представлял себе в мечтах. Он соскочил с коня, подбежал к двери и хотел распахнуть ее, но не смог — дверь была заперта.

Тогда он принялся колотить в нее рукояткой меча, пока наконец кто-то не подошел и не отпер замок. Это оказался незнакомый ему слуга, недавно принятый в дом, тот самый, которому Маргарет оставила письмо. В руке он держал фонарь.

При виде его у Питера похолодело сердце.

— Кто ты? — спросил он и, не ожидая ответа, продолжал: — Где господин Кастелл и госпожа Маргарет?

Слуга сообщил, что хозяин еще не вернулся с корабля, а леди Маргарет около трех часов назад уехала вместе с Бетти и матросом — все верхом.

— Она, наверное, поехала встречать меня и мы разминулись в темноте, — предположил Питер.

Тогда слуга спросил его, не он ли Питер Брум, так как для него оставлено письмо.

— Да, да! — крикнул Питер и вырвал письмо из рук слуги. Он приказал ему закрыть дверь и держать фонарь так, чтобы можно было читать. Он сразу узнал почерк Маргарет.

— Странная история! — пробормотал он, дочитав письмо, — я должен ехать.

Питер уже направился к двери и протянул руку, чтобы открыть ее, как вдруг дверь распахнулась и вошел Кастелл, здоровый и невредимый.

— Здравствуй, Питер! — весело закричал он. — Я знал, что ты уже здесь, я увидел лошадей, но почему ты не с Маргарет?

— Потому что Маргарет уехала к вам. Вы ведь чуть ли не смертельно ранены — так, во всяком случае, говорится в этом письме.

— Уехала ко мне? Смертельно ранен? Дай-ка сюда письмо. Или нет, лучше прочитай сам, я ничего не вижу.

Питер прочитал вслух.

— Здесь какой-то заговор, — с трудом выговорил Кастелл, когда письмо было окончено, — и думаю, что это дело рук испанца, или Бетти, или их обоих. Ну-ка, парень, выкладывай нам все, что ты знаешь, да поскорее, если хочешь сохранить шкуру.

— Да я что! — торопливо ответил слуга и рассказал всю историю с приездом матроса.

— Беги скажи людям, чтобы привели обратно лошадей, — прервал его рассказ Кастелл. — А ты, Питер, приди в себя и выпей стакан вина. Нам обоим это не помешает. Эй, есть здесь кто-нибудь из моих слуг? — крикнул он.

Кастелл приказал прибежавшим слугам перекусить и выпить чего-нибудь для подкрепления и, пока они пили, рассказал им о том, что похищена их хозяйка Маргарет и что нужно отправиться в погоню. Послышался шум — это привели лошадей из конюшни. Все выбежали на улицу, вскочили в седла и помчались по дороге в Тильбюри. Они поскакали той же дорогой, какой ехала Маргарет, не потому, что они подозревали об этом, а потому, что она была самой короткой.

Однако лошади были усталые, ночь темная, шел дождь, и, когда они еще только подъезжали к Тильбюри, в какой-то церкви часы пробили три. Они как раз проезжали мимо той маленькой пристани, где Маргарет и Бетти садились в шлюпку. Питер и Кастелл скакали рядом, впереди всех, в полном молчании — говорить было не о чем, — как вдруг их окликнул знакомый голос. Это был голос грума Томаса.

— Я увидел головы ваших коней на фоне неба, — объяснил он, — и узнал их.

— Где твоя хозяйка? — в один голос спросили Питер и Кастелл.

— Уехала, уехала с Бетти Дин в шлюпке вон от той пристани. Они поплыли, мне кажется, к» Маргарет». Я отвел лошадей на постоялый двор, как мне приказали, и вернулся, чтобы подождать их. Это было несколько часов назад. С тех пор я не видел ни одной живой души и ничего не слышал, кроме шума ветра и воды, пока не услышал топот ваших коней.

— Надо ехать в Тильбюри и достать шлюпку, — сказал Кастелл. — Мы должны успеть на «Маргарет» раньше, чем она снимется с якоря. Может быть, женщины — на борту «Маргарет»?

— Если так, то я думаю, что их туда завлекли испанцы. Я уверен, что в этой шлюпке были не англичане, — сказал Томас.

Он бежал рядом с лошадью Кастелла, держась за стремя.

Кастелл ничего не ответил. Питер громко вздохнул — он тоже был уверен, что это дело рук испанцев.

Спустя час, когда уже брезжил рассвет, они поднимались на борт «Маргарет», как раз в тот момент, когда на ней выбирали якорь. Разговор с капитаном «Маргарет» Джекобом Смитом подтвердил их самые худшие опасения. Ни одна шлюпка не покидала судно, ни Маргарет, ни Бетти здесь не появлялись. Но часов шесть назад мимо них проплыла испанская каравелла «Сан Антонио», которая стояла выше их по течению. Более того: два лодочника, привозившие на «Маргарет» свежее мясо, рассказали, что, когда они привезли на «Сан Антонио» трех овец и домашнюю птицу, как раз перед отплытием, они видели, как две высокие женщины поднимались по трапу, и слышали, как одна из них сказала по-английски: «Проводите меня к моему отцу».

Теперь они знали всю правду и смотрели друг на друга, онемев от отчаяния. Первым нашел в себе силы заговорить Питер.

— Я должен ехать в Испанию — разыскать свою невесту, — медленно произнес он, — если она жива, и убить похитителя. Отправляйтесь домой, мистер Кастелл.

— Мои дом там, где моя дочь! — сердито отозвался Кастелл. — Я тоже еду.

— В Испании вам может угрожать опасность, если мы вообще туда доберемся, — многозначительно заметил Питер.

— Даже если бы там был вход в ад, я все равно поеду, — упрямо заявил Кастелл, — почему бы и мне не поохотиться за дьяволом?

— Мы сделаем это вдвоем, — сказал Питер и протянул Кастеллу руку.

Это была клятва отца и возлюбленного следовать за той, которая была всем для них, до тех пор, пока смерть не прервет их поиски.

Подумав немного, Кастелл приказал собрать всю команду на палубе. Когда матросы во главе с офицерами и слуги, окружавшие Питера, собрались, Кастелл обратился к ним. Речь его была краткой. Он рассказал о злодейском похищении и заявил, что намеревается вместе с Питером Брумом, у которого украли невесту, — сегодня она уже была бы его женой, — преследовать похитителей. С помощью господа бога они надеются спасти Маргарет и Бетти. Кастелл добавил, что он хорошо понимает, что это предприятие опасное, поскольку дело может дойти до сражения, а он не хочет требовать от кого бы то ни было, чтобы они рисковали своей жизнью против своего желания, тем более что они нанимались для торгового плавания, а не для сражений. Тем, кто согласится последовать за ним, он обещает в случае благополучного исхода двойное жалованье и подарок и готов дать им в этом расписку. Те, кто не хочет, должны сейчас же покинуть судно.

Когда Кастелл кончил, матросы — их было около тридцати человек — посоветовались между собой и с капитаном Джекобом Смитом, отважным человеком лет пятидесяти, и заявили, что они принимают предложение. Отказался только один — молодой парень, совсем недавно женившийся. Все остальные поклялись, что они доведут это дело до конца, хорошего или плохого, потому что все они англичане и не любят испанцев. А от дерзости д'Агвилара у них закипела кровь. Кроме того, из двенадцати слуг, прискакавших с Кастеллом из Лондона, шесть человек, хотя они почти все не были моряками, попросились, чтобы их тоже взяли, потому что они любят Маргарет, своего хозяина и Питера. Решено было взять их. Остальных шестерых слуг отправили на берег, приказав отвезти письма Кастелла к его друзьям, агентам и приказчикам. В этих письмах Кастелл поручал им заботу о своих делах, землях и домах на время его отсутствия. Кроме того, они увезли с собой краткое завещание, подписанное Кастеллом и должным образом засвидетельствованное, в котором он оставлял все свое имущество, включая и прибыли от незавершенных сделок, а также имущество, не включенное в завещание, Маргарет и Питеру, или тому из них, кто окажется жив, или их наследникам. Если же таковых не окажется, то все свое состояние он завещал на устройство больниц для бедных.

После этого остающиеся распрощались с товарищами и грустные отправились на берег. В ту же минуту якорь был поднят, и свежий утренний ветер наполнил паруса «Маргарет».

В десять часов они благополучно миновали Нор-Бенк и встретили здесь рыбаков, которые рассказали им, что шесть с лишним часов назад они видели, как «Сан Антонио» прошла к выходу в Ламанш. При этом они заметили двух женщин, которые стояли на палубе, держась за руки, и не отрываясь смотрели в сторону берега. Теперь Кастелл и Питер Брум были уверены, что ошибки быть не могло. Изменить что-либо они были не в силах, и им, измученным горем и дорогой, не оставалось ничего другого, как поесть и отправиться в каюту спать.

Едва Питер улегся, как он вспомнил, что в этот час он должен был стоять в церкви рядом с Маргарет, которая теперь находилась во власти испанца, — и Питер поклялся страшной клятвой, что д'Агвилар заплатит ему за весь позор и страдания. И действительно, если бы его враг мог в эту минуту видеть лицо Питера, он бы, вероятно, содрогнулся — Питер был не из тех людей, которым можно безнаказанно причинять зло; он не умел прощать, да и оскорбление, нанесенное ему, было слишком жестоким.

В течение четырех дней держался попутный ветер, и «Маргарет» плыла по Ламаншу, надеясь нагнать испанца. Но «Сан-Антонио» была быстрая каравелла, водоизмещением в двести пятьдесят тонн, с большим количеством парусов — на ней было четыре мачты, — а «Маргарет», хотя и была хорошим судном, имела только две мачты и не могла соперничать с «Сан Антонио». А может быть, они просто потеряли «Сап Антонио» в море...

На четвертый день, когда они миновали Лизард[1] и ползли довольно медленно, подгоняемые легким бризом, сторожевой матрос крикнул, что видит впереди корабль, попавший в штиль. Питер, у которого были ястребиные глаза, вскарабкался на мачту, чтобы взглянуть на неизвестный корабль. Он сообщил, что, судя по очертаниям и оснастке, это каравелла. Но та ли это каравелла, которую они ищут, он не мог сказать, так как ни разу не видел «Сан Аитонио». Тогда уже поднялся наверх сам капитан Смит и через несколько минут, спустившись, заявил, что вне всякого сомнения это «Сан Антонио».

---

[1] Мыс Лизард — крайняя южная точка Англии

Это сообщение вызвало суматоху на борту «Маргарет». Матросы осматривали свои мечи, луки и арбалеты. Луков было много, но зато бомбарды и пушки отсутствовали. Они редко встречались на торговых судах. План был выработан такой: подойти к борту «Сан Антонио» и взять ее на абордаж. Так они надеялись отбить Маргарет. Конечно, они рисковали тем, что на их головы обрушится гнев короля, поскольку его весьма мало волнует похищение двух английских женщин, но это их не останавливало.

Менее чем в полчаса все было готово, и Питер, шагая по палубе, выглядел счастливым в первый раз с тех пор, как выехал из Дедхэма. Легкий ветерок продолжал подгонять их вперед. С помощью этого ветерка они постепенно подошли на расстояние полумили от «Сан Антонио». Но тут ветер упал, и оба корабля замерли с обвисшими парусами. Однако сила прилива пли какого-нибудь течения сближала их, и к наступлению темноты между ними оставалось не более четырехсот футов. Англичане надеялись, что до рассвета они подойдут вплотную и смогут высадиться на «Сан Антонио» при свете луны.

Но этому не суждено было сбыться — около девяти часов тяжелые тучи обложили небо, с берега поднялся сильный ветер, и, когда наступил рассвет, с «Маргарет» были видны лишь верхушки мачт каравеллы, быстро уходившей на юг.

Прошли две долгие недели, прежде чем они опять увидели «Сан Антонио».

В течение всего пути от Уэссана[1] через Бискайский залив дули легкие и изменчивые ветры, но, когда они миновали мыс Финистер[2], с северо-востока налетел шквал, который погнал «Маргарет» быстрее. На второй день этого шторма после захода солнца «Маргарет» вынырнула из тумана, смешанного с дождем, и в миле от нее матросы увидели «Сан Антонио». На «Маргарет» началось ликование — теперь англичане убедились, что «Сан Антонио» не зашла ни в один из портов севера Испании. Хотя порт назначения каравеллы был Кадикс, но на «Маргарет» опасались, что испанцы могут укрыться в одном из северных портов. Вскоре вновь хлынул ливень и скрыл от них «Сан Антонио».

---

[1] Уэссан — самый западный из островов у побережья Франции
[2] Мыс Финистер — крайняя западная часть полуострова Бретань

Пока «Маргарет» шла вдоль берегов Португалии, погода становилась день ото дня все хуже и хуже, и, когда они миновали мыс Сан-Висенти[1] и повернули к Кадиксу, начался сильный шторм. Во время этого шторма они в третий раз увидели «Сан Антонио», борющуюся с волнами. Теперь уже до конца путешествия, за исключением часов ночной темноты, англичане не теряли из виду «Сан-Антонио». На следующий день «Маргарет» еще приблизилась к испанской каравелле, которая, лавируя, пыталась прорваться в Кадикс. Но в борьбе со штормом «Сан Антонио» потеряла одну из своих мачт. Кроме того, испанцы видели, что «Маргарет», которая лучше справлялась со штормом, вскоре нагонит их. Тогда они изменили свой план, и «Сан Антонио» направилась в Гибралтарский пролив.

Преследуя «Сан Антонио», «Маргарет» прошла мимо Тарифского мыса, африканский берег остался с правого борта, миновала Альхесирасскую бухту — «Сан Антонио» не пыталась зайти в нее, — прошла мимо древней серой скалы Гибралтара, на которой горели сигнальные огни, и под вечер оказалась в Средиземном море на расстоянии меньше мили от «Сан Антонио».

Здесь шторм был еще ужаснее, и матросы с трудом справлялись с обрывками парусов. К утру «Маргарет» потеряла одну из своих мачт. Это была кошмарная ночь — никто не знал, доживет ли он до утра. Сердца Кастелла и Питера разрывались к тому же еще от страха за испанскую каравеллу — ведь она могла пойти ко дну и унести с собой Маргарет. Однако, когда наступил рассвет, они увидели впереди по правому борту «Сан Антонио», правда, в очень тяжелом состоянии. К полудню англичане были уже в двухстах ярдах от «Сан Антонио», так что можно было различить испанских матросов, перебирающихся по ее высокому юту и по корме. Кроме того, они увидели нечто гораздо более важное — две женщины выбежали из каюты, и одна из них стала махать им белым платком. Женщин тут же затащили обратно, но Кастелл и Питер убедились теперь, что Маргарет и Бетти живы и знают, что их пытаются спасти.

Спустя некоторое время они увидели вспышку на борту «Сан Антонио», и, прежде чем до них долетел звук выстрела, большое чугунное ядро упало на палубу «Маргарет»; отскочив, оно ударило в грудь матроса, стоявшего рядом с Питером, и сбросило его в море. Это на «Сан Антонио» выстрелили

---

[1] Мыс Сан-Висенти — крайняя юго-западная точка Пиренейского полуострова

из бомбарды, но так как больше выстрелов не последовало, англичане решили, что орудие при выстреле, наверно, разорвалось или поломало крепления.

Вскоре после этого «Сан Антонио», две мачты которой были сломаны, попыталась изменить курс и направилась было в Малагу, дома которой были видны у подножия снежных вершин Сиерры. Но сделать это испанцам не удалось: как только каравелла становилась под ветер, «Маргарет» оказывалась прямо перед ней, и, пока испанские матросы были заняты парусами, все свободные от работы англичане под командой Питера принимались обстреливать их из луков и арбалетов. Хотя вздымающаяся палуба «Маргарет» была отнюдь не лучшей площадкой для стрельбы, а ветер мешал правильному полету стрел, им удалось убить троих и ранить восемь или десять матросов из команды «Сан Антонио», заставив их выпустить из рук тросы; в результате этого каравеллу опять закружило ураганом.

На высокой площадке у кормовой мачты, обхватив ее рукой, стоял д'Агвилар, отдавая приказы своей команде. Питер приладил стрелу к тетиве лука, ожидая, пока «Маргарет» хоть на мгновенье задержится на гребне волны, прицелился и выстрелил.

Однако волна подняла «Маргарет» чуть выше, и, когда д'Агвилар отскочил от мачты, стрела Питера вонзилась в дерево и пригвоздила к нему его большую бархатную шляпу. Питер скрипнул зубами от гнева и разочарования, тем более что корабли опять отнесло друг от друга и удобный момент был упущен.

— Пять раз из семи попадал я стрелой в бычье кольцо с пятидесяти шагов, чтобы завоевать значок победителя деревни, — с огорчением пробормотал он, — а теперь не могу подстрелить негодяя, чтобы спасти мою любимую от позора! Поистине бог лишил меня своей милости!

Всю вторую половину дня они обстреливали испанцев, как только представлялась такая возможность. Испанцы отвечали тем же, по потери у обеих сторон были незначительны. Однако англичане заметили, что «Сан Антонио» получила течь, так как судно все глубже погружалось в воду.

Испанцы тоже заметили это и, понимая, что у них остается только два выхода — выброситься на берег или пойти ко дну, — во второй раз изменили курс и под градом английских стрел пошли в маленькую бухту

Калахонда, в которой находился порт Мотриль, так как здесь до берега было совсем недалеко.

— В этой бухте расположен испанский город, — сказал капитан Джекоб Смит, стоя рядом с Кастеллом и Питером. — Я здесь когда-то бросал якорь. Если «Сан Антонио» доберется туда, прощай наша леди — они увезут ее в Гранаду. До Гранады всего тридцать миль через горы, а там маркиз Морелла всемогущ, в Гранаде его дворец. Что будем делать, хозяин? Через пять минут испанец опять будет против носа «Маргарет». Будем таранить и пытаться захватить женщин или допустим, чтобы их увезли в Гранаду и откажемся от погони?

— Ни за что! — воскликнул Питер. — Есть еще один путь: войти вслед за ними в бухту и напасть на них на берегу.

— Чтобы оказаться среди сотен испанцев и дать перерезать себе глотки? — хладнокровно добавил капитан.

— А если мы протараним их, — спросил Кастелл, все это время находившийся в глубокой задумчивости, — нам разве не грозит опасность утонуть вместе с ними?

— Возможно, — ответил Смит, — но наша «Маргарет» построена из английского дуба, и у нее крепкий нос. Думаю, что этого не случится. А «Сан Антонио» пойдет ко дну тут же, она и так уже близка к этому. Беда в том, что женщины, наверно, заперты в каюте, чтобы наши стрелы не могли поразить их, и они утонут вместе с судном.

— Есть другой план, — решительно сказал Питер: — взять их на абордаж и высадиться на каравеллу. Так я и сделаю.

Капитан, плотный мужчина с широким лицом, выражение которого никогда не менялось, поднял брони — это был единственный признак удивления.

— Как, — спросил он, — при такой волне? Я сражался в нескольких войнах, но такой штуки не видывал.

— Ну, так увидите ее сейчас, если я найду хоть дюжину человек, которые пойдут со мной, — заявил Литер с мрачной решимостью. — А что же? Неужели я буду смотреть, как мою невесту увозят у меня из-под носа, и не попытаюсь спасти ее? Лучше уж я доверюсь судьбе и пойду на риск. А если умру, значит, так суждено, и я умру как мужчина. Другого пути нет.

Он обернулся и громко позвал:

— Кто пойдет со мной на абордаж испанца? Тем, кто останется жив, я обещаю, что они проживут остаток своих дней в довольстве, а кто погибнет — завоюет славу и блаженство на небесах.

Матросы с сомнением посмотрели на высокие гребни волн, вздымавшихся вокруг, на медленно погружавшееся в воду испанское судно и ничего не ответили. Тогда Питер продолжал:

— У нас нет другого выхода. Если мы протараним этот корабль, он потонет. Тогда как мы спасем женщин? Если его не трогать — скорее всего, он сам пойдет ко дну, и тогда мы все равно не спасем женщин. Может быть, испанцы и сумеют высадиться на берег, но тогда они увезут женщин в Гранаду, и вряд ли мы сможем вырвать их из рук мавров или из-под власти испанского короля. Но если мы захватим каравеллу, мы можем спасти женщин прежде, чем она пойдет ко дну или достигнет берега. Кто пойдет со мной?

— Я, сынок, — сказал старик Кастелл. — Я пойду.

Питер с удивлением посмотрел на него:

— Вы? В ваши годы?

— Да, в мои годы. Почему бы и нет? Что мне терять?

Тогда, словно устыдившись своих колебаний, вперед вышел здоровенный матрос и сказал, что он готов резать испанских воров в дурную погоду так же, как и в хорошую. Вслед за ним вышли слуги Кастелла, потом еще матросы, пока наконец почти половина экипажа — человек двадцать — не заявила, что они готовы на это рискованное предприятие. Питер вынужден был крикнуть: «Довольно!» Капитан Смит тоже выразил желание присоединиться к группе смельчаков, но тут запротестовал Кастелл, заявив, что капитан не должен покидать свой корабль.

«Маргарет» готовилась пересечь путь «Сан Антонио», медленно описывавшей круг и напоминавшей раненого лебедя. Участники абордажа готовили свои мечи и ножи — луки здесь были уже бесполезны. Кастелл тем временем отдавал распоряжения капитану. Он приказал ему, в случае если их убьют или захватят в плен, уходить в Севилью и там передать судно со всем товаром компаньонам Кастелла. При этом капитан должен просить их от имени Кастелла сделать все от них зависящее, чтобы добиться освобождения Маргарет и Бетти, если они будут живы, и наказания д'Агвилара — маркиза Морелла за его преступления. Если на все это потребуются деньги, то можно использовать сумму, вырученную от продажи судна и товаров.

Отдав эти распоряжения, Кастелл позвал одного из своих слуг и приказал принести легкий стальной панцирь. Питер решил не надевать никаких доспехов, так как они были слишком тяжелы; он облачился в куртку из буйволовой кожи, достаточно прочную, чтобы выдержать удар мечом. Другие надели такие же куртки и стальные шлемы, в изобилии имевшиеся на судне.

Между тем «Сан Антонио», совершив круг, приближалась ко входу в бухту, стараясь держаться от «Маргарет» не менее чем в пятидесяти ядрах. Приказав поднять небольшой парус, капитан Смит взялся за штурвал «Маргарет» и направил ее наперерез «Сан Антонио». Смельчаки во главе с Питером и Кастеллом собрались около бушприта[1], укрылись там и стали ожидать.

---

[1] Бушприт — брус, выступающий наклонно впереди носа корабля

Глава XI. Встреча в море

Еще минуту или две «Сан Антонио» продолжала идти своим курсом, пока испанцы не догадались о замысле своих противников. Увидев, что нос «Маргарет» вот-вот врежется в борт «Сан Антонио», они налегли на штурвал, и каравелла отклонилась в сторону. В результате «Маргарет», вместо того чтобы столкнуться с «Сан Антонио», пошла рядом, обдирая ей обшивку борта. Несколько секунд они плыли, сцепившись таким образом, и, прежде чем волны оторвали их друг от друга, с борта «Маргарет» полетели абордажные крючья, один из них зацепился, и оба судна сблизились носами. Бушприт «Маргарет» оказался нависшим над верхней палубой «Сан Антонио».

— А теперь вперед! — скомандовал Питер. — За мной!

Он подбежал к бушприту и полез по нему. Это было опасное предприятие.

Огромная волна подняла Питера высоко в воздух, в следующий момент он уже падал вниз, пока массивный брус бушприта «Маргарет» не обрушился на палубу «Сан Антонио» с такой силон, что Питер чуть не вылетел, как камень из пращи. Однако ему удалось удержаться. Он схватился за обрывок снасти, болтавшейся на конце бушприта, подобно бичу, свисавшему с рукоятки, и соскользнул по нему вниз. Ветер швырял Питера из стороны в сторону: судно, вздымаясь на волнах, подкидывало его высоко в воздух. Палуба «Сан Антонио» вздымалась и опадала, как живое существо, она была совсем близко — не более дюжины футов под ним, — и Питер, выпустив конец снасти, упал на площадку у передней мачты. Он не разбился. Вскочив на ноги, Питер добежал до разбитой мачты, обхватил ее левой рукой, а другой выхватил меч.

В следующее мгновение — каким образом, он никогда не мог этого вспомнить, — рядом с ним оказался Кастелл, а затем еще двое людей с «Маргарет», однако один из них скатился с палубы в море. Как раз в эту минуту железная цепь абордажного крюка лопнула, и «Маргарет» швырнуло в сторону. Подойти к «Сан Антонио» она уже не могла. Они трое остались во власти своих врагов. Однако испанцев не было видно — никто из них не осмеливался стоять на этой высокой площадке — фальшборт[1] был уничтожен, когда бушприт «Маргарет», словно дубинка какого-нибудь гиганта, ударил по каравелле и снес его.

Трое смельчаков стояли, цепляясь за мачту и ожидая своего конца, ибо теперь их друзья были в ста ядрах от них и они понимали, что попали в отчаянное положение. С разных концов каравеллы на них обрушился ливень стрел. Одна пронзила горло матросу, он упал, схватившись за нее руками, и тут же скатился в волны; другая стрела попала в руку Кастелла — его меч выпал и отлетел в сторону. Питер схватил стрелу за конец, сломал ее пополам и вытащил, но правая рука Кастелла была уже беспомощна, а левой рукой он цеплялся за обломок мачты.

— Мы сделали все, что могли, сынок, — крикнул Кастелл, — и проиграли.

Питер заскрипел зубами и бросил вокруг отчаянный взгляд — говорить он не мог. Что ему было делать? Оставить Кастелла, броситься к центру корабля и там погибнуть или остаться на месте и здесь умереть? Нет, он не даст прикончить себя, как птицу на ветке, он погибнет сражаясь.

— Прощайте! — крикнул он сквозь шум бури. — Боже, спаси наши души!

Дождавшись, когда корабль хоть на секунду принял устойчивое положение, Питер бросился к корме, добежал до трапа, ведущего на нижнюю палубу, спустился по нему и остановился, держась за перила.

Картина, которую он видел, была довольно странной. Вокруг, вдоль фальшбортов, стояли испанцы, с интересом наблюдая за ним. А в нескольких шагах от него, прислонившись к мачте, стоял д'Агвилар. Он поднял руку, в которой не было никакого оружия, и обратился к Питеру:

— Сеньор Брум! Не двигайтесь: еще один шаг, и вы будете мертвы. Выслушайте меня сначала, а потом поступайте, как вы решите. Пока я говорю, я могу не опасаться вашего меча?

Питер утвердительно кивнул, и д'Агвилар подошел ближе, потому что даже в этом, более закрытом месте трудно было расслышать что-либо из-за рева урагана.

— Сеньор, — сказал Питеру д'Агвилар, — вы очень храбрый человек и совершили такой подвиг, какого никто из нас никогда не видел. Я хочу

---

[1] Фальшборт — выступ борта судна над верхней палубой

спасти вас, если смогу. Я причинил вам зло — меня толкнули на это любовь и ревность, — и поэтому я опять-таки хочу пощадить вас. Нападать на вас сейчас будет не чем иным, как убийством, а я, кем бы я ни был, не убийца. Прежде всего успокойтесь. Властительница наших сердец находится здесь, на борту. Но не бойтесь, я не причинил ей никакого вреда и не причиню. Этого не сделает и никто другой, пока я жив. Не говоря уже об иных причинах, я не хочу оскорблять женщину, которая, я надеюсь, станет моей женой по своей собственной воле. Я увез ее в Испанию, чтобы она не могла стать вашей женой. Поверьте мне, сеньор, я так же не хочу насиловать волю женщины, как не хочу стать убийцей ее возлюбленного.

— А не так ли вы поступили, когда похитили ее из дома при помощи подлой выдумки? — с яростью закричал Питер.

— Сеньор, я поступил плохо по отношению к ней и к вам всем, но я возмещу вам это.

— Возместите? Каким образом? Вернете мне Маргарет?

— Нет, этого я сделать не могу. Даже если она сама захочет этого, в чем я сомневаюсь. Никогда, пока я жив!

— Приведите ее сюда, и пусть она при мне скажет, хочет она вернуться или нет! — закричал Питер в надежде, что Маргарет услышит его.

Однако д'Агвилар только улыбнулся и отрицательно покачал головой.

— Этого я тоже не могу сделать, — сказал он, — это причинило бы ей боль. Тем не менее, сеньор, я готов расплатиться с вами и с вами, сеньор, — и д'Агвилар поклонился Кастеллу, который, не замеченный Питером, сполз по трапу и теперь стоял позади него, глядя на д'Агвилара с холодной ненавистью. — Вы причинили нам огромные разрушения, так ведь? Вы охотились за нами на море и убили немало наших людей. А теперь вы пытались захватить наше судно и перерезать нас, но господь бог помешал вам. Так что ваши жизни уже принадлежат нам, и никто не осудит нас, если мы вас убьем. Однако я пощажу вас обоих. Если окажется возможным, я верну вас обратно на борт «Маргарет», если же нет, вас высадят на берег, и вы будете вольны идти куда вам угодно. Вот так я расплачусь с вами, и никто не сможет меня в чем-нибудь упрекнуть.

— Вы что же, считаете меня таким же негодяем, как вы сами? — с презрительным смехом спросил Питер. — Я не уйду живым с этого корабля, если моя невеста Маргарет не уйдет отсюда вместе со мной.

— В таком случае, сеньор Брум, я боюсь, что вы уйдете отсюда мертвым, как, впрочем, возможно, и все мы, если нам не удастся быстро высадиться на берег. Судно полно воды. Однако, зная ваш характер, я ожидал от вас именно этих слов и готов сделать вам другое предложение, от которого, я уверен, вы не откажетесь. Сеньор, наши мечи одинаковой длины, не скрестить ли нам их? Я испанский гранд, маркиз Морелла, и для вас надо думать, не будет бесчестьем сразиться со мной.

— Я в этом не уверен, — ответил Питер, — потому что я выше вас — я честный англичанин, не занимающийся кражей женщин. Тем не менее я с радостью буду сражаться с вами, на море или на суше, когда бы и где бы мы ни встретились, пока один из нас не отправится на тот свет. Однако какова будет ставка в этой игре и могу ли я быть уверен, что эти люди, — и Питер указал на внимательно слушавших матросов, — не нанесут мне удар в спину?

— Я уже сказал вам, сеньор, что я не убийца, а это было бы предательским убийством. Что касается ставки, то победителю будет принадлежать Маргарет. Если вы убьете меня, то я от имени своих людей клянусь, что вы с ней и ее отцом уедете в полной безопасности. Если же я убью вас, вы оба должны сейчас поклясться, что она останется со мной и ко мне не будет больше никаких претензий. А женщине, сопровождающей ее, я дам свободу.

— Нет, — в первый раз заговорил Кастелл, — я настаиваю на своем праве драться также с вами, когда рука моя заживет.

— Я отказываюсь, — высокомерно ответил д'Агвилар, — я не могу поднять свой меч на старика, отца девушки, которая станет моей женой. Более того: я не могу сражаться с купцом и евреем. Нет, нет, не отвечайте мне, чтобы все здесь присутствующие не запомнили ваших враждебных слов. Я буду великодушен и освобожу вас от клятвы. Делайте все что хотите против меня и предоставьте мне после этого делать вам зло, господин Кастелл. Сеньор Брум, уже темнеет, и вода прибывает. Вы готовы?

Питер кивнул головой, и они шагнули навстречу ДРУГ Другу.

— Еще одно слово, — сказал д'Агвилар, опуская свой меч. — Друзья, вы слышали наш договор? Клянетесь ли вы во имя Испании и рыцарского долга выполнить этот договор и, если я умру, отпустить этих двух мужчин и обеих женщин беспрепятственно на их судно или на сушу?

Капитан «Сан Антонио» и его помощники поклялись от имени всей команды.

— Вы слышали, сеньор Брум. А теперь условия. Они будут такие: мы бьемся насмерть, но, если мы оба будем ранены так, что не сможем закончить поединок, никому из нас не будет причинено никакого вреда, и о нас будут заботиться до тех пор, пока мы не выздоровеем или не умрем по воле господа.

— Вы хотите сказать, что мы должны умереть только от меча друг друга и, если предательский случай даст одному из нас преимущество, противник не должен воспользоваться этим?

— Да, сеньор, потому что в нашем положении это может произойти, — и он кивнул на огромные волны, вздымающиеся вокруг и грозящие поглотить наполненный водой корабль. — Мы не воспользуемся таким преимуществом — ведь мы хотим решить наш спор своими руками.

— Пусть будет так, — ответил Питер. — Господин Кастелл будет свидетелем нашего договора.

Д'Агвилар кивнул в знак согласия, поцеловал крестообразную рукоятку своего меча в подтверждение клятвы, вежливо поклонился и встал в позицию.

Секунду они стояли друг против друга — великолепная пара противников.

Ловкий, худощавый Питер с гневным лицом был страшен в багровом свете лучей, падавших на него из-за края черной тучи; испанец был тоже высок и строен, но по его виду можно было подумать, что это развлечение, а не смертельный поединок, в котором ставкой является судьба женщины. На д'Агвиларе был шлем и нагрудная кираса из черной стали, инкрустированная золотом. Питер же был защищен только курткой из бычьей кожи и шапкой с нашитыми на ней металлическими полосами. По зато его прямой, остро отточенный меч был тяжелее и, пожалуй, на полдюйма длиннее, чем у его противника.

Так они стояли друг против друга, а Кастелл и вся команда каравеллы, кроме рулевого, который вел ее ко входу в бухту, уцепились за фальшборт и такелаж[1] и, забыв об опасности, угрожавшей им самим, в полной тишине наблюдали за противниками.

Первым сделал выпад Питер — удар был направлен прямо в горло, но Д'Агвилар ловко отпарировал его, так что острие меча скользнуло мимо его шеи, и, прежде чем Питер успел опомниться, Д'Агвилар нанес ему удар. Клинок ударил но стальным полоскам на шапке Питера, скользнул по левому плечу, но, так как удар был не сильный, никакого вреда он не причинил.

---

[1] Такелаж — совокупность всех снастей судна

Молниеносно последовал ответный удар, и он уже был отнюдь не легок — меч с такой силой обрушился на стальной панцирь д'Агвилара, что испанец пошатнулся. Питер прыгнул вперед, думая, что игра уже выиграна им, но в этот момент каравелла, проходившая мимо скал, окаймлявших вход в бухту, сильно накренилась, и оба противника оказались отброшенными к борту. За этим толчком последовали другие. Питер и Д'Агвилар, продолжая обмениваться ударами, метались от одного борта к другому, стараясь левой рукой схватиться за что-нибудь прочное, пока наконец, измученные и покрытые синяками, они не упали в стороне друг от друга.

— Неважная площадка для поединка, — задыхаясь, выговорил Д'Агвилар.

— Я думаю, что она сослужит свою службу, — с неумолимой решимостью ответил Питер и снова ринулся на д'Агвилара.

Как раз в этот момент гигантская волна обрушилась на корабль, перекатилась через палубу, сшибла обоих противников с ног и, как соломинки, смела их в углубление у борта. Питер поднялся первым, выплевывая соленую воду и протирая глаза. Он увидел д'Агвилара, лежащего на палубе, меч валялся рядом, левой рукой испанец сжимал правую.

— Вы ранены или ушиблись? — спросил Питер.

— Ушибся, — ответил Д'Агвилар. — Похоже, что сломана кисть. Но у меня есть левая рука. Помогите мне подняться, и мы закончим наш поединок.

При этих словах сильный порыв ветра, самый свирепый из всех, подобный вихрю в горном ущелье, швырнул каравеллу в самый вход в бухту и почти положил ее на бок.

Казалось, еще мгновение — и каравелла перевернется и пойдет ко дну, но тут грот-мачта неожиданно сломалась, подобно трости, и свалилась за борт. Освободившись от ее веса, каравелла медленно выпрямилась. Поперечная рея рухнула на палубу — один конец се проломил верх той каюты, в которой были заперты Маргарет и Бетти, расколов его надвое, а блок, висевший на другом конце, ударил Питера по голове, скользнул по шлему, задев шею и плечо. От этого удара Питер свалился без сознания на палубу и остался там лежать, продолжая сжимать в правой руке меч.

Из-под обломков каюты появилась Маргарет и Бетти. Маргарет была бледна и испугана, а Бетти шептала про себя молитвы, но обе, но счастливой случайности, остались невредимы. Цепляясь за перепутавшиеся снасти, они пробирались, ища спасения в центре корабля. Тяжелая рея вся еще висела над ними, упираясь одним концом в остатки каюты, а другим зацепившись за борт. Затем она соскользнула в море. Обломок грот-мачты загородил им путь. В эту минуту Маргарет увидела Питера с окровавленным лицом, лежащего на спине. Тело его перекатывалось взад и вперед от качки.

Маргарет не могла выговорить ни слова. Она только молча показала на Питера, затем обернулась к д'Агвилару, который стоял неподалеку. Держась за канат, д'Агвилар добрался до Маргарет и крикнул ей в ухо:

— Леди, это не моя вина. У нас была честная схватка. Мачта упала и убила его. Не вините меня в его смерти, а ищите утешения у бога.

Маргарет слушала, дико озираясь по сторонам, тут она увидела отца, пробирающегося к ней, и с криком упала без чувств на его грудь.

Глава XII. Отец Энрике

Ночь наступила сразу — огромная грозовая туча, в гуще которой сверкали молнии, поглотила последние лучи заходящего солнца. И тут ураган обрушился на тонущее судно, раскаты грома сопровождались потоками дождя. Рулевой уже не видел, куда он ведет корабль, не было никакой возможности определить направление, в котором неслась каравелла. Только уменьшившиеся волны говорили о том, что они вошли в бухту. Вскоре «Сан Антонио» налетела на скалу, и этот толчок отбросил Кастелла, склонившегося над лежавшей без сознания Маргарет, к борту и оглушил его.

В темноте раздался крик: «Идем ко дну!», и вода хлынула на палубу, но Кастелл не мог разобрать, были ли это волны или дождевые потоки. Он услышал новый крик: «Скорее в шлюпки, или мы погибли!», и шум спускаемых шлюпок. Судно повернулось раз, другой и остановилось. В свете молнии Кастелл увидел Бетти, держащую бесчувственную Маргарет в своих сильных руках. Она также увидела его и крикнула, чтобы он спускался в шлюпку. Кастелл пошел за ней, но вспомнил о Питере. Ведь Питер мог быть еще жив! Что он скажет Маргарет, если позволит ему утонуть? Кастелл пробрался к тому месту, где лежал Питер, и позвал на помощь бежавшего мимо матроса. Тот выругался в ответ и исчез в темноте. Оставшись один, Кастелл пытался поднять тяжелое тело, но правая рука его была беспомощна, и он сумел только приподнять верхнюю часть туловища и постепенно подтаскивать Питера к тому месту, где, казалось ему, должна была находиться шлюпка.

Однако шлюпки здесь не оказалось, а голоса доносились с противоположного конца судна — нужно было тащить Питера туда. Пока он добрался до другого борта, все смолкло, и в свете молнии Кастелл увидел переполненную людьми шлюпку на гребне волны ярдах в пятидесяти от судна. Те, кто не попал в шлюпку, цеплялись за ее корму и борта. Кастелл закричал, но никто ему но ответил, потому ли, что на корабле не оставалось никого живых, или потому, что в этой суматохе нельзя было услышать его.

Тогда Кастелл, понимая, что он сделал все, что мог, подтащил Питера под нависающую часть верхней палубы, которая хоть немного укрывала от дождя, положил его кровоточащую голову себе на колени так, чтобы она была выше уровня воды, и, усевшись таким образом, начал молиться, ожидая смерти.

Он ни минуты не сомневался, что ему суждено погибнуть — при свете молний он видел, что палуба корабля находится уже почти на уровне воды. Правда, здесь, в бухте, море стало значительно спокойнее. Он угадал это по тому, что, хотя дождь лил по-прежнему и ветер налетал с той же силой, брызги волн не обдавали его. Каравелла погружалась все глубже и глубже, пока наконец вода не покрыла ее палубу целиком. Кастеллу пришлось подняться на вторую ступеньку трапа, с которого Питер напал на испанца. Прошло некоторое время, и Кастелл почувствовал, что каравелла перестала погружаться. Он не мог понять, что это означало. Шторм прошел, видны стали звезды, ветер стих. Ночь стала теплее — это очень обрадовало его, иначе в промокшей одежде он бы совсем замерз. И все-таки это была длинная ночь, самая длинная в его жизни, — не было сна, чтобы успокоить его страдания или облегчить смерть.

Так он сидел, гадая, жива ли Маргарет, — Питер казался ему мертвым, — и думал, наблюдают ли их души за ним с высоты, ждут ли, когда он присоединится к ним. Он вспомнил о днях своего процветания до того момента, когда он увидел проклятое лицо д'Агвилара, о своем богатстве и о том, что с этим богатством случится. Он даже подумал, что лучше, если Маргарет умерла, — лучше смерть, чем жизнь в позоре.

Вскоре он впал в забытье, и последней мыслью его было, что корабль утонул и сам он погружается в пучину смерти.

...Чей-то голос звал его, и Кастелл проснулся. Светлело. Перед ним, держась за поручни трапа, стоял Питер — мертвенно бледный, перепачканный кровью, зубы у него стучали, а глаза были неестественно тусклыми.

— Вы живы, Джон Кастелл, — произнес этот голос, — или мы оба умерли и находимся в аду?

— Нет, — ответил Кастелл, — я еще жив, мы оба еще на этом свете.

— Что же случилось? — спросил Питер. — Я был в каком-то мраке.

Кастелл коротко рассказал ему все, что произошло. Питер выслушал его, потом, шатаясь, дошел до борта и, не говоря ни слова, стал смотреть вдаль.

— Я ничего не вижу, — наконец сказал он, — слишком густой туман, но я думаю, что мы где-то недалеко от берега. Помогите мне. Надо разыскать еду, я совсем ослабел.

Кастелл поднялся, размял свои затекшие ноги, добрался до Питера, обнял его здоровой рукой, и таким образом они добрались до кормы, где, как думал Кастелл, должна была находиться кают-компания. Они нашли ее и проникли внутрь. Это оказалось маленькое, но богато обставленное помещение, к задней стенке его было привинчено резное распятие. На полу валялись кусок солонины и несколько черствых пшеничных лепешек, которыми обычно питаются матросы. Очевидно, все это упало со стола. В сетке над столом висели бутыли с вином и водой. Кастелл разыскал кружку, наполнил ее вином и подал Питеру. Тот с жадностью выпил и вернул ее Кастеллу, который, в свою очередь, отпил глоток. После этого они отрезали с помощью своих ножей по куску мяса и съели, хотя Питеру было очень трудно жевать из-за ран на голове и шее. Затем они выпили еще вина и, несколько подкрепившись, покинули каюту.

Туман был все еще такой густой, что ничего не было видно, и они прошли в разбитую каюту, в которой жили Маргарет и Бетти, уселись на их койках и стали ждать. Питер обратил внимание на то, что каюта была роскошно обставлена, как будто в ней должна была обитать знатная дама. Даже посуда здесь была серебряная, а в приоткрывшемся шкафу виднелись роскошные платья. Были здесь и рукописные книги. В одной из них Маргарет сделала кое-какие пометки и написала молитву собственного сочинения, в которой она просила небо защитить ее, молила, чтобы Питер и ее отец остались живы и узнали правду о том, что произошло. Маргарет молила святых помочь ей спастись и соединиться с отцом и Питером. Эту книгу Питер спрятал под куртку, чтобы на досуге просмотреть внимательно.

Из-за гор, окаймлявших бухту, взошло солнце. Оставив каюту, Питер и Кастелл влезли на полубак и огляделись. Они обнаружили, что находятся в закрытой со всех сторон бухте, не более чем в ста ярдах от берега. Привязав к веревке кусок железа, они опустили его за борт и убедились, что судно сидит на мели и что глубина воды под носом каравеллы не превышает четырех футов. Выяснив это, они решили добираться до берега.

Предварительно они вернулись в каюту и наполнили найденный там кожаный мешок едой и вином. Затем им пришло в голову разыскать каюту д'Агвилара. Они нашли ее между палубами. В каюте обнаружили запертый ящик, крышку которого они взломали железной палкой. Здесь оказалось большое количество золота — по всей видимости, для выплаты команде — и драгоценности. Драгоценности они не тронули, а деньги разделили пополам и спрятали на себе, для того, чтобы воспользоваться ими, если удастся добраться до берега. Затем они промыли и перевязали друг другу раны, спустились по веревочному трапу того борта, где испанцы спасались с корабля, и распростились с «Сан Антонио».

Ветер к тому времени стих, и солнце ярко сияло, разогревая застывшую кровь. Море совершенно успокоилось, и вода доходила им только до пояса; дно было ровное, песчаное.

Когда Питер и Кастелл уже подходили к берегу, они увидели собравшихся там людей и решили, что это, наверно, жители маленького городка Мотриля, расположенного на берегу реки, впадающей в залив. Кроме того, они заметили на берегу шлюпку с «Сан Антонио» и обрадовались: шлюпка лежала на киле, и на дне ее было совсем немного воды, — значит, она благополучно добралась до берега. Поблизости лежало пять или шесть трупов, — по всей вероятности, это были матросы, поплывшие за шлюпкой или уцепившиеся за ее борта, но среди утонувших не было женщин.

Когда Питер и Кастелл выбрались на берег, здесь оставалось совсем мало людей; большинство отправилось грабить корабль, часть людей готовила лодки для той же цели. Их встретили лишь женщины, дети, трое стариков и священник. Этот последний, человек с жадным взглядом и хитрой, лицемерной физиономией, пошел им навстречу, вежливо поздоровался и сказал, что они должны благодарить бога за свое спасение.

— Это мы, конечно, сделаем, — ответил Кастелл, — но скажите нам, отец, где наши спутники?

— Вот некоторые из них, — сказал священник, указывая на трупы, — остальные вместе с двумя дамами два часа назад уехали в Гранаду. Маркиз Морелла, который дал мне этот приход, сказал нам, что корабль утонул и никого больше не осталось в живых, а так как в тумане ничего не было видно, мы поверили ему. Вот почему мы не пришли сюда раньше, ибо, — многозначительно добавил он, — мы люди бедные и святые редко посылают нам кораблекрушения.

— Как они отправились в Гранаду, отец? — перебил его Кастелл. — Пешком?

— Нет, сеньор, они силой забрали всех лошадей и мулов в деревне, хотя маркиз и обещал вернуть их и заплатить нам потом. Мы доверяем ему, потому что у нас нет другого выхода. Обе дамы плакали и умоляли нас приютить их, но маркиз не позволил, хотя они выглядели такими печальными и утомленными. Бог даст, нам вернут наших лошадей, — благочестиво закончил он.

— А для нас лошадей не найдется? У нас есть немного денег, и мы может заплатить, если это будет не очень дорого.

— Ни одной, сеньор, ни одной, забрали всех. К тому же вы сейчас вряд ли сумеете ехать — вы так много перенесли, — и он указал на раненую голову Питера и перевязанную руку Кастелла. — Почему бы вам не остаться здесь и не отдохнуть?

— Потому что я отец одной из этих дам, и она, конечно, уверена, что я утонул. А этот сеньор — ее жених.

— Ага, — произнес священник, с интересом разглядывая их, — тогда какое же отношение имеет к ней маркиз? Но я лучше не буду задавать вопросов, здесь не исповедь, не так ли? Я понимаю ваше беспокойство — ведь этот гранд пользуется репутацией весьма веселого мужчины. Прекрасный сын церкви, но, без сомнения, очень веселый — И священник, улыбаясь, покачал своей бритой головой. — Однако, сеньоры, пройдемте в деревню, вы там сможете отдохнуть и перевязать свои раны. А потом мы поговорим.

— Нам лучше пойти, — обратился Кастелл по-английски к Питеру, — здесь на берегу нет лошадей, а мы не можем в таком состоянии идти пешком в Гранаду.

Питер кивнул, и священник, которого, как они выяснили, звали отец Энрике, повел их.

На вершине холма, в нескольких сотнях шагов от берега, они обернулись и увидели, что теперь уже все здоровые жители деревни были заняты грабежом каравеллы.

— Они хотят вознаградить себя за своих лошадей и мулов, — пожав плечами, заметил отец Энрике.

— Это я вижу, — отозвался Кастелл, — но вы...

— О, за меня не бойтесь, — с хитрой улыбкой ответил священник: — церковь не занимается грабежом, но в конце концов она получает свою долю. Народ здесь благочестив. Я только боюсь, что, когда маркиз узнает, что корабль не утонул, он потребует с нас возмещения убытков.

Они перевалили через холм и увидели белые стены и красные крыши деревушки, раскинувшейся на берегу реки. Еще через пять минут их проводник остановился перед домом на грубо замощенной улочке и отпер дверь ключом.

— Вот мое убогое жилище, когда я нахожусь здесь, а не в Гранаде, — сказал он. — В нем я буду иметь честь принять вас. Видите, рядом церковь.

Они вошли во внутренний дворик, где вокруг фонтанчика росло несколько апельсиновых деревьев, у стены стояло распятие в человеческий рост. Проходя мимо распятия, Питер поклонился и перекрестился, но Кастелл не последовал его примеру. Священник быстро взглянул на него.

— Вам, сеньор, следовало бы поклониться изображению нашего спасителя, по милости которого вы избегли смерти; маркиз говорил мне, что вы оба погибли.

— Моя правая рука повреждена, — не растерялся Кастелл, — и я вознес молитву в моем сердце.

— Я понимаю, сеньор, но если вы в этой стране в первый раз, хотя на это не похоже — вы так хорошо говорите на здешнем языке, — то, с вашего разрешения, я хочу предупредить вас, что здесь разумнее совершать молитвы не только в сердце. За последнее время отцы инквизиции стали еще суровее — они придают очень большое значение внешним обрядам. Когда мне приходилось сталкиваться со святой инквизицией в Севилье, я видел, как сожгли одного человека за то, что он пренебрегал обрядами. У вас есть две руки и голова, сеньор, и к тому же еще колени, которые можно преклонить.

— Простите меня, — ответил Кастелл, — но я думал о другом. В частности, о том, что моя дочь увезена вашим патроном, маркизом Морелла.

Священник оставил эти слова без ответа и провел их через гостиную в спальню с высокими окнами, забранными решетками, так что, несмотря на то что комната была большая и высокая, она чем-то напоминала тюремную камеру. Здесь он оставил гостей, заявив, что пойдет искать местного лекаря, который к тому же и цирюльник, если только он не занят «облегчением корабля». Гостям своим он посоветовал снять мокрую одежду и прилечь отдохнуть.

Какая-то женщина принесла им горячей воды и одежду, чтобы они накинули ее на себя, пока их платье будет сушиться. Питер и Кастелл разделись, помылись и, совершенно измученные, свалились на кровати и заснули. Предварительно они вытащили деньги и засунули их в мешок для продуктов, который Питер спрятал к себе под подушку. Часа через два их разбудил приход отца Энрике с лекарем-цирюльником. Вместе с ними пришла служанка с высушенным и вычищенным платьем.

Когда лекарь увидел у Питера на левой стороне шеи и на плече раны, которые почернели и распухли, он покачал головой и заявил, что только время и покой излечат его и что Питер, должно быть, родился под счастливой звездой, так как, не будь на нем стального шлема и кожаной куртки, ему бы не миновать смерти. Поскольку все кости были целы, лекарю оставалось только помазать рану какой-то мазью, смягчающей боль, и перевязать ее чистым куском материи. Покончив с этим, лекарь занялся раной на правой руке Кастелла, промыл ее теплой водой и маслом и перевязал, заявив, что он будет здоров через неделю. При этом он заметил, что буря, очевидно, была сильнее, чем он предполагал, если она могла пронзить стрелой мужскую руку. При этих словах священник насторожился.

Кастелл не стал отвечать на это замечание, а вытащил золотой и предложил лекарю, попросив его достать им, если это возможно, мулов или лошадей. Цирюльник был чрезвычайно доволен столь крупным для Мотриля вознаграждением. Он обещал, что повидает их вечером и что если узнает о каких-нибудь лошадях или мулах, то сообщит. Кроме того, он обещал достать испанского покроя одежду и плащи, поскольку в их одежде ехать неудобно — она испачкана и окровавлена.

После этого он ушел, и священник последовал за ним, так как ему надо было проследить за дележом добычи с судна и обеспечить себе свою долю.

Добрая служанка принесла Питеру и Кастеллу суп. Затем они улеглись опять на кроватях и принялись обсуждать, что им делать дальше.

Кастелл совсем упал духом. Он говорил, что они так же далеки от Маргарет, как и до сих пор, что она еще раз утеряна ими и находится в руках Морелла, из которых они вряд ли сумеют вырвать се. К тому же, как видно, ее повезли в Гранаду, город тавров, где христианские законы и правосудие бессильны.

Выслушав все это, Питер, чье сердце всегда оставалось твердым, заявил:

— Бог обладает такой же властью в Гранаде, как и в Лондоне или на море, где он спас нас. Я думаю, что у нас есть все основания благодарить его, потому что мы могли погибнуть, но остались в живых, и потому что Маргарет тоже жива и, можно надеяться, не пострадала. Кроме того, этот испанский вор, похититель женщин, по всей видимости, довольно странный человек. Судя по его словам, если в них есть доля правды, хотя он и украл Маргарет, он не может решиться на насилие над ней, а хочет завоевать ее любовь и согласие, которое, я думаю, он не скоро получит... К тому же он избегает убийства — ведь он не прикончил нас, хотя спокойно мог это сделать.

— Я знавал таких людей, которые считают одни грехи допустимыми, а другие смертельными. Это плоды суеверия.

— Тогда мы должны молить бога, чтобы Морелла и впредь оставался суеверен и чтобы мы как можно скорее оказались в Гранаде. Не забывайте, что там у нас есть друзья и среди евреев и среди мавров, с которыми вы торговали много лет. Они могут укрыть нас. Так что, хотя дела и плохи, они могли быть еще хуже.

— Пожалуй, это так, — уже более спокойно согласился Кастелл, — если ее действительно увезли в Гранаду. Постараемся узнать что-либо об этом у цирюльника и у отца Энрике.

— Я не верю этому священнику: он хитрец и служит маркизу, — отозвался Питер.

Они замолчали — слишком устали оба, да и говорить было больше не о чем, хотя о многом следовало подумать.

После захода солнца вновь пришел цирюльник и перевязал раны Питеру и Кастеллу. Он принес с собой испанские костюмы, шляпы и два тяжелых плаща, удобных для путешествия, — все это они купили у него за хорошую цену. Кроме того, он объявил, что во дворе стоят два прекрасных мула. Кастелл вышел посмотреть на них. Это оказались две жалкие клячи, истощенные и слабые, но так как других не было, не оставалось ничего иного, как вернуться в комнату и обсудить вопрос о цене. Торговались долго, потому что цирюльник запросил двойную цену. Кастелл заявил, что бедные люди, потерпевшие кораблекрушение, не могут заплатить такую сумму. В конце концов они договорились на том, что цирюльник заберет мулов на ночь к себе и накормит их, а утром приведет их вместе с проводником, который покажет им дорогу в Гранаду. Пока что они заплатили ему только за одежду.

Кастелл и Питер пытались выудить у цирюльника какие-нибудь сведения о маркизе Морелла, но, как и отец Энрике, он был хитрец и держал язык за зубами. Он заявил, что такому маленькому человеку, как он, вредно обсуждать дела больших людей; в Гранаде, дескать, они все узнают.

Цирюльник ушел, оставив им лекарства, и вскоре после этого явился священник. Он был в очень хорошем настроении, потому что в виде своей доли от грабежа судна получил драгоценности, оставленные Питером и Кастеллом в железном ящике. Заметив, как священник, доставая драгоценности, любовно перебирал их, Кастелл пришел к выводу, что отец Энрике человек в высшей степени жадный — из тех людей, которые ненавидят бедность и сделают все на свете ради денег. И когда священник со злобой заговорил о ворах, которые залезли в корабельный ящик и унесли оттуда почти все золото, Кастелл решил про себя, что отец Энрике никогда не должен узнать, кто были эти воры, иначе во время их путешествия с ними может произойти какой-нибудь несчастный случай.

Наконец драгоценности были спрятаны, и священник заявил, что они должны поужинать вместе с ним, но при этом он добавил, что не может предложить им вина, так как ему полагается пить только воду. Тогда Кастелл попросил его достать где-нибудь несколько фляг вина, лучшего, какое можно здесь найти, сказав, что он за него заплатит. Отец Энрике послал за вином служанку.

Переодевшись в испанское платье и спрятав деньги в два пояса, приобретенные тоже у цирюльника, они вышли к столу. Ужин состоял из испанского блюда, называемого «олла подрида» (нечто вроде жирного мяса), хлеба, сыра и фруктов. На столе было также купленное за их счет вино, очень хорошее и крепкое. Правда, Нитер и Кастелл почти не пили, опасаясь лихорадки от своих ран, но они усердно угощали отца Энрике. Кончилось тем, что к концу ужина он забыл о своей хитрости и начал разговаривать свободно. Заметив, что священник пришел в веселое настроение, Кастелл начал расспрашивать его о маркизе Морелла, почему у того дом в Гранаде, столице мавританского государства.

— Потому что он наполовину мавр, — ответил священник. — Его отец, говорят, был принцем Виана, а мать — мавританкой, в ее венах текла королевская кровь. От нее он и унаследовал свои богатства, земли и дворец в Гранаде. Он любит там жить. Хотя он и добрый христианин, однако у него вкусы еретика: подобно маврам, он завел у себя сераль прекрасных женщин. Я знаю это, потому что в Гранаде нет священников и мне приходится выполнять роль его капеллана. Но, кроме того, он живет в Гранаде еще по другой причине: он ведь наполовину мавр и является представителем Фердинанда и Изабеллы при дворе султана Гранады Боабдила. Вы, чужестранцы, должны знать, если еще не знаете, что их величества давно уже ведут войну с маврами и мечтают захватить остаток их государства так же, как они уже захватили Малагу, обратить его жителей в христианство и кровью и огнем очистить его от проклятой ереси.

— Да, — отозвался Кастелл, — мы слышали об этом в Англии. Я ведь купец и веду торговлю с Гранадой. Я еду туда по делам.

— А по каким делам едет туда сеньора, та, о которой вы говорите, что она ваша дочь? И что это за историю рассказывали матросы о сражении между «Сан Антонио» и английским кораблем, который мы видели вчера на взморье? И каким это образом ветер пробил стрелой вашу руку, друг мой купец? И почему так получилось, что вас обоих оставили на каравелле, в то время как маркиз и все его люди спаслись?

— Вы задаете много вопросов, святой отец. Питер, наполни стакан преподобного отца. Он ничего не пьет. Можно подумать, что здесь всегда пост. Ваше здоровье! О, вот хорошо! Палей, Питер, и передай мне флягу. Вот теперь я отвечу на все ваши вопросы и расскажу о кораблекрушении.

Тут Кастелл начал бесконечную историю о ветрах, парусах, скалах, падающих мачтах, об английском корабле, который пытался помочь испанской каравелле, и так продолжалось до тех пор, пока священник, чей стакан Питер наполнял каждый раз, когда тот отворачивался, не свалился, заснув.

— А теперь, — шепнул Питер по-английски Кастеллу, — я думаю, нам лучше всего лечь спать. Мы узнали многое от этого шпиона в рясе — по-моему, он таков — и почти ничего не рассказали.

Они тихо пробрались в свою комнату, выпили настой, оставленный цирюльником, помолились каждый по-своему, заперли дверь и прилегли отдохнуть, насколько раны и тяжелые думы могли позволить им.

Глава XIII. Приключение на постоялом дворе

Питер спал плохо, рана, несмотря на перевязку, сделанную цирюльником, сильно болела. Кроме того, ему не давала покоя мысль, что Маргарет уверена в их гибели и страдает от этого. Как только Питер засыпал, он видел ее в слезах, слышал ее рыдания.

Как только первые лучи проникли сквозь высокие решетки окон, Питер вскочил и разбудил Кастелла: они оба не могли одеться без помощи друг друга. Услышав во дворе голоса людей и шум, они решили, что это явился цирюльник со своими мулами, отперли дверь и, встретив в коридорчике зевающую служанку, попросили ее выпустить их из дома.

Это действительно был цирюльник и с ним — одноглазый парень верхом на пони. Цирюльник объяснил, что этот парень будет их проводником до Гранады. Питер и Кастелл вернулись вместе с цирюльником в дом, он осмотрел их раны, покачал головой при взгляде на раны Питера и сказал, что ему не следовало бы так рано отправляться в путь. Потом снова началась торговля за мулов, упряжь, седельные сумки, в которые были уложены вещи, оплату проводнику и так далее, ибо Питер и Кастелл боялись показать, что у них есть деньги.

В конце концов все было улажено, и, так как их хозяин, отец Энрике, все еще не появлялся, они решили уехать, не простившись с ним, а просто оставить ему деньги в знак благодарности за его гостеприимство и в качестве подарка для его церкви. Однако как раз в тот момент, когда они передавали эти деньги служанке, появился священник. Он был небрит и держался рукой за голову. Он объяснил, что служил раннюю мессу в церкви, что было чистой ложью, и спросил, действительно ли они собираются уезжать.

Они подтвердили это и вручили ему свой подарок, который он принял не задумываясь, хотя похоже было, что щедрость гостей заставила его с еще большей настойчивостью уговаривать их остаться. Они, дескать, еще не в состоянии перенести трудный путь, дороги весьма небезопасны, они могут попасть в плен к маврам и окажутся в подземелье вместе с другими узниками-христианами, так как никто не может проникнуть в Гранаду без разрешения, и так далее. Но наши путешественники твердо стояли на своем.

Они заметили, что священник при этих словах заволновался и в конце концов заявил, что из-за них у него будут неприятности от маркиза Морелла. Как и почему, он не стал объяснять, но Питер решил, что он боится, как бы они не рассказали маркизу о том, что его капеллан участвовал в грабеже на судне, которое маркиз считал потонувшим, и завладел его драгоценностями. В конце концов они поняли, что отец Энрике способен на любую уловку, только бы задержать их, оттолкнули его, вскарабкались на мулов и вместе с проводником двинулись в путь.

Они долго еще слышали крики разъяренного священника, ругавшего цирюльника за то, что тот продал им мулов. До них доносились его выкрики: «Шпионы...», «Английские дамы...», «Приказ маркиза...». Они очень обрадовались, выбравшись за пределы селения, на улицах которого было мало людей, и, никем не потревоженные, выехали на дорогу, ведущую к Гранаде.

Дорогу эту никак нельзя было назвать хорошей, к тому же она шла то вверх, то вниз. Да и мулы оказались гораздо хуже, чем они предполагали.

Мул, на котором ехал Питер, все время спотыкался. Они поинтересовались у юноши, их проводника, сколько времени потребуется, чтобы доехать до Гранады, но в ответ услышали:

— Кто знает? Все зависит от воли бога.

Прошел час, и они опять задали ему тот же вопрос; и на этот раз последовал ответ:

— Может быть, сегодня вечером, может, завтра, а может, никогда. На дороге много разбойников, но если путешественникам повезет и они не попадутся в руки бандитам, то наверняка их захватят мавры.

— Я думаю, что один из разбойников здесь, рядом с нами, — заметил по-английски Питер, взглянув на отталкивающее лицо их проводника, и добавил на ломаном испанском языке: — Друг мой, если мы столкнемся с бандитами или маврами, то первым, кто отправится на тот свет, будешь ты. — И Питер похлопал по рукоятке своего меча.

Парень в ответ пробормотал какое-то испанское проклятие и повернул своего пони назад, якобы собираясь ехать обратно в Мотриль, но тут же передумал и ускакал далеко вперед. В течение нескольких часов они не могли догнать его.

Дорога была так тяжела, а мулы так слабы, что, несмотря на то что они решили не отдыхать днем, сумерки наступили прежде, чем они достигли вершины Сиерры. В последних лучах заходящего солнца они увидели далеко впереди минареты и дворцы Гранады. Питер и Кастелл хотели ехать дальше, но их проводник клялся, что в темноте они свалятся в пропасть раньше, чем достигнут равнины. Он заявил, что здесь неподалеку есть вента или, иначе говоря, постоялый двор, где они могут отдохнуть, а на рассвете продолжить свой путь.

Когда Кастелл заявил, что они не хотят ехать на постоялый двор, проводник объяснил, что у них нет другого выхода, так как еда уже кончилась и, кроме того, здесь, на дороге, нельзя достать корма для мулов. Делать было нечего, и путешественники с неохотой согласились, понимая, что, если мулов не накормить, они никогда не довезут их до Гранады. Между тем проводник указал на домик, стоящий одиноко в лощине ярдах в ста от дороги, и, заявив, что он должен предупредить об их приезде, поскакал вперед.

Когда Кастелл и Питер добрались до постоялого двора, окруженного большой стеной, очевидно в целях обороны, они увидели своего одноглазого проводника, о чем-то серьезно беседовавшего с толстым человеком отталкивающей внешности, у которого за пояс был заткнут большой нож. Толстяк, кланяясь, двинулся им навстречу и объявил, что он здесь хозяин. Он согласился накормить путешественников и дать им ночлег.

Кастелл и Питер въехали во двор, и хозяин тут же запер за ними ворота, объяснив, что это делается для безопасности от бандитов. Им повезло, добавил он, что они попали в такое место, где могут спокойно переночевать. Вслед за этим появился мавр; он увел мулов в конюшню, а хозяин провел путешественников в большую комнату с низким потолком, где стояли столы и сидело несколько человек с грубыми и жестокими лицами. Они пили вино. Тут хозяин неожиданно потребовал деньги вперед, заявив, что он не доверяет незнакомцам. Питер хотел было вступить с ним в спор, но Кастелл решил, что разумнее согласиться, и принялся расстегивать свою одежду, чтобы достать деньги. В карманах у него ничего не осталось, последние деньги, которые не были спрятаны, он истратил в Мотриле.

Правой рукой Кастелл по-прежнему не мог шевельнуть, и он начал доставать деньги левой, но так неловко, что маленький дублон, который он вытащил, выскользнул и упал на пол. Забыв, что он не завязал пояс, Кастелл нагнулся поднять дублон, и штук двадцать золотых монет покатились по полу. Питер заметил, как хозяин и сидящие в комнате мужчины обменялись быстрыми и многозначительными взглядами. Однако они поднялись и помогли собрать золотые. Хозяин вернул их Кастеллу, присовокупив с гнусной улыбкой, что, если бы он знал, что его гости так богаты, он запросил бы с них больше.

— О нет, это далеко не так, — ответил Кастелл, — это все, что мы имеем.

Как раз в тот момент, когда он произнес эти слова, еще один золотой, на этот раз уже большой дублон, застрявший у него в одежде, упал на пол.

— Конечно, сеньор, — заметил хозяин, поднимая монету и вежливо возвращая ее, — однако потрясите себя, может, у вас в куртке застряли еще один-два золотых.

Кастелл так и сделал, и при этом золотые, спрятанные в поясе, так как их стало меньше, зазвенели. Присутствующие в комнате улыбнулись, а хозяин поздравил Кастелла с тем, что он находится в честном доме, а не путешествует но горам, служащим приютом для дурных людей.

Кастелл, делая вид, что ничего не произошло, запрятал свои деньги и затянул пояс. Затем он и Питер уселись в сторонке и попросили, чтобы им подали ужин. Хозяин приказал слуге принести еду, а сам подсел к ним и принялся расспрашивать. Из его вопросов стало ясно, что проводник уже успел рассказать ему всю их историю.

— Откуда вы узнали про кораблекрушение? — вместо ответа спросил Кастелл.

— Откуда? Да от людей маркиза, которые вчера останавливались здесь выпить по стакану вина, когда маркиз проезжал с двумя дамами в Гранаду.

Он говорил, что «Сан Антонио» затонула, но ничего не сказал о том, что вы остались на борту.

— Тогда извините нас, дружище, если мы, чьи дела не должны интересовать вас, тоже ничего не скажем, поскольку мы устали и хотим отдохнуть.

— Конечно, сеньоры, конечно, — засуетился хозяин, — я пойду потороплю с ужином и велю принести вам флягу гранадского вина, подобающего вашему положению.

Он удалился, а через некоторое время принесли ужин — хорошее жаркое и к нему в глиняном кувшине вино. Наполняя их кружки, хозяин сказал, что он сам перелил его из фляги, чтобы не взболтать осадок.

Кастелл поблагодарил его и предложил выпить стакан вина за успех их путешествия, однако хозяин отказался, заявив, что у него сегодня постный день и что он поклялся пить в этот день одну только воду. Тогда Питер, который не произнес ни слова за все это время, но многое приметил, пригубил вино и, почмокав, как будто пробуя, шепнул по-английски Кастеллу:

— Не пейте — оно отравлено.

— Что сказал ваш сын? — спросил хозяин.

— Он говорит, что вино великолепно, но при этом он вдруг вспомнил, что доктор в Мотриле запретил нам прикасаться к вину, если мы не хотим ухудшить состояние наших ран, полученных при кораблекрушении. Но оно не должно пропасть. Поднесите его вашим друзьям. Мы удовольствуемся более слабым напитком.

С этими словами Кастелл взял кувшин с водой, стоявший на столе, наполнил кружку, выпил и передал ее Питеру. Хозяин посмотрел на них с явным неудовольствием.

Затем Кастелл поднялся и вежливо предложил кувшин с вином и две наполненные кружки мужчинам, сидевшим за соседним столом, добавив, что им очень жаль, что они не могут попробовать столь великолепное вино. Одним из этих людей случайно оказался их проводник; он пришел сюда, накормив мулов. И он и его сосед с готовностью взяли наполненные кружки и выпили их содержимое. Хозяин в это время с проклятием схватил кувшин и исчез.

Кастелл и Питер принялись за жаркое. Они видели, что их соседи едят то же самое, да и хозяин, вернувшийся в комнату, тоже принялся за такое же мясо. Питеру показалось, что хозяин с тревогой наблюдает за двумя мужчинами, выпившими вино. Вдруг один из них поднялся из-за тола и, пройдя несколько шагов до скамьи, стоявшей на другом конце комнаты, молча рухнул на нее. Между тем у одноглазого проводника бессильно опустились руки, и он, по-видимому без сознания, упал на стол, так что голова его уткнулась в пустое блюдо. Хозяин вскочил, но тут же остановился в нерешительности. Тогда поднялся Кастелл и заметил, что, очевидно, бедного парня сморил сон после долгой дороги и что они тоже устали и не будет ли хозяин так любезен проводить их в отведенную им комнату.

Хозяин охотно согласился — было ясно, что он хочет как можно скорее избавиться от них, тем более что остальные посетители разглядывали проводника и своего товарища и шептались между собой.

— Вот сюда, сеньоры, — указал он и повел их в конец комнаты, к лестнице.

Поднявшись по ней с лампой в руке, он поднял люк и предложил им следовать за ним. Кастелл так и сделал, а Питер обернулся и пожелал доброй ночи всей компании, наблюдавшей за ним. При этом, как бы случайно, он наполовину вытащил свои меч из ножен. Затем он вслед за хозяином и Кастеллом полез по лестнице и оказался на чердаке.

Это была пустая комнатушка, единственной мебелью которой были два стула и два грубых деревянных ложа без изголовий, стоявших на расстоянии трех футов друг от друга у дощатой перегородки, по-видимому отделявшей это помещение от соседнего. Под самой крышей была завешанная мешком дыра, которая служила окном.

— Мы люди бедные, — сказал хозяин, пока они оглядывали этот пустой чердак, — но многие знатные господа прекрасно спали здесь. Вам тоже будет здесь хорошо. — И он повернулся к лестнице.

— Это нам подойдет, — согласился Кастелл, — только скажите вашим людям, чтобы они не запирали конюшню, так как мы уедем на рассвете, и будьте добры оставить нам лампу.

— Лампу я оставить не могу, — сердито проворчал хозяин; одна нога его уже была на лестнице.

Питер шагнул к нему и схватил одной рукой за руку, а другой — лампу.

Хозяин выругался и принялся шарить у себя за поясом, очевидно ища нож, но Питер с такой силой сжал его руку, что от боли тот выпустил лампу, и она осталась в руке у Питера. Хозяин попытался схватить ее, но потерял равновесие и скатился вниз но лестнице, тяжело рухнув на пол.

Сверху они видели, как он поднялся на ноги и принялся поносить их, размахивая кулаками и клянясь, что отомстит за все. Питер захлопнул люк.

Оказалось, что люк плохо пригнан к полу. К тому же засов, на который он должен был запираться, отсутствовал, хотя скобы имелись. Питер огляделся вокруг в поисках какой-нибудь палки или куска дерева, чтобы заложить в скобы, но ничего не нашел. Тут он вспомнил о веревке, предназначенной для крепления седельных сумок, которая была у него в кармане. Ею он связал скобы. Теперь люк нельзя было приподнять от пола более чем на один-два дюйма. Но тут же Питер сообразил, что если приподнять люк, то можно сквозь эту щель перерезать ножом веревку, и поставил один из стульев так, что две его ножки оказались на люке. После этого он сказал Кастеллу:

— Мы, как птицы, попались в ловушку, но прежде чем свернуть нам шеи, они должны войти в клетку. Вино было отравлено. Если они сумеют, они убьют нас из-за наших денег, или потому, что им поручил это сделать проводник. Нам лучше не спать эту ночь.

— Я тоже так думаю — с тревогой в голосе подтвердил Кастелл. — Послушай, они там внизу разговаривают.

Снизу действительно доносились звуки голосов, похоже было, что идет спор, но спустя некоторое время шум затих. Когда все смолкло, Питер и Кастелл тщательно осмотрели чердак, но не обнаружили ничего подозрительного. Питер глянул на дыру, служившую окошком, и, решив, что она достаточно велика, чтобы в нее мог пролезть человек, попытался подтащить к ней кровать. Ему пришло в голову, что если кто-нибудь попробует влезть в окно, то попадет прямо к нему в руки. Однако он убедился, что кровати прибиты к полу и сдвинуть их с места невозможно. Делать больше было нечего, и оба они уселись на кроватях с обнаженными мечами в руках и принялись ждать. Время шло.

В конце концов лампа, которая уже давно мерцала, зачадила и совсем погасла. Кончилось масло. Они очутились в темноте. Единственным источником света было окно, с которого они сняли мешковину.

Спустя некоторое время до них донесся стук конских копыт, они услышали, как открылась и опять захлопнулась дверь внизу и вновь раздались голоса. К голосам, которые они слышали раньше, присоединился еще один. Он показался Питеру знакомым.

— Я узнал его, — шепнул он Кастеллу. — Это отец Энрике. Он приехал узнать, как поживают его гости.

Прошло еще полчаса, и взошла бледная луна, послав в их комнату слабый луч света. Опять послышался стук копыт. Питер подошел к окну. Хозяин постоялого двора держал за поводья превосходного коня. Затем подошел человек и взобрался в седло. Хозяин что-то сказал ему, тот поднял голову. Питер узнал отца Энрике.

Священник и хозяин еще некоторое время шептались, потом отец Энрике благословил хозяина и уехал. До Питера и Кастелла опять донесся звук запираемой двери.

— Он поехал в Гранаду предупредить своего хозяина Морелла, что мы направляемся туда, — сказал Кастелл, после того как они опять уселись на своих кроватях.

— А может быть, сообщить маркизу, что мы никогда не приедем. Но все-таки ему нас не одолеть.

Время тянулось медленно, и Кастелл, который совсем ослабел, откинулся на подушку и задремал. Вдруг стул, стоявший на крышке люка, упал со страшным грохотом. Кастелл вскочил и уставился на Питера.

— Это всего-навсего крыса, — ответил Питер, не желая открывать ему правду.

Питер тихонько прокрался к люку, пощупал веревку — она была цела — и снова поставил стул на прежнее место. Проделав это, Питер вернулся к кровати и бросился на нее, как будто собираясь заснуть, хотя в действительности никогда еще он не был так настороже. Усталость между тем опять одолела Кастелла, и он задремал.

Было тихо, только один раз что-то заслонило лунный свет, и на мгновение Питеру показалось, что он видит в окне лицо, но оно исчезло и больше не появлялось. Но теперь какие-то слабые звуки, похожие на сдерживаемое дыхание и на шаги босых ног, стали раздаваться у кровати Кастелла. Затем послышался легкий скрип и царапанье у стены, как будто скреблась мышь, и вдруг, как раз в полосе лунного света, сквозь перегородку просунулась обнаженная рука с ножом.

Нож на мгновение повис над грудью спящего Кастелла, — это продолжалось только мгновение, потому что уже в следующую секунду Питер вскочил и ударом меча, который лежал наготове рядом с ним, отсек руку у плеча.

— Что случилось? — спросил Кастелл, — почувствовав, что что-то свалилось на него.

— Змея, — последовал ответ. — Ядовитая змея. Проснитесь и посмотрите.

Кастелл поднялся и молча глянул на ужасную руку, все еще сжимавшую нож. За перегородкой послышался подавленный стон и удаляющиеся тяжелые шаги.

— Ну что ж, — сказал Питер, — надо уходить, а то мы останемся здесь навсегда. Этот парень скоро вернется за своей рукой.

— Уходить! — отозвался Кастелл. — Но как?

— Похоже, что у нас есть только один путь и тот опасный: вот в это окошко и через стену, — ответил Питер. — Ага, они идут.

Не успел он это сказать, как они услышали, что кто-то поднимается по лестнице.

Под окном никто не сторожил, а до земли было не более двенадцати футов. Питер помог Кастеллу пролезть, держа его за здоровую руку, и опустил как можно ниже. Кастелл спрыгнул, не удержался и свалился на землю, но тут же поднялся. Питер собирался последовать за ним, но в это мгновение услышал звук падающего стула и, оглянувшись, увидел, что крышка откинута. Они перерезали веревку!

В слабом свете была видна фигура человека с ножом в руке. За ним виднелась еще одна. Теперь уже Питер не мог скрыться через чердачное окно: если бы он попытался сделать это, то получил бы удар в спину. Питер сжал обеими руками меч и прыгнул на противника. Меч, по-видимому, достиг цели: человек свалился на пол и остался недвижим. Второй уже опирался коленкой о край люка. Удар меча, и тот тоже свалился вниз, на головы стоявших ниже. Лестница рухнула. В результате нападавшие оказались в куче на полу. Только один удержался руками за край люка. Питер захлопнул крышку, и человек с диким криком полетел вниз. За неимением ничего другого Питер навалил на крышку люка труп убитого им человека.

Затем он побежал к окну, вложив на ходу меч в ножны, протиснулся сквозь отверстие и, повиснув на руках, спрыгнул. Он благополучно очутился на земле, так как был достаточно ловок и к тому же от возбуждения вообще забыл о своей раненой голове и плече.

— Куда теперь? — спросил его Кастелл, когда Питер, тяжело дыша, остановился перед ним.

— В конюшню за мулами... Нет, это бесполезно, у нас нет времени оседлать их. Да и наружные ворота закрыты. К стене! Мы должны перелезть через нее. Они будут здесь через минуту.

Питер и Кастелл бросились к стене и, к счастью своему, обнаружили, что хотя она достигала десяти футов высоты, но сложена была из крупных камней, по которым можно было вскарабкаться.

Питер взобрался первым, лег поперек стены, протянул Кастеллу руку и с трудом — так как старик был тяжел и к тому же ранен — подтянул его наверх. В этот момент они услышали, как кто-то кричал с чердака:

— Эти английские черти удрали! Бегите к воротам и ловите их!

Они спустились или, скорее, свалились со стены в колючий кустарник, который смягчил падение, но так поцарапал их, что они чуть не закричали от боли. Однако кое-как они выбрались из него, все окровавленные, вышли на дорогу и пустились бежать в сторону Гранады.

Не успели они отбежать и сотни ярдов, как услышали позади себя крики и поняли, что их преследуют. Как раз в этом месте дорога пересекала овраг, заросший густым кустарником и заваленный множеством валунов. За ним виднелось открытое пространство. Питер схватил Кастелла и потащил в овраг. Здесь они нашли укромное местечко за большим камнем — нечто вроде пещеры, заросшей кустами и высокой травой. Они нырнули туда и притаились.

— Вытаскивайте меч, — шепнул Питер Кастеллу. — Если они найдут нас, мы должны как можно дороже продать свою жизнь.

Кастелл повиновался и взял меч в левую руку. Они слышали, как грабители пробежали вперед по дороге, потом, обнаружив, что там никого не видно, вернулись обратно и принялись шарить по оврагу. Здесь было темно, потому что свет луны почти не проникал в него, и беглецы остались незамеченными. Двое преследователей остановились шагах в пяти от них, и один заявил, что, вероятно, те свиньи спрятались во дворе или побежали обратно в Мотриль.

— Я не знаю, где они спрятались, — ответил второй, — однако дело дрянь. У толстого Педро начисто отсекли руку, и он, пожалуй, истечет кровью. Двое других уже подохли или подыхают — этот длинноногий англичанин рубит крепко, — да еще те, что выпили отравленное вино. Похоже, что они уже никогда не проснутся. Да, и все это ради того, чтобы добыть несколько дублонов и ублаготворить иона! И все-таки, если бы я поймал этих свиней… — Он пробормотал страшную угрозу. — Я думаю, лучше всего залечь у выхода из оврага на тот случай, если они спрятались здесь.

Питер слышал весь этот разговор. Остальные бандиты убежали. Питер был взбешен, к тому же колючий кустарник причинял ему страшную боль. Не говоря ни слова, он выбрался из убежища, держа в руке свой страшный меч.

Бандиты увидели его и вскрикнули от ужаса. Для одного из них это был последний звук в его жизни. Другой пустился бежать.

Это был как раз тот, который грозил беглецам страшной расправой.

— Стой! — крикнул Питер, настигая его. — Стой и сделай то, что ты собирался!

Негодяй повернулся и принялся молить о пощаде, но Питер был неумолим…

— Это было необходимо, — сказал Питер Кастеллу, — вы слышали — они собирались сторожить нас.

— Я думаю, что у них вряд ли появится когда-либо желание напасть на англичанина на этом постоялом дворе, — задыхаясь, говорил Кастелл, стараясь не отстать от Питера.

Глава XIV. Инесса и ее сад

Часа два пробирались Джон Кастелл и Питер по Гранадской дороге. Там, где дорога была ровной, они бежали и шли, когда она становилась трудной; время от времени останавливались, чтобы перевести дыхание и прислушаться. Однако ночь была безмолвна — по-видимому, никто их не преследовал. Очевидно, оставшиеся в живых бандиты направились другим путем или же решили, что с них достаточно этого приключения, и не желали больше иметь дело с мечом Питера.

Наконец над огромной равниной, окутанной туманом, забрезжил рассвет.

Взошло солнце, разогнало туман, и милях в двенадцати путники увидели Гранаду, расположенную на холме. Они посмотрели друг на друга — печальное зрелище они представляли: исцарапанные колючками, перепачканные кровью. У Питера была обнажена голова — шляпу свою он потерял. Теперь, когда прошло возбуждение, он почувствовал себя чрезвычайно плохо от боли, усталости и желания спать. К тому же солнце начало припекать с такой силой, что Питер чуть не потерял сознание. Они соорудили из стеблей и травы нечто вроде шляпы. Этот головной убор придавал Питеру такой странный вид, что несколько встречных мавров решили, что он сумасшедший, и пустились бежать прочь.

Питер и Кастелл шли, делая не более мили в час, освежаясь водой из всех встречных канав. К полудню зной стал невыносим. Они вынуждены были прилечь отдохнуть под тенью какого-то дерева, похожего на пальму, и здесь, совершенно измученные, погрузились в сон, похожий на забытье.

Проснулись они от звуков голосов и вскочили па ноги, обнажив свои мечи. Они решили, что их догнали бандиты. Однако вместо гнусных убийц они увидели перед собой восемь мавров верхом на великолепных белых конях, в тюрбанах и развевающихся плащах, каких Питеру раньше никогда не приходилось видеть. Мавры спокойно и, по-видимому, не без жалости рассматривали путников.

— Спрячьте ваши мечи, сеньоры, — произнес предводитель на прекрасном испанском языке. Похоже было, что он испанец, одетый, по-восточному, — ведь нас много, а вас всего двое, да к тому же вы ранены.

Питеру и Кастеллу не оставалось ничего другого, как повиноваться.

— Скажите нам, хотя и нет большой нужды спрашивать, — продолжал предводитель, — вы и есть те двое англичан, которые оказались на «Сан Антонио» и спаслись, когда корабль утонул?

Кастелл кивнул:

— Мы оказались там, чтобы найти...

— Не важно, что вы искали, — перебил его предводитель. — Имена высокочтимых дам не должны упоминаться в присутствии неизвестных людей. Но вы после этого попали в беду на постоялом дворе, где этот высокий сеньор вел себя очень храбро. Мы уже слышали эту историю и свидетельствуем свое уважение человеку, который так владеет мечом.

— Мы благодарим вас, — ответил Кастелл, — но какое у вас дело к нам?

— Сеньор, нас послал наш господин, его светлость маркиз Морелла, чтобы мы разыскали вас и привезли в качестве его гостей в Гранаду.

— Значит, поп рассказал, — пробормотал Питер. — Я так и думал.

— Мы просим вас следовать за нами без сопротивления, потому что у нас нет желания применять силу по отношению к столь храбрым людям, — продолжал офицер. — Будьте так любезны сесть на этих лошадей.

— Я купец, — сказал Кастелл, — и у меня есть друзья в Гранаде. Можем ли мы поехать к ним, если мы не хотим воспользоваться гостеприимством маркиза?

— Нет, сеньор, у нас есть приказ, а слово маркиза, нашего господина, является здесь законом, который нельзя нарушать.

— Я думал, что королем Гранады является Боабдил — заметил Кастелл.

— Без сомнения, он король и по воле аллаха и будет им, но маркиз — его родственник, и к тому же, пока продолжается перемирие, он является послом их величеств короля и королевы Испании в нашем городе.

По знаку офицера двое мавров спешились, подвели к Питеру и Кастеллу своих коней и предложили помочь сесть в седло.

— Делать нечего, — сказал Питер, — придется ехать.

Довольно неловко, ибо оба они были совершенно разбиты, Питер и Кастелл взобрались на коней и тронулись в сопровождении своих стражей.

Солнце уже склонялось к закату — они проспали довольно долго, — когда они достигли ворот Гранады. Муэдзины с минаретов мечетей уже выкрикивали вечерние молитвы.

У Питера осталось весьма смутное представление о столице мавров, пока он ехал через нее, окруженный эскортом. Узкие, извилистый улицы, белые дома, закрытые ставнями окна, толпы вежливых и молчаливых люден в белых развевающихся одеждах, резные и остроконечные арки и огромное сказочное здание на холме. От боли и усталости он с трудом воспринимал что-либо, пока ехал по этому удивительному и величественному городу. Вид у него был довольно странный — длинноногая фигура, вся окровавленная и увенчанная причудливой шляпой из травы.

Однако никто не смеялся над ним. Вероятно, потому, что его смешная внешность не мешала видеть в нем храброго воина. А может быть, сюда дошли слухи о том, как он работал мечом на постоялом дворе и на корабле. Во всяком случае, в отношении жителей чувствовалась сдержанная нелюбовь к христианам, смешанная с уважением к храброму человеку, попавшему в беду.

В конце концов после длительного подъема они оказались перед дворцом, напротив которого стояла огромная крепость с красными стенами, господствовавшая над городом. Позднее Питер узнал, что это Альгамбра. Между дворцом и крепостью была равнина. Дворец был колоссальным сооружением, расположенным по трем сторонам четырехугольника и окруженным садами, в которых высокие кипарисы устремлялись острыми вершинами в ясное небо.

Всадники миновали многочисленные ворота, пока не оказались во дворе, где слуги с факелами в руках бросились им навстречу. Кто-то помог Питеру слезть с лошади, кто-то провел его по ступенькам мраморной лестницы, внизу которой бил фонтан, в большую прохладную комнату с резным потолком. После этого Питер уже ничего не помнил.

Прошло время, много-много времени — не меньше месяца, — прежде чем Питер открыл глаза и вновь увидел окружающий его мир. Нельзя сказать, что он все это время был без сознания — время от времени он узнавал большую прохладную комнату и людей, говоривших о нем, особенно легко двигавшуюся красивую черноглазую женщину в белом головном уборе. Похоже было, что она ухаживает за ним. Иногда ему казалось, что это Маргарет, и все-таки он знал, что это не может быть она, потому что женщина не была похожа на Маргарет. Питер припомнил, что раз или два он видел склонившееся над ним надменное и красивое лицо Морелла; тот как будто хотел узнать, останется ли Питер жив. Питер пытался подняться, чтобы сразиться с ним, но его укладывали обратно мягкие, белые, но удивительно сильные руки женщины.

Теперь же, когда Питер окончательно пришел в сознание, он увидел эту женщину, сидевшую рядом с его постелью; солнечный луч, проникавший сквозь верхнее окно, освещал ее лицо. Она сидела, подперев рукой подбородок, и с любопытством рассматривала его. Он заговорил с ней на ломаном испанском языке, потому что неизвестно откуда, но он знал, что она не понимает по-английски.

— Вы не Маргарет, — сказал он.

Задумчивость мгновенно исчезла с ее лица, она оживилась и подошла к нему. У нее была очень грациозная фигура.

— Нет, нет, — сказала она, склоняясь над ним и касаясь его лба своими тонкими пальцами, — меня зовут Инесса. Вы все еще бредите, сеньор.

— Какая Инесса?

— Просто Инесса, — ответила она, — Инесса, женщина из Гранады, все остальное забыто. Инесса, сиделка, ухаживающая за больным.

— Тогда где же Маргарет, англичанка Маргарет?

Ему показалось, что тень тайны окутала лицо женщины и голос ее изменился, когда она отвечала — он уже не звучал правдиво. Или это почудилось его рассудку, ставшему острее от лихорадки?

— Я не знаю никакой англичанки Маргарет. А вы любите ее, англичанку Маргарет?

— Да, — ответил Питер. — Ее украли у меня. Она жива или умерла?

— Я уже сказала вам, сеньор, что я ничего не знаю, но, — опять ее голос стал естественным, — я поняла, что вы любите кого-то, судя по словам во время болезни.

Питер подумал немного. Он начал кое-что припоминать:

— А где Кастелл?

— Кастелл? Это ваш спутник, человек с поврежденной рукой, похожий на еврея? Я не знаю, где он. Наверно, в другой части города. Я думаю, что его отправили к его друзьям. Не спрашивайте меня об этом, я всего только ваша сиделка. Вы были очень больны, сеньор. Посмотрите. — И она подала ему маленькое зеркало, сделанное из полированного серебра, но, поняв, что он слишком слаб, чтобы взять его, подержала зеркало перед его лицом.

Питер увидел себя в зеркале и тяжело вздохнул — лицо его было мертвенно бледным и изможденным.

— Хорошо, что Маргарет не видит меня, — произнес он, пытаясь улыбнуться, — с бородой, да еще с какой! Как вы могли ухаживать за таким страшным мужчиной?

— Мне вы показались не страшным, — мягко ответила она. — Кроме того, это мое занятие. Но вам нельзя разговаривать, вы должны отдыхать. Выпейте вот это и отдыхайте.

Она подала ему суп в серебряной чашке. Питер с готовностью проглотил его и уснул.

Через несколько дней, когда Питер уже был на пути к выздоровлению, пришла его прелестная сиделка и села рядом с ним, с жалостью глядя на него своими нежными восточными глазами.

— Что случилось, Инесса? — спросил Питер, обратив внимание на ее грустное лицо.

— Сеньор Педро, когда вы в первый раз проснулись после долгого сна, вы говорили со мной о некоей Маргарет, не так ли? Я узнавала об этой донне Маргарет, и у меня для вас дурные новости.

Питер стиснул зубы и вымолвил:

— Говорите самое страшное.

— Эта Маргарет путешествовала с маркизом Морелла.

— Он украл ее, — вырвалось у Питера.

— Увы, может быть. Но в Испании, и особенно здесь, в Гранаде, это вряд ли спасет честь той, о которой известно, что она путешествовала с маркизом Морелла.

— Тем хуже будет для маркиза Морелла, когда я опять встречу его, — зло пробормотал Питер. — Что вы еще хотели рассказать мне, Инесса?

Она с интересом посмотрела не его исхудавшее, суровое лицо.

— Плохие новости. Я уже сказала вам, что плохие. Говорят, что эту сеньору однажды нашли мертвой у подножия самой высокой башни дворца маркиза. Упала ли она, или ее сбросили, никто не знает.

Питер задохнулся. Наступило молчание. Потом он спросил:

— Вы видели ее мертвой?

— Нет, сеньор, другие видели.

— И поручили вам сказать мне. Инесса, я не верю этому. Если бы донна Маргарет, моя невеста, умерла, я бы знал это. Но сердце мое говорит, что она жива.

— Вы так верите своему сердцу, сеньор? — отозвалась женщина с оттенком восхищения в голосе.

Питер заметил, что она не возразила ему.

— Да, я верю, — ответил он, — у меня не осталось ничего другого, а это не такая уж плохая поддержка.

Питер замолчал, только спустя некоторое время спросил:

— Скажите мне, где я нахожусь?

— В тюрьме, сеньор.

— Вот как? В тюрьме, с прекрасной женщиной в качестве тюремщика и с другими прекрасными женщинами, — он показал на красивую девушку, которая принесла что-то в комнату, — в качестве служанок. Да и сама тюрьма неплоха. — Он обвел взглядом мраморные своды, украшенные превосходной резьбой.

— Там, за дверьми, уже не женщины, а мужчины, — ответила она улыбаясь.

— Я полагаю. Пленников ведь можно связывать веревками и из шелка. Ну, а кому принадлежит эта тюрьма?

Инесса покачала головой:

— Я не знаю, сеньор. Наверно, королю мавров. Вы ведь сами сказали, что я только тюремщица.

— Тогда кто же платит вам?

— Может быть, мне вообще не платят. Может быть, я служу из любви, — она быстро взглянула на него, — или из ненависти. — При этих словах лицо ее изменилось.

— Я надеюсь, не из ненависти ко мне, — сказал Питер.

— Нет, сеньор, не из ненависти к вам. За что я могу ненавидеть вас, такого беспомощного и такого славного?

— Действительно, за что? Тем более что я так благодарен вам — ведь вы выходили меня и вернули к жизни. Но тогда зачем скрывать правду от беспомощного человека?

Инесса огляделась вокруг. В комнате в эту минуту, кроме них, никого не было. Она нагнулась к Питеру и прошептала:

— Вас никогда не заставляли скрывать правду? Я вижу по вашему лицу, что нет. К тому же вы не женщина, не заблудшая женщина.

Несколько мгновений они смотрели в глаза друг другу, потом Питер спросил:

— Донна Маргарет действительно умерла?

— Я не знаю, мне так сказали. — И, как бы испугавшись, что она выдаст себя, Инесса отвернулась и быстро вышла из комнаты.

Шли дни. Питер понемногу начал поправляться. Но ему так и не удалось выяснить, где он находится и почему. Все, что он знал, сводилось к тому, что он был пленником в роскошном дворце. Но и в этом он не был уверен — стрельчатые окна одной из стен были заделаны. К нему никто не приходил, за исключением прекрасной Инессы и мавра, который или был глух, или не понимал по-испански. Правда, были еще женщины, служанки, все как одна красивые, но им не разрешалось приближаться к нему. Питер видел их только издали.

Таким образом, единственной собеседницей Питера была Инесса, и отношения их становились все более дружескими. Только один раз она решилась приподнять краешек вуали, скрывавшей ее мысли. Прошло много времени, прежде чем Инесса стала более доверять Питеру. Каждый день он задавал ей вопросы, и каждый день она без тени раздражения или хотя бы досады уклонялась от прямого ответа. Оба отлично понимали, что каждый из них старается перехитрить другого, но пока что у Инессы было преимущество в этой игре, которая ей, пожалуй, нравилась. Питер расспрашивал ее о множестве вещей — об испанском королевстве, о мавританском дворе, об опасности, угрожающей Гранаде, которой предстояло пережить осаду. Все эти вопросы они обсуждали вместе, и Инесса проявляла при этом незаурядный ум. В результате Питер был осведомлен о политических событиях, происходящих в Кастилии и Гранаде, и довольно серьезно улучшил свои познания испанского языка.

Однако, когда он неожиданно — а он делал это при каждом удобном случае — снова спрашивал ее о маркизе Морелла, о Маргарет или о Кастелле, выражение ее лица менялось и печать молчания смыкала ее уста.

— Сеньор, — сказала однажды, смеясь, Инесса, — вы хотите узнать тайну, которую я, быть может, и раскрыла бы вам, если бы вы были моим мужем или любовником, но вы не можете рассчитывать узнать ее от сиделки, жизнь которой зависит от того, как она ее хранит. Это вовсе не означает, что я хочу, чтобы вы стали моим мужем или любовником, — добавила она с нервным смехом.

Питер серьезно посмотрел на нее.

— Я знаю, что вы не хотите этого, — сказал он: — чем бы я мог привлечь такую блестящую и красивую женщину, как вы?

— Однако вы, кажется, привлекаете англичанку Маргарет, — быстро и раздраженно ответила она.

— Привлекал, вы имеете в виду. Ведь вы говорили мне, что она умерла.

Поняв, что она совершила ошибку, Инесса прикусила губу.

— Однако, — продолжал Питер, — хотя это, вероятно, не столь важно для вас, я должен сказать, что вы сделали меня своим хорошим другом.

— Другом? — переспросила Инесса, широко открыв свои большие глаза. — О чем вы говорите? Разве такая женщина, как я, может найти друга в мужчине моложе шестидесяти лет?

— Похоже на то, — улыбнулся Питер.

Легко поклонившись ему, Инесса вышла из комнаты. Через два дня она появилась вновь, по-видимому, очень озабоченная.

— Я уж думал, что вы совсем бросили меня, — встретил ее Питер. — Очень рад видеть вас. Я устал от этого глухого мавра и от этой великолепной комнаты. Мне хотелось бы подышать свежим воздухом.

— Я догадывалась об этом и пришла, чтобы проводить вас в сад.

Питер подпрыгнул от радости, схватил свой меч, который был ему оставлен, и стал пристегивать его.

— Вам он не понадобится, — заметила Инесса.

— Я полагал, что он мне не понадобится и на том постоялом дворе… — буркнул Питер.

Инесса рассмеялась и положила руку ему на плечо.

— Слушайте, друг мой, — шепнула она, — вы хотите пройтись по свежему воздуху, не так ли? Кроме того, вас интересуют некоторые вещи. А я хочу рассказать вам о них. Но здесь я не смею делать этого — у этих стен есть уши. Ну, а когда мы будем гулять в саду, не будет ли для вас очень тяжелым наказанием обнять меня за талию? Вы ведь еще нуждаетесь в опоре.

— Уверяю вас, что это отнюдь не будет для меня наказанием, — улыбнулся Питер. В конце концов, он был мужчина, и к тому же молодой, а талия Инессы была так же прелестна, как и она сама. — Однако, — добавил он, — это могут неправильно истолковать.

— Совершенно верно, я и хочу, чтобы это было неправильно истолковано. Не мной, конечно. Я ведь знаю, что совершенно не интересую вас и что вы с таким же удовольствием обнимете эту мраморную колонну.

Питер открыл рот, чтобы возразить ей, но Инесса остановила его.

— О, не пытайтесь солгать мне, у вас это вряд ли получится! — сказала она с явным раздражением. — Если бы у вас были деньги, вы бы попытались заплатить мне за уход за вами, и кто знает, я, может быть, взяла бы их. Поймите, или вы должны сделать то, что я говорю, то есть изобразить влюбленного, или нам нельзя идти вместе в сад.

Питер все еще колебался, подозревая заговор, но Инесса наклонилась к нему так, что ее губы почти коснулись его уха, и прошептала:

— Я не могу сказать вам, каким образом, но может быть — я повторяю: может быть — вам удастся увидеть останки донны Маргарет. Ну вот, — добавила она, горько усмехнувшись, — теперь вы будете целовать меня всю дорогу, не так ли? Глупец, не сомневайтесь. Используйте эту возможность, быть может, она не повторится.

— Какую возможность? Поцеловать вас? Или что либо другое?

— Это вы увидите, — ответила она, пожав плечами. — Пошли.

Питер, все еще колеблясь, последовал за ней. Инесса провела его в конец комнаты к двери, вверху которой было потайное отверстие для наблюдения. За дверью с обнаженной кривой саблей в руке стоял высокий мавр. Инесса сказала ему что-то, и он, отсалютовав ей саблей, пропустил их к винтовой лестнице. Внизу оказалась другая дверь. Инесса постучала в нее четыре раза. Заскрипели засовы, повернулся ключ, и чернокожий страж распахнул ее. За дверью стоял другой мавр, тоже с обнаженной саблей в руке. Они миновали его, свернули направо по маленькому коридору, оканчивавшемуся несколькими ступеньками, и оказались перед третьей дверью. Здесь Инесса остановилась.

— А теперь, — сказала она, — приготовьтесь к испытанию.

— К какому испытанию? — спросил Питер, опираясь о стену: ноги его все еще были слабы.

— К этому, — ответила Инесса, показывая на свою талию, — и к этому, — и она коснулась кончиками тонких пальцев своих пухлых красных губ. — Может быть, вы хотите немного попрактиковаться, мой невинный английский рыцарь, прежде чем мы выйдем? Боюсь, что вы окажетесь неловким и не сумеете сыграть свою роль.

— Я думаю, — заметил Питер, ибо юмор всей ситуации становился ясен, — что такая практика несколько опасна для меня. Это может надоесть вам раньше времени. Я отложу это приятное занятие до того, как мы будем в саду.

— Я так и думала, — сказала Инесса. — Но смотрите, вы должны хорошо сыграть свою роль, иначе пострадаю я.

— Мне кажется, что я могу пострадать тоже, — пробормотал Питер, но не настолько тихо, чтобы Инесса не могла расслышать его слов.

— Нет, друг мой Педро, — обернулась она к Питеру, — в такого рода фарсах всегда страдает женщина. Она расплачивается, а мужчина исчезает, чтобы играть следующий фарс. — И, не говоря больше ни слова, Инесса толкнула дверь.

Стражи здесь уже не оказалось. Перед ними был великолепный сад. Кругом высились конусообразные кипарисы и апельсиновые деревья, а цветущие кусты наполняли мягкий южный воздух благоуханием. Из пастей каменных львов били фонтаны. В разных уголках сада были устроены беседки, на каменных скамьях лежали цветные подушки. Это был подлинно восточный уголок наслаждений. Питер никогда не видел ничего подобного. К тому же он не видел ни неба, ни цветов в течение долгих, томительных недель болезни. Сад был совершенно изолирован, его окружала высокая стена, и только в одном месте между двумя кипарисами возвышалась башня из красного камня, без окон, принадлежащая какому-то другому зданию.

— Это гаремный садик, — прошептала Инесса. — Много любимиц порхало здесь в счастливые летние дни, пока не приходила зима и бабочка не погибала.

Инесса опустила на лицо вуаль и начала спускаться вниз по ступенькам.

Глава XV. Питер играет роль

— Стойте, — попросил Питер, остановившись в тени двери, — я все еще ничего не понимаю, Инесса. Что вы задумали? Почему вы не можете здесь рассказать мне то, что вы собираетесь сказать?

— Вы сошли с ума! — почти с неистовством прошептала она. — Неужели вы думаете, что мне доставляет хоть какое-то удовольствие изображать себя влюбленной в камень, принявший образ мужчины, который для меня ровным счетом ничего не значит... разве только как друг, — добавила она быстро. — Я уже сказала вам, сеньор Питер, что, если вы не исполните то, что я приказала вам, вы никогда не услышите того, что я должна вам сказать. Будет решено, что я не справилась с этим делом, и через несколько минут я исчезну отсюда навсегда. Конечно, что это значит для вас? Выбирайте, и быстро, потому что я не могу долго стоять здесь.

— Я повинуюсь вам, пусть простит меня бог, — ответил в смятении Питер из темноты портала, — но я действительно должен...

— Да, да, вы должны! — яростно возразила Инесса. — И не всем это показалось бы столь тяжелым наказанием.

Затем она кокетливо приподняла край своей вуали и, выглядывая из-под нее, позвала мягким, ясным голосом:

— О, простите меня, дорогой друг, я шла слишком быстро, забыв, что вы все еще так слабы. Идите сюда, обопритесь на меня. Я слабая женщина, но вас я поддержу. — Инесса поднялась по ступенькам, чтобы в следующую минуту вновь появиться в полосе света.

Теперь рука Питера обнимала ее талию.

— Будьте осторожны на этих ступеньках, они такие скользкие! (При этих словах бледное лицо Питера неожиданно стало пунцовым.) Не бойся, — продолжала она сладким голосом, — в этом саду никто не услышит твоих нежных слов и не увидит, как ты ласкаешь меня. Даже самая ревнивая женщина. В старину этот сад назывался спальней султанши — там, в конце, есть место, где она купалась летом... Что ты сказал о шпионах? О да, во дворце их много, но заглядывать сюда даже для евнухов было равносильно смерти. Здесь нот иных свидетелей, кроме цветов и птиц.

Они приблизились к главной дорожке и медленно пошли по ней. Питер все еще обнимал Инессу, а ее белая рука поддерживала его. При этом она смотрела ему в глаза.

— Наклонитесь ближе ко мне, — прошептала она, — а то у вас лицо, как у деревянного святого. — Питер повиновался. — Теперь слушайте. Ваша дама жива и здорова... Поцелуйте меня, пожалуйста, в губы, эта новость стоит того. Если вы закроете глаза, вы можете вообразить, что это она.

Питер опять повиновался, и с большей готовностью, чем можно было предполагать.

— Она пленница в этом замке, — продолжала Инесса. — Маркиз сходит с ума от любви к ней и любыми способами хочет заставить ее стать его женой.

— Будь он проклят! — воскликнул Питер, вновь обнимая Инессу.

— Все это время она была уверена, что вас нет в живых, но теперь она знает, что вы живы и выздоравливаете. Ее отцу удалось спастись и укрыться у своих друзей. Там его не сумеет разыскать даже Морелла. К тому же маркиз полагает, что старик бежал из города. Однако Кастелл здесь и, так как у него много золота, он установил связь со своей дочерью.

Инесса остановилась для того, чтобы с нежностью обнять Питера. Они прошли под деревьями и вышли к мраморным бассейнам, где, как говорили, купались летом жены султана. Этот дворец принадлежал раньше королям Гранады, до того как они поселились в Альгамбре. Инесса уселась на скамью и откинула шарф, окутывавший ее шею.

— Что вы делаете? — со страхом спросил Питер.

— Мне жарко, — ответила Инесса, — ваши руки слишком горячи. Здесь мы можем посидеть несколько минут.

— Тогда продолжайте свой рассказ.

— Мне не много осталось сказать, друг мой. Если вы хотите ей передать что-нибудь, я, возможно, сумею это сделать.

— Вы ангел! — воскликнул Питер.

— Это что — другое название для посланца? Продолжайте.

— Скажите ей... что если она что-либо узнает о нашей прогулке, то пусть не верит.

— По этому поводу она может составить собственное мнение, — возразила Инесса. — Если бы я была на ее месте, я знаю, какое у меня было бы мнение. Однако не теряйте времени, скоро нам нужно опять идти.

Питер уставился на нее — он ничего не мог понять в этом спектакле. Однако Инесса спокойно и серьезно сказала:

— Вас удивляет, что все это значит и почему я поступаю таким образом? Я объясню вам, сеньор, а вы можете мне верить или не верить, как хотите. Может быть, вы думаете, что я влюблена в вас? Это было бы не так уж удивительно. В старых сказках такие вещи часто случаются — дама лечит христианина-рыцаря, влюбляется в него, ну, и так далее.

— Я не предполагаю ничего подобного. Я не столь тщеславен.

— Я знаю это, сеньор, вы слишком хороший человек для того, чтобы быть тщеславным. Так вот, я делаю все это не из любви к вам или к кому-либо еще, а из ненависти. Да, из ненависти к Морелла. — И она сжала в кулак свою маленькую ручку.

— Я понимаю это, — сказал Питер. — Что он сделал вам?

— Не спрашивайте меня, сеньор. Достаточно того, что я любила его. Проклятый отец Энрике продал меня ему... это было давно, и Морелла погубил меня. Я родила ему сына... и сын умер. О матерь божья, мой мальчик умер, и с той поры я стала отверженной, рабой... У них здесь, в Гранаде, есть рабы... Я ем его хлеб, и я должна выполнять его приказания, должна служить другим женщинам, которых он любит, — я, которая была султаншей, я, которая надоела ему. Только сегодня... Но зачем я буду рассказывать вам об этом? Он заставил меня пойти и на это — я должна целовать в саду чужестранца, который не любит меня! — Она громко зарыдала.

— Бедное дитя! Бедное дитя! — произнес Питер, гладя ее тонкие пальцы. — С этой минуты у меня еще один счет к Морелла, и я заставлю маркиза оплатить за все сполна.

— Вы сделаете это? — быстро спросила Инесса. — О, если так, я готова умереть за вас! Я ведь живу только для того, чтобы отомстить ему. И первая моя месть будет, когда я украду у него эту даму, которую он похитил у вас и полюбил так страстно. Ведь она первая женщина, которая сопротивляется ему, — а он считает себя непобедимым.

— У вас есть какой-нибудь план? — спросил Питер.

— Пока еще нет. Дело очень трудное. Я рискую жизнью. Если маркиз заподозрит, что я предала его, он, не задумываясь, убьет меня. Здесь, в Гранаде, это даже не считают преступлением. И никто не будет задавать никаких вопросов, особенно если жертвой была женщина из дома убийцы. Я уже говорила вам, что, если бы я отказалась сделать то, что мне приказали, от меня просто избавились бы тем или иным способом, а вас поручили бы другой. Нет, у меня пока еще нет никакого плана, но вы должны знать, что сеньор Кастелл поддерживает связь со своей дочерью через меня. Я увижу его и ее, и мы придумаем какой-нибудь план. Не благодарите меня. Морелла платит мне за услуги, и я с радостью принимаю эти деньги, потому что надеюсь бежать из этого ада, и тогда буду жить на них. И все-таки ни за какие деньги на свете я не пошла бы на тот риск, на который иду сейчас, хотя, честно говоря, для меня жизнь ничего не значит. Сеньор, я не буду скрывать от вас — вся эта сцена дойдет до ушей донны Маргарет, но я обещаю объяснить ей все.

— Умоляю вас, сделайте это, — серьезно сказал Питер.

— Сделаю, сделаю. Я буду помогать вам, ей и ее отцу. И если я перестану это делать, знайте, что я умерла или брошена в тюрьму, и заботьтесь о себе сами как можете. Одно только могу сказать вам для вашего успокоения: вашей даме не причинено никакого вреда. Морелла слишком любит ее. Он хочет сделать ее своей женой. А может быть, он дал какую-нибудь клятву. Я вот знаю, что он поклялся не убивать вас — ведь он легко мог бы сделать это, пока вы были больны и находились в его власти. Однажды, когда вы были еще без сознания, он пришел и стоял над вами с кинжалом в руке. Тогда он рассказал мне все. Я спросила: «Почему ты не убьешь его?», зная, что, задавая такой вопрос, я наилучшим способом сохраню вашу жизнь. Он ответил: «Потому что я не хочу жениться на девушке, если у меня на руках будет кровь ее возлюбленного. Я могу убить его только в честном бою. Я поклялся в этом еще там, в Лондоне. Я обещал богу и моему святому, что я завоюю ее честным путем, и, если я нарушу эту клятву, бог покарает меня здесь и на небе. Делай то, что я тебе приказал, Инесса. Ухаживай за ним хорошо; если он умрет, то пусть уж не по моей вине». Нет, он не убьет вас и не причинит ей никакого вреда. Он не посмеет это сделать, друг мой Педро.

— Так вы ничего не можете сейчас придумать? — спросил Питер.

— Ничего. Пока ничего. Эти стены высоки, стража охраняет их день и ночь, а за стенами лежит большой город Гранада, в котором Морелла пользуется огромной властью и где ни один христианин не может скрыться. Но маркиз хочет жениться на Маргарет. Кроме того, есть красивая и глупая женщина, ее служанка, влюбленная в маркиза. Она рассказала мне все это на самом дурном испанском языке, который я когда-либо слышала. Но это слишком длинная история, чтобы пересказывать ее. И есть еще отец Энрике, по чьему приказу вас чуть не убили на постоялом дворе. Больше всего на свете он любит деньги... О, кажется, я кое-что начинаю придумывать!. Но у нас нет больше времени для разговоров, а мне нужно как следует подумать. Друг мой, Педро, приготовьтесь целовать меня, мы должны продолжить нашу игру, а, честно говоря, вы играете довольно плохо. Давайте вашу руку. Там есть приготовленная для вас скамья. Улыбайтесь и старайтесь выглядеть влюбленным. У меня не хватает искусства на двоих. Пойдемте, пойдемте...

Они вышли из густой тени деревьев, миновали мраморные бассейны и оказались у скамьи. На ней были разбросаны подушки, и среди них лежала лютня.

— Сядьте у моих ног, — предложила Инесса, располагаясь на скамье. — Вы умеете петь?

— Как петух, — ответил Питер.

— Тогда я буду петь для вас. Пожалуй, это будет лучше, чем изображать влюбленных.

Она принялась напевать своим прелестным голосом любовные мавританские песенки, аккомпанируя себе на лютне.

Питер, измученный физически и очень взволнованный, старался играть свою роль влюбленного как можно лучше. Постепенно наступили сумерки.

Наконец стало так темно, что уже не было видно другого конца сада. Инесса перестала петь и со вздохом поднялась.

— Пьеса окончена, и занавес опущен, — сказала она. — А вам пора уходить отсюда, здесь сыро. Сеньор Педро, я должна признаться, что вы очень плохой актер, но будем надеяться, что зрители были снисходительны и приняли желаемое за действительное.

— Я не видел зрителей, — заметил Питер.

— Но они видели нас, и я уверена, что вы скоро убедитесь в этом. А сейчас идемте в вашу комнату, потому что я должна покинуть вас. Хотите вы что нибудь передать сеньору Кастеллу?

— Ничего, кроме моей любви и почтения. Скажите ему, что благодаря вам я хоть еще и слаб, но оправился от ран, полученных на корабле, и от лихорадки, и что, если он придумает какой-нибудь план, чтобы вытащить нас всех из этого города и из рук Морелла, я буду благословлять его и вас.

— Хорошо, я не забуду этого. А теперь молчите. Завтра мы опять будем гулять. Не пугайтесь: завтра уже не нужно будет играть в любовь.

Маргарет сидела у открытого окна в роскошной комнате во дворце Морелла. Она была облачена в богатое испанское платье с высоким воротником, украшенным жемчугом. Приходилось носить то, что нравилось человеку, похитившему ее. Длинные волосы Маргарет, схваченные обручем, усеянным драгоценными камнями, падали ей на плечи, руки лежали на коленях. Из окон своей тюрьмы она вглядывалась в расположенную напротив мрачную и величественную громаду Альгамбры и в десятки тысяч огней Гранады, сверкающих далеко внизу. Рядом с ней, под серебряной висячей лампой, сидела Бетти, тоже богато одетая.

— В чем дело, кузина? — допытывалась Бетти, с тревогой глядя на Маргарет. — В конце концов, ты должна чувствовать себя счастливее, чем раньше. Теперь ты знаешь, что Питер жив, почти поправился и находится в этом же дворце. Отец твой здоров, скрывается у друзей и думает о нашем спасении. Почему же ты так грустна? По-моему, ты должна быть веселее, чем обычно.

— Разве ты не знаешь, Бетти? Ну, так я расскажу тебе. Меня предали. Питер Брум, человек, на которого я смотрела уже почти как на мужа, обманул меня.

— Мастер Питер обманул? — с удивлением воскликнула Бетти. — Нет, это невозможно! Я знаю его, он не мог этого сделать. Ведь он даже не смотрит на других женщин, если ты это имеешь в виду.

— Как ты можешь так говорить? Послушай и суди сама. Ты помнишь тот вечер, когда маркиз повел нас смотреть чудеса этого дворца? Я еще подумала, что, может быть, найду какой-нибудь путь, которым мы сможем бежать.

— Конечно, помню. Мы не так часто покидаем эту клетку, чтобы я могла забыть это.

— Ну, значит, ты помнишь тот сад, окруженный высокой стеной, в котором мы гуляли. Маркиз, этот ненавистный отец Энрике и я поднялись на башню посмотреть на окрестности с ее крыши. Я думала, что ты идешь вместе с нами.

— Служанки не пустили меня. Как только вы прошли, они закрыли дверь и сказали, чтобы я ждала, пока вы не вернетесь. Я уж хотела вцепиться в волосы одной из них, потому что я боялась оставить тебя одну с этими двумя мужчинами, но эта дрянь вытащила нож, и мне пришлось смириться.

— Ты должна быть осторожнее, Бетти, — заметила Маргарет, — иначе кто-нибудь из этих язычников убьет тебя.

— Только не они, — возразила Бетти, — они боятся меня. Я уже спустила одну из них вниз головой с лестницы, когда застала ее подслушивающей под дверью. Она пожаловалась маркизу, а он только посмеялся над ней, и теперь она лежит в постели с пластырем на носу. Но продолжай свой рассказ.

— Мы поднялись на верх башни, — начала Маргарет, — и стали смотреть на горы и равнину, по которой они привезли нас из Мотриля. Вдруг священник, который ушел к северной стене, где нет окон, с дьявольской улыбкой на лице вернулся и шепнул что-то на ухо маркизу. Тот повернулся ко мне и сказал:

«Отец Энрике сообщил мне о гораздо более интересном зрелище, которое мы можем увидеть. Пойдемте посмотрим, сеньора».

Я пошла, потому что мне хотелось как можно больше разузнать об этом здании. Они провели меня в маленькую нишу, высеченную в толщине стены. Там в стене есть щели, похожие на амбразуры для стрельбы из лука, широкие изнутри, но очень узкие снаружи, так что их, наверно, нельзя увидеть снизу — ведь они скрыты между камнями стены.

«Здесь, — сказал маркиз, — обычно сидели в старину короли Гранады, а они всегда были ревнивы — и наблюдали отсюда за своими женами. Говорят, что один из них однажды увидел свою наложницу с астрологом и утопил их обоих в мраморном бассейне в конце сада. Посмотрите, перед нами пара, которая не подозревает, что мы являемся свидетелями их ласк».

Я нехотя посмотрела вниз, только чтобы занять время, и увидела высокого мужчину, который шел, обнявшись с женщиной. Я уже хотела отвернуться, чтобы не подсматривать, как вдруг женщина подняла лицо, чтобы поцеловать своего спутника, и я узнала красавицу Инессу. Она иногда посещала нас, вероятно затем, чтобы шпионить. В этот момент мужчина, ответив на ее поцелуй, виновато оглянулся, и я узнала его.

— Кто же это был? — воскликнула Бетти; этот рассказ о двух влюбленных заинтересовал ее.

— Не кто иной, как Питер Брум, — спокойно ответила Маргарет, но в голосе ее слышалось отчаяние. — Питер Брум, бледный после болезни, но это был он.

— Святые, спасите нас! Вот уж не думала, что он способен на это! — выпалила в изумлении Бетти.

— Маркиз и священник не позволили мне уйти, — продолжала Маргарет, — и заставили смотреть. Питер и Инесса задержались на некоторое время под деревьями около бассейна, и их не было видно. Потом они появились опять и уселись на мраморной скамье. Женщина начала петь, а он обнимал ее. Это продолжалось до темноты, и мы ушли, оставив их там. Ну, — прибавила она, всхлипнув, — что ты на это скажешь?

— Скажу, что это был не мастер Питер, — ответила Бетти. — Он не любит незнакомых дам и потайных садиков.

— Это был он и не кто иной, Бетти.

— Тогда, значит, он был одурманен, пьян или околдован. Это был не тот Питер, которого мы знаем.

— Может быть, он околдован этой дурной женщиной? Но это не оправдывает его.

Бетти задумалась. У нее уже не было оснований сомневаться в рассказе Маргарет, но, видно, она не так осуждающе относилась к этому преступлению.

— Что ж, — сказала она, — мужчины, насколько я знаю, всегда остаются мужчинами. Он долгое время никого не видел, кроме этой кокетки, а она довольно хороша собой. К тому же вряд ли было честно следить за ним таким образом. Будь он моим возлюбленным, я бы не обратила на это внимания.

— Я и не скажу ему ничего ни об этом, ни о чем-либо другом, — твердо заявила Маргарет. — Между мной и Питером все кончено.

Бетти минуту подумала и вдруг произнесла:

— Мне кажется, я начинаю понимать, в чем здесь фокус. Маргарет, ведь они объявили тебе, что Питер умер. Потом мы узнали, что он жив и только болен и находится в этом дворце. Ложь обнаружилась. Теперь они хотят доказать его неверность. Не может ли вся эта сцена быть только спектаклем, который с определенной целью разыграла эта женщина?

— Для того чтобы сыграть такой спектакль, нужны были два актера, Бетти. Если бы ты видела…

— Если бы я видела, я бы уж рассмотрела, был ли это спектакль или настоящая любовь, а ты ведь слишком наивна, чтобы судить об этом. А о чем говорили маркиз и священник все это время?

— Очень мало, почти ни о чем. Они только обменивались улыбками, и, когда совсем стемнело и ничего не стало видно, они спросили, не думаю ли я, что пора возвращаться. Меня, которую они держали там все это время и заставили быть свидетельницей моего позора!

— Ну да, они удерживали тебя там, не так ли? И привели тебя туда как раз вовремя и не пустили меня в башню, чтобы я не могла быть с тобой. Если в тебе есть хоть капля справедливости, ты должна сначала выслушать Питера, что он скажет обо всей этой истории, а потом уже судить.

— Я уже осудила его, — холодно ответила Маргарет. — И вообще, я хотела бы умереть!..

Маргарет поднялась со своего кресла и подошла к окну. Башня стояла на гребне холма, и под ней с высоты двухсот футов слабо вырисовывалась в бледном свете белая лента дороги. Вид этот вызывал легкое головокружение.

— Это будет легко, не правда ли? — сказала Маргарет с принужденным смехом, — просто наклониться немного больше из окна, а потом одно движение — и тьма… или свет… навсегда… Что из двух?

— Свет, я думаю, — твердо произнесла Бетти, поворачиваясь спиной к окну, — свет адского огня и довольно сильный, потому что это не что иное, как самоубийство. А кроме того, ты представляешь, как ты будешь выглядеть там, на этой дороге? Кузина, не будь дурой. Если ты права, то вовсе не ты должна выпрыгивать из окна, а если ты ошибаешься, то тем более — ты только сделаешь еще хуже. Умереть ты всегда успеешь. И все-таки, если бы я была на твоем месте, я сначала попыталась бы поговорить с мастером Питером, хотя бы для того, чтобы сказать ему, что я о нем думаю.

— Может быть, — вздохнула Маргарет, бросаясь в кресло. — Но я страдаю! Ты даже не можешь понять, как я страдаю!

— Почему я не могу понять? — возмутилась Бетти. — Ты думаешь, ты единственная женщина в мире, которая оказалась достаточно глупой, чтобы влюбиться? Разве я не могу быть влюблена, как и ты? Ты улыбаешься и думаешь, что бедная Бетти не может испытывать те же чувства, что и ее богатая кузина! И все-таки это так — я влюблена. Я знаю, что он негодяй, и все-таки люблю маркиза так же, как ты его ненавидишь, так же, как ты любишь Питера, и я ничего не могу поделать с собой, такова уж моя судьба. Но я не собираюсь выбрасываться из окна. Я скорее выброшу его и тем самым сведу наши счеты. И клянусь, что я это сделаю так или иначе, даже если это будет стоить мне того, с чем мне не хочется расставаться, — моей жизни.

Бетти гордо выпрямилась. На ее красивом, полном решительности лице появилось такое выражение, что если бы маркиз видел его, то, наверное, пожалел бы, что избрал эту женщину в качестве своего орудия.

Маргарет с изумлением смотрела на Бетти. В эту минуту послышались шаги. Она подняла голову и увидела перед собой прекрасную испанку или мавританку, она не знала точно, — Инессу; ту самую женщину, которую она видела в саду вместе с Питером.

— Как вы попали сюда? — холодно спросила Маргарет.

— Через дверь, сеньора, которая была не заперта, что не совсем разумно для тех, кто хочет поговорить тайно в таком месте, как это, — ответила Инесса со скромным поклоном.

— Она все еще не заперта, — сказала Маргарет, показывая на дверь.

— Нет, сеньора, вы ошибаетесь, вот у меня в руке ключ. Я умоляю вас не приказывать вашей компаньонке выбрасывать меня отсюда — она достаточно сильна, чтобы сделать это, — мне нужно кое-что сказать вам, и, если вы разумны, вы выслушаете меня.

Маргарет помедлила, затем бросила:

— Говорите, но покороче.

Глава XVI. Бетти показывает коготки

— Сеньора, — начала Инесса, — мне кажется, что вы на меня сердитесь.

— Нет, — возразила Маргарет, — вы то, что вы есть; почему же я должна винить вас?

— Ну, тогда вы вините сеньора Брума.

— Может быть. Но это касается только его и меня. Я не собираюсь обсуждать это с вами.

— Сеньора, — продолжала Инесса с улыбкой, — мы оба не виноваты в том, что произошло.

— Неужели? А кто виноват?

— Маркиз Морелла.

Маргарет ничего не ответила, но глаза ее были достаточно красноречивы.

— Сеньора, вы мне не верите, и в этом нет ничего удивительного. И все-таки я говорю правду. То, что вы видели с башни, было спектаклем, в котором сеньор Брум играл свою роль. Причем, как вы, может быть, заметили, играл довольно скверно. Я предупредила его, что моя жизнь зависит от того, как он справится с этой ролью. Я выходила его от тяжелой болезни, а он человек благодарный.

— Я так и думала, но я не понимаю вас.

— Сеньора, я в этом доме рабыня, рабыня, которая больше никому не нужна. Остальное вы, пожалуй, можете предположить. Здесь это обычная история. Мне предложили свободу, если я завоюю сердце этого мужчины и сделаю его своим любовником. Если же я не сумею этого добиться, меня, вероятно, продадут другому хозяину, а может, поступят со мной еще хуже. Я согласилась — почему мне было не согласиться? Мне это ничего не стоило. Передо мной стоял выбор: с одной стороны — жизнь и свобода, а с другой — позор или смерть, которая, без сомнения, ожидает меня теперь, если меня разоблачат. Сеньора, я не имела успеха; правда, я не очень добивалась его. Он видел во мне только сиделку, не больше, а для меня он был только тяжелобольной. Тем не менее мы стали настоящими друзьями, и постепенно я узнала всю вашу историю. Я поняла, что вам была устроена ловушка, что, обманувшись, вы попали в еще более страшную западню. Сеньора, я не могла объяснить ему всего, особенно в той комнате, где за нами шпионили. К тому же мне было совершенно необходимо, чтобы его приняли за влюбленного. Я увела его в сад и, прекрасно зная, что вы наблюдаете за нами, заставила его сыграть роль. Очевидно, он все-таки провел ее достаточно хорошо, если вы обманулись.

— И все-таки я не понимаю вас, — сказала Маргарет уже более мягко. — Вы говорите, что ваша жизнь и благополучие зависят от этого постыдного поступка. Почему же вы рассказываете мне все?

— Чтобы спасти вас от вас самой, сеньора. Чтобы спасти моего друга сеньора Брума и отплатить Морелла его же монетой.

— Так же вы сделаете это?

— Первые два дела, мне кажется, я уже сделала. Но третье более трудное. Поэтому я и пришла к вам, несмотря на страшный риск. Если бы мой господин не был вызван ко двору короля мавров, я не сумела бы пробраться сюда. А он может в любую минуту вернуться.

— У вас есть какой-нибудь план? — спросила Маргарет, быстро наклоняясь к ней.

— Плана пока нет, есть только идея. — Инесса повернулась и, посмотрев на Бетти, продолжала: — Эта дама — ваша дальняя родственница, не так ли, только она занимает другое положение в обществе?

Маргарет кивнула головой.

— Вы довольно похожи, одного роста, у вас одинаковые фигуры, хотя сеньора Бетти гораздо крепче. У нее голубые глаза и золотые волосы, в то время как у вас глаза черные, а волосы каштановые. Однако под вуалью или ночью не так легко различить вас, если вы обе будете говорить шепотом.

— Да, — согласилась Маргарет, — но что из этого?

— Теперь в игру вступает сеньора Бетти, — ответила Инесса. — Сеньора Бетти, вы поняли наш разговор?

— Кое-что, но не все, — заявила Бетти.

— Тогда то, что вы не поняли, ваша хозяйка переведет вам. И, умоляю вас, не сердитесь на меня за то, что я знаю о вас и о ваших делах больше, чем вы рассказывали мне. Переведите, пожалуйста, мои слова, донна Маргарет.

Маргарет выполнила ее просьбу, и Инесса, подумав немного, медленно продолжала, а Маргарет переводила на английский в тех случаях, когда Бетти не понимала.

— Морелла ухаживал за вами в Англии, сеньора Бетти, не так ли? И покорил ваше сердце так же, как он покорял сердца многих других женщин. Вы поверили, что он хочет похитить вас для того, чтобы жениться на вас, а вовсе не на вашей кузине.

— Какое вам до этого дело? — вспылила Бетти.

— Никакого, не считая того, что, если бы вы захотели, я могла бы рассказать вам немало подобных историй. Но сначала выслушайте меня, а потом задавайте вопросы. Или лучше ответьте мне сначала на один вопрос: хотели бы вы отомстить этому высокорожденному негодяю?

— Отомстить? — переспросила Бетти, сжав руки. — Я готова рискнуть жизнью ради этого!

— Так же как и я... Значит, у нас общая цель. Тогда, мне кажется, я могу указать вам путь. Послушайте, ваша кузина видела кое-что такое, чего женщины не любят. Она ревнива, она сердита — или была такой до тех пор, пока я не открыла ей правду. Так вот, сегодня вечером или завтра Морелла придет к ней и спросит: «Вы удовлетворены? Вы все еще отказываете мне из-за человека, который отдал свое сердце первой же кокетке, соблазнившей его? Будете ли вы моей женой?» Что, если она ответит: «Да, буду»? Нет, нет, помолчите и выслушайте меня до конца. Что, если потом состоится тайная свадьба и сеньора Бетти случайно наденет фату невесты, в то время как донна Маргарет, переодетая в платье Бетти, получит разрешение уехать вместе с сеньором Брумом и ее отцом?

Инесса умолкла и, играя веером, наблюдала за ними обеими.

Маргарет перевела, и обе девушки в изумлении уставились сначала на Инессу, а затем друг на друга — дерзость и бесстрашие этого плана ошеломили их. Первой заговорила Маргарет.

— Ты не должна соглашаться на это, Бетти, — вырвалось у нее: — ведь когда он узнает, что это ты, он убьет тебя.

Но Бетти не обратила внимания на ее слова, она думала.

Затем она подняла голову и сказала:

— Кузина, мое глупое тщеславие вовлекло тебя в эту беду, значит, я в долгу перед тобой. Я не боюсь этого человека. Он боится меня. И если дело дойдет до убийства, пусть Инесса одолжит мне свой кинжал, и я уверена, что сумею нанести первый удар. И кроме того, я люблю его, хотя он и мерзавец. А может быть, мы потом и помиримся, кто знает? Если же не сделать этого... Но скажите мне, Инесса, буду ли я его законной женой по обычаям этой страны?

— Безусловно, — ответила Инесса, — если только священник обвенчает вас и если маркиз наденет кольцо вам на палец и назовет вас своей женой. И после того, как будут произнесены слова благословления, один только папа римский сможет развязать этот узел. Но на это Морелла не пойдет. Разве маркиз Морелла, верный слуга церкви, может обратиться с таким делом в Рим?

— Это будет обман, — не удержалась Маргарет, отвратительный обман.

— А что он сделал со мной и с тобой? — воскликнула Бетти. — Нет, я пойду на это и не побоюсь его ярости, если только я буду уверена, что вы с Питером свободны и твой отец с вами.

— А что будет с Инессой? — в смущении спросила Маргарет.

— Я сама позабочусь о себе, — ответила Инесса. — Может быть, если все будет хорошо, вы увезете меня с собой. А теперь я не могу больше здесь оставаться. Я иду повидать вашего отца, сеньора Кастелла, и, если все будет улажено, мы еще встретимся с вами. Между прочим, донна Маргарет, ваш жених уже почти здоров и шлет вам свою любовь, а я советую вам, когда Морелла будет говорить с вами, выслушайте его благожелательно.

С тем же глубоким поклоном Инесса скользнула к двери, отперла ее и исчезла.

Через час старый еврей, одетый в мусульманскую одежду и тюрбан, вел Инессу по извилистым улочкам одного из самых населенных кварталов Гранады. Похоже было, что этого еврея здесь знают, потому что его появление вместе с женщиной в вуали не вызывало удивления у мавров, встречавшихся им на пути. Некоторые даже смиренно приветствовали его.

— Эти дети Магомета, кажется, любят вас, отец Израэль, — заметила Инесса.

— Да, да, моя дорогая, — отвечал старик с усмешкой, многие из них брали у меня взаймы и должны вернуть свой долг прежде, чем начнется большая война с испанцами. Вот они и готовы подметать для меня улицу своими бородами. Все это очень полезно для осуществления планов нашего друга. О, тот, у кого есть в кармане кроны, может надеть на голову корону. Деньги все могут сделать в Гранаде. Дайте мне достаточно денег, и я куплю у короля его султаншу.

— У Кастелла много денег? — деловито осведомилась Инесса.

— Много. Он один из самых богатых людей в Англии. Но почему ты спрашиваешь об этом? Он не подумал о тебе, потому что он обеспокоен другими делами.

Инесса только громко рассмеялась, по не обиделась на эти слова.

— Я знаю, — ответила она, — но я думаю все же заработать кое-что, и я хочу быть уверена, что там хватит на всех нас.

— Хватит, хватит. Я ведь сказал, что там хватит и еще останется, — ответил Израэль, стучась в дверь, прорубленную в грязной стене.

Дверь открылась, как по волшебству. Они пересекли мощеный дворик и подошли к полуразрушенному дому мавританской архитектуры.

— Наш друг Кастелл, поскольку он сейчас скрывается, снял себе погреб, — с усмешкой сказал Израэль Инессе, — так что следуй за мной. Остерегайся крыс и береги голову.

Они спустились по шатающейся лестнице, ведущей со двора прямо в подвал, где стояли чаны с вином. Старик зажег маленькую свечку и повел Инессу вглубь, запирая за собой многочисленные двери. Наконец они оказались перед сырой стеной в темпом углу винного погреба.

Здесь старик остановился и опять постучал особым образом.

Часть стены повернулась на невидимом стержне, открыв узкий проход.

— Неплохо устроено, не правда ли? — ухмыльнулся Израэль. — Кому придет в голову искать здесь вход, особенно если ты должен деньги старому еврею! Проходи, красотка, проходи.

Инесса пробралась вслед за ним в темную дыру, и стена закрылась за ними. Взяв ее за руку, старик повернул сначала направо, потом налево, открыл ключом еще одну дверь, и они оказались в роскошно обставленной комнате, хорошо освещенной лампами. Окон в ней не было.

— Подожди здесь, — приказал старик Инессе, указывая на кушетку, на которую она и уселась, — пока я приведу моего жильца. — И он исчез за занавесями в конце комнаты.

Вскоре занавеси опять раздвинулись, и появился Израэль в сопровождении Кастелла, одетого в мавританскую одежду и выглядевшего несколько бледным от пребывания под землей, но совершенно здоровым. Инесса поднялась и стала перед ним, откинув с лица вуаль, чтобы он мог рассмотреть ее. Кастелл некоторое время пристально разглядывал ее и затем произнес:

— Вы и есть та женщина, с которой я установил связь через своих друзей? Докажите это, повторив содержание моих посланий.

Инесса повиновалась и рассказала ему все.

— Это правильно, — сказал Кастелл, — но как я могу быть уверен, что вам можно довериться? Насколько я знаю, вы любовница маркиза Морелла или были ею. Он мог с успехом использовать вас в качестве шпионки, чтобы погубить нас всех.

— Не слишком ли поздно задавать подобные вопросы, сеньор? Если я и не заслуживаю доверия, то все равно вы и ваши друзья целиком в моих руках.

— Не совсем, дорогая моя, не совсем, — вмешался Израэль. — Если у нас будет хоть малейший повод сомневаться в вас, то здесь есть немало больших чанов, один из которых на крайний случай может послужить вам гробом, хоть и будет очень жаль портить хорошее вино.

Инесса засмеялась:

— Не тратьте на меня ваше вино и ваше время. Морелла бросил меня, и я ненавижу этого человека. Я хочу спастись от него и украсть его добычу.

Кроме того, мне нужны деньги. И вы должны дать их мне, или я не пошевельну пальцем. Впрочем, вы можете пообещать мне, я знаю, вы держите свое слово. Я не возьму с вас ни гроша, пока не сделаю то, что нужно.

— А сколько мараведи вы потребуете с нас тогда?

Инесса назвала сумму, услышав которую оба старика широко открыли глаза.

— Если я останусь в живых, то я хочу жить в довольстве.

— Конечно, — пробормотал Кастелл, — мы понимаем. А теперь скажите нам, что вы предлагаете сделать за эти деньги.

— Я предлагаю вывести вас, вашу дочь, донну Маргарет, и ее возлюбленного, сеньора Брума, за стены Гранады и предоставить маркизу Морелла жениться на другой женщине.

— На какой женщине? На вас? — заинтересовался Кастелл, обратив внимание на этот последний пункт.

— Нет, сеньор, ни за какие деньги я не сделаю этого. На вашей родственнице, красавице Бетти.

— Каким образом вы это сделаете? — с изумлением воскликнул Кастелл.

— Между кузинами есть сходство, сеньор, хотя родство их довольно далекое. Сейчас я вам все расскажу. — И Инесса изложила свой план.

— Смелый план, — заметил Кастелл, когда Инесса закончила, — но если даже он удастся, будет ли этот брак законным?

— Я думаю, что да, — ответила Инесса, — если священник будет предупрежден, — а его можно подкупить, — да и невеста тоже. Это даже не имеет большого значения, потому что только один Рим может объявить этот брак недействительным, а до тех пор наша судьба будет решена.

— Рим или смерть, — прошептал Кастелл.

И Инесса прочла в его глазах то, чего он боялся.

— Ваша Бетти решила испытать свою судьбу, — медленно продолжала Инесса, — ведь многим это удавалось до нее с гораздо меньшими основаниями. Она женщина крепкая, с сильным характером. Морелла заставил ее влюбиться и обещал жениться на ней. Потом он использовал ее, чтобы похитить вашу дочь, и Бетти поняла, что она была всего лишь приманкой, пользуясь которой он стремился поймать белого лебедя. Она хочет отплатить ему — ведь из-за нее Маргарет постигли все эти неприятности. Если Бетти удастся выиграть, она станет женой испанского гранда, маркизой; если же она проиграет, ну что ж, она играла ради высокой ставки, и у нее останется месть. Наконец, она сама хочет испытать судьбу. А самое главное — вы все сможете уехать.

Кастелл с сомнением посмотрел на Израэля, который, поглаживая свою бороду, сказал:

— Пусть эта женщина осуществляет свой план. Во всяком случае, она не глупа и все, что она предлагает, стоило выслушать, хотя я и опасаюсь, что это будет стоить нам очень дорого.

— Я могу заплатить, — прервал его Кастелл и жестом попросил Инессу продолжать.

Но ей почти нечего было добавить, она только хотела предупредить, чтобы у них наготове были хорошие лошади. Нужно также послать человека в Севилью и передать капитану «Маргарет», что корабль должен быть готов выйти в море, как только они попадут на него.

Они обо всем договорились, и, когда Инесса с Израэлем уходили, она уносила с собой мешочек с золотом.

В тот же вечер Инесса разыскала отца Энрике в том зале дворца Морелла, который использовался как молельня. Инесса сказала, что она хочет поговорить с ним и исповедаться. Они ведь были старыми друзьями или, скорее, старыми врагами.

Случилось так, что она застала служителя церкви в весьма дурном настроении. Оказалось, что Морелла был чрезвычайно недоволен отцом Энрике.

Маркизу донесли, что его драгоценности, находившиеся в ящике на «Сан Антонио», попали в руки священнику. Морелла потребовал от отца Энрике вернуть драгоценности, и более того: маркиз поклялся взыскать с священника за все, что жители Мотриля украли с корабля. А истинная причина заключалась в том, что маркиз не мог простить отцу Энрике, что по его вине Питер Брум спасся и добрался до Гранады.

— Итак, святой отец, — начала Инесса, выслушав жалобы священника, — вы считали себя богатым и опять оказались бедняком?

— Да, дочь моя. Так бывает с теми, кто возлагает свои надежды на принцев. Я служил маркизу много лет, боюсь даже, что в ущерб своей душе. Я все надеялся, что он, пользуясь таким уважением церкви, выдвинет меня на какое-нибудь хорошее место. А вместо этого что он делает? Он хочет отнять у меня несколько безделушек. Если бы я их не нашел, они все равно пропали бы в море или кто-нибудь украл их. А он еще заявляет, что я должен ему за все остальное имущество, о котором я понятия не имею.

— О каком же месте вы мечтаете, святой отец? Я думаю, у вас есть что-то на примете.

— Дочь моя, я получил письмо от друга из Севильи. Он пишет, что, если у меня найдется сто золотых дублонов, чтобы заплатить за место, он может устроить меня на должность секретаря святейшей инквизиции. Я ведь служил в инквизиции раньше, до тех пор, пока маркиз не сделал меня своим капелланом и не дал мне в Мотриле приход, который, как оказалось, ничего не стоит, и множество обещаний, которые стоят еще меньше. За те безделушки я выручил дублонов тридцать, и еще двадцать я скопил. Я приехал сюда, чтобы занять у маркиза остальные пятьдесят. Ведь я оказывал ему столько услуг, ты об этом хорошо знаешь, Инесса. И видишь, чем это кончилось?

— Очень жаль, — задумчиво сказала Инесса. — Ведь те, кто служат инквизиции, спасают много душ, в том числе и свои собственные. Я, например, помню, — добавила она, и священник вздрогнул при этих словах, как они спасли душу моей родной сестры и спасли бы мою тоже, если бы я не оказалась... как бы это сказать... с меньшими... с меньшими предрассудками.

Кроме того, служители инквизиции получают часть имущества проклятых еретиков и таким образом богатеют и получают возможность продвигаться дальше по службе.

— Все это так, Инесса. Такой случай представляется один раз в жизни, особенно для такого человека, как я. Ведь я ненавижу еретиков. Но что говорить попусту, когда этот проклятый беспутный маркиз... — Священник спохватился и замолк.

Инесса взглянула на него.

— Отец мой, — сказала она, — если бы я смогла найти для вас эти сто золотых дублонов, смогли бы вы сделать кое-что и для меня?

Хитрое лицо священника оживилось:

— Я готов на все, дочь моя.

— Даже если это поссорило бы вас с маркизом?

— Если я буду секретарем инквизиции Севильи, у него будет больше оснований бояться меня, чем мне его. А он должен меня бояться! — В голосе священника звучала ненависть.

— Тогда выслушайте меня, святой отец. Я еще не исповедовалась, — я, например, еще не сказала вам, что тоже ненавижу маркиза. Причины для этого у меня есть, да вы, наверно, сами знаете их. Но помните: если вы предадите меня, вы никогда не увидите ста золотых дублонов и секретарем в Севилье будет назначен какой нибудь другой священник. Кроме того, с вами могут случиться и худшие вещи.

— Продолжай, дочь моя, — елейным голосом сказал священник, — разве мы не в исповедальне или, по крайней мере, не рядом с ней?

Инесса сообщила отцу Энрике весь план заговора, — она рассчитывала на его жадность. Она смертельно ненавидела священника и знала ему цену.

Единственное, что она утаила от него, это откуда появятся деньги.

— Не такое уж это трудное дело, — произнес отец Энрике, когда Инесса кончила. — Если мужчина и женщина, не состоящие в браке, приходят ко мне для того, чтобы обвенчаться, я венчаю их, а когда надето кольцо и обряд произведен, они женаты, пока смерть или папа римский не разъединят их.

— А если мужчина во время свадебного обряда полагает, что он женится на другой женщине?

Отец Энрике пожал плечами.

— Он должен знать, на ком жениться. Это его дело, а не мое, и не церкви. Имена не должны произноситься слишком громко, дочь моя.

— Но вы дадите мне свидетельство о браке, в котором имена будут написаны четко?

— Конечно. Я отдам тебе или кому угодно, — почему мне этого не сделать, — разумеется, если я буду уверен в оплате.

Инесса разжала кулак и показала десять дублонов, лежащих у нее на ладони.

— Возьмите их, отец, — предложила она, — они идут сверх обещанной суммы. Там, откуда берутся эти деньги, есть еще дублоны. Двадцать дублонов вы получите перед венчанием, а восемьдесят — в Севилье, когда я получу брачное свидетельство.

Священник сгреб монеты и спрятал в карман, говоря:

— Я доверяю тебе, Инесса.

— Конечно, — ответила Инесса, уходя, — теперь мы должны доверять друг другу: вы получили деньги и оба мы сунули голову в одну и ту же петлю.

Завтра, отец, будьте здесь в это же время на тот случай, если мне потребуется опять исповедаться, потому что, увы, мы живем в грешном мире, вы ведь об этом хорошо знаете.

Глава XVII. Заговор

На следующее утро, сразу после того, как Маргарет и Бетти позавтракали, появилась Инесса и, как и в прошлый раз, заперла за собой дверь.

— Сеньоры, — спокойно сказала она, — я уже устроила то маленькое дельце, о котором мы вчера толковали, или, по крайней мере, подготовила первый акт пьесы. От вас зависит хорошо сыграть остальное. А сейчас меня прислали передать вам, что благородный маркиз Морелла просит разрешения видеть вас, донна Маргарет, в течение часа. Так что терять время нельзя.

— Расскажите нам, что вы успели сделать, Инесса, — попросила Маргарет.

— Я видела вашего уважаемого отца, донна Маргарет. И вот свидетельство, которое вы, прочитав, лучше уничтожьте.

И Инесса вручила Маргарет листок бумаги, на котором рукой ее отца по-английски было написано следующее:

«Любимая дочка, женщина, которая вручит тебе это письмо и которой, я полагаю, можно доверять, договорилась со мной о плане действий. Я одобряю его, хотя риск велик. Твоя кузина храбрая девушка, но поймите, что я не толкаю ее на это опасное предприятие. Она должна сама решить. Я только обещаю, что, если она останется жива, а мы спасемся, я никогда не забуду того, что она сделала. Женщина принесет мне твой ответ. Да будет с вами бог. Прощайте.

Д. К».

Маргарет прочитала это письмо сначала про себя, а затем вслух для Бетти и после этого разорвала его на мельчайшие кусочки и выбросила в окно.

— А теперь рассказывайте, — обратилась она к Инессе.

Та сообщила ей все.

— Можете вы довериться священнику? — спросила Маргарет, когда Инесса кончила.

— Он страшный мерзавец, я это очень хорошо знаю, и все-таки думаю, что можно, — отвечала Инесса. — Но все это только до тех пор, пока капуста будет у осла перед носом. Я имею в виду, пока он не получит все деньги. Кроме того, он совершил ошибку, взяв часть денег заранее. Но прежде чем говорить дальше, я хочу спросить: готова ли эта дама продолжать игру? — И она указала на Бетти.

— Да, я играю, — ответила Бетти, когда поняла, о чем идет речь, — я не откажусь от своего слова. Ставка слишком велика. Мне грозит большая опасность, но, — медленно добавила она, сжав губы, — я должна отомстить. Я ведь сделана не из испанской глины, вроде некоторых, из которых можно лепить все что хочешь, — и она посмотрела на скромную Инессу. — Однако и маркизу будет не сладко.

Когда Инесса уяснила себе смысл этой речи, она с восхищением подняла свои кроткие глаза и вспомнила испанскую пословицу о сатане, повстречавшемся с Вельзевулом на узкой дорожке.

После того как все подробности заговора были окончательно обсуждены, хотя и без одобрения Маргарет, которая волновалась за судьбу Бетти, Инесса, будучи женщиной находчивой и опытной, стала инструктировать их по части всевозможных практических уловок, при помощи которых можно было усилить сходство обеих кузин. Она пообещала достать им краску для волос и соответствующую одежду.

— От этого мало толку, — заявила Бетти, посмотрев на себя и на Маргарет: — даже если мы изменим внешность, разве можно теленка выдать за молодого оленя, хоть они и выросли на одном лугу! Но вы все-таки принесите это, я сделаю все, что смогу. Я думаю, однако, что густая вуаль и молчание помогут мне гораздо больше, чем любая краска. Да, еще нужно длинное платье, которое скрывало бы мои ноги.

— Конечно, у вас прелестные ноги, — вежливо заметила Инесса, а про себя добавила: «Они донесут вас туда, куда вы хотите дойти».

Затем Инесса обратилась к Маргарет и напомнила, что маркиз хочет видеть ее и ждет ответа.

— Я не хочу встречаться с ним наедине, — решительно заявила Маргарет.

— Это неудобно, — возразила Инесса. — Насколько я понимаю, он собирается сказать вам нечто такое, что, по его мнению, не следует слышать другим, особенно этой сеньоре. — Инесса кивнула в сторону Бетти.

— Я не хочу встречаться с ним наедине! — повторила Маргарет.

— Однако, если вы хотите, чтобы все было так, как мы договорились, вы должны принять его, донна Маргарет, и дать ему тот ответ, которого он жаждет. Но, я думаю, это можно устроить. Внизу есть большой двор. Пока вы с маркизом будете разговаривать в одном конце двора, мы сеньорой Бетти можем прогуливаться в другом, где ничего не будет слышно. К тому же сеньоре Бетти нужно заняться испанским языком, и это будет прекрасным случаем начать паши уроки.

— Но что я должна сказать ему? — волнуясь, спросила Маргарет.

— Я думаю, — продолжала Инесса, — что вы должны последовать примеру изумительного актера, сеньора Питера, и сыграть свою роль так же хорошо, как сыграл ее он, или даже лучше, если сумеете.

— Моя роль будет совершенно иной, — произнесла Маргарет, заметно мрачнея при этом напоминании.

Деликатная Инесса, улыбаясь, заметила:

— Конечно, вы можете выглядеть ревнивой, ведь это так естественно для нас, женщин, можете постепенно уступать и наконец заключить с ним сделку.

— Какую сделку я должна заключить?

— Я полагаю, что вы должны поставить условием, что вы будете тайно обвенчаны христианским священником и бумаги, подписанные этим священником, будут переданы архиепископу Севильи и их величествам королю Фердинанду и королеве Изабелле. Кроме того, вы, конечно, должны обусловить, что сеньор Брум, ваш отец — сеньор Кастелл и ваша кузина Бетти в безопасности выедут из Гранады до вашего венчания. Вы должны видеть из вашего окна, как они выезжают из ворот. А вы поклянетесь, что согласитесь, чтобы в тот же день вечером священник совершил обряд и объявил вас женой маркиза Морелла. К этому времени вы уже будете далеко, а после того, как обряд будет совершен, я получу от священника документы и последую за вами, предоставив сеньоре Бетти сыграть свою роль возможно лучше.

Маргарет колебалась. Ей казалось, что этот план слишком сложен и опасен. Но пока она раздумывала, в дверь постучали.

— Это напоминание мне. Морелла ожидает вашего ответа, — заторопилась Инесса. — Ну, так что будем делать? Помните, что другой возможности для вас и для всех остальных спастись из этого города нет. Во всяком случае, я ее не вижу.

— Я согласна, — торопливо сказала Маргарет, — и пусть нам поможет бог, ибо мы нуждаемся в его помощи.

— А вы, сеньора Бетти?

— О, я решила уже давно. Мы можем только провалиться, но и тогда нам не будет хуже, чем сейчас.

— Хорошо. Но играйте свои роли как следует. Это будет не так уж трудно, так как священник не опасен, а маркиз никогда не заподозрит подобной проделки. Назначайте свадьбу через неделю, потому что мне нужно многое придумать и приготовить. — С этими словами Инесса вышла.

Через полчаса Маргарет сидела под прохладными сводами галереи мраморного двора. Морелла был рядом с ней, а по другую сторону плещущего фонтана, на почтительном расстоянии от них, прогуливались Бетти и Инесса.

— Вы посылали за мной, маркиз, — начала Маргарет, — и я, будучи вашей пленницей, должна была прийти. Что вам угодно от меня?

— Донна Маргарет, — ответил он серьезно, — разве вы не догадываетесь? Ну что ж, я скажу вам, чтобы вы не поняли меня неправильно. Прежде всего я хочу просить у вас прощения, как делал уже не раз, за те преступления, на которые толкнула меня моя любовь к вам. Еще совсем недавно я отлично знал, что мне нечего ожидать. Сегодня я таю надежду, что кое-что переменилось.

— Почему, маркиз?

— На этих днях вы видели некий садик. В нем гуляли мужчина и женщина. Вон та женщина, — и он кивнул в сторону Инессы. — Должен ли я продолжать?

— Нет, не надо, — глухо ответила Маргарет и закрыла лицо руками. — Кто эта женщина? — И она в свою очередь посмотрела в сторону Инессы.

— Зачем вам знать это? Ну что ж, хорошо, если вы желаете, я вам скажу. Она испанка, хорошего происхождения, вместе с сестрой она была захвачена маврами. Один священник, заинтересовавшийся сестрой, обратил мое внимание на Инессу, и я выкупил ее. Родители ее умерли, ей некуда было деваться, и она осталась жить в моем доме. Вы не должны слишком строго судить меня, здесь это обычное дело. К тому же она была мне очень полезна, так как весьма умна, и благодаря ей я о многом узнаю. Однако последнее время ей надоела такая жизнь, и она хочет получить свободу, которую я обещал вернуть ей в награду за некоторые услуги, и уехать из Гранады.

— Скажите, маркиз, а то, что она выхаживала моего жениха, тоже было одной из услуг?

Морелла пожал плечами:

— Думайте как хотите, сеньора. Конечно, я простил ей эту нескромность, поскольку в конце концов это раскрыло вам правду о человеке, ради которого вы вынесли так много испытаний. Скажите, Маргарет, теперь, когда вы знаете, что представляет собой этот человек, вы все еще остаетесь верны ему?

Маргарет встала и сделала несколько шагов по галерее, затем вернулась и спросила:

— А вы лучше этого падшего человека?

— Думаю, что да, Маргарет. Ведь с тех пор, как я узнал вас, я стал другим человеком; все старое осталось позади, я грешу ради вас, а не против вас. Умоляю, выслушайте меня. Я похитил вас, это правда, но я не причинил и никогда не причиню вам никакого вреда. Ради вас я пощадил вашего отца, хотя мне достаточно было подать знак, чтобы убрать его с моего пути. Я допустил, чтобы он бежал из тюрьмы, но я знаю место, где он прячется у евреев в Гранаде и чувствует себя в безопасности. Я вернул к жизни Питера Брума, хотя в любую минуту я мог допустить его смерть. И все это ради того, чтобы потом меня не терзала совесть при мысли, что только моя любовь к вам была причиной его смерти. Но теперь вы убедились в его измене и все-таки по-прежнему отказываете мне? Посмотрите на меня, — Морелла встал во весь рост, — и скажите, неужели я тот мужчина, которого женщине стыдно иметь своим мужем? Не забывайте, что я могу многое предложить вам здесь, в Испании: вы станете одной из самых знатных дам страны, а в будущем, — многозначительно добавил он, — быть может, и больше. Надвигается война, Маргарет, этот город и все богатые земли перейдут в руки Испании, и после этого я буду здесь губернатором, почти королем.

— А если я откажусь? — поинтересовалась Маргарет.

— Тогда, — сурово ответил Морелла, — вы останетесь здесь, и ваш лживый возлюбленный и ваш отец останутся здесь, чтобы испытать все тяготы войны вместе с тысячами других христианских пленников, томящихся в темницах Альгамбры. Моя миссия будет закончена, и я уеду отсюда, чтобы занять свое место в бою среди грандов Испании как один из первых военачальников их католических величеств. Но я не хочу запугивать вас, я хочу найти путь к вашему сердцу, потому что я ищу вашей любви и вашей дружбы на всю жизнь и, если это в моих силах, не хочу причинять вреда ни вам, ни вашим близким.

— Вы не хотите причинять им вреда? Но тогда, если я соглашусь, вы отпустите их всех? Я имею в виду моего отца, сеньора Брума и мою кузину Бетти. Ведь это ее, а не меня вы должны были бы просить остаться с вами в качестве вашей жены, будь вы честным человеком, за которого вы себя выдаете.

— Вот этого я не могу сделать! — вспыхнул Морелла. — Видит бог, я не хотел причинить ей зло. Я только использовал ее для того, чтобы быть ближе к вам и знать все. Должен признаться, что я несколько ошибался в ней.

— Разве здесь, в Испании, маркиз, не встречаются честные девушки?

— Редко, очень редко, донна Маргарет. Но я ошибся в Бетти, приняв ее за простую служанку, и я готов сделать все, чтобы исправить это.

— Все, за исключением того, на что вправе претендовать девушка, которую вы просили стать вашей женой. У нас в Англии она могла бы потребовать от вас выполнения вашего обещания или заклеймила бы вас позором. Но вы не ответили на мой вопрос. Будут ли они свободны?

— Как ветер... Особенно сеньора Бетти, — с легкой улыбкой добавил Морелла. — Честно говоря, в глазах у этой женщины есть что-то пугающее меня. Мне кажется, она очень злопамятна. Ровно через час после нашей свадьбы вы выглянете в окно и увидите их всех, отправляющихся под охраной туда, куда они пожелают.

— Нет, — возразила Маргарет, — на это я не согласна. Я хочу сперва видеть их отъезд, а затем уж заплачу за них выкуп, обвенчавшись с вами. Но не раньше, чем скроется солнце.

— Значит, вы согласны? — быстро спросил Морелла.

— Кажется, я должна это сделать, маркиз. Мой возлюбленный обманул меня. Уже более месяца я пленница в вашем дворце, о котором, насколько мне известно, ходят дурные слухи. Кроме того, если я откажусь, то вы обещали, что всех нас бросят в темницу и затем продадут как рабов. Или же мы умрем пленниками мавров. Маркиз, судьба и вы не оставили мне другого выбора. Через неделю в этот день я выйду за вас замуж, но не обвиняйте меня, если вы найдете меня иной, чем вы представляете, так же как вы нашли иной мою кузину, которую вы обманули. А до тех пор я требую, чтобы вы не беспокоили меня. Если вам нужно будет договориться о чем-нибудь или передать какое-либо поручение, пусть уж эта женщина Инесса будет вашим посланцем. Ведь о ней я знаю только самое плохое.

— Я буду повиноваться вам во всем, донна Маргарет, — покорно ответил Морелла. — Может быть, вы хотите видеть вашего отца или... — он остановился.

— Никого из них. Я напишу им и пошлю письма через Инессу. К чему мне видеть их? — взволнованно добавила она. — Ведь с прошлым, когда я была свободна и счастлива, покончено навсегда, и вскоре я стану женой благородного маркиза Морелла, одного из знатнейших грандов Испании, который обманул бедную девушку лживыми обещаниями жениться и воспользовался ее влюбленностью и безрассудством для того, чтобы украсть меня из моего дома. Милорд, я прощаюсь с вами на неделю. — С этими словами она прошла но галерее к фонтану и громко окликнула Бетти, приказав ей сопровождать себя в комнату.

Неделя, которую выторговала Маргарет, прошла. Все было готово. Инесса показала Морелла письма его невесты к отцу и Питеру Бруму и их ответы, взволнованные и умоляющие. Однако были и другие письма и другие ответы, о которых Морелла и не подозревал.

Настал наконец день, когда отличные лошади стояли наготове во дворе, там же находилась охрана. Кастелл и Питер, переодетые в мавританские одежды, ожидали под стражей в одной из комнат неподалеку. Бетти, тоже одетая как мавританка, под густой вуалью, стояла перед маркизом, к которому ее привела Инесса.

— Я пришла сообщить вам, — произнесла она, — что через три часа после того, как сядет солнце и мы проедем под окном моей кузины и хозяйки, она будет готова стать вашей женой. Но если вы побеспокоите ее до этого, она никогда уже не будет вашей женой.

— Я повинуюсь, — ответил Морелла. — Сеньора Бетти, я прошу у вас прощения и надеюсь, что вы примете от меня этот подарок в знак того, что вы простили меня.

С низким поклоном он вручил ей великолепное ожерелье из жемчуга.

— Я возьму его, — горько усмехнулась Бетти. — Может быть, оно пригодится мне для возвращения в Англию. Но простить вас, маркиз Морелла, я не могу. И предупреждаю вас, что у меня есть к вам счет, который я еще предъявлю. Пока что победа на вашей стороне, но бог на небесах ведет счет людской жестокости, и тем или другим путем, но он всегда требует расплаты. Теперь я пойду попрощаться со своей кузиной Маргарет, но с вами я не прощаюсь, потому что надеюсь еще с вами встретиться.

С рыданием она опустила вуаль, которую чуть-чуть приподняла во время разговора, и вышла вместе с Инессой. Ей она шепнула:

— Он не захочет еще раз прощаться с Бетти Дин.

Они вошли в комнату Маргарет и заперли за собой дверь. Маргарет сидела на низком диване. Рядом с ней, сверкая серебром и драгоценными камнями, лежали ее свадебная фата и платье.

— Скорее, — обратилась Инесса к Бетти.

Та сбросила свое мавританское платье и длинную вуаль, окутывавшую ее голову. При этом обнаружилось, что цвет ее волос совершенно изменился — из золотых они стали темно-каштановыми. Глаза Бетти, обведенные краской, тоже казались уже не голубыми, а черными, как у Маргарет. И, что самое удивительное, на правой стороне подбородка и сзади на шее появились родинки, совершенно такие же, как у Маргарет. Короче говоря, учитывая, что фигуры у них были похожи — разве что Бетти была чуть-чуть полнее, — различить их даже без вуали было чрезвычайно трудно. В искусстве изменять внешность Инесса была мастерицей, а тут она особенно постаралась.

Маргарет надела на себя белое платье и плотную чадру, совершенно скрывавшую ее лицо, а Бетти с помощью Инессы облачилась в великолепный свадебный наряд, украшенный драгоценными камнями, которые преподнес Морелла в качестве свадебного подарка, и скрыла свои перекрашенные волосы под вуалью, усыпанной жемчугом. Через десять минут все было готово. Бетти успела спрятать под платьем кинжал, и две преображенные женщины стояли, разглядывая друг друга.

— Время идти, — произнесла Инесса.

Тогда Маргарет неожиданно дала волю своим чувствам:

— Мне не нравится эта затея! Никогда не нравилась! Когда Морелла все узнает, гнев его будет ужасен, он убьет Бетти. Я жалею, что согласилась на это.

— Теперь слишком поздно жалеть, сеньора, — заметила Инесса.

— А нельзя сделать так, чтобы Бетти тоже уехала? — в отчаянии спросила Маргарет.

— Можно попытаться, — ответила Инесса, — перед бракосочетанием, согласно старинному обычаю, я поднесу две чаши вина жениху и невесте. В чашу маркиза будет кое-что подмешано, ибо он не должен сегодня вечером слишком ясно видеть все происходящее. Я могу приготовить это вино покрепче, так, чтобы через полчаса он вообще не знал, женат он или холост. И тогда Бетти, возможно, сумеет бежать вместе со мной и присоединиться к вам. Но это очень рискованно, и если наш замысел будет раскрыт, то дело, вероятно, не обойдется без крови.

Тут вмешалась Бетти:

— Спасай себя, кузина. Если чья-нибудь кровь должна пролиться, то все равно ничего не поделаешь. Во всяком случае, не тебе придется расхлебывать это дело. Я не собираюсь бежать от этого человека, скорее он убежит от меня. Я отлично выгляжу в твоем великолепном платье, и я намереваюсь долго носить его. А теперь уходите, уходите поскорее, пока кто-нибудь не пришел звать меня. Не печальтесь обо мне — я ложусь в постель, которую сама себе приготовила, а если дело дойдет до самого худшего, у меня в кармане есть деньги или то, что их заменит, и тогда мы встретимся в Англии. Передай мою любовь и уважение мастеру Питеру и твоему отцу, и, если я их больше не увижу, скажи им, чтобы добром вспоминали Бетти Дин, которая причинила им столько горя.

Обняв Маргарет своими сильными руками, она несколько раз поцеловала ее и вытолкнула из комнаты.

Однако, когда они ушли, бедная Бетти села и поплакала, пока не вспомнила, что слезы могут смыть краску с лица. Тогда она вытерла глаза, подошла к окну и стала ждать.

Через некоторое время она увидела шесть мавров, ехавших верхом по дороге к укрепленным воротам. Вслед за ними на прекрасных конях выехали двое мужчин и женщина, также в мавританских одеждах. За ними следовало еще шесть всадников. Кавалькада проехала сквозь ворота и начала взбираться по склону холма. На вершине его всадница остановилась и помахала платком. Бетти ответила на это приветствие, и в следующую минуту всадники скрылись. Бетти осталась одна.

Никогда еще ей не приходилось проводить такого тягостного вечера. Часа через два, все еще стоя у окна, она увидела возвращающуюся мавританскую охрану и поняла, что все в порядке и что теперь Маргарет, ее возлюбленный и ее отец в безопасности начали свое путешествие. Значит, она рисковала своей жизнью не напрасно.

Глава XVIII. Святая эрмандада[1]

Длинными коридорами, через огромные пышные залы, через прохладные мраморные дворики лежал путь Инессы и Маргарет. Это было похоже на сон. Они прошли через комнату, в которой женщины, бездельничавшие или работавшие над гобеленами, с любопытством рассматривали их. Маргарет слышала, как одна из них сказала:

— Почему кузина донны Маргарет покидает ее?

И ответ:

— Потому что она сама влюблена в маркиза и не в силах оставаться здесь.

— Ну и дура, — заметила первая женщина. — Она красива, и ей нужно всего только подождать несколько недель.

Они прошли мимо открытой двери. Эта дверь вела в личные покои Морелла. Он сам стоял в дверях и наблюдал за тем, как они проходили. Когда Инесса и Маргарет поравнялись с ним, казалось, какое-то сомнение зародилось у маркиза, потому что он внимательно посмотрел на них и шагнул вперед. Но затем, видимо передумав или вспомнив острый язычок Бетти, остановился и отвернулся. Опасность миновала.

В конце концов, никем не потревоженные, они добрались до двора, где их ожидала охрана и лошади. Здесь же, в сводчатом проходе под аркой, стояли Кастелл и Питер. Кастелл поздоровался с Маргарет и поцеловал ее через вуаль. А Питер, не видевший ее вблизи уже много месяцев, с того самого дня, как он уехал в Дедхэм, смотрел на нее не отрывая глаз. Он хотел прикоснуться к ней, чтобы выяснить, действительно ли это Маргарет. Угадав его мысли и понимая, что он может всех выдать, Инесса, у которой в руке была длинная булавка для вуали, сделала вид, что наткнулась на него, и при этом вонзила ему в руку булавку, пробормотав: «Дурак». Питер

---

[1] Святая эрмандада — союз городов и крестьянских общин Кастилии, Леона, Астурии и Арагона; был использован королем Фердинандом и королевой Изабеллой для подавления феодальной знати. Впоследствии роль Святой эрмандады была сведена к функциям сельской полиции.

с проклятьем отскочил назад, стража рассмеялась, а Инесса принялась рассыпаться в извинениях.

Кастелл помог Маргарет сесть в седло, потом сел сам, его примеру последовал Питер, потирая уколотую руку. Он все еще не осмеливался смотреть в сторону Маргарет. Инесса на прощанье пожала Маргарет руку, словно была равной ей по положению, и сказала несколько ласковых слов, какие обычно в ходу у испанских женщин. Испанский офицер из стражи, охранявшей дворец Морелла, подошел и пересчитал всех:

— Двое мужчин и одна женщина. Все правильно, только я не вижу лица женщины.

Еще мгновение — и он, наверно, приказал бы Маргарет поднять вуаль, но Инесса крикнула ему, что это неприлично делать в присутствии мавров. Офицер кивнул и приказал двигаться.

Они проехали под дворцовой аркой, выехали на дорогу и вскоре оказались под большими воротами. Стража принялась расспрашивать эскорт и рассматривать их. Это продолжалось до тех пор, пока Кастелл не сунул им несколько монет, и стража пропустила путешественников, сказав им на прощанье, что они счастливые христиане, раз живыми уезжают из Гранады. Такими они себя и чувствовали.

На вершине холма Маргарет обернулась и махнула платком, вглядываясь в высокое окно, которое она так хорошо знала. В ответ там тоже взмахнули платком, и Маргарет, думая об одинокой Бетти, которая смотрит им вслед в ожидании конца своей отчаянной авантюры, поехала дальше. Вуаль скрывала слезы, катившиеся из ее глаз. Около часа они ехали, обменявшись всего несколькими словами друг с другом, пока не оказались на перекрестке двух дорог, из которых одна вела в Малагу, другая — в Севилью.

Здесь эскорт остановился. Старший заявил, что им приказано сопровождать их только до этого места, и спросил, куда они дальше поедут. Кастелл ответил, что они направятся в Малагу. На это старший заметил, что они мудро поступают, как на этой дороге они меньше рискуют натолкнуться на банды мародеров и воров, которые называют себя христианскими солдатами и убивают или грабят всех путешественников, попадающих в их руки. Кастелл предложил старшему подарок, тот принял его с важностью, как будто делал большое одолжение, и после поклонов и прощальных слов эскорт отправился обратно.

Трое путешественников поехали по дороге на Малагу, но, как только они убедились, что никто их не видит, они свернули и выехали на дорогу, ведущую в Севилью. Наконец-то они были одни! Остановив лошадей под стеной дома, сожженного во время какого-то налета христиан, они впервые смогли свободно поговорить. Что это была за минута!

Питер повернул свою лошадь к Маргарет:

— Скажи, любимая, это действительно ты?

Однако Маргарет, не обращая на него никакого внимания, наклонилась к отцу, обвила его шею руками и принялась целовать его сквозь вуаль, благословляя бога, что они дожили до этой встречи. Питер тоже пытался поцеловать ее, но Маргарет тронула свою лошадь, и он чуть не вылетел из седла.

— Будь осторожнее, Питер, — бросила она ему, — а то твоя любовь к поцелуям доведет тебя до новых неприятностей.

Поняв, что она имеет в виду, Питер покраснел и принялся подробно объяснять ей все.

— Прекрати, — прервала она его, — прекрати. Я знаю все, потому что сама видела вас.

Смягчившись, она нежно поздоровалась с ним и протянула ему руку для поцелуя.

— Нам надо спешить, — спохватился Кастелл, — ведь нужно проехать еще двадцать миль, пока мы доберемся до постоялого двора, где Израэль подготовил нам ночлег. Мы будем разговаривать по дороге.

Путешественники спешили изо всех сил и как раз к наступлению темноты подъехали к постоялому двору. При виде его они поблагодарили бога, ибо эта гостиница была уже по ту сторону границы и здесь они были вне досягаемости мавров.

Хозяин постоялого двора, наполовину испанец, ожидал их. Он уже получил письмо от Израэля, с которым у него были дела. Хозяин предоставил путешественникам две довольно бедно обставленные комнаты, но зато предложил хороший ужин и вино, отвел в конюшню лошадей и задал им ячменя. После этого он пожелал путникам спокойной ночи, сказав, чтобы они ничего не боялись, так как он и его люди будут сторожить и предупредят их в случае какой-либо опасности.

Однако заснули они не скоро. Им так много нужно было сказать друг другу, особенно Питеру и Маргарет. Они были так счастливы, что им удалось спастись! Но радость их, подобно звону погребального колокола на веселом пиршестве, омрачала мыль о Бетти и ее роковой свадьбе, в которой она, очевидно, уже сыграла роль Маргарет. В конце концов Маргарет упала на колени и принялась молиться святым, чтобы они защитили ее кузину от страшной опасности, которой она подвергается ради них, и Питер присоединился к ее молитве. После этого они крепко обнялись, а затем все отправились спать — Кастелл с дочерью в одну комнату, Питер — в другую.

За полчаса до рассвета Питер уже был на ногах, чтобы присмотреть за лошадьми. Маргарет и Кастелл позавтракали и собирались в дорогу, упаковывая еду, которую им приготовил хозяин. Питер тоже проглотил немного мяса и вина, и при первых проблесках дня, расплатившись с хозяином и взяв у него письма к хозяевам других постоялых дворов, где им предстояло останавливаться, они двинулись по дороге на Севилью, очень довольные, что, по-видимому, их никто не преследует.

Весь этот день, делая остановки только для того, чтобы передохнуть самим и дать отдых лошадям, Маргарет, ее отец и Питер ехали без всяких приключений по плодородной равнине, орошаемой несколькими реками, через которые они переправлялись вброд или по мостам. К ночи они добрались до Осуны. Этот старинный город расположен на высоком холме, и наши путники увидели его издалека. Было уже темно, и это позволило беглецам проехать так, что никто не обратил внимания на их мавританскую одежду.

Наконец они добрались до постоялого двора, который им рекомендовали.

Хозяин изумленно посмотрел на их одежду, но, сообразив, что у путешественников много денег, принял их хорошо, и им удалось получить комнаты.

В Осуне Кастелл собирался купить испанскую одежду, но оказалось, что они попали в праздник и все лавки заперты. Однако ждать до утра беглецы не хотели — они стремились доехать до Севильи к вечеру следующего дня, надеясь, что под покровом темноты им удастся пробраться на борт «Маргарет». Они знали, что капитан предупрежден о предполагаемом путешествии и ждет их. Необходимо было покинуть Осуну до рассвета. Таким образом, к несчастью, как это потом выяснилось, они не имели возможности снять с себя мавританскую одежду и сменить ее на христианскую.

Маргарет, Питер и Кастелл надеялись, что в Осуне к ним присоединится Инесса — она обещала сделать это, если удастся, — и расскажет им все, что произошло после их отъезда из Гранады. Но Инессы не было. Утешая себя тем, что, как бы ни торопилась Инесса, ей трудно было нагнать их, так как они выехали на несколько часов раньше, беглецы покинули Осуну затемно, когда все еще спали.

Проехав несколько миль по равнине, они выехали через оливковую рощу к холмам, где росли пробковые деревья, и остановились, чтобы перекусить самим и покормить лошадей. Как раз в ту минуту, когда они собирались ехать дальше, Питер увидел группу всадников весьма угрожающей внешности, скачущих с явной целью отрезать их от дороги.

— Бандиты! — лаконично бросил Питер. — Вперед!

Они пустили лошадей в галоп и промчались перед бандитами раньше, чем последние успели достигнуть дороги. Разбойники что-то кричали, вслед полетело несколько стрел, и вся банда бросилась в погоню. Питер, Кастелл и Маргарет скакали вниз по склону холма к лощине, отделявшей их от следующей гряды холмов, тоже покрытых пробковыми деревьями. Это была болотистая лощина шириной примерно в три мили. Питер надеялся, что бандиты откажутся от погони или ему с его спутниками удастся скрыться от преследователей среди деревьев. Однако, когда цель была уже близка, Питер, к своему ужасу, увидел прямо впереди на дороге другую группу людей такого же разбойничьего вида. Их было человек двенадцать.

— Ловушка! — воскликнул Питер. — Мы должны прорваться, в этом наше единственное спасение. — Он пришпорил лошадь и обнажил меч.

Выбрав место, где линия противников была слабее, Питер довольно легко пробился, но в следующее мгновение он услышал позади себя крик Маргарет и, повернув лошадь, увидел Маргарет и Кастелла в руках бандитов. Эти негодяи держали Маргарет, а один из них пытался сорвать с ее лица вуаль. С яростным криком Питер бросился на него и нанес ему удар такой силы, что меч рассек шлем и череп бандита, и тот свалился замертво, продолжая сжимать в руке вуаль Маргарет.

Пять или шесть человек бросились на Питера, и, хотя ему удалось ранить еще одного противника, они стащили его с лошади. Питер упал навзничь, и бандиты навалились на него, чтобы прикончить, пока он не встал. Их мечи и ножи уже были занесены и Питер прощался с жизнью, когда вдруг он услышал голос, приказывающий остановиться и связать ему руки. Это было быстро сделано, и Питер поднялся с земли. Он увидел перед собой не маркиза Морелла, как ожидал, а человека, облаченного в прекрасные доспехи под грубым плащом, по-видимому, офицера.

— Как ты, мавр, осмелился убить солдата Святой эрмандады в сердце королевских владений? — спросил он, указывая на убитого человека.

— Я не мавр, — возразил Питер на плохом испанском языке, — я христианин, бежавший из Гранады. Я зарубил этого человека потому, что он пытался оскорбить мою невесту. Вы сами на моем месте поступили бы так же, сеньор. Я не знал, что это солдат эрмандады, я думал, что он просто бандит, каких здесь немало в горах.

Эта речь, во всяком случае настолько, насколько тот понял ее, понравилась офицеру. Но прежде чем он успел что-либо сказать, вмешался Кастелл:

— Господин офицер, этот сеньор — англичанин и плохо говорит по-испански…

— Зато он хорошо владеет мечом, — перебил его офицер, взглянув на разрубленный шлем и голову мертвого солдата.

— Да, господин, он человек вашей профессии и, как показывает шрам на его лице, сражался во многих войнах. Он говорит правду. Мы христианские пленники, бежавшие из Гранады, и направляемся в Севилью вместе с моей дочерью, которой, я надеюсь, вы не причините вреда, чтобы просить защиты у их милостивых величеств и найти возможность уехать в Англию.

— Вы не похожи на англичанина, — заметил офицер, — вы смахиваете на марана.

— Я купец из Лондона, мое имя Кастелл. Оно хорошо известно в Севилье, да и повсюду в этой стране, потому что у меня здесь крупные дела, и, если только я смогу увидеть вашего короля, он сам подтвердит это.

Пусть вас не смущает наша одежда — мы должны были облачиться в нее только для того, чтобы спастись из Гранады. И я умоляю вас отпустить нас в Севилью.

— Сеньор Кастелл, — ответил офицер, — я капитан Аррано Пуэбло. Поскольку вы не остановились, когда мы требовали этого, и убили одного из моих лучших солдат, вы, конечно, поедете в Севилью, но не один, а со мной. Вы мои пленники, но не бойтесь этого. Никакого насилия в отношении вас или вашей дамы не будет допущено. Вы должны держать ответ за все совершенное перед королевским судом, и там вы все расскажете, будь то правда или ложь.

У Питера и Кастелла отобрали их мечи, им всем разрешили сесть на своих лошадей, и они тронулись по дороге на Севилью.

— В конце концов, — шепнула Питеру Маргарет, — нам нечего больше бояться бандитов.

— Так-то так, — вздохнул Питер, — но я надеялся, что сегодня мы будем ночевать на борту «Маргарет» в то время, как она будет идти вниз по реке, к открытому морю, а не в испанской тюрьме. Ну и судьба! Второй раз я убиваю человека из-за тебя и вся история начинается сначала. Вот уж не везет.

— Могло быть еще хуже, — ответила Маргарет, вспоминая грубые руки убитого солдата.

Весь остаток этого дня они ехали под палящим солнцем по направлению к Севилье, над которой на несколько сот футов возвышалась башня Жиральда.

Когда-то она была минаретом мавританской мечети. В конце концов, под вечер, путешественники оказались в восточном предместье этого огромного города, миновали его, въехали в большие ворота и стали пробираться по извилистым улочкам.

— Куда мы направляемся, капитан Аррано? — поинтересовался Кастелл.

— В тюрьму Святой эрмандады, где вы будете ожидать суда за убийство одного из ее солдат, — ответил офицер.

— Я уже молю бога, чтобы мы скорее туда попали, — заметил Питер, глядя на Маргарет, которая от усталости качалась в седле, как цветок от ветра.

— Я тоже, — пробормотал Кастелл, поглядывая по сторонам на мрачные лица прохожих, которые, узнав, что пленники убили испанского солдата и принимая их за мавров, целыми толпами сопровождали их, выкрикивая угрозы. Когда они пересекали какую-то площадь, священник в толпе крикнул: «Убейте их!» — и толпа бросилась стаскивать их с коней. Солдаты с трудом оттеснили ее.

Тогда толпа принялась забрасывать их грязью, и вскоре белые одежды путешественников покрылись пятнами. Какой-то парень бросил камень и попал Маргарет в руку, она вскрикнула и выпустила поводья. Этого оказалось достаточно для вспыльчивого Питера — прежде чем солдаты успели вмешаться, он пришпорил лошадь, вырвался вперед и нанес оскорбителю такой удар в лицо, что тот свалился на землю. Кастелл решил, что теперь их уж наверняка убьют; однако, к его изумлению, в толпе вместо этого поднялся хохот, и кто-то крикнул:

— Хороший удар, мавр! У этого неверного тяжелая рука!

Офицер тоже как будто не рассердился. Когда парень поднялся с земли и в руке у него оказался нож, офицер обнажил меч и свалил его одним ударом. Затем офицер обратился к Питеру:

— Не марайте рук об эту уличную свинью, сеньор.

Он обернулся и приказал солдатам разогнать зевак. Наконец путники выбрались из толпы и после длительной езды по боковым улицам, чтобы избежать главных, оказались перед большим мрачным зданием. Ворота здания распахнулись перед ними и опять захлопнулись. Они очутились во внутреннем дворе. Здесь им приказали спешиться, а лошадей увели. Капитан Аррано вступил в переговоры с комендантом тюрьмы, человеком с суровым, но не злым лицом, который с любопытством рассматривал их. Наконец он подошел и осведомился, есть ли у них деньги, чтобы заплатить за хорошие комнаты, так как он не хочет помещать их в общей камере. Кастелл вместо ответа вытащил пять золотых и, передавая их капитану Аррано, попросил его раздать солдатам в благодарность за то, что они охраняли путешественников во время пути. При этом он добавил — достаточно громко, чтобы все слышали, — что он хотел бы возместить убытки родственникам солдата, которого случайно убил Питер. Это заявление произвело благоприятное впечатление. Один из товарищей убитого заявил, что он сообщит об этом вдове, и от имени всех поблагодарил Кастелла. Они попрощались с офицером, который сказал, что они еще встретятся в суде. Затем их повели всевозможными тюремными переходами в отведенные им комнаты — одну маленькую, а вторую большую, с решетчатыми окнами, дали воды помыться и обещали принести еду.

Через некоторое время тюремщики принесли им мясо, яйца и вино, чему заключенные были весьма рады. Пока они ели, в камеру пришли комендант и нотариус и, дождавшись окончания трапезы, принялись допрашивать заключенных.

— Наша история довольно длинная, — начал Кастелл, — но, с вашего разрешения, я расскажу ее вам. Только прошу вас позволить моей дочери, донне Маргарет, пойти отдыхать, она совершенно измучена. Если возможно, допросите ее завтра.

Комендант согласился. Маргарет откинула вуаль, чтобы обнять отца. Комендант и нотариус были поражены ее красотой и в изумлении уставились на нее. Маргарет протянула руку Питеру для поцелуя, поклонилась присутствующим и ушла прилечь в соседнюю комнату.

После ее ухода Кастелл рассказал всю историю о похищении его дочери маркизом Морелла, чье имя заставило коменданта широко раскрыть глаза, о том, как она была увезена из Лондона в Гранаду, как они, отец и жених, последовали за ней и как им всем удалось бежать. Однако о Бетти и о заговоре с подменой невесты Кастелл не сказал ни слова. Кастелл назвал свою фамилию, сообщил, чем он занимается, а также назвал своих партнеров и компаньонов в Севилье — фирму Бернальдеса. Оказалось, что комендант знает эту фирму, и Кастелл попросил его разрешения связаться с главой фирмы, сеньором Хуаном Бернальдесом. Кастелл подчеркнул, что он и его спутники не воры и не искатели приключений, а просто английские подданные, попавшие в беду, и еще раз намекнул, что они могут и готовы заплатить за все услуги, которые им будут оказаны. Эти слова не остались незамеченными комендантом.

Комендант обещал связаться со своим начальством и, если не последует никаких возражений, послать человека к сеньору Бернальдесу с просьбой завтра посетить тюрьму.

Наконец комендант и нотариус ушли, тюремщики убрали со стола, заперли дверь, и Кастелл с Питером улеглись в своих постелях, довольные, что они уже в Севилье, хотя и в тюрьме. Эту ночь они спали спокойно.

Утром они проснулись отдохнувшие. После завтрака появился комендант в сопровождении сеньора Хуана Бернальдеса. Это был не кто иной, как испанский компаньон Кастелла, писавший ему известные читателю тайные письма. Бернальдес был плотный мужчина со спокойным и умным лицом, не слишком многословный.

Приветствовав Кастелла с почтением, которое не укрылось от коменданта, Бернальдес попросил разрешения поговорить с заключенным наедине. Комендант удалился, сказав, что вернется через час. Как только дверь за ним закрылась, Бернальдес обратился к Кастеллу:

— В довольно страшном месте пришлось нам встретиться, Джон Кастелл. Правда, меня это не так уж удивляет: некоторые ваши письма дошли до меня. Ваше судно «Маргарет» отремонтировано и ждет вас; чтобы избежать подозрений, я начал понемногу грузить его товарами для Англии. Только я представить себе не могу, как вы попадете туда. Однако нам нельзя терять время. Рассказывайте мне все по порядку, ничего не упуская.

Кастелл и Питер рассказали ему все как можно короче. Бернальдес слушал молча. Когда они кончили, он обратился к Питеру:

— Очень жаль, молодой человек, что вы не сумели сдержать свой гнев и убили этого солдата. Неприятности, которые уже почти кончались, теперь начинаются вновь, и в еще худшем виде. Маркиз Морелла весьма могущественный человек в этой стране. Вы могли это заключить даже из того, что их величества послали его в Лондон вести переговоры с вашим английским королем Генрихом в отношении евреев и их судеб в том случае, если кто-нибудь из них после изгнания из Испании будет искать убежища в Англии. Именно об этом все говорят. И я должен предупредить вас, что их величества ненавидят евреев, в особенности маранов. Здесь, в Севилье, их дюжинами сжигают на кострах. — При этом Бернальдес многозначительно посмотрел на Кастелла.

— Я сам сожалею, — вздохнул Питер, — но этот парень так грубо схватил Маргарет, что я совершенно потерял голову и не мог сдержаться. Уже второй раз я попадаю в неприятности по точно такому же поводу. К тому же я думал, что он просто бандит.

— Любовь — плохой дипломат, — слегка улыбаясь, заметил Бернальдес, — и стоит ли считать прошлогодние облака. Что сделано, того не вернешь. Я постараюсь устроить так, чтобы вы все были вызваны к их величествам послезавтра, когда они будут слушать судебные дела. Лучше вам иметь дело с самой королевой, чем просто с кем-нибудь из судей. У королевы доброе сердце, если к нему найти путь, но только не тогда, когда дело касается евреев или маранов, — и он опять посмотрел на Кастелла. — Однако денег у вас много, а у нас в Испании мы въезжаем на небо на золотых, — добавил он, намекая на деньги и продажность.

Больше они ни о чем не смогли поговорить, — вернулся комендант, который заявил, что время сеньора Бернальдеса истекло, и спросил, кончили ли они свою беседу.

— Не совсем, уважаемый комендант, — сказала Маргарет, — я хотела бы получить ваше разрешение и попросить сеньора Бернальдеса прислать мне христианское платье. Я не хочу предстать перед вашими судьями в одежде неверных. Да и мой отец и сеньор Брум тоже присоединятся к моей просьбе.

Комендант рассмеялся, пообещал им все устроить и даже разрешил поговорить еще пять минут, которые они использовали для того, чтобы обсудить, какую одежду нужно принести. Затем комендант удалился вместе с сеньором Бернальдесом, оставив их одних.

Тут только они вспомнили, что не спросили у Бернальдеса, не слышал ли он что-либо об Инессе, которой они дали его адрес. Но, поскольку он сам ничего не сказал о ней, они решили, что Инесса еще не приехала в Севилью, и опять со страхом задумались о том, что могло случиться после их отъезда из Гранады.

В эту ночь, к их огорчению и тревоге, на них обрушилась новая неприятность. После ужина пришел комендант и объявил, что, согласно распоряжению суда, перед которым они должны предстать, сеньор Брум, обвиняемый в убийстве, должен быть помещен отдельно от них. И, несмотря на все уговоры и просьбы, Питера увели в отдельную камеру. Маргарет провожала его со слезами.

Глава XIX. Бетти платит свои долги

Бетти Дин не была подвержена страхам и предчувствиям. Рожденная в хорошей, но бедной семье, она в свои двадцать шесть лет сама прокладывала себе дорогу в этом жестоком мире и умела использовать любые обстоятельства. Здоровая, сильная, упорная, любящая, романтичная и по-своему честная, она была приспособлена к тому, чтобы встречать взлеты и падения судьбы, бороться с трудностями в этот беспокойный век, и никогда не оставалась в долгу.

Однако те долгие часы, которые она провела одна в высокой башне, ожидая, пока ее позовут, чтобы сыграть роль подложной невесты, были самыми тяжелыми часами в ее жизни. Она понимала, что ее положение, по существу, позорно и может кончиться трагически. Теперь, хладнокровно обдумывая все, она сама удивлялась, почему решила выбрать этот путь. Она влюбилась в маркиза почти с первого взгляда, хотя нечто подобное бывало с ней в отношении других мужчин. Он играл роль влюбленного, пока она, обманутая, всерьез не отдала ему свое сердце, уверенная в своем ослеплении, что, несмотря на разницу в их положении, он любит ее и хочет сделать своей женой.

Потом пришел мучительный день разочарования, когда она узнала, что была всего-навсего, как сказала Инесса Кастеллу, простой приманкой, чтобы поймать белого лебедя — ее кузину и хозяйку. Это случилось в тот день, когда она была обманута письмом, которое она до сих пор прячет на груди, и когда, к ужасу, услышала, как ее в лицо назвали дурой. Тогда она поклялась в душе, что отомстит Морелла за все. И вот теперь пришел час выполнить свою клятву и отплатить ему обманом за обман.

Продолжала ли она любить этого человека? Она не могла ответить на этот вопрос. Он нравился ей, как и раньше, а в таких случаях женщины прощают многое. Однако одно можно было сказать наверняка: в эту ночь ею руководила не любовь. Была ли это жажда мести? Может быть. Во всяком случае, она страстно хотела получить возможность бросить ему в лицо: «Вот на какую хитрость способна обманутая дура!»

И все-таки она не стала бы делать это только во имя мести, или скорее, она отомстила бы каким-нибудь другим способом. Нет, истинной причиной было ее желание заплатить долг Маргарет, Питеру и Кастеллу. Ведь это она навлекла на них все несчастья, и именно она должна была вызволить их хотя бы ценой своей жизни и женского достоинства. А может быть, ею руководили и любовь к Морелла, если она еще сохранилась, и желание отомстить ему и вырвать добычу у него из рук. В конце концов, она затеяла эту игру, и она доведет ее до конца, как бы ужасен он ни был.

Солнце село, и темнота обступила Бетти. Она подумала, придется ли ей еще когда-нибудь увидеть рассвет. Ее храброе сердце дрогнуло, и она сжала кинжал, спрятанный под великолепным чужим платьем. Ей пришло в голову, что, может быть, разумнее самой вонзить его себе в грудь, а не ждать, пока обманутый безумец сделает это. Но нет, кому суждено умереть, всегда успеет это сделать.

Раздался стук в дверь, и храбрость Бетти, почти утраченная, вернулась к ней. О, она покажет этому испанцу, что англичанка, которую он заставил поверить, что она его желанная возлюбленная, может оказаться его повелительницей! Во всяком случае, прежде чем все это кончится, он услышит правду.

Бетти открыла дверь. Вошла Инесса с лампой в руках. Она спокойно и внимательно осмотрела Бетти.

— Жених готов, — произнесла она медленно, чтобы Бетти могла разобрать, — и прислал меня за вами. Вы не боитесь?

— Нет, — ответила Бетти. — Скажите мне только, как все это будет устроено.

— Маркиз ожидает вас в комнате перед залой, используемой в качестве капеллы. Там я, как старшая здесь, подам вам обоим по чаше вина. Пейте обязательно из той, которую я буду держать в левой руке, поднесите чашу ко рту под вуалью так, чтобы не открывать лицо, и не произносите ни слова, иначе он узнает ваш голос. Затем мы пройдем в капеллу, где нас будет ждать отец Энрике и все домочадцы. Зала эта большая, а лампы будут слабые, так что никто не узнает вас. К тому времени вино с подмешанным в него наркотиком начнет действовать на Морелла. И тогда при условии, что вы будете говорить очень тихо, вы спокойно можете сказать: «Я, Бетти, вступаю в брак с тобою, Карлос», а не: «я, Маргарет...». Когда с этим будет покончено, он отведет вас в покои, приготовленные для вас, и там, если в моем вине есть какая-нибудь сила, он будет крепко спать всю ночь. А за это время священник передаст мне брачные документы, один экземпляр которых я отдам вам, а второй спрячу. Ну, а потом... — Инесса пожала плечами.

— Что будет с вами? — спросила Бетти, внимательно выслушав Инессу.

— О, я вместе со святым отцом сегодня же ночью выеду в Севилью, где его ожидают деньги. Это дурной компаньон для женщины, которая отныне собирается стать честной и богатой, но лучше такой, чем никакого. Быть может, мы еще встретимся с вами, а может, и нет. Во всяком случае, вы знаете, где искать меня и всех остальных: в доме сеньора Бернальдеса. А теперь пора. Готовы ли вы стать испанской маркизой?

— Конечно, — невозмутимо ответила Бетти.

И они направились к выходу. Они шли через пустые залы и коридоры. Пожалуй, ни один восточный заговор, задуманный в этих стенах, не был таким смелым и отчаянным. Наконец они добрались до комнаты перед залой и остановились так, чтобы свет от висящей лампы не падал на них. Вскоре дверь раскрылась и вошел Морелла в сопровождении двух секретарей. Как всегда, он был роскошно одет в платье из черного бархата, на шее у него висела золотая цепь, украшенная драгоценными камнями, а на груди блистали звезды и ордена, указывавшие на его звание. Никогда, во всяком случае так показалось Бетти, Морелла не выглядел столь величественным и красивым. Он был счастлив, готовясь испить чашу радости, которой он так добивался. Да, его лицо говорило, что он счастлив, и Бетти, заметив это, почувствовала, как угрызения совести закрадываются в ее душу. Морелла низко поклонился ей, она ответила ему глубоким реверансом. Ее высокая, изящная фигура склонилась так низко, что колени почти коснулись пола. После этого он подошел к ней и шепнул на ухо:

— Самая красивая, самая любимая! Я благодарю небеса, которые привели меня к этому счастливому часу сквозь много жестоких и опасных дорог. Дорогая моя, я снова прошу вас простить меня за причиненное вам горе. Ведь все это я делал только ради вас, которую я обожаю. Я люблю вас так, как редко любят женщину, и вам, вам одной, я буду вере до последнего дня своей жизни. О, не трепещите, я клянусь, что ни одна женщина в Испании не будет иметь лучшего и более верного мужа! Вас одну я буду лелеять, я буду бороться днем и ночью, чтобы вознести вас до самого высокого положения и удовлетворять каждое ваше желание. Много блаженных лет проживем мы вместе, пока не настанет мирный конец и мы не ляжем рядом, чтобы уснуть ненадолго и проснуться на небесах. Помня прошлое, я не прошу у вас многого, и все-таки, если вы хотите сделать мне свадебный подарок, который для меня ценнее корон или царств, скажите, что вы простили меня за все, что я сделал худого, и в знак этого поднимите свою вуаль и поцелуйте меня в губы.

Бетти с трепетом слушала эти слова, из которых она полностью поняла только конец. Этого испытания она не предвидела. Однако нужно было пройти и через это, ибо произносить что-либо она не смела. Собрав все свое мужество и помня, что свет не падает ей в лицо, Бетти после небольшой паузы, как бы вызванной скромностью, приподняла свою украшенную жемчугом вуаль и дала Морелла поцеловать себя в губы.

Вуаль упала опять, и Морелла ничего не заподозрил.

«Я хорошая актриса, — подумала про себя Инесса, — но эта женщина играет лучше деревянного Питера. Даже я вряд ли сумела бы сделать это так хорошо».

Однако в глазах ее сверкнула ревность и ненависть, которые она не могла скрыть, — ведь она тоже любила этого человека. Инесса подняла приготовленные золотые чаши с вином и, выйдя вперед, прекрасная в своем вышитом восточном платье, опустилась на колено и протянула чаши жениху и невесте. Морелла взял чашу, которую она держала в правой руке, а Бетти взяла из левой. Опьяненный уже первым поцелуем любви, Морелла не заметил злого выражения, промелькнувшего на лице его отвергнутой рабыни. Бетти, приподняв вуаль, поднесла чашу ко рту, коснулась ее губами и вернула Инессе, а Морелла, воскликнув: «Я пью за вас, дорогая моя невеста, самая красивая и самая обожаемая из женщин!» — выпил чашу до дна и бросил ее в качестве подарка Инессе так, что капли красного вина обрызгали ее белую одежду подобно каплям крови.

Инесса смиренно склонилась в поклоне, смиренно подняла с пола драгоценный сосуд, и, когда она выпрямилась, в глазах ее вместо ненависти сверкало торжество.

Морелла взял руку своей невесты и, сопровождаемый секретарями и Инессой, направился в большую залу, где выстроилось множество домочадцев. Величественная пара прошла между двумя кланяющимися шеренгами дальше к алтарю, где их ожидал священник. Они опустились на колени на расшитые золотом подушки, и церковный обряд начался. Кольцо было надето Бетти на палец, — казалось, что жених с трудом нашел ее палец, — мужчина брал женщину в жены, женщина брала мужчину в мужья. Голос Морелла звучал хрипло, голос Бетти тихо — из всей слушавшей толпы никто не расслышал, какие имена были названы.

Все было кончено. Священник поклонился и благословил их. При свете свечей на алтаре они подписали какие-то бумаги. Отец Энрике вписал туда имена и тоже подписался. Затем он присыпал бумаги песком и вложил их в протянутую руку Инессы. Морелла, по-видимому, не заметил, что она передала одну бумагу невесте, а другие две спрятала у себя на груди. Инесса и священник поцеловали руки у маркиза и его супруги и попросили разрешения удалиться. Морелла кивнул головой, и через десять минут, если бы кто-нибудь прислушался, то уловил бы топот двух коней, мчащихся по дороге на Севилью.

Новобрачные, сопровождаемые пажами и слугами, несущими светильники, миновали величественные и мрачные залы. Невеста шла покрытая вуалью, с видом обреченной, у жениха были такие глаза, как у человека, идущего во сне. Так они дошли до своей комнаты, и резные двери закрылись за ними.

На следующее утро служанок, ожидавших в соседней со спальней комнате, вызвал звук серебряного колокольчика. Когда две из них вошли туда, их встретила Бетти, теперь уже без вуали, одетая в свободное платье, и сказала:

— Мой муж маркиз еще спит. Помогите мне одеться и приготовьте ему ванну и завтрак.

Служанки в удивлении раскрыли рты. Она смыла с лица краску, и они убедились, что это сеньора Бетти, а вовсе не сеньора Маргарет, на которой, как они слышали, женится маркиз. Однако Бетти резко прикрикнула на них и, плохо произнося испанские слова, приказала им быстрее поворачиваться, чтобы она была одета прежде, чем проснется ее муж. Они повиновались, и, когда Бетти была готова, она вышла с ними в большую залу, где собралось множество слуг, чтобы приветствовать новобрачных. Бетти поздоровалась со всеми и, краснея и улыбаясь, сказала, что маркиз скоро выйдет, и приказала заниматься своими делами.

Бетти так хорошо сыграла свою роль, что хотя слуги были смущены, однако никому не пришло в голову усомниться в ее положении или власти, тем более что они помнили, что маркиз никому из них не говорил, на которой из двух английских леди он собирается жениться. К тому же Бетти раздала им от имени своего мужа и себя денежные подарки, а затем села завтракать в их присутствии, выпила немножко вина, выслушивая их поздравления и добрые пожелания.

Затем, все так же улыбаясь, Бетти вернулась в спальню, закрыла за собой дверь, уселась в кресло рядом с кроватью и стала ожидать главного сражения — сражения, от которого зависела ее жизнь.

Но вот Морелла пошевелился. Он сел на кровати, осматриваясь и потирая лоб. Наконец его глаза остановились на Бетти, которая, выпрямившись, сидела в кресле. Она поднялась, подошла к нему, поцеловала, назвав мужем, и он, полусонный, ответил на поцелуй. Затем она опять уселась в кресло и стала наблюдать за его лицом.

Оно все изменялось и изменялось. Удивление, страх, изумление, замешательство сменялись на его лице, пока наконец он не обратился к ней по-английски:

— Бетти, где моя жена?

— Здесь, — ответила Бетти.

Он непонимающе посмотрел на нее:

— Нет, я имею в виду донну Маргарет, вашу кузину и мою госпожу, с которой я обвенчался прошлой ночью. И как вы сюда попали? Я был уверен, что вы покинули Гранаду.

Бетти сделала удивленные глаза.

— Я не понимаю вас, — сказала она. — Это моя кузина Маргарет покинула Гранаду, а я осталась здесь, чтобы стать вашей женой, как вы договорились со мной через Инессу.

У Морелла глаза полезли на лоб.

— Договорился с вами через Инессу? Матерь божья! Что вы имеете в виду?

— Что я имею в виду? — переспросила Бетти. — Я имею в виду то, что я сказала. Конечно, — и она в негодовании встала, — если вы не упустили случая сыграть со мной какую-нибудь новую шутку.

— Шутку? — пробормотал Морелла. — О чем говорит эта женщина? Что это, сон или я сошел с ума?

— Я думаю, что сон. Конечно, это сон: ведь я уверена, что человек, с которым я обвенчалась вчера вечером, не был сумасшедшим. Смотрите! — И она развернула перед ним брачный документ, подписанный священником, им и ею, в котором было записано, что Карлос, маркиз Морелла, такого-то числа в Гранаде обвенчался с сеньорой Элизабет Дин из Лондона, Англия.

Морелла дважды прочитал бумагу и, задыхаясь, откинулся на подушки. Между тем Бетти спрятала документ у себя на груди.

И тут маркиз действительно будто сошел с ума. Он неистовствовал, ругался, скрежетал зубами, искал меч, чтобы убить ее или себя, но не мог найти. Все это время Бетти спокойно сидела и пристально смотрела на него. Она была похожа на воплощение судьбы.

Наконец он устал, и тогда настала ее очередь.

— Выслушайте меня, — начала она. — Тогда в Лондоне вы обещали жениться на мне. У меня спрятано ваше письмо. Вы уговорили меня бежать с вами в Испанию. Через вашу посланницу и бывшую любовницу мы договорились о свадьбе. Я получала от вас письма и отвечала вам, поскольку вы объяснили, что по некоторым соображениям не хотите говорить об этом при моей кузине Маргарет и не можете жениться на мне, пока она, ее отец и возлюбленный не покинут Гранаду. Тогда я попрощалась с ними и осталась здесь одна из любви к вам, так же как я бежала из Лондона по той же причине. Вчера вечером мы были соединены. Об этом знают все ваши слуги, тем более что я только что завтракала в их присутствии и принимала их поздравления. И вы теперь осмеливаетесь говорить мне, пожертвовавшей для вас всем, что я, ваша жена, маркиза Морелла, не являюсь вашей женой? Ну что ж, выйдите из этой комнаты, и вы услышите, как ваши же слуги будут стыдить вас. Пойдите расскажите обо всем вашему королю и вашим епископам, да и самому его святейшеству папе римскому и послушайте, что они вам ответят. Как бы вы ни были знатны и богаты, они запрут вас в сумасшедший дом или в тюрьму.

Морелла слушал, покачиваясь из стороны в сторону, затем вскочил и с проклятьями бросился на Бетти, однако перед его глазами блеснуло острие кинжала.

— Выслушайте меня, — продолжала Бетти, когда он отпрянул назад. — Я не рабыня и не принадлежу к числу слабых женщин. Вы не убьете меня и даже не выбросите вон. Я ваша жена и во всем равна вам. Я крепче вас телом и разумом, и я отстою свои права перед богом и перед людьми.

— Конечно! — воскликнул Морелла почти с восхищением. — Конечно, вы не слабая женщина! И вы отплатили мне за все с лихвой. А впрочем, вы, может быть, не так уж умны, просто упрямая дура, и это все месть проклятой Инессы. О, подумать только, — он взмахнул кулаком, — подумать только — я считал, что женился на донне Маргарет, а вместо нее нашел вас!

— Помолчите! — сказала она. — Вы бесстыжий человек. Сначала вы бросаетесь с кулаками на вашу жену, с которой только что обвенчались, а затем оскорбляете ее, говоря, что хотели бы жениться на другой женщине.

Помолчите, или я открою дверь, позову сюда ваших людей и повторю им ваши чудовищные слова.

Бетти стояла выпрямившись над лежащим на кровати маркизом.

Морелла, первый гнев которого прошел, посмотрел на нее в раздумье и даже с некоторым уважением.

— Я думаю, — сказал он, — что вы, моя добрая Бетти, оказались бы очень хорошей женой для любого человека, который захотел бы добиться успеха в жизни, если бы он только не был влюблен в другую и не был бы уверен, что женат на ней. Я знаю — дверь заперта и, насколько я могу предполагать, вы держите ключ при себе, так же как и кинжал. Мне душно в этом помещении, и я хотел бы выйти отсюда.

— Куда? — спросила Бетти.

— Допустим, повидать Инессу.

— Как, — спросила она, — вы опять собираетесь ухаживать за этой женщиной? Вы уже забыли, что вы женаты!

— Похоже, что мне не дадут забыть об этом. Давайте заключим сделку. Я хочу на некоторое время и без скандала оставить Гранаду. Каковы ваши условия? Помните, что есть два условия, на которые я не соглашусь: я не останусь здесь с вами, и вы не поедете со мной. Запомните также, что, хотя сейчас у вас есть кинжал, с вашей стороны неразумно продолжать эту шутку.

— Как и с вашей, когда вы заманили меня на борт «Сан Антонио», — заметила Бетти. — Ну что ж, наш медовый месяц начался не слишком приятно. Я не возражаю, если вы на некоторое время уедете… искать Инессу. Поклянитесь, что вы не замыслили причинить мне зло, что вы не будете покушаться на мою жизнь или честь и не будете покушаться на мою свободу или положение здесь, в Гранаде. Клянитесь на распятии.

Она сорвала со стены висевший над кроватью серебряный крест и протянула ему. Бетти знала, что Морелла суеверен, и была уверена, что, если он поклянется на распятии, он не посмеет нарушить клятву.

— А если я не сделаю этого? — мрачно спросил он.

— Тогда вы останетесь здесь, пока не выполните мое желание. А ведь вам так хочется уехать! К тому же я сегодня завтракала, а вы нет. У меня есть кинжал, а у вас его нет. И я уверена, что никто не отважится потревожить нас. А пока что Инесса и ее друг священник уедут так далеко, что вы не сможете догнать их.

— Хорошо, я поклянусь, — согласился Морелла; он поцеловал крест и отбросил его прочь. — Вы можете оставаться здесь и управлять моим домом в Гранаде. Я не причиню вам никакого зла и никак не потревожу вас. Но если вы покинете Гранаду, тогда мы скрестим мечи.

— Вы хотите сказать, что сами покидаете этот город. Тогда вот здесь бумага и чернила. Будьте добры, подпишите приказ управляющим вашими имениями на территории мавританского королевства, чтобы они в ваше отсутствие присылали мне все доходы, а также распоряжение вашим слугам во всем повиноваться мне.

— Сразу видно, что вы выросли в доме купца! — произнес Морелла, кусая перо. — Хорошо, если я соглашусь на это, вы оставите меня в покое и не будете предъявлять других требований?

Бетти подумала о бумагах, которые увезла с собой Инесса, и решила, что Кастелл и Маргарет будут знать, что делать с этими бумагами в случае необходимости. Она подумала также, что, если слишком прижмет Морелла с самого начала, ее могут однажды найти мертвой, как это часто бывает в Гранаде, и ответила:

— Вы многого хотите от обманутой женщины, но у меня осталась еще гордость, и я не буду соваться туда, куда не следует. Пусть будет так. До тех пор, пока вы не пожелаете меня видеть и не пошлете за мной, я не буду разыскивать вас, если вы сами не нарушите нашего договора. А теперь напишите бумаги, подпишите их и позовите сюда ваших секретарей засвидетельствовать вашу подпись.

— На чье имя я должен писать бумаги? — спросил Морелла.

— На имя маркизы Морелла, — отвечала она.

И он, заметив в этих словах лазейку, повиновался. Маркиз подумал, что если она не является его женой, то документ этот не будет иметь никакой силы.

Каким угодно путем, но он должен избавиться от этой женщины. Конечно, он мог устроить так, чтобы ее убили, но даже в Гранаде нельзя убить женщину, на которой ты только что женился. Это может вызвать нежелательные вопросы. Кроме того, у Бетти есть друзья, а у него есть враги, которые наверняка справятся о ней в случае ее исчезновения. Нет, он подпишет эту бумагу, а потом будет бороться. Сейчас он не может терять время. Маргарет ускользнула от него, и, если ей удастся бежать из Испании, он знал, что никогда больше не увидит ее. Она могла уже покинуть пределы Испании и выйти замуж за Питера Брума. Одна мысль об этом сводила его с ума. Против него был устроен заговор, его перехитрили, обворовали, обманули. Ну что ж, у него остается надежда и… месть. Он еще может сразиться с Питером и убить его. Он может предать еврея Кастелла в руки инквизиции. Он найдет средство договориться с отцом Энрике и с Инессой, и, если счастье улыбнется ему, он может заполучить Маргарет обратно.

Да, конечно, он подпишет все что угодно, если только это освободит его на время от этой служанки, которая называет себя его женой, от этой упрямой, сильной и умной англичанки, которую он хотел сделать своим орудием, а вместо этого сам стал орудием в ее руках.

Итак, Бетти диктовала, а он писал — да, он дошел до этого, — а затем еще и подписал написанное. Распоряжение было исчерпывающим. Оно предоставляло высокочтимой маркизе Морелла право действовать от имени своего мужа во время его отсутствия. Приказ обязывал, чтобы все доходы поступали в ее распоряжение, а слуги и подчиненные выполняли ее приказания, как его собственные. Ее подпись получала такую же силу, как и его.

Когда бумага была готова, Бетти внимательно прочитала ее, следя за тем, нет ли пропусков или ошибок, отперла дверь, ударила в гонг и вызвала секретарей, чтобы они засвидетельствовали подпись своего господина. Они тут же явились, кланяясь и желая им счастья. Про себя Морелла решил, что припомнит им это.

— Я должен уехать, — заявил он. — Засвидетельствуйте мою подпись на этом документе, предоставляющем право управлять моим домом и распоряжаться моим имуществом в мое отсутствие.

Они удивленно посмотрели на него и склонились в поклоне.

— Прочтите эту бумагу вслух, — распорядилась Бетти, — чтобы мой господин и муж мог быть уверен, что тут нет никакой ошибки.

Один из секретарей повиновался, но, прежде чем он кончил читать, разъяренный Морелла закричал ему с кровати:

— Кончайте скорее и скрепите подпись! А теперь идите и прикажите немедленно готовить лошадей и эскорт. Я сейчас же еду.

Они торопливо покинули комнату. Бетти вышла за ними следом с бумагой в руке. В большой зале, где собрались все слуги, чтобы приветствовать своего господина, она приказала секретарям огласить этот документ и перевести его на арабский язык, чтобы он всем был понятен. Затем она спрятала бумагу и брачное свидетельство и приказала слугам приготовиться к встрече благородного маркиза.

Им недолго пришлось ждать, потому что он тут же появился из спальни, как разъяренный бык на арене. Бетти встала и склонилась перед ним. Следуя ее примеру, по восточному обычаю, упали на колени и все слуги. На мгновение Морелла остановился, похожий на быка, когда тот видит пикадора и готов напасть на него. Затем он взял себя в руки и, выругавшись шепотом, прошел между ними.

Через десять минут, в третий раз за эти сутки, лошади вылетели из ворот дворца по направлению к севильской дороге.

— Друзья, — сказала Бетти на своем ужасном испанском языке, когда ей доложили, что Морелла покинул дворец, — с моим мужем, маркизом, случилась печальная история. Женщина, по имени Инесса, которой он так доверял, бежала, похитив у него сокровище, которое он ценил больше всего на свете, и вот я, только что выйдя замуж, осталась безутешной, пока он будет искать ее.

Глава XX. Изабелла Испанская

На следующий день Бернальдес, компаньон Кастелла, опять появился в тюрьме. Вместе с ним пришли портной и женщина с ящиком, полным женской одежды. Комендант приказал им подождать, пока одежду проверят в его присутствии, а Бернальдесу разрешил тут же пройти к арестованным. Как только тот оказался в камере Кастелла, первыми его словами были:

— Ваш маркиз уже женился.

— Откуда вы знаете об этом? — воскликнул Кастелл.

— От женщины по имени Инесса, которая приехала вместе со священником вчера вечером. Она передала мне документ о его браке с Бетти Дин, подписанный самим Морелла. Я не принес его с собой, потому что боялся обыска. Но сюда пришла сама Инесса, переодетая портнихой, так что вы не выказывайте удивления, если ее допустят к вам. Вероятно, она сумеет рассказать донне Маргарет кое-что, если ей разрешат примерить платья без свидетелей. А потом ее необходимо спрятать понадежнее, ибо она боится мести Морелла. Но я буду знать, где разыскать ее в случае необходимости. Завтра вы все предстанете перед королевой, я тоже буду там и предъявлю документы.

Едва он успел сказать все это, как в комнату вошел комендант в сопровождении портного и Инессы. Инесса присела в реверансе, взглянув на Маргарет уголком глаз. Она с любопытством рассматривала людей, которых как будто видела впервые.

Когда платья были показаны, Маргарет попросила коменданта разрешить ей примерить их в своей комнате с помощью этой женщины. Комендант согласился, заявив, что и платья и портниха обысканы и у него нет никаких возражений. Маргарет с Инессой удалились в соседнюю комнату.

— Расскажите мне все, — прошептала Маргарет, как только дверь за ними закрылась. — Я умираю от желания услышать ваш рассказ.

Они не могли быть уверенными, что здесь за ними никто не наблюдает сквозь какое-нибудь потайное отверстие, и поэтому Инесса принялась примерять на Маргарет платье. И хотя рот ее был полон колючками алоэ, которые в то время употреблялись в качестве булавок, она рассказала Маргарет все, вплоть до момента своего бегства из Гранады. Когда она дошла до того места, когда мнимая невеста приподняла вуаль и поцеловала жениха, Маргарет чуть не задохнулась от изумления.

— Боже, как она сумела сделать это? — прошептала она. — Я бы упала в обморок.

— У нее есть мужество, у этой Бетти... повернитесь, пожалуйста, к свету, сеньора... я сама не смогла бы сыграть лучше... мне кажется, что левое плечо чуть выше. Он ничего не заподозрил, безмозглый дурак, даже до того, как я подала ему вино, а после он вообще вряд ли мог что-нибудь соображать... Сеньора говорит, что ей жмет под мышкой? Может быть, немного, но это растянется... Хотелось бы мне знать, что произошло потом. Ваша кузина — тот бык, на которого я сделала ставку, и я верю, что она очистит арену. Она женщина со стальными нервами. Если бы у меня были такие, я давно уже была бы маркизой Морелла или другой человек был бы маркизом... Юбка сидит великолепно. Прекрасная фигура! Сеньора выглядит в ней еще лучше... Кстати сказать, Бернальдес дал мне денег, довольно большую сумму, так что вам не нужно благодарить меня. Я сделала это ради денег и... из ненависти. Теперь я скроюсь, так как не хочу чтобы мне перерезали горло, но Бернальдес сможет меня найти, если я понадоблюсь. Что со священником? О, он не представляет опасности. Мы заставили его написать расписку в получении денег. Я думаю, что он уже занял свой пост секретаря инквизиции и тут же приступил к исполнению своих обязанностей. Ведь у них не хватает рук, чтобы пытать евреев и еретиков и грабить их. Оба эти занятия ему по нраву. Я ехала с ним всю дорогу до Севильи, и этот грязный негодяй пытался ухаживать за мной, но я дала ему отпор. — Инесса улыбнулась при этом воспоминании. — Правда, я с ним не совсем поссорилась — он еще может пригодиться. Кто знает! Однако пора, комендант зовет меня. Одну минуту! Да, сеньора, с этими небольшими переделками платье будет превосходным. Вы обязательно получите его сегодня вечером, я приготовлю и остальные, которые вам угодно было заказать по этому же образцу. Благодарю вас, сеньора, вы слишком добры к бедной девушке, — и шепотом: — Матерь божья да хранит вас.

Почти скрытая ворохом платьев, Инесса с поклоном переступила порог двери, которую уже открывал комендант.

Около девяти часов на следующее утро явился один из тюремщиков, чтобы вызвать Маргарет и ее отца в суд. Маргарет осведомилась, вызывают ли вместе с ними и сеньора Брума, но тюремщик ответил, что он ничего не знает о сеньоре Бруме, так как тот находится в камере для опасных преступников, а эту камеру тюремщик не обслуживает.

Маргарет с отцом отправились в суд. Одеты они были в дорогие платья, сшитые по последней севильской моде, лучшие, какие можно было найти за деньги. Во дворе, к своей радости, Маргарет увидела Питера, который под стражей ожидал их, тоже одетый в христианское платье, которое они просили доставить ему за их счет. Маргарет, забыв о своей застенчивости, бросилась к нему, позволила ему обнять ее при всех и начала расспрашивать, как он себя чувствовал, с тех пор как они расстались.

— Не очень хорошо, — мрачно ответил Питер, — я не знал, увидимся ли мы когда-нибудь. К тому моя камера находится под землей и в нее сквозь решетку почти не проникает свет. Кроме того, там крысы, которые не дают спать. Поэтому я большую часть ночи не спал и думал о тебе. Куда нас теперь ведут?

— Мы должны предстать перед судом королевы. Возьми меня за руку и иди рядом, но не смотри на меня так пристально. Что-нибудь не в порядке у меня с платьем?

— Нет, — пробормотал Питер, — я смотрю на тебя, потому что ты в нем прекрасна. Почему ты не накинула вуаль? Ведь здесь, при дворе, наверняка есть еще маркизы.

— Только мавританки носят вуали, Питер, а мы теперь опять христиане.

Слушай, я думаю, что никто из них не понимает по-английски. Я видела Инессу, которая очень нежно справлялась о тебе. Не красней, это не подобает мужчине. Разве ты тоже ее видел? Она бежала из Гранады, как и хотела, а Бетти вышла замуж за маркиза.

— Этот брак не будет иметь силы, — покачал головой Питер, — ведь это обман. И я боюсь, что бедняжке придется расплачиваться за него. Однако она дала нам возможность бежать, хотя если говорить о тюрьмах, то мне было гораздо лучше в Гранаде, чем в этой крысоловке.

— Конечно, — невинно заметила Маргарет, — у тебя там был садик для прогулок, не так ли? Ну ладно, не сердись на меня. Ты знаешь, что сделала Бетти? — И Маргарет рассказала Питеру, как Бетти подняла вуаль и поцеловала Морелла, оставшись неузнанной.

— Это не так уж удивительно, — заметил Питер, — ведь женщины, когда они загримированы, очень похожи друг на друга, особенно в полутемной комнате…

— …или в саду, — добавила Маргарет.

— Удивительно то, — продолжал Питер, предпочитая не обращать внимания на эти слова, — что она вообще согласилась поцеловать этого человека. Он же мерзавец. Рассказывала тебе Инесса, как он обращался с ней? При одной мысли об этом я прихожу в бешенство.

— Ну ладно, Питер, тебя ведь он не просил целовать его. А что касается зла, причиненного им Инессе, то хотя ты, конечно, больше знаешь об этом, чем я, но думаю, что она расплатилась с маркизом. Смотри, вон там впереди Алькасар. Замечательный замок, не правда ли? Ты знаешь, его построили мавры.

— Меня мало интересует, кто его построил, — мрачно заметил Питер. — По-моему, он выглядит не хуже других замков, только побольше. Все, что я знаю о нем, это то, что меня будут там судить за удар по голове тому грубияну, и что, может быть, мы в последний раз видим друг друга. Скорее всего они пошлют меня на галеры, если не куда-нибудь похуже.

— О, не говори так! Мне это и в голову не приходило! Ведь это невозможно! — воскликнула Маргарет, и ее темные глаза наполнились слезами.

— Подожди, вот объявится твой маркиз и предъявит нам обвинение, и ты узнаешь, что возможно и что невозможно, — убежденно произнес Питер. — Но мы уже прошли через кое-какие испытания, будем и теперь надеяться на лучшее.

В эту минуту они оказались перед воротами Алькасара. Путь от тюрьмы до дворца они прошли по саду апельсиновых деревьев. Здесь солдаты разлучили их.

Их провели через двор, где множество людей бегало взад и вперед, и наконец они очутились в огромном зале с мраморными колоннами, сверкавшем золотом. Это был так называемый Зал правосудия. В конце его на троне, установленном на богато украшенном возвышении, вокруг которого стояли гранды и советники, сидела пышно одетая женщина средних лет. У нее были голубые глаза и рыжие волосы, доброжелательное и открытое лицо, но очень сдержанные и спокойные манеры.

— Королева, — прошептал страж, отдавая честь.

Кастелл и Питер поклонились, а Маргарет присела в реверансе.

Только что закончилось разбирательство какого-то дела, и королева Изабелла, посоветовавшись со своими приближенными, в нескольких словах вынесла решение. Пока она говорила, ее нежные голубые глаза остановились на Маргарет, красота которой поразила ее, потом ее взгляд скользнул по высокой фигуре Питера, и, когда дошел до похожего на еврея Кастелла, королева нахмурилась.

Дело было закончено, поднялись следующие просители, но в этот момент королева махнула рукой и, продолжая смотреть на Маргарет, нагнулась вперед, спросила о чем-то придворного офицера и дала ему какое-то распоряжение. Тот поднялся и вызвал Джона Кастелла, Маргарет Кастелл и Питера Брума, из Англии. Он приказал им приблизиться и отвечать на обвинение в убийстве Луиса База, солдата Святой эрмандады.

Их тут же вывели вперед, и они остановились перед возвышением. Офицер вслух начал читать обвинение.

— Остановитесь, друг мой, — прервала его королева. — Эти люди являются подданными нашего доброго брата, Генриха Английского, и могут не понимать нашего языка, хотя один из них, мне думается, — и она посмотрела на Кастелла, — родился не в Англии, или, во всяком случае, не англичанин по происхождению. Спросите их, нужен ли им переводчик.

Вопрос был задан, и все они ответили, что могут говорить по-испански, хотя Питер добавил, что говорит довольно плохо.

— Вы тот рыцарь, которого обвиняют в совершении преступления? — спросила королева, глядя в упор на него.

— Ваше величество, я не рыцарь, а простой эсквайр, Питер Брум из Дедхэма, в Англии. Мой отец, сэр Питер Брум, был рыцарем, но он погиб рядом со мной, сражаясь за Ричарда на Босвортском поле, где я получил эту рану, — Питер показал шрам на своем лице. — Я не был посвящен в рыцари.

Изабелла слегка улыбнулась:

— А как вы попали в Испанию, сеньор Питер Брум?

— Ваше величество, — отвечал Питер, а Маргарет время от времени помогала ему, когда он не мог найти подходящего испанского слова, — эта дама, — и он указал на Маргарет, — моя невеста. Она дочь купца Джона Кастелла, стоящего рядом со мной…

— Вы завоевали любовь очень красивой девушки, сеньор, — прервала его королева. — Но продолжайте.

— Она и ее кузина, сеньора Дин, были похищены и Лондоне человеком, который, насколько я понимаю, является племянником его величества короля Фердинанда. Он был послом при английском дворе, где именовал себя сеньором д'Агвиларом. В Испании он носит имя маркиза Морелла.

— Похищены? Маркизом Морелла? — воскликнула королева.

— Да, ваше величество. Их заманили на борт его корабля и похитили.

Сеньор Кастелл и я последовали за ними, мы высадились на борт их корабля и пытались спасти женщин, но корабль потерпел крушение около Мотриля. Маркиз увез их в Гранаду, мы последовали за ним, хотя я был тяжело ранен при крушении. Там, во дворце маркиза, мы были пленниками в течение многих недель, но в конце концов нам удалось бежать. Мы надеялись добраться до Севильи и просить защиты ваших величеств. По дороге — а мы ехали в мавританской одежде, потому что в ней мы бежали, — на нас напали люди, которых мы приняли за бандитов. Нас предупреждали о таких злых людях. Один их них грубо схватил донну Маргарст, я ударил его и, к несчастью, убил, за что я сегодня и стою перед вами. Ваше величество, я не знал, что он солдат Святой эрмандады, и я умоляю вас простить меня.

При этом кто-то из придворных воскликнул:

— Хорошо сказано, англичанин!

Королева заметила:

— Если все, что вы рассказали, — правда, то я полагаю, что мы не должны слишком строго судить вас, сеньор Брум. Но как мы можем проверить все это? Вы, например, говорите, что благородный маркиз Морелла похитил двух дам, на что, я думаю, он вряд ли способен. Где же тогда другая дама?

— Я полагаю, — ответил Питер, — что она теперь является женой маркиза Морелла.

— Женой? Кто может это подтвердить? Насколько мне известно, маркиз не спрашивал нашего разрешения на женитьбу, как это принято.

Тут вперед вышел Бернальдес, назвал себя и свое занятие, сообщил, что он является компаньоном английского купца Джона Кастелла, и предъявил документ о браке, подписанный самим Морелла, Бетти и священником Энрике.

Бернальдес добавил, что он получил копии этого документа с гонцом из Гранады и вручил другую копию архиепископу Севильи.

Королева, взглянув на бумагу, передала ее приближенным. Те внимательнейшим образом принялись рассматривать документ. Один из них заявил, что форма документа необычная и, может быть, документ подложный.

Королева подумала немного и затем сказала:

— Есть только один путь узнать правду. Мы приказываем вызвать сюда нашего племянника, благородного маркиза Морелла, сеньору Дин, о которой говорят, что она является его женой, и священника Энрике из Мотриля, который, по-видимому, обвенчал их. Когда все они прибудут сюда, король — мой муж и я разберемся в этом деле. До тех пор я не хочу ничего больше слушать.

Комендант тюрьмы обратился к королеве с вопросом, как поступать с заключенными до прибытия свидетелей из Гранады. Королева ответила, что они остаются под его надзором, и велела хорошо с ними обращаться. Питер попросил, чтобы его перевели в более удобную камеру, где будет меньше крыс и больше света. Королева милостиво согласилась, однако добавила, что будет правильнее поместить его отдельно от его невесты, которая может жить со своим отцом. Однако, заметив огорчение на их лицах, улыбнулась:

— Я думаю, они могут встречаться днем в тюремном саду.

Маргарет поблагодарила, и королева сказала ей:

— Подойдите сюда, сеньора, и посидите немного со мной. — Она указала на скамеечку для ног рядом с собой. — Когда я покончу с этими делами, я хочу поговорить с вами.

Маргарет провели к возвышению, и она присела по левую руку от ее величества, на скамеечке. Она была прекрасна в этот миг. Ее красота и осанка были поистине королевскими. Между тем Кастелла и Питера повели обратно в тюрьму, причем последний, видя вокруг столько галантных грандов, уходил весьма неохотно.

Спустя некоторое время, покончив с делами, королева распустила суд, попросив остаться нескольких офицеров, и обратилась к Маргарет:

— А теперь, прекрасная девушка, расскажите мне все как женщина женщине и не бойтесь, что это будет использовано при судебном разбирательстве над вашим возлюбленным. Ведь вас, по крайней мере сейчас, не в чем обвинять. Прежде всего, скажите мне, действительно ли вы обручены с этим высоким кавалером и правда ли, что вы любите его?

— Да, ваше величество, — ответила Маргарет, — и мы претерпели много страданий за это время. — Маргарет рассказала всю их историю, которую королева выслушала с большим вниманием.

— Очень странная история, если все это правда, и весьма позорная, — произнесла королева, когда Маргарет кончила. — Но как могло случиться, что Морелла, который хотел заставить вас выйти за него замуж, женился теперь на вашей кузине? Вы что-то скрываете от меня? — И она проницательно посмотрела на Маргарет.

— Ваше величество, — ответила Маргарет, — мне было стыдно рассказывать остальное, однако я верю вам и решусь на это. Прошу только вашего высочайшего снисхождения, если вы посчитаете, что мы, находясь в очень затруднительном положении, поступили плохо. Моя кузина, Бетти Дин, отплатила Морелла его же монетой. Он завоевал ее сердце и обещал жениться на ней, и она с риском для жизни заняла мое место у алтаря, тем самым дав нам возможность бежать.

— Храбрый поступок, хотя и не совсем честный, — заметила королева. — Я только не знаю, будет ли такой брак считаться действительным, но об этом должна судить церковь. Конечно, на вас всех трудно сердиться. Что вам обещал Морелла, когда просил вас выйти за него замуж в Лондоне?

— Ваше величество, он обещал мне, что вознесет меня высоко, может быть, даже, — и она помедлила, — на то место, которое занимаете вы.

Изабелла нахмурилась, потом рассмеялась и, окинув взглядом Маргарет с ног до головы, сказала:

— Вы достойны этого места, может быть, даже больше, чем я. А что он еще говорил?

— Ваше величество, он уверял меня, что далеко не все любят короля, его дядю; что у него, маркиза Морелла, есть много друзей, которые помнят, как его отец был отравлен отцом короля, и что его мать была мавританской принцессой. Он говорил также, что может прибегнуть к помощи мавров или воспользоваться другими путями для достижения своей цели.

— Ну что ж, — заключила королева, — хотя маркиз и верный сын церкви и мой муж так любит его, я никогда не питала добрых чувств к Морелла и очень благодарна вам за предупреждение. Хотите ли вы попросить меня о чем-нибудь, прекрасная Маргарет?

— Да, ваше величество. Я осмеливаюсь просить вас быть снисходительной к моему возлюбленному, когда он предстанет перед вами на суде. Поверьте, у него горячая голова и тяжелая рука. Рыцари, подобные ему, — а он рыцарь по крови, — не могут спокойно смотреть, когда их дам оскорбляют грубияны и срывают с них одежду. И еще я прошу вас защитить меня от маркиза Морелла и не разрешить ему не только дотронуться до меня, но и говорить со мной. Несмотря на его звание и великолепие, я ненавижу его.

— Я уже обещала, что у меня не будет предубеждения при разборе вашего дела, моя прекрасная англичанка Маргарет, — улыбаясь, ответила королева, — и я думаю, что если я выполню вашу просьбу, то это не заставит правосудие снять повязку, закрывающую его глаза. Идите и будьте спокойны. Если вы рассказали мне правду, в чем я не сомневаюсь, и если это будет зависеть от Изабеллы Испанской, наказание, которое получит сеньор Брум, не будет слишком тяжелым. Во всяком случае, тень маркиза Морелла, этого незаконнорожденного сына христианского принца и какой-то принцессы из неверных, — эти слова королева произнесла с ожесточением, — не упадет на вас. Но я должна предупредить вас, что король, мой муж, любит этого человека — это естественно — и судить маркиза ему будет нелегко. Скажите мне, ваш возлюбленный человек храбрый?

— Очень храбрый, — ответила Маргарет с улыбкой.

— И он может сидеть верхом и держать копье, не так ли? Хотя бы ради вас?

— Да, ваше величество, и владеть мечом тоже не хуже других рыцарей, хотя он совсем недавно оправился после тяжелой болезни. Кое-кто мог убедиться в этом на Босвортском поле.

— Хорошо. А теперь прощайте. — Королева протянула Маргарет руку для поцелуя и, подозвав двух офицеров, приказала им проводить Маргарет обратно в тюрьму и добавила, что она может свободно писать королеве, если понадобится.

В тот же день вечером в Севилью прискакал Морелла. Он был бы здесь гораздо раньше, но его спутал рассказ мавров, сопровождавших Питера, Маргарет и ее отца из Гранады, которые видели, как они направились по дороге на Малагу. Он поскакал по этой дороге, но, не обнаружив никаких следов, вернулся и поехал в Севилью. Здесь он вскоре узнал обо всем, и среди прочих новостей также о том, что за десять часов до его приезда были посланы гонцы в Гранаду с приказанием явиться ему и Бетти, с которой он был обвенчан.

На следующее утро Морелла попросил аудиенцию у королевы, но ему было отказано, а король, его дядя, находился в отъезде. Тогда он попытался получить разрешение проникнуть в тюрьму, чтобы увидеть Маргарет. Однако он убедился, что ни его высокое звание, ни власть, ни деньги даже не могут открыть ему двери тюрьмы. Это был приказ королевы, и Морелла понял, что ему в этом деле придется столкнуться с Изабеллой как с врагом. Мысль о мести не покидала его, и он начал поиски Инессы и отца Энрике из Мотриля. Но в результате он выяснил, что Инесса исчезла — никто ничего не знал о ней, — а святой отец был в безопасности в стенах инквизиции, откуда он со свойственной ему осторожностью предпочитал не выходить и куда ни один мирянин, какое бы высокое положение он ни занимал, не мог проникнуть, чтобы наложить руку на служителя инквизиции. Итак, исполненный гнева и разочарования, Морелла созвал адвокатов и друзей на совет и стал готовиться к защите против обвинения, которое, он понимал, будет ему предъявлено, все еще надеясь, что случай вернет ему Маргарет. У него оставалась одна карта, которую он решил пустить в ход. Он знал, что Кастелл еврей, в течение многих лет маскировавшийся под христианина, а для таких в Севилье снисхождения не было. Быть может, ценой спасения ее отца он сумеет завоевать Маргарет, которую он теперь желал еще более страстно, чем когда бы то ни было.

Он был готов сейчас воспользоваться любым способом, лишь бы не допустить, чтобы Маргарет вышла замуж за его соперника Питера Брума. К тому же оставалась еще надежда, что Питер будет приговорен к тюремному заключению, а может быть, и к смерти за убийство солдата эрмандады.

Итак, Морелла приготовился к серьезной борьбе и стал ожидать прибытия в Севилью Бетти, поскольку он не мог предотвратить ее приезд.

Глава XXI. Бетти излагает дело

Прошло семь дней, в течение которых Маргарет и ее отец спокойно пребывали в тюрьме, где, по правде говоря, они чувствовали себя скорее гостями, нежели заключенными. Им разрешено было принимать посетителей. Среди этих посетителей был и Хуан Бернальдес, который сообщал им обо всем, что происходило за стенами тюрьмы. Через него они послали гонцов встретить и предупредить Бетти о суде, где будет решаться ее дело.

Вскоре гонцы вернулись с сообщением, что маркиза Морелла едет в Севилью с большой пышностью, сопровождаемая огромной свитой, что она благодарит за сообщение и надеется защитить себя.

При этом известии Кастелл раскрыл глаза от изумления, а Маргарет расхохоталась. Хотя она и не знала всего, но была уверена, что каким-то образом Бетти удалось подчинить себе Морелла и тому не так-то легко будет расправиться с нею. Тем не менее Маргарет не могла представить себе, откуда у Бетти взялась такая свита. Она все время опасалась, что на Бетти могут напасть или обидеть ее, и написала королеве письмо, умоляя ее защитить Бетти.

Не прошло и часа, как Маргарет получила ответ, в котором сообщалось, что ее кузина находится под королевским покровительством и что послан эскорт для ее сопровождения и охраны от каких-либо покушений. Королева также сообщала, что для удобства этой дамы ей приготовлено помещение в крепости вне Севильи, которое будет охраняться и днем и ночью и откуда ее привезут на суд.

Питера все еще держали отдельно от Маргарет и Кастелла, но ежедневно в полдень им разрешали встречаться в окруженном стенами саду при тюрьме, где они могли разговаривать сколько угодно. Здесь же он ежедневно упражнялся в бое на мечах с другими заключенными, используя вместо мечей палки. Кроме того, ему разрешили пользоваться конем, на котором он приехал из Гранады. Питер устраивал турнирные бои с комендантом и другими офицерами и доказал, что он в этом деле сильнее их всех. Он занимался всем этим с увлечением и жаром — Маргарет рассказала ему о намеке, который бросила королева, и Питер хотел вернуть себе былую силу и усовершенствоваться во владении любым оружием, употребляемым в Испании.

Так шло время, пока однажды комендант не объявил им, что суд над Питером назначен на завтра и что они должны будут сопровождать его ко двору, чтобы дать показания. Бернальдес в записке предупредил их, что король вернулся и будет присутствовать на суде вместе с королевой и что их дело вызвало много толков в Севилье. Все интересуются историей женитьбы Морелла, о которой ходят различные слухи.

Бернальдес писал также, что он почти не сомневается, что Маргарет и Кастелл будут освобождены, что корабль готов и ждет их приказаний, что же касается шансов Питера, то он ничего не может сказать определенного, поскольку все будет зависеть от того, как посмотрит король на его преступление — ведь Морелла является хоть и непризнанным, но все же племянником короля и тот к нему благосклонно расположен.

Маргарет и Кастелл спустились в сад. Питер только что вернулся после конных состязаний и, раскрасневшийся от быстрой езды, выглядел очень мужественным и красивым. Маргарет взяла его за руку и, гуляя с ним рядом, сообщила новости.

— Я рад! — воскликнул Питер. — Чем скорее это дело начнется, тем скорее оно кончится. Но вот что, дорогая, — при этих словах лицо Питера стало серьезным, — Морелла имеет большое влияние в Испании, а я нарушил закон этой страны, так что никто не знает, чем все это кончится. Меня могут приговорить к смерти, или к заключению, или, может быть, если мне дадут возможность, я погибну в бою. В любом случае мы будем разлучены на время или навсегда. Если это случится, я умоляю тебя не оставаться здесь ни ради попыток спасти меня, ни по какой-либо другой причине. Ведь пока ты в Испании, Морелла никогда не прекратит своих попыток овладеть тобой. В Англии же ты будешь в безопасности.

Услышав эти слова, Маргарет зарыдала — мысль о том, что может случиться с Питером, приводила ее в отчаяние.

— Я во всем буду повиноваться тебе, — прошептала она, — но как я могу оставить тебя, дорогой мой, пока ты жив! А если, по злому случаю, ты умрешь, чего бог не допустит, разве смогу я жить без тебя? Тогда я последую за тобой.

— Я не хочу этого, — ответил Питер, — я хочу, чтобы ты прожила всю жизнь и пришла ко мне туда в назначенный срок, но не раньше. А еще я хочу сказать тебе, что, если ты встретишь достойного человека и захочешь выйти за него замуж, ты должна сделать это, потому что я хорошо знаю, что ты никогда не забудешь меня, свою первую любовь. Ведь за этой жизнью есть другая, где нет ни замужества, ни женитьбы. Пусть моя мертвая рука не остановит тебя, Маргарет.

— И все-таки, — произнесла мягко, но с возмущением Маргарет, — будь уверен в одном, Питер: если с тобой случится страшная беда, я останусь верна тебе — живая или мертвая.

— Да будет так, — вздохнул с явным облегчением Питер, потому что он не мог допустить мысли о том, что Маргарет станет женой другого даже после его смерти, хотя его честная, простая душа и страх, что весь остаток ее жизни будет лишен всякой радости, заставили его говорить все то, что он перед этим сказал.

Укрывшись за цветущим кустом, они обнялись так, как обнимаются люди, не знающие, смогут ли они когда-либо еще поцеловать друг друга. Пришел час заката и разлучил их.

На следующее утро Кастелла и Маргарет опять повели в Зал правосудия Алькасара. Но на этот раз Питер не был вместе с ними. Огромный зал был полон советниками, офицерами, грандами и дамами. Всех их привело сюда любопытство. Однако среди них Маргарет не обнаружила ни Морелла, ни Бетти. Король и королева еще не заняли своих мест на троне. Питер уже стоял на отведенном ему месте, по обе стороны от него стояла стража. Он приветствовал их улыбкой и кивнул головой, когда они заняли свои места неподалеку от него. Когда Кастелл и Маргарет приблизились к своим стульям, загремели трубы, и в конце зала появились рука об руку их величества Фердинанд и Изабелла. Все присутствующие встали и склонились в низком поклоне в ожидании, пока король и королева сядут.

Король, которого наши герои увидели в первый раз, оказался коренастым подвижным человеком с красивыми глазами и широким лбом. Однако Маргарет, глядя на него, подумала, что у него хитрое лицо — лицо человека, никогда не забывающего своих собственных интересов. Как и королева, он был одет в роскошный костюм, расшитый золотом и украшенный гербами Арагона, в руке он держал золотой скипетр, усеянный драгоценными камнями, а у пояса, чтобы показать, что он король-воин, висел длинный меч с крестообразной рукояткой. Улыбаясь, он ответил на приветствия своих подданных, приложив руку к шляпе и поклонившись. Затем взгляд его остановился на Маргарет, и, обернувшись, он звонким голосом спросил у королевы, та ли это дама, на которой женился Морелла, и, если это она, то почему же он хочет освободиться от нее.

Изабелла ответила, что, насколько она знает, на этой сеньоре он только хотел жениться, а женился на другой, но, как он утверждает, по ошибке. А эта дама обручена с обвиняемым, стоящим перед ними. Все слышавшие этот ответ рассмеялись.

В эту минуту в зал вошел маркиз Морелла, одетый, как обычно, в черный бархат и украшенный орденами. Его сопровождали друзья и адвокаты, облаченные в длинные мантии. На голове у Морелла была черная шляпа, с которой свешивалась жемчужина. Он не снял шляпу даже тогда, когда кланялся королю и королеве, потому что был одним из тех немногих грандов Испании, которые имели право не снимать головного убора перед их величествами. Король и королева ответили на его приветствие — король дружеским кивком, а королева холодным поклоном, — и Морелла занял приготовленное для него место. Как раз в этот момент в дальнем конце зала началось движение и послышался голос офицера, кричавшего: «Дорогу! Дорогу маркизе Морелла!» При этом маркиз, чей взгляд был прикован к Маргарет, нахмурился и поднялся со своего места, как будто собираясь протестовать, но адвокат, стоявший позади него, шепнул ему что-то, и маркиз снова сел.

Толпа расступилась, и Маргарет, обернувшись, увидела двигавшуюся к ним процессию. Часть людей была в доспехах, часть — в белых мавританских одеждах, украшенных алым орлом — гербом маркиза Морелла. В центре процессии шла высокая красивая дама. Ее шлейф несли две мавританки, на ее светлых распущенных волосах сияла диадема, пурпурный плащ ниспадал с плеч, наполовину прикрывая великолепное платье, украшенное жемчугом, который Морелла подарил Маргарет, а на груди красовалась нитка жемчуга, подаренная маркизом Бетти в виде компенсации за доставленные ей неприятности.

Маргарет смотрела на нее во все глаза, а Кастелл, стоя рядом, бормотал:

— Это наша Бетти! Вот уж воистину одежда красит человека!

Да, это, без сомнения, была Бетти, хотя вспоминая ее в простом шерстяном платье в старом доме в Холборне, трудно было признать бедную компаньонку в этой гордой и величественной даме, выглядевшей так, будто она всю жизнь ходила по мраморным полам дворцов и общалась с вельможами и королевами. Она шла через огромный зал, статная, невозмутимая, не глядя по сторонам, не обращая внимания на шепот. Она не взглянула ни на Морелла, ни на Маргарет, пока не дошла до открытого пространства перед перегородкой, за которой находился Питер, и стража, глазевшая на нее, поторопилась освободить ей место. Тогда она трижды присела — дважды перед королевой и один раз перед королем. Затем, обернувшись, поклонилась маркизу, который, уставив глаза в пол, не ответил ей, поклонилась Кастеллу и Питеру и наконец, подойдя к Маргарет, подставила ей щеку для поцелуя. Маргарет смиренно поцеловала ее, шепнув на ухо:

— Как поживает ваша светлость?

— Лучше, чем ты, если бы ты была на моем месте, — шепнула в ответ Бетти, незаметно подмигнув ей.

В это время Маргарет услышала, как король сказал королеве:

— Великолепная женщина! Посмотрите на ее фигуру и на эти огромные глаза. Морелла трудно угодить.

— Очевидно, он предпочитает павлинам лебедя, — ответила королева, взглянув на Маргарст, чья болсс спокойнал и утонченная красота выигрывала рядом с ослепительной красотой ее кузины.

Королева указала Бетти на приготовленное для нее место. Бетти заняла его, свита расположилась позади, переводчик — рядом.

— Я несколько поставлен в тупик, — произнес король, переводя взгляд с Морелла на Бетти и с Маргарет на Питера; по-видимому, комичность положения не укрылась от него. — Какое же дело мы должны разбирать?

Тогда один из советников встал и заявил, что дело, которое представлено на рассмотрение их величествам, заключается в обвинении англичанина, находящегося здесь под стражей, в убийстве солдата Святой эрмандады, но, очевидно, есть и другие обстоятельства, связанные с этим.

— Насколько я понимаю, — заявил король, — нам предстоит рассмотреть обвинение в похищении подданных дружественного нам государства с территории этого государства, ходатайство о признании брака недействительным и встречный иск о признании действительности этого брака и бог знает что еще. Ну, всему свое время. Давайте начнем с этого высокого англичанина.

Суд начался с выступления прокурора, изложившего обвинение против Питера так же, как оно было изложено раньше королеве. Капитан Аррано дал свои показания об убийстве солдата, но, когда адвокат Питера стал задавать ему вопросы, Аррано признал — по-видимому, он не питал злобы к обвиняемому, — что упомянутый солдат грубо оскорбил донну Маргарет и что обвиняемый Питер, будучи иностранцем, мог свободно принять их за шайку бандитов или даже за мавров. Он добавил также, что не может утверждать, что англичанин намеренно хотел убить солдата.

После этого дали показания Кастелл и Маргарет, последняя — с прелестной скромностью. Действительно, когда она рассказала, что Питер — ее нареченный, с которым она должна была обвенчаться, если бы ее не похитили из Англии, и что она позвала его на помощь, когда солдат схватил ее и сорвал с нее вуаль, в зале раздался шепот сочувствия, а король и королева заговорили между собой, не обращая внимания на ее дальнейшие слова.

Затем король переговорил с двумя судьями, после чего поднял руку и объявил, что они приняли решение. Совершенно очевидно, при выяснившихся обстоятельствах, что англичанин не виновен в намеренном убийстве солдата. Вообще нет никаких свидетельств, что он знал, что тот принадлежит к Святой эрмандаде. Таким образом, он будет освобожден при условии выплаты вдове убитого компенсации, что уже сделано, и небольшой суммы — для мессы за поминание души убитого.

Питер принялся благодарить короля, но его величество, не дослушав его, спросил, хочет ли кто-либо из присутствующих выступить по существу следующих дел. Поднялась Бетти и заявила, что она желает говорить. Через переводчика она объяснила, что получила королевский приказ явиться ко двору и что она готова отвечать на любые вопросы или обвинения, которые могут быть выдвинуты против нее.

— Как ваше имя, сеньора? — осведомился король.

— Элизабет, маркиза Морелла, урожденная Элизабет Дин, из древнего и благородного рода Динов, жителей Англии, — отчеканила Бетти ясным и решительным голосом.

Король кивнул и продолжал:

— Кто-нибудь оспаривает этот титул и происхождение этой дамы?

— Я, впервые за все это время произнес маркиз Морелла.

— На каком основании?

— На многих основаниях, — ответил Морелла. — Она не маркиза Морелла, поскольку я венчался с ней, будучи уверенным, что это другая женщина. Она не происходит из древнего и благородного рода, так как она была служанкой в доме купца Кастелла в Лондоне.

— Это ничего не доказывает, маркиз, — прервал его король. — Мой род, я думаю, можно назвать древним и благородным, вы этого не станете отрицать, однако я играл роль слуги в обстоятельствах[1], о которых королева помнит... — намек, при котором все присутствующие, знавшие, о чем идет речь, громко рассмеялись, а вместе с ними и королева. — Если оспаривать подлинность брака или благородство происхождения, то это требует доказательств, — продолжал король. — Разве эту даму обвиняют в таких преступлениях, что она не может оправдываться?

— Нет, — быстро ответила Бетти. Единственное мое преступление — бедность и брак с маркизом Морелла.

При этом присутствующие опять рассмеялись.

— Однако, сеньора, сейчас вы никак не выглядите бедной, — заметил король, глядя на ее ослепительный, украшенный драгоценностями наряд, — а что касается женитьбы, то мы здесь склонны рассматривать ее скорее как опрометчивость, нежели преступление. — При этих легкомысленных слова королева слегка нахмурилась. — Однако, сеньора, — быстро добавил король, — предъявите ваши доказательства и простите меня за то, что я пока не называю вас маркизой.

---

[1] Во время путешествия из Сарагоссы в Вальядому, где Фердинанд должен был жениться на Изабелле, он вынужден был скрываться под видом слуги. Прескотт пишет: «Путешествовать приходилось с величайшей осмотрительностью. Ехали главным образом по ночам; Фердинанд был переодет слугой и во время привалов следил за мулами и прислуживал за столом своим спутникам». — Примеч. автора

— Вот мои доказательства, сэр, — и Бетти протянула документы о браке.

Судьи и король с королевой прочитали документ, причем королева заметила, что копию этого документа она уже видела.

— Здесь ли находится священник, совершавший брачный обряд? — спросил король.

Встал Бернальдес и заявил, что священник присутствует. Правда, он при этом умолчал о том, что за это ему пришлось уплатить немалую сумму.

Один из судей приказал вызвать священника, и в зал, кланяясь, вошел отец Энрике. Маркиз со злобой посмотрел в его сторону. Принеся присягу, отец Энрике сообщил, что он был священником в Мотриле и капелланом маркиза Морелла, а теперь является секретарем святейшей инквизиции в Севилье. В ответ на другие вопросы он заявил, что по желанию жениха и с его полного согласия такого-то числа в Гранаде он обвенчал маркиза с дамой, которая стоит сейчас перед ним и которую, насколько ему известно, зовут Бетти Дин; затем по ее просьбе, поскольку она желала, чтобы соответствующая запись об их браке была сделана тут же, он составил документ, с которым суд уже ознакомился, а маркиз и все остальные подписали его там же после венчания, в капелле замка маркиза в Гранаде. Затем отец Энрике добавил, что после этого он покинул Гранаду, чтобы занять место секретаря инквизиции в Севилье, которое было предложено ему святейшими властями в качестве награды за трактат, который он написал против ереси. Вот все, что он знает об этом деле.

После этого поднялся адвокат маркиза и спросил отца Энрике, кто готовил венчание. Священник отвечал, что маркиз никогда прямо с ним об этом не говорил; во всяком случае, маркиз ни разу не назвал имя невесты. Все устраивала сеньора Инесса.

Вмешалась королева и спросила, где находится сейчас сеньора Инесса и кто она такая. Священник ответил, что сеньора Инесса испанка, одна из приближенных маркиза в Гранаде, которую тот обычно использовал для всевозможных конфиденциальных дел. Она молода и красива, но больше он ничего прибавить не может. Где она сейчас, он не знает, хотя они вместе ехали в Севилью. Вероятно, это известно маркизу.

Священник сел, а Бетти в качестве свидетельницы стала рассказывать через переводчика всю историю своих отношений с маркизом Морелла. Она рассказала, как встретила его в Лондоне, в доме сеньора Кастелла, где она жила, и что он сразу начал ухаживать за ней и покорил ее сердце. После этого он предложил ей бежать вместе с ним в Испанию, обещая жениться. В доказательство этого она показала письмо, написанное им. Письмо это было переведено и вручено суду для изучения — весьма компрометирующее его письмо, хотя оно и не было подписано подлинным именем автора. Затем Бетти рассказала, как обманом ее и Маргарет завлекли на борт испанского корабля и как маркиз отказался жениться на ней, утверждая, что он любит не ее, а ее кузину. Тогда она расценила это заявление как попытку уклониться от выполнения его обещания. Она не знала, почему он увез и ее кузину Маргарет, но предполагала, что он сделал это потому, что раз уж Маргарет оказалась на борту его корабля, он не имел возможности освободиться от нее.

Потом Бетти описала их путешествие в Испанию, сказав, что все это время она держала маркиза в отдалении, так как на корабле не было священника, который мог бы обвенчать их, к тому же она очень плохо себя чувствовала и ей было стыдно, что она вовлекла свою кузину и хозяйку в такие неприятности. Бетти рассказала, что Кастелл и Брум последовали за ними на другом судне и высадились на их каравеллу во время шторма. Потом она изложила историю кораблекрушения, их путешествие в Гранаду в качестве пленниц и последующую жизнь там. Наконец, она рассказала, как к ней пришла Инесса с предложением маркиза обвенчаться и как Бетти поставила условием, чтобы ее кузина, сеньор Кастелл и сеньор Брум были освобождены. Они уехали, и венчание, как и было условлено, состоялось. Маркиз обнял ее в присутствии нескольких людей — а именно Инессы и двух своих секретарей, которые, за исключением Инессы, присутствуют здесь и могут подтвердить, что она говорит правду.

После венчания и подписания документа она вместе с маркизом прошла в его личные апартаменты, где до тех пор никогда не бывала, и после этого утром, к ее изумлению, он заявил, что должен уехать путешествовать по делам их величеств. Прежде чем уехать, однако, он дал ей письменное распоряжение, которое она предъявляет, получать его доходы и вести его дела в Гранаде во время его отсутствия. Этот документ Бетти прочитала вслух всем его домочадцам, прежде чем он уехал. Она выполняла его поручения, получала деньги, давала расписки и вообще занимала место хозяйки его дома, пока не получила королевский приказ.

— В это мы можем поверить, — сухо произнес король. — А теперь, маркиз, что вы можете сказать в ответ?

— Я отвечу, — ответил маркиз, весь трепетавший от ярости, — но прежде разрешите моему адвокату задать этой женщине ряд вопросов.

Адвокат принялся допрашивать Бетти, хотя нельзя сказать, чтобы ему удалось взять верх над ней. Прежде всего он начал расспрашивать ее по поводу ее заявления о древнем и благородном роде, из которого она происходит. Но тут Бетти ошеломила суд перечнем своих предков, первый из которых, некий сэр Дин де Дин высадился в Англии вместе с нормандским герцогом Вильгельмом Завоевателем. Его потомки, клялась она, указанные Дины де Дин, достигли высоких званий и власти, будучи любимцами английских королей и сражаясь за них из поколения в поколение.

Постепенно она дошла до войны Алой и Белой розы, во время которой ее дед был изгнан и лишен земель и титулов, так что ее отец, единственным ребенком которого и, следовательно, представительницей благородного рода Динов де Дин она является, оказался в бедности. Однако он женился на даме из еще более выдающегося рода, чем его собственный: она была прямым потомком знатной саксонской фамилии, гораздо более древней, чем выскочки-норманны.

Маргарет и Питер слушали Бетти с изумлением. Но в этом месте по знаку королевы сбитый с толку суд через главного алькальда попросил Бетти закончить изложение истории ее предков, которых суд уже считает не менее знатными, чем любой другой древний род в Англии.

После этого Бетти спросили о ее отношениях с Морелла в Лондоне, и она рассказала историю его ухаживаний с такими подробностями и с такой силой воображения, что в конце концов и эта история осталась неоконченной. Так было и с последующими вопросами. Не менее умная, чем адвокат Морелла, отвечая иногда по-английски, Бетти подавила его обилием слов и находчивыми ответами, пока наконец бедняга, не в силах ничего поделать с нею, сел на место, вытирая лоб и проклиная ее про себя.

Затем приносили присягу секретари Морелла и вслед за ними его слуги. Все они, хотя и без особого желания, подтвердили все, что говорила Бетти: как маркиз поцеловал ее, приподняв вуаль, и все остальное. Так Бетти закончила свое выступление, оставив за собой право обратиться к суду после того, как выслушает выступление маркиза.

Король, королева и советники в течение нескольких минут совещались. По-видимому, мнения разделились — некоторые считали, что слушание дела нужно немедленно прекратить и передать его в иной трибунал, другие предлагали продолжить. Наконец королева сказала, что надо дать возможность маркизу Морелла выступить — быть может, он сумеет доказать, что вся эта история сфабрикована и что он даже не был в Гранаде в то время, когда состоялась его женитьба.

Король и алькальды согласились. Маркиз принес присягу и рассказал свою историю, заметив, что она не принадлежит к числу тех, которые он с гордостью будет повторять в обществе. Он рассказал, как он впервые встретил Маргарет, Бетти и Питера на публичной церемонии в Лондоне, влюбился в Маргарет и сопровождал ее в дом ее отца, купца Джона Кастелла.

Впоследствии он узнал, что Кастелл, бежавший еще в детстве со своим отцом из Испании, оказался некрещеным евреем, делавшим вид, что он христианин. Это заявление произвело в суде сенсацию, а лицо королевы стало каменным. Впрочем, женился он на христианке, и дочь его была крещена и выросла христианкой, оставшись преданной этой вере. Она даже не знала — он уверен в этом, — что отец ее придерживается еврейской веры, иначе, конечно, он, Морелла, не добивался бы ее руки. Их величества могут быть уверены, продолжал маркиз, что по причинам, которые им известны, он стремился узнать всю правду о евреях в Англии, о чем он уже писал им, хотя из-за кораблекрушения и домашних дел не успел лично доложить им о своей миссии.

Продолжая свой рассказ, Морелла признал, что ухаживал за служанкой Бетти для того, чтобы иметь доступ к Маргарет, чей отец не доверял ему, зная кое-что о его миссии. Что же касается благородного происхождения Бетти, то он сильно в нем сомневается.

Тут встала Бетти и громко заявила:

— Я объявляю маркиза Морелла негодяем и лжецом! В моем мизинце больше благородной крови, чем во всем его теле и, — добавила она, — чем в теле его матери.

При этом намеке маркиз вспыхнул, а Бетти, удовлетворенная своим выпадом, села на место.

Маркиз продолжал рассказывать, как он сделал предложение Маргарет, но она отказалась выйти за него замуж. Он понял, что ее отказ был вызван тем, что она обручена со своим родственником, сеньором Питером Брумом, головорезом, который и в Лондоне попал в неприятную историю за убийство человека, а здесь, в Испании, убил солдата Святой эрмандады. Будучи влюблен в нее и зная, что он может предложить ей высокое положение и богатство, маркиз пришел к мысли похитить Маргарет. А чтобы осуществить это, ему пришлось, вопреки своему желанию, похитить и Бетти.

После многих приключений они приехали в Гранаду, где он сумел продемонстрировать донне Маргарет, что сеньор Брум воспользовался своим заключением, чтобы завести роман с живущей у него в доме женщиной по имени Инесса, о которой здесь упоминали.

На этот раз не выдержал Питер. Он встал и назвал маркиза в лицо лжецом, прибавив, что, если бы у него была возможность, он бы доказал ему это. Однако король приказал Питеру сесть и замолчать.

Убедившись в неверности своего возлюбленного, продолжал маркиз, донна Маргарет в конце концов согласилась стать его женой при условии, что ее отцу сеньору Бруму и ее служанке Бетти Дин будет позволено уехать из Гранады...

— ...где, — заметила королева, — вы не имели никакого права удерживать их, маркиз. За исключением, пожалуй, отца — Джона Кастелла, — многозначительно добавила она.

— Да, с сожалением должен признаться, я действительно не имел права держать их.

— Следовательно, — резко продолжала королева, — не было ни законных, ни моральных оснований для этого брака.

При этих словах адвокаты одобрительно закивали головами.

Маркиз осмелился утверждать, что основание было, так как донна Маргарет, во всяком случае, сама захотела этого. В день, назначенный для свадьбы, пленники были отпущены, но теперь он понял, что благодаря хитрости Инессы, подкупленной Кастеллом и его друзьями евреями, донна Маргарет бежала вместо своей служанки Бетти, с которой он после этого прошел через процедуру бракосочетания, будучи уверенным, что это Маргарет.

Что касается поцелуя перед церемонией, то это произошло в темной комнате, и он думает, что лицо Бетти и ее волосы были подкрашены, чтобы больше походить на Маргарет. В отношении всего последующего, то он уверен, что чаша вина, которую он выпил, перед тем как вести невесту к алтарю, была отравлена — он только смутно помнит церемонию, а после нее не помнит уже ничего до тех пор, пока не проснулся на следующее утро с головной болью и не увидел сидящую рядом с ним Бетти.

Что касается доверенности, которую она показывала, то, будучи в тот момент вне себя от гнева и разочарования и чувствуя, что если он останется там, то совершит преступление, убив эту женщину, столь жестоко обманувшую его, он дал ей эту доверенность, только чтобы бежать от нее. Их величества обратят внимание на то, что эта доверенность выдана маркизе Морелла. Поскольку этот брак недействителен, маркизы Морелла не существует. Следовательно, и документ этот недействителен. Такова правда, к ней больше нечего добавить.

Глава XXII. Осуждение Джона Кастелла

Закончив свои показания, маркиз Морелла сел, а король и королева начали шептаться между собой. В это время главный алькальд спросил Бетти, есть ли у нее вопросы к маркизу Морелла. Бетти с большим достоинством встала и через переводчика спокойно заявила, что есть и очень много. Однако она не намерена унижать себя ни одним вопросом, пока грязь, которую он вылил на нее, не будет смыта, а смыта она может быть только кровью. Маркиз заявил, что она женщина без роду и племени, и сказал, что их брак недействителен. Так как она женщина и не может потребовать от него, чтобы он подтвердил свои обвинения с помощью меча, она полагает, что имеет право поступать согласно законам чести и просить разрешения искать себе защитника — если одинокая женщина может найти такого в чужой стране, — чтобы защитить ее доброе имя и наказать этого низкого и подлого клеветника.

Среди тишины, наступившей после слов Бетти, поднялся Питер.

— Я прошу разрешения ваших величеств быть этим защитником, — сказал он. — Ваши величества заметили, что, даже по собственным словам маркиза, он причинил мне больше зла, чем может причинить один человек другому. К тому же он солгал, сказав, что я был неверен моей нареченной, донне Маргарет, и, конечно, я имею право отомстить ему за эту ложь. Наконец, я заявляю, что считаю сеньору Бетти хорошей и честной женщиной, которой никогда не касалась тень позора, и, как ее земляк и родственник, я хочу защитить ее доброе имя перед всем миром. Я чужестранец, и у меня здесь мало друзей, а может быть, и вовсе их нет, но все-таки я не могу поверить, что ваши величества откажут мне в праве на удовлетворение, которое во всем мире в подобном случае один дворянин может потребовать от другого. Я вызываю маркиза Морелла на смертельный бой без пощады для побежденного. И вот доказательство этого.

С этими словами Питер пересек открытое пространство перед барьером, сорвал с руки кожаную перчатку и бросил ее прямо в лицо

Морелла, считая, что после такого оскорбления тот не может не принять вызов.

Морелла с проклятием схватился за меч, но, прежде чем он успел выхватить его, офицеры бросились к нему, и суровый голос короля приказал им прекратить эту ссору в присутствии королевской четы.

— Я прошу у вас прощения, ваше величество, — задыхаясь, произнес Морелла, — но вы видели, как этот англичанин поступил со мной, с испанским грандом.

— Да, — промолвила королева, — но мы также слышали, как вы, испанский гранд, поступили с этим английским джентльменом и какое бросили ему обвинение, в которое вряд ли верит донна Маргарет.

— Конечно, нет, ваше величество, — сказала Маргарет. — Пусть меня тоже приведут к присяге, и я объясню многое из того, о чем говорил вам маркиз. Я никогда не хотела выходить замуж ни за него, ни за кого-либо другого, кроме этого человека, — и она дотронулась до руки Питера, — и все, что он или я сделали, мы сделали для того, чтобы спастись из коварной ловушки, в которой оказались.

— Мы верим этому, — с улыбкой ответила королева и отвернулась, чтобы посоветоваться с королем и алькальдами.

Долгое время они говорили так тихо, что никто не мог расслышать ни единого слова, при этом они посматривали то на одну, то на другую сторону в этой странной тяжбе. Какой-то священник был приглашен ими для участия в обсуждении, и Маргарет подумала, что это дурной признак. В конце концов решение было принято, и ее величество официально, как королева Кастилии, тихим, спокойным голосом огласила приговор. Обратившись прежде всего к Морелла, она сказала:

— Маркиз, вы предъявили очень серьезные обвинения даме, которая утверждает, что она ваша жена, и англичанину, чью невесту вы, по вашему собственному признанию, увезли обманом и силой. Этот джентльмен от своего имени и от имени этих дам бросил вам вызов. Принимаете ли вы его?

— Я с готовностью бы принял его, ваше величество, — ответил Морелла мрачно, — до сих пор никто не имел оснований сомневаться в моей храбрости, но я должен напомнить, что я… — Он приостановился, затем продолжал: — Ваши величества знают, что я не только испанский гранд… поэтому вряд ли мне пристало скрестить меч с клерком купца еврея, потому что таково было звание и положение этого человека в Англии.

— Вы могли снизойти и сражаться со мной на борту вашего судна «Сан Антонио», — с ненавистью воскликнул Питер, — почему же вы теперь стыдитесь закончить то, что вы не постыдились начать? Кроме того, я представитель рода, уважаемого в моей стране, и заявляю вам, что в любви и в бою я считаю себя равным любому из похитителей женщин и незаконнорожденных негодяев, живущих в этом королевстве.

Опять король и королева посовещались между собой по вопросу о благородном происхождении противников, который в те времена играл весьма важную роль, особенно в Испании. Наконец Изабелла сказала:

— По законам нашей страны испанский гранд не имеет права встречаться в поединке с простым иностранным джентльменом. Раз маркиз посчитал удобным выдвинуть это соображение, мы поддерживаем его и считаем, что он не обязан принять этот вызов для сохранения своей чести. Однако мы видели, что маркиз Морелла готов принять этот вызов, и решили сделать все, что в наших силах, чтобы никто не мог сказать, что испанец, причинивший зло англичанину и открыто вызванный на бой в присутствии своих суверенных властителей, отказался от этого по причине своего звания. Сеньор Брум, если вы согласны получить из наших рук то, что с гордостью принимали другие ваши соотечественники, мы намерены, считая вас храбрым и честным человеком благородного происхождения, посвятить вас в рыцари ордена Сант-Яго, а следовательно, дать вам право обращаться или сражаться как с равным с любым испанским дворянином, если только он не прямой потомок королей, на что, как мы думаем, могущественный и блестящий маркиз Морелла не претендует.

— Я благодарю ваши величества, — ответил изумленный Питер, — за честь, которую вы мне оказываете и в которой я бы не нуждался, если бы мой отец не встал не на ту сторону в битве на Босвортском поле. Еще раз приношу вам свою благодарность и полагаю, что теперь маркиз не будет считать для себя унизительным решить наш долгий спор так, как ему хочется.

— Подойдите сюда, сеньор Питер Брум, и преклоните колено, — приказала королева, когда Питер перестал говорить.

Он повиновался, и Изабелла, взяв меч у короля, посвятила его в рыцари, трижды ударив по правому плечу и произнеся при этом традиционные слова:

— Встаньте, сэр Питер Брум, рыцарь благороднейшего ордена Сант-Яго.

Питер повиновался, поклонился, отступая назад, как полагалось по обычаю, и, споткнувшись, чуть не упал с возвышения. Некоторые приняли это за хорошее предзнаменование для Морелла. Король сказал:

— Сэр Питер, наш церемониймейстер назначит время вашего поединка с маркизом, наиболее удобное для вас обоих. Пока что мы приказываем вам обоим, чтобы никаких неподобающих слов или действий не было между вами — ведь вы скоро встретитесь лицом к лицу в смертном бою, чтобы узнать суд господа бога.

Присутствующие решили, что суд окончен, и многие собрались уже уходить, но королева подняла руку и сказала:

— Остаются еще вопросы, по которым мы должны вынести решение. Вот эта сеньора, — она указала на Бетти, — просит, чтобы ее брак с маркизом Морелла был признан действительным, а сам маркиз Морелла настаивает на обратном. Так мы его, кажется, поняли? Мы не властны решить этот вопрос, поскольку он связан с таинствами церкви. Мы предоставляем решение этого вопроса его святейшеству папе римскому или его легату, надеясь, что он разберется во всем со свойственной ему мудростью и так, как сочтет нужным, если, конечно, заинтересованные стороны пожелают перенести свой спор на его суд. Пока что мы постановили и объявляем, что сеньора, урожденная Бетти Дин, должна повсюду в наших владениях, если его святейшество папа римский не решит иначе, именоваться маркизой Морелла и маркиз, ее муж, должен в течение всей своей жизни предоставлять ей подобающее содержание. После же его смерти, если не будет другого постановления святого престола, она должна унаследовать ту часть его земель и имущества, которая, согласно закону нашей страны, принадлежит жене, и владеть ею.

Пока Бетти благодарила их величества с таким усердием, что драгоценности на ее груди дребезжали, а Морелла хмурился и лицо его стало темным, как грозовая туча, присутствующие, перешептываясь, опять поднялись, чтобы разойтись. Однако королева снова подняла руку:

— Мы хотим спросить сэра Питера Брума и его нареченную, донну Маргарет, по-прежнему ли они желают вступить в брак?

Питер посмотрел на Маргарет, Маргарет — на Питера, и он ответил громко и ясно:

— Ваше величество, это самое заветное наше желание.

Королева слегка улыбнулась:

— А вы, сеньор Кастелл, согласны выдать свою дочь за этого рыцаря?

— Да, конечно, — с достоинством ответил Кастелл. — Если бы не этот человек, — и он с ненавистью посмотрел в сторону Морелла, — они давно бы уже соединились, а поэтому, — добавил он многозначительно, — то небольшое состояние, которым я располагаю, уже передано через доверенных лиц в Англии в их владение. Так что теперь я завишу от их милосердия.

— Хорошо, — сказала королева. — Остается решить еще один вопрос. Хотите ли вы оба обвенчаться накануне поединка между маркизом Морелла и сэром Питером Брумом? Подумайте, донна Маргарет, прежде чем ответить, потому что, согласившись, вы можете очень скоро оказаться вдовой, а если вы отложите эту церемонию, то можете никогда уже не стать его женой.

Маргарет и Питер обменялись несколькими словами, и Маргарет ответила за них обоих:

— Если мой возлюбленный погибнет, — ее нежный голос задрожал при этих словах, — все равно мое сердце будет разбито. Пуст я проживу остаток моих дней, нося его имя, чтобы, зная о моем безысходном горе, никто не тревожил меня своей любовью. Я хочу остаться его супругой на небесах.

— Хорошо сказано! — заметила королева. — Мы объявляем, что вы будете обвенчаны в нашем соборе в Севилье накануне того дня, когда маркиз Морелла и сэр Питер Брум встретятся в поединке. Кроме того, чтобы не было никаких попыток причинить вам зло, — королева посмотрела в сторону Морелла, — вы, сеньора Маргарет, будете моей гостьей до того момента, когда покинете нас, чтобы обвенчаться. Вы же, сэр Питер, вернетесь в тюрьму, но вы будете пользоваться полной свободой видеть кого пожелаете и ходить когда и куда захотите, но под нашей защитой, поскольку и на вас может быть совершено покушение.

Королева умолкла, но неожиданно заговорил король своим резким тонким голосом:

— Решив вопросы рыцарства и брака, нам остается решить еще один вопрос, который я не хотел предоставлять нежным устам нашей королевы. Дело это касается вечной жизни человеческой души и христианской церкви на земле. Нам было заявлено, что этот человек, Джон Кастелл, купец из Лондона, — еврей; ради выгоды он всю свою жизнь притворялся христианином и в качестве такового женился на христианке. Более того: он является нашим подданным, так как он родился в Испании, и, следовательно, подсуден гражданским и церковным законам нашего государства.

Король остановился. Маргарет и Питер со страхом смотрели друг на друга. Один только Кастелл стоял неподвижно, хотя он знал лучше, чем кто-либо из них, что должно последовать за этими словами.

— Мы не судим его, — продолжал король, — у нас нет власти в столь высоких вопросах, но мы обязаны передать его в руки святейшей инквизиции, чтобы его судили там.

Маргарет громко вскрикнула. Питер оглядывался по сторонам, словно ища помощи. Никогда в своей жизни он не был так потрясен. Маркиз Морелла улыбнулся в первый раз за весь день. По крайней мере от одного врага он освободится. Кастелл же подошел к Маргарет и нежно обнял ее. Затем он пожал руку Питеру и сказал ему:

— Убей этого вора, — он кивнул в сторону Морелла, — я знаю, что ты это сделаешь и сделал бы, даже если бы таких, как он, было десять. Будь хорошим мужем моей девочке, а я знаю, что ты будешь таким, иначе я спрошу с тебя там, где нет ни евреев, ни христиан, ни священников, ни королей. А теперь помолчи и смирись с тем, с чем необходимо смириться, как делаю это я. Я хочу еще кое-что сказать, прежде чем оставлю вас и этот мир. Ваши величества, я не оправдываюсь, и, когда меня будет допрашивать судья инквизиции, их задача будет легка, потому что я не собираюсь ничего скрывать и буду говорить только правду, хотя я буду делать это не из страха и не из боязни боли. Ваши величества, вы обещали, что эти двое, достаточно хорошие христиане от рождения, будут обвенчаны. Я хотел бы спросить вас, может ли мое преступление против религии, в котором меня обвиняют, разъединить их или нанести им какой-либо ущерб?

— Даю вам слово, — поспешно ответила королева, словно желая опередить короля, — даю вам слово, Джон Кастелл, что ваше дело, к чему бы вас ни приговорили, не коснется ни их самих, ни их собственности, — медленно добавила она.

— Серьезное обещание, — пробормотал король.

— Это мое обещание, — решительно заявила королева, — и я сдержу его во что бы то ни стало. Эти двое будут обвенчаны, и, если сэр Питер останется жив, они уедут из Испании в полной безопасности, и никакое новое обвинение не будет предъявлено им ни одним судом королевства; их также не будут преследовать или возбуждать против них дела ни в каком другом государстве ни от нашего имени, ни от имени наших должностных лиц. Пусть мои слова будут записаны, один экземпляр пусть будет подписан и сохранен в архивах, а второй передан донне Маргарет.

— Ваше величество, — сказал Кастелл, — я благодарю вас. Теперь, если я умру, я умру счастливым. Я дерзну сообщить вам, что, если бы вы не сказали этого, я убил бы себя здесь, на ваших глазах. И еще я хочу вам сказать, что инквизиция, которую вы учредили, уничтожит Испанию и превратит ее в прах и тлен.

Он кончил говорить, и, когда смысл его смелых слов дошел до сознания собравшихся, по толпе придворных пробежал вздох, похожий на испуг. Тем временем толпа позади Кастелла расступилась, и появились шедшие двумя рядами монахи с лицами, закрытыми капюшонами, и стража из солдат, — все они, без сомнения, ожидали здесь заранее. Они подошли к Джону Кастеллу, дотронулись до его плеча, сомкнулись вокруг него, словно скрыв его от всего земного, и, окруженный ими, он исчез.

Воспоминания Питера об этом странном дне в Алькасаре навсегда остались несколько туманными. Это было неудивительно. На протяжении всего нескольких часов его судили, жизнь его висела на волоске и вдруг его оправдали. Он увидел Бетти, превратившуюся из скромной компаньонки в блистательную и великолепную маркизу, подобно тому как личинка превращается в бабочку; был свидетелем того, как она выступала против своего супруга, который обманул ее и которого она обманула в свою очередь, и как она выиграла свое дело благодаря находчивости и силе характера.

В качестве ее защитника и защитника Маргарет он вызвал Морелла на поединок, и, когда его противник отказался под предлогом различия в звании, по воле королевы Изабеллы, которой Маргарет рассказала о тайных притязаниях Морелла, он был неожиданно награжден высоким званием рыцаря испанского ордена Сант-Яго.

Более того: самое страстное его желание было удовлетворено — он получил возможность встретиться в честном и равном бою со своим врагом, которого он справедливо ненавидел, и биться с ним насмерть. Ему было также обещано, что через несколько дней Маргарет станет его женой, хотя могло случиться, что она будет носить это имя не больше часа. До тех пор им обещали безопасность и защиту от предательства и происков Морелла. Им было также обещано, что в любом случае им нигде и никогда не будет больше предъявлено никаких обвинений.

И, наконец, когда уже все, казалось, кончилось благополучно, не считая предстоящего поединка, о котором он, привыкший к подобным вещам, меньше всего думал, когда в конце концов его чаша, очищенная от грязи и песка, наполнилась красным вином битвы и любви, когда она была уже почти у его уст, судьба подменила ее и наполнила отравой и желчью. Кастелл, отец его невесты, человек, которого он любил, был брошен в подвалы инквизиции, откуда — Питер хорошо это знал — он мог выйти только в желтом балахоне, «переданным в руки светской власти», чтобы погибнуть медленной и мучительной смертью на костре в Квемадеро, где сжигали еретиков.

Что принесет ему победа над Морелла, если даже небеса дадут ему силу, чтобы сокрушить своего врага? Что это будет за свадьба, которая окажется скрепленной и освященной смертью отца невесты на мучительном костре инквизиции? Разве смогут они когда-нибудь забыть запах дыма этого костра?

Кастелл — храбрый человек, и никакие мучения не заставят его отречься от своей веры. Сомнительно даже, станет ли он под пытками отрицать ее, он, который был крещен своим отцом из соображений безопасности и продолжал поддерживать этот обман ради своего дела и ради того, чтобы иметь жену-христианку. Нет, Кастелл был обречен, и Питер мог спасти его от инквизиции и короля не больше, чем голубь может защитить свое гнездо от голодных ястребов.

О, эта последняя сцена! Никогда в жизни Питер не забудет ее! Огромный зал с разрисованными арками и мраморными колоннами; лучи полуденного солнца, падающие сквозь окна и, подобно крови, льющиеся на черные одежды монахов; душераздирающий крик Маргарет и ее помертвевшее лицо, когда отца оторвали от нее и она в обмороке упала на украшенную драгоценностями грудь Бетти; жестокая усмешка на губах Морелла; страшная улыбка короля; жалость в глазах королевы; взволнованный шепот толпы; быстрые, короткие реплики адвокатов; скрип пера писца, безразличного ко всему, за исключением своей работы, когда он записывал решения; и над всем этим — прямой, вызывающий, неподвижный Кастелл, окруженный служителями смерти, удаляющийся в темноту галереи, уходящий в могильный мрак.

Глава XXIII. Отец Энрике и печь булочника

Прошла неделя. Маргарет жила во дворце, Питер дважды был у нее и нашел ее в полном отчаянии. Даже то, что они должны быть обвенчаны в следующую субботу, — день, на который назначен был также поединок между Питером и Морелла, не доставлял ей ни радости, ни утешения. Ведь на следующий день, на воскресенье, в Севилье был назначен «акт веры» — аутодафе, на котором еретики — евреи, мавры и люди, занимавшиеся богохульством, — должны ответить за свои преступления: одни будут сожжены на костре в Квемадеро, другие — публично признаются в своих вопиющих грехах перед тем, как их заточат на пожизненное одиночное заключение, а кое-кого задушат, прежде чем их тела будут преданы огню. Было известно, что Джону Кастеллу предназначена главная роль в этой церемонии.

Маргарет на коленях, в слезах умоляла королеву о милосердии. Но слезы действовали на сердце королевы не больше, чем вода, капающая на бриллиант. Мягкая в других вопросах, в делах, касающихся религии, она становилась хитрой, как лиса, и жестокой, как тигр. Она была даже возмущена поведением Маргарет. Разве мало для нее было сделано? — спросила королева. Разве она не дала своего королевского слова не предпринимать никаких шагов, чтобы лишить обвиняемого собственности, которая есть у него в Испании, если он будет признан виновным; разве она не обещала, что никакие наказания, которые по закону и обычаю падают на детей этих людей, преданных позору, не коснутся Маргарет? Разве Маргарет не будет обвенчана со своим возлюбленным и, если он останется в живых после поединка, ей не дадут возможность с почетом уехать вместе с ним и даже не заставят смотреть, как ее отец искупит свои преступления? Ведь как хорошая христианка она должна радоваться, что он получил возможность примирить свою душу с богом и его судьба станет уроком для других приверженцев его религии. Может быть, она тоже еретичка?

Королева неистовствовала до тех пор, пока Маргарет, совершенно измученная, не ушла от нее, задавая себе вопрос, может ли быть справедливой религия, которая требует от детей, чтобы они доносили на своих родителей и обрекали их на муки. Где об этом сказано у спасителя или его апостолов? А если об этом не сказано там, то кто это придумал?

— Спаси его! Спаси его! — в отчаянии рыдала Маргарет перед Питером. — Спаси его или, клянусь тебе, как бы я ни любила тебя и сколько бы ни считалось, что мы обвенчаны, ты никогда не будешь моим мужем.

— Это несправедливо, — мрачно покачал головой Питер, — ведь не я передал его в руки этих дьяволов. Скорее всего, это кончится тем, что я разделю его участь. И все-таки я попытаюсь сделать все, что в человеческих силах.

— Нет, нет! — закричала она в отчаянии. — Не делай ничего, что может навлечь на тебя опасность!

Но Питер вышел, не ожидая ее ответа.

Ночью Питер сидел в потайной комнатке одной из булочных Севильи. Кроме него, там было несколько человек — отец Энрике, ныне секретарь святейшей инквизиции, одетый как мирянин, Инесса, Бернальдес и старый еврей Израэль из Гранады.

— Я привела его сюда, — сказала Инесса, указывая на отца Энрике. — Не важно, как мне удалось это сделать. Но поверьте, это было довольно рискованно и неприятно. А какая от этого польза?

— Никакой пользы, — нагло заявил отец Энрике, — кроме той, что я положил в карман десять золотых.

— Тысяча дублонов, если наш друг будет спасен целым и невредимым, — промолвил Израэль. — О бог мой! Подумай об этом — тысяча дублонов!

Глаза секретаря инквизиции загорелись.

— Они бы мне весьма пригодились, — сказал он, — и ад еще лет десять свободно может обойтись без одного грязного еврея, но я не знаю, как это сделать. Я знаю другое: что вас всех ждет его участь. Это страшное преступление — пытаться подкупить служителя святейшей инквизиции.

Бернальдес побледнел, Израэль стал кусать ногти, но Инесса похлопала священника по плечу.

— Уж не думаешь ли ты предать нас? — спросила она своим нежным голоском. — Послушай меня, я кое-что понимаю в ядах и клянусь тебе, если ты замыслишь дурное, то не пройдет и недели, как ты в судорогах отправишься на тот свет и никто не узнает, откуда попал к тебе яд. Или я околдую тебя — ведь я недаром прожила дюжину лет среди мавров, — у тебя распухнет голова, иссохнет тело и ты станешь богохульствовать, не понимая, что говоришь, пока тебя с позором не поджарят на костре.

— Околдуешь меня? — отозвался отец Энрике с дрожью. — Ты уже сделала это, иначе я не был бы здесь.

— Тогда, если ты не хочешь очутиться на том свете раньше срока, — продолжала Инесса, похлопывая его нежно по плечу, — думай, думай, ищи выход, верный слуга святейшей инквизиции.

— Тысяча золотых дублонов! Тысяча дублонов! — прокаркал старый Израэль. — Но если ты не сумеешь ничего сделать, то рано или поздно, теперь или через месяц, — смерть, смерть медленная и жестокая.

Теперь отец Энрике совсем перепугался.

— Вам нечего бояться меня, — хрипло произнес он.

— Я рада, что ты наконец нас понял, друг мой, — прозвучал мягкий, насмешливый голос Инессы, которая, подобно злому духу, все время стояла позади монаха. Она опять нежно похлопала его по плечу, на этот раз обнаженным лезвием кинжала. — А теперь быстро выкладывай свой план. Становится поздно, и всем святым людям пора уже спать.

— У меня нет никакого плана. Придумай сама! — сердито ответил священник.

— Хорошо, друг мой, очень хорошо. Тогда я попрощаюсь с тобой, потому что вряд ли мы встретимся в этом мире.

— Куда ты идешь? — с беспокойством спросил он.

— Во дворец, к Морелла и к одному его другу и родственнику. Выслушай, что я тебе скажу. Я могу заслужить прощение за мое участие в свадьбе, если я смогу доказать, что некий подлый священник знал, что совершает обман. Ну, а я могу доказать это — ты, надеюсь, помнишь, что дал мне расписку, — а если я сделаю это, что произойдет со священником, который вызвал ненависть испанского гранда и его знатного родственника?

— Я служитель святейшей инквизиции, никто не посмеет тронуть меня! — выкрикнул отец Энрике.

— Я думаю, что найдутся люди, которые пойдут на риск. Король, например.

Отец Энрике бессильно откинулся на спинку стула. Теперь он догадался, кого подразумевала Инесса, говоря о знатном родственнике Морелла, и понял, что попал в ловушку.

— В воскресенье утром, — заговорил он глухим шепотом, — процессия направляется по улицам к театру, где будет прочитана проповедь тем, кто должен будет идти в Квемадеро. Около восьми часов процессия ненадолго вступит на набережную, где будет мало зрителей и потому дорога там не охраняется. Если дюжина смелых молодцов, переодетых крестьянами, будет ждать там с лодкой наготове, то, может быть, они сумеют... — И отец Энрике замолк.

Тут в первый раз заговорил Питер, который до тех пор сидел молча, наблюдая за этой сценой.

— В таком случае, преподобный отец, как эти смелые парни сумеют узнать жертву, которую они ищут?

— Еретик Джон Кастелл, — ответил священник, — будет сидеть на осле, одетый в замарру[1] из овчины, с нарисованными на ней чертями и подобием пылающей головы. Все это очень хорошо нарисовано, я умею рисовать и сам делал это. Кроме того, у него у одного будет на шее веревка, по которой его можно будет узнать.

— Почему он будет сидеть на осле? — с яростью спросил Питер. — Потому, что вы пытали его так, что он не может ходить?

— Нет, нет! — возразил доминиканец, съежившись под этим яростным взглядом. — Его ни разу не допрашивали, ни одного поворота манкуэдры, клянусь вам, сэр рыцарь! Зачем это — ведь он открыто признал себя презренным евреем!

— Будь осторожнее в выражениях, друг мой, — прервала его Инесса, фамильярно похлопывая его по плечу: — здесь есть люди, которые придерживаются другого мнения, чем вы в вашем святом доме, но которые умеют применять манкуэдру и могут устроить неплохую дыбу при помощи доски и одного или двух воротов, какие есть в соседней комнате. Воспитывайте в себе учтивость, высокоученый священник, иначе, прежде чем покинуть это место, вы станете длиннее на целый локоть.

— Говори дальше, — приказал ему Питер.

---

[1] Замарра — балахон позора

— Кроме того, продолжал дрожащим голосом отец Энрике, — был приказ не пытать его. Инквизиторы полагали — это было, конечно, неправильно с их стороны, — что у него есть соучастники, чьи имена он выдаст, но в приказе было сказано, что так как он долго жил в Англии и только недавно прибыл в Испанию, то у него не может быть сообщников. Так что он цел и невредим. Я слышал, что никогда ни один нераскаявшийся еврей не шел на костер в таком отличном состоянии, как бы богат и уважаем он ни был.

— Тем лучше для тебя, если ты не врешь, — заметил Питер, — Продолжай.

— Больше нечего рассказывать. Могу еще добавить, что я буду идти рядом с ним вместе с двумя стражами, и, конечно, если его вырвут у нас и под руками не окажется лодки для преследования, мы ничего не сможем сделать. Ведь мы, священники, люди мирные и можем даже разбежаться при виде грубого насилия.

— Я советую вам бежать быстро и как можно дальше, — проронил Питер. — Однако, Инесса, где гарантия, что ваш друг нас не обманет? Ведь он может провести кого угодно.

— Тысяча дублонов, тысяча дублонов, — пробормотал старик Израэль подобно сонному попугаю.

— Он, может быть, надеется выжать еще больше из наших трупов, старик.

Что вы скажете, Инесса? Вы лучше разбираетесь в этой игре. Как мы можем заставить его сдержать слово?

— Я думаю, смертью, — сказал Бернальдес, понимая, какой опасности он подвергается как компаньон и родственник Кастелла и номинальный владелец судна «Маргарет», на котором тот должен был бежать. — Мы знаем все, что он может рассказать, и, если мы отпустим его, он рано или поздно предаст нас. Убейте его, чтобы он не смог мешать нам, и сожгите его труп в печи.

Тут отец Энрике упал на колени и со слезами и стонами начал умолять о милосердии.

— Чего ты так хнычешь? — спросила Инесса, глядя на него задумчивым взглядом. — Ведь твоя смерть будет гораздо легче, чем та, на которую ваши праведники обрекают многих гораздо более честных мужчин… женщин. Что касается меня, то я думаю, что сеньор Бернальдес дал правильный совет. Лучше умереть одному, чем всем нам. Ведь ты понимаешь, что мы не можем довериться тебе. Есть ли у кого-нибудь веревка?

Отец Энрике пополз к ней на коленях и начал целовать подол ее платья, умоляя во имя всех святых пожалеть его. Ведь он попал в эту ловушку из-за любви к ней.

— К деньгам, ты хочешь сказать, гадина, — поправила Инесса, отталкивая его туфлей. — Я вынуждена была слушать твои любовные бредни, когда мы ехали вместе, и еще раньше, но здесь мне это ни к чему. И если ты заговоришь опять о любви, ты живым отправишься в печь булочника. О, ты забыл об этом, но у меня к тебе большой счет. Ты ведь был связан с инквизицией здесь, в Севилье, — не так ли, — еще до того, как Морелла дал тебе за твое рвение приход в Мотриле и сделал одним из своих капелланов. У меня была сестра... — Она наклонилась и шепнула ему на ухо имя.

Он издал звук — это был скорее вопль.

— Я не имел никакого отношения к ее смерти! — запротестовал он. — Ее предал в руки инквизиции кто-то другой, давший против нее ложные показания.

— Да, я знаю. Это был ты. Ты, мерзавец с душой змеи, ты бы зол на нее, и ты дал ложные показания. Ты добровольно, сам донес на Кастелла, заявив, что в твоем доме в Мотриле он прошел мимо распятия, не поклонившись. Это ты уговаривал учинить ему допрос, уверяя их, что он богат и у него достаточно богатые друзья, чтобы и из них выжать немало денег. Ты ведь рассчитывал получить свою долю, не так ли? Я неплохо осведомлена. Даже то, что происходит в темницах святейшей инквизиции, доходит до ушей Инессы. Ну что ж, ты все еще считаешь, что печь булочника слишком горяча для тебя?

Теперь отец Энрике от ужаса вообще лишился языка. Он лежал на полу, глядя на эту безжалостную женщину с нежным голосом. Она обманула его и превратила в свое орудие, она завлекла его сюда сегодня, она ненавидит его, и ненавидит по заслугам.

— Пожалуй, лучше будет не марать нам руки, — сказал Питер. — Душить крыс — маленькое удовольствие, а его могли выследить. Нет ли какого-нибудь другого пути, Инесса?

Она подумала немного, затем ткнула отца Энрике ногой:

— Вставай, святой секретарь святейшей инквизиции, и садись писать. Это будет нетрудно для тебя. Вот здесь есть перья и бумага. А я буду диктовать:

«Обожаемая Инесса!

Твое долгожданное письмо благополучно дошло до меня в этом проклятом святом доме, где мы избавляем еретиков от их грехов для пользы их душ и от их богатств — для нашей собственной пользы...»

— Я не могу писать это, — простонал отец Энрике, — это страшная ересь.

— Нет, это только правда, — возразила Инесса.

— Ересь и правда — это часто одно и то же. Они сожгут меня за это.

— Это как раз то, что утверждают многие еретики. Они умирают за то, что считают правдой, почему бы и тебе этого не сделать? Слушай, — еще более сурово сказала она, — что ты предпочитаешь: быть сожженным на костре в Квемадеро, а это случится не раньше, чем ты предашь нас, или сгореть более скромно — в печи булочника в ближайшие полчаса? Продолжай свое письмо, ученый грамотей! Написал то, что я сказала? А теперь пиши:

«Я понял все, что ты мне говорила о суде в Алькасаре в присутствии их величеств. Я надеюсь, что англичанка выиграла свое дело. Это была прелестная шутка, которую я сыграл с благородным маркизом в Гранаде. Такой ловкой шутки не бывало даже у нас здесь, в инквизиции. Ну что ж, у меня к маркизу был большой счет, и он заплатил мне сполна. Мне бы хотелось видеть выражение его лица, когда он узнал в своей новобрачной служанку и понял, что хозяйка бежала с другим. Племянник короля, мечтающий сам стать королем, женился на английской служанке! Хорошо, очень хорошо, дорогая Инесса. Что касается этого еврея, Джона Кастелла, я думаю, что все можно устроить, если есть деньги, потому что, ты знаешь, даром я ничего не делаю. Таким образом...»

И дальше Инесса с удивительной ясностью продиктовала его предложение, как спасти Кастелла, с которым читатель уже знаком, и закончила письмо так:

«Эти инквизиторы — жестокие звери, хотя они еще больше любят деньги, чем кровь; все их разговоры о борьбе за чистоту веры — все равно что ветер в горах: они столько же думают о вере, сколько горы о ветре. Они хотели пытать этого беднягу, думая, что из него посыпаются мараведи, но я намекнул там, где надо, и их фокус не удался. Дорогая, я должен кончать, время идти по делам, но я надеюсь увидеть тебя, как мы условились, и мы проведем веселый вечерок. Мой привет новобрачному маркизу, если ты его встретишь.

Твой Энрике.

P. S. Моя служба вряд ли будет такой выгодной, как я надеялся, так что я очень рад заработать что-нибудь на стороне, чтобы купить тебе подарок, от которого заблестят твои прелестные глазки».

— Вот так, — тихо сказала Инесса. — Я думаю, что этого достаточно, чтобы тебя сожгли три или четыре раза. Дай-ка мне прочитать: хочу проверить, все ли здесь правильно написано и подписано, а то в подобном деле очень многое зависит от почерка. Ну, так будет хорошо. Теперь ты понимаешь, что, если не выполнишь обещания, другими словами, если Джон Кастелл не будет спасен или если кому-нибудь станет известно о нашем маленьком заговоре, это письмо немедленно попадет куда следует и некий секретарь инквизиции пожалеет, что он вообще родился на свет. Ты будешь умирать, — прибавила она свистящим шепотом, — медленно, как умирала моя сестра.

— Тысяча дублонов, если дело удастся и ты будешь жив, чтобы потребовать их, — проговорил Израэль. — Я не откажусь от своего слова. Смерть, позор и пытки или тысяча дублонов. Теперь ему известны наши условия. Завяжите ему глаза, сеньор Бернальдес и уведите его отсюда, а то он отравляет здесь воздух. Но прежде, Инесса, пойди и спрячь письмо. Ты знаешь где.

Той же ночью две фигуры, закутанные в плащи, плыли в маленькой лодке по направлению к «Маргарет». Это были Питер и Бернальдес.

Привязав лодку, они поднялись на борт корабля и прошли в каюту. Здесь их ожидал капитан Смит. Честный моряк был так рад увидеть Питера, что крепко сжал его в своих объятиях. Они ведь не виделись после той отчаянной попытки взять на абордаж «Сан Антонио».

— Судно готово к выходу в море? — спросил Питер.

— Оно никогда не было более готово, — ответил капитан. — Когда я получу приказ поднимать паруса?

— Когда хозяин судна будет на борту, — сказал Питер.

— Тогда мы сгнием здесь. Его ведь схватила инквизиция. Что вы задумали, Питер Брум? Что вы задумали? Есть какой-нибудь шанс?

— Да, капитан, я надеюсь, если здесь найдется дюжина крепких английских парней.

— Найдется, и даже больше. Но каков ваш план?

Питер рассказал ему все.

— Не так плохо, — произнес Смит, стукнув тяжелым кулаком себя по колену, — но рискованно, очень рискованно. Эта Инесса, должно быть, хорошая девушка. Я не прочь был бы жениться на ней, несмотря на ее прошлое.

Питер рассмеялся, представив себе, какую странную пару они составили бы.

— Выслушайте до конца, — попросил он. — В эту субботу госпожа Маргарет и я будем обвенчаны, затем перед заходом солнца я встречусь с маркизом Морелла на большой арене, где происходит обычно бой быков. Вы с пятью-шестью матросами будете при этом присутствовать. Я могу победить, могу и погибнуть…

— Никогда! Никогда! — воскликнул капитан. — Я не поставлю и пары старых башмаков за этого великолепного испанца. Вы разделаете его, как треску.

— Бог знает! — отозвался Питер, — Если я одержу победу, я и моя жена простимся с их величествами и направимся к набережной, где нас должна ожидать лодка, и вы переправите нас на борт «Маргарет». Если же я погибну, вы заберете мое тело и перевезете его таким же образом на борт «Маргарет». Я хочу, чтобы меня забальзамировали в вине, отвезли в Англию и там похоронили. В любом случае вы уйдете на корабле вниз по течению, за излучину реки, чтобы думали, что вы уплыли совсем. Вместе с приливом в темноте вы подниметесь обратно и станете позади этих старых, брошенных судов. Если кто-нибудь спросит вас, почему вы вернулись, скажете, что троих или четверых ваших людей не оказалось на борту и вы вынуждены были вернуться за ними, или придумайте еще что-нибудь. Затем в том случае, если я буду убит, вы с десятком ваших лучших матросов высадитесь на берег. Место вам укажет вот этот джентльмен. Пусть все наденут испанскую одежду, чтобы не привлекать внимания, и пусть будут хорошо вооружены. Вы должны походить на зевак с какого-нибудь корабля, высадившихся на берег посмотреть на представление. Я уже объяснил вам, каким образом вы узнаете Кастелла. Как только увидите его, бросайтесь к нему, рубите каждого, кто попробует остановить вас, тащите Кастелла в лодку и гребите изо всех сил к судну. На корабле должны выбрать якоря и поднять паруса, как только увидят ваше приближение. Таков план, и один бог знает, чем это кончится. Все зависит от удачи и от матросов. Войдете вы в эту игру ради любви к хорошему человеку и ко всем нам? В случае успеха вы все станете богатыми на всю жизнь.

— Да, — ответил капитан, — и вот вам моя рука. Мы вырвем его из этого ада, если это только в человеческих силах. Это так же верно, как то, что меня зовут Смит. И я сделаю это не ради денег. Мы так долго бездельничали здесь, дожидаясь вас и нашу госпожу, что будем рады поразмяться. Во всяком случае, раньше чем это дело будет кончено, там останется несколько мертвых испанцев. А если мы будем побеждены, я оставлю помощника и достаточное количество людей, чтобы довести судно до Тильбюри. Но мы победим, я не сомневаюсь в этом. Через неделю в этот день мы будем плыть через Бискайский залив, и ни одного испанца не будет на расстоянии трех сотен миль от нас, — вы, ваша жена и господин Кастелл. Раз я говорю так, значит, знаю.

— Откуда вы знаете? — с любопытством спросил Питер.

— Потому что мне приснилось все это вчера ночью. Я видел вас и госпожу Маргарет, сидящих рядышком, как голубки, и обнимающих друг друга. А я в это время разговаривал с хозяином. Солнце садилось, дул ветер с юго-юго-запада, и надвигалась буря. Говорю вам, что я видел это во сне, а мне редко снятся сны.

Глава XXIV. Сокол нападает

Наступил день свадьбы Маргарет и Питера. Питер выехал из ворот тюрьмы и остановился у ворот дворца, как ему было приказано. Он был одет в белые доспехи, присланные ему в подарок королевой в знак ее добрых пожеланий в предстоящем поединке с Морелла. На шее у него висел на ленте рыцарский орден Сант-Яго, на щите был изображен герб Питера — устремляющийся вниз сокол. Это изображение повторялось и на белом плаще. Позади него ехал знатный дворянин, державший в руках его шлем с перьями и копье. Сопровождал их эскорт королевской стражи.

Ворота дворца раскрылись, и из них на коне выехала Маргарет в великолепном белом с серебром наряде. Вуаль была приподнята так, что было видно лицо. Ее сопровождали дамы, все на белых лошадях, а рядом с Маргарет, почти затмевая ее роскошью своей одежды, ехала вместе со своей свитой Бетти, маркиза Морелла, — по крайней мере, пока.

Хотя Маргарет никогда нельзя было назвать иначе, как прекрасной, сегодня она выглядела утомленной и бледной, когда приветствовала своего жениха у ворот дворца. В этом не было ничего удивительного — ведь она знала, что через несколько часов его жизнь будет поставлена на карту в смертельном поединке, а завтра отец ее будет заживо сожжен в Квемадеро.

Они встретились, приветствовали друг друга; запели серебряные трубы, и сверкающая процессия двинулась по узким улицам Севильи. Питер и Маргарет не обменялись и несколькими словами — сердца их были слишком полны, они уже сказали друг другу все, что можно было сказать, и теперь ждали исхода событий. Однако Бетти, которую многие в толпе принимали за невесту, потому что она выглядела гораздо более счастливой, чем они оба, не могла молчать. Она упрекнула Маргарет за то, что та не радуется в такой день.

— О, Бетти, Бетти, — ответила Маргарет, — как я могу быть веселой, когда на сердце у меня лежит тяжесть завтрашнего дня!

— Пусть она провалится, тяжесть завтрашнего дня! — воскликнула Бетти. — С меня хватает тяжестей сегодняшнего дня, однако я не унываю.

Никогда в жизни мы не будем ехать так, как сейчас, когда все смотрят на нас и каждая женщина в Севилье завидует нам и милости к нам королевы.

— Я думаю, что это на тебя они смотрят и тебе завидуют, — сказала Маргарет, бросив взгляд на эту блистательную женщину, едущую рядом с ней.

Она понимала, что красота Бетти затмевает ее собственную, во всяком случае в глазах уличной толпы, подобно тому как роза, сверкающая на солнце, затмевает лилию.

— Может быть, — улыбнулась Бетти. — Но если это так, то только потому, что я легче смотрю на вещи и смеюсь даже тогда, когда мое сердце истекает кровью. В конце концов, твое положение гораздо более прочное, чем мое. Если твой муж должен сейчас сразиться насмерть, то же самое должен делать и мой муж, а, между нами говоря, я больше уверена в победе Питера. Он ведь очень упорный боец и удивительно сильный — слишком упорный и слишком сильный для любого испанца.

— Да, это так, — слабо улыбаясь, произнесла Маргарет. — Питер — твой защитник, и, если он проиграет, на тебе навсегда останется печать служанки и безродной женщины.

— Служанкой я была или, во всяком случае, чем-то вроде этого, — заметила Бетти задумчиво, — а что касается моего происхождения, то это уж что есть. Зато я могу выдержать там, где другие не выдержат. Так что это все меня не очень волнует. Меня беспокоит другое: что, если мой защитник убьет моего мужа?

— Ты не хочешь, чтобы он был убит? — Маргарет посмотрела на Бетти.

— Пожалуй, нет, — ответила Бетти слегка дрогнувшим голосом и на мгновение отвернула лицо. — Я знаю, что он мерзавец, но ты понимаешь, я всегда любила этого мерзавца, так же как ты всегда ненавидела его. Поэтому я ничего не могу с собой поделать, но я бы предпочла, чтобы он встречался с кем-нибудь другим, у кого удар не так силен, как у Питера. Кроме того, если он погибнет, его наследники обязательно начнут судиться со мной.

— Во всяком случае, твоего отца не собираются сжечь завтра, — сказала Маргарет, чтобы переменить тему разговора, которая, по правде говоря, была не из приятных.

— Нет, кузина. Если мой отец получил по заслугам, то его безусловно сожгли и он все еще продолжает гореть — в чистилище, — но, видит бог, я никогда не брошу вязанку дров в его костер. Однако твоему отцу не грозит такая опасность, так зачем терзаться по этому поводу?

— Почему ты так говоришь? — удивилась Маргарет, которая не посвящала Бетти в детали заговора.

— Я не знаю, но я уверена, что Питер вызволит его из беды. Питер — это посох, на который можно опереться, хотя и выглядит он таким черствым и молчаливым, — в конце концов, это свойства посоха... Смотри, вон собор: разве он не красив? И огромная толпа народа ожидает у дверей. Теперь надо улыбаться, кузина. Кланяйся и улыбайся, как это делаю я.

Они подъехали к собору, и Питер, соскочив с коня, помог сойти своей невесте. Процессия выстроилась в должном порядке, и они проследовали в собор, сопровождаемые церковными служителями с жезлами.

Маргарет никогда раньше не была в этом соборе и никогда больше не видела его, но память о нем осталась у нее на всю жизнь. Прохлада и полумрак после ослепительного блеска солнца, семь огромных приделов храма, тянущихся без конца направо и налево, мрачные своды, колонны, уходящие ввысь, подобно тому как большие деревья в лесу стремятся к небу, торжественный полумрак, пронизанный лучами света, льющимися из высоких окон, сверкающее золото алтаря, звуки пения, гробницы — все это захватило ее, подавило и навсегда запечатлелось в ее памяти.

Медленно приблизились они к ступенькам огромного алтаря. Здесь стояли многочисленные прихожане, и здесь же, направо, сидели на троне король и королева Испании, решившие почтить эту свадьбу своим присутствием. Более того: когда подошла невеста, королева Изабелла в знак особой милости встала и, наклонившись, поцеловала ее в щеку. Пел хор, играла музыка. Это было превосходное зрелище — свадьба Маргарет, устроенная в одном из самых знаменитых соборов Европы. Однако, глядя на облаченных в сверкающие одеяния епископов и священников, созванных сюда для того, чтобы оказать ей честь, на то, как они двигаются взад и вперед, совершая таинственный обряд, Маргарет думала о другом обряде, столь же торжественном, который состоится завтра на самой большой площади Севильи, где эти же самые церковные служители будут приговаривать людей — возможно, среди них и ее отца — на обручение с огнем.

Рука об руку преклонили Маргарет и Питер колена перед огромным алтарем. Облака благовоний поднимались от качающихся кадил, теряясь во мраке. Точно так же завтра дым костров будет подниматься к небу. Они стояли, она и ее муж, завоеванный наконец ею, завоеванный после стольких страданий и которого она, возможно, потеряет прежде, чем ночь спустится на землю. Священники пели, епископ в роскошном облачении наклонился над ними и прошептал слова брачного обряда, на палец ей надели кольцо, слова обещания были произнесены, было дано благословение, и они стали мужем и женой. Разлучить их могла только смерть, — она стояла так близко от них в этот час.

Все было кончено. Маргарет и Питер поднялись, повернулись и на какое-то мгновение остановились. Маргарет обвела взглядом присутствующих и неожиданно увидела темное лицо Морелла, стоящего несколько в стороне и окруженного своими приближенными. Он смотрел на нее. Он подошел к ней и, низко поклонившись, прошептал:

— Мы участвуем в странной игре, леди Маргарет. Хотел бы я знать, чем она кончится. Буду ли я мертв сегодня вечером, или вы станете вдовой? И где начало этой игры? Не здесь, я думаю. И где дадут плоды те семена, что мы посеяли? Не думайте обо мне плохо, потому что я любил вас, а вы меня нет.

Он опять поклонился, сначала Маргарет, потом Питеру, и прошел, не обратив внимания на Бетти, которая стояла рядом, глядя на него своими большими глазами, словно тоже раздумывая, чем кончится эта игра.

Король и королева, окруженные придворными, вышли из собора, вслед за ними двинулись новобрачные. Они вновь сели на своих коней и в сиянии южного солнца, под приветственные крики толпы направились ко дворцу, где их ждал свадебный пир. Там для них был приготовлен стол, поставленный только чуть ниже королевского стола. Свадебный пир был великолепен и тянулся очень долго, но Маргарет и Питер почти ничего не ели и, не считая церемониальной чаши, ни одна капля вина не коснулась их губ. Наконец запели трубы, король и королева поднялись, и король своим тонким голосом объявил, что он не прощается с гостями, так как весьма скоро они все встретятся в другом месте, где храбрый новобрачный — английский джентльмен — будет защищать честь своей родственницы и соотечественницы в поединке с одним из первых грандов Испании, которого она обвиняет в причинении ей зла. Этот поединок, увы, не будет развлекательным турниром, он будет битвой насмерть, таковы его условия. Он не может пожелать успеха ни одному из противников, но он уверен, что во всей Севилье нет ни одного сердца, которое не отнеслось бы с должным уважением и к победителю и к побежденному, он уверен также, что оба противника будут доблестными, как подобает храбрым рыцарям Испании и Англии.

Вновь запели трубы, и придворные, назначенные сопровождать Питера, подошли к нему и объявили, что ему пора надеть доспехи. Новобрачные поднялись, окружающие отошли в сторону, чтобы не слышать их разговора, но с любопытством смотрели на них. Питер и Маргарет обменялись несколькими словами.

— Мы расстаемся, — произнес Питер, — и я не знаю, что сказать.

— Не говори ничего, муж мой, — ответила Маргарет. — Твои слова сделают меня слабой. Иди и будь храбр — сражайся за свою честь, за честь Англии и мою. Живой или мертвый — ты мой любимый, и живые или мертвые — мы встретимся. Мои молитвы будут с тобой, сэр Питер, мои молитвы и моя вечная любовь. Может быть, они дадут силу твоим рукам и уверенность твоему сердцу.

Затем Маргарет, не желая обнимать его на глазах у всех, присела перед ним в таком низком поклоне, что ее колено почти коснулось земли, он же низко склонился перед ней. Странное и величавое расставание — так, по крайней мере, подумали все собравшиеся. Взяв Бетти за руку, Маргарет покинула Питера.

Прошло два часа. Пласа де Торос, где должен был происходить поединок, — потому что на большой площади, на которой обычно устраивались турниры, готовили завтрашнее аутодафе, — была переполнена народом. Это был огромный амфитеатр, — возможно, построенный еще римлянами, — где устраивались всевозможные игры, в том числе и бои быков. Двенадцать тысяч зрителей могли разместиться на скамейках, поднимавшихся ярусами вокруг огромной арены, и вряд ли в этот день там можно было найти хоть одно свободное место. Арена, достаточно большая, чтобы кони, взяв разбег с любого конца ее, могли набрать полную скорость, была посыпана белым песком, так же как это, вероятно, делалось и в те времена, когда на ней сражались гладиаторы. Над главным входом, как раз против центра арены, сидели король и королева со своими приближенными, и между ними, но чуть позади, прямая и молчаливая, как статуя, — Маргарет. Лицо ее было закрыто подвенечной вуалью. Напротив них, по другую сторону арены, в беседке, окруженная свитой, сидела Бетти, сверкая золотом и драгоценностями, поскольку она была дамой, за чье доброе имя, по крайней мере формально, происходил этот поединок. Она сидела тоже совершенно неподвижно, привлекая взоры всех собравшихся. В ожидании поединка все разговоры вертелись вокруг нее, — это создавало рокот, подобный рокоту волн, бьющихся ночью о берег.

Загремели трубы, затем наступила тишина. Предшествуемый герольдами в золотых одеждах, через главный вход на арену выехал маркиз Морелла в сопровождении свиты. Под ним был великолепный черный конь, и сам он был одет в черные доспехи, над шлемом развевался черный плюмаж из страусовых перьев. На его алом щите был изображен орел с короной, указывавший на его звание, и под ним гордый девиз: «То, что я беру, я уничтожаю». Маркиз остановил своего коня в центре арены, поднял его на дыбы и заставил сделать круг на задних ногах. Он отсалютовал королевской чете длинным копьем со стальным наконечником. Толпа приветствовала его криками. После этого Морелла со своими людьми отъехали к северному концу арены.

Вновь зазвучали трубы, и появился герольд, а за ним верхом на белом коне, одетый в белые доспехи, сверкавшие на солнце, с белым плюмажем на шлеме, выехал высокий и суровый сэр Питер Брум. На его щите был изображен золотой, устремляющийся вниз сокол с девизом: «За любовь и честь». Он так же выехал на середину арены и сделал круг совершенно спокойно, словно ехал по дороге, при этом он тоже поднял свое копье в знак приветствия. На этот раз толпа молчала — рыцарь был иностранец. Однако солдаты, бывшие в толпе, говорили друг другу, что вид у него бравый и победить его будет нелегко.

В третий раз зазвучали трубы, и оба рыцаря двинулись навстречу друг другу и остановились перед королевскими величествами. Главный герольд громко возвестил условия поединка. Они были краткими: поединок должен продолжаться до смертельного исхода, если только король и королева не пожелают прекратить его раньше, а победитель согласится с их пожеланиями; рыцари будут биться на конях или пешими, копьями, мечами или кинжалами, но сломанное оружие не может быть заменено, нельзя заменять также коней и доспехи; победителя с почетом проводят с поля боя, и ему разрешено будет уехать, куда он пожелает, в королевстве или за его пределы, ему не будет предъявлено никакого обвинения, и его не должна преследовать кровавая месть; тело побежденного будет отдано его друзьям для похорон также с подобающими почестями; исход поединка не должен ни в какой мере влиять на решение церковного или гражданского суда по иску дамы, утверждающей, что она маркиза Морелла, или со стороны благородного маркиза Морелла, который, как она утверждает, является ее мужем.

Условия поединка были оглашены, противников спросили, согласны ли они с этими условиями, на что оба четко и ясно ответили: «Да». Тогда герольд от имени сэра Питера Брума, рыцаря ордена Сант-Яго, вызвал благородного маркиза Морелла на смертельный поединок, поскольку названный маркиз оскорбил его родственницу, английскую леди Элизабет Дин, которая утверждает, что она жена маркиза, должным образом обвенчанная с ним, и нанес многие другие оскорбления сэру Питеру Бруму и его жене, донне Маргарет Брум, в знак чего герольд бросил перчатку, которую маркиз Морелла поднял острием своего копья и перебросил через плечо, приняв таким образом вызов.

Соперники опустили забрала, их оруженосцы подошли проверить, хорошо ли укреплены доспехи, оружие, подпруги и поводья у коней. Все было в полном порядке, помощники герольдов взяли коней под уздцы и развели их в противоположные концы арены. По сигналу короля раздался звук трубы, и оруженосцы, бросив поводья, отскочили назад. Вторично зазвучала труба, и рыцари подобрали поводья, наклонились над гривами лошадей, прикрылись щитами и подняли копья, выставив их вперед.

Зрители застыли в напряженном молчании, и среди этой тишины пронесся звук третьей трубы — для Маргарет он прозвучал как глас судьбы. Из двенадцати тысяч глоток вырвался вздох, подобный порыву ветра на море, и замер вдали. Подобно стрелам, выпущенным навстречу друг другу, их кони с каждым шагом увеличивали скорость. Вот они встретились. Оба копья ударились о щиты, и оба противника покачнулись. Острия копей сверкнули, отклонившись в сторону или вверх, и рыцари, удержавшись в седлах, проскакали мимо, задев друг друга, но не ранив. В конце арены оруженосцы поймали коней за поводья и повернули их. Первая схватка закончилась.

Вновь запели трубы, и опять противники помчались навстречу друг другу и встретились в центре арены. Как и в первый раз, копья ударили по щитам, но столкновение было столь сильным, что копье Питера разлетелось на куски, а копье Морелла, скользнув по щиту противника, застряло в его забрале. Питер пошатнулся в седле и стал падать назад. Когда казалось, что он вот-вот должен упасть с коня, завязки его шлема лопнули. Шлем был сорван с его головы, и Морелла проскакал мимо со шлемом на острие копья.

— Сокол падает! — закричали зрители. — Сейчас он свалится с коня!

Но Питер не свалился. Он отбросил разбитое копье и, ухватившись за ремень седла, подтянулся обратно в седло. Морелла пытался остановить коня, чтобы повернуть обратно и напасть на англичанина раньше, чем он оправится, но его конь стремительно мчался, остановить его было невозможно, пока он не увидит перед глазами стену. Наконец противники вновь повернулись друг к другу. Но у Питера не было копья и шлема, а на острие копья Морелла висел шлем его противника, от которого он тщетно пытался освободиться.

— Вытаскивай меч! — кричали Питеру.

Это были голоса капитана Смита и его матросов. Питер опустил руку, чтобы взяться за меч. Но он не сделал этого и, оставив меч в ножнах, пришпорил коня и вихрем понесся на Морелла.

— Сокола сейчас проткнут! — закричали кругом. — Орел побеждает! Орел побеждает!

Действительно, казалось, что этим все кончится. Копье Морелла было направлено на незащищенное лицо Питера, но, когда копье было совсем близко, Питер бросил поводья и ударил своим щитом по белому плюмажу, развевавшемуся на конце копья Морелла, тому самому, что перед этим был сорван с головы Питера. Он рассчитал правильно: белые перья качнулись очень невысоко, однако достаточно для того, чтобы, пригнувшись в седле, Питер мог проскользнуть под смертоносным копьем. А когда противники поравнялись, Питер выбросил свою длинную правую руку и, обхватив Морелла, словно стальным крюком, вырвал его из седла. Черный конь помчался вперед без всадника, а белый — с двойной ношей.

Морелла обхватил Питера за шею, и тела их переплелись, черные доспехи перемешались с белыми, противники раскачивались в седле, а испуганный конь мчался по арене, пока наконец не свернул резко в сторону. Противники упали на песок и некоторое время лежали, оглушенные падением.

— Кто победил? — кричали в толпе.

Им отвечали:

— Оба готовы!

Наклонившись вперед в своем кресле, Маргарет сорвала вуаль и смотрела на арену. Лицо ее было мертвенно бледным.

— Глядите, они упали вместе, вместе и зашевелились и теперь поднялись невредимыми.

Питер и Морелла отскочили друг от друга и выхватили длинные мечи. И пока оруженосцы ловили коней и подбирали сломанные копья, они уже стояли лицом к лицу. Питер, у которого не было шлема, держал высоко свой щит, чтобы защитить голову, и спокойно ожидал атаки.

Морелла первым нанес удар, и его меч со скрежетом столкнулся со сталью. Прежде чем Морелла успел вновь стать в позицию, Питер нанес ему ответный удар, однако Морелла успел пригнуться, и меч только срезал черные перья с его шлема. С быстротой молнии устремилось острие меча Морелла прямо в лицо Питера, но англичанин успел чуть отклониться, и удар миновал его. Вновь атаковал Морелла и нанес удар такой силы, что, хотя Питер успел подставить свой щит, меч испанца скользнул по нему и пришелся по незащищенной шее и плечу. Кровь окрасила белые доспехи, и Питер зашатался.

— Орел побеждает! Орел побеждает! Испания и орел! — вопили десять тысяч глоток.

Вслед за этим наступило минутное молчание, и в этой тишине в толпе раздался женский голос, в котором Маргарет узнала голос Инессы:

— Нет, сокол нападает!

Не успел замереть звук ее голоса, как Питер, видимо разъяренный болью от раны и страхом поражения, с боевым кличем: «Да здравствуют Брумы!» — собрал все силы и ринулся прямо на Морелла — зрители увидели, что половина шлема испанца валялась на песке. На этот раз пришла очередь Морелла покачнуться. Более того — он выронил свой щит.

— Вот это удар! Хороший удар! — раздались голоса в толпе. — Сокол! Сокол!

Питер, увидел, что противник потерял щит, и то ли из рыцарства, как подумала толпа, приветствовавшая этот жест, то ли потому, что он хотел освободить свою левую руку, но он отшвырнул свой щит и, схватив меч обеими руками, бросился на испанца. С этого момента, хотя он был без шлема, исход поединка уже не вызывал сомнения. Бетти говорила о Питере как об упорном бойце с тяжелым ударом. На этот раз Питер доказал, что она была права. Свежий, будто он только что вышел на арену, Питер наносил удар за ударом злополучному испанцу, пока удары его меча по толедской стали доспехов противника не стали напоминать удары молота по наковальне. Это были страшные удары, но сталь еще выдерживала, и Морелла, сопротивляясь изо всех сил, отступал, пока наконец не оказался перед трибуной, где сидели их величества и Маргарет.

Краем глаза Питер увидел, где они находятся, и в душе решил, что именно сейчас и здесь он закончит бой. Отпарировав выпад отчаявшегося испанца, Питер нанес ему сокрушительный удар, меч его блеснул подобно радуге, и, хотя черная сталь выдержала, Морелла почти был сбит с ног. Воспользовавшись этим, Питер высоко поднял меч и с криком «Маргарет!» опустил его со всей силой, на какую был способен. Меч сверкнул подобно молнии, быстрый, ослепивший всех, кто смотрел на него. Морелла пытался отвести меч противника. Напрасно. Его собственный меч разлетелся, шлем был рассечен, и, широко раскинув руки, он тяжело рухнул на землю.

Наступило минутное молчание, и среди этого молчания раздался пронзительный женский голос:

— Сокол победил! Английский сокол победил!

Вслед за этим поднялся неистовый шум: «Он мертв!», «Нет, он двигается!», «Убей его!», «Пощади его, он хорошо сражался!»

Питер оперся о свой меч, глядя на поверженного противника. Затем он взглянул на короля и королеву, но они сидели молча, не подавая никакого знака. Он видел Маргарет, которая пыталась встать и крикнуть что-то, но женщины, стоявшие рядом, усадили ее обратно. Глубокая тишина воцарилась вокруг, тысячи людей напряженно ждали конца. Питер посмотрел на Морелла.

Увы, тот еще был жив, его меч и прочный шлем смягчили силу мощного удара. Морелла был только ранен и оглушен.

— Что я должен делать? — обратился Питер к королевской чете.

Король, казалось, был взволнован, он хотел сказать что-то, но королева наклонилась к нему, шепнула несколько слов, и он остался сидеть неподвижно. Оба молчали. Молчала и внимательно наблюдавшая за всем этим толпа. Понимая, что означает это ужасающее молчание, Питер бросил меч и вытащил кинжал, чтобы разрезать ремни шлема Морелла и нанести последний удар.

В эту секунду он услышал шум, донесшийся с другого конца арены, и, взглянув в ту сторону, увидел самую странную картину, какую ему когда-либо приходилось наблюдать. С перил павильона напротив него, легко, как кошка, спускалась женщина. С кошачьей ловкостью она спрыгнула с высоты десяти футов и, подобрав свои юбки, бросилась к нему. Это была Бетти. Без сомнения, это была Бетти. Бетти в ее роскошном наряде, с развевающимися волосами. Питер в изумлении смотрел на нее. Все кругом замерли пораженные. Через полминуты она уже была рядом с ним и, став над телом Морелла, закричала:

— Оставь его! Говорю тебе, оставь его!

Питер не знал, что делать и что сказать, и двинулся было, чтобы поговорить с ней, но она стремительно бросилась к мечу Питера, лежавшему на песке, подняла его и, отскочив назад к Морелла, крикнула:

— Тебе придется сначала сразиться со мной, Питер!

И она действительно так стремительно стала наступать на него с его собственным мечом в руках, что он вынужден был отступить, чтобы избежать удара. По скамьям прокатилась волна хохота. Засмеялся даже Питер. Ничего подобного никогда еще не было видано в Испании. Смех замер, и Бетти, у которой был отнюдь не тихий голос, опять закричала на ужасном испанском языке:

— Пусть он убьет сначала меня, прежде чем убить моего мужа! Отдайте мне моего мужа!

— Бери его, если тебе хочется, — ответил Питер.

И Бетти, бросив меч, подняла лежащего без сознания испанца своими крепкими руками, как будто это был ребенок; его кровоточащая голова легла ей на плечо. Бетти пыталась унести его, но не смогла.

Присутствующие громко приветствовали ее, а Питер с жестом отчаяния отбросил свой кинжал и опять обратился к их величествам. Король встал и поднял руку, дав знак оруженосцам Морелла взять его тело. Бетти помогала им.

— Маркиза Морелла, — произнес король, в первый раз обращаясь к ней с этим титулом, — ваша честь восстановлена, ваш защитник победил. Что вы хотите сказать?

— Ничего, — ответила Бетти, — кроме того, что я люблю этого человека, хотя он дурно обращался со мной и с другими. Я знала, что, если он скрестит меч с Питером, он искупит свои грехи. Я повторяю, что люблю его, и, если Питер хочет убить его, он должен сначала убить меня.

— Сэр Питер Брум, — сказал король, — решение в ваших руках. Мы отдаем вам жизнь этого человека — вы можете подарить ее ему или поступить по своему усмотрению.

Питер немного подумал и затем произнес:

— Я дарую ему жизнь, если он признает эту даму своей законной женой и будет всегда жить с ней, прекратив против нее все судебные дела.

— Дурак, как он может это сделать, — воскликнула Бетти, — когда ты своим здоровенным мечом выбил из него всякое соображение!

— Тогда, — смиренно предложил Питер, — может быть, кто-нибудь сделает это за него?

— Я, — сказала Изабелла, в первый раз нарушив молчание. — Я это сделаю. От имени маркиза Морелла я обещаю вам это, дон Питер Брум, перед лицом всех собравшихся здесь. Я еще добавлю: если он выживет и если он захочет нарушить это обязательство, данное от его имени для того, чтобы спасти его от смерти, имя его будет предано позору. Объявите об этом, герольды!

Герольды затрубили в трубы, и один из них объявил громогласно решение королевы. Толпа громко приветствовала это решение.

После этого оруженосцы унесли Морелла, все еще остававшегося без сознания; Бетти в перепачканном кровью платье шла рядом с ним. Питеру подвели его коня, и он, невзирая на раны, сел на него и объехал арену. Его встречали такими овациями, каких эта площадь никогда не слышала. Отсалютовав мечом, Питер и его оруженосцы исчезли в воротах, через которые они выехали.

Так необычно закончился этот поединок, который впоследствии получил название «Боя испанского орла с английским соколом».

Глава XXV. «Маргарет» уходит в море

Наступила ночь. Питер, ослабевший от потери крови и с трудом двигавшийся из-за полученных ран, попрощался с королем и королевой Испании, которые наговорили ему массу приятных слов. Они назвали его украшением рыцарства и предлагали ему высокое положение и звание, если он согласится поступить к ним на службу. Однако Питер поблагодарил их и отказался, сказав, что он слишком много перестрадал в Испании, чтобы жить здесь. Король и королева поцеловали его жену, прекрасную Маргарет, которая прильнула к своему раненому мужу, как плющ обвивает дуб, и не отходила от него ни на шаг. Ведь еще недавно она почти не надеялась обнять его живого. Итак, король и королева поцеловали ее, а Изабелла, сняв с себя драгоценную цепь, повесила ее на шею Маргарет в качестве прощального подарка и пожелала ей счастья с таким мужем.

— Увы, ваше величество, — ответила Маргарет, и ее темные глаза наполнились слезами, — как я могу быть счастливой, думая о завтрашнем дне?

Изабелла покраснела и ответила:

— Донна Маргарет Брум, будьте благодарны за то, что вам принес сегодняшний день, и забудьте о завтрашнем и о том, что он должен унести. Идите, и пусть бог будет с вами обоими!

Они удалились, и маленькая кучка английских матросов в испанских плащах, которые сидели в амфитеатре и ахали, когда наносил удары орел, но ликовали, когда побеждал сокол, повели или, скорее, понесли Питера под покровом темноты к лодке, стоявшей неподалеку от места поединка. Они отплыли, никем не замеченные, ни толпой, ни даже оруженосцами Питера, уверенными, что он, как и предупредил их, вернулся со своей женой во дворец. Так они доплыли до «Маргарет», судно снялось с якоря и, спустившись вниз по течению, стало за излучиной реки.

Это была тяжелая ночь — в ней не было места для любви и нежности. Разве могли думать об этом Маргарет и Питер, измученные сомнениями и страхом, пережившие сегодня такой ужас и такую радость! Рана Питера была глубокой и тяжелой, хотя его щит и умерил силу удара меча Морелла и острие меча пришлось, по счастливой случайности, по плечу так, что не задело артерии и не тронуло кости. Однако он потерял много крови, и капитан Смит, который был гораздо более умелым хирургом, чем это можно было предполагать, счел необходимым промыть рану спиртом, причинившим Питеру сильную боль, и зашить ее шелковой ниткой. На руках и на бедрах у Питера были страшные кровоподтеки, а спина была разбита во время падения с коня вместе с Морелла.

Большую часть ночи Питер пролежал в полузабытье. И когда наступил рассвет, он смог только подняться со своей койки, чтобы вместе с Маргарет опуститься на колени и молиться о спасении ее отца из рук жестоких испанских священников.

Ночью Смит, воспользовавшись приливом, повел судно опять вверх по течению и бросил якорь под прикрытием старых, разбитых кораблей, о которых говорил ему Питер. Перед этим он закрасил старое название судна и на его месте написал «Санта Мария» — название корабля такой же постройки и тоннажа, как и «Маргарет», который, по слухам, ожидался в порту. Поэтому ли, или потому, что на реке было в то время много судов, но случилось так, что никто из властей не обратил внимания на их возвращение, а если и заметил, то не стал сообщать, не придав этому особого значения. Во всяком случае, пока все шло хорошо.

По сведениям отца Энрике, подтвержденным другими источниками, процессия «Акта веры» должна была выйти на набережную около восьми часов, пройти но ней всего ярдов сто и свернуть на улицу, ведущую к площади, где было все приготовлено для совершения мессы. «Очищенные» должны будут здесь быть посажены в клетки и отвезены на Квемадеро.

В шесть часов утра Смит собрал в каюте двенадцать матросов, которых он выбрал в помощь себе для предстоящего предприятия. Питер, стоя рядом с Маргарет, сообщил им весь план в подробностях и умолял их во имя их хозяина и ради его дочери сделать все, что возможно, чтобы спасти хозяина от страшной смерти.

Матросы поклялись; у них кипела кровь, не говоря уже о том, что им была обещана большая награда, а тем, кто погибнет, — вознаграждение их семьям. Затем они позавтракали, разобрали мечи и ножи и укутались в испанские плащи, хотя, говоря по правде, этих парней из Эссекса и Лондона с трудом можно было принять за испанцев. Лодка была готова, и тут Питер, хотя он едва мог стоять, заявил, что поедет с ними. Однако капитан Смит, с которым, вероятно, уже раньше переговорила Маргарет, топнул ногой по палубе и заявил, что здесь командует он и он не допустит этого. Раненый человек, заявил Смит, будет им только обузой, он займет лишь место в маленькой шлюпке, а помочь им не сможет ни на суше, ни на воде. Кроме того, Питера узнают в лицо тысячи людей, видевшие его вчера, и наверняка узнают, тогда как никто не обратит внимания на дюжину матросов, высадившихся с какого-то судна, чтобы покутить и посмотреть на представление. И, наконец, ему лучше остаться на борту «Маргарет», ибо, если дело обернется плохо, здесь будет слишком мало людей, чтобы быстро вывести корабль в открытое море и доплыть до Англии.

Питер все-таки настаивал на своем, пока Маргарет, обняв его, не спросила, не думает ли он, что ей будет лучше, если она потеряет сразу и отца и мужа. А ведь если они потерпят неудачу, это может случиться. Только тогда Питер, страдающий от боли и очень слабый, уступил, и капитан Смит, отдав последние распоряжения своему помощнику и пожав руки Питеру и Маргарет, спустился со своими двенадцатью матросами в шлюпку. Укрываясь за старыми судами, шлюпка направилась к берегу.

«Маргарет» находилась на расстоянии выстрела из лука от берега, и с палубы между кормой одного старого судна и носом другого открывался вид на набережную. Здесь и расположились Питер и Маргарет. Один из матросов взобрался на мачту, откуда был виден почти весь город и даже старый мавританский замок, где теперь помещалась инквизиция. Наконец этот матрос крикнул, что процессия вышла — он увидел знамена, людей у окон и на крышах; к тому же колокол собора медленным звоном возвестил о том же. Затем потянулось длительное ожидание. Они видели, как группа матросов в испанских плащах показалась на набережной и смешалась с немногочисленной толпой, собравшейся там, — основная масса народа толпилась на площади и на прилегающих улицах.

В конце концов, как раз когда часы на соборе пробили восемь, «триумфальное» шествие, как оно именовалось, вступило на набережную. Первым появился отряд солдат, вооруженных копьями, затем распятие, задрапированное черным крепом, которое нес священник, за ним следовали другие служители церкви, в белоснежных одеждах, символизировавших чистоту. Затем появились люди, тащившие деревянные или сделанные из кожи изображения каких-то мужчин и женщин, которые благодаря бегству в другие страны или в царство смерти избежали лап инквизиции. Следом за ними несли гробы, по четыре человека каждый, — в этих гробах были тела или кости умерших еретиков, которые ввиду смерти тех, кому они принадлежали, должны были быть тоже сожжены в знак того, что сделала бы с ними инквизиция, если бы могла, — это давало ей право конфисковать оставшееся от человека имущество.

Затем шли раскаявшиеся. Головы их были обриты, ноги босы, одни были одеты в темные одежды, другие — в желтые балахоны с красным крестом, называемые санбенито. После них появилась группа еретиков, осужденных на сожжение. Они были облачены в замарры из овечьих шкур, разрисованные дьявольскими рожами, их собственными портретами, окруженными пламенем. На этих несчастных были также высокие, похожие на епископские митры шапки, так называемые «короза», разрисованные изображениями пламени. Рты у них были заткнуты кусками дерева, иначе они могли бы осквернять и заражать окружающих еретическими речами, в руках они несли свечки, которые сопровождающие их монахи время от времени зажигали, если те гасли.

Сердца Питера и Маргарет дрогнули, когда в конце этой ужасной процессии появился человек верхом на осле, одетый в замарру и корозу, но с петлей на шее. Отец Энрике сказал правду — это, без сомнения, был Джон Кастелл. Как во сне, смотрели Питер и Маргарет на его позорный наряд.

Следом за ним шли роскошно одетые чиновники, инквизиторы, знатные люди, члены Совета инквизиции; впереди них развевалось знамя, именуемое Святым знаменем веры.

Кастелл поравнялся с маленькой группой моряков, и казалось, что-то произошло с упряжью осла, на котором он сидел, потому что тот остановился и человек в одежде секретаря подошел к нему, по-видимому для того, чтобы поправить упряжь, заставив тем самым остановиться всю процессию, следующую за ним. Идущие впереди уже миновали набережную и завернули за угол. Непонятно, что там случилось, но еретика потребовалось снять с осла; его грубо стащили с ослиной спины, а животное, словно обрадовавшись освобождению от ноши, задрало голову вверх и громко стало орать.

Люди из немногочисленной толпы, стоявшей вдоль набережной, двинулись к ним, как будто для того, чтобы помочь, и среди них — несколько человек в таких накидках, какие были на матросах с «Маргарет».

Офицеры и гранды позади начали кричать: «Вперед! Вперед!», но люди, окружившие осла, вместо этого начали подталкивать его вместе с седоком ближе к воде. В это время прискакала стража узнать, что случилось.

И тут неожиданно возникло замешательство, причину которого было невозможно разгадать, — в следующее мгновение Маргарет и Питер, схватившие друг друга за руки, увидели, что человека, который до этого ехал на осле, быстро тащат вниз по ступенькам набережной туда, где находилась шлюпка с «Маргарет».

Помощник капитана, стоявший у штурвала, тоже видел все это. Он свистнул, и по этому сигналу якорный канат был обрублен — времени для подъема якоря не было, — а матросы, стоявшие на реях, распустили паруса, и судно тут же начало двигаться.

Между тем на набережной шла битва. Еретик был уже в шлюпке вместе с частью матросов, но остальные сдерживали толпу священников и вооруженных служителей, пытавшихся схватить его. Один из священников с мечом в руке проскользнул между матросами и тоже свалился в шлюпку. Наконец все уже были в шлюпке, за исключением одного человека — капитана Джона Смита, которого атаковали трое противников. Весла были подняты, но матросы ждали. Капитан взмахнул мечом, и один из нападающих рухнул. Остальные двое бросились на капитана, один прыгнул ему на спину, другой повис на шее. С отчаянным усилием капитан бросился в воду, увлекая за собой обоих нападающих. Одного из них больше уже не увидели, так как Смит заколол его, а второй вынырнул рядом с шлюпкой, которая была уже на расстоянии нескольких ярдов от набережной; один из матросов ударил его веслом по голове, и тот пошел ко дну.

Однако Смита не было видно, и Питер и Маргарет решили, что он утонул.

Матросы тоже, по-видимому, решили так, потому что они начали грести, но неожиданно большая загорелая рука появилась над водой и схватилась за корму шлюпки, а гулкий голос пророкотал:

— Гребите, ребята, я здесь!

Матросы налегли с такой силой, что ясеневые весла гнулись, как луки. В это время двое моряков схватили священника, прыгнувшего в шлюпку, и выбросили его за борт; он некоторое время барахтался, не умея плавать и хватаясь за воздух руками, а потом исчез. Шлюпку подхватило течением, вот она уже обогнула нос первого из старых кораблей, за которым виднелась «Маргарет». Ветер посвежел, и судно набирало скорость.

— Спустите трап и приготовьте канаты! — закричал Питер.

Это было сделано, но недостаточно быстро, потому что в следующий момент шлюпка ударилась о борт корабля. Матросы успели ухватиться за канаты и удерживали шлюпку, в то время как капитан Смит, наполовину захлебнувшийся, цеплялся за кормовую доску; вода почти покрывала его с головой.

— Спасайте сначала его! — закричал Питер.

Один из матросов сбежал по трапу и бросил капитану петлю. Смит поймал ее одной рукой и постепенно надел на себя. Тогда матросы схватились за веревку и вытащили его на палубу, где он лег, тяжело дыша и выплевывая воду. Судно двигалось все быстрее, настолько быстро, что Маргарет умирала от страха, как бы шлюпку не затянуло под корпус и не утопило.

Но матросы знали свое дело. Они постепенно отвели шлюпку назад, пока ее нос не оказался на уровне трапа. Первым они помогли вылезти Кастеллу. Он схватился за перекладину трапа, и сильные руки подхватили его. Он полз, шаг за шагом, пока наконец его ужасная, дьявольски разукрашенная шапка, лицо с белым пятном там, где была сбрита борода, раскрытый рот, в котором до сих пор торчал деревянный кляп, не показал не над бортом, как сказал потом помощник капитана, подобно лику сатаны, бежавшего из ада. Матросы подняли его, и он без чувств упал на руки дочери. Один за другим поднимались вслед за ним матросы — все были живы, хотя двое были ранены и покрыты кровью. Да, никто не погиб — все до одного были в безопасности на палубе «Маргарет».

Капитан Смит выплюнул последние остатки речной воды, приказал принести ему чарку вина и тут же выпил ее. Питер и Маргарет в это время вытащили проклятый кляп изо рта Кастелла и дали ему глоток спирта. Смит, словно большая собака, стряхнул с себя воду и, ни слова не говоря, подошел к штурвалу и взял его из рук помощника. Плыть по реке было делом трудным, и никто не знал реку так хорошо, как капитан Смит. «Маргарет» как раз поравнялась со знаменитой Золотой башней, и вдруг по ним выстрелила пушка, но ядро пролетело далеко от судна.

— Смотрите! — воскликнула Маргарет, указывая на всадников, скачущих на юг вдоль берега реки.

— Они хотят предупредить форты, — отозвался Питер. — Бог послал нам этот ветер, мы должны успеть прорваться к морю.

Ветер крепчал, он дул с севера, но какой это был длинный и тяжелый день! Час за часом плыли они вниз по реке, которая становилась все шире. Они плыли то мимо деревень, где кучки людей, завидев их, размахивали оружием, то мимо пустынных болот и равнин, покрытых соснами.

Когда они были уже у Бонанцы, солнце стояло довольно низко, а когда миновали Сан-Лукар, оно уже садилось. В широком устье реки, где белые волны бились об узкий мол, к ним спешили на веслах две большие галеры, чтобы захватить их. Галеры были очень ходкими, и спастись, казалось, не было никакой возможности.

Маргарет и Кастелла отправили вниз, матросы заняли свои места. Питер решительно направился на корму, где упорный капитан Смит стоял у штурвала, не разрешая никому дотронуться до него. Смит посмотрел на небо, на берег и на спасительное открытое море впереди. Затем он приказал поднять все паруса и мрачно посмотрел на галеры, подстерегавшие их, подобно борзым, у выхода в море. Галеры держались на веслах посередине канала. По обе стороны кипели буруны, через которые не мог пройти ни один корабль.

— Что вы хотите делать? — спросил Питер.

— Мастер Питер, — сквозь зубы процедил Смит, — когда вы вчера дрались с испанцем, я не спрашивал вас, что вы собираетесь делать. Придержите ваш язык и предоставьте все мне.

«Маргарет» была быстроходным судном, но никогда еще она не развивала такой скорости. Позади нее свистел ветер. Ее крепкие мачты согнулись, как удочки, а спасти скрипели и стонали под тяжестью наполненных ветром парусов, ее левый борт лежал почти на уровне воды, так что Питер должен был лежать на палубе — стоять было невозможно — и видел, как вода бежала в трех футах от него.

Галеры выстроились, преграждая путь «Маргарет». В полумиле от нее они встали нос к носу, отлично зная, что никакое судно не может проскользнуть по пенящемуся мелководью. Они ждали, что «Маргарет» должна будет замедлить ход — это было неизбежно, — и тогда они возьмут ее на абордаж и перебьют малочисленную команду. Смит что-то приказал помощнику, и неожиданно в лучах заходящего солнца на грот-мачте взвился английский флаг, при виде которого матросы разразились восторженными криками. Смит отдал новый приказ, и был поднят последний кливер. Теперь время от времени левый борт погружался в воду, и Питер чувствовал, как соленая вода обжигает его израненную спину.

Испанские капитаны держали галеры на прежнем месте. Они не могли понять, что этот иностранец — сумасшедший или не знает речного фарватера? Ведь он пойдет ко дну со всеми, кто у него на борту. Они стояли, ожидая, когда этот леопардовый флаг и надувшиеся паруса будут спущены, но «Маргарет» прямо, словно бык, мчалась на них. Она была на расстоянии не более четверти мили и шла прямо по курсу, когда наконец на галерах поняли, что она пойдет ко дну не одна.

На испанских судах началось смятение, заливались свистки, кричали люди, надсмотрщики бросились вниз подстегивать рабов, поднятые весла казались красными в свете заходящего солнца, когда они с силой били по воде. Бушприты галер стали раздвигаться — пять футов, десять футов, может быть, двенадцать футов. И прямо в эту полоску открытой воды, словно камень, пущенный из пращи, словно стрела из лука, ринулась несущаяся по ветру «Маргарет».

Что же случилось? Спросите об этом у рыбаков Сан-Лукара и у пиратов Бонанцы, где история эта передается из поколения в поколение. Огромные весла треснули, как тростник, верхняя палуба левой галеры была разорвана, словно бумага, крепкими реями летящей «Маргарет», борт правой галеры завернулся, как стружка под рубанком, и «Маргарет» прорвалась.

Капитан Смит оглянулся — два больших испанских судна тонули. Словно раненые лебеди, они кружились и трепетали у пенящегося мола. Затем он повернул судно на другой галс, крикнул плотника и спросил у него, дал ли корабль течь.

— Никакой, сэр, — ответил тот, — но его потребуется заново смолить. Это был дуб против яичной скорлупы, и у нас была скорость!

— Хорошо, — сказал Смит. — С двух сторон находились мели, выбор оставался один — жизнь или смерть, но я был уверен, что они дадут нам пройти. Пришлите сюда помощника взять штурвал. Я должен поспать.

Солнце опустилось в бурлящее море, и ускользнувшая от власти Испании «Маргарет» повернула свой разбитый бушприт к Уэссану, к Англии.

Эпилог

Прошло десять лет с тех пор, как капитан Смит провел «Маргарет» через мель Гвадалквивира столь замечательным образом. Был конец мая. В Эссексе леса стояли зеленые, птицы пели, луга пестрели цветами. В чудесной долине Дедхэма можно было видеть длинный низкий дом со многими остроконечными крышами — прелестный старый дом из красного кирпича и почерневшего от времени дерева. Дом этот стоял на небольшом холме. Сзади к нему примыкал лес, а впереди тянулась длинная аллея из дубов, которая шла через парк к дороге, ведущей к Колчестеру и Лондону. По этой аллее майским днем шел старый седой человек с быстрыми черными глазами. С ним было трое детей — мальчик лет десяти и две маленькие девочки, которые цеплялись за руки старика и за его одежду и засыпали его вопросами.

— Куда мы идем, дедушка? — спросила одна из девочек.

— Навестить капитана Смита, дорогая моя, — ответил старик.

— Я не люблю капитана Смита, — заявила другая девочка, — он толстый и всегда молчит!

— А я люблю, — прервал ее мальчик, — он дал мне замечательный нож, который мне нужен, когда я играю в моряка. И мама его любит, и папа, и дедушка, потому что он спас его, когда жестокие испанцы хотели его сжечь. Правда, дедушка?

— Правда, дорогой мой, — ответил старик. — Смотрите, вон белка пробежала по траве. Может, вы ее поймаете раньше, чем она добежит до дерева?

Дети бросились со всех ног и, так как дерево оказалось невысоким, начали карабкаться на него вслед за белкой. Между тем Джон Кастелл, ибо это был он, вышел через ворота парка и направился к маленькому домику у дороги. У дома на скамье сидел полный мужчина. Очевидно, он поджидал гостя, потому что указал ему на место рядом с собой и, когда Кастелл сел, спросил:

— Почему вы не пришли вчера, хозяин?

— Из-за ревматизма, друг мой, — ответил Кастелл. — Я получил его в подвалах этой проклятой инквизиции в Севилье. Они были очень сырые и холодные, эти подвалы — задумчиво добавил он.

— Многим они казались довольно жаркими, — проворчал Смит, — к тому же пребывание в них обычно оканчивалось большим костром. Странно, что мы никогда больше ничего не слышали об этом деле. Я думаю, все это потому, что королева Изабелла хорошо относилась к нашей Маргарет и не хотела поднимать этого вопроса перед Англией и мутить воду.

— Может быть, — заметил Кастелл. — А вода ведь была мутная.

— Мутная? Как на отмели Темзы при отливе. Умная женщина эта Изабелла.

Никто другой не додумался бы так выставить человека на посмешище, как она поступила с Морелла, когда отдала его жизнь Бетти и обещала от его имени, что он признает ее своей женой. После этого он уже не представлял никакой опасности в смысле заговоров против короны. Да, он должен был сделаться посмешищем всей страны, а таким людям никогда ничего не удается. Вы помните испанскую пословицу: «Королевский меч рубит, костры, зажженные попами, сжигают, но уличные песенки убивают быстрее». Хотелось бы мне знать, что случилось с ними со всеми. А вам, хозяин? Не говоря, конечно, о Бернальдесе — он ведь уже много лет в Париже и, говорят, живет там неплохо.

— Да, — улыбнулся Кастелл, — конечно, хотелось бы узнать, если только для этого не потребовалось бы ехать в Испанию.

В этот момент прибежали дети, ворвавшись одновременно в калитку.

— Не помните мою клумбу, маленькие разбойники! — закричал капитан Смит, замахнувшись на них тростью, в то время как они спрятались за его спину и стали корчить гримасы.

— Где белка, Питер? — спросил Кастелл. — Мы согнали ее с дерева, дедушка, и окружили на берегу ручья, и там…

— Что — там? Поймали вы ее?

— Нет, дедушка. Когда нам казалось, что мы уже поймали ее, она прыгнула в воду и уплыла.

— Некоторые люди в трудном положении поступали так же, — смеясь, заметил Кастелл, припоминая одну речную набережную.

— Это было нечестно! — с негодованием закричал мальчик. — Белки не должны плавать, и, если я поймаю ее, я посажу ее в клетку.

— Я думаю, что эта белка останется в лесу до конца своей жизни.

— Дедушка! Дедушка! — закричала младшая девочка, просунув голову в калитку. — Много народу едет сюда на лошадях. Такие красивые! Иди сюда, посмотри!

Эта новость возбудила любопытство старых джентльменов, поскольку не так много людей приезжало в Дедхэм. Во всяком случае, они оба поднялись, правда с некоторым трудом, и направились к калитке. Да, ребенок был прав: в двухстах ярдах от них двигалась внушительная кавалькада. Впереди на великолепном коне ехала высокая, красивая дама, одетая в черный шелк, лицо ее было прикрыто черной вуалью. Рядом с ней ехала другая дама, закутанная так, будто здешний климат был для нее слишком холодным. Между ними на пони ехал маленький красивый мальчик. Слуги и служанки, человек шесть или восемь, огромная повозка, нагруженная багажом, которую тянули четыре крупные фламандские лошади, замыкали эту процессию.

— Кто же это? — воскликнул, вглядываясь, Кастелл.

Капитан Смит тоже посмотрел и втянул носом воздух, как он часто делал на палубе в туманное утро.

— По-моему, пахнет испанцами, — заявил он, — а я не люблю этого запаха. Посмотрите на их такелаж. Скажите, хозяин: кого вам напоминает это трехмачтовое судно со всеми его парусами?

Кастелл с сомнением покачал головой.

— Я припоминаю, — продолжал Смит, — высокую девушку, разукрашенную, как майское дерево, которая бежала по белому песку во время поединка в Севилье... Да, я забыл, что вас там не было.

До них донесся громкий, звонкий голос, приказавший по-испански кому-то пойти к дому и узнать, где здесь ворота. Тут Кастелл сразу узнал всадницу.

— Это Бетти! — воскликнул он. — Клянусь бородой Авраама, это Бетти!

— Я тоже так думаю, только не упоминайте Авраама, хозяин. Он очень опасный человек, этот Авраам, в христианских странах. Говорите — «клянусь ключами святого Петра» или «болезнями святого Павла».

— Дитя, — обратился Кастелл к одной из своих внучек, — беги в дом и скажи папе и маме, что приехала Бетти и привезла с собой половину Испании. Ну, быстро! И запомни имя: Бетти.

Удивленная девочка побежала, а Кастелл и Смит пошли навстречу путникам.

— Не можем ли мы быть полезны вам, сеньора? — спросил Кастелл по-испански.

— Маркиза Морелла, если вам угодно… — начала она тоже по-испански, затем неожиданно продолжала по-английски: — Боже мой! Да ведь это мой старый хозяин, Джон Кастелл, с белой бородой вместо черной!

— Она стала белой после того, как меня побрил святой цирюльник в святейшей инквизиции, — сказал Кастелл. — Ну, слезай же с этого коня, Бетти, дорогая… прошу прощения — благороднейшая и высокорожденная маркиза Морелла, — и поцелуй меня.

— Хоть двадцать раз, если пожелаете! — воскликнула Бетти, с такой стремительностью падая с высоты в его объятия, что, если бы не мощная поддержка Смита, они оба свалились бы на траву.

— Чьи это дети? — спросила Бетти, расцеловав Кастелла и пожав руку Смиту. — Впрочем, нечего спрашивать: у них глаза моей кузины и длинные носы, как у Питера. Как они? — озабоченно добавила она.

— Ты сама увидишь через одну-две минуты. Пошли своих людей и багаж к дому, хотя я не знаю, где они там все разместятся, и пойдем с нами.

Бетти помедлила, так как она рассчитывала произвести эффект своим триумфальным въездом в полном параде. Но в эту минуту появились Маргарет и Питер — Маргарет с ребенком на руках, и Питер, выглядевший так же, как и всегда, худощавый, с длинными руками и ногами, суровый на вид, но с добрыми глазами. Вслед за ним появились слуги и маленькая Маргарет.

Поднялось настоящее столпотворение, прерываемое объятиями, но в конце концов свита была отправлена в дом, и багаж был разгружен. За ними ушли дети вместе с маленьким мальчиком испанского типа, с которым они уже успели подружиться; остались Бетти и ее закутанная спутница. Эту даму Питер некоторое время рассматривал, словно знакомую.

По-видимому, она заметила его интерес, потому что, как бы случайно, откинула один из платков, закрывавших ее лицо, показав один нежный и блестящий глаз и кусочек щеки оливкового цвета. Тут Питер сразу же узнал ее.

— Как вы поживаете, Инесса? — сказал он, протягивая ей с улыбкой руку, ибо он действительно был рад видеть ее.

— Так, как может чувствовать себя бедный путник в чужой и очень сырой стране, дон Питер, — ответила она томным голосом. — Но меня утешает, что я вижу перед собой старого друга, которого последний раз я видела в лавке одного булочника. Вы помните?

— Помню! — воскликнул Питер. — Это не такая вещь, которую можно забыть. Инесса, что стало с отцом Энрике? Я слышал несколько разных версий.

— Трудно сказать что-либо определенное, — ответила Инесса, открывая свои смеющиеся красные губы. — В старом мавританском замке, где помещается святая инквизиция, так много темниц, что невозможно сосчитать арестантов, как бы хороша ни была информация. Все, что я знаю, это то, что у этого бедняги начались неприятности из-за нас. Возникли подозрения по поводу его поведения во время процессии, которую капитан, может быть, помнит, — и она кивнула в сторону Смита. — Кроме того, человеку в его положении было очень опасно посещать еврейские кварталы и писать неосторожные письма — нет, не то, о котором вы думаете, я держу слово, — другие, в которых он просил вернуть то письмо. Некоторые из них пропали.

— Он умер? — спросил Питер.

— Хуже, я думаю, — ответила Инесса, — заживо погребен — «наказание стеной».

— Бедняга! — вздрогнул Питер.

— Да, — задумчиво заметила Инесса, — докторам не нравятся их собственные лекарства.

— Я вижу, Инесса, — сказал Питер, взглянув в сторону Бетти, — что маркиз не последовал за вами.

— Только дух его, дон Питер, не иначе.

— Значит, он умер? Что убило его?

— Смех, я думаю, или, вернее, то, что он был предметом этого смеха. Он совершенно выздоровел от ран, которые вы ему нанесли, и потом, конечно, он должен был сдержать обещание, данное королевой, и признать благородную леди, в прошлом Бетти, своей маркизой. Он не мог этого не сделать после того, как она отбила его у вас с помощью вашего же меча и выходила его. Но конца этому не было. О нем пели песенки на улицах и спрашивали, как поживает его крестная мать Изабелла, потому что это она дала за него обещание и поклялась от его имени; потом его еще спрашивали, ломала ли маркиза еще копья ради него, и так далее.

— Бедняга! — сказал Питер с выражением глубокого сочувствия. — Жестокая судьба! Лучше бы я убил его.

— Конечно. Но не говорите этого при благородной Бетти — она уверена, что он был очень счастлив в семейной жизни под ее защитой. Он молча страдал, и даже я, которая так ненавидела его, стала жалеть его. Подумайте: один из самых гордых людей Испании, блестящий гранд, племянник короля, опора церкви, посол их величеств к маврам сделался предметом шуток простонародья, да и знати тоже.

— Знати? Кого же?

— Почти всех, потому что королева подавала пример. Я не знаю, за что она так ненавидела его, — добавила Инесса, проницательно взглянув на Питера, но, не дождавшись ответа, продолжала: — Она делала это очень умно, всегда оказывая высокочтимой Бетти самый любезный прием, подзывая ее к себе, восхищаясь ее английской красотой и тому подобное. А то, что делала королева, повторяли все, пока моя легко возбуждающаяся хозяйка чуть не потеряла голову. А маркиз почувствовал себя плохо и после взятия Гранады уехал туда, чтобы жить спокойно. Бетти уехала вместе с ним. Она была ему хорошей женой и сэкономила много денег. Она похоронила его год назад — он умер тихо — и поставила ему один из лучших памятников в Испании — он еще не закончен. Вот и вся история. Теперь она привезла сына, юного маркиза, сюда, в Англию, на год или два, потому что у нее очень любящее сердце и ей очень хотелось видеть вас всех. К тому же она решила, что для сына будет лучше уехать на время из Испании. Что касается меня, то теперь, после смерти Морелла, я первое лицо в дом — секретарь, главный поставщик сведений и все что угодно.

— Вы не замужем, я полагаю? — спросил Питер.

— Нет, — ответила Инесса. — Я видела так много мужчин, когда была молода, что, мне кажется, этого вполне достаточно. Или, может быть, — продолжала она, устремив свои нежные блестящие глаза на него, — был один, который мне слишком нравился, чтобы хотеть…

Она остановилась. Они как раз шли по подъемному мосту напротив Старого замка. Роскошная Бетти и прекрасная Маргарет в окружении остальных, разговаривая, прошли через широкие двери в просторный вестибюль. Инесса посмотрела им вслед и заметила стоящие, подобно стражу, у подножия широкой лестницы покрытые вмятинами белые доспехи и расколотый щит с золотым соколом — подарок Изабеллы, — в которых Питер сражался с маркизом Морелла и победил его. Затем она сделала шаг назад и критически осмотрела здание.

Над каждым крылом здания возвышалась каменная башня, построенная с целью обороны; вокруг замка тянулся глубокий ров. Внутри круга, образуемого рвом и окруженного тополями и древними тисовыми деревьями, в южном углу замка, находился отгороженный садик с дорожками, с цветущим боярышником и другими кустами. В самом конце его, почти скрытый ивами, был каменный бассейн. Глядя на все это, Инесса сразу заметила: насколько позволяли обстоятельства и климат, Питер, устраивая этот сад, скопировал другой, в далеком южном городе Гранаде, скопировал вплоть до ступенек и скамей. Она повернулась к нему и с невинным видом сказала:

— Сэр Питер, вы не возражаете погулять со мной в этом саду сегодня вечером? В этой башне, кажется, нет никаких окон.

Питер стал красным, как шрам на его лице, и, смеясь ответил:

— А вдруг одно найдется? Пойдемте в дом, Инесса. Никого здесь не встретят с большим удовольствием, чем вас, но я никогда не буду больше гулять с вами наедине в саду.

ОГЛАВЛЕНИЕ

www.ingramcontent.com/pod-product-compliance
Lightning Source LLC
Chambersburg PA
CBHW060634310726
48982CB00003B/778

* 9 7 8 1 7 6 3 8 4 7 6 9 9 *